林海雪原

曲波 著

人民文学出版社

图书在版编目（CIP）数据

林海雪原／曲波著．--3版．--北京：人民文学出版社，2023
ISBN 978-7-02-018270-1

Ⅰ.①林… Ⅱ.①曲… Ⅲ.①长篇小说-中国-当代 Ⅳ.①I247.5

中国国家版本馆CIP数据核字（2023）第181340号

策划编辑	杨　柳
责任编辑	范维哲
装帧设计	刘　远
责任印制	苏文强

出版发行　人民文学出版社
社　　址　北京市朝内大街166号
邮政编码　100705

印　　刷　北京盛通印刷股份有限公司
经　　销　全国新华书店等

字　　数　429千字
开　　本　850毫米×1168毫米　1/32
印　　张　18.5　插页1
印　　数　1—5000
版　　次　1957年9月北京第1版
　　　　　1964年1月北京第3版
印　　次　2023年11月第1次印刷

书　　号　978-7-02-018270-1
定　　价　96.00元

如有印装质量问题，请与本社图书销售中心调换。电话：010-65233595

前　言

　　1951年3月，人民文学出版社作为新中国第一家专业性文学出版机构宣告成立。在以第一任社长冯雪峰为代表的出版人努力下，新中国文学创作出版步入热潮，一大批描写红色革命历史、弘扬伟大建党精神、记录人民伟大实践的优秀文学作品不断涌现，为当代中国留下了滋养心灵的文学经典。在这其中，人民文学出版社出版的《青春之歌》(1958年)、《山乡巨变》(1958年)、《保卫延安》(1954年)、《林海雪原》(1957年)四部作品，以"青山保林"的简称，成为几代中国人的口头流行语，成为国人永不磨灭的文学记忆。

　　"青山保林"是中国当代文学史"十七年文学"的重大收获，也是"红色经典"的代表性作品。《保卫延安》以解放战争时期延安保卫战为题材，描绘了一幅生动、壮丽的人民战争画卷；《林海雪原》展现了人民军队在艰苦卓绝斗争中所展示的英雄主义；《青春之歌》通过女主人公林道静的成长故事，描绘了一代中国青年在抗战考验下的爱国情操；《山乡巨变》生动剖析了农民在历史巨变中的思想感情、心理状态和理想追求。"青山保林"不仅是历史的反映和时代的记录，还以高超的艺术水准刻画出中国人广阔的精神世界。

自 1950 年代以来,"青山保林"历经数次版本更迭。此次推出初版经典复刻版,既是对那一代作家和编辑的致敬,更是一种精神的传承。

人民文学出版社

目　　次

一　血债 ··· 1
二　许大马棒和蝴蝶迷 ······························· 20
三　受命 ·· 32
四　杨子荣智识小炉匠 ································ 46
五　刘勋苍猛擒刁占一 ································ 67
六　夜审 ·· 76
七　蘑菇老人神话奶头山 ···························· 86
八　跨谷飞涧,奇袭虎狼窝 ·························· 99
九　白茹的心 ··· 116
十　雪地追踪 ··· 128
十一　老道失算 ··· 144
十二　一撮毛 ··· 157
十三　兵分三路,如此如此 ························ 172
十四　夹皮沟的姊妹车 ······························ 185
十五　杨子荣献礼 ····································· 200
十六　苦练武,滑雪飞山 ···························· 218
十七　借题发挥 ··· 230
十八　二道河桥头大拼杀 ·························· 250

十九	杨子荣盛布酒肉兵	269
二十	逢险敌,舌战小炉匠	281
二十一	小分队驾临百鸡宴	301
二十二	小白鸽彻夜施医术	309
二十三	少剑波雪乡抒怀	321
二十四	栾超家闯山急报	340
二十五	将计就计	352
二十六	捉妖道	369
二十七	青年猎手导跳绝壁岩	387
二十八	刺客和叛徒	408
二十九	调虎离山	428
三十	毁巢切屁股	452
三十一	槽头炸马	470
三十二	林海雪原大周旋	482
三十三	解救	497
三十四	基密尔草原	510
三十五	"雪上大侠"	526
三十六	棒槌公公奇谈四方台	544
三十七	李鲤官前对手交锋	559
三十八	铁流	576

关于《林海雪原》 …………… 578

以最深的敬意，献给我英雄的战友杨子荣、高波等同志！

一　血　债

晚秋的拂晓,白霜蒙地,寒气砭骨,干冷干冷。

军号悠扬,划过长空,冲破黎明的寂静。练兵场上,哨声、口令声、步伐声、劈刺的杀声,响成一片,雄壮嘹亮,杂而不乱,十分庄严威武。

团参谋长少剑波,军容整齐,腰间的橙色皮带上,佩一支玲珑的手枪,更显得这位二十二岁的青年军官精悍俏爽,健美英俊。他快步向一营练兵场走去。当他出现在练兵场栅栏门里一米高的土台上,值星连长一声"立正",如涛似浪、热火朝天的操场,顿时鸦雀无声。战士们庄严端正地原地肃立。

值星连长跑步到土台前,向少剑波报告了人数、科目后,转身命令一声:"按原科目,继续进行!"随着这响彻全场的命令声,操场上又紧张地沸腾起来。

少剑波仔细地检阅着英雄排排长刘勋苍的劈刺教练。首长在跟前,战士们更起劲,汗气升腾,刀霜凛冽,动作整齐勇猛,精神豪爽激昂。周围的空气也在激荡和卷动。

半点钟过去了,东南山上的红太阳,刚露出半边。团本部的值班员——通讯联络参谋陈敬,气吁吁地跑到剑波跟前。

"报告!"他行了军礼,"报告参谋长!五点三十七分,接田副司令电话,命令我团立即准备一个营和骑兵连,全部轻装奔袭。详细情况书面命令马上就到。命令到后,要立即行动,特别强调一分钟也不许耽误。现在我等候您的命令。"

这个情况,显然少剑波是没有想到的。他略一思索,立即回答陈敬:"你马上去报告团长和政委。按你的口述,我先来调动部队。"

"是!"陈敬答应着。转身跑出练兵场。

少剑波立即命令站在他身边的司号长:"发号!命令骑兵连紧急集合,带到一营操场。命令一营全部就操场紧急集合,全副战斗准备待命出发。再命一营营长、教导员,骑兵连连长、指导员,到团部接受命令。"

司号长遵命——发号。

顿时号声由远近不同的距离和四面不同的方向,此起彼落地交响起来。

司号长静听着各处的回答号音,默默地数着:"一连……二连……骑兵连……"

号音刚落,司号长向剑波报告:"报告二○三首长,各部命令都收到了。"

少剑波眉头一皱,显然是在思索判断着这突然的情况。他为了早知道个究竟,就向着村东通向司令部的大桥边走去。他边走边想着:"牡丹江地区数万国民党军半年前已经剿灭了,剩下的仅是为数不多的匪首,名义上是五个旅,实际上只不过是有官无兵的空架子,这些家伙,在半年以前已经藏匿不知去向了。中心区的土改正在更深入地开展;不太彻底的村屯正在'煮夹生饭',继续深入;未开展的村屯正要开展。老百姓是粮谷入仓,土地还家,男男女女,老老少少,无不欢欣鼓舞,到处哼唱着

'万年的铁树开了花,千年的枯枝又发芽'的歌子,后方确是一片升平气象。部队正在紧张地练兵,随时准备开赴前线打击蒋军主力……"少剑波想到这些,感到情况突然,可是,因为作战是他的天职,他的脑子像筛子一样,本能地过滤着所有应该消灭而没被消灭的对象——"国民党特务,伪满警察官吏,大地主,惯匪,这些罪魁祸首,虽然他们的部队已被消灭,但他们自己还没被毁灭,他们是不会甘心情愿灭亡的。他们要挣扎,他们要变天,他们要卷土重来。"

"是的,就是这样!"少剑波反复地考虑后,肯定地判断着。立在桥头,张望着东丘顶,口中喃喃地说了句:"除匪不净,遗祸无穷!"

丘顶上一股尘头飞扬,两人两骑飞奔在尘头前面。

警卫员高波,这个机警的小战士,跑步迎了上去,把手一扬,喊道:"通讯员! 二〇三首长在这儿。下马!"

两个通讯员勒住马头,跳下马来,一个牵马,一个紧张地跑到剑波跟前,行了军礼,将一份命令交给剑波。

他拆开了命令,急速地看着,脸上呈现出一点紧张的表情。回头向团部急步走去。

团部北墙上,挂满了军用地图,保密帘已拉开。王团长、刘政委和奉命来到的一营和骑兵连的干部,已在等候着命令,在判断着敌情。

"命令来了!"少剑波一进门心焦地说了一声,所有干部便向他围过来。

少剑波刚要把命令交给王团长,王团长略一点头:"你读一下吧!"

少剑波将命令迅速地展开,大家的眼睛紧盯着这张命令。

命令：

　　窜据深山匪首，集股二百余人，昨夜（十二日）二十四时，突窜杉岚站，大肆烧杀。鞠县长所率的土改工作队，一并被围。你团立即派一个营及骑兵连，轻装急袭。先用骑兵切断匪徒窜山归路，以彻底消灭匪股，此令！

当少剑波读到"鞠县长……一并被围"，嗓音因急躁而有些颤抖，在座的同志们都以不安的神情看着剑波，尤其刘政委更显出一种特别关切的神情。

"团长！一分钟也不能耽误。"少剑波虽然努力镇静，但总显露出有点担心和不安。

"是的！马上出发。"王团长果断地命令着。

"请允许我率骑兵连先完成急袭包围切断敌人窜山归路的任务。"少剑波显然已十分焦急。

王团长略一思索，亲切而关怀地看着剑波："本来我不应该这样决定，但是今天——"他看了一下刘政委，刘政委略一点头。王团长接着说下去："今天却非这样决定不可，你去吧！"

"可以走了吗？"少剑波愈加紧张地请示道。

王团长略一点头，少剑波急急地跨出门去。

刘政委紧跟在剑波身后，送出门外叮嘱道："剑波同志！鞠县长是你的姐姐，你的亲人，万一有什么不幸，切记要镇静。"

"放心吧，老首长！"少剑波紧紧地握了一下刘政委的手，"请相信我的理智……"

门外警卫员高波早已把马准备好，这是他的老习惯，每当首长有任务的时候，他总是把所需要的一切，预先准备得格外周到。他年龄虽然只有十八岁，但已是一个身历百战的老战士了。人都称他为"小兵老战士"。

少剑波飞身上马,急驰到一营操场,向骑兵连一挥手,骑兵连长一声命令:"上马……前进!"随着这命令的声浪,激起了暴雨似的马蹄声,整个骑兵连像一股山涧泻下的激流,冲向西南的山路上。尘土飞扬,二百余骑向杉岚站急驰。

少剑波的心像奔马一样地在奔驰。想着面前的一场厮杀,想着即将拿到手的胜利。忽然他的心一翻腾,一阵惊恐袭来,思索着,回忆着那从小抚养他长大成人的鞠县长:"真的会遭到什么不幸吗?不会的!姐姐是一个机敏过人的人,抗战时期在日寇汉奸的屠刀下,历经过多少次的危险,有一次甚至到了绝望的地步,她都能机警地和群众一道脱了危险。"他的心在拼命驱除这可怕的想象,但是心一翻腾又想到他所最不愿想的情景,"姐姐会不会因为半年来没了敌情而失掉警惕呢?如果是这样,那么她手下又没有强有力的武装,是难以对付这匪盗式的突然袭击的。"想到这里,他感到十分可怕。但他一转念:"两军对阵,对危险的处境丝毫不能期待什么侥幸,只有用智慧用勇敢来转危为胜。"这样一想,他的心翻腾得更激烈,便急催坐下马,"快!快!快!快投入战斗,只有赢得时间,才会取得胜利,才能保住姐姐和工作队的同志们以及翻身了的群众的安全。"

战马嘶叫,二百余骑,驰上杉岚站西山,扼住了入山的要道。

可是呈现在眼前的杉岚站,已是一片熊熊大火,浓烟冲天,少剑波已判定敌人可能正要逃窜或已经逃窜。不能再等,一声号令,战士们纵马扬刀,从宽大的正面压下山来,奔过黄草大甸子,向杉岚站猛袭。刹那间,骑兵钻入了火海,埋入浓烟之中。

晚了!四点钟以前匪徒已经逃窜,扑了一个空。

杉岚站一片惨景,令人胆寒。

火势有的地方奄奄将熄,有几处熊熊正旺,全村一片火海,草垛、房屋都在燃烧。牛啊,猪啊,烧得一截一块,冒着油泡发出吱吱的响声,发出刺鼻的苦涩和腥臭难闻的气味。哗哗啦啦!房子一个个塌了架,伸出一股股带星星的火舌,夹在浓烟里,一旋一旋升到高空。烧伤没死的猪狗怪声地在惨叫。

全村没有一个人救火,也没有一个人嚎哭,他们全身绷得像石头,紧握双拳,直瞪两眼,怒视着眼前无情的烈火吞噬了他们可爱的家园。

少剑波翻身下马,手一挥命令一声:"救火!"二百多战士纷纷拴好马,一齐向这无情的熊熊大火搏斗。

少剑波冒着浓烟烈火,各处查看着被害的情况。村中央许家车马店门前广场上,摆着一口鲜血染红的大铡刀,血块凝结在刀床上,几个人的尸体,一段一段乱杂杂地垛在铡刀旁。有的是腿,有的是腰,有的是胸部,而每个尸体却都没有了头。

在这垛被铡的尸体周围,狼藉地倒着二十多具被害者的遗体,有老头,有小孩,绝大多数是妇女。看得很明显,这些死难者是想扑向铡刀去救自己的亲人,或替亲人去死,或是去拼打而被乱枪狂射杀害的。

内中有一个年轻的妇女,只穿一条裤衩,被剖开肚子,内脏拖出十几步远,披头散发,两手紧握着拳,像是在厮打拼命时被残害的。

在离三十步远的井台旁,躺着一个婴儿的尸体,没有枪伤,也没有刀伤。显然是被活活摔死的。他离开了亲爱的妈妈。妈妈哪里去了?她的命运怎么样?

少剑波又向前走了几步,转过墙角,一眼看到的是更为触目惊心的惨状。

是在饮马井旁的大柳树上,用铁丝穿着耳朵,吊着血淋淋的九颗人头。这些被害的人头,个个咬牙瞪目,怒气冲天,标志着他生前的仇恨。这仇恨虽死犹未息。

人头旁边,悬一块大木板,上写了八个字:"穷棒子翻身的下场"。

少剑波气愤得全身像铁块一样,他转回身走到铡刀旁。

在这些惨遭屠杀的尸体旁,一大堆火炭,一个老太太的尸体,半截倒在火里,肚子以下,已和火炭一起烧尽了,只剩半截的胸膛和染满了黑血块的白发苍苍的头了,好像是被活活丢在火里烧死的。仔细看旁边还有一个幼儿,被烧焦了的骨灰,在冒着最后的一缕青烟,一条半截小腿伸在火堆外面。从脚的大小看来,这孩子也不过五六岁。

火灰旁有二十多条扁担,上面染红了鲜血,被火烤干后,迸裂成一片片鳞状血块。这也不知匪徒们用它做了什么奇异的恶刑。

火被扑灭了,全村已是一片灰烬。碎砖乱瓦,被罩在苦烟和臭气里。

满村的人,有的妇女昏倒了,有的呆了,有的疯了。他们咬着牙,直瞪着眼,吐射着无穷的怒火。

战士们整理着受难群众的尸体,他们不用村里人,因为这情景太可怕,他们不忍让群众再看他们的亲人、他们的邻舍好友这惨死的情景。他们是人民的子弟兵,被害的人像他们自己的爷爷奶奶,爸爸妈妈,兄弟姐妹,哥哥嫂嫂,侄儿侄女。他们是那样小心谨慎整理着尸首,深怕不小心弄痛了死难者的伤口。他们解下了自己的军毯,严严实实地把尸体裹起来。

战士对着这些死难者,整齐地站了一个圆圈,肃立默哀。二百多匹战马,也在垂首哀悼。

他们举起了手,握着铁一般的拳头,激动着,愤怒着,二百余人发出了一个声音:

"亲爱的同胞们!

对不起,我们来晚了!我们的责任没有尽到。

安息吧!父老们!我们一定讨还这笔血债,我们誓死报这场血海深仇!"

战马随着战士们的怒吼,在嘶叫咆哮。

西街上,高波一面用手揉着眼睛,一面走着。他前面跟跟跄跄地走着一个五十多岁的老头。剑波正为找不见姐姐和工作队的同志而心焦,高波和老人已到面前,高波用手捂着眼睛,指了一下西山:"二〇三,鞠县长和工作队同志牺牲在……"他呜咽得不能再说下去了。

那位老人弯腰顿足喊着:"鞠县长!鞠县长!……"他悲愤得再也说不下去了,只是用手连连地指着西山。

少剑波当即面色变得苍白,心像一块重重的冷铅沉下去,绝望得只问了一声:"什么地方?"

"西山上……"高波毕竟还是个孩子,没有成年人那应有的理智,刚一张嘴便呜呜地大哭起来。

少剑波的脑子顿时轰的一声像爆炸了一样,全身僵直了,麻木了,僵僵地瞪着两眼呆了半晌:"走!走!"他说出的声音已完全不像是他自己的。

老乡领着剑波边走边咒骂:"魔鬼!杀人的强盗!洗光了,洗光了!唉!天哪!天哪!"

剑波的腿是走呢,还是没走呢?他自己完全不觉得。他现在对自己的一切已经失去了任何感觉。

西山坡的大盘龙松上,吊着九个同志的尸首,六男三女,都用刺刀剖开了肚子,肝肠坠地,没有了一只耳朵,只留下被刺刀割掉的痕迹。

"工作队!鞠县长!"老乡领剑波登上山坡,头磕着地,手蒙着脸,不敢看这九个被害的同志。

少剑波一看到这场惨景,眼睛顿时什么也看不见了,失去了视觉;头像炸开,昏昏沉沉,失去了知觉,就要倒将下来。高波一把扶住:"二〇三!二〇三!"一面哭泣,一面喊。

少剑波用力张开眼睛,定了定神,刚想再向姐姐看一眼,突然一声亲切温柔的声音,从耳边掠过:"剑波同志!……万一有什么不幸,切记要镇静。"临行刘政委叮嘱他的情景,好像就在眼前。他紧咬着牙关,没有眼泪,悲切的心变成冲天的愤怒。他想到:"任务,部队在等待着我。"他最后看了一下姐姐的尸体,急急地走下山来,机械地坐在一块大石头上,写信报告王团长和刘政委。

二〇一!二〇二!

匪徒四小时以前逃窜,我已扑空。我正在进行追踪侦察,在此待命。请速决定下一步的行动。

李鸿义接过信飞马奔驰而去。

愤怒已极的战士,在这待命出发的当儿,纷纷写决心书,要求荡平匪巢老爷岭,活捉匪首报仇。

少剑波派出了侦察部队,四处搜索侦察。全村的老百姓已经向战士们围拢来。"亲人!亲人!我们要控诉,控诉……"在亲人面前,群众的上千只眼睛里,涌出了热泪,开始向他们倾吐着受难时的情景。剑波看着这些受难的群众,万分努力地克制着自己的愤怒,特别是深厚的姐弟感情,总在袭击着他的理智,神情显然是有些恍惚。他那亲人,他的姐姐,好像就在他的身边,也在群众中倾吐着她的遭遇。剑波抬头环视了一下,在悲痛愤怒的人群中,却看不见姐姐的影子。他好似在梦中,他也希望这是一场噩梦。

人群中一个白发苍苍的老太太,穿着一身单薄的破衣衫,两眼直瞪着,两手张开着,像疯了一样地叨念着:"儿子没了!没了……媳妇也没了,没了……天哪!谁养老?谁养老?你们说!说……"

一个中年妇女,两眼流着泪,怀里抱着一个大约两岁的小孩。孩子的小脸紧紧依偎在妈妈的脖子旁,瞪着惊恐不懂事的两只大眼睛,看着妈妈的脸,妈妈的眼泪掉在孩子冻红了的小脸腮上。她的腿旁还有三个大一点的孩子,跪在她的腿边,紧搂着妈妈的腿。一会儿抬起头来,用已经懂事的眼睛望望妈妈;一会儿用小手搓着自己的小脸,拭擦着眼泪,低声地抽咽着,没敢放声嚎哭。

少剑波一转眼,又看见自己身旁站着一位年轻的姑娘,她满目凄凉,头发散乱,像是凝住了一样呆望着地上,眼珠一转也不转。有一个五六岁的小男孩,偎在她的身前,她用自己的衣襟,围着他。小孩不时地哭着望着她的脸,低声地哭叫着:"姐姐!姐姐!爸爸妈妈没……"小孩哭得再说不下去了。这位姐姐连忙低头给弟弟擦眼泪,可是她自己的眼泪已成串地滴在弟弟的头上、脸上。

少剑波看到这凄惨的情景,思想奔向他孤苦的童年。

是在剑波六岁那年上,父母双亡,姐弟俩就开始了孤苦无依的生活。那时姐姐才只有十八岁,她依靠教书来养活幼小的弟弟和自己。

姐姐每天很早很早就起来做饭,饭后领着他上学,白天在课堂上给他和同学们讲课,晚上放学领他回家,姐姐又得做饭。辛苦一天的姐姐,晚上辛勤地给他补补洗洗,缝缝连连。给他补习着各种功课,她尽了她一切的力量教养着自己幼小而可怜的弟弟。

年幼的剑波已经入睡了,姐姐仍然忙着,给同学批改作业,有时到深夜,有时到鸡鸣。姐姐那青春少女脸上的红晕光泽消退了,深夜里常常听到她过劳的咳嗽声,和低沉的呻吟声,有时望着酣睡着的剑波发出呜咽声。

清楚地记得是在一个深夜,幼小的剑波被姐姐的咳嗽声和低沉的呻吟声惊醒,剑波曚眬的两眼盯着面对孤灯劳动着的姐姐,他幼小的心灵里顿时一阵酸痛。他悄悄地掀开被角爬起来,蹑手蹑脚轻轻地走到姐姐的书桌旁,一对机灵的小眼睛紧盯着姐姐那疲倦消瘦的面容,他看着看着眼中涌出泪水。

"姐姐睡觉吧!"

姐姐猛一转头,眼前满是金星,她恍惚地看着站在桌子边的弟弟两只饱含泪水的小眼睛,她嘴角上挂着一丝疲倦的微笑,用手抚摸着弟弟的头发,温柔地说:

"小波!你睡吧!姐姐不困。"

"不嘛!姐姐,你不睡我也不睡!"

"小波!听姐的话,乖乖地去睡。"

"姐!你太累啦!"剑波一低头,泪珠成串地从眼睛里落在地上。

姐姐的眼睛湿润了,掏出了手帕,给弟弟揩着泪水。为了安慰弟弟,她努力装作没有疲倦的样子,两手捧着剑波的小脸蛋,把脸对向弟弟,微笑着睁了睁眼睛:

"小波！你看,姐姐一点不累,听话！快……"

"姐姐……"剑波伸出他那滚热的小手,摸着姐姐散乱的头发,"你的头发散乱了,你的脸瘦了,你的眼睛也红了！姐姐你要累病了,我……我……"剑波呜呜地哭起来,"我怎么办哪？……"

姐姐把小弟弟的头紧紧地抱在怀里,眼里顿时涌出了擦不干的泪水。她不愿把任何一点痛苦分给幼小的弟弟,怕因自己的哭泣刺激弟弟的幼小心灵,这样会侵害他童年的幸福,便一口吹灭了灯,把弟弟抱上床。

"好,小波！别哭啦,姐姐睡。"

当弟弟又睡熟了,她轻轻地掀起被角,悄悄溜下床来,点上灯,拿起剑波穿破了的一双袜子,蹑手蹑脚地走到箱盖上去拿针线盒子,生怕惊醒了弟弟。可是一不小心,把剑波平日用的小板凳一脚踢翻了,哗啦一响,弟弟又惊醒了。但剑波没有马上爬起来,他眯缝着眼,偷看着慈爱的姐姐。

她一面偷看着弟弟是否被惊醒,一面一针针地补缝着袜子。

幼小的剑波又是一阵激剧的心酸,但是也知道,用上次的办法姐姐是不会睡的,他一想,便发出突然的惊叫:

"姐姐！姐姐！我怕呀！我怕呀！"他一面喊,一面蹬翻了被。

姐姐急忙上前按住他,连声叫着:"小波！小波！别怕！别怕！姐姐在这儿！姐姐在这儿！"

剑波的两只小手紧紧握着姐姐的胳臂,用力地向被窝里拉。姐姐生怕把他惊出病来,这才紧紧地把弟弟搂抱在怀里睡下了。

剑波十三四岁的时候,姐姐便和学校里的老师李耀光非常要好。李老师常常和姐姐谈到深夜,他每次来时总给剑波带点东西,或是笔记本,或是图画本,或是练习簿。李老师对姐姐像对亲妹妹一样地亲,对剑波像对小弟弟一样地爱,一点没有老师的架子。可是他俩的谈话总是躲着剑波,看样子像是有什么秘密似的,这一点却引起了剑波的疑问。但是每一次李老师来,姐姐那疲劳的脸上,总兴奋得焕发着少女的红润的光彩,眼睛也格外地明亮。疼爱姐姐的剑波,看见辛苦的姐姐这样愉快,感到无限的安慰,但他却不知道姐姐为什么能这样。每当姐姐十分高兴时,就对剑波讲好多道理,什么伟大的中华民族啦,凶恶的日本帝国主义啦,什么劳动创造世界啦,什么穷人是被剥削穷的,富人是剥削穷人富的啦……可是,他俩为什么有时老躲着他谈话,这一点剑波始终不知道。

有一次白天李老师和姐姐满头是汗,急促地从外面撞进来。剑波正在温习功课,姐姐一进门便喘着气说:"小波!你出去一会儿!"

剑波只以为姐姐和李老师吵了架,所以阖起本子就出去了,姐姐嘭的一声把门关上。天真的剑波担心着他俩吵架,所以就偷偷躲在窗外偷听。但多时也没听到他们吵,而是把声音压得很低,但很严肃。只是听得姐姐说:

"上级的指示十分正确,在麦收的时候要求增加工资是最好的时机,麦子到了大熟的节骨眼儿,三天不割就要掉头,这是地主、富农的最大威胁,这时长工不干活,地主、富农就受不了。全村三十二个长工,每人要求增资五斗,就是十六石,对穷人是一个不小的利益。"

"那么贫农要是做短工呢?"李老师笑嘻嘻地说。

"那自然要两个工作一齐下手啦,让贫农抬高工价,每天少了十斤不干,贫农中也有三个同志,可以搞得起来。"

"进行的方式怎样呢？"

"你掌握贫农，我掌握长工。"

"长工中谁先带头呢？"

"当然不能让老青啦！因为他是党员，带头容易暴露。"

"那通过谁呢？"

"自然是老邹和小栓了，他俩在长工中的威信仅次于老青，并且可靠的人还有十几个。"

"好！"李老师的声调是那样的痛快，"咱们就好好地组织这次麦收斗争，这是在农村采用城市工人罢工的新的斗争方式。你的办法对，不愧当了一年的宣传委员。"

"啊哟！支书同志，事情还没有干起来呢，就表扬起人来啦。"

只听屋里两人一齐笑起来。

剑波听了这些话，乐得蹦了一个高，差一点嚷出来，可是他想到地主的厉害，又怕引起姐姐和李老师的担心，便悄悄地走了出去。他开始意识到他俩总是背着他谈话的原因，但是他内心对这两个向来没听过的名词老在想着："什么是党员呢？什么是同志呢？……"

三天后，果然这次斗争胜利了，长工增资五斗，短工每天工价十斤。

这天晚上姐姐回家，乐得老哼着一支歌曲："起来！饥寒交迫的奴隶！……"因声音过低，下面的听不清楚，剑波兴奋地拉着姐姐的手问道：

"姐姐！你告诉我，什么是同志？什么是党员？"

姐姐突然一惊，一把拉过剑波，严肃地问道：

"小波！谁教你这么问的？快说！快说！……"

剑波被姐姐过分严肃的脸色吓坏了,急急地说:

"姐姐!姐姐!谁也没教我,是我在窗外听姐姐和李老师说的……"

姐姐如释重负似的松了一口气,她捧着剑波的脸,亲切地注视着他的眼睛,小声地说:

"小波!记着!这些话跟谁也不能说!……"

剑波的眼睛红润了,他两手紧抱姐姐的腰,把头贴到她的胸前:

"好姐姐!好姐姐!我知道……我懂……"

姐姐微笑了,轻轻地吻着他的额……

剑波十五岁了,姐姐、李老师领着他参加了八路军。临参军时,姐姐把妈妈遗留下的一张洁白的小羊羔皮,给他缝在衣领上、袖口上,打扮得像个小武士。当时姐姐当宣传队的指导员,他当了全队最年幼的一名小演员。

演歌剧《归队》,姐姐演妈妈,他演儿子大宝。姐弟双双成了战士们最喜欢的人物。

有一次剑波顽皮,把姐姐的近视眼镜腿碰坏了,姐姐在他头上打了一巴掌:"你哪年才能长大啊!淘气鬼。"这是妈妈死后姐姐第一次对他的责罚。他哭了,姐姐心疼地把他拉在怀里,也哭了。

少剑波十六岁那年,敌后环境恶化,机关疏散,剧团的男演员全分散到部队,开展战时宣传鼓动工作。少剑波也被调到部队。他舍不得离开亲爱的姐姐,他觉得天下没有第二个人能和姐姐一样地爱他,保护他。

临别是在一个村后的草地上,初春的月光下,姐姐像慈母一样地叮嘱他:

15

"去吧,你大啦,应该自立。共产主义的战士都是相亲相爱的,革命队伍是温暖的家庭。你要像爱我一样地爱同志,敬首长;同志和首长也会和我一样地爱你,保护你。"

少剑波走后不久,姐姐和李老师结了婚,第二年就生了一个小女孩。孩子刚满月的那一天,碰巧剑波从前线回来,他一进门,从姐姐怀里抱起小外甥女儿,吻了又吻。

"姐姐,孩子叫什么名?"

"还没有呢,单等舅舅给她起名。"

剑波乐得向姐夫一歪头:"当爸爸的同意吗?"

姐夫咧嘴一笑:"我们俩早就同意了!"

剑波思呀想呀,又拿起一本小字典,翻呀查呀,好一会儿,忽然欢蹦乱跳地嚷道:

"这名字太美啦,太美啦!"

"什么?"

"小毳毳。"剑波看了姐姐和姐夫喜悦的神色,他继续讲解道,"姐姐从小就爱小鸟身上美丽的羽毛,这个'毳'字就是这种美丽的羽毛。"

来到东北,小毳毳大了,少剑波也成了一个年轻的军官。剑波拿自己的津贴费,在市上买了各色各样的绸子布头,星期天到姐姐家里,他叠成各色各样的小花,给小毳毳装饰在头上、身上。有时把小毳毳装饰得满身红,活像一枝盛开的小红桃,剑波愉快地笑着:"小毳毳,你今天就叫小红桃。"有时他把她装饰得满身白,他高兴地说:"小毳毳,你今天像一朵白玉兰,你今天就叫小玉兰。"有时他把她装饰得全身红紫,他便说:"小毳毳,你今天就叫小玫瑰。"每个星期天,剑波总是把小毳毳装饰打扮得像一朵鲜艳的花。

扮来扮去小毳毳就有十多个名,可是这名只有剑波叫她才答应,别人叫,她是不答应的。

有一次,姐姐叫她:"小玫瑰!"

她把小嘴一噘:"妈妈,你不能叫我小玫瑰。"

"为什么?"

"那是舅舅给我打扮的,你没打扮我,不许你叫小玫瑰。"

姐夫在旁咧嘴笑道:

"对呀!小毳毳,妈妈没尽义务,她没有叫你小玫瑰的权利。"

大家一齐笑起来。

小毳毳瞪着眼睛也不知大家笑什么,最后还是扑向舅舅:

"舅舅,我今天叫什么呀?"

少剑波这天什么也没准备,可难住了。可是他为了给孩子幸福,抱起小毳毳,走出门,跨上自己的马,跑到一个山包上,他实指望用野花来装饰她,可是秋末的季节,哪里也找不到。不得已他摘了一枝一枝的常绿松枝,用藤蔓系着松枝,编成一件蓑衣,披在小毳毳身上,骑马跑回去。一进门爸爸妈妈笑了:"小毳毳!你今天叫什么?"

"舅舅说,叫小刺猬!"

大家大笑起来。

虽然姐姐有了姐夫,有了小毳毳,但对剑波的关怀,丝毫也没有减少。他每到姐姐家,跟小毳毳玩够了,姐姐总把小毳毳的饼干糖果拿给剑波,剑波害羞地望着姐姐:"姐姐,我这大的汉子,还吃孩子的东西。"

"你大了?"姐姐望着比她自己高得多的弟弟,"可我老看你还是小孩子。"

的确,尽管少剑波的身量比姐姐高得多,尽管少剑波已是一个英武的军官,但在她的眼里,他依然还是小弟弟一样,依然还是和带他上学时一样,依然还是和当年她拍着他睡觉一样,依然还是和演剧中的大宝一样,甚至他坐在床沿上嚼着饼干,嘴角上掉下饼干渣时那神气,和她的六岁的小毳毳也一样。

每次来,姐姐总是要和剑波幼年时一样,逼他脱下衬衣,逼他脱下袜子,给他洗洗补补。尽管姐姐自己的衣服还是请别人洗,可是剑波的衣服总是她亲自动手。

不仅这样,每次她总要给剑波洗洗头发,因为她知道,自己的弟弟向来也不注意修饰自己,每次总是她端来水:

"来!小波,洗头!"她的口吻和神气,跟十多年前一样。

"姐姐!我自己回去洗吧,我大啦!"

姐姐连听也不听,一把拉过来就把他的头按在水盆里,用她那温柔的手,几乎是一根一根地洗着头发。在姐姐手下,剑波完全又成了一个小孩子。有时,姐姐把她的小毳毳唤过来。

"来,小毳毳,看看你舅舅不讲卫生。"

小毳毳便跑到跟前:"哪里?我看看!是呀!舅舅,你耳朵根是黑的!"她和她妈妈一样,用细细的小手,蘸着水,给舅舅擦洗着耳朵,"这还有一点,"再摸摸剑波的脖子,"这还有一点……这还有一点……"

少剑波想到这里,觉得姐姐温柔的手,小毳毳细细的小手正在摸着自己的头发,他的心陡然像刀绞一样:"小毳毳失去了亲爱的妈妈!姐夫失去了贤惠的妻子!我失去了从小抚养我长大成人的慈爱的姐姐!党失去了一个好女儿!群众失去了他们的好朋友!……"

剑波抬头望了望和自己一样失去亲人的群众,内心更加激愤,他紧咬着牙关。剑波再也忍受不了这种痛苦,他急用手探进衣服去抑制他那要炸裂的心,可是一把抓住贴在他腹部胸前的一个柔软而温暖的东西。因为他用力过猛,觉得有一个套在他脖子上的东西勒得他发生一阵痛楚。剑波的心立即飞向另一件往事。

还是在剑波十六岁的时候,要到战斗部队去,姐姐对这将要离开自己的弟弟,照顾得无微不至。她设想到战斗部队可能蹲山头,可能露营,肚子最容易受寒,因此她把妈妈留下的那张小羊羔皮,本来已给剑波裁开缝在领子上,她又亲手一块块地拼缝起来,给剑波做了一个护肚子的兜兜。这兜兜的带,是姐姐当教员时,年年月月省吃俭用积蓄下来的钱买来的一条银项链。这项链是准备将来剑波订婚时送给他的一件珍贵的礼品。年轻的姐姐在多年前已经为幼小的弟弟做了终生的打算。

兜兜是姐姐一针一针缝起来的,上面每一针,每一线,每一根羊毛,每一道缝都印满了姐姐的手迹,都充满了对弟弟的心意。那条作兜带的项链,渗透了姐姐一笔一画一字一句的劳动,它链锁着深厚无比的姐姐对弟弟的情意。

现在剑波忽地感到全身燥热,套在他脖子上的银链和挂在胸前的兜兜,都是姐姐的那颗永远火热的心。

在人群的愤怒的控诉声中,他仿佛听到小毳毳的声音:"舅舅,我今天叫什么名呀?""舅舅,我跟妈妈给你洗头吧?……我妈妈呢?……"

控诉的人群里,他仿佛又听到姐姐的声音:有她少女时期对着孤灯劳动的咳嗽及低低呻吟声,有她动听的讲课声,有她抱着剑波睡觉时哼着柔和的催眠曲声,有她参军后唱不尽的歌声,有"小波,小波"温柔的呼唤声,有她和姐夫的谈爱声……他又好像觉得挂在他胸前的那个兜兜在跳动,这跳动的声音和他小时伏在姐姐怀里睡觉时听到姐姐心音的跳动声一样。但是,这所有一切的声音似乎都在说:"小波!别流泪!杀敌!报仇!"

悲痛,此刻已完全变成了力量,愤怒的火焰,从少剑波的眼睛里猛喷狂射……

飞奔的马蹄声,打断了他的回忆。王团长、刘政委在他的面前下马。

少剑波尽力抑制感情,立在两位首长的面前,像背书一样机械地向王团长、刘政委报告了情况。报告到姐姐的惨死时,已讲不下去了。

王团长、刘政委和周围所有群众以及战士们,都立即肃静,脱帽致哀。

王团长:"我们没尽到责任,感到万分的惭愧!……"

刘政委:"我们为鞠县长和死难的同志们而悲痛……"接着他抬起头,挺起胸,举起了拳头高呼:"我们宣誓:彻底干净消灭国民党匪帮,为死难者报仇……"

"报仇!报仇……"全体战士和老百姓随着刘政委的呼声,发出了像轰雷似的宣誓。"我们要讨还血债!我们要报这血海深仇!"

二　许大马棒和蝴蝶迷

强大的兵团向老爷岭林海扑去。

部队像利刀剃头一样,要刮光老爷岭,消灭匪徒。战士们恨不得一把抓住罪魁祸首,要双手把他搓烂,用双脚把他的骨头碾碎。

每个战士的耳朵里,没有一刻不响着群众愤怒的控诉和妇女们孩子们的哭泣,这仇恨像刀刻的一样记载在他们心里。战士们的心像沸腾一样地翻滚,每秒钟千百遍地翻腾着对罪魁们的仇恨。

昨天,就是昨天的深夜,杉岚站的人们,正在幸福地酣睡着,鞠县长和工作队的同志们,正在为群众翻身胜利而高兴,正在帮助群众计划着他们未来的大生产,深夜里刚刚睡下。

杉岚站的天空晴朗鲜明,众星齐现,周围的森林田亩是那样的舒适宁静,静卧在平安的长夜里。突然从西南的小山丘上,升起了一颗信号弹,随着它降落的残辉,一阵凶狂的吼吓和砸门声,出现在杉岚站的各个角落。夹杂着拼命的厮打声和妇女孩子们的号哭声。

在不长的一点时间里,屯中央许家车马店的广场上升起了一堆大火,杉岚站惊乱了!

匪徒们押着被捉的工作队和村干部,从四面八方向火堆走来。在火光的照射下,人们看清了这群匪徒的面孔。

许大马棒在火堆旁瞪着马一样的眼睛,双手叉腰,满脸胡髭有半寸多长,高大肥壮的身体在火光闪照下一晃一晃的像个凶神。他咬着牙根向被捉的工作队和村干部狰狞地冷笑了两声道:

"共产党,穷棒子!……"

"呸!"站在最前面的鞠县长厉声骂道,"许大马棒,你这个汉奸,恶霸杀人精,你这个野兽……"不等她骂下去,一个匪徒用一条毛巾狠狠地堵在她嘴里。

许大马棒嘿嘿一笑,上前走一步:"共产党! 看看你的嘴硬,还是我许某的刀硬!"

"谁怕你的屠刀,怕你的刀还干革命!"被捉的工作队和村干部怒瞪着两眼,瞅着这群魔鬼。

"好小子!"许大马棒傲气十足地冷笑道,"你们分我的地,我他妈连房子也叫你们这些穷棒子住不成;你们要把我赶到森林里喝西北风,我他妈叫你们下地窖喝脏水……"

"叫他妈的下地狱爬刀山,嘿!穷棒子,看看谁斗过谁?"从许大马棒背后钻出一个女妖精,她的脸像一穗带毛的干苞米,又长又瘦又黄,镶着满口的大金牙,屁股扭了两扭,这是谁都知道的蝴蝶迷。

这一对杀人的雌雄魔鬼,是牡丹江一带血债的老债主了,几十年来人们连他们的名字都不敢听。

蝴蝶迷,是仙洞镇上大地主姜三膘子的女儿,他家有好地两千垧,家大业大,牛马成群,老妈子侍女一大堆,护院的炮手上百名。姜三膘子一辈子是作威作福,花天酒地,就是有一件事使他伤心落泪。他前前后后一共娶了大小七个老婆,可是连一个儿子芽芽也没养出来。他为了这个也不知几百次地到庙里求神许愿,到医院打药针,找瞎子算卦,什么办法都用到了,可是一样也不起作用。人们背地里剜着脊梁筋骂他:"促寿损德,断子绝孙。"

大概是在他五十三岁那年上,娶了第五房,这个小老婆是牡丹江市头等妓女海棠红。姜三膘子把她赎买出来七个月时,生了一个稀罕的女儿,人们背地里议论说:"这还不知是谁的种呢!"

不管怎样,这总在形式上是姜门之后,过百日那天,请了六十多桌客。可是毕竟因为孩子是个女的,姜三膘子还是不死心,因此在五十八岁那年上,又一连娶了两房,结果还是一个没养下来。

这宝贝女儿长到七八岁的时候,在家里就说一不二,不用说侍女老妈子要挨她的打,就是除了海棠红这个生身母之外,其余的几个妈妈也得挨她的毛掸子把。

姜三膘子抽大烟,她也躺在旁边抽上几口,不管来了什么客人,她总是得奉陪。特别那些日伪警察官员驾临,她总是要在跟前,学了一身酸呀呀的官场气派。十三四岁的闺女,大烟已经成瘾了。

要论起她的长相,真令人发呕,脸长得有些过分,宽大与长度可大不相称,活像一穗苞米大头朝下安在脖子上。她为了掩饰这伤心的缺陷,把前额上的那绺头发梳成了很长的头帘,一直盖到眉毛,就这样也丝毫挽救不了她的难看。还有那满脸雀斑,配在她那干黄的脸皮上,真是黄黑分明。为了这个她就大量地抹粉,有时竟抹得眼皮一眨巴,就向下掉渣渣。牙被大烟熏得焦黄,她索性让它大黄一黄,于是全包上金,张嘴一笑,晶明瓦亮。

因为这个闺女的长相,所以姜三膘子的家规有两个字的忌讳,一个是"长",一个是"厚"。碰着"长",得说"不短",碰着"厚",得说"不薄"。

那么为什么她还得了个妖艳的外名蝴蝶迷呢?这也有个出处。是因为姜三膘子无子,就是这么个宝贝闺女,为了继承他的产业,因此要招一个养老的女婿。这一下远近的官府公子和地主少爷便拥上门来,当然这些所有的少爷公子,不是为了人而是为了财产。这一来这位姜大小姐的身价就高起来了。姜三膘子缺子的伤心也被驱跑了,他横挑竖拣要选一名养老的佳婿;而她自己也左盘右算要选一位如意的情人。因此这个搞三天,那个好五日,弄了个乱七八糟。虽然她的长相很差,可是来求亲的人没有一个不说她长得"美似天仙",这当然是"醉翁之意不在酒",不贪女色贪钱财。

此情之下,姜三膘子和大小姐也就更加神魂飘荡了。姜三膘子经常挺着大肚皮,拄着玻璃手杖,咧着嘴,满心喜悦,一字一板地说:"一朵鲜花,诱来蜂蝶飞舞,我闺女是个真真实实的蝴蝶迷。"因此"蝴蝶迷"这个名字就叫开了,一传十,十传百,远近四方驰名。

凡是听了这个名字的人,都哼哼鼻子,撇一撇嘴,唉地吁口粗气,大笑一阵。有的人背地里给他对了一个下句:"一摊臭屎,招来屎壳郎争风,大小姐堪称地地道道屎壳郎食。"

姜三膘子择佳婿,蝴蝶迷选汉子,一选选了十多年,蝴蝶迷已经二十八九,年轻的少爷公子们也就干脆不要了,这个空当许大马棒却走了红运。他是杉岚站人,身高六尺开外,膀宽腰粗,满身黑毛,光秃头,扫帚眉,络腮胡子,大厚嘴唇,不知几辈以前他许家就成了这杉岚站上的恶霸。他家豢养着很多看家护院的走狗,不但抢钱,而且劫人。劫来的人便因在这荒无人烟的杉林里,变成许家的奴隶,被驱使着在这片杉林黑土地上开荒斩草。几辈来为他许家开拓成千垧良田,直到现在,老百姓中还流传着这样的"千古怨":

　　许家赛阎王,
　　家养黑无常;
　　手拿勾魂牌,
　　捉来众善良。
　　年小的放猪羊,
　　年老的喂虎狼;

年轻力量壮,

当牛拉犁杖。

传到许大马棒,正是"九一八"事变,日本鬼子强占了东北,修镜泊湖的水力发电站,请出了这个擅长于看管奴隶的魔王,来为日本鬼子看管劳工。他把他豢养的看家护院的狗腿子,每人发一根一把粗的大棒子,来任意地毒打被捉来的百姓。每天晚上把劳工们集合起来,学着他日本主子的办法,有事没事三大棒。人们都叫他们"小马棒"。

是在一年的冬天,百姓们衣服破烂,身无半点棉,被迫劳动在长白山上。他们实在忍受不了这种饥寒棍棒的生活,在一个晚上,暴动了,打死了几个小马棒,跑下山去,不幸被日本的守备队捉回来,交还给许大马棒。这个魔鬼一怒之下借助日本军队的大批武装,把百姓活活地埋掉七十多。有一些冻饿成疾失去了最后的一点力气的人,许大马棒便用炸药炸开了镜泊湖面上的厚冰,把这些可怜的病人,活活地丢到冰窟里去。小马棒们得意地狞笑说:"妈的!这些废物还有用,这是最好的鱼食,瞧吧!明年湖里的鳌花鱼一定肥,嘿!等着吃肥鱼吧!"

从此以后,许大马棒为了防止劳工逃跑,他想出一个绝招。晚上收工时,把劳工们的破烂衣裳全部剥光,扔在工地上,用狼狗看着。然后把劳工赤条条地赶回工棚里。他得意他的残暴,经常说:"穷骨头!我看看没有裤子没有鞋,再叫你们跑!"

这年的夏天,姜三膘子应日本人的邀请,和许多土豪劣绅、地主恶霸一道,去参观镜泊湖,他当然要带着蝴蝶迷。蝴蝶迷一到这里,便看中了镜泊湖美丽的风光,看中了许大马棒的洋房、洋饭、洋衣裳;最使蝴蝶迷有兴趣的,还是许大马棒的四个儿子。长子许福,年纪和蝴蝶迷相仿,二十八九岁,长得和许大马棒一模一样。二子许禄,二十六七岁,生了一个鹰嘴鼻子,一对猴眼睛,两条细细的罗圈腿。三子许祯,四子许祥,年纪都在十八九。这四个人自称"许家四公子",整天打枪,跑马,玩狼狗,加上那些小马棒,狐假虎威,气势汹汹,整天喝得醉醺醺的,满街乱晃乱闯。蝴蝶迷从此和许福吃喝玩乐全在一起,有时他俩单独带着帐篷进山,几天几天不回来。

蝴蝶迷满心想嫁许福,可是许福却看不上她那个长相,并且许福已经有了两个老婆,娘家都是有钱有势不好惹,所以乱搞了一阵子就散了。从此后蝴蝶迷便傍上了比她大一倍年纪的许大马棒。许大马棒把她排为第三房,她也不在乎,正像她自己得意地唱高调那样:"阔小姐开窑子,不为钱,为图个快活。"

日本鬼子因为许大马棒看管劳工有功,升了他个牡丹江市的警察署长。可巧姜三膘子死了,蝴蝶迷便带着她的全部家财,嫁了许大马棒,当上了警察署长的三太太。

许大马棒的势力越大,蝴蝶迷和许福兄弟四个就越凶狂。他们把犯人拿来练枪打靶,有时吊在树上打,有时绑在木桩上飞马打。蝴蝶迷这个妖妇,手使双匣子,只要几枪打不准,便放出狼狗,将犯人活活咬死。

他们屠杀人民又学会了日本鬼子最残暴的恶刑——刀劈活人。有时用日本战刀,把人拦腰平劈,一挥两段,叫作什么"蝴蝶飞";有时从肩上斜劈下去,从胸肋间斩断,叫作什么"仙鹤落";有时从人的头顶,一刀劈下,把人一劈两半,叫作什么"宫本武藏式"。许福又给这种式起了个中国名,叫"二一添作五",这也是他杀人惯用的劈法。

日寇投降后,蒋日伪合流,许大马棒成了国民党滨绥图佳地区的要人,由于国民党党务专员侯殿坤的重用,他的官运亨通,被委任为"中央先遣挺进军滨绥图佳保安第三旅"旅长,许福当上了参谋长,他父子们大吹大擂:"咱家是三朝元老,改朝换代,改不了咱许家的天下。"他为国民党发展了一支由地主、恶霸、伪满警察、惯匪、大烟鬼组织起来的武装,又强捉了大量的壮丁,一时发展到上万人马,用来进攻解放区,屠杀老百姓。

我军主力来到了牡丹江,在马莲河一个长途奔袭,紧接舞凤楼一个埋伏,又在仙洞、柴河一带跟踪穷追,一连三战,基本上把他消灭了。只剩下二百余人,退窜到老爷岭的密林里,半年多再没有查到他的踪迹。

杉岚站是这个匪首几辈的老巢,是林边土改的重点村,群众打倒了这户几辈的活阎王,结束了千古怨,得来了万载欢,人们欢笑地唱着幸福的新生活,歌颂着伟大的共产党。

这半年来人们纷纷传说着,许大马棒到吉林去了。有的说他随侯殿坤到沈阳去了。有的说他在山里种大烟。哪知道这个恶魔又出现了!他从什么地方来的呢?谁也不知道。

在这个凶残的魔鬼跟前,工作队和村干部以及全村的群众,心里不存在任何半点的侥幸,他们把突然袭来的恐惧,变成了无比的愤怒,由愤怒,又化成了无畏的力量。在匪徒的刑场还没有准备好的时候,在许大马棒和蝴蝶迷得意狞笑的时候,鞠县长在被绑着的同志的牙齿的帮助下,撕掉了匪徒堵在她口里的破毛巾,高呼一声:"同志们,只有斗争才有胜利,拼了吧!"

这战斗的号召,激起了每个被俘者的斗志,二十几个同志挥动起他们仅有的武器——拳头,向着刀枪整齐的匪徒展开了猛烈的进攻。许家车马店前的广场上,火堆旁,发生了一阵激烈残酷的厮打。打乱了!打乱了!在这种混乱中还有少许机会可以跑的,可是同志们因为有自己的战友、家属还在魔爪下,他们没有一个贪生怕死而逃跑的,他们知道多一个人多一分力量。

这阵厮打因为众寡太悬殊而失败了。

鞠县长和工作队的九个同志,被匪徒用一条大钢丝,穿通肩上的锁子骨,像穿鱼一样被穿在一起。匪徒们把村干部打晕了,他们在周围的柴草垛上弄来几十条木杆,一横一竖地绑成一个一个的十字架,然后把村干部的两手和双脚用铁丝狠勒狠扎地缠绑在十字架上。铁丝勒进肉里,他们的四肢由痛而麻木,由麻木而失去了知觉,可是他们的嘴没有一时停止过叫骂。

三个小匪徒,抬来了一口大铡刀,噹的一声放在地上,许大马棒把那马眼一斜:"嘿嘿!对付穷棒子,试试新刑具!好得很,这还是第一次……"

鞠县长等九个同志,一看这口大铡刀,像一群爆炸了的地雷一样,忍着无比的疼痛,一齐向许大马棒扑去,可是连两步都没走上,被那条无情的钢丝狠命地拉回去,小匪徒早已把钢丝拴在身后的大树上。

许大马棒哈哈一笑:"看看你们还有啥本事?"接着他回过头去招呼一声:"快点!"

小匪徒们从四面八方,用马鞭、棍棒、枪托子驱打着男女老少,赶到这个鬼门关。

村长吴铁生的老婆,抱着个吃奶的孩子,哭成个泪人,披头散发,被驱赶着来了。身后面跟着她一对双生的小姑娘,没穿裤子,露着四条干干的小腿,"妈呀!妈呀!"哭着拉着妈妈的衣襟。

农会主席李崇义的七十多岁的老妈妈,白发苍苍,抱着她那两年前死了亲娘的小孙子,被匪徒们一甩一个跟头,跪着,爬着,一跌一撞地被赶来。

农会委员程小武刚结婚的新媳妇,被剥得全身光光只穿一条裤衩,那狠心的许禄,抓住她的头发,一甩一个跟头,甩倒了再踹上两脚,撕着头发拉来。

匪徒们一切准备好了,把火堆上再加了些柴草,火焰熊熊,照得那些匪徒龇牙咧嘴,像些恶鬼在凶狂地狞笑。

蝴蝶迷把屁股一扭,朝着许大马棒和许福尖叫道:"呶!怎么样?老当家的,少当家的,该时时兴啦!"

许大马棒嗯的一点头,许福把手一挥吼道:

"开始!叫穷棒子翻身!"

"对!"蝴蝶迷的脑袋一晃,尖声尖气地叫起来,"叫穷棒子好好地翻翻身!"

小匪徒们一声鬼叫,举起马鞭棍棒,向着被绑在十字架上的村干部,没头没脑地一阵乱打,边打边吼:"再叫你翻身!再叫你们穷棒子翻身!嗜!嗜!翻哪!翻哪!怎不翻啦?嗜!嗜……"

村干部没有一个孬种,没有半点叫苦的声音,他们用激昂的痛骂来回答匪徒们的鞭棒。

村民们忍不住一片嚎哭,有的不顾一切地扑上去,想用自己的身体掩护亲人,替亲人受苦。程小武的新媳妇,几次扑了上去,都被蝴蝶迷抓着头发甩回来。她再也忍不住胸中的仇恨,便拼命地扑向蝴蝶迷,双手一抓,把蝴蝶迷的大长脸,抓了十个血指印。她正要再掐那女妖的脖子,不幸却被许福抓住了她的乱发,抽出了战刀剖开了她的肚子。她那坚贞的肝胆坠地了,她的尸体倒在李崇义老妈妈的脚旁,把七十多岁的老人吓呆了,她紧紧搂着小孙子扑倒在地上。小孙子哇的一声惨叫,叫声未落,惯匪郑三炮手起一棒,把小脑袋砸得稀烂,死在奶奶的怀中。

老妈妈不知哪来的力气,忽地站起来,左手紧抱着死去的小孙子,右手狠狠地抓撕着满头的白发。疯了!老人疯了!她盯了一眼被打昏过去的儿子,便从火堆里抓起一根火棒,朝着许大马棒冲去。不幸被郑三炮从旁一脚,把老人踹进火堆。老人被活活烧死,在火堆中她还紧搂着小孙子。

工作队的同志,又一次地向匪徒们冲来,可是无情的钢丝把他们又扯回去。

"别嚎叫!"许福跳了一个高,向着悲愤交集的人群,"谁再哭,和她一样,给他个大开膛。"他指着程小武新媳妇的尸体,把手中的战刀向群众头顶一挥,嗖的一声掠过。

群众被吓呆了,只有不懂事的孩子哇哇乱叫,妈妈用奶头紧堵着孩子的嘴。村长吴铁生的老婆呆望着自己的男人,没有留神怀中的孩子的号哭,被许禄从怀中夺下孩子,提着孩子的小腿,从人群头上摔了出去,只听噗的一声,孩子的哭声断绝了。

许大马棒把牙一咬,脚一跺,像野兽一样地吼叫:"开铡!"九个村干部先后牺牲了,群众一声怒叫,咬紧牙,转过身,用双手和衣袖,紧捂着自己的脸,不忍看这残酷的恶刑。

在喀嚓喀嚓的铡刀声中,听到了死难者英勇的呼声:"共产党万岁!乡亲们……报仇……"

工作队同志一齐高呼:

"同志们英勇!党不会忘了你们!全国人民会给咱们报仇!"

在工作队同志们的呼声中,群众抬起了头,收住了泪,几千只眼睛,射出了万丈怒火,怒视着这些杀人的强盗。

许大马棒得意地仰天一看,随后把手一挥:"开拔!"便大摇大摆地向街西走去。小匪徒们解开拴在树上的钢丝,押着工作队的同志跟随在后头。

刚离开火堆,鞠县长一声高呼:"同志们!誓死不当俘虏!"随着喊声,九个同志猛一冲,匪徒手中的钢丝脱手,同志们带着钢丝向前面的许大马棒扑去。匪首们被吓得一阵惊乱,可是这无情的钢丝,又被一群小匪徒拉住了。

许大马棒转回身,提着枪,恶狠狠地瞅着宁死不屈的工作队的同志们,问了一声许福和蝴蝶迷:"一块结果了吧?"

蝴蝶迷一歪脑袋:"别!别!这些共产党比穷棒子值钱,捉了活的回去好在专员面前献功讨封,那时间再扒点心肺做点下酒菜,也算咱们的口福哇!"接着她尖声狂叫:"弟兄们,押紧点,回去有赏。"

说着,顺着大街向西山丘走去。

匪徒们离开了屠场,被害者的亲友家属,一齐拥向死者,抱尸痛哭,许福、郑三炮回来一顿冲锋枪,把他射杀在尸体旁,然后割下了九个村干部的头,用铁丝吊在井旁的大树上。接着,许福指挥着匪徒,每人从火堆里抽出一根火棒,向四外的房屋、草堆奔去。随着匪徒们魔影的掠过,全村燃起了一簇簇的大火,越烧越大,杉岚站全屯成了一片火海。哔哔剥剥的火声,夹着人们悲惨的号哭声。

鞠县长等被押到山丘下,他们回顾了一下全村的大火,听着群众悲惨的号哭,这愤怒和仇恨,使他们涌出无穷的力气,她在黑夜中高呼:"同志们!拼!"

他们从匪徒手里挣脱了钢丝,黑暗里一阵拼命的厮打,厮打声长久不息,直到同志们用尽最后的一点力气,流尽最后的一滴血。

鞠县长等九位同志牺牲在大盘龙松下。他们的尸体被吊在松树上。

这笔血债刻在战士们的心里!

血海深仇燃烧着战士们的心!

"奋勇!前进!报仇!雪恨!"战士们每一个细胞里都充满了这样的意志。

这支强大的人民子弟兵,像钢梳一样,更确切一点讲,像剃头刀一样,日以继夜地刮剃着老爷岭的每一个山头,每一个山沟,搜捕着那些杀人的匪徒。

三 受 命

田副司令员的办公室里,北墙上挂满了五万分之一的军用地图。

王团长和一团宋团长报告了几次奔袭搜山扑空的经过,强调了扑空的教训。几千人的部队在老爷岭搜了十五天,一无所获,给养运不进去,大兵团不能久居林中。即便像梳头一样把全山梳过来,敌匪也会利用我们的空隙。更确切一点说,不是什么空隙,因为我们整个部队只能占老爷岭很小很小的一片。敌人在一个石洞中,一片灌木丛里,便可以安全地躲过去,或是漏掉。基于这些实际教训,应采取剿匪的新战法。

王团长前后强调地建议:"对付匪帮必须有准确的侦察,神速的行动,出其不备地消灭他。所以侦察应是第一。"

宋团长补充着王团长的意见:"消灭这些残匪,已经无须用很大的兵力,但是面对大山林盲目行动是难以收效的。所以关键问题在于怎样侦察,怎样打。"

参加会议的干部都在思考着。

何政委手拿着笔记本,站了起来,镇静而稳重地吸了一口烟,说:"教训!血的教训!'除匪不尽,遗祸无穷'。我们以往的战斗没有干净彻底地消灭敌人,剩下的这些匪首骨干,遗给了今天这样大的祸害。这责任我们是不能推卸的。再加上我们最近的麻痹松懈,以至于一些村屯遭到了血的洗劫,影响到土改工作的顺利进行,影响到根据地的巩固。在这五天之中,先后发生了杉岚站、饮马河、靠山屯、兴隆堡四个村的大屠杀,干部群众惨死百余人,房产粮食几乎全部烧光。敌人是异常毒辣的。匪徒们的口号是:'烧光杀净!'"

干部们都用惭愧的自责的眼光看着何政委。少剑波脑中浮起了杉岚站被洗劫后的景象,感到又沉痛又愤怒。

"这个不奇怪!"何政委继续说,"所剩下的敌人不是普通的敌人,而是罪大恶极的、过去血债累累的,现在和将来更必然是坚决与人民为敌的反革命。他们是大地主、伪满警官、特务、宪兵、惯匪,再加上国民党特务的掌握。正因为他们是垂死以前的挣扎,所以必然更加凶狠毒辣。在最近这几个村子的血的教训以前,我们总以为敌人的十万大军被我们消灭了,以为所剩无几的残敌逃到沈阳去了,逃到南边敌占区去了。我们没有想到东北地区历史上土匪如毛的特点,没想到蒋军与本地的一切社会渣滓、封建地头蛇——包括一些占山为王的惯匪在内,原本就是一体的。从今天所得的番号来看,这几次的屠杀全是许大马棒、马希山、李德林、座山雕所干的。就是特务侯殿坤和司令谢文东也下了山。作为人民的子弟兵,我们容忍了敌人,就是有害于群众。现在要下最大决心,迅速干净彻底地把他们消灭!保护土改,巩固后方,支援前线!"

田副司令,是个体态魁梧作风果断的军人,他直截了当地说:"从战术上讲,再用大兵团对付小股的匪帮,那简直是等于用拳头打跳蚤,用榴弹炮打苍蝇,用渔网捕毛虾,毫无用处。我们应当以精悍坚强的小分队,既能侦察又能打,边侦察边打,要和敌人在山林周旋,直到消灭敌人!"他用拳头轻击了一下桌子。

"现在我们决定,"他环视了一下大家,然后目光盯着少剑波。"由少剑波同志组成一个不宜过大的但是坚强有力的,能侦察能打的小分队,来完成这个任务。"

在座的干部,在何政委报告时,本来就已经在核计着自己如何来进行这次战斗,都想要求这个任务。田副司令这一宣布,大家立刻争起来。

少剑波早已站起来了。年轻的红红的脸上,英俊的黑眉毛耸高了。他是那样的兴奋,但又抑制着,用感激的眼光看着田副司令。他向来活泼热情,是同级干部中最年轻的一个,但是他现在不愿意多说话。

"你挑选一个小分队的战士,要挑最有胆量的。"田副司令亲切地对他说。

少剑波的脸上顿时现出自信而骄傲的神色:"我相信我们的战士,他们浑身是胆。"

何政委很喜爱这个勇猛无畏的青年,知道他的长处,但还是启发了他一句:"这里说的胆量有两种:一是集体作战的群胆;一是各个为战的孤胆。今天的作战,突出地要求孤胆。胆的因素有三:一是觉悟高;二是武艺高智谋广;三是体格强力气大。只有这样的战士才能对付你今天的对手。"

少剑波敏感地点了点头,说道:"政治委员同志,我完全明白了您的指教。因为我们是小部队,所以敌我力量悬殊。我们所遇到的,可能是敌人数倍于我们的兵力……"

"正是这样。"田副司令插言道,"敌人虽然已经完蛋了,但是比起你的小分队来,力量还不算小。你的对手,上至专员、司令、旅长,下至匪徒匪孙,又毒辣又狡猾。特别不要轻看了匪徒中的那些惯匪有各个为战的能力,而你又要干净彻底地吞掉他。因此任何粗率鲁莽的行为都会吃亏的。"

少剑波微笑着说:"要逮住孙悟空,就要有比孙悟空更大的神通;要捕捉猛虎,必须比猛虎更猛!"

大家都笑了。

"不错!"何政委满意地微笑着走过来,拍着他的肩膀,"还有,你要征服林海,踏透雪原。将要来临的大雪会给你很多的麻烦。你要善于把这些麻烦,变成对你的方便。要驾驭它,要利用它,要驯服它。"说着伸过手来,"祝你成功。"

少剑波紧握着何政委的手说:"党对我的信任,我感到无限光荣,这对我来讲现在是一种预支的荣誉,我将尽我和我的小分队所有的智慧和力量。"

夜深人静,只有虫声唧唧。少剑波躺在床上翻来覆去睡不着。数不清的思绪,反复地交集在他的脑海中。严重的任务,极大的光荣,小分队怎样组织?林海!无边的林海!匪徒!凶残的匪徒!百姓!善良的百姓!何政委、田副司令的谆谆叮嘱……最后,他爬起来,走到桌边,拿起钢笔,把夜光表搁在桌子上,开始写他的作战计划。

笔声喳喳,表声滴滴,伴着这位年轻的指挥官。他沉思着,写着。有一个什么难题使他很久地写不下去了。突然,他把笔向桌上一放,笔正碰在张开的金表壳上,发出锵的一声响,这响声是那样的亲切悦耳。少剑波的目光即刻盯向这对从一九四三年就和他结了交情的"朋友",他良久地凝视着,好像要在这对不平凡的"朋友"那里找到答案似的。看着,看着,他的思潮进入了漫长的回忆中。

原来,正是在这支笔和这块表上,有一段不平凡的事迹。

事情是在抗战时期——一九四三年的春天。

少剑波的武装工作队活动于胶东半岛烟台与福山之间,它像一把锋利的小钢刀,刺绞着日寇的心腹地带——烟台海区基地。

是在一个晚上,军区司令部和政治部与区党委来了一个特急的命令。区党委的社会部长和政治部的保卫科长把这份命令亲手交给了少剑波。

一个繁重的担子落到年轻的武工队长的身上。

是烟台市地下党组织出了一个叛徒姜吾,把全部党组织的秘密告诉了敌人。党的组织被破坏了!党的同志二十几名被捕了!这些同志的生命危在瞬间,营救他们脱险是一个刻不容缓的特急任务,必须在三天以内完成这一任务。要刺进日寇的屯兵重地碉堡林立的烟台市,要打破敌人高墙钢锁的特别监牢——一四八号炮台。

少剑波和他的战友们曾在这一艰巨的任务中创造了不平凡的事迹,因而结交了他这对来之非凡的"朋友"——钢笔和金表。

……在麦浪似锦的烟潍公路上,走着两个学生打扮的年轻人,一个是少剑波,一个是他的战友王孝忠。他们正走着,走着,对面来了一个骑自行车的邮差。他们俩一咬耳朵,沉思的脸上露出了喜色。少剑波望望四下无人,向王孝忠投了眼色,两人放宽了一点间隔,孝忠在左,剑波在右,在公路两侧麦田边上并排前进。和邮差之间的距离愈缩愈短了。身强力大的王孝忠一个箭步上前,一把将邮差拉过来,搀架着走进了麦田,少剑波推着自行车随后跟去。

来到一个乱葬岗,松树野蒿,密密丛丛,坟丘累累,满目荒凉。这里是绝少人迹,唯有群坟当中的望乡庙内的纸灰和香灰,证明曾有人来吊祭过。

那邮差被吓得仰倒在这个小庙旁的坟头下边,他只以为是绑票要钱,连连哀求道:"没钱!只有几个吃饭钱!"

少剑波一摇手:"别害怕,现在我问你:哪里去?"

邮差颤抖着答道:"福山县……福山县。"

"什么名?"

"赵富昌。"

"哪里人?"

"烟台市。"

"离秦皇庙多远?"

"就是秦皇庙后永安街门牌三十五号。"

"家中有什么人?"

"只有婆娘和十二岁的儿子小柱子。"

"今天去什么时候回来?"

"当天赶回!"

"福山有朋友吗?"

"有个朋友马贵。"

"干什么的?"

"同行。"

"你老婆认识他吗?"

"一次没到我家去过,不认识。"

"说实话!"王孝忠眼一瞪,有些粗鲁。少剑波摇摇手制止他。

邮差又疑又惊慌:"老总,先生……"不知称什么好了。

"是真话! 去年冬月才认识的。要有半点说谎天打五雷轰。"

"你识字吗?"少剑波问。

"初中二年,当过教员,如今……"

"那太好了!"少剑波拿出纸笔来,递给邮差,"我说什么你写什么,明白吗?"

"好! 好!"

少剑波说着,让邮差写成一封信,然后和蔼地对他说:"对不起! 请你先委屈一时,事成重谢。请把你的制服和通行证借给我。"

邮差颤颤抖抖地脱下了邮差服。

少剑波变成了一个邮差,骑着自行车直奔烟台。王孝忠和邮差留在这片荒凉阴森的野地里。

下午三点,少剑波到了赵富昌的家。

"大嫂好!"少剑波满面笑容亲亲热热地向赵富昌的老婆问候着,好像很亲近而熟悉的样子。

赵富昌老婆也亲亲热热地随口答应说:"好哇,大兄弟!"可是两只眼睛紧盯着这位不熟的客人,由亲热而转为打量,由打量的神情上,显然看出她在紧张地追忆和辨认。由于她对客人越看越生疏,因此脸上呈现出一种不好意思的样子,又想问,又不好意思问:"大兄弟! 您是……"

"大嫂不认识了吧?"少剑波笑嘻嘻地说。

"哎呀!大兄弟!我这人真没用,我忘了大兄弟的名啦。"

少剑波哈哈大笑起来,"这不怪你大嫂,我没来过。"说着,把制服邮包向着她颠了两颠,开玩笑地说:"大嫂,看看,不认人认'票'就成,这是大哥的制服邮袋吧?"

当大嫂确认出是自己男人的东西时,不好意思地笑道:"哟!大兄弟,我早就认出来啦!这车子我也认识。您可别见我的怪。"

少剑波便哈哈笑起来,随手从信袋里拿出一封信来,刚要递给她,忽然一个十二三岁的小孩跑进来,看了少剑波也愣了神。少剑波马上问她道:"大嫂,这是小柱子?"

"是呀!快给叔叔问好。"她热情地催着小柱子。

少剑波把信递给他,"来!看看爸爸的信。"

小柱子吱地把信撕开,念起来:

贤妻:

　　我今天路上喝点冷水闹了肚子,今天不能回去,住在我常对你说的朋友马贵家,这趟差由马贵兄弟代劳,到家好好招待,切!切!

愚夫赵富昌

三个人坐在炕头上闲话了一阵,少剑波以到街上看看为由,走到秦皇庙周近,在一家正对秦皇庙西北角的小饭铺,要了一壶茶,两盘瓜子,慢慢消闲地看着那秦皇庙。

满院松柏树和杨树,包围着高大古老的庙宇,前后四层大殿,一丈五尺多高的围墙,上面盖着绿色琉璃瓦。西南角有一座石砌的三层大碉堡,两层被围墙挡住,上面只露一层,这就是一四八号炮台。先前驻伪军一个中队,现在是监押着被捕的同志的监狱。

少剑波精心细意地研究了这个大庙,深怕漏掉了一点。从四点一直到七点,他的眼一分钟也没看对他无用的东西。

太阳西沉,十辆满载日本兵的卡车,由郊外通过庙墙下驶向街里。又有十辆,从街里通过庙外驶向郊外。"定是换外围碉堡警戒的。"少剑波这样想着。

天黑了,小铺要上板。这里是七点半上板,八点戒严。大庙的周围增设了两个游动哨,沿着庙围墙往返巡视,这证明敌人夜间对这座大庙的戒备是十分严密的。少剑波只好离开,沿庙墙绝少人走的地方转了一个圈,因为他穿的邮差服,岗哨也没有介意。

七点四十分少剑波回到赵富昌家里,那妇人热情地招待他吃饭。少剑波说明在外边吃了,其实只是喝了点水。他心里想:"庙里到底什么样?"因无办法进去,很感焦虑。但时间太紧,守备又严,想不出办法进去,便辞了大嫂,要在戒严前出市。刚走到院子里,突然街门一敲,走进四个警察,吹胡子瞪眼地问:"有外人没有?"少剑波一下急了,幸亏天黑了对方看不出他的表情。

"没有!这是俺富昌的朋友。"大嫂指着少剑波说。

"富昌?"前头那个警察拿手电筒向少剑波脸上晃了两晃,又上下打量着。

少剑波倒沉着起来,站在那里,若无其事地手扶着自行车。

另一个问:"挂号了没有?"

"没有,因为今天走。"少剑波从容地说。

"为什么戒严前不出城?嗯?"

少剑波笑了一下说:"现在我正要出城,到八点可以出去!"

"不管他!"另一个警察说,"这几天没查着个嫌疑犯,挨了多少狗屁呲,妈的,带去!"没由分说,把少剑波带了出去。赵富昌老婆和小柱子有点慌了,少剑波回头从容地说:"大嫂,不要紧,邮差是不怕这个的。"

秦皇庙第三大殿西廊房下,一些人正在吆二喝三地掷骰子。四个警察带少剑波进去喊:"报告警长,查着个嫌疑犯!"

一个满脸胡子的警官,光着个秃脑袋,手抓骰子,还没掷下,回过头来不耐烦地上下打量着少剑波。

少剑波没等这位警长开口,便理直气壮地来个先发制人:"报告警长,离戒严还有二十分钟,我要出城,他们却把我捉来,在戒严前随便捉邮差是犯法的。"

那警长看了看表,七点五十五分,指着四个警察破口大骂:"你们他妈的尽办些拉屎不揩腚的啰嗦事。非特别戒严不准捉邮差,你们不知道吗?快放他走!快走!快走!"说着便回身一使劲:"六啊!"骰子在瓷碗里丁当乱响。

少剑波看着这个情景,便又顶上一句:"报告警长!他们耽误了我出城,现在戒严时刻已到,我出不去啦。"

那警长回头向四个警察斜了两眼:"他妈的!真找麻烦,请神就得送神,把他送出城去!"

四个警察垂头丧气,和少剑波出来。少剑波故意一瘸一瘸地走,电灯光下,四面望着,庙内的情景被"拍摄"在眼睛里。一个警察正没地方出气,狠狠地掀了他一把:"装什么样,又没打你!"

"唉,兄弟不是,我的腿今天骑车子摔了一下,请担待。"

刚说完,只听得最后的一座大殿发出了一声惨叫,接着便是

41

一阵"汉奸,卖国贼"的大骂。少剑波一怔,顿时一阵心酸,"这又是同志们在受折磨。快走,越快越好。"他的脚步加快了,出了市。

月光下,他飞身上了车子。

乱葬岗望乡庙旁,王孝忠正等得焦急,不时地起来张望,当他看到剑波的影子,喜得满身轻松,大步抢上前去,接过了车子,急问道:"怎么样?怎么样?"

少剑波擦着脸上的汗水,对王孝忠说明了经过。最后他兴奋地握着拳头说:"万事俱备,孝忠,你快去!按计划行动。"

王孝忠立刻动身走了,魁梧的身躯消失在春夜茫茫的麦田里。

邮差已经睡了一觉,看着这两人的行动,更加莫名其妙。但他已经不害怕了。少剑波开始和他拉起呱来,一直谈了两点钟。原来赵富昌本是个教员,因为他班学生日文考得太坏,被特务机关捉去蹲了三个月,又灌凉水,又坐洋板凳,后来经十家朋友担保,才被释放。现在当了邮差。

夜半,月儿偏西,满天星斗,露水浮地,身上湿漉漉的,少剑波满身汗水在微风吹拂之下,有点凉意。

十二点半了,少剑波焦急的脸上有点烧,心中忐忑不安,不断地向王孝忠去的方向张望。突然西山日军岗卡上叭叭响了两枪。少剑波顿时心中噗噗乱跳,担心武工队会被封锁着过不来,计划就完全破产了。

原来烟台外围每千米一个碉堡,五千米一个母堡,中间夹四个子堡;母堡驻日军一小队,子堡驻伪军二十名,守卫得很严密。

正在着急中,只见一排人影沿田坎走来,少剑波问声:"口令?"

"拿贼!"王孝忠的声音。他把武工队领来了。

全队三十名,个个精神饱满,勇气十足。

大家围成一团,少剑波详细讲了计划,规定了每个组的战斗分工,然后他严格地规定了纪律:"因为是在敌人心脏,非十分必要,不准射击,尽量用战刀和刺刀,因为打枪惊动了敌人,任务是不好完成的,甚至会被敌人消灭。"

出发了,邮差满心高兴地当了向导,同少剑波走在前头,顺市郊菜园边、麦田、小沟、坟头、树行,一直来到秦皇庙北边的三所独立间屋后面。队员们各人静静地掩蔽好,怒视着这座秦皇庙。明月之下,看得清清楚楚。

两个伪军在顺围墙游动。

十分钟过了,两个往返巡查的伪军端着枪,若无其事地走过来了,刚到拐角处,早就躲在那里的王孝忠和于典礼,一声不响地从身后猛扑过去,拦腰抱住了。两个伪军大吃一惊,刚要喊,早被两只大手掐住了脖子。拖到房后,刀尖对准他们的胸膛,剥下了他们的伪军装,问了口令后,便用毛巾堵住了嘴,绑在一根横倒着的大圆木上。

王孝忠和于典礼穿上伪军装,带着十个队员,奔向庙前大门的伪军守备队。

少剑波留下十个人在庙外掩护,自己带了十个人,搭人梯爬上了北墙,踏着墙头攀上一棵大松树,顺一条大绳,溜进了庙院第四殿后身。

第四大殿,从窗户里射出了耀眼的灯光,传出来受折磨的人们的惨叫和愤怒的骂声,证明还在进行审问。

少剑波十人分了两组,顺东西两山墙,摸到门旁。蹲在黑影里向里一看,这庙内没有泥塑像,只有些木牌位。中间坐了三个警官,有支手枪放在铺着台布的香案上;旁边站着一个穿便衣的,长得贼头贼脑;两边香案头上坐着两个录供的,手拄着笔,在等犯人说什么,在这些犯人面前,好像他这个录供的生意特别萧条。地当中一个被审问的同志面对着三个凶恶警官站着,戴着脚镣,骂声不止。旁边四个武装警察,两个手提匣子枪,张着大机头,两个蹲在炭火炉子旁烧火筷子。

"快说! 免得皮肉受苦……"

这个警官吼声未绝,少剑波一个箭步窜进去,战刀一挥,把持匣枪的一个站堂的警察砍翻在地。

"别动! 谁动打死谁!"

十支枪口一齐对准那些杀人魔鬼,吓得他们龇牙瞪眼,呆得像块木头牌位。中间那个警官,刚想拿桌子上的枪,被刘勋苍一战刀剁掉了四个手指头,喊了一声:"老实点!"

其余的纷纷跪下求饶。

少剑波命令三个人看了俘虏,把警官、叛徒紧紧地绑了,自己率领七个人大摇大摆地来到一四八号炮台。

"口令?"

"东亚!"答声未落,刘勋苍、董中松早已到了跟前,用枪指着那个看守喝道:"开门!"看守被这突然的事情吓得呆了,拿着一大把钥匙瑟瑟发抖。队员董中松一把夺过,喀喇! 喀喇! 开了三斤重的大铁锁。当啷啷! 铁门开了,一股扑鼻的血腥味扑来。

进碉堡一看,下层空空的,少剑波急忙上了二层。原来被捕的同志全押在这里,像沙丁鱼罐头一样,挤得紧紧的。有的在呻吟着,有的已昏昏入睡,发出微弱的喘息。少剑波兴奋地压低了声音:"同志们! 武工队来啦! 别慌别怕,一切都很顺利,快起来走!"

只听得嗷的一声,二十几个同志,忍受着无限的痛苦,欢腾若狂地跳了起来,哗啦啦,镣铐乱响。少剑波急忙两手往下一按:"同志们小声,守备队还没有解决。"马上命令捉来的那个看守拿钥匙开了镣铐。二十几个同志手脚自由了,把镣铐拿在手里,准备必要时用它来当武器厮打。

少剑波为了迅速解决守备队,便下了碉堡——一四八号炮台,刚一出门,迎面跑来王孝忠,左手持枪,右手拿把大战刀,伪军帽子也掉了,低声向少剑波报告:"我们十个人,答上了口令,走到近前刺死了两个门岗,直奔东南守备队驻房。里面睡得呼呼的。我们从枪架上收了枪。敌人一点没发觉。我刚要回来报告,一回头,妈的,正碰上他们的带班的来了,这小子一看大喊了一声,往外就跑,被我用刚得的这把战刀一刀劈死,现在全部解决。"

"好!全部胜利!"少剑波兴奋地微笑了一下,接着眉头一皱,心中默默核计:"武工队三十人,救出的同志二十二人,叛徒和大汉奸又是六人,再加上俘虏的伪军守备队四十多人,合共有近一百人,被救同志又不能走。人多了目标大,容易被外围碉堡的敌人发觉而出不去,必须在拂晓前迅速撤出。"于是他决定,把守备队俘虏及看守全押上一四八号炮台,放上一大堆宣传品,锁上三斤重的大锁。被救的同志丢了镣铐,拿了刚缴来的枪支,忍着棒伤的疼痛,押了叛徒和警官先走出秦皇庙,武工队断后掩护。

一群人刚溜出敌人的外围碉堡群,突然背后一阵枪声,子弹掠空而过,行列中的七个汉奸眼里射出了一线希望的残光;被救的同志有点慌。少剑波瞧着七个汉奸冷笑了一下,回头向二十几个同志安慰道："放心,同志们!"话刚完,轰隆隆！一连串的巨响,敌人碉堡跟前腾起了数十根烟柱,然后汇成一片黑烟,冲天而起,制止了敌人的枪声。少剑波喊道："同志们成功了!"队员们一齐欢跳喊道："鬼子吃西瓜了!"

原来是武工队政治指导员巴本春同志,按着计划星夜大摆地雷阵。天亮敌人追来,巴本春同志的地雷大显神威……

这就是年轻的少剑波惊破敌胆的一段故事。就因为这,他被军区司令部传令嘉奖,并得到了作为奖品的两件珍贵的战利品——笔和金壳表。

一想起了这些往事,他就精神焕发信心百倍了。

四　杨子荣智识小炉匠

"差两分十点。"王团长看了看表,亲切地看着再过一点零两分就要出发的少剑波,他们已经谈了两个钟头,所谈的内容全部是小分队在森林地带活动的战术问题。

"报告!"警卫员高波走进来,"田副司令到!"

王团长和少剑波立即离开座位,刚要出去迎接,田副司令已经跨进门来,他和少剑波握了手,玩笑地问道:

"怎么样？远征司令同志？"

"一切都准备好了,离出发还有一点钟。"

"一切！嗯？一切？"田副司令不慌不忙地坐在一个凳子上,"好吧,那你就汇报一下你的一切吧!"

少剑波立在田副司令的对面,像在操场上背报告词一样："小分队的组成,有侦察英雄杨子荣,战斗英雄刘勋苍,攀登能手栾超家,长腿孙达得……"他从人员说到装备,说到他所想定的战术,他所准备的一切。他显然有些满意自己的准备工作,不觉流露出了一点骄傲的情绪。

"这就是你的一切吗?嗯?"田副司令的脸上现出了少剑波没有想到的严肃的表情。

少剑波知道首长已经听出了漏子,又知道他向来对部下战前的准备工作要求很严,不放松任何一点微小的破绽,所以少剑波脸上一红,没有回答。

"嗯?怎么样?一切都报告完了吗?"

"都完了!"

"我问你,发生了伤号怎么办?"

"这个已经准备了!"少剑波微笑着松了一口气,"每人带了三个急救包。"

"三个急救包能解决伤病员的一切问题吗?"

"轻伤是可以的!"

"要是重伤呢?"

"我相信战士们的全身本领和忍耐力……"

"荒唐!"田副司令更加严肃地把眼盯着他,"如果那伤势超过了战士的忍耐力呢?嗯?那只有让战士牺牲生命吗?"

"不!绝不是这个意思。"少剑波又有点着慌了,"我们要集中所有的智慧,用极少的伤亡换取大的胜利。"

"那只是你的主观愿望。要知道,茫茫无边的林海,不是你当年的烟台街;酷寒的北满严冬,不是你胶东半岛上的春天;现在你是满山捉恶狼,不是烟台市的瓮中捉老鳖;你的战斗全程至少是半年,而不是你烟台街上的一宿。时间地点条件都不同了,懂吗?"

"是的!"少剑波心服口服地承认,"我只想让小分队更精干,尽量不让它有什么累赘……"

田副司令看到这个心爱的年轻的部下已经有些难为情,脸上便现出了笑容,走到剑波跟前,拍了拍他的肩膀说:

"我先给你记上这笔账,开始就主观潦草。你在日记本上也写上,你就写:'老田这家伙真厉害,没出发就把我剋了一通',还可以加上个破折号,'不吉之兆'!"

三个人都笑了。

田副司令为了看看即将出发的小分队和不耽误少剑波的准备,便戴上军帽,说了声"快准备你的卫生兵",便走出门去了。

王团长和少剑波对笑了一下,一伸舌头:"好厉害!"王团长转回身向卫生队打电话,让卫生队长立即派一个身强体壮、政治坚定的卫生员来,要带足防冻、急救、止痛的药品。

不多时,进来一个经常坐大车的患气管炎的卫生员,王团长一看生了气:"真乱弹琴,快回去叫你们队长来,回去!"

那个卫生员揉着他还没睡醒的眼睛回去了。

当卫生队长走来的时候,已经是十点半了。他听了王团长的申斥后,提出了他的困难:"体格强壮的卫生员都下连队了,卫生队所剩下的两个男卫生员都是身体最差的老病号,要不是这样他俩也早就到连里去了。那一个是脚鸡眼病,还不如这个害气管炎的呢!早也没通知准备,现抓……"

"好啦!好啦!"王团长不耐烦地走近电话机,向一营挂电话,"总机……总机……要一营……要……"

"报告!"一个清脆的少女的声音,使王团长转回头来,"用不着向营里调,我去!"白茹——卫生队的护士长,十八岁的女兵,已全副武装,精神是那样的饱满,瞪着美丽的大眼睛,直盯着还没挂通电话的王团长。

少剑波在一边不耐烦地把手一摇："乱弹琴！你们卫生队好不好不来开这个玩笑？"他把头一低，喘了口粗气，嘟哝道："除了'病号蛋子'，就是'丫头片子'！"

"别轻视女同志！"白茹不服气地一歪头，"哪一次战斗没完成任务？"

少剑波朝她一瞪眼，不耐烦地说了声"小分队不要女同志"，就走向电话机去。

王团长因为没挂通电话，把耳机向架上一搁，生气地说："值班员又睡觉了，普遍的麻痹……"

白茹走上前去说："团长，没必要再调连上的卫生员，我去！我的一般治疗技术比他们高，保证完成任务！"她又笑嘻嘻地向前走了一步，"你调也调不来，各连的卫生员全到军区卫生处学防冻去了，他们的训练班设在宁安县城。"

王团长朝她一笑："不行，山林里，严冬的季节里，不是普通的战场，小白鸽！你吃不消！"

"不是普通战场，它也是战场。"白茹因为王团长常和她开玩笑，她平常也像对长辈一样对待他，所以说话也就随便些，不像对少剑波那样拘束。"斯大林同志说过，共产党员不是普通人，而是特殊材料制成的。我是共产党员，什么特殊困难我也不怕。看看，"她从肩上摘下了肥大的药包，边说边摊，"什么我全准备好了，防冻的，急救的，润擦的，注射的，治疗的，什么都全，首长检查检查，哪一点我没想到？我没有病，体格好，觉悟也不低，意志也坚定，自愿自觉！"她的话越说越急，清脆得像鸟噪一样，谁也别想插进半句话。"你们首长们也常教育我们说：'战斗的胜利是建筑在战士们高度的政治觉悟，钢铁般意志和高超

49

的战斗技术的基础上．'现在你们不让我去,是违背这条原则的,打击情绪,泼冷水,妨碍战斗积极性……"

"好了！好了！小白鸽,"王团长笑着一挥手,"别给俺戴帽子啦！"

"谁呀？这么厉害！"田副司令走进来,向白茹一打量,"好厉害的嘴！"

"小山子战斗的抢救模范小白鸽。"王团长咧嘴笑道。

"好！她有资格参加小分队,让她去,给少剑波加上点累赘。"田副司令一面吸烟一面说,"不过需要带上匹马。"

"报告司令,别给我增加马的累赘,我绝累赘不了小分队和二〇三首长。我相信我会是小分队最有用的战士之一。"

少剑波还是不耐烦:"别啦！别啦！看她的身轻得像只鸽子,全身的力气也没有刘勋苍一只手的力气大。女同志不成！"

"什么不成,"白茹理直气壮地一歪头,"这是司令和团长的命令。"

"对！"王团长笑道,"是司令和团长的命令,现在我命令你,马上去小分队,准备出发！"

"是,马上去小分队,准备出发！"白茹行了军礼,乐得一蹦一跳地跑出去了。

少剑波对小分队增加这样一个小女兵实在不满意,内心又怨自己事先没准备好,可是他为了小分队的坚强精干,还是决心向王团长再次请求,"团长,白茹不成,还是……"

"没法子！"王团长两手一张,肩膀一耸,"连里的卫生员全受防冻训练去了！"他马上凑前一步,拍着剑波的肩膀,"白茹有很多优点,小分队战士都很壮实,是可以带了她的,特别是她的技术高于一般卫生员。"

的确,白茹在人的心目中确是一个不平常的女兵,她曾因为在小山子战斗中从火线上一连抢救了十三个伤员而荣获抢救模范,并升任护士长,她今年刚刚十八岁。

她很漂亮,脸腮绯红,像月季花瓣。一对深深的酒窝随着那从不歇止的笑容闪闪跳动。一对美丽明亮的大眼睛像能说话似的闪着快乐的光亮。两条不长的小辫子垂挂在耳旁。前额和鬓角上飘浮着毛茸茸的短发,活像随风浮动的芙蓉花。

她的身体长得精巧玲珑,但很结实。还有一个十分清脆而圆润的嗓子,善歌又善舞,舞起来体轻似鸟,唱起来委婉如琴。她到了哪里,哪里便是一片歌声一片笑。她走起路来轻爽而灵巧。她真是人们心目中的一朵花。因为她姓白,又身穿白护士服,性格又是那样明快乐观,每天又总是不知多少遍地哼着她最喜爱的和她那性格一样的"飞飞飞"的歌子,所以人们都叫她小白鸽。

田副司令看了看表,差两分十一点,"好啦!我不改变你的计划。你第一箭,射什么靶子?"

少剑波很干脆地答道:"还是那只胶皮鞋,到现在为止,那是唯一有痕迹的目标。"

天阴地黑,疾风呼啸,飞沙扑面,北国的严冬降临了!小分队向山涛林海无边无际的老爷岭出发了。

奇峰险恶犹如乱石穿天,林涛汹涌恰似巨海狂啸。林密仰面不见天,草深俯首不见地。

谁知这老爷岭到底巍峨有多高?究竟连绵有多广?人说:"老爷岭,老爷岭,三千八百顶。"小分队几天的行军,才翻过了十几个山岭。第三天的晚上,他们宿营在牡丹峰山半腰的一块吊悬着巨石的石洞里。这块巨石和牡丹峰比起来,只不过像人体上一片小指甲那样大。可是少剑波三十六人的小分队,只占了这洞的一个小角角。战士们立在这个难得的营房里,借着傍晚夕阳的余晖,眺望着森林的奇景。在他们对面的一棵大树杈上,有一个碾盘大的大树洞,一只大黑熊爬呀,爬呀,爬上去了,钻进了树洞。小分队现在每天和野兽做邻居。

一个寒气刺骨的早上,小分队到达九龙汇。这是在五万分之一的军用地图上标记着老爷岭心脏地带的一个小屯落。它距林边最近的屯落也有二百余里。

这个屯落是因地势而得名的。屯的四周有九条大岭,向中心伸来,巍峨险峻,形似九条巨龙。九条岭之间有九条山涧,涧中的激流冲向屯的南边,把一块交汇点上的老大老大的大青石,冲成一个深潭,人们管这个潭就叫九龙潭。旱天涧无激流,潭中水平如镜,呈天蓝色,映出九龙山岭的倒影,活像九条巨龙盘踞深潭。夜间,满天星斗映入潭中,恰似潭底又有天空。雨天,涧中激流冲下,在九条激流的汇冲点,泛起一朵数十丈高的大水花,像一座蘑菇形的棉花山。

屯人对这个奇险的深潭敬之如神,每逢农历二月二日,老百姓说是龙抬头的一天,又说是山神爷的生日,家家户户到潭边焚香烧纸,摆供磕头。

全屯共有三十六户人家,在这山根涧边的黑土地上种粮食种菜,旱天不旱,涝天不涝,年年丰收。农闲时,就挖参打猎采蘑菇,住的房子全是圆木搭成的大马架,或是靠山挖成的窑窖。使用的家具器皿,很少有陶瓷器,大多是自己种的葫芦,大的当饭盆,小的当饭碗。每家供奉着两个神龛,一是山神,一是龙王。

只是因为在上次大部队搜山时,杨子荣在这屯东南三十多里的地方捡到一只白色的胶皮鞋,所以才把少剑波的小分队引到这里。可是匪徒在哪里呢?破胶皮鞋上是找不到任何答案的。屯的周围也再没发现别的任何痕迹。

茫茫无际的林海,和为数很少的小分队,在探索匪徒的踪迹上碰到了难题。调查老百姓时,他们只是说:"都是中国人,为什么还打仗?"或者说:"这里三年前有日本军队来过,以后再没看到什么队伍。"一连八天,事情毫无头绪。热情活泼的少剑波,在人们的印象中还是第一次没了笑容,没了歌声。

少剑波坐在一所马架木屋里,想念着单独出去执行任务的杨子荣和孙达得。他俩是在小分队进九龙汇的头天晚上,就扮成收买山货的商人,奔向捡胶皮鞋的地点去了,到今天已整整去了八天了,毫无信息!他俩为什么扮成收买山货的商人呢?因为这里除了本地的猎手之外,外来的人只有低价收买山货的投机商,而且是几年内才可能来一个两个的,来时用一些粗布、农具和家具,交换群众珍贵的人参鹿茸和原皮等——极不等价的交换,使这里的群众恨透了这类投机商。

杨子荣和孙达得来到捡鞋的地点后,在这密不见天日的大森林里,在这密不露地皮的烂草丛中,像旷野里找针一样,寻遍了周围所有的山头,所有的小沟,可是几天中毫无所获。虽然已是初冬天气,但他们俩每天都是满身汗。

"没啥希望了!还是另找别的线索吧!"孙达得十分疲倦地要求杨子荣。

"不!达得。"杨子荣坐在一块大石头上一摸胡髭,"这只破胶鞋必有个来龙去脉。鞋是人穿的,人不到这里,鞋自己绝不会到这里,对吗?"杨子荣为了鼓励孙达得的情绪,还是装得信心百倍的样子。

"也许是猎手扔在这里的,或者猎手被野兽吃了,只剩下一只鞋。要不四外为什么一点其他的征候也没有呢?"

"这倒有可能。"杨子荣咧嘴一笑,从腰里掏出那只破胶鞋,仔细打量着。"达得你看,鞋上没有血,我捡鞋的周围既没血也没人骨头,所以不可能是野兽把人吃了。另外,据我了解,猎手们没有穿胶鞋的,村里的普通人更不可能穿这种鞋。你是个老山林通,是这样吗?"

"是的,是这样!"孙达得两只眼睛直僵僵地盯着远方,"不过也有特殊情况……"忽然,他的眼神一转,"特殊……特殊……"一面说着,一面爬起来向对面的一个地方跑去。杨子荣莫名其妙地跟在他后面跑。

孙达得腿长跑得快,跑到一棵大树下,突然跳了一跳,双手一拍屁股,回头狂喜地大声喊道:"杨子荣,哈哈,特殊,特殊,特殊发现!"

他回过身来,把杨子荣拉到一棵大树下边,指着大树上人头高的地方,一块被刀子刮掉了树皮而留下来手掌大的一片白茬。"特殊发现!"

杨子荣喜欢得满身紧张,迅速仔细地查看了一下,兴奋地嚷道:"达得!是刀砍的痕迹,没错!没错!"可是他马上犹豫起来,心想:"这一刀痕能说明什么呢?"他凝思了一会儿,突然又兴奋地拍了一下孙达得的肩膀:"达得,这是咱俩三天来的第一个发现,常言道:'人过留踪,雁过留声。'难道匪徒在走过的地方什么也不留?没那事!达得,耐点性子,再找!"

杨子荣顺大树绕了几个圈子,没有发现第二个白茬。他又凝想起来:"这一刀……是猎手在试验他的刀锋呢,还是有人无意中随手削掉的？它与胶鞋有没有联系呢？它与匪徒究竟有没有关系呢？"一连串的问号从他脑中掠过。

他靠在大树上，朝着白茬相背的方向，仔细地观察着前面的每一棵树。从树枝到树干，从树干到树根，他一节一节一棵一棵地观察着。

"好！又一处！"他突然一声欢叫起来，"达得！来！又一处！"说着他跑向前去，在离第一棵树四十几步远的又一棵树上，在人头高的地方，又是一片同样刀削的白茬。杨子荣回头打量了一下，从胶鞋点到第一棵刀削的白茬树，再到他发现的第二棵，在这百米的距离中，排成从东南到西北的一条直线。于是，他俩再向西北方向寻去，接着又发现了第三棵，第四棵，第五棵……

杨子荣搓了搓胡髭，向孙达得笑道："达得，这一下可找着线头了。这肯定是一个什么人，怕在森林里迷失了路而弄的路标，你说对不对？"

"对！"孙达得来了神气，"一定，一定！不过是猎手弄的？还是采蘑菇的人弄的？还是挖参的人弄的？还是土匪弄的？这可不敢保。"

"不管是谁的，先得猜透这个谜，先查他个山穷水尽再说！"

"对！干起来！"孙达得满身是劲，躇开了长腿，和杨子荣在茂密的大森林里，查迹前进……

杨子荣——这个老有经验的侦察能手，是雇工出身，是山东省胶东半岛上牙山地区的抗日老战士，现在是团的侦察排长，已经四十一岁了。他虽然从小受苦，没念过一句书，却绝顶聪明，能讲古道今，《三国》、《水浒》、《岳飞传》，讲起来滔滔不绝，句句不漏，来龙去脉，交代得非常清楚，真是一个天才的评书演员。

在他为农的时候,阴天下雨,冬季农闲,总是有许多人围着他,邀他讲古,他冬天像盆火,夏天像个大凉棚,谁都喜欢他。正是这股聪明劲儿,再加上勇敢和精细,他才在侦察工作中完成过无数的惊人的业绩。但是,这一次他将怎样完成任务呢?

他俩又查寻了三天。干粮用尽了,为了不暴露自己,又不能猎取野兽,因此他俩唯一的食品就是清水煮蘑菇。

这天傍晚,他们登上一个陡立的山头,刚一喘息,忽然看见脚下的山洼里有一缕炊烟。两人立时忘了疲倦,睁大了眼睛向炊烟看去,影影绰绰发现了十几所小木屋。杨子荣掏出指北针,判断他现在所处的位置。计算着三天来走的方向和距离,又回想着所走的套形路线,又判断他们小分队大本营所在地九龙汇的位置。当他得到了肯定的结果时,便向孙达得说:"达得,又是一个新发现,这个屯地图上没有,上次搜山时我侦察过这里,没有发现土匪,它在九龙汇的北边,不超过三十里。"

"嗯!我弄不清楚,我相信你的判断。"孙达得只顾张着警惕的眼睛紧盯着那群小房,"上次是大兵团来,土匪可能吓跑了。怎么办?也可能是土匪窝。"

杨子荣微笑了一下,"不一定。我们找了六七天,要真是匪窝,那该多好呀!"

这时突然从屯里传来几声狗叫和鸡叫,杨子荣顿时脸上现出了败兴的表情,很懊丧地说:

"坏了,达得,土匪窝里怎么会有鸡有狗呢?"

孙达得哎的一声,也泄了劲,一屁股坐在草地上了。

杨子荣勉强地笑了笑说:"达得,下去,吃顿饱饭再说,别放松警惕。现在我的身份是山货商,你的身份是脚夫。别粗鲁,小心注意,少说话,多看事。懂吗?"

孙达得点了点头,两个人互相检查了一下化装,就顺坡下山,步向脚下的无名山屯。

进了屯,天已昏黑,屯中十几户人家,已是家家灯火,这灯全是大松树明子。杨子荣叩开屯西头一个小马架房,灯影里坐着两个人,一个老头,一个老婆,在灯下吃饭。一见新来的客人,惊得长时间说不出话来。

"我们是山货商,牡丹江德成山货庄的老客。别害怕。"杨子荣鞠了一个躬,"我们刚到,求大爷大娘留个宿,方便方便。"

老夫妇这才稳住了神,"老客从哪来?"

"九龙汇。"

老头突然一愣神,"唔!听说九龙汇来了兵,不知是真是假?"

杨子荣被这一问问得愣住了,因为,小分队住在九龙汇,一定要封锁消息,保守秘密,为什么这里会知道呢?可是他马上一转念,"老大爷,他来他的兵,咱做咱的买卖,管那些干啥?"为了少说话,他就把话头努力拉到收买山货的生意经上,只是有两点他非问明不可,就是这里到九龙汇的距离,和他怎么知道九龙汇有兵。幸亏这老夫妇年纪大了,不太注意这些事,因此杨子荣得知,这里离九龙汇只有二十里路,翻过大岗就是;他们所以知道小分队,是因为这屯的猎手在山上看到小分队在演习攀登。

第二天,杨子荣一早就每家每户地跑了跑,打听人参、鹿茸、原皮的价钱。可是这里老百姓一概不要现钱,非实物交换不可,因为他们被前三年来的两个奸商骗怕了。

晌午,杨子荣和孙达得坐在街头上休息,屯里的大人孩子围了几十个。这大概是全屯的人了。杨子荣正在问长问短,突然孙达得一声喊:"杨……哎,哎,掌柜的!"

杨子荣把眼一斜,孙达得把嘴一噘,杨子荣的眼光就盯在一个孩子的脚上了。

这是个十岁左右的小孩,右脚穿一只木底鞋,左脚穿一只白色的破胶鞋,那鞋比他的小脚要大一倍。

杨子荣转弯抹角地七问八问,就知道了,这个孩子的家里有一个父亲,近三个月来有病,还有一个母亲,再就是前几天来了一个舅舅,年纪将近四十岁,是个小炉匠,来看他姐夫、姐姐和小外甥,全身上下是山外人的打扮,只有脚上的一双鞋却是山里猎人穿的蹚雪牛。

深夜,杨子荣命令孙达得严格监视这个住小炉匠的人家的周围,自己便根据他询问到的道路,和指北针所指方向,悄悄地奔向九龙汇去了。

少剑波正在灯下写着日记,杨子荣闯进门来:"二〇三首长,还没睡?"

少剑波一听杨子荣的声音,一下蹦下炕,两人紧紧地拉着手,"子荣,子荣,太辛苦了,来!先喝水。"

杨子荣接过水,咕咚咕咚喝下去了,把嘴一擦,像背书一样说他俩的经过,最后他说:"破胶鞋那一只找到了,小炉匠是一大疑点。怎么样?可以捉住审他一下吗?"

"对!"少剑波的眼眉一耸,可是马上又一皱,"不!这些匪徒不同于一般的国民党俘虏,同时仅是可疑,这样做太轻率。"

"可是又不能等,"杨子荣擦了一下嘴巴,"因为咱们的秘密已经不成为秘密了!"

"是的!那是我故意不让它成为秘密,为的是看一下那个屯的人的行动。我看这样,我们赶跑他,看看他跑向哪里,这比审讯更有效。怎样？"

杨子荣微笑着点了点头。

"重要的是，子荣同志，这个可疑的家伙向哪里跑？如果是向山里匪巢跑，那就让栾超家去对付他。不过这家伙不会那样傻，恐怕他还是往山外跑，这样对他有利。如果是这样，那就要用更复杂的侦察手段，那还是你和他打交道。"

"太好了！这样可能得的东西更多些。"

"那好！"少剑波笑了笑，"子荣同志，你还回去，扮演你的角色，我天亮就到！"

杨子荣别了剑波，星夜赶回去了。

天亮了。少剑波带着栾超家小队，奔向那个无名小屯，在屯东头的一个小屋里，战士们捉来了一个山货商，一个脚夫，一个自称小炉匠的外乡人。

少剑波板着面孔，向那个山货商问道：

"你是什么人？"

"牡丹江市，德成山货庄的外柜。"

"什么名字？"

"杨锡铭。"

"看你这把大胡子，不像商人。说实话，干什么的？"

"我是牡丹江有名的杨腮胡子。"

"快回去，再不准你们这些奸商来欺骗这山沟里的老百姓，我们政府会组织他们下市，明白吗？"

"明白！"那个自称杨锡铭的山货商连连鞠躬，"明白……"

少剑波又转向那个自称小炉匠的问道："什么人？"

"小炉匠！"那人一挤眼答道。

"这里又没有什么锅碗盘盆，你来这儿当什么小炉匠？分

59

明是土匪！"

"不不，长官，我是在山外干活，来看看我姐姐。咱耍了半辈子手艺……"

"你不知这有土匪吗？到这来送死？"

小炉匠歪了歪嘴，"哎哎！我就走！我就走！明天就走！"

少剑波正要再问，从外面来了个有病的男人，和一个女人，手里领着个十几岁的小孩，一进门，连连地鞠躬，"老总！老总！他是俺内弟，不是外人，我们全家担保。"口里虽这样说，面孔却十分冷淡，表现得特别慌张害怕。

"好吧，限你们明天快回去！"少剑波立起身来，等两个商人和小炉匠都走了以后，带着栾超家小队，奔向正西杨子荣来时经过的山顶。

第二天，小炉匠向正东走去，杨子荣和孙达得跟在后头。他们一路上竟成了朋友，大谈起各行各业的生意经。这小炉匠的举止言谈是那样坦然，丝毫看不出什么破绽来。杨子荣心里反复地在想："他真的是个小炉匠？为什么他向山外走而不向山里走呢？如果是匪徒的联络人员，为什么对我们毫不介意呢？是个好人呢？还是个很高明的匪徒呢？要是好人他为什么又走那样一条鬼祟路呢？"杨子荣担心着，怀疑着，可是他那老侦察员经验使他的决心没有动摇，心想："不能轻看了匪徒骨干的伎俩……"

天色昏暗了，小炉匠走得越加快起来，虽然他的样子看来是十分疲倦了，脚也一拐一拐的，可是他还是咬着牙根往前奔，像是要奔一个什么目的地似的。尽管杨子荣和孙达得一再提出露宿下来，可是小炉匠总坚持说："这块地方林深野兽多，再走一程才安全些，越靠林外边越保险。"

可是有时碰到树林子并不浓密的地方,小炉匠还是这样说,这倒引起杨子荣新的怀疑,他暗暗触了孙达得一把,示意要他警惕。

夜深了,三星高悬在东南天上。走到一座高大的石峰根下,小炉匠却坚持要在这里宿下了。

杨子荣和孙达得一看这座险恶的石峰,和周围漆黑的密林,心里有些胆虚:"这里是不是会有匪伙?"又马上冷静下来,摸了摸插在裤带上的二十响手枪,一壮胆,便宿下来了。

这样冷的天气,小炉匠竟不愿意和杨子荣两人靠在一起睡,却自己掠了一大抱荒草,躺在一棵大树根下,距杨子荣两人十余步远。

杨子荣的心老是跳个不止,虽然疲劳得全身一点力气也没有,却总不能睡着。只听得小炉匠躺下不久,便发出了呼呼的鼾声。杨子荣的怀疑,又在随着他那似乎很安静的鼾声而逐渐消逝着。

深夜的寒气彻透了他商人式的棉袍,连特别能睡觉的孙达得也被冻醒了。可是小炉匠依然是呼呼地打鼾。杨子荣心中对这一现象,却又惊又喜,惊的是恐怕这里有匪伙,自己只有两人两枪,力量是过于单薄了;喜的是这个狡猾的家伙的破绽被进一步发现了。最明显的是小炉匠过多的翻身,和他熟睡的鼾声不相称,他翻身时也呼呼地打着鼾。尽管杨子荣有些胆虚,却很兴奋,暗暗一笑,"好!我就来一个'投其所好','施其所求'。"杨子荣触了孙达得一下,自己便由小声到大声,打起鼾来,为了装得像,他努力忍受着刺骨的寒冷,不翻身。他心想:"你这个狡猾的家伙,我装得比你像得多。"

"老客!老客!老客!"从小炉匠那里发出了低沉而胆怯的

喊声。"杨掌柜的！杨……"他又改换了一下称呼。

杨子荣扯了孙达得一下，一声没响，右手紧握着裤带上的枪把。

小炉匠见没有声音，便悄悄地从草窝里爬起来，轻手轻脚，绕过几棵树，向石峰那边摸去了。

杨子荣一触孙达得："你躺着别动，准备好，我跟上去。"他的声音低得几乎连他自己也听不见。

杨子荣那双久经黑夜锻炼过的眼睛，紧盯着小炉匠那条腰带上的白手巾。他那轻静无声的脚步，再加上一棵棵大树的掩护，尽管小炉匠警惕得像个惊了枪的狐狸，却没有发觉背后十五六步有人跟着。

小炉匠走出了二百多步，好像非常宽心似的，蹽开了大步，向石峰根快步走去，在石峰下边的几棵大树下停住了。只见他弯下腰又直起来，哼的一声，仿佛在用力，接着就咕的一响，像石头敲击的声音，接着又是第二声，第三声。那家伙靠在一棵大树上待了一会儿，像是在观察周围的动静，然后就大步走了几步，随着吱格一声响，他的影子不见了。

杨子荣像一个捕鼠的狸猫，躲在一棵大树根下，两只眼透过黑暗，紧盯着吱格响的地方。突然，那地方闪了一下火柴的光亮，接着便闪出了灯光，杨子荣的心突然像火光一样地亮了。他从棉袍襟下抽出小分队每人特备的匕首，轻轻地刮掉了一小片树皮，树上显出了一片白茬。他看了一下北极星，判定了一下方向，然后又仔细看了一下险恶的山峰。当他相信自己在任何情况下也可以找到这里时，他便轻迈着步子，走近了亮光。嘿！出现在他眼前的是一个一尺见方的小窗户。他借着窗里照出来的微弱灯光，看清了这是一个小石洞，洞口有一张用细圆木编排成的小门。里面什么声音也没有,只有小炉匠一个人在里面喘气。

杨子荣又轻脚走回来,躲在一棵大树后边,对这个秘密石洞注视着。

约有一点钟的时间,洞里的灯一灭,小炉匠急步闯出来了。杨子荣没来得及先走,那家伙已闯过去了,向原来宿下的地方走去。

杨子荣心中一急:"坏了!这家伙回去一定先看我在不在,怎么办?"他脑子里一阵激烈的思索,便蹽开大步,绕着小炉匠的影子向回转。可是小炉匠走的是直线,他走了个大弯子,总是没能抢先。

小炉匠到了宿下的地方,又低声叫了两声:"老客,杨掌柜!"

"怎么,冷吗?"杨子荣高声而温和地从他背后问道。

"哎!"小炉匠的声音显然很慌张。"杨掌柜,你,你……"

"哎呀,他妈的!把肚子冻了!痛得厉害,拉稀了,我怕臭得你们俩睡不着,到北边解了解。怎么样?这里闻不到味吧?"

"哎,哎……"小炉匠虚假地笑了,"闻不着,闻不着,哎!不客气。"

杨子荣躬着腰捂着肚子,装着肚子痛的样子,走回自己的铺上,给没睡着的直挺挺躺着的孙达得盖了盖棉袄,自己就躺下去。

第二天下午,到了森林边缘一个百多户的屯落梨树沟。杨子荣和孙达得为了不引起小炉匠的怀疑,便马上和他告别,向正西的呼家屯走去。

傍晚,他俩转回来,完全换了一套装束,成了两个解放军战士。在梨树沟屯东小丘上的一个破房框里掩蔽下来,因为这里可以看见屯中的街道和院落里的一切。

太阳落山了。

村东一个大户,四合院,石灰墙。小炉匠挑着一担小炉匠挑子,贼头贼脑地溜进去了。

不多时一个胖胖的老头,把头探向门外,两面张望了两眼,然后当啷一声关了大门,只听得哗啦啦上了闩。

孙达得急得不耐烦,要求道:"这下准了,这是家大地主,捉了算啦。"

杨子荣笑道:"忍耐些!要挖匪徒们的底,不要因小失大。水越深咱们放的线越长,线越长,捉到的鱼越大。"

黑昏,起了山风,刮得呜呜乱响。

杨子荣和孙达得下了山丘,来到这大院墙外,低声商量了两句,接着就翻墙而入,走进院后。在大风响的掩护下,连他俩自己也听不到自己的脚步声响。挨进东厢房的夹道,摸到正房的窗下。屋里静悄悄的,好像没人。只有东间一个窗子透出微弱的灯光。突然,一股特别的味道扑鼻而来,孙达得拉了一下杨子荣的袄襟,用嗓子内的声气说:"大烟味。"

杨子荣把手往下一压,头一摇,示意不叫孙达得再说话,然后他摸到窗台下,用唾沫口水蘸在食指上,润开窗户纸。关东山的窗户纸是糊在外面的,灯下润开是不易被发觉的。然后用一只眼对准这个杏核大的小孔向里看去。

靠窗的大炕上,中间放一盏大烟灯,小炉匠和刚才关门那个胖老头,一个炕头,一个炕尾,弯弯的像一对大虾,抽得正起劲。

小炉匠冲冲吸了一肚子,一口气忍了足有一分钟,然后噗地喷出一口浓浓的青烟。

过足了瘾,两人坐起来。小炉匠鬼头蛤蟆眼地说:"三舅,今天带来二百两。"说着他走下地来,从挑子里拿出黑乎乎的十大块。

胖老头也下了炕,揭开正北壁窝上的一个佛龛,露出一个大肚子弥勒佛。他端起了那个佛,小炉匠把十块大烟土放进佛位下的座箱里。

杨子荣一伸舌头,惊讶地想道:"这个家伙真够狡猾,带了这么多大烟咱还没发觉。"只见两人又回到炕上,胖老头闭目合眼地问道:"怎么带这么少一点来?"

小炉匠低声答道:"三舅!你不知道,这趟没接上捻子。"

"怎么?"胖老头惊问一声,睁开了眼睛。

"差一点叫共产党捉去。"小炉匠靠近胖老头,"共军进山了,九龙汇、九龙后都住上了。要不是外甥我来得快,差一点叫他们看破。我三言五语把那伙小子给打发走了。我也没敢再去接捻子,怕露了马脚,就回不来了。有两个自称是牡丹江山货庄的人和我一块下山,他妈的!什么山货庄的,明明是共产党做的扣子!奶奶个熊,他想让我栾平上套哇!我装得一点事没有,弄得那两个老小子淡而无味地走了。哈哈!……"他大笑了两声,"刁猴头这小子又该骂我了,他今天一定在馒头石那儿等得发疯了。"

胖老头哼哼的一声奸笑,对小炉匠夸奖道:"好样的!真能随机应变。"又把话头一转,"这几天和尚屯也开始土改了,有的屯正煮他妈的什么'夹生饭',还有的屯'扫溏子'。这些穷光蛋花样多着呢!"说罢,咳的一声,哭丧着脸,显出一副将死的架子。小炉匠也耷拉下脑袋,没精打采地问道:"老家安排得怎样?"

"一切都好了。"胖老头哭丧中又好像很自负的样子,"你舅母和三个兄弟媳妇到了牡丹江市你三姐家,你大兄弟假报了履历混进了铁路,贵重东西,'干货',都搬走啦。叫他妈的穷棒子来吧!想在我身上拔根毛?哼!"

两个又对笑了一会儿,虽然是在笑,但面带恐惧,声音凄哀。小炉匠说:"三舅有眼光,这样干净利索,看点子不对,向山上一蹽。山上粮足,肉足,山神爷爷老把头保佑。就是缺咸盐和药,卖了黑货快买盐买药。"

胖老头喘了口粗气,"黑货下得少了,和尚屯老姜被穷棒子贫农团活活打死了,半砬屯冯老汕捉在监狱里,只剩两半屯张寡妇还不大上眼,能对付卖点。"

两人沉闷了两分钟的光景。小炉匠无可奈何地说:"三舅不忙,从杉岚站事发生以后,这几天风太紧,要躲躲这阵子风。我天亮回山,躲几天再说,别处我先不去了。"

灯熄了,里面传出了酣睡声。

杨子荣和孙达得跳墙出来。

孙达得低声细气地高兴地说:"这下可来菜了,捉吧!两个一块。"

杨子荣深思了片刻:"老家伙在军事上没有用,山里的详细情况他不一定了解,交给工作队。同时如果带走了他,他那混入铁路的儿子和带走财宝的三个媳妇一定惊觉,对我们工作不利,别弄跑了老百姓在土改当中应得的财宝。"

孙达得点头赞成,"对!不捉老家伙,捉那个小炉匠。"说着一蹺腿要翻墙进去,杨子荣拦住说道:"这样做,打了骡子马惊。没听见吗,天亮他就要回山躲风,那时……"杨子荣两手一捎。

孙达得说道:"好!那就让他再睡半宿吧!"

"走!"杨子荣道,"进狼窝,捉回头狼。"

等小炉匠再回到他那个秘密洞府的时候,杨子荣和孙达得已经恭候他大半天了,他们三人又走在回九龙汇的密林里。

五　刘勋苍猛擒刁占一

"分头干,怎么样?"刘勋苍和两个战士,坐在牛犊峰半山坡的一片大青石上,大口嚼着高粱米饭团子,商讨着他们的下一步。

两个战士没做声,他们正为三天来没有侦察到一点头绪而焦急。

"别失望。"刘勋苍鼓动说,"捉虱子还得点工夫呢,别说捉土匪!杨子荣在破胶皮鞋的地方转了三天,才找到了头绪。现在他正跟踪侦察,并且向山外跟去,现在怎样,还不知道。"他立起身来,把刚抓过高粱米团子的手搓了两搓,把嘴一抹,"二〇三首长告诉得很清楚:'人过留踪,雁过留声,土匪过去绝不能无影无踪。'只要咱搜得彻底,不怕找不到。"

"对!怎么干吧?"两个战士一面嚼着最后的一口饭,一面包着他们的饭包,向刘勋苍问道。

"我看这样。"刘勋苍两手把腰一叉,"三个人一起看的面窄,六只眼只顶两只用。要是咱们分头,看的面一定宽,听的声一定广,那样六只耳朵可以顶十二只用。你们俩一路向近处的圈马崮搜索,我自己一路,再远一点干。怎样?"

"行!就这样。"两个战士一齐同意。

刘勋苍又规定了,让他们两人单独和二〇三首长联系。他们便分头进入深深的森林中。

刘勋苍这个力大无穷的人,人们向来没看到他有过什么疲倦。他一步不停地跨涧登峰,翻沟越岭。饿了,从饭包里掏一把高粱米饭团,边吃边走。渴了,用手捧点山涧里还没冻结的流水,呼喳呼喳喝一顿。他的两只眼睛机灵灵地扫视着林中的一切,察寻对他有用的东西,活像一只猛虎,在深林里猎取食物。

这天晚上,他宿营在分水岭后坡的一个大石缝里,以免野兽找他的麻烦。他完全地睡了一夜,到天亮,他用涧水搓了两把脸,望着他放在地上的全套装备,傻笑着,他心里是那样的自信和骄傲。他想:"大肚匣子,二百多发子弹,四个手榴弹,外加一把入林来没用过的锋利大战刀……还有背在身上的十三斤高粱米饭团,还有森林里到处都有的蘑菇,碰巧还能捉个狍子烧烧吃。"想到这些,他噗哧一笑,自言自语道:"伙计们,就咱们这几位。我是司令,你们是三军,咱非搞出点名堂不可,打遍天下也不怕。别泄劲!看看谁是好汉?"

说着从饭包里抓出一把高粱米饭团子,塞在嘴里,一面咀嚼,一面佩上大肚匣子、战刀和手榴弹。一切都收拾好了,就爬上数十丈高的悬崖,向一片茫茫的榆树林前进。

他这时忽然沉重地想到,已经四天了,现在还一无所得!他那简单而暴躁的性子,又有点发作,眼里喷着火星,急急地往前进。他想:"有我这身使不尽的力气,我搜遍你全山,看看你窝到哪里。"一直到快晌午,还是一无所得。"妈的!我这样盲目地走,走到哪里能找到匪踪呢?"他好像忽然觉察到了自己的错误,把脚一跺,站住了。"哎,明明二〇三首长指示我要细!要细!要细!我又犯了粗脾气,这不是自找麻烦么?"他想着,把帽子一掀,把头一擦,"妈的!侦察不如打仗痛快。打仗像剃光头一样,三下五去二,一根毛不剩。干这份侦察比烫发还难。奶奶！老刘多咱也没干过这样不痛快的事。"

的确，刘勋苍确是一个勇猛过人的战士，心急胆大，是一个战斗技术上的全才。他所领导的英雄排，被他训练得都具有他的胆魄和勇猛。他本来是个学生，功课特别不好，从小学到中学，考试向来没超过六十分。可是有一条特别出色，那就是体育运动。篮球、足球、单双杠、铅球、铁饼、滑冰、游泳，他几乎是无所不精。锻炼出一身好体格。力大过人，人们都称他"坦克"。

是在抗战时期，有一次鬼子突然袭击边缘区的一个村庄，两个武工队员被俘。他在执行通讯员的任务中，碰到了这件事。他便在黄昏时分独自一个人混进村去，乘敌人驻扎未定，摸到鬼子卸下重机枪、迫击炮的场院附近，点燃了周围的干草垛。鬼子们疲劳得像些死猪。他接连点了数处，不多时，干草垛一个连一个烧起来。等鬼子起来救火时，火焰已经弥漫了全村。鬼子的弹药驮子被火烧炸了，弹片横飞，炸得敌人乱成一团。他趁机救出了武工队的两个同志，破坏了敌人的"扫荡"计划。

又有一次，他被十几个"清剿队"堵在一个屋子里。他的子弹打完了，在绝望中，他拿起老百姓家里的一根大棒子，一声不响地避在门后，等候着最后的一拼，等到敌人围拢到门口时，他蓦地大吼一声，扑出去，抡动木棒，迎头盖脑地打倒了两个。十几个"清剿队"在他的威力下吓得乱叫乱跑。他乘机摘下被打倒的敌人的枪和一袋子弹，打了出去，脱了险。他在身经百战的锻炼中，变成了一个铁一样的人。他天不怕地不怕，简直可以说浑身是胆。

他正检查着自己的粗躁，突然一群乌鸦呱呀呱呀地叫着，像是惊了枪一样，沿着林梢掠过。刘勋苍抬头瞪了一眼，自语道："懒家伙！什么东西在冬天把你们哄起来？"

说着,他想起了军事课上的一条侦察要领,"禽鸟飞鸣,必有人来惊动"。他的烦躁马上消失了,全身一紧张,"嗯?来菜啦?我老刘要开斋?"他便一抖劲,向着乌鸦飞来的方向走去。

走过一段密林,突然榆林稀少起来,现出大片的平坦坡,遍地生着地毡一样毛茸茸的小草。因为这草都枯萎了,所以踩在脚下更感到柔软。他顺着这坡下的小沟,直向正西走去。突然闻到一股刺鼻的腥臭气味。他止住了,向周围一看,"呀!"他像得了什么稀罕的东西一样,急急地跑上前去。原来前面有一匹死已多日的马的尸体,躺在一棵大树根下,满身被野兽和鸟类撕啄得稀烂。他还没来得及分辨周围的其他痕迹,突然几个怪叫的声音,把他吓了一跳。他唰地把枪抽出,向发出叫声的地方一看。"妈的!一群狼。"它们瞪着凶恶贪婪的眼睛,怒视着他。他迅速地抽出战刀,向群狼挥了两挥。群狼乱嗷了一阵,跑了。

刘勋苍镇静下来,在草地上辨认这匹死马的来路。他终于找到了。可是他又懊丧得很,马的来路是和他自己的来路并行的,相距不过二百米,至于乘马人的踪迹哪里去了呢?他仔细地寻找了老半天,也没发现。他喘了一口粗气,跳动的心又有点冷下来。他自语地骂道:"妈的!在森林里侦察太难了!这么一点距离就看不到!"接着他把刚才发现的情况做了个结论:"乌鸦惊飞,不是匪徒的驱赶,而是野狼把它们赶飞了!"

"不管怎样,"他想,"这是一件比胶皮鞋更大的发现。可是下一步怎么办呢?"他在思索,思索了一刻钟还没头绪。这时他感到肚子饿了,刚伸手掏饭团,突然又传来了嗷嗷的一阵狼叫声。他刚想举枪射击,忽然想起剑波的嘱咐:"为了不暴露自己,对野兽对匪徒非不得已不要开枪。"

"现在还不是不得已,"他想,"这群狼是为死马来的,不是为我老刘来的。用不着开火,让它们一步。"

于是他面向着群狼,后退了很长的一段距离,等群狼已经全神贯注地在撕吃死马时,他才转回身,向正北的一个小山丘走去。刚走过一带灌木丛,在小山丘的根下出现了一块奇特的大石头。这石头单独兀立在那里,有两人多高,光溜溜的,很像一个巨大的馒头。他急走几步,到了馒头石跟前,发现在这石根下草稀露地皮的地方,有两个人穿的不同鞋样的脚印,一个脚印小一些,穿的是胶皮鞋,一个脚印大一些,穿的是布底鞋。往外再一寻踪,脚印没有了,全被毛茸茸地毡一样的厚草淹没了。

他迅速地绕着大石转了一圈,在石头的东南根下,又发现了一堆刚烧过不久的火炭灰。这真使他心花开放了,他高兴地一拍大腿,"好!老刘可是要开斋了!"他感到全身轻松极了,疲劳全被他的喜悦吞没了。摸了摸饭包还是鼓鼓的,内心涌出一阵欢笑。他拍一拍饭包,"好朋友,有你我就能干!"

这时他才感到肚子实在饿了。他决定找一个隐蔽地方,吃上一顿再说。他四下一瞥,看到正北一百多米远处有一棵大树,他便走过去。一看,那棵大树像是全空了,根上有一个大洞,洞口朝西南,有一簇灌木条长在洞口,像门帘一样把洞口挡住。

"好地方!"他边咕哝边向树洞里钻去。刚一拨洞前的灌木枝,噗啦啦一声响,有什么东西从灌木丛里奔跑出去,并发出咕喂咕喂的惊叫声,他一惊,倒退了五六步,心脏一阵噗噗乱跳。他的视线转瞬间追上了奔跑者,原来是几只兔子正在树根下吃蘑菇,被吓跑了。他望着向远处奔跑的兔子,微笑着嘟噜一声:"对不起!侵占了你们的领土。"接着便弯下腰去,掠了一把干草,铺在树洞里。进到洞里,坐下,掏出了高粱米饭团,吃起来。吃着吃着,他突然噗哧一笑,饭从嘴里鼻孔里喷出来。他这一笑,谁能知道是因为什么？原来他想起一个寓言："守株待兔"。他想："我来个'树洞等土匪'。不过可别学那个懒汉傻守着。吃饭了还得搜哇！"

树缝里透出一线阳光,像探照灯似的,正射进树洞,晒得刘勋苍全身温和和的。在这冬天的森林中,这点阳光多么可贵呀。他嚼着嚼着,迷迷瞪瞪地正要睡过去,突然梆梆梆一阵啄木鸟的啄木声惊醒了他,也警惕了他。

"不要因我的失职而误了任务,别胡闹！"他爬起来,把脸用劲地搓了两把,走出树洞,攀上前面的一棵老榆树,剥下上面的猴头蘑菇,喀喳喀喳吃起来,吃得是那样香甜。

正吃得得味,猛听得一支酸溜溜的小调,断断续续的音韵由西南山坡处传来:"提起了宋老三,两口子卖大烟,一辈子……"

最初刘勋苍还以为是听邪了耳朵,可是他向来也不会这个调子。

他贴紧了树干,拨开树枝,从缝隙间向发音的方向望去,虽然没望见什么,可是声音却愈来愈近:"这姑娘年方那个二八一十六哇,起了一个乳名,就叫宋大莲哪！"

唱声一落,榆林内现出一个人,肩着一支步枪,外穿一身日本军用黄大衣,头上一顶破皮帽,掀在后脑上,帽扇没结带,扇忽扇忽,像一只老乌鸦落在头上亮翅。拦肩背一个帆布包,看样子重甸甸的。他喃喃唧唧地唱着,顺坡而下。

离馒头石七八十步远,那人停住了脚,也不唱了,四下望了望,把两只手捧在嘴的周围当传声筒,长腔地高喊:"栾警尉！"激起了周围大小山头一连串的回声。可是没有人答应。他一连喊了三四声,还是没人回答。那人不耐烦地骂道:"这小子！又来晚了。"说着跑到馒头石南边向阳背风的那堆火灰旁坐下,大枪靠在馒头石旁,帆布包朝地上一扔,滚了两个滚。

刘勋苍乐得浑身的细胞都在跳动,恨不能一把捉住他。心想:"刚才他喊什么'栾警尉',等一会儿一定会有另一个匪徒走来。一块打两个不好办,还是得各个击破,这是战斗要领,来个有把握点的。一定要捉活的,绝不要死的。"想到这里,他将身一跳,从两丈多高的树上噗通一声跳下来,一溜下坡,朝那个人猛扑过去,大肚匣子翘着机头,提在手中。

那人听得声响,毫没惊慌,扭身回头张望一下,没看清楚,便站起身来。一见向他飞奔猛扑过来的是个解放军,这才知道坏了事,慌了手脚,但是他还想沉住气,高声喊:"哪里溜子?老大贵姓?"

刘勋苍哪懂这些鬼鬼道道的黑话,只管冲来。那人看事不好,刚要拿枪,刘勋苍已经靠近了,只二十步远,扬起大肚匣子一指,高喊一声:"别动!"那人手握了枪也不示弱。向刘勋苍一扬枪,哗啦一声,推弹上膛,刚要射击,却被刘勋苍狠狠的一石头,正打中他的右手,大枪掉在地上,他哎哟一声,回头就跑。

刘勋苍见他手里没了武器,心中一乐,"我要像捏小鸡一样的捏你的脖子!"自己更不要打枪了,他牢记剑波的指示:"要活的,问情况。"他把枪插进皮带,撒腿撑起来。

那人是跑惯山道的,跑得飞快,嗖嗖!像只猴子。而刘勋苍一步不让,喝道:"别跑!再跑我开枪了。"

那人吓急了眼,回头喊道:"你后面来人了!"刘勋苍听他喊过栾警尉,信以为真,急忙回头一看,却什么也没有,知道被他欺骗。就在回过头来的这一点时间里,那人已跑出几十步远,刘勋苍性起力勇,加足了劲,猛追直下。

那人看看追近了,又边跑边喊道:"来人哪!来人哪!"刘勋苍心想:"来人老子也不怕,非捉住你不可。"又追了一程,并不见来人,刘勋苍知他是虚张声势,心更宽胆子更大,晃开了膀子,像赛跑一样的猛撵。

眼看就要追上,只差三十多步远,那人突然又回过头来威吓说:"好小子有种你再追!我们前山有人,再来要你的命。"

刘勋苍叫道:"我就不怕要命,来吧小子!"说着大步扑上。那人见诡计不成,回头拼命地跑。

只离二十步远,刘勋苍抓起一块石头,猛掷过去。正击中那人的脚后跟,他歪了两歪,倒下了。刘勋苍抢上去,刚要伸手,那人从腰中抽出一把匕首——这是土匪最后一着,每个匪徒都备有一把——准备最后挣扎厮杀。那人咬牙瞪眼,握着匕首,朝刘勋苍的胸上刺来。刘勋苍向旁边一闪,躲过匕首,飞起一脚,向匪徒还没收回的右手踢去,正中匪徒的右腕。那把匕首发出铮铮的哨声,向一旁飞去,正刺在一棵树上。

刘勋苍掐住那匪徒的脖子一甩,那匪徒滚了两三个滚。待他就势顺坡爬起来时,已经上气不接下气。他跪在地上,连连磕头央求:"老大饶命!三老四少,孩子不知好歹!"那副可怜相真叫人恶心。

"这里还有什么人?"刘勋苍瞪着凶猛的眼睛,大肚匣子直对着匪徒的脑门。

"只有我一个,我专干接捻的活计。"

"胡说!"

"有一点胡说,叫枪子专打我的脑盖。"那匪徒用食指往自己脑袋上一指。

"你刚招呼的那栾警尉在什么地方?嗯?……"刘勋苍唰地抽出了大战刀,向匪徒头上一晃,吓得那匪徒又一连磕了几个头,口口声声:"饶命!……饶命……我说……是这样……栾平在九龙汇后屯。每十天,我们俩接一次捻子,今天他还没……没来到。"

刘勋苍心想:"现在二〇三首长最需要的是舌头。这家伙是匪徒的联络人员,正合用。还是先送回去,摸一下全面情况,那时再行动,更减少了盲目性。"他果断地决定了自己的做法,便马上把战刀入鞘。

"起来!"刘勋苍厉声说道,"好好跟我走,栾警尉从哪来?领我迎他去,你要是调皮,我就劈了你。"

那匪徒连称:"是!是!小子效劳。"一说三鞠躬。

刘勋苍这时才细看了这个匪徒的长相,真是好笑,长得像猴子一样。雷公嘴,罗圈腿,瞪着机溜溜两个恐怖的猴眼。脸上一脸灰气,看看就知是个大烟鬼。

刘勋苍为了多获点"战利品",多捉个舌头,所以一面带着这人往馒头石跟前走,一面逼问他:

"再说一遍,那个栾警尉到底从哪来?"

"九龙汇!九龙汇后屯!绝不说谎,扯谎您毙了我。"

刘勋苍嘟噜了一句:"王八旦的,送上嘴来了。"接着命令那家伙:"背上包,给我走!"

"是!是!"那家伙乖乖地背上那帆布包,瘸呀瘸呀走在前面。

刘勋苍背着缴来的"九九"式步枪,手提着大肚匣子走在后面。在这个猴子样的小干干人面前,刘勋苍显得更加魁梧健壮。

75

六 夜 审

深夜,冷月孤灯,犬吠寒星。

一间小屋,少剑波在审问杨子荣捉来的小炉匠,这屋里的气氛非常紧张,少剑波要情况,要匪徒的巢穴,心急如火。小炉匠却狡猾多端,一字不说。高波和李鸿义急得怒目切齿,恨不能撕开这个匪徒的肚子,从里面扒出情况来。

少剑波从耐心的审讯中,已认识了这个匪骨头的坚决和狡猾,也看到了他确实有些老练的伎俩,怪不得连老练而富有侦察经验的杨子荣,在侦察中对他的判断也曾动摇过。现在审讯他是第二次了。少剑波已经有些焦躁,两只威严的眼睛向这家伙一瞟:"现在你再说一遍,什么职业?"

"告诉你多少遍了,小炉匠。"他倒装出不耐烦的样子。

"到底是什么地方人?什么名字?"

"和尚屯。名叫王安。"

"九龙后的王因田到底是你的什么人?"

"姐夫,姐姐。"

"许大马棒在哪里?"少剑波对这狡猾的家伙提高了嗓音。

"一字不知,一字不晓。我是手艺人,不过为了生活,犯了点法,捣卖点大烟土,怎知他的下落?你们不要硬逼我个国民党、土匪。"

少剑波不耐烦了,厉声道:"告诉你,宽大是有条件的,不说实话对你是不利的。这一点你要放明白。你三舅舅,还有其他……"

小炉匠对他三舅舅这个怕死鬼却在担心。加上少剑波问得严厉,他显然在开始不安。他的眼中露出了又恐慌又犹豫的神情,可以清楚地看出他的内心是在激烈的斗争中。可是他的眼一翻:"如果你们一定逼我说,那我就说,不过对我说的,我不能负责。"

少剑波差一点就要拍桌子,但他努力镇静下来。

外面狗咬,杨子荣和白茹气喘面红地闯了进来。

白茹这个天真活泼的小女兵,一迈进门槛,就合着手,眼睛笑得像月牙,腮上的酒窝愈显得深,脚一跳一跳地嚷道:"成功!成功!大功告成!"

杨子荣笑嘻嘻地咧着嘴,进门就想报告什么,但一看见那个他捉来的小炉匠,话又收回去了。

少剑波的眼睛一瞅白茹:"看你……别把灯忽弄灭了。"

白茹脸一红,吐了一下舌头,头一歪,藏到高波后面的灯影里,坐在炕沿上。

少剑波已意会到杨子荣和白茹的意思,命高波和李鸿义把小炉匠押下去。

少剑波向杨子荣微笑道:"谈谈吧,成功到什么样?"

杨子荣刚要开口,外面一阵急促的脚步声。他三人内心不约而同地都有点紧张,便一齐向门外走去。

一迈门槛,迎头碰上二小队副董中松,他高兴地嚷道:"参谋长!参谋长!"

"又忘了,叫二〇三,叫队长嘛!"白茹半开玩笑地纠正董中松,意思是对剑波说的,因为他曾多次地纠正过她。

董中松嘿嘿一笑道:"急了!叫什么都行。"

"什么把你急的,小家伙快说!"

小董喘息未定,说道:"刘勋苍回来了,捉了一个宝贝,进门就磕头:'三老四少讲个情,孩子无知,饶命!……都是一家人……'"小董滑稽而活泼地表演着那人的可怜相,逗得大家笑起来。白茹笑得都止不住了,推了他一把说:"再演一回。"

笑声未定,刘勋苍满头大汗,几天也没洗脸的样子,闯了进来。

"嘿!坦克!你可把人急坏了!"少剑波上前用力握着刘勋苍的手。大家一面开玩笑说:"坦克回来了!"一面上前同他亲切地握手。轮到了白茹,刘勋苍那大而有力的手,故意用力一握,握得白茹"哎呀哎呀",痛得乱叫,脚下乱蹦,手往外挣。刘勋苍好和她开玩笑,他一面同她握手,一面说:"小白鸽!看看又跳起舞来了!我在大山里就听见你笑。"说着,一大步跨上炕去。

白茹揉着被握痛了的小手,嘴一噘,头一歪:"你的耳朵有多长?"

刘勋苍蹲在炕上,一五一十地讲了他的经过。大家静静地听着,仿佛觉得他的勇猛和力气已经传播到每个人的身上了,大家的精神都异常焕发。愉快中,少剑波命令:"好!现在连夜审问,免得夜长梦多。日子长了,匪徒必然警惕。而且容易暴露我们自己。我们要攻其不备。时间就是力量。"马上回过头向刘勋苍问道:"这家伙有什么特点?"

"怕死!"刘勋苍很肯定地答道。

"是的,侦察不能老一套,审讯也不能老一套。小炉匠就被我审讯夹生了。他利用咱们的宽大,一意狡猾。对付这些匪徒中的骨干,要用不同的手段,对死心塌地的反革命,要有镇压的威严。小董!把他带来!"

小董应声:"是!"迅速地跑出去。

刘勋苍拿起一把日本式的大战刀。白茹点上一块松树明子,火光闪耀,非常明亮。在火光照射下,大家的英武明亮的眼睛,显得格外威风。

小董抓住刘勋苍那"战利品"的衣领,提进来。这匪徒缩着头,弯着腰,两个猴眼吓得直瞪瞪地眨巴着。一进门槛,趴下就磕头。

"长官饶命!长官饶命!三老四少求情。"

小董扯着他的衣领,一把拉了起来,甩了他个踉跄,前晃后荡,浑身乱抖。

少剑波一声不响,眼中射出森严的光芒,一直瞅了他有两分钟。那家伙越加颤抖得厉害,几乎站不住了。

"你愿死,还是愿活?嗯?"少剑波恶狠狠地张口就是直追急逼。

"愿活!愿活!……长官饶命!饶命!"那家伙喉头干哑哑的,不住地点头弯腰。

"那么说实话!有一点假——"少剑波看了一下刘勋苍,刘勋苍早已会意,明晃晃的战刀一举,眼一瞪喝道:"我马上割掉你的脑袋!"

吓得这个家伙妈的一声,手一握脖子,又要跪下,被小董一把扯起。

少剑波朝白茹一噘嘴:"记录!"回头瞅了一下这家伙,厉声道:"什么名?"

"罪该万死,小人刁占一。"

少剑波和杨子荣对视一笑。因为正碰对了,杨子荣侦察小炉匠时,听到他对他三舅谈到"刁猴头"。

79

"刁猴头是谁？嗯？"少剑波问这一句，就是进一步给他个下马威，好叫他少扯谎，或不敢扯谎。

"正是我，正是小人。我每十天出来一次送大烟，是我们在山里种的。我送给栾警尉，他再下山卖。他把买回的咸盐、药品和情报递给我，我带回去。我们俩接捻子的地点是分水岭下的河流点，石簸箕上面的馒头石。今天我拿三十斤大烟土，栾警尉还没到，就被那位……"他眼瞥着刘勋苍。

"你认识栾警尉？"少剑波插了一句。

"认识，认识，剥皮认识他的骨头。"

"许大马棒的匪窝在哪里？"少剑波以最严厉的神气等他答复。内心期待成功。

"奶头山！奶头山！"

"你能领进去吗？"少剑波急追一句。

刁占一手足无措地答道："这个，我可不能！"

"什么？"刘勋苍眼一瞪，厉声喝道。

刁占一又慌又怕，连连哀求道："唉！饶命……听我说……是这样：从奶头山里到外边一共是三站，第一站是卫队营长丁疤拉眼，他是许大马棒的亲信，专跑寨里；第二站是我，因我能走能跑山，来回传递。一不让我进寨，二不让我出山，我要是没有这口累，"用手朝嘴边比划了一下，"谁给他干这个？第三站是栾警尉，他是许大马棒的副官，管这一路卖烟搜情报。许大马棒怕透了风，所以两头不让过线，过了线就对我不客气。奶头山我没去过，所以不知怎样。这是实话。小人不敢扯谎。饶命……饶命。"

"他走的路标记号？"

"他的道我不识。"刁占一急忙打断剑波的问话，"我的道是树皮一刀。"

少剑波看了看表,下一点了。心想:"这家伙身上的油水也就这些了!"便在小董耳边低语几句。小董押着刁占一回身走出去。刁占一不知道带他出去是什么意思,急得边走边喊:"饶命啊!饶命……"直至走到门口,还听得他哼哼唧唧地哀告。

少剑波回头对杨子荣和白茹说道:"轮到你们的啦!现在初步可以断定,这个自称王安的小炉匠,就是栾警尉。"

杨子荣答道:"一点不错,正是他!我们的成功也证明了这点。"

少剑波又跟问一句:"咱们叫他们对质,有十分把握吗?"

白茹插嘴抢上一句:"放心吧,队长同志!一点错不了。"

"好!马上对质!"少剑波一面决定,一面吩咐高波押小炉匠来。自己从军用文件包里取出一张纸来,在印好的格式上写了几行字。写到半截停了笔,若有所思。抬头对杨子荣和白茹道:"这家伙十分狡猾,又被我问夹生了。我应该承认我对付这样的匪徒是没有经验的。现在你们俩用最后的几分钟再对王因田夫妇做一下努力,以求更成熟,因为我们的目的是要出情况,不是消灭他一个人。"

杨子荣和白茹满有信心地走出去了。

小炉匠押来了,他故意做出一副泰然自若的神气。

少剑波目射愤怒,一声不响,紧盯了他三四分钟,努力施放他眼睛的威严,以求打乱这个匪徒的心理。

刘勋苍坐在炕里边摆弄着他的大战刀。

小炉匠看着少剑波的表情,虽然有些畏怯,但还努力故作镇静,四外瞅瞅,好像他还坚信治不了他。可是又看到刘勋苍这个陌生人的满脸杀气,心绪又混乱起来。

"栾警尉!"少剑波突然这一声称呼,可把这小炉匠惊吓得失魂落魄。他顿时脸色灰白,低下头去。可是这家伙真是狡猾多端,过了一两分钟,他又恢复了镇静,但已是十分勉强了。他冷笑着摇摇头道:"我不懂你的意思。"

少剑波从容地立起身来,以讽刺而鄙视的口吻道:"真不懂吗?"

"不懂!就是不懂。"小炉匠紧紧地咬住这一句。

"关门太早,对你一点好处没有。"少剑波冷冷地给了他一句,回头向窗外喊道,"进来!"

杨子荣和白茹领着王因田夫妇走进来,叫他们坐在炕沿上。小炉匠看到他们,先是一阵惊愕,紧接着就露出一副外现佯笑、内潜凶狠的面孔。"姐夫,姐姐!兄弟我没啥!"

"呸!"王因田忽地站起来,显出一个老猎手的勇敢姿态,使人几乎看不出他有病。他向着小炉匠吐了一口唾沫,"谁是你的姐夫?你这栾警尉,栾副官,栾平……"

"唉!王因田,你别血口喷人!"栾警尉这个匪徒在绝望中还想狡赖。

王因田走上前去,怒气冲冲地骂道:"闭上你的臭嘴!你们这些匪徒,占了我的猎场,霸去我三十多副套子,抢去我三十多张皮子,三斤鹿胎膏,使我今冬无猎可打,无山货可卖,一家三口,眼睁睁要饿死!要不是乡亲们你帮我一升,他帮我半瓢,我们早就饿死了……"

说到这里,王因田的老婆呜呜地哭起来,边哭边诉:"七月十五半夜三更,他领着三个人要捉去我的孩子,让我拿五十张皮子、二斤鹿茸去赎。老天爷!都叫你们抢去了,俺哪里去生,哪里去长啊!俺两口跪下磕拜,苦苦哀告才饶了俺。可是硬逼俺给当'窝底',要不就带走孩子。俺无可奈何,只得应允。俺娘家是梨树沟,叫俺充他姐姐。"她说着呜呜地哭起来,白茹搀她坐到炕沿上。

王因田又接着道:"后来拿枪堵在俺的胸门上说:'要是透了风,抄你的满门,通通枪毙。要是做好了,等中央军来,按功行赏。'这些杀人精,俺哪敢不依?"夫妻两人大哭起来。

这位混充小炉匠的日本的栾警尉,国民党的栾副官,颤抖起来,脸上冒出汗水,那种泰然自若的神气早就跑到九霄云外去了。

少剑波看了看他那个样子,心想:"继续攻!"便向窗外喊道:"小董!"

外面小董答应一声:"有!"就押着刁猴头进来。刁占一乖乖地不大害怕了,原来小董奉剑波吩咐,到隔壁对刁占一专门进行了宽大政策的教育,并照顾他洗脸吃饭。

刁占一进来向剑波行了个九十多度的鞠躬礼,连连叨念:"甘愿效劳!甘愿效劳!"回头一眯缝眼,照小炉匠的脸啪啪就是两个耳光子,手点着他的脑门,颠颠扇扇、比比划划地说道:"就是这小子!就是这小子!剥皮也认得你的骨头,当初'满洲国'在苇河县当警尉,'勒大脖子','砸孤顶'。八一五光复后,又当上许大马棒的副官。现在在林外,卖大烟,弄情报,光我交给他的大烟也有三百斤。长官!不能轻饶这小子。"刁占一显得格外地殷勤,又作证人,又提建议。

小炉匠大汗珠子直往下淌,眼也眯瞪了,腿也酸软而弯曲了。

少剑波从容而严厉地走到小炉匠跟前道:"栾警尉!懂了吗?"

小炉匠把眼一白瞪,不敢抬头正视。他朝着自己的脸上狠狠地打了两个嘴巴子。"我该死!我该死!"

少剑波看白茹把王因田夫妇送走了,小董押下了刁占一。他又走到小炉匠跟前说:"我前后和你谈过五六次,处处以宽大政策教育你。谁知你是死不回头,狡猾诡诈来利用我们的宽大政策!"他马上严厉起来,眼中射出了杀气。接着拿起刚才他写好的那纸张,向匪徒念道:"栾平,伪满汉奸警尉,充当日本爪牙,为非作歹,屠杀百姓。光复后,参加国民党,刺探军情,杀人放火,贩卖大烟,倾销毒品,毒害人民。"念完他开始质问:"这就是你的原形!没有不合事实的吧?你看哪一条够不上死罪?嗯?我可以代表人民政府判决你。"

小炉匠吓得涕泪俱下,扑倒在地,苦苦求饶。

少剑波冷淡地说道:"要死要活在你自己。要死,你就继续狡赖;要活,你就说实话,做好事。人民政府可以按你的供词的真实程度以及你以后的表现,来决定是宽大还是镇压。"

小炉匠捶胸顿足,口口声声:"我要活!我要活!长官宽恕!宽恕!"

"那由你自己决定。"少剑波从容地坐在炕沿上,"两分钟,让你自己选择是要死,还是求活。两分钟以外的时间,你就无权享受了。"

少剑波手持表。刘勋苍抽动了一下战刀。

"一分!"少剑波用眼瞪了一下小炉匠。

小炉匠喘着气:"我说!我说!"

白茹拿起笔来记录。

小炉匠从梨树沟他三舅胖老头说起,说出了和尚屯的大地主老姜,半碇屯大地主冯老汕,两半屯张寡妇,海林站陈大个子,新安镇一贯道点传师王甫海,牡丹江铁路扩路军刘队长等十八个匪徒的秘密据点和组织者。

"真是麻痹不得。"少剑波心里想,"好危险,匪徒都已经打进了部队,有的还当上了我们的干部。"

刘勋苍在一边,性急火大,记起了杉岚站的血债,高声问道:"那么杉岚站大屠杀是谁搞的?"杨子荣把头向刘勋苍一摇,止住他的粗率。刘勋苍自己也知道失口,便吐了一下舌头。

小炉匠一听杉岚站,吓得心寒胆裂,连连辩护:"长官!长官!杉岚站却不是我,是郑三炮管的。外部联络是我南他北。我负责联络座山雕。至于侦察情报,迎接中央军,那全是侯专员、许旅长他们的事,与我们这些当小兵的无关。"

少剑波急问:"再说一遍!"

"我联络威虎山的座山雕,可是我都不知道地点,只是在林外接头。郑三炮联络完颜岭的侯专员、谢司令。"

谈到许大马棒,他说他只知道在奶头山,他没进去过。他的理由和刁占一一样。特别他自己又强调了一条原因,是他在外面落网的机会多,因此,许大马棒根本就没让他进过奶头山,更不能让他知道山里的详细情况。不过当他谈到许大马棒的力量时,却不知他怀的是一种什么心理,用似乎有些藐视的眼光瞧着剑波等人,说道:"对付许大马棒手下的人,可不得不加谨慎。他那里除了当官的,剩下的都是各山头有名的炮手。许大公子,那是擎手匣子打飞麻雀,枪枪不漏。蝴蝶迷是有名的'双枪姑姑',手使两把匣子,三十、五十人休想靠前。还有个出名的炮头郑三炮,从小当胡子,后来许大马棒一千元现大洋买来当炮头,伪满时又是许大马棒的马弁,枪法指哪打哪,指右眼准打右眼,指左眼准打左眼,许家父子都怕他三分。这还不说。他登峰攀岭拉老林子,如走平地,日行百里开外。有徒弟十二个,枪法都和他不差上下,现在都在他手下。可得小心点。特地效劳奉告!"说罢,向剑波斜视一眼,显然是在向小分队恐吓。

公鸡叫开了。少剑波看看表,已是五点。

一阵清晰的脚步声传进门来,这声音带给人一种疲劳的感觉。原来是高波,睡意未醒,进门就报告:"二〇三!蘑菇老人,他……"

"等一等……"少剑波瞥了小炉匠一眼,制止了高波的报告。随后命小炉匠在供词上盖了手押。临押出去时,少剑波又严厉地警告他一句,"你们山下的窝底到底有多少?给我写出来。你要在这方面再狡猾,有朝一日查清了,对你是不利的。"

等这个匪徒被押出去以后,高波又继续说:"蘑菇老人……"

"知道了!"少剑波向高波愉快地一笑,立起身来道,"同志们!总算有了头绪。从以往的了解,和这两个匪徒的供词,我们要踏踏奶头山。现在我命令休息六小时,也许这六小时休息要为后几天的休息代劳。艰苦紧张的任务即将到来。"

大家不但没有疲惫,倒反精神焕发起来。少剑波坚决地命令:"休息是这六小时中唯一的任务。六小时以后,我们要访问一个山中老人。"

七 蘑菇老人神话奶头山

是在三天前,杨子荣追踪小炉匠,刘勋苍林中探索匪踪,栾超家训练小分队的林中攀登技术。少剑波反复计划着如何荡平这老爷岭。

　　老爷岭,老爷岭,
　　三千八百顶,
　　小顶无人到,
　　大顶没鸟鸣。

这是民间流传着的形容老爷岭的话。这话一点也不假,真是山连山,山叠山,山外有山,山上有山,山峰插进了云端,林梢穿破了天。虎啸熊嗷,野猪成群,豹哮鹿鸣,黄羊结队,入林仰面不见天,登峰俯首不见地。一小撮杀人不眨眼的匪徒躲在这茫茫的林海里,哪里去寻?哪里去找?

少剑波愁得脑子里像塞了一团乱麻。

一天晚上,他带高波和李鸿义两个战士,信步走上了九龙汇的西山岗,向西北眺望,忽然发现涧间山半腰,有着一粒闪闪的微光。他初疑是山涧里的磷火,后来细看火光发红,并且不动,便断定不是磷火,而是有人住在那里。他就带着高波和李鸿义朝火光走去。

逼近一看,是个挖进山坡的窑洞,三面以山坡为壁,南面临着山涧,中间开一个门,门的两旁,一面一个窗户。灯光就是从这窗户上透出来的。

从小房里传出了微弱的哼哼声。

少剑波一推门走进去,炕上坐起一个老人,腿上盖一件破老羊皮袄,燃着一块松树明子,吱吱地喷着红色的火光,满屋散布着松油的苦辣气味。灯光下看这老人,满头白发蓬蓬,一脸银丝胡子。他一见三人进去,眼中立刻放出了灼灼的怒火。

"老爷爷!……"

"你们撵我下山,还不甘心吗?还要来我家逼我一死吗?天地良心哪!"老人没头没脑地嚷了这么两句,使少剑波一时辨不出他的怒从何来。停了一会儿,他才猜到老人的气愤一定与匪徒有关,便满脸赔笑地解释道:"老爷爷!我们是人民解放军,不是山里的土匪,我们是来剿灭土匪为民除害的。"

老人根本没有理会,仍是怒气不息,抓起垫在枕头下的一块木头墩子,掀开腿上盖的皮袄,像是要拼老命的样子怒瞅着少剑波。

高波连忙把剑波挡在身后,高声重复了刚才剑波说的几句话,并且掀开自己的大衣襟,摘下了大皮帽,露出了解放军战士的装束。

老人眯缝着眼,上下打量了一阵,好像相信了,怒火开始消散了,把腿向外一跷,坐在炕沿上。

"那么说你们不是土匪了?"

"我们不是土匪,我们是人民解放军,来剿灭土匪为人民除害的。"少剑波深怕老人听不见,高声地一字一句地说。

老人一声不响地沉默了几分钟,自言自语地嘟噜着:"官兵?哼!世世代代兵匪是一家,匪是祸,兵也是患!乱世年间不是兵祸就是匪患,还是老民遭殃。哎!……"他长叹了一口气,"六十年来,虎豹豺狼也没有伤我,这些魔鬼却撵我下山!"

少剑波觉得老人对旧社会这种经验的看法,是有道理的。便微笑着走近老人身旁,和蔼地安慰道:"老爷爷!我们不是旧社会的兵,我们是共产党的兵,是老百姓的子弟兵。不要怕。我们和以往的反动军队完全不一样。"

老人也没做声,伸手从炕里边取出他那长杆大烟袋,对着松明火抽着了烟,吐出的烟香冲淡了松明子的苦辣气味。

少剑波靠他身旁边坐下了,忽觉得老人身上发出的热气烤人,又见老人呼呼发喘,他摸了一下老人的手,惊问道:"老爷爷!您有病了吧?"

"这还用你说?我早就知道!"老人气哼哼地把眼一斜,不耐烦地嘟噜了一句,显然还怀着不可解的仇恨,到处乱泄心愤。

少剑波已体会到老人的心情,回头对高波道:"快回去找白茹来,说这里有病人。"

高波应声跑出去了。

少剑波不管老人听不听,便尽量用通俗的语言宣传共产党解放军的一切。

二十分钟后,高波领白茹进来了。在少剑波长时间的谈话中,老人眼里的怒火减弱了,好奇地看着这四个陌生的军人。当他看到白茹脱下大衣和军帽,露出两条小辫时,他就更平静了。

白茹一面给老人试体温,一面问病历:"吐不吐?泻没泻?"

"又吐又泻!"老人回答着,长叹了一口粗气,脸上浮现出无限的痛苦和悲伤。

"几天了?"

"从前天夜里。"

"吃点饭没有?"

"气得我两天没吃饭了!狗杂种……"老人开始向剑波和白茹断断续续地吐述他愤怒的心情。

原来是,在三天以前,三个也不知从哪来的匪徒,在蜡烛台抢走了他的东西,把他撵下山来。老人从祖父时起就在这老爷岭采蘑菇,今年六十八岁了,春秋上山,冬夏下市。一辈子光杆,无妻无子。谁也不知他叫什么名字,这一方的人都称他"蘑菇老人"。

从说话中,看出这位老人性情豪爽,很有胆量,生死不惧,虽然年近七旬,但是目光炯炯,气概健壮。

白茹诊明老人是患的肠炎,连忙服侍他吃药,给他注射,生火煮米汤,又用温水给他洗手擦脸,像亲闺女一样的殷勤,口口声声叫着"老爷爷"。

老人瞅着白茹的每一个动作,一会儿叹息,一会儿不安,一会儿又好像要向白茹倾吐什么心事,他的眼睛里涌出了满眶热泪。

"你是谁家的姑娘?"他擦了一下眼泪问道。

"我是穷人家的姑娘,爸爸是种菜的,妈妈看菜摊。"

"婆家是什么人?"

"十八岁,没婆家。"白茹答得这样大方,引得四人一笑。

"怎么?女孩子也能……"

"对啦!女孩子也能当兵打仗,剿土匪,保护穷人。"

老人慢慢阖上眼睛,两手盖在胸前,口中念叨道:"山神爷爷老把头!保佑这些人吧!"一直念念不休,声音越念越低,好像沉沉睡去了。

少剑波脑子里老是想着"情况情况",心中不静,便留下高波和白茹做伴,看护着老人,自己和李鸿义回去。临走对白茹低声说:"这老人真够可怜的了,一辈子没个亲人,从前的世界上对他没有半点温暖。"

白茹宁静地点了点头。剑波又补充了一句:"也许老人会成为老爷岭的一张活地图。"

白茹一点头,"我明白您的意思。我尽我一切的努力,这老人一定会对我们有帮助的。"

三天后,老人在白茹的治疗与护理下,身体复原了。善良的老人,定要认白茹做个干孙女,所以今天天还不亮,他就到村里来请剑波做主。

太阳挂上了林梢。小分队六个钟头的酣睡,已恢复了疲劳。少剑波、杨子荣、刘勋苍、栾超家、高波、李鸿义、白茹,一起来到了蘑菇老人的小房子里。老人满心喜悦,用浓浓的还童茶迎接着他尊贵的客人。他从墙壁窝里拿出了用破布卷着的一捧东西,递给杨子荣,杨子荣咧嘴一笑,"嘿!爷爷给孙女送礼啦!"说着展开布皮,露出一个象牙色的檀香木小匣。刘勋苍围上去,用粗大的手指头拉开匣盖。大家一看,小匣里放着两种东西,一种是黑乎乎的一块,表面有些茸毛;另一种是些小豆粒大的什么植物的种子。

栾超家拿起那块黑东西嗅了嗅,噗哧笑了,拍了白茹一下,"小白鸽!你这爷爷可真想得周到。"说着擎起那块黑东西,学着跑江湖卖药的声调,耍开了贫嘴:"这种药,不治头痛脑热,也不治伤风感冒。也不治跌打损伤,更不治睡懒觉。专治妇女的经血不调。这是咱们关东山的一宝——鹿胎膏。"

逗得大家哈哈大笑。

他又拿起那些种子,"这叫人参子,不能种,不能吃,专治一种难产症,又叫催生籽。"

大家又一齐大笑,向着小白鸽看去。老人站在那里,也格格笑出声来。白茹却有点害臊了,抿着小嘴低下了头。

接着,白茹把她和小分队事先准备好的礼物,送给老爷爷。一是杨子荣和刘勋苍两人凑了一套白衬衣,一是白茹拆下的袜子线绣着"寿似古松"的烟荷包。

老人接过这两件礼物,紧握剑波和杨子荣的手,他笑着笑着,竟哭起来了。

白茹用她那雪白的小手帕给爷爷擦着泪,"爷爷!你不是说你六十八岁向来没哭过吗?为什么今天倒哭起来了?"

蘑菇老人双手捧着白茹的脸,"姑娘,我六十八岁了,这是第一次……"他说不下去了。

大家坐在炕沿和地下的小木墩上,喝着老人自己采的老爷岭上的名产还童茶,闲话一阵,剑波目视白茹,白茹会意,摇一下老人的膝盖,问道:"爷爷!你不是说老爷岭的小兔都认识你吗?你还说土匪一定在奶头山。是真的吗?和我们说说,咱好消灭他们。"

蘑菇老人吐了口唾沫,磕了磕烟袋,喜笑颜开地喝了一大口还童茶,说道:"我蘑菇老人,生在老爷岭,长在老爷岭,吃着老爷岭,穿着老爷岭,我的两只脚踏遍了老爷岭。说句开心话,真是老爷岭的小兔都认识我。"

"那,你就说说奶头山吧!"大家异口同声地要求道。

蘑菇老人理着他那银丝胡子,一字一板地念起了一段山歌:

> 奶头山,
> 奶头山,
> 坐落西北天。
> 山腰一个洞,
> 洞里住神仙,
> 山顶有个泉,
> 泉有九个眼。
> 喝了泉里水,
> 变老把童还。

接着他又讲道:

"此山是神山宝地,地势险要,俗话说得好:

　　上了奶头山,
　　魔法能翻天。
　　入了仙姑洞,
　　气死孙大圣。

"在四十多年前,我和你们这大年纪,十月中间,还没下雪,天刮着大风,我拿着猎枪,背上装蘑菇的口袋,带一把双刃匕首,独自一人去往奶头山。

"走过牛犄峰,迈过圈马崗,翻过分水岭,蹚过蛤蟆塘,爬上蜡烛台,又翻几个从没人到也没名的山林,往前一看,前面没了森林,全是一片狼牙巨石。太阳一照,金光万道。

"顺着一条石壁山沟,往正北下去,沟两旁的石头,全是吊悬,望上去眼晕头昏,风刮来石头喀喀响,好像要掉将下来把人砸烂。仰面看天,天只有一条河那么宽,天上的白云,包着山峰,搭在沟两面的大石头上,齐齐刷刷的,像刀裁的一样,恰似一座云桥。我父亲曾向我说过:'踏着云桥能登天。'一点不假,真是上了云桥一抬头能顶着天,一伸手能摸着天。

"过了石壁沟,一片乱石滩,弯了一个圆圆的圈子,正当央围着一座奶头山。乱石滩是四外全是陡立的大石山,把个奶头山围在核心。奶头山的样子,真像个女人的奶头。山根底座像奶盘,座上竖起一块极大的黑石,也有百丈高下,就像奶子头。奶头的上面厚厚的一层黑土,长着高高的大树。

"奶头山的西面,隔着乱石滩是喷水山,离奶头山五六里路,一条乱石沟相隔。喷水山真的能喷水。全山都是乱乱的大青石,从各个大石缝间往外喷水。乱石又高又大,喷出的水又汹又激,远看去像一条条撑山支石的大水柱,也有几千条。还有横石缝泻出宽宽的一些大水帘,挂在大山上,也不下几百面。每个水柱,每幅水帘,激冲下来,撞到山根的石头,碰得乱碎,像千千万万的珠子,四外散花,阳光照射下,五颜六色,美得不得了!

"奶头山北面五六里,是石林山。也是一条乱石谷相隔,和喷水山紧紧相连。石林山的每柱石头,和一棵大黄花松一模一样,就像是一棵棵黄花松变的。树皮呀,树枝呀,活像活像,一点也不差。所差的就是,一个是石头树,一个是木头树;石头树只有树干没有树枝,要是有树枝那就更神了!

"东面是鹰嘴峰,峰上有一块大石头,活像鹰嘴。这山离奶头山最近,山脚下也不过百多步。可是立陡立陡,上面吊悬那块鹰嘴巨石,伸向奶头山,好像一只老鹰探过脑袋要去吃奶,嘴尖差不多就要衔上奶头山顶的树梢。到了鹰嘴石的下面,仰头一看,天哪!真吓死人!那吊悬的大黑石头,罩在头上,看不见天,遮得天昏地暗,眼看着就要压头盖脑地塌下来。冷风飕飕,寒气刺骨,石上长满了青苔。

"再看看奶头山,只有一条道能上山顶,是在奶头山的西壁,这条道还有一步步的梯磴,好像人凿的一样,共有十八节,每节又有几十级,人称十八台。这十八台仅有一脚之路,两面全是万丈陡壁,上下奶头山,如不经过十八台,是上也上不去,下也下不来。

"顺道上去,山半腰,有一个大石缝,石缝旁有一个石头洞。洞口朝正面,正对喷水山,洞里能摆二十桌的酒席,足有十间房子大。洞里边又有两个小洞。一个通往山上,叫通天洞,一直通向山顶的树林。一个向下,叫入地穴,没底地深,里面黑洞洞,阴风飒飒,呜呜地响,从来没有人敢下这个地穴。

"我曾在洞里住了一夜,真暖极了。第二天顺着光溜溜的通天洞上了山顶。洞口有一间房子那么宽,一溜斜坡,是光溜溜的大黑石铺成的洞道。

"山顶上是一片老林子,有几百年前的老木头,东倒西歪。又有些树参天地高。地下全是一片像地毯一样的草,鹅茸茸地铺在地上。这奶头山顶东西宽有三里,南北长有五里。

"奶头山的正当央,有一个石盆,五尺多深,盆底有九个孔,孔里向外冒水,像一串串馒头大的水珠子,五冬六夏不断,真像女人奶子挤出来的奶汤,人们称天乳泉。神山宝地,山多高,水多高。我这么大的年纪,山顶冒水没看见第二份。整天冒也冒不完,什么样的旱天也不干,什么样的涝天也不满。泉旁长满了还童茶。人说,喝了泉水吃了茶能返老还童。所以今天我特地把它拿出来款待你们这些贵客。

"这洞可是个神仙洞!当年,我的爷爷告诉我,那是个仙姑洞……"

"怎么?这神仙还是女的?"白茹虽然不信,可是听得出神,便好奇地问道。

大家被她这一声给喊笑了。少剑波却在细致地考虑着老人口里对他有用的东西,地形、天险,以及怎样突破这向来未闻的天险。

蘑菇老人望了望白茹:"听着,我的好姑娘!

"是在很远很远的古代,也不知多少年以前,东南有一个部落。部落里有一对放羊的老夫妇,无儿无女,天保佑他在五十岁那年上生下了一个小女孩,老夫妇爱如珍宝。人说灵芝草最贵,所以老夫妇给这个独生女起个名字叫灵芝。人称她灵芝姑娘。这姑娘聪明伶俐,相貌俊俏如仙,满头黑发梳成两条大辫。人们也叫她'双辫姑娘'。唱一口好歌,射一手好箭,骑一只八角梅花小鹿,行走如飞。

"同部落有个少年叫狄英儿,是一个无比的猎手,骑一匹长鬃卷毛白马,吹一支长穗竹笛。他吹起了号角,豺狼不敢动,他呼啸一声,虎豹也发抖。他能和虎斗,能和豹厮打,真有降虎拿豹的奇能。

"灵芝姑娘离不开狄英儿的笛声,舍不得狄英儿那对黑溜溜的大眼睛,更离不开狄英儿的勇猛。两人相亲相爱。

"灵芝姑娘十八岁那年上,临近有个野蛮的部落,酋长猪大膘,一心贪想着灵芝姑娘,送来不少的珍珠宝石,可是灵芝姑娘半点也不要。

"这年秋天,猪大膘趁狄英儿远山打猎,率领全部落百多个人来抢亲,给灵芝姑娘绑上一块红面罩,姑娘哭成了泪人。全部落人厮打不过,都回避了。只剩下灵芝姑娘一个人。她不骑猪家的马,也不骑猪家的牛,只骑她那个心爱的八角梅花小鹿。

"走一程又一程,过一岭又一岭,灵芝姑娘啼哭不住声。哭得小鹿落泪,哭得山间鸟不鸣。

"狄英儿三天回家来,走到灵芝姑娘的帐篷,扑了一个空。他连水也没喝,跨上长鬃卷毛马,拿着他三百斤的硬弓,单人一个追了来,追了五天五夜,在一个草地上,狄英儿和猪家人交了锋。

"猪家一百多人把狄英儿围在当中。可是狄英儿一点不惧。他的长箭硬弓,箭箭不空,杀得猪家人仰马翻。但他只有一张弓,七束箭。一个人一匹马的力量,从早晨杀到黄昏。他的箭囊空了,手软了,马也累了。在灵芝姑娘'狄英儿!狄英儿!'的喊叫声中,他冲开一条血路,流着眼泪,奔向林中。他想起了自

己打猎的伙伴。'对！回去搬他们来！'

"他飞马奔回自己的部落，在大山上高叫几声，震得山摇地动。他每叫一声，便听见一声'狄英儿'！声音像灵芝姑娘，也像他打猎的青年伙伴。

"猪大膘得胜，又急急前行，跨过一百零八条沟，翻过一百零九个岭，来到一个美丽的山峰，名叫灵芝峰。这峰和姑娘一个名，峰上遍生灵芝草，灵芝花和姑娘的脸一样红。峰顶常有凤凰鸣。

"日落黄昏，就在这灵芝峰下的灵芝洞、灵芝泉旁扎下大帐篷。灵芝姑娘牵着她的小鹿，喂饱了山上的灵芝草，饮足了灵芝泉里的水。她哭得更悲痛。哭得月儿不亮，哭得星星不明。洞间的流水，也呜呜啦啦地放悲声。灵芝姑娘一口一个爹妈，一口一个狄英儿，一直哭到半夜。

"轰隆一声，山崩地裂，狂风大作，刮翻了帐篷，斗大的石头刮得喊咏喀喳漫空乱碰。抢亲的马群脱缰嘶叫，奔驰得无影无踪。刮得灵芝姑娘昏迷不醒。

"她的小鹿不怕风，驮起了灵芝姑娘，翻山越岭，一直跑到天明，风息云散。灵芝姑娘昏迷中猛听得幽雅悦耳的笛声。又听得骏马嘶叫，又闻到肉香。

"她在悲痛中苏醒，睁开泪眼一看，没有了帐篷，是一个山洞，小鹿在吻她的手，顺笛声抬头望去，原来狄英儿在愉快地烧着肉，吹着笛子，等她醒来。旁边是他的弓箭和骏马。他俩是多么欢喜啊！

"可是又来了新的愁苦和悲痛。这山里没有水，地上没有粮，也没有她的羊，也没有她的爹妈，也没有可爱的花草。正在忧愁时，忽然一阵幽雅的歌声顺风吹来。他俩顺歌声望去，远远来了四个姑娘,一个全身上下蓝衣蓝裙,手拿葫芦。一个是红衣绿裙,手拿一束鲜花。一个上下杏黄色的衣裙,手拿一枝谷穗。一个是全身青翠,手拿一根凤尾翎。狄英儿和灵芝姑娘一齐迎上去。四个姑娘亲亲切切地一个个报了姓名。'我是清泉仙子。''我是百谷仙子。''我是百花仙子。''我是百鸟仙子。''你们俩不要愁!劳动会给你们幸福。'说罢,四个女子把手一挥,顿时一阵辉煌灿烂,喷水山喷出水来,奶头山生出谷来,青草满地,百花齐开,空中飞翔着数不清的小鸟。灵芝姑娘狂喜地歌唱起来,狄英儿吹起他的笛子,他们欢喜了半天,才想起要拜谢这四位仙女。可是四个女子不见了,只有那满天美丽的彩霞。

"以后灵芝姑娘他们俩就劳动在这奶头山上,住在这洞里。打猎、种菜、种谷、拣蘑菇、养羊、吹笛子、唱歌。儿女一大群。她把儿女养大了,送给没人干活的穷人和老人。没有姑娘的给姑娘,没有小子的给小子。他们也不讨人的欢心,当有人问她的姓名,她只说一句:'随便你叫什么都可以。'

"在洞里不知住了多少年,这两口子就离开了这里,云游四海,施福与人去了。从此人们称这个洞为送子仙姑洞。"

蘑菇老人讲到这里,喝了一口还童茶,点上烟袋,长吸了一口烟,吐出青青的烟云。

"现在土匪占了奶头山、仙姑洞,出山杀人,残害百姓,撵我下山,这是触犯神仙的逆天大罪,久后必得报应。等灵芝姑娘、狄英儿回来灭了这些妖魔鬼怪狗杂种。要是凭人力硬打,咳!打不了哇!"

"怎么的?"刘勋苍急了。

"你想,四面上不去,只有一条道进洞,中间经十八台,一人把住,万人难上。非神力不可!非神力不可!"

少剑波回顾一下大家,说:"不管怎样,我们是会剿灭他的,灵芝姑娘和狄英儿就要回来了。"

逗得大家一笑,栾超家立刻问起他最关心的一件事来。

"老爷爷,您刚说鹰嘴石离奶头山有多宽?"

蘑菇老人想了想道:"出平算也就五六丈宽吧!"好像老人已猜透问这话的意思,摇了摇头:"宽虽不宽,也有五丈,人怎么能跳过呢?下面是百丈深沟,巨石狼牙,一看就要昏倒,哪还能过呀!鹰嘴石又高,奶头山又低。办不到!办不到!"

"能高多少呢?"栾超家又问道。

"俗话说得好:'鹰嘴叼奶头,树梢够不着。'就是奶头山上最高的树,还够不上鹰嘴石。"

刘勋苍急忙大声问道:"现在这几年,树长高了,不是就够着了吗?"引得老人和大家都笑起来。

蘑菇老人一面笑,一面逗趣地说:"俗话说得好,树高不能撑着天,人老不能过百年。孙悟空本事大,跳不出如来佛的手掌。勺子再大也盛不过小盆。"

少剑波又问了鹰嘴石到树梢的高下。老人答道:"到树梢不太高,也就三五丈吧!"

少剑波望了一下栾超家。栾超家此刻正在沉思着什么。

少剑波谢了老人,起身要走。老人恋恋不舍,一直送到门外。

八 跨谷飞涧,奇袭虎狼窝

下午,金黄色的阳光照进仙姑洞。

仙姑洞里,匪首许大马棒和他的大儿子许福,弯蜷着像对大虾,躺在虎皮褥子上抽着大烟,发出吃穷吃穷的响声。

洞的另一边,是匪徒们在推牌九,唱淫调,吆二喝三地争吵着。他们每个人脸上的胡髭足有一寸长。

丁疤拉眼累得气喘呼呼,龇牙咧嘴地爬上了十八台,在匪徒们的争吵嘲骂声中进了仙姑洞,走进许大马棒的洞间,一嗅到大烟味,也来不及说别的,把脖子一缩,疤拉眼挤了两挤,两个鼻孔使劲抽了两抽,抢嗅着许大马棒喷出来的残烟,最后活像过了瘾似的,啊的一声,透了口气,嘴咂了两咂,"报告旅长!"

许大马棒抽得正起劲,一听丁疤拉眼的声音,便狠狠地抽了一口,才懒洋洋地把身子一翻,仰脸朝上,微微一点头,鼻孔里刚冒出了两缕烟头,接着又缩了回去。

丁疤拉眼急忙把脖子一抽,又抽了两下鼻子,把疤拉眼眯了两眯。

"旅长,郑三炮和太太来信,侯专员对咱们这次血洗杉岚站村的成功大加夸奖,并当面封了郑三炮的团长。并说国军一到就要推荐旅长当副司令哪!"

许大马棒得意洋洋地仰肚朝天,噗的一声喷出了浓浓的一口白烟,丁疤拉眼的鼻子又是一阵紧忙。

"这还用说,"许大马棒把两条大腿一伸,烟枪一撂,"许某向来是敢作敢为,别人!哼!谁他妈的比得了。"接着,他两腿向上一踞,又向下一压,就势坐了起来。"二旅李德林,是个贪吃无用的老肥猪;座山雕虽然是把干手,可是个臭财虫,没钱他是不干的;九彪向来是个贼手贼脚的小偷,光贪便宜不出力;马希山倒是个干家,可是他脱离了他的老窝子,就没咒念。"他擦了一下厚眼皮,"说吧,有什么情报,瞅上红咱爷们再干他一下。"

丁疤拉眼笑得满脸皱纹,眼皮使劲眨了两眨,"旅长,有油水,这次下山油水更大。"

"快说!一气说完!"许福也过足了瘾,蓦地爬起身来。

"郑三炮从侯专员那里离开了,已经到了牡丹江。"丁疤拉眼一歪嘴,"确实消息,共军所有的人马,一连搜了一个半月,连根毫毛也没得到,现在通通收兵了,可是都没回牡丹江,全驻在靠山边的各个屯落里,帮着穷鬼分地,打地主,叫他妈的什么'开辟空白区'。如今牡丹江市里连一个主力也没有,尽是一些新兵团,入伍还不到两月的老庄猢狲,郑三炮的意思……"

"好机会!"许福一拍大腿,"潜入牡丹江,给共产党来个腹地开花!"

"对!"许大马棒忽啦站起来,"打他个顾头不顾腚,他来搜山,我砸烂他的城!"

"郑三炮正是这个意思,"丁疤拉眼把那只疤拉眼向上一斜,"这真是'英雄所见略同'。现在郑三炮正在市里联络咱们的人偷取口令,准备来个里应外合。"

许大马棒得意地一晃脑袋,"我知道咱们的郑三炮漏不了空。这个老干家是无孔不入,有空就钻。"

许福从木炕上跳下来,把丁疤拉眼的膀子一拍:"老丁,郑三炮在市里一联络,那时我们就不是现在的一百五十人,而是上千人,咱们这千只猛虎,要在牡丹江市里来他个快刀砍西瓜,嘿!得劲!给共产党们来个一刀两块!"

"不!"许大马棒把拳头一握,向下一捶,"要给他来个铁锤砸西瓜,泥地上摔豆腐,砸它个零零碎碎,摔它个稀稀烂烂。到那时你和郑三去干掉共产党的银行,我干掉共产党的省党部,老二和老丁干他的军区司令部。"

三个人哈哈大笑了。

"什么时候干?"许福全身一抖。

许大马棒脑眉一皱,白眼珠一翻道:"兵贵神速,明天起身。"

许大马棒走进了匪徒们的大洞间,在群匪的吵嚷嘲骂声中,他张开驴叫天的嗓子喊道:"弟兄们,明天出发,到牡丹江市去散散心,在这仙姑洞太闷得慌,到市里去痛快痛快!"

群匪徒扔下了赌具,嚎的一声站起来,发出一阵疯狂的怪叫。

"到那里,"许大马棒的牙根一咬,"三个字的命令:烧,杀,抢!回来时点共产党的耳朵行赏!"

黄昏,东方天上挂起了一轮明月。

九龙汇屯中家家灯火。汪汪的犬吠,听得格外清晰。

离屯一里多路的小山坡下,整整齐齐地站着小分队的全体人员。少剑波心情愉快地走到队前。

"同志们!敌人的第一个巢穴被我们找到了。这是一处天险,险得我们从来没有见过,也没有听过,我们要忍受一切艰苦,突破天险,直捣匪巢。"

他再次讲解了奶头山的天险,和突破这天险的办法,接着他分析了敌情:"这次战斗,我们是到虎穴里捉虎,狼窝里打狼,敌人的兵力要比我们多四五倍,也就是说我们一个要打敌人四五个。因此我们的手段要快得像闪电,猛得像霹雳,打上去要使敌人没有喘气的机会,否则让敌人反过把来,我们将会遭到失败。"

"冒险吗?不!"他以百倍的信心说出了这句话。身历百战使他锻炼成了一种坚毅性格,越是艰巨困难,他越沉着镇静。"天险本来对我们不利,不利于我们调动大兵团,也不可能使用大兵团,因为那样等于我们用滚木礌石打麻雀,滚木礌石没打下,麻雀早飞了!但今天我们是小部队,天险对我们却变成了有利。敌人一定会依赖天险而麻痹大意。这就对我们有利,我们要把天险变成我们的力量。现在我们就出发!"

正在这时,蘑菇老人气喘吁吁地跑了来,向剑波十分认真地带着质问的口气说:"怎么?怎么不叫我一声?"

"你老人家年纪太大了!"

"什么?年纪大?哼!小看我老头子!人老骨头硬。你们还敢轻看我?好!来吧!叫你们看看我老人的厉害。"

"爷爷!"白茹温和地拉着老人的胳膊,"你在家看守小炉匠和刁猴头,也是很重要的任务呀!"

"嘿!姑娘,你也不向着我呀?"

"不是这样,爷爷,你走了,小炉匠和刁猴头咋办哪?"白茹担心两个匪徒跑了。

刘勋苍和孙达得突然在队里吃吃笑起来了。

"这个不用你操心!"蘑菇老人也忍不住地笑道,"我把这两个匪徒安排在除了我谁也不知道的地方,跑不了他,也死不了他,谁也救不了他。"

原来老人的窝棚地下有一个四壁是大石头砌成的石窑,上面是一块大石头片盖着,从昨天晚上,刘勋苍和孙达得已经帮助蘑菇老人揭开了石盖,准备取出他数十年积蓄下的一点点贵重的山珍,好随小分队下山。可是老人一意固执要领小分队去打奶头山,刘勋苍、孙达得为了战斗更有把握,也就同意了。所以在今天出发之前,他三个人合谋,把两个匪徒押到里面,放了一盆高粱米饭在里面,把大石盖盖好,上面又压了三块两个人才能抬得动的大石头。

少剑波把老人安排给杨子荣负责的一路,小分队就像一支飞箭,射入了没边的林海中。

他们的前进速度,用走和跑是不能形容的。他们好像汪洋大海里的一群勇猛善泳的小带鱼,冲着波涛般起伏的山浪,飞速前进。圈马崮、牛犄峰、分水岭……高大的浪头,好像在向着小分队相反的方向激涌,一个一个地被抛到后头去了。

蘑菇老人在队伍的最前头带路。他全身是劲,在这样长途的急行军中,几乎听不到他的喘息声。

过了蛤蟆塘,小分队按剑波的作战部署分成了两路,杨子荣率着他的佩带步枪的小队,在蘑菇老人的向导下,登上蜡烛台,顺着四十多年前老人走过的道路,进入了那条石壁沟,绕到奶头山的西南角的乱石沟,直堵住上山入洞唯一的通路十八台,封住仙姑洞的洞口。

少剑波率刘勋苍、栾超家的全部佩带冲锋枪和二十响大肚匣子的两个小队,一直向正西攀登上鹰嘴山顶峰。准备跨过山涧,顺奶头山顶仙姑洞的后洞上通天洞打进去。

登上鹰嘴山顶时,正是黎明前最黑暗的一霎。幸而林梢上还挂着一团灰冷的月光,借它的残辉,找到了鹰嘴巨石的最尖端。俯视脚下的奶头山,黑洞洞万丈深谷,巨石吊悬,阴风飕飕,刮肉透骨。奶头山顶的参天大树,此刻只在大家的脚下被风吹得摇摇晃晃,喳喳乱响。因为林梢的摆动,映射得好像所有的山都在摇晃。战士们有些头晕目眩,站立不住,紧张得手握两把汗水,怒视着奶头山的动静。

"栾超家,"少剑波低声地命令道,"迅速点,天快亮啦!"

"是！我马上行动！"

栾超家弯着腰,攀着大石峰,这里看看,那里瞅瞅。

他是一个攀登能手,他的祖父和父亲都是林业工人,他从小一直就跟着他们在山林里长大的。他的身体又瘦又轻,那个俏爽灵活劲确实像个猴子。他可以在一棵数丈高的大树上,握着细细的一个树枝,一悠荡,借树枝的弹力,飞身一纵,跳到另外的一棵树上。因为他的攀登武艺高强,所以人们都管他叫"猴登"。

他选中了奶头山上靠近鹰嘴石的最大最高的一棵树做目标。这棵树的一枝胳膊粗细的梢枝,伸向鹰嘴石的尖端,相距十五六米。在这头他找到了鹰嘴石冠部一棵仅有的老榆树的枯干。他抱它在怀里狠劲摇了几摇。"好！还没朽,它还有力气。"接着他贴向剑波的耳朵小声愉快地说:"没问题,可以飞过去。"

少剑波的心里像卸下了千斤重担,一阵轻松。

"老栾,今天的成败,决定于你这一条'天道'是否能建筑得起来。现在专看你的啦!"

栾超家微笑着一点头,回身命令战士们把一根三十五米长的大绳,抬到老榆树干下。他十分熟练地把大绳拴在老榆树上,另一头打了个坐盘结,拴在自己的腰间胯下。然后又细细地检查了一遍。

战士们在十分急切地希望他成功,又在担心他是否有这样飞涧跨谷的奇能,都紧张地盯视着他的每一个动作。

"一切准备好了！"栾超家对着一秒钟也没离开他的首长报告道,"可以开始吗？"

少剑波没做声,拉着绳子亲手检查了每一个结,又伏下身向奶头山伸过来的树梢再测了一下距离。他的心情又是一阵紧张，一来怕他的战友坠入这万丈深谷，二来怕一旦飞不过去，整个任务就要落空。他这时忘掉了世界上的一切，他的心神全绞在目前栾超家飞上奶头山这个关键上了。

当他确信准备工作确无问题时，便向栾超家伸过手去："超家同志，祝你成功！"

栾超家紧盯着剑波那亲切的眼睛，紧紧握了握他的手，庄严地说："二〇三首长，过去再见！"接着，他回身向战士们一招手，便拖着大绳站上悬岩的边缘，他把手中的绳子一松，只听唰的一声，他就溜流下悬岩不见了。战士们只看得见拴在老榆树干上的绳头。

栾超家吊在石壁悬岩的半腰，手握大绳，脚蹬岩壁，像一个抽丝的蜘蛛，向下攀去。当绳子完全放尽，他又脚趾岩壁，向奶头山相反的方向攀去。

战士们的心乱跳，几十只眼睛紧盯着对面伸过来的那棵大树——栾超家未来的着落点。一秒钟，十秒钟，一分钟，三分钟……

"三分四十秒。"少剑波瞅着他的夜光表。他的心也跳得非常厉害。

栾超家已攀到自己适合的角度。就在这要飞身荡涧的一刹那间，一阵担忧袭击着他的心，"这一跃能不能成功呢？如果不成功再荡回来，自己根本无法驾驭自己这个'自由荡体'，必然会触碰悬岩，而使自己粉身碎骨；但这是小事，最主要的还是剑波首长的计划，毁灭匪巢的任务，会因自己不成功而告破坏。"因此他再测了一下距离和角度。当他确信无问题时，便全身用力地一收缩，然后猛一伸张，双脚向石壁猛劲一蹬，全身一纵，他就像一粒小弹丸从巨石上射出去了,飞在空中,飞向奶头山的树梢。战士们顿时全身一惊,还没来得及呼出一口气,小弹丸似的栾超家已挂在奶头山伸过来的树梢上了。

少剑波和战士们心脏简直像崩裂一样,一阵烈火袭上身来,从发梢热到脚底。

少剑波急伏下身去,摸着大绳,他的手已感觉到大绳在一抽一抽地向奶头山拉着,越拉越紧。他的眼努力张大,瞅着对面树梢上那个模糊不清的黑点,已慢慢进入浓密的林叶深处,不见了。他轻轻地喘了一口气,爬起身来,十分兴奋地向战士们低声鼓动道:"同志们!栾超家成功了!英雄!英雄!现在看我们的啦!胆放大些,胜利就要拿到手了!"

战士们兴奋得几乎要隔着山涧跳过去。

"看!二〇三!"高波以十分急促而又愉快的声调说,"栾超家发出信号了,绳子已经拴好了!"

战士们一齐拥到老榆树根下,伏在地上,顺着大绳子瞅去。一条大绳,东高西低,约有四十五度的坡度,把鹰嘴山和奶头山连成了一起。万丈山涧的上空架起了一座独条的绳桥。

"同志们!"少剑波伏在战士当中,发出了愉快而幽默的声音,"这座绳桥,是我们活捉土匪的天道!这是栾超家式的'天道'。现在我们从天上下去,扣紧了绳子,放大胆,我来第一个!"说着,他的肘腕向绳子上一扣,就要滑过去,却被刘勋苍一把抓住了。

"慢来,二〇三首长,这不是你过去的时候。"刘勋苍说着,向战士们一挥手,"二小队!跟我来!"接着他把腿弯和肘腕扣上绳子,一用劲,只听唰的一声,他已像一个黑球挂在绳子上,滑向奶头山的树梢去了。

"同志们！安全极了！"少剑波的话声未落，大绳"天道"上又挂着一个滑动的黑球，又像一个大铃铛，接着，一个连一个地滑向对面去了。

"应该过去了！"少剑波想着，回头向小董命令道，"你带三小队在后，我先过去。"他学着刘勋苍的姿势扣上了绳子，高波在前，剑波在中，李鸿义在后，白茹这个姑娘紧随着李鸿义，他们拉开一定的距离，一起渡过万丈深渊滑上了奶头山。

少剑波顺着大绳溜到了大树根下，两脚刚踏上奶头山的地皮，栾超家就跑过来了。

"二〇三首长，通天洞口找到了，刘勋苍小队已把它封锁好了。"

少剑波一挥手："走！"栾超家急忙领着剑波，奔向了通天洞口。

洞口上，刘勋苍和他的小队紧紧地围着洞口上的小木房。原来，匪徒们为了防止冬天的风雪向洞里侵袭，用碗口粗的圆木搭成这座小木房，面南背北，护住洞口。向里一看，光溜溜的一片大黑石斜坡而下。在洞口以里十五六步的地方有一扇用小圆木编成的大门，关闭着后洞口。匪徒们安适地住在里面。

刘勋苍小声说："二〇三首长，妙极了！狗日的还在睡大觉。怎么样？咱们马上打进去吧？我已经捆了三把手榴弹，把木门一炸就……"

"别忙！"少剑波一摆手，打断了刘勋苍的请求，"嗅到了吗？"他面向正北迎风抽了抽鼻子。

一阵浓浓的香味，随风吹来，肉香饭香，驱逐了林间的苦涩气味。这阵香味提起了小分队指挥员们对山顶洞外的警惕，少剑波的思想立即走向了蘑菇老人所说的山顶石盆天乳泉。他眉头一皱,果断地命令道:"刘勋苍小队,严密堵住洞口!栾超家小队随我来!"

栾超家刚要回去联系小董所带的三小队,小董和三小队已到了跟前。

"随我来!"少剑波手一挥,向正北林中扑去。三小队成战斗队形跟在后头。

越走香味越浓,林子越来越稀。新锯倒的几棵大树的白茬子,人头多高,立在小分队面前。战士们利用它隐蔽前进。他们几十只眼睛借拂晓的微光搜视着前方。突然,前面闪出一线火光,立即又消失了。小分队隐蔽在树后,向发光的地方仔细看去,在晨光朦胧之中,右前方四十几步的地方,坐落着一所圆木垛成的木房,从门缝间挤出一丝火光,像手电筒的光柱一样,映入林中。

木房的东侧,一个匪徒正在面向东小便,他的身体侧面向着小分队。少剑波向身旁的高波和李鸿义把手一指,两手一掰,向下一按,比划了一个手势。这两个机灵的小战士已完全领会了,就飞身向匪徒扑去,像两只抓狼的小雄鹰。匪徒一点也没发觉,高波掐着匪徒的脖子,李鸿义弯腰一抽腿,把匪徒一跤摔在地上,被高波两人按了个仰脖朝天。

匪徒一面挣扎,一面说:"别闹!大冷天,真发贱!……"

当匪徒看清高波是个人民解放军的战士后,"妈"的一声惊叫,叫声未落,栾超家和少剑波已赶到跟前。栾超家脚踏匪徒的肚子,刺刀尖直逼匪徒心口,低声严厉地喝道:"别嚷!洞外还有多少人,说实话。要是说半句假的,我活活开你的膛!"

匪徒被吓得满身乱抖,话不成声地哀求道:"我,我是,伙夫,人都在洞里,饶,饶命……"

"山顶上有多少人？不问你洞里。"

"两、两个做、饭的，外、外加、十、十个、弟兄。"

"领去！别废话！"高波抓着匪徒的头发，一把把他提起来，"走！"

匪徒的两条腿已被吓得不听支配了，连滚带爬地领着小分队绕过伙房。走到北面的丛林，呈现在眼前的又是一个圆木房。小分队从三面直冲向大门和窗户。正在这时，突然大门敞开了，从里面走出一个匪徒，披着破大衣，提着裤子，一脚门里，一脚门外，正看见了小分队。这家伙一愣神，小分队便急冲过去，离匪徒只有二十几步远，这匪徒一看风头不对，惨叫一声："不好！"回头往屋里就窜，嘭的一声把大门关上了。"敌人！敌人！"一阵乱叫。

"快冲！"少剑波高喊一声。十几个战士一拥堵上了大门。小董一脚把大门踢开，一个箭步跳到屋里。栾超家、高波和六七个战士紧随着冲了进去。

屋里的匪徒乱成一团，刚跑回的那一个匪徒正从墙上摘下枪来，对准小董要射击，高波的大肚匣子嘟嘟一梭子，匪徒应声倒下，遭到了毁灭。

"别动！谁动打死谁！"战士们枪口对准刚爬起来还没穿上裤子的十几个匪徒，怒吼一声："快躺下！"

被吓呆了的匪徒颤颤抖抖地躺在各人的原位上。

栾超家领着几个战士跳上炕去，摘下了挂在墙上的枪刀匕首后，向匪徒们命令道："起来！举手！下床！"

九个匪徒依着栾超家的命令，爬下床来，他们之中只有一个穿着裤衩，其余八个都光着屁股。栾超家命令他们每个人穿上了一件破大衣，都押到伙房里去了。

少剑波命令,除留下两个战士看押俘虏之外,其余的急速奔回洞口。

刘勋苍听到高波的大肚匣子声音,正在焦急,突然奶头山下的乱石沟里一连又是三枪。

原来杨子荣小队在山根的乱石沟堵向山腰上仙姑洞的正洞口,正在前进中,因天色已明,被匪徒山下岗哨发现,打了一枪,回头就跑,正爬到山半腰的十八台,孙达得端起水连珠当当两枪,那匪徒往后一仰,骨碌碌,连人带枪,滚下沟底,摔得粉碎。

山下的孙达得这两响清脆的枪声,惊醒了洞里匪徒们的清梦,顿时乱成了一团。

"妈的!吵什么?"许福朝着他的喽啰们狂吼一声,"看看山下共产党来了几百人?"

一个守洞门的匪徒报告道:"报告参谋长,在山根下,看不清楚。"

"你们靠后点!"许福把被子一掀,"先拿三百发子弹来,我给他来个一枪一个眼,两枪两条尸,看看共产党有多少人能填满这条沟!"说着,操起一支步枪,向前洞口走去。

山下的杨子荣虚张声势,一阵排枪,射向洞口。

许福、许禄洋洋不睬地贴伏在洞门外的岩石上,张开驴叫天的嗓子吼道:"小共产党!叫你们有腿来,没腿回去!"

实在,杨子荣小队要想从山下攻进仙姑洞,是不可能的事。要入仙姑洞,必经十八台,十八台的两边全是大岩石,根本不能攀登,只有十八台那单人一脚之路,正像蘑菇老人说的,"不经十八台,上也上不去,下也下不来。"许福正依着十八台的天险,和自己的一手好枪法,大吹大擂:"我自己守住,你们都睡觉,吃了饭你们下去捡枪好啦,完了事咱们好到牡丹江散散心!"

山下的枪声乒乒乓乓乱响不止。这是杨子荣在佯攻。刘勋苍正要炸门打进洞去,少剑波已经来到。刘勋苍刚要说话,突然通天洞的木门吱的一声开了,接着又当啷一声反关上了。少剑波和刘勋苍从木缝一望,里面走出两个人来,前头的一个是大胡子,五十往上的年纪,身披羊皮大衣,脸色像个黑鬼,肥头大耳,满脸络腮胡髭,紫厚的嘴唇,一看就知道是许大马棒。他脖子上挂一支匣子枪,一面走一面嘟噜:"妈的!共产党来找死,真他妈的猫舔虎鼻梁,成心不要命啦……"一出木房门,刘勋苍从侧后拦腰抱住,猛力一摔,许大马棒一个嘴啃地,扑倒在地上,两个战士把他绑了起来。

身后的那个小匪徒,是许大马棒的第四个儿子许祥,一看他爸爸被擒,大叫一声,扭头就跑:"不好啦!山上有共产党,旅长被擒啦!"

匪徒们做梦也没想到他们山顶会来敌人,这一个意外的情况,吓得洞里的匪徒大乱起来,只听许福破了嗓子喊道:"快!快!快出通天洞,冲上山顶!快呀!"

只听洞里几十支枪哗啦啦一阵推弹上膛的声音,接着便是一声狂叫:"冲啊!"

刘勋苍端起冲锋枪就要迎头冲进洞去,少剑波把手一摇,"等一等,手榴弹!"刘勋苍立即把捆好的三束弹弦的绳子拉在手里。

匪徒们一阵狂叫后,拥出洞门。刘勋苍把绳子一拉,轰隆隆!一声巨响,山崩地裂,石头开花。死尸七横八竖地堵塞在洞口。通天洞变成了一个大烟囱,一股火药加腥臭气味的浓烟,从洞口突突冒出。还有点气的匪徒,娘呀娘呀地嚎叫不止。

"冲!"少剑波一声命令,刘勋苍、栾超家、小董领着两个小队冲向洞里,在小分队冲锋枪的欢呼声中,洞里的匪徒唧唧哇哇哭叫着,向前洞口跑去。

刘勋苍边扫射边前进,占领了洞内的大部阵地。不知死的匪徒还用冷枪抵抗着。刘勋苍在宽阔的洞中央,集中了七支冲锋枪。一阵暴雨似的猛射,把匪徒们全部挤出洞外去了。匪徒们回头就向山下窜,刚到十八台,杨子荣的十几名特等步枪射手,一阵猛射,七八个匪徒骨碌碌坠下了百丈陡壁,摔到乱石沟里了。现在十八台已不是匪徒的屏障了,而成了匪徒的望乡台。

没死的匪徒,回头又往洞里窜,刚一进洞口,刘勋苍小队又是一阵暴雨般的猛射。

"缴枪不杀!"战士们一齐高喊。

匪徒们在绝望中,纷纷跪下,举枪投降。

许福夹在匪丛中,用手枪瞄准了站在最前面的刘勋苍,刚要射击,被他身旁一个二十七八岁的家伙一把夺下了枪:"大公子,不要因你而害了我们众弟兄!"

刘勋苍一听"大公子",马上命令两个战士把这个杀人的魔鬼绑起来。

许大马棒的二儿子许禄,在前洞口外边藏在一个大石头缝里,把后身暴露给山下的杨子荣小队,叭的一枪,许禄断了一只胳膊。至此匪徒们全部被俘了,奶头山停止了枪声。

许家父子五人,除许祥被摔死在十八台下外,其余的四人全被生擒。只有许大马棒的老婆蝴蝶迷,和惯匪郑三炮因杉岚站大屠杀后,向他们的上司滨绥图佳党务专员去报功,不在奶头山而暂时漏网。

太阳当空照,照红了奶头山。仙姑洞中和天乳泉旁,响起了白茹的歌声。

战士们也跟着唱起来,一片高歌狂喜,充彻着奶头山的天空。唱得冬风不凉,唱得山石交响。唱来了温暖的阳光,唱来了群鸽飞翔。

天乳泉水,炖熟了烂烂的狍子肉,煮沸了暖暖的还童茶。战士们手拿大块的狍子肉,口咬手撕,喝着大碗的还童茶,来了一顿胜利大会餐。许家匪帮准备屠杀牡丹江的出师饭,变成了小分队奇袭奶头山的胜利餐。蘑菇老人哈哈大笑道:"你们真是神兵神将,有灵芝姑娘和狄英儿的神能,我六十八岁又来到奶头山!"

少剑波高声向战士们喊道:"感谢蘑菇老人对我们的帮助,祝老人长寿无疆!"

大家一齐喊起来,围绕着这位眉开眼笑的老人。

在战士们的狂欢声中,少剑波拾起一片小木板,走到帮助小分队成功的那棵参天的大树下,他拉了拉还在随风摇荡的大绳子,便取出自己的钢笔,喳喳!在木板上写了几行字。写毕把木板挂在那棵参天的大树上。

在战士们的欢笑中,突然听到刘勋苍在高喊:"来呀!来呀!……"

战士们顿时连蹦带跳一窝蜂跟在刘勋苍后头,向那块挂在树上的木板跑去。

少剑波站在一旁瞅着他们微笑。

刘勋苍手拿一条狍子腿,口里嚼得正香,他边嚼边念道:"奇峰破云,林梢……哎咳……咳……"被一口狍子肉呛了嗓子。

战士们大笑起来,栾超家一把夺下了他的狍子腿,"你吃了几条啦?坦克!别摸着这不值钱的肉,胀坏了肚子大家还得抬

114

着你。"

白茹从人缝挤到前面,满面笑容地高声念道:

奇峰破云,林梢戳天,
茫茫千里无人烟。
小分队驰泳山涛林浪,
蘑菇老人神话奶头天险。
哪怕巨石吊悬,
何惧无底深涧。
意志冲碎磐石,
胆魄填平深渊。
鹰嘴枯榆当岸,
奶头细枝为沿。
一丝天道荡空,
恰与云桥相伴。
飞取仙姑洞,
奇袭奶头山,
笑匪徒何不上天?
生擒许家恶魔,
送交人民——
有仇报仇,有冤报冤,
血债要用血来还。

白茹读完,两手一合跳了个高,明亮的眼睛盯向剑波。

战士们欢腾若狂地嚷道:"我们二〇三首长真是文武双全!"

白茹这时一点也没了笑容,一动不动地站在一旁,瞪着她喜欢看人的大眼睛,凝视着正在微笑着远眺喷水山奇景的剑波,她看得是那样的出神,又是那样的天真。

此刻她已听不见战士们雄壮嘹亮的歌声,听不见幽雅欢噪的鸟鸣,看不见赏不完的奇山美景。这个少女赤纯的心哪!第一次泛起爱情的浪花。她眼前这个英勇俊俏、多才多谋的少剑波,像一颗美丽的花籽一样,深深地种在她那颗玲珑的小心里。

九　白茹的心

在一个只有四幢茅屋的林深小屯里,隐蔽着少剑波和他的小分队。这四幢屋各不相连,散布在一座小山包下。两条十字形的小山溪把它们分割在四处,小队部驻在汇流点旁左边的一幢。

在西山脚下,离着这四所茅屋五百米处,还有两所久没人住的小茅房。

李鸿义坐在草铺上缝补着他的手榴弹袋。高波也坐在草铺上聚精会神地读着战士识字课本,他读得很费劲。几天的战斗似乎有些字给忘掉了,因为他读了这样两句,引起小李和他一阵争吵。

"爱祖国,爱人民,爱护公共财产,"他翻过一页,"穷人再也不能忍'爱'地主……"

"忍受!"小李停下他的针线活,一边笑,一边纠正高波读错了。

"去你的吧!"高波不服地一噘嘴,"你没看着书,你怎么知道!"

"哪有'忍爱'这句话呀？不看书也知道你读错了。"

"书上写的是'爱'么！不信你看看。"高波把识字课本朝李鸿义一晃。

"我不用看，它也是忍受。"小李仍低下头缝着他的手榴弹袋。

高波把嘴一噘，"哼！怪不得白茹批评你光会照套念，不会写，不看书上怎么写的。单照现成的话瞎念叨，还学识字干啥！"

李鸿义把手榴弹袋一甩，"真主观，犟眼子！"说着伸手来抓高波的书，"你好好看看，它俩一样吗？"

高波把书向身后一藏，"我早就看清楚了！"

李鸿义从高波身后把书拿过来，用手点打着，"你看它俩到底一样不一样？"

高波也不示弱，抓过来也点打了两下，"你看它俩一样不一样？"

李鸿义在争吵中马马虎虎地掠了一眼，只看了两个字模糊的大架，也没分清它俩的细划区别，突然被高波质问得愣住了。

高波显着胜利的神气，"怎么样？一样吧？"说着他把手向空中一比划，写了一个没留下笔迹的大"收"字，"收！不是这样吗？自己没弄明白，还瞎犟！"

李鸿义一屁股坐在草铺上，手一按，"不管书上写的怎么样，反正是忍受！也可能书上印错了！"

"哟！自己不认俩半字，还敢批评书！嘿！"

"哎！对啦！不信咱去问一问小白鸽。"李鸿义不服气地站起来。

"问就问！"

两个人一齐走进东间白茹的屋子。

白茹正坐在炕上,两肘支在小炕桌上,两只细嫩的小手,捧着她那绯红的脸腮,在那里呆想着什么。

高波、李鸿义一进门,觉得很奇怪,在人们的心目中,这个欢乐的小白鸽只有两种情况下才安静。一是她欢乐地劳动一天,做完她的工作,唱完她的歌,夜间睡觉的时候;一是当别人谈论着政治、军事、时事问题的时候。这样的时候,她可以坐在一旁一动也不动,瞪着她美丽的大眼睛,看着别人的嘴唇,好像要把别人肚子里的知识一点不剩地吸收过来。她安静地听着别人发言辩论。

高波走到炕沿边,把识字课本向白茹眼前一推。"小白鸽,我说这是'爱',小李硬说这个是'受',到底是个什么?"

"什么爱呀?受呀?冒失鬼!"白茹不知有什么心事,很不耐烦,"吓我一跳。"

"这个字呀!是个'爱'字还是个'受'字?你没听我们俩在外屋吵吗?"高波点打着识字课本。

白茹一把拿过识字课本,"谁愿听你们整天像些麻雀一样,喳喳喳……吵起来没个完。"向高波瞪了一眼,不耐烦地道声:"哪两个字?"

高波用手指着"爱"和"受"字:"这两个呗!"

"这两个怎的?"

"一样不一样?说了半天你还没听懂?"

"不一样!"白茹把书向高波身前一推。

高波急起来,"你好好看看,哪点不一样?你也是个主观主义,没看清就乱发言。"

白茹又拿出她那小姑娘斗嘴的小脾气,朝高波的手打了一下,"你眼瞎啦!看不见吗?一个是'爱'字,一个是'受'字,从前不是教给你们了吗?"

高波一瞪眼,右手又急急地在空中划了一个大"收"字,像质问白茹似的,"'收'不是这样吗?!"

白茹又笑又气,"去你的吧,小牛犊!那是'收'!这是'受'!一个是平声,一个是去声,写法、用法、讲法、念法都不一样!就像你姓高,还能叫你姓'告'哇?"

"那书上为什么写个'爱'呢?"

"你睁开眼,"白茹把高波的上眼皮一扒,"好好看看,它俩一样吗?"

高波和李鸿义拿着书看了又看,嘟噜道:"不一样……不一样……"

"哪点不一样?"白茹瞅着他俩,像个管不了学生的小老师。

高波一歪头,"'愛'字的中间有三个点一个横钩,外加下面还多一撇。"

"三点一横钩是个什么字?"

"是个心……是个心……"他俩一齐嚷道。

"是吗!"白茹一抬头,语言里好像又勾起了什么心事。她低慢地,也不知是对高波、李鸿义说的,还是对她自己说的,"爱就得有心!从心里爱!"

"什么?"高波和李鸿义第一次看到她这种特别的神情,特别的声调。

白茹好像觉察了他俩探询的目光,有点不好意思,便耍了个小孩子脾气,像吵架一样,"什么!什么!爱父母,爱祖国,爱人民,爱同志,得有心!得有心!得从心里爱!就这么样,就这么样!"

白茹这连珠炮似的话,把高波、李鸿义惹得笑起来。

"哟!哟!多厉害的小丫头!你对我们这么不耐烦,就是不诚心团结友爱,你这个友爱是没有心的爱啦?"高波说着和李鸿义一齐笑起来。

"去你的!快滚!快滚!"白茹举起了小手,向高波一比划,吓得高波倒退两步。

高波调皮地做了个鬼脸,"哟!怎么这么冲呀?我看小白鸽快成小老雕了!我看这几天你吃的松子没嚼烂吧?它快要在你心里发芽开花了吧?"

"不是的!"李鸿义插嘴逗起来,"小白鸽吃不了苦啦!奶头山那样的天险,谁不害怕呀!现在天又冷了,每天早晨又是下小雪,这玩意,还受得了哇!"他马上装着一本正经的样子,"本来吗!一个丫头片子,怎么能干这个!"他又玩笑地要故意逗着白茹生气,"二〇三首长原本不愿意在小分队里有女兵……"

"干吗乱戴帽子!"白茹真的气哼哼地朝李鸿义示开了威,"丫头片子哪点落后,你说!你说!你才怕吃苦呢!"

"哎!别发火呀!"高波故装老练的样子,"你吃不了这个苦,没关系,前几天向回送俘虏的时候,二〇三首长不是让你回去再换一个男卫生员来吗?可是你硬不回去。别不好意思,现在要回去还不晚,第二次的行动还没开始,来得及……"

"快滚你们俩的,主观!没羞!"白茹真的气起来了,拿起桌上的一碗水,要向他俩身上泼。

高波、李鸿义一面哈哈大笑,一面赶紧跑出门外。

的确,这个天真活泼多欢多笑的白茹,自从奶头山后,确有了心事,这心事小高、小李目前哪能猜得着呢?他们俩真的认为白茹体轻力弱,又是刚满十八岁的姑娘,在这山林里作战不是她所能吃得消的。两人曾核计过再行动时怎么帮助白茹背东西,拿药包,好让她空身跟着走。

白茹的心事却完全不在这里,她的心现在只有她自己知道。她在这小分队里感到无限的幸福,除了这项艰巨任务的荣誉外,奶头山战斗后,她的心十八年来头一次追恋着另一颗心。

白茹心里那颗种子——剑波的英雄形象和灵魂,像在春天温暖的阳光下,润泽的春雨下,萌生着肥嫩的苗芽。这苗芽旺盛得什么力量也抑制不住。可是她又不敢向剑波吐露她的心。因为她知道剑波现在并没有了解她的心。她也不了解剑波能不能接受她的心。在她看来剑波好像晴朗的天空中一轮皎洁的明月,他是那样的明媚可爱,但又是那样的无私公正。她总想把他的光明收到自己怀里,独占了他,可是他总像皎洁的月光一样普照着整个的大地上所有的人,不管是有意赏月的人和无意赏月的人。

半个月来,她老是偷偷地看着剑波,她的心无时无刻不在恋想着剑波,就好像是生活中不可缺少的空气一样。她沐浴在幸福而甜蜜的爱的幻想中。她爱剑波那对明亮的眼睛,不单单是美丽;而且里面蕴藏着无限的智慧和永远放不尽的光芒。他那青春丰满的脸腮上挂着的天真热情的微笑,特别令人感到亲切、温暖。她甚至愿听剑波那俏爽健壮的脚步声,她觉得这脚步声是踏着一支豪爽的青年英雄进行曲。

"他只有二十二岁!他哪里来的这么多的智慧,哪里来的这样大的胆魄。但他却常说:'一切归功于党,一切归功于群众。'他又是这样谦虚。我若有这样一个亲哥哥的话,我这个当小妹妹的该是多么幸福骄傲呀!"她有时独自坐在一个地方痴想,觉得以往一些看来无所谓的小事,现在回嚼起来,却有无限的甜蜜。

原来白茹和少剑波,并不是在小分队才熟悉的。当年,白茹在鞠县长那里当通讯员,少剑波常去看他的姐姐。那时的少剑波在她眼里,不过是个俊俏的小营长,虽然他英武可敬,可是满身孩子气,分吃小毳毳的饼干,穿的衣服老也不知洗,多次都是鞠县长强逼他脱下来。他的头发向来也没看到他梳洗整齐过,虽然看起来显得很自然,可是一点也不讲卫生。白茹清楚地记得有一个星期天,她正在里屋逗着小毳毳玩,鞠县长在外间像说小毳毳的声音一样说着剑波:"小波呀,小波!什么时候你才能管得了你自己呢,看看你这个头脏成什么样子。你这个军官……军官……我看将来什么样的'乔小姐',能管得了你这个'小周郎'!"说着她要去拿水盆。

白茹清楚地记得她在里间噗哧笑起来。

"小白!你笑什么?"鞠县长那样温柔地问她。

"大姐!你说得多有意思!"白茹望着羞红了脸腮的剑波回答着自己亲爱的首长。

"有意思,有意思……"鞠县长一边说一边拿着洗脸盆,"小白呀!你不知道,从小可把我累坏啦!因为他淘气不讲卫生,也不知打过他多少次屁股。"

"姐姐!快别说啦!"因为白茹在跟前,剑波特别觉得不好意思。

白茹还记得当时自己边笑边接过鞠县长手里的脸盆,飞快地到伙房打了一盆水。当她回来时,鞠县长的眼睛看看剑波,又看看白茹,眼神是那样的亲切。好像鞠县长的眼里射出一丝看不见的绒线,在白茹和剑波之间飘来飘去,好像要用这条绒线双拴着他俩的心。

她想到这里,心花浓剧地开放,好像这条绒线已拴住了她的心。

"大姐!你当时把他比成'小周郎',你是否有心叫我做个'乔小姐'呢?你心中看我白茹配得上你的少剑波吗?我那时是个十六岁的小姑娘,我完全理解不透大姐你的心。当时我白茹确是一只不懂事的小鸽子,现在我这样的爱他,可是我又不敢直接对他说;我怕……因为他对我白茹是那样的严肃,他是那样不懂得一个女孩子的心。大姐!要是你活着的话,我把我的心事说给你,亲爱的大姐,那该多好呀?可是如今,大姐!你离开了你的弟弟,也离开了我——你的妹妹和学生。你离开了我们俩,谁来替你照顾你的弟弟呢?只有我,只有我白茹。又谁来替你教养你的小妹妹我呢?只有他,只有你抚养成人的少剑波。我们的三颗心是多么自然地胶在一起呀!我和他共同有着你这样一个善良的大姐,多么骄傲幸福啊!我若……我若能和他……"

可是,白茹甜蜜的幻想忽然从顶峰上降下来,另外一种思想在袭击着她那幻想的心花。"他太叫人生气啦!他老是那样规规矩矩地对待我。他老叫我'白茹同志'。虽然这个称呼在一般同志来说是那样亲切,可是在他口里叫出来我总觉得冷冷冰冰。

"本来前几天审问俘虏,我是那样仔细地给他记录,我写的字比以往几天都好看,可是他连看都不看,好像我的记录都是多余的。

"前几天我叫他脱下衬衣我给他洗洗,实指望用我这小妹妹的手代替大姐你的手,可是真气人,他客客气气地说了一声:'谢谢!白茹同志,暂时还用不着。'可是到了晚上,高波向他要,他马上就脱下来了。这小高也太讨厌了,我差一点没哭出来。

"还好,那天高波洗的衣服没干,我又发现了他的衣领上有一点破边,深夜,小高和李鸿义都睡着了,我散开了小辫子,装着洗头,就又给他洗了一遍。一直又在炉子上给给烤干,又一针一针地给他缝补了衣领。当我偷偷为他做完了这些,我的心是多么宽慰啊!

"当我把它送到他屋里的时候,正碰他刚放下书本,在灯光下他的眼睛第一次用那样温柔美妙的神气看着我,从他的眼里可以明显看出他的心在急跳,他的两腮变红了!我的心此刻是多么热呀!我正要和他说话,可是忽然外间也不知是小高还是李鸿义在铺草上一翻身,他马上眼睛一惊低下了头,又是那句老调:'谢谢你,白茹同志,快回去睡吧。'

"这几天我总想和他多说些话,可是他呀!自从俘虏处理完,便整天对着他的地图和书,思索开了,学习开了。

"他真是个没有个人生活的特殊人,他的脑子里除了打仗、学习、练兵以外,看来世界上再没有别的能使他关心的事。"

满身欢笑的白茹,就为了这些,使得她心烦意乱;这个特别热心于小分队文化教育的小先生,对那两个淘气的学生不耐烦起来。为什么呢?原来昨天晚上,小分队开娱乐晚会,只有少剑波没参加。当晚会开始后,白茹的心又飞向剑波,她想:"小高、小李都在这开会,家中只有剑波,他一定是在读书或者工作。我回去帮他写写东西,给他弄点开水,给他弄些松子吃,或者给他读一段书让他休息休息眼睛,有可能的话和他谈些使他精神愉快的话。"她想着,内心一阵甜蜜涌上来,她趁栾超家正在耍活宝的时候,在大家不可遏止的欢笑声中,悄悄地溜出了会场。

她的两手迅速地扯下小辫子上的扎带,被辫带扎得弯弯曲曲的满头黑发,像小瀑布一样披在她的肩上。她为什么这样呢?这是因为在洗衬衣的那天深夜,也许正是因为她拆开了小辫而换来了剑波向来没有过的眼神看着她。

她的脚步像她的心一样,是那样的愉快,像飞腾一样地跑回小队部。她想出其不意地出现在剑波的面前。所以当她一跨进正间门时,便蹑手蹑脚地向剑波的房间走去。她站在房门外,靠在门框旁的阴影里,探头向里一看,只见炕上的小炕桌上铺开了一张地图,一盏松明灯拿在剑波的左手里。右手拿着一封信,这信是前几天送俘虏时由司令部带回来的,他也不知看了多少遍了。他看看信,再看看地图,他在艰苦地思索着什么。由于思索的深切,使他那俊俏的双眉之间呈现出一线细细的竖纹。在白茹眼里,这条细纹把剑波装饰得更加庄严而美丽。

当她看到他这样艰苦地工作,便轻轻地吸了一口气,热腾的心略沉了一沉,她不敢进去。因为她素来知道这个小首长什么时间好发脾气。平日他除了女同志外可以和同志们欢打欢闹,可是当他思考问题的时候,谁也不敢近前。如果谁要触犯了他这个特性,不管你是什么理由,他可以狠狠地把你批评一顿,并且他还可以喊着上操的口令,叫你用正步走出他的房间。

室内的空气,很自然地阻止了白茹不敢迈进门槛。可是好像剑波的身上有一种巨大的吸引力,吸引着她又不能退回去。她悄悄地、一动也不动地站在外间。倚着门框,抿着嘴,目不转睛地看着剑波。

室内是那样的静,放在地图上面的金表滴滴答答发出悦耳的自鸣。剑波的胸部一起一伏地在呼吸。

也不知有多长的时间,白茹的心已经不平静了,她心急地希望剑波的思考松缓下来。可是剑波的思索好像受到了一秒一秒的表声的催促,思考得更加激烈。随着他眉梢的耸动,室内的空气也紧张得发硬。他的思考已在急登着高峰,他被这紧张思想劳动的心火燃烧得口渴。

他眼盯着地图,把手探向右后方的柜角,摸起茶缸,送到嘴边。当茶缸倾斜到九十度时,他连一滴水也没喝到,便顺手把茶缸扔到炕上。

白茹一看茶缸里没有水,急忙回身去取放在正间炉子上的水壶。没提防在黑影里碰掉了挂在墙上的背包,发出嘭的一声响声。

"谁?"剑波的声音是那样的严厉。

"小分队卫生员白茹。"她一面抿嘴笑,一面向茶缸倒水。

"为什么不去开会?"剑波有些烦躁。

白茹放低声音,这声音微弱得有点颤动。"我回来看看你需要什么?家里……"

"我什么都不需要。"

"喝水总需……"

"我已经说过了,我什么都不需要,现在我只需要行动的时机!懂吗?行动的时机!"

白茹含羞带笑地从衣袋里抓出一把松子,嘟哝着:"怪脾气,也不知什么时候能改。"说着把松子放到桌面上的地图上。

"哎!往哪放?往哪放?你好不好别麻烦我?"

白茹一看自己放错了地方,一吐舌头,赶紧从衣袋里掏出雪白的小手帕,铺在炕席上把松子盛在里面。

"怎么样?麻烦完了吧?"

白茹不做声,只是心里想:"任你怎么厉害我也不怕!"她笑眯眯地打着松明灯上的炭渣。

剑波扯起了白茹放在炕上的小手帕,松子哗地散在炕席上。他压低声音道:

"谢谢你!白茹同志。手帕拿去,快开娱乐会去。"

白茹睁着她那不悦的大眼睛。"这句话是多么冷啊!"她想着,"刚才的训斥,要比这一句好听几万倍。"她的眼里好像要流泪,快快地接过手帕,慢慢地转着身。

看着白茹的这副表情,剑波内心顿时感到自己对这个欢乐热情的小女兵太不礼貌,便想摘出白茹心中的委屈。当她不愉快的步子刚要迈出门槛时,剑波带着抱歉的微笑叫了一声:

"回来!"

白茹慢慢转回身来,泪汪汪的两只眼睛看了一下剑波,又低下头。

"生气吗?嗯?"剑波微笑着。

"生气!"白茹小嘴一噘,头一扭。

"生气!生气!"剑波用这样的声音和字句来安慰她,"哪里来的那么多的气!看看你!小辫子都跑掉了,像个什么兵,披头散发的!"剑波紧盯着他眼前这满头蓬松的黑发环抱着绯红润嫩的脸腮。

白茹好像被这几句话驱走了清冷似的,含羞带笑望了一下剑波,她又一次看到剑波对她放出特有的眼神。剑波看着她,发出十分温柔的音调:

"快!扎好小辫子!别人都不在,你快到会场,听话!不然会引起……"剑波中断了他的这句话,又急促地说声:"快去!快去!"因为他突然察觉了自己的心情和声调,与目前的环境有点不协调。他想:"这是什么时候,允许我对一个女同志这样温情。"

白茹走在去小分队娱乐会场的路上。她想呀想呀:"快去吧!扎好小辫子,别人都不在,不然会引起……"她的心马上又泛起了浪花。

"'会引起……'这话是什么意思呢?他怕引起同志们对他有意见吗?他怕让同志们知道不好意思吗?难道他真的对我有……要真是这样的话,那该多好哇!"

可是她的心忽然又沉下去。

"不!不对!这话还可能是另一种意思,他可能是想说:'这会引起同志们对我的误解。'如果是这样,那他是不爱我,他看不起我。"

她热一阵冷一阵,猜测着剑波没说完的下半句。她想了一整夜,白天又在呆想着……

十 雪地追踪

腊月严冬,云层密布,狂风卷着雪头,呼啸着,翻滚着,遮天盖地而来。飞舞的雪粉,来往冲撞,不知它是拔地而起,还是倾天而降,整个世界混混沌沌皑皑茫茫,大地和太空被雪混成了一体。

一铺关东山式的四合大炕上,坐着小分队的全体队员。栾超家站在四合大炕围着的地中央,右手拿着一把乌拉草,左手拿一只新靰鞡,口讲手比划,教给战士们,怎样絮草,怎样捶草,怎样穿法,防止什么毛病。

战士们边听边仿,兴致勃勃地学着穿上自己这双关东山式的雪原上的新鞋履。有的在说笑着：

"关东山，三桩宝：人参、貂皮、乌拉草。这遭可见实面了。"

"穿双靰鞡得费半点钟，比从前小媳妇包脚还费工。"

刘勋苍穿好了，从大炕上一个高蹦到地中央，跳了又跳，"嘿！真得劲，软软柔柔暖暖和和的，又轻快，又自在。"

"这是咱们关东山的特产，天下独一份。"栾超家骄傲地向刘勋苍开着玩笑，"天津卫找不到吧，坦克？"

"嘿！拿到俺们天津卫，你猜像嘛？好像中药铺的大瓜蒌。"

杨子荣嘴一咧，"到咱们山东就成了老古董。"

小董捆扎着靰鞡带，"我乍一看，只当是些刮了瓤的葫芦瓢。"

大家说说笑笑，欣赏着自己的新"武器"。

屯西头的一所小茅屋，高波、李鸿义也在试穿靰鞡，白茹穿上她那专给女同志穿的鞮鞮牛——高筒软皮靴。

东间里，少剑波独自一个人，在一块不很大的地上来回踱着。他的思索愈来愈激烈，好像今天的大风雪，非逼着他马上做出什么决定不可。从他的神情中可以看出，他忽而迟疑，忽而急躁，忽而又是兴奋。这些表情在交替翻腾，反映着他内心的思绪。

匪徒在哪里？向哪个方向前进？战士们这几天来，每时每刻都在猜测着这两个问题。他们急等着二〇三首长的命令，一天……五天……三十二天。从破奶头山后，到今天已是整整三十二天了，小分队一直隐藏在这个极有保密价值的小屯里。

从对许大马棒匪伙的审讯中，本来已经确定了第二步的前进方向和打击的目标，但几天来初冬的小雪，却刁难了少剑波素来的神速果断。它每天拂晓总是下一阵，下到地上又不融化，它成了未来雪原的奠基层,这是东北雪的一大特色。由于这样,小分队的任何行动,将会在地上留下脚印,那时小分队就不是一支神不知鬼不觉的飞箭,而会成为一队有形有踪的猎人。这样来对付数倍于我的狡猾残忍的匪徒,是一种极大的不利。

"雪!成了敌人的义务'情报员',又成了暴露小分队秘密的'奸细'。"几天来少剑波的内心在对这种情况发怒,行动一直未决。

寻找和抓住行动的机会,成为少剑波十数天来思考的中心。今天的大雪来临,是少剑波决定问题的时刻了。

"警卫员!"少剑波以一副坚定自信的神气喊道。

"有!"高波从西间跑过来,站在门框旁静等首长的命令。

少剑波没言语,他那果断的神气,顿时迟疑下来。他谨慎地从衣兜里再次掏出那封信,看了又看,然后坐在炕沿上,拐肘支着小炕桌,瞅着信上的每一句每一字,在细细地琢磨。高波看到首长又在考虑,便轻轻地退回西间。

身旁的火盆,吐着蓝色的火焰,少剑波点着头,瞅着信,默默地念着:

　　……胜利是可喜的,但它是初步的。因胜勿骄,切忌轻敌,只有你一个人来决定整个的行动,尤其要戒骄戒躁,别忘了,你的力量是孤单的,你的任务是繁重的,你的对手又是十分凶狂和狡猾的。你是青年,我们所担心的主要是你的急躁和轻率。因此应特别告诫你,侦察要准,判断要稳,打击要狠。当你还没有确实把握之前,切忌盲动。千万不要忘了,你的小分队任何一点气味也不要被敌人嗅到。雪地在这方面给了你困难,同样反过来也给了极大的便利,问题是你如何善于利用它。

少剑波觉得眼睛一阵明亮,全身兴奋地跳下炕来,自语地说:"首长英明,远隔千里,一句话解决了我的难题。"他把桌子一推,以最坚定的语气喊道:

"高波!白茹!"

"有!"

"都过来!"

高波、白茹一齐来到东间。

"你们要知道,"少剑波满面欢笑没头没脑地说,"关键问题在于咱们如何利用它,对吗?……现在不是给咱们戴奖章的时候,那样咱们会昏迷,现在应是批评再批评,你们说对不对?"

高波、白茹被少剑波没头没脑的几句话,说得也不知怎样答对,只是瞪着奇疑的四只眼睛抿嘴笑了笑。

少剑波再看了一下门外的大风雪,头一点,用特别兴奋的声调命令道:

"好时机,命令各小队,马上准备出发。"

"是,"高波复诵道,"命令各小队,马上准备出发。"说着行了军礼,跑出去。

各小队接到命令,急速整装。

战士们都显出一种疑问的神情,"为什么这样大的风雪要出发呀?"

少剑波再次细细地校对了一下地图上所标的红线,再次测了测指北针的方向度,当他自信不会有任何误差时,然后他坚决果断地自语道:"决定了!"一面紧张地整装。

在这林海雪原里,是没有道路的,确切一点说,有的地方是向来没有一个人走过的,也没有一个人的眼睛看到过。尤其在大风雪中行走,一迷失方向,十天八天走不出来,更见不到人。

大雪深处达数丈甚至数十丈,一掉进去,休想爬出来。大凡这样的地方都是些狭谷深壑,风刮大雪,填得沟满壑平。到这样的地方去,冻死、饿死、被雪压死,那是毫不稀奇的。

当他把一切装备佩带好,便向屯东走去。

四合大炕的屋子里,战士们在精神紧张地等待着。

"立正!"当少剑波走进来,杨子荣一声口令,战士们向首长行注目礼。

少剑波还了礼轻道一声"稍息",便立在四合大炕的地中央。战士们在炕上,窗台上,炕沿上,地上,站着,坐着,或单腿跪着,蹲着,静等着少剑波讲什么。

少剑波首先根据何政委和田副司令员的指示信,向战士们分析全国的情况。他说:

"美帝国主义和蒋介石集团,现在正玩弄着一套极其毒辣的阴谋手段,他们利用军事调处执行部三人执行小组在各地调处的机会,向我各解放区大量运兵。现在西北胡宗南部,已向我西北解放区进攻,华东、华北大量地增兵,又对山东实行重点进攻。向东北进攻的敌军来势更凶,国民党的大部王牌军都运来东北,他们企图利用东北地区我群众基础薄弱,又利用东北先进的运输条件,趁我立足未稳,来消灭我军,以占领东北这个全国工业的总基地,作为他反苏反共反人民的基地。

"东北我们是要誓死争夺的,而且一定要取得胜利。因为东北对中国革命的价值十分重大,它地阔土肥,物产宝藏极富,工业发达,运输近代化,它将成为我们反攻的总基地。现在的关键在于发动群众,发动群众的关键又在于土地改革,彻底毁灭封建势力,只有这样才能巩固后方。而土改的最大障碍,是国民党组织的匪徒们的凶残的屠杀。因此我们必须毫不留情地彻底消灭土匪,一个不剩地消灭国民党的先遣挺进军,保护土改,保护群众的胜利果实,以支援即将来临的全国规模的解放战争。"

少剑波的讲话,激起了战士们对匪徒的愤怒,战士们举起拳头,一齐喊起来:

"我们坚决完成党的任务。"

"同志们,"少剑波的神情突然特别焕发,"时机到了!现在我们立即出发,到敌人看不到我们而我们却能找着敌人的地方去,再给他来个比奶头山更干净的歼灭战。"

战士们一阵兴奋的微笑。"越快越好!"

少剑波微笑着看了看窗外的大风雪,战士们的视线也被拉到窗外。

"大雪!"少剑波道,"本来是我们行军中的敌人,但今天它却变成了我们的朋友,我们的力量。依靠它可以发现敌人的踪迹,依靠它又可以隐蔽咱们自己的踪影,这就更有利于我们掌握军事上的主动权,便利于我们神出鬼没地打击敌人。"

战士们怀疑的神情消散了,顿时精神焕发。

少剑波又幽默逗趣地道:

"当然啦!有一利,必有一弊,交这样一个生疏的朋友,就必得有点花费。咱们也别小气,花费就花费点吧!咱这位朋友不要别的,就是要咱们的力气和意志。"

战士们的笑声中,少剑波坚毅地抖动了一下肩膀。

"咱这朋友,"少剑波继续道,"又滑又刁,生性好陷人,好绊脚,又有点欺软敬硬。只要你有硬骨头,给它力气,它就会佩服你是好汉,它就会尊敬你。谁要是装孬种,它就越抽谁的后腿。"

大家被剑波这番有趣的比喻,逗得大笑起来。

"我们今天的行军中,要摸摸我们这位新朋友的脾气,从而想办法驾驭它,利用它多给我们些帮助。这就要求大家开动脑筋,寻找窍门,创造雪地行军战斗的经验。现在我命令,出发!"

战士们在旺盛刚毅的气氛中,冒着纷纷正盛的落雪迈入滔天倾地的大雪原。小分队的影子,在弥漫无边的林海雪原里,像几十颗黑点,蠕蠕前进。在奶头山缴获来的许大马棒和蝴蝶迷的两匹善于爬山的好马,也加入了小分队的行列。

雪深过膝,直触胯下,身强力大的刘勋苍、孙达得,走在队伍的最前头,划雪开路,把新鲜的雪地,划上了两条辙沟,战士们踏迹前进。

孙达得开着玩笑:"嘿!这雪朋友真不好交!"

刘勋苍两条有力的腿,使劲划了两步,"嘿,这才得劲呢,在这儿练出来,再去走平道,可以飞起来!"

行了一程,少剑波回头看看,小分队刚走过的踪迹,已被涌涌的落雪差不多平平满满地覆盖了,再过半点钟就可以根本看不出有人走过。他愉快地喊道:

"同志们!回头看看,我们的雪朋友多忠实呀!"

大家回头看了看即将平平无迹的行道,显出兴奋的微笑。

小董在前额上擦了一下汗,"朋友忠实是忠实,就是要力气要得太多了!"

"那才好呢!"杨子荣笑着说,"它怕你冷,叫你冒冒汗,这还不好哇!"

战士们在欢笑中行进。

天黑了!战士们的说笑声静下来。风也停了!牛皮靰鞡碾踏着地下的大雪,发出吱喳吱喳的声音。疲劳袭击着战士们的全身,并在向他们坚忍不拔的意志进攻。

在一个下坡路的地方,白茹没有顺着前面的足迹走,偏到队伍的一侧,走到一片倾斜四十度连一棵树也没有的地带。这一小块地带全是铺着纯新的白雪,和白茹这个少女一样的纯洁,她爱上了它,她是那样愉快地在上面走着,突然,吱溜溜!白茹一个屁股蹲,顺着斜坡像一个小背包一样滑下去,一直滑了三十多米远,滑到排头刘勋苍的身旁,才被刘勋苍一把扯住。他扶起了她,一看没摔坏,大笑道:

"你们看,白茹坐了汽车啦!"

引得大家哄笑起来,由于这一阵哄笑,驱走了若干的疲劳。后来战士们管滑下去都叫坐汽车,雪浅硌了屁股就管它叫坐硬席的,雪深没硌屁股就叫坐软席的。雪夜行军滑跤是家常便饭,每个战士都计算着,自己坐了几次汽车。

刘勋苍对战士们无数次的滑动,激动起他的老本领,他跑到剑波行进的旁边急促地道:

"二〇三!二〇三!交雪朋友,学滑雪,苦练精练滑雪的硬功夫,我会,只要有滑雪具就成。嘿!要是咱们掌握了这门技术,那才快呢!"

"一点不错!"少剑波兴奋地道,"掌握了滑雪技术,那时大雪就像成了我们汽车的公路,火车的铁轨,飞机的天空,兵舰的海洋。下决心掌握这门技术。"

黎明前,风消雪停,一股清冷,压盖上身来,伴着一夜中和风雪搏斗的疲劳,战士们忍受着饥寒和疲劳,艰难地前进着。少剑波不住地看着夜光指北针,掌握着前进的方向。

有时前面为了选择一下便于行走的道路,队伍稍微停一下,哪怕是半分钟的时间,战士们就要蹲一蹲,解解乏。只要战士们一蹲下,便卧在雪坑里呼呼睡着,哪怕是一分钟,战士们也睡得那样香甜。白茹的尖嗓子马上就会呼唤不止:"起来!起来!别睡,睡着容易冻坏。"

真的,此时如果谁要睡上二十分钟,就会把你冻僵,那时谁也别想能用自己的力量再爬起来。

战士们艰难地走着,靰鞡在脚下吱喳吱喳地叫喊着,随着疲劳而沉重的步子,更加厉害。

汪汪,突然传来小狗的惊吠声,犬吠驱走了每个战士的困倦,全体战士不约而同地以警惕探索的目光向吠声处望去。远处有孤灯微弱的光亮一闪,战士们顿时一阵紧张,都清醒了。

少剑波急带着小分队向着孤灯奔去。因为他清楚地知道这里没有大股匪徒,但这个情况是可喜的。逼近时,原来是一所孤零零的小茅屋,屋檐只有人头高,屋里喷出了诱人的酒香肉香。四周再没有什么情况,只有一只小黑狗,在草垛根下,望着这群客人冷叫。

推门进去,只见两个六十岁上下的老夫妇,满脸惊恐,眼眶饱含泪水,直瞪着四只眼睛,望着突然进来的生人,一声不响。

炕桌上摆着酒壶,锅里煮着肥肉,腾腾地冒着热气,满屋喷香。

少剑波根据眼前这些情况,已断定了这里发生了不寻常的事情。他先安慰了老夫妇,当老夫妇确信剑波不会害他们后,便吞吞吐吐诉说了这里发生过的一件事。

在两天前,这场大风雪刚刚来临,这里来了素不相识的两个人,一男一女,男的身穿日本鬼子的军用大衣,带着一支匣子枪,女的身穿一件棉旗袍,冻得哭哭啼啼。这是十三年来两位老夫妇的家里第一次来的生客,也是第一次有人光临他的茅舍。

原来十四年前,老夫妇的两儿一女,被恶霸勾结日本宪兵杀死了,他们都是反满抗日先进爱国的知识青年。从这以后,老夫妇便隐居在这绝少人迹的林海里。他们养鸡养兔捡蘑菇,来苦度着这失去了儿女的晚年生涯,风雪鸡兔伴随着他俩消磨余生。

"这两人一进门,"老头子叹了一口气,满脸皱纹,浮出无限凄冷的表情,"那个二十五岁上下的女人,冻得满身乱颤,哭哭啼啼,看样子是怀着满腹心事,处于进退两难的境地。那个男的就不然了,三十七八的年纪,贼眼贼神,气势汹汹,进门就要酒要肉,杀我们的小鸡,煮鸡蛋,一坛子山枣酒,喝得精光精光。天天醺醺大醉,不说人话,说他是共产党的探子,并说共产党就是共产,到了哪里共到哪里,粮米菜蔬,田地房产,鸡狗鹅鸭,衣服被褥,烧酒大烟,什么都共,就连年轻的女人也共……"

说到这里,老头子长叹一声:"唉!这还成什么体统,长官,这些没人性的共产党一定要除灭。"老头子脸上泛起了一阵恼怒。

少剑波为了急于了解情况,所以决定不忙于解释老人对自己党的误解,因此用一种同情的声调道:

"老大爷说下去,这个恶鬼哪里去了?"

"这两天那个男的软一会儿,硬一会儿,不知向那个女的要什么东西。那个女的一直是愁眉苦脸地说:'找不着他!什么也不能给你。'说得模模糊糊的,也弄不清是啥东西。今天半夜大风雪停下来,那个男的就逼俺老两口起来给他煮肉温酒,说他吃了要走。

"那女的刚穿好衣服,就大骂起来,说什么东西被男的偷去了,变脸变态地向他要。那个男的却洋洋得意地说:'没拿。'两个人就厮打起来。最后那个女的说:'你不给我,我告诉定河师傅!'那个男的听到这话最初一愣,可是立即又变得那么凶,朝着女人脸上狠狠揍了一个耳光,还破口大骂:'臭娘儿们!不识抬举,不给你个黑的,你不知我的厉害。'骂着,一把抓住了女人的乱发,拖了出去。那女的在屋里时还挣扎着,可是一到门外,便高呼:'救命!救命……'我们老两口便跑上去解劝,还没等我开口,被那男的一脚把我踢倒,直骂我:'老杂种,多管闲事!'等我爬起来,他已去远了。停了不多时,那男的满脸杀气地返回来,那女的可不见了。他回来端起酒碗,一连喝了三大碗,就在这时,外面狗咬,他像一条惊枪的凶狼,拉着大衣奔出门去,朝正北望了片刻,撒腿就往南跑了。"

"多长时间了?"少剑波急问。

"和你们脚前脚后,不差两袋烟。"

刘勋苍把拳头一握,"骑马追吧!"

少剑波没言语,眉头一皱,走出门来。此时天已微明,地上的两趟脚印,顿时使少剑波脸上浮出微笑,嘴里嘟噜了一句:"这个笨蛋……"

这两趟脚印,不在一个方向,一朝正南,一朝西北,翻过一个小山丘,进入密密的灌木丛。后者不是一个人,而是两个人扭打拖拉的痕迹。

"快点吧!二〇三,追上去吧!"刘勋苍和几个战士更显得急躁。

少剑波没理睬,望着正西那溜扭打的脚印道:

"白茹!小高!这里有人命,快去看一下。"

"我也去!"刘勋苍跟在白茹和高波的后面,向西北的小山包奔去。

少剑波瞅着正南那个脚印,向杨子荣微笑道:

"这个笨蛋,给咱们留下了蹄子,我们这位雪朋友真够帮忙的。"

"够朋友!"杨子荣咧嘴笑道。

"现在只有你去我最放心,杨子荣同志。"剑波以深思的眼光看着杨子荣,"为了利用这个笨蛋,多向匪巢领咱们一程,所以还不要马上捉住他。但是有一条原则,不能弄丢了,所以你要根据气候,根据情况,具体决定。"说着他和杨子荣仰头看着暂时还没有落雪的低压的云层。

"是!二○三首长,我明白了您的意思。可以走了吗?"

"你的助手是孙达得,他的腿长,又熟识林间气候。"

杨子荣、孙达得披好伪装服,踏着匪徒留下的脚印,向着茫茫的雪原追踪而去。

白茹等三人,撵着西北脚印,翻过了山丘,在没膝深的大雪里,不时地摔着跟头。在一片浓密的灌木丛中,发现了一具女尸。她一只腿长伸,一只腿蜷着,一只手盖在胸部,紧紧揪着棉袍,另一只手紧抓着沾满雪粉的头发。脸向一边侧着,半边埋在雪里。一只被血染成黑紫色的手套,扔在尸体的一边。

白茹急步跑上去,探了一下那尸体的脉搏,"还有救!快!先抬回去!"

刘勋苍把大肚匣子往身后一插,一只胳膊端着女尸的脖子,另一只胳膊端着她的腿弯,像抱一个沉睡了的小孩一样,抱回老夫妇的茅屋。

高波取回了那只染满了血的手套,这手套和小分队每个战士戴的军用手套一模一样,都是人民解放军的军用手套。

尸体放在炕上,老夫妇被吓呆了,把脸避向灰黑的墙角,不敢看。

白茹熟练地注射了强心剂,洗涤并包扎着伤口,发现三处刀伤,前胸一刀,喉咙旁一刀,后身脊梁上一刀。"幸亏这个凶手的刀短,还没伤到致命的深度。"她一面嘟噜,一面又实行轻缓的人工呼吸。再向她口里灌了一点盐水。在白茹熟练的急救后,那尸体恢复了微弱的呼吸,并发出一丝几乎听不见的哼吁声。

"不要紧了!"白茹扭回头向剑波微笑了一下,"胸前胸后的刀伤都没到致命的深度,喉咙这一刀刺偏了!"

救活了这么一个不明身份的女人,大家都放心地松了一口气,茅屋的紧张空气,顿时松缓下来。

少剑波命令倒干粮袋煮饭,并用老夫妇的草垛,搭了个临时草棚,铺着茅草。战士们拥挤地躺在铺上,进入疲劳后的酣睡中。

根据老夫妇对气候丰富的经验判断,傍晚将有大雪来临,少剑波确定继续前进,把白茹和高波留在这里,临走他叮嘱道:

"这个女人会和匪徒有关系,要向她弄明白,他们争夺的是什么东西?他们是去找谁?定河师傅是个什么人物?那凶手和她自己又是什么身份?弄明白了我在三天后来接你们。"

杨子荣和孙达得追了大半天,登上一个高而陡的山峰,眼前呈现出两山相夹的一条曲曲弯弯看不到尽头的河道。这就是牡丹江激流的一段,它现在没有一点奔腾的激流声,变成一条长无尽头的大冰川,活像一条冬眠的巨大白龙,静卧着一动也不动。他俩的眼睛顺着脚底下匪徒留下的脚印望向远方。

"看到了!"孙达得惊喜地向远方一指,"在那里!你看!你看!"

在他俩视线的交着点上,一个黑点,在茫茫的牡丹江流平静的卧龙背上爬动。杨子荣的望远镜立即对准了那个黑点,距离马上缩短了十六倍,像把大地挤短了一样,把被追者拉到自己的跟前。看得清清楚楚,那人走得急急忙忙,十分惊恐,腰老向前弓着,不时地回头张望,但脚下还是狂奔,像一只惊了枪的狐狸。显然大雪绊着他的两条笨腿,和他那急急求生的焦躁心情在苦苦作对。

杨子荣两人飞奔下山,进入江流的大冰川,和匪徒一前两后,急急追赶,黑点愈来愈大。

突然一阵晚风贴着雪地卷来,翻起一股雪幕,黑点不见了。孙达得揉了揉疲倦的被雪眯了的眼睛,仰面一看,西北天浓浓的乌云,在吞蚀着头上灰褐色淡云的天空,天更加昏暗了。他脸上顿时浮上讨厌而急躁的神色,向杨子荣道:"暴风雪又要来了!"

"快追上去!"杨子荣皱了一下眉头果断地说,"是时候了!再过一会儿,天黑了,雪来了,会被狗养的走脱……"

说着,两人精神一振作,责任心驱走了疲劳,顺着匪徒的踪迹,进入雪幕,紧紧追逐着这个身份不明的凶手,和诬蔑共产党的罪人。

牡丹江和二道河子的交汇点,坐落着一幢深山古刹——神河庙。透过这稀薄的雪幕,已模糊可见它那孤独的远影。

经过这一阵的急追,离那个人大约只有一公里的距离了。他俩愉快地对笑了一下,想着:"他再休想跑出手,再大的风雪也救不了他。"

那人的急躁是在狂增着,看得出来,他每向后望一次,就更加焦急地拼命往前赶,他几乎是连滚带爬,直奔神河庙。

杨子荣笑了笑:"笨蛋傻瓜,庙里的泥胎救不了你的狗命。"

天色更暗,大雪来临,杨子荣咬了咬下嘴唇,向孙达得道:"是捕捉的时候了!加快!"两个人跨开大步,向匪徒急追。眼看快到庙了,匪徒更慌更急,从他的惊慌的动作中,杨子荣断定了庙里不会有什么大股匪徒,便决定闯进去。两人抽出大肚匣子,登上山坡石径。

一进山门,庙里像死一般寂静,院中满是古松怪柏,常绿叶上挂满了雪朵,好似腊月的梅花。院中空无一人,庭院刚才扫出一条通道,因而那人的脚印被扫没了。雪声嚓嚓,松涛飒飒,在这凄凉的境域中,两人更加警惕地翘开大机头,向大殿院搜索。

一到大殿院,眼前是一座三清大殿,殿内传出了哼哼像牙痛似的念经声,和均匀的木鱼声。两人向经声走去,向殿里一望,只见高大的三清像前,跪着两个道人,一老一少,守着经桌,面对经卷,老道手捻数珠,小道手敲木鱼。另外中间还跪着一个女人,面里背外,看不清面孔。两个道人嘟嘟哝哝,时而高昂,时而低沉,神清气稳地念个不停,对走进来的人连望也不望一眼。

那个女人回头偷看了杨子荣一眼,杨子荣发现了她怀里抱着一个包得头脚不露的小孩,当她和杨子荣的目光碰到一起时,她便蓦地扭回头去,拍着怀里的孩子,发出哼哼的祈祷声:"小连生回来吧!妈妈等着你!小连生回来吧!妈妈……"

杨子荣向孙达得把嘴一噘,又比了个指挥手势,两人便向后殿搜去。这后殿院也是打扫得干净,通道上一点没有人走过的脚迹。正殿是一座地藏王菩萨殿,左边是赏善司,右边是罚恶司,庙里塑像,有牛头马面、小鬼判官、黑白无常,龇牙咧嘴,阴森森的,十分吓人。

各处搜遍,没找到那个匪徒的踪影,墙头上也没有跳出去的痕迹。他俩回到三清殿,杨子荣命令孙达得巡视警戒,自己走近老道的身旁,老道、小道一点也没有在意,一直在嘟嘟哝哝地念着经。

"道长!"杨子荣努力抑制着急躁,用十分温和的语气说道,"劳驾,我们问一件事,有一个……"

"善哉善哉!"那老道双手一擎数珠,向杨子荣斜瞅了一眼。"别遭罪,冲乱了经文!"说着,又闭目阖眼地念下去。

那女人低拉着头,乱发笼住整个的面孔,哼哼呀呀不住地祈祷。

杨子荣刚一开口再问,老道已十分不耐烦地斥责道:"何方施主,不尊道规,随便冲乱经文,道祖大慈大悲!善哉!善哉!"说着五体投地磕了一个头,又念下去。

孙达得的眼中,看到这种情景,心头冒火,高喊一声:"我们有任务,别装蒜。"

杨子荣赶急挥手阻止孙达得的粗鲁。

老道把白眼珠向孙达得翻了两翻,理也没理,继续念他的经。

杨子荣把手一挥,两人走出殿院。

"妈的,这个老狐狸,真气死人。"孙达得边走边说。

"不能来硬的,老孙!我在这先监视,你快去接二〇三,天快黑了,雪也大了,怕他们一时找不到这里。"

孙达得抬起长腿,向原路奔回去。

杨子荣披着越来越大的落雪,小心地监视着庙的四周。

天色渐暗,庙里仍传出木鱼梆梆和喃喃念经的声音,陪着这心急如火的侦察英雄。

天昏了,庙里咚咚咚三声暮鼓,当当当三声晚钟,结束了老道的经声。

孤庙寂寂,山谷空空。人民的侦察兵,像一只雄鹰,监视着这深山的古刹。

143

十一　老道失算

老道的修善堂里,摆设得那样阔绰,条山、对联、供桌、香案、太师椅、对八仙、木鱼、钟磬、笙管、笛箫,都安置得十分得体。屋里烛光辉映,香烟缭绕,一派仙风道俗,看来十分雅致。

少剑波温和地向老道宣传了我党的宗教政策,并对杨子荣、孙达得两人为执行战斗任务的急躁做法,表示道歉。

"我们这两位同志,为了捕捉杀人凶犯,进庙来时粗鲁了些,特向您道歉。不过我们的同志,出身工农,素不悉道门经坛规则,俗话说,'不知者不怪',这一点还请道长原谅。"

老道脸上的肌肉抖动了两下,满脸不悦地瞅着门外纷纷的落雪,拉着长腔道:

"正身修心,是道门的成规;克己服理,是道门的品德;普度众生,是道门的义务;不伤生灵,是道门的戒律。"

他这几句冷冷的自表经,是向小分队来表白他是一个大善人,接着他慢慢转动一下他那胖得差不多和头一样粗的肥脖子,指着刚才在三清殿上抱孩子跪经的那个城不城、乡不乡、商不商、农不农的女人道:"这位善女,三十二岁的初生子,被妖魔附身,摄去了他的魂灵,许下三天大经,从六十里外,冰天雪地,赶来跪经,哼!"老道的脸上有些气愤,"今天是头一天,就碰上贵军的那两位,将经文冲得大乱,这真是天大的不幸。"

那个女人脸上,顿时露出一阵急躁的表情,哭丧着脸,"师傅,我这孩子的魂灵,是收不回来了吧?"

老道不答,只是连声自语:"造孽! 造孽……"

少剑波又再三道歉,并安慰那个女的道:"我们队里有位医生,等她来了,给您的小孩看一看。"

老道和女人听了这句话,突然显出一阵惊恐的神色,眼里射出一种担心而畏惧的神情,盯着少剑波。他俩的这个表情却引起了少剑波的注意,少剑波用眼角瞥了一下那女人怀中一动不动的孩子,又瞅了一眼老道,复又满脸赔笑地安慰着那女人,一再表示医生来了,定给她孩子看病。可是少剑波越说给孩子看病,那女人就越加惊恐不安,把个孩子越抱越紧,两只胳膊就像痉挛一样,往怀里硬抽。

老道这时却恢复了平静,向着那女人一笑,"太太!求道不求医,求医不求道,医者治病靠药力,道者治病靠神力,医道两门,水火不相容。你是求医呢,还是求道呢?你是信药呢,还是信神呢?太太!由你自择。"

"我向来信神不信医,"那女人好像轻松了些,"我孩子的病已经请过三个医生也没治好,医生只能治个头痛脑热疥疮癣疖的,孩子失了魂,他怎么能治得!师傅,我还是求你老人家,修修好,给孩子收魂吧!"

少剑波细细地琢磨了他俩的这段的表情和对话,心想:"这是老道反对科学呢,还是那女人因迷信而不相信科学呢?或者这里面还另外有文章?"可是这些问题少剑波目前一时还不能得出结论,于是他转了话头,很客气地向女人和老道说:

"您既然愿求道,不愿求医,那么孩子的病还请这位道长给治吧,我们不勉强。现在我们还是谈谈那个我们追查的人吧。"

老道装做没听见一样,望着门外的落雪,用左脚的脚尖不住地拍打着地板。

"道长,"少剑波把声音放高了一些,"我们所追查的那个人,确实是进庙来了。"

老道十分肯定地答道:

"庙内除我师徒二人,和这位太太以外,再无别人。今天我们诵经终日,根本没有见到什么人进来。善地不进凶人,我这庙里从来就没有过这等事。"

"我们眼看着他进来的,"杨子荣很温和地向老道证实着,"也许他穿庙而过。"

老道冷笑一声不语。

"没出去,"孙达得急躁起来,"四下一点走出去的踪迹也没有,还是藏在庙里。"

"那你们搜好啦,为什么平白无故污损贫道的清名?"

"我们绝不是这个意思,"少剑波对着这个打反攻的老道解释,"那个人与您无关,我们人民解放军的职责,是保护人民,消灭杀人抢掠的匪徒。我们追踪到这里,所以要向您询问,是请您帮忙。"

老道洋洋不睬的,离开了太师椅子,撩一撩道袍,轻迈方步,手捻着漆黑发亮的数珠,拉长嗓音道:

"贫道是脱离红尘之人,凡世之事,概不过问。且道者,以善为本,喜人间之亲善,恶人间之刀枪,爱护生灵,普度众生,才能成其正果。"

"是的,"少剑波道,"你既然知道这些,就应当帮助我们剿除那些屠害生灵的罪魁祸首,杀人抢掠的匪徒,我们追踪的这个人,正是一个今天早上刚杀过人的凶犯。"

老道一听,他的眼睛翻了两翻,可是马上又平静下来,哼了一声,点了几下头,冷笑道:

"耳听是虚,眼见为实,他杀没杀人我没有看见。贫道未亲眼过目,素不听信人言。"

少剑波本想拿出那只血手套,可是思想上又立即转了一弯,心想:"这件杀人案现在还是个谜,这个老道的言语神态又十分可疑,如果拿出来,他一看是人民解放军的军用手套,叫他抓住了口实,让他反咬一口,那就更加麻烦了。"因此他确定向这个老道斗一斗智,不能争取他,也要利用他。少剑波站起身来,表现出一副严正的表情道:

"我们是人民的武装,向来不曾逮捕好人的。"

老道的样子更加奸猾,哼了哼鼻子,"为人都要活着,活着就要吃饭,他是匪不是匪我不知道,自古道:'胜者王侯败者贼',古今一理,你骂他是匪,他说你是盗,孰匪孰盗,都与我道门无关,道教创立数千载,改朝换代,却换不了道。我们道门弟子,数千年如一日,道家庙堂,亿万座同一家。"

少剑波抓住老道的话题,便想引一引老道再多谈一些,想利用一下他言多有失。

"人民吃饭,是靠自己的双手劳动,这是最高尚,最伟大。地主恶霸的享受,是靠剥削压迫穷人。现在人民翻了身,向他们要回了自己的土地,而这些地主恶霸纠集豢养着的一些杀人抢掠的匪徒,充当他们的爪牙,来残害人民。今天是人民的朝代,人民的天下,所以人民要惩办这些杀人的凶犯,抢掠的强盗。我们所捕捉的这个凶犯,他就是犯了国法,屠杀人民的罪人,我们依法来捕捉他。"

老道狡猾地冷笑了一下,"谈到这里,很对不起,我们不是来什么舌战,请您尊重我们的道规,贫道自出家以来,从不惹是生非,素不杀生,您身负国任,我肩担道规,最好是各不相扰。"他停了一停,自言自语地说:"放下屠刀,立地成佛。"

"可是他的屠刀还没放下呀！并且已经拿进您的庙堂来了！"少剑波抓住了他的话尾，又攻了一句。

老道自己感到失口，后悔不该说后两句，他奸猾的眼珠一转，"官长，莫说贫道不知道他的下落去向，就是知道也不能告诉，告诉了你们，你们手拿枪支，相遇必有一场厮杀，厮杀就会互有伤亡，这和我亲手杀人一样，也就违犯了我们道门的杀戒。贫道修行五十年，素未杀生，朝朝夕夕，一心向善，这里是道门道士，那就要道规至上。我这里没有你们找的人，请再勿开尊口，善哉！要摆战场，还是请出庙堂。"说完后，老道坐上太师椅子，闭目阖眼，手捻着数珠，看样子不想再说话了。

杨子荣、刘勋苍等人，内心已十分焦急，不满意剑波还是这样文质彬彬，但由于猜不透剑波所以这样做的原因，因此在旁闷不做声。

少剑波不但不急，反而更加温和，"好吧，道长，我们人民解放军，是执行政策的模范，我们主张宗教信仰自由，我们也尊重各教的教规和习惯，因此，我们绝不在您的庙里摆战场。"接着他放重了一点语气，为的是引起老道的特别注意，"因为这是没有什么必要，零星匪徒，他是难逃法网，难逃人民的巨掌。我现在先放了他，他成不了什么大事，乱不了我们的天下。"

老道的嘴角，微微一动，浮出两条蔑视的皱纹。

"向宿营地前进。"少剑波命令一声，小分队走出山门。战士们的心，对剑波的这一决定，表示怀疑，即使是足智多谋的杨子荣也不例外。可是在剑波严格命令下，战士们只有闷在心里，急速地奔向黑瞎子沟方向。纷纷的落雪，盖没了他们的踪迹。

外面天昏地暗，天上大雪纷纷，神河庙的地藏王菩萨殿侧廊的赏善司里,还阳轮后面一个地洞,被遮盖得严严实实,一孔不露。小道徒秉烛在前,老妖道随行在后,揭开一朵雕木漆金的大莲花,洞口张开了,他俩一步一步走下石阶,进入洞中。

洞里灯烛闪烁,照着里面的一男一女,在嘻嘻哈哈地逗乐耍笑。桌上摆着一支匣子枪和一只人民解放军的军用手套,炕上放着那个女人所抱的小孩,包得紧紧的一动也不动。

两人一见老道进来,那个女的便似羞非羞地一扭屁股坐在炕沿上,掠了一下她闹乱了的头发。那个男的把刚才为了伪装而穿上的那身道袍的大襟一掩,向老道深深一揖道:

"谢师傅救命之恩!"

老道双手将颈上的数珠微微一擎,"善哉!善哉!皮毛小事,何足挂齿。"说着便在桌旁椅子上坐下,小道把烛台放在桌上,侍立在老道旁边。那一男一女坐在炕沿上,满脸赔着笑。

那女的把头歪了两歪,用酸溜溜的尖嗓门说道:

"师傅足智多谋,真是神通广大,三言五语就把那些小子打发滚蛋了。"

"哈哈……"那男的捋了一下右腮上那撮长长的毛奉承道,"师傅真是神通广大,道法无边,要不是师傅的一番唇舌,今天我这条小命……"

"早就完了。"那女的拍了那男的一掌,格格地笑起来,"今天我一听那个共产党他妈的要给我孩子治病,可真把我吓坏了,要是他真的硬要治,咱们孩子里的大烟馆就他妈全露了,那时咱们大伙一个也剩不下。"

四个人一齐发出了胜利的狂笑。

"小小的河沟怎么能翻了大船,"老道傲慢自得的一对风流眼,瞟了瞟那个越说越浪的女人,"我他妈的可不在乎,没有咱

149

这三寸不烂之舌,怎么能当得三朝元老!我宋某生就嘴上的天才。"

三个人又向老道大大恭维吹捧了一阵。

老道更神气地站起来,脑袋一晃,"我虽然深居山林,可是能洞察天下,远远近近,官官民民,左右四方,谁也不知我定河道人,是真是假。有朝一日平定了红患,咱就下山进城,来他个翻手平天下,张目定乾坤。"

这一顿大话,使得其余的三个人好像吸了大烟过足了瘾,显出一种满足的神气,六只眼睛急溜溜地盯着他们那位神通广大的师傅。

老道傲慢地哼了哼鼻子,凝视着烛光,微笑地点着头,"就凭这几个小娃娃,还要和我来斗智?这简直是他妈的在圣人面前念'三字经'。"

那女人从炕沿立起来一拍屁股,"这简直是在光棍家里抽赌头。"

四个人又是一阵狂笑,他们笑得是那样的自负而又自得。

"那么你谈谈吧!"老道向那男人命令道。

那人脸上顿时浮出一层胆怯的神气,瞅着老道的脸说道:

"许旅长押在牡丹江的监狱里,暂时还没被共军处理,自从十月十五日晚咱们劫狱未成之后,共军看守得更加严密。栾警尉到底没找着下落,凡是接头的地点我都去过了,始终没见到他。不知他现在是在躲风呢,还是落了网?或者是他自投侯专员去了。"

"那么说你是一无所得了?"老道不耐烦地问道。

那人脸上更增加了胆怯的神色,一句话不答。

"栾警尉那份'先遣图'自然也没到手了?"

老道这一问,使那人由胆怯转为了恐慌,嘴咂了两咂,眼睛看着那只桌子上的手套。他是在考虑怎样来答对他的上司,他在想:"若是说'先遣图'到手了吧,又恐老道追问他是从哪里得来的。一追问到栾警尉的老婆,这个老淫棍必然要要她,可是现在又被自己杀死了,如果老道知道了这个底细,那他自己不知将要受到什么样的惩罚。不告诉他'先遣图'已经到手吧,回山去后,又必须把它交给座山雕,座山雕和老道又是那样的亲近,早晚会告诉他的,那时也还是好不了。"这个矛盾对他确是一个大难题,但最后他终于决定了,"回山交给座山雕,先取得座山雕的欢心再说。那时座山雕会替他说话。不管怎样先渡过这一关再说。"于是他装出一副哭丧的表情说:

"我实在无用,'先遣图'我没找到,因为连人都没找到,就是他老婆也没找到。"

老道喘了一口粗气,闭目阖眼,手捻着数珠,显出一副愁容,这愁容愈来愈深,"我指的那几个地方你都找了吗?"

"找了,找了!可是那些关系,现在都垮了!全被土改工作队和穷棒子给看管起来了,所以我……"

"没敢去吧?"老道的眼一瞪,恼怒地质问道,"嗯?"

那人低头不答,已经默认了自己没去。

老道立起身来,撩一下道袍,骂道:"废物!养你们这些东西有啥用!"

"哟!"那女人把眼一斜,"自己人,何必那么大的气,打狗还得看看主人,好好歹歹他是我的丈夫,不看僧面看佛面,俺两口子给你们出的力也不算少哇!你们有本事为什么十万大军被共军给消灭了,现在来蹲山沟呢?谁能干谁自己就出去试试。别说大话,能干出姑奶奶我这个样来的还不多!"说着把嘴一噘,一屁股坐在炕沿上,把脸向旁边一扭。

"好啦!好啦!我的刘太太……"老道走向那女人,"你还当真事啦!你们两口有功,这是谁都知道的。刚才我这是用的激将法,也都是为了你们,我这样一激,你们岂不是更加劲干吗!争取功上再加功,等国军一到,那时……"

"得了吧!"那女人再一扭屁股,"什么激将法,那全是送命咒,出去一趟搞不好,脑袋就要搬家。"

"好啦,好啦!算我没说。"老道转回头向着那男的,"怎么样?共军大部队究竟山里有没有?"

"没有!只有这一股小部队,今天给碰上了……"

"嗯!"老道纳闷地一歪头自语着,"那么奶头山到底是怎么一回事呢?"

"我看他的大部队是已经回去了,只这一股小部队是破不了奶头山的。"那男的望着老道的脸,屋子里一阵沉默。

老道琢磨了一会儿,两只死沉沉的眼睛瞟着那男的,"你先回山,这一小股共军也不能轻视,可能是共军的侦察部队,这也是块心病,回去告诉你三爷……"老道说到这里,拉开抽屉,取出笔墨纸砚,写了一封不长的信,递给了那男的。

那人接过信,撕开衣角,把信藏在里面,那女人用针仔细地缝好。

"师傅,我现在就走?趁这小股共军刚走,我连夜赶回去,也许他们明天会再来。"

老道摇摇头冷笑了一下,"傻瓜,你以为他们真走了吗?没有,他们在四处下网等着你呢!"

那男女两人显出吃惊的神色,一齐说:"那怎么办呢?"

老道从容而自负地道:

"好办,在庙里平平安安睡他一夜,你们两口又多日没见了,我怎么能忍心让你们俩就离开呢。今天晚上不起风,明天的雪还要继续下,明天一早趁大雪回山,轻轻快快的三天就到,走后大雪把你的脚印一盖,谁也找不着,让他妈的共军干焦心吧。"

老道说着,看了一下那对男女的笑容,然后转回头来,眯缝着眼,瞅着闪闪的烛光,自信地道:

"我相信这些共产党不会在雪坑里蹲一宿,大雪是他们的死对头。"说完便走了出去。

庙中烛熄人睡,夜半,大雪压盖了一切。神河庙和它周围的山谷森林,睡入漫长冬夜的寂静中。

天亮了!

神河庙的西边小门开启,一个男人窜出小门,奔向庙西的山岭,森林和雪幕掩住了他的身体,落雪覆盖了他的脚印,他安全地消逝在林海雪原中。

在这正涌下大雪的天气里走路,就像一个人走在河水里,或像一只小舟漂荡在大湖中一样。腿一拔出,或桨一划过,水只漩两漩马上就可以填平了腿或桨所留下的痕迹,什么也看不到了。

老道、小道和那女人,站在三清殿的廊檐下,瞅着那人的影子消逝着。老道得意洋洋地从鼻孔里发出了哼哼的奸笑,他在笑自己那得意的妙算。

那人走到山顶,回头察看自己的脚印已被雪掩盖没了,四下里又空无一人,昨天那种被追捕的恐慌,已经烟消云散,只觉得是太太平平,大吉大利,敬佩着老道的神机妙算。他翻过山顶,一瞧西北,顺坡往下,步大身轻,直向西北而去。

走了七八里路,正行间,忽然一个前绊,扑倒在雪地里,插了一袖筒子雪。他一边爬一边骂道:"他妈的,这块踏不烂的死石头。"

骂声未落,突然从地下钻出两个白衣服、白帽子、又沾得满身是白雪的人来,上前掐住他的脖子,拧下了他的枪,把他绑了起来。

那个大个子的白人,打了一声唿哨,四外即刻奔来八个身披白衣、全身挂雪的人。那大个子命令一声:"走!"

这十来个白人,押着那个人朝西南方向急奔而去。

黑瞎子沟,是一个只有七八户人家的小屯,傍着一条森林小铁道,外通牡丹江木排河口,内通夹皮沟木场,这是一个小车站。

小分队连夜的雪地行军,已是十分疲劳,战士们正呼呼酣睡。剑波和杨子荣等人,却在等待着什么。他们的眼睛充满了血丝,显然是由于睡得太少,可是他们还是那么精神。剑波不断地瞅着他的表一秒一秒地过去。

栾超家急躁起来,"怎么还不来?"

杨子荣却不慌不忙地逗趣地说:"又不是给你娶媳妇,急啥!"引得大家都笑起来。

孙达得望了望剑波不满意地道:"我看昨天没搜庙,又没有连夜在庙外等着堵,可能上半夜跑了。"

其他的几个人已在默默地同意孙达得的说法。少剑波看到这种情绪只点了一下头,微笑道:"也许!"不过他内心还是自信着自己的决定是正确的。

突然外面声音嘈杂,大家的听觉和视线都被引向窗外。纷纷的落雪中,声音越来越近。

小董从街西跑来,手里把伪装服握成一卷,打扫着身上的雪,脚在地上跺着,他摘下帽子,脑袋上的汗腾腾地冒着热气。他一进门,大家急问:"怎么样?怎么样?"

小董见大家焦急的样子,心想:"他们一定和我昨晚想的一样——捉不着。"便有意地慢吞吞地喘了一口气,"唉!不管怎么的,也得给点水喝喝再说。"说着拿起倒好的大碗白开水,咕嘟咕嘟地喝下去。

大家等待着他带来的第一句话。

"快点!小董!真把人急起霍乱病来啦!"孙达得嚷着。

小董脸一沉,"真他妈的……"

"我说捉不着嘛!"孙达得泄了劲地打断了小董这两可的话头,想证明他刚才的判断。

"凑巧,"小董接续着被打断的话头,"刚到了,他就来了,我们一下,他倒了。"小董边说边比划着。

孙达得又愣了神,"怎么打死啦!噢!"

小董把大腿一拍,笑道:"孙达得你正猜……"

"对了!"孙达得急问。

"错了!"大家噢的一声,兴奋地笑了一阵,小董继续说下去,"真巧极了,我们刚埋伏下半点钟,那家伙就来了,我们伏在雪地上,把那个家伙绊了个跟头,他骂我们是些'踏不烂的死石头'。这小子骂声没落,死石头变成了活石头,刘勋苍这块大石头,一下就把那家伙的脖子扭住,像老鹰叼小鸡一样擒了过来。"

大家的眼睛一齐转向剑波,每个人内心都在佩服着自己这位首长判断的准确。

"二〇三,"小董先向剑波发问了,"您怎么估计得这么准?说老实话,昨天没搜庙我们都有意见,今天傍亮天去设埋伏,我们都没有信心,想他一定在昨天晚上就早溜了,今天去也是瞎子点灯白费蜡。"

大家共同由钦佩转向请教,盼望他说出有什么秘诀。

少剑波只是微笑着,看着他的战友,更显得亲切。他慢吞吞地说:"同志们,对付敌人,一定要知己知彼,才会百战百胜。要捉猛虎就要比老虎更猛,要捉孙悟空,就要比孙悟空还要精。我昨天明知老道交不出这个人,为什么我还向他问那些话呢?一来我要看看这个老道是个啥家伙,二来就是要打乱老道的思想,叫他做了错误的决定。敌人的错误就是我们的胜利;相反的我们的错误,也会给敌人以逞凶的机会。"

大家静悄悄地听着。

"因为我看准了那个老道他在怎样地估计我,他想我昨天走了是假的,我们一定会在庙外埋伏着。而我们偏偏不这样做,真的走来宿营地,饱饱地吃上一顿,甜甜地睡上一觉。"

大家兴奋地笑了。

"他又会想我们在这冰天雪地里,埋伏不了一宿,自然天亮会泄劲走开,所以他就趁拂晓逃走,这样有大雪平迹,追也无处追,而我们偏偏要在天亮等着他来。"

刚说到这里,刘勋苍满身是雪,冒冒失失地进来报告:"二〇三!妙算,妙算!任务完成,匪徒捉到,现押在我们小队,听您的命令,如何处理?"他略停了一会儿,"那老道定是个坏家伙,我看一勺烩吧,捉来再说。没您的命令,所以我没敢捉,现在我要求您马上命令我返回去,擒拿这个牛鼻子老道。"

大家都赞同他的意见,"对!马上捉老道!"

少剑波笑了笑摇着头说:"你的建议是错误的,我们现在不仅不能捉老道。相反的,我们还要依靠老道完成我们所难以完成的任务,也就是说,我们还要留着老道有用处。"

十二　一撮毛

审讯开始了。

在少剑波和他的战友们面前,坐着那个被捉来的人。他的脸又瘦又长,像个关东山人穿的那没絮草的干靰鞡。在这干靰鞡似的脸上,有一个特别明显的标志——他的右腮上有铜钱大的一颗灰色的痣,痣上长着二寸多长的一撮黑白间杂的毛,在屋内火盆烘烤的热气的掀动下,那撮毛在微微颤动。

他的两只眼睛,紧盯着少剑波,时而恐怖慌乱,时而又泰若无事,从他的变幻无常极不稳定的表情中,可以完全洞察到他内心的狡猾和矛盾。他在焦虑,也在幻想着可能有的一线希望。

少剑波威严的眼睛三分钟内一直在瞅着他。

"什么人?"

那人微笑了一下,用十分近乎的口吻答道:

"同志,自己人,别误会,我是军区司令部侦察连的侦察员。"

说着他从衣袋里掏出一张纸,"看,这是护照,嘿!……错不了。"他递给少剑波以后,便坦然地又坐在自己的位置上,伸手向火盆烤着火。可是他老用眼角瞟着少剑波。

杨子荣把这张护照摊在小炕桌上一看,确是牡丹江军区司令部侦察连的护照,并写明这人是侦察员郎占山回方正县探父母的。少剑波只是无心地瞥了一眼。

"那你为什么害怕人民解放军部队?"少剑波冷笑了一下。

"那全是误会……误会……"这人一点也看不出慌张。"我以为咱们这样一股小部队不会出来这么远,所以我判断一定是土匪,再加上下雪,老远我也看不清楚。"

"那么你在庙里躲着,就没听见我们盘问那老道吗?"

"全听到了!全听到了!"

"那你怎么还不出来呢?我们已清清楚楚地向老道表明我们是人民解放军哪。"

"那我这个老当侦察员的,可不能上那个老当。"那人狡猾地瞪了瞪眼睛,"土匪诡计多端,我只以为你们是土匪冒充解放军,因为我知道,咱们如果只有这样一个小部队,无论如何也不敢到这里来。所以才弄成'大水冲了龙王庙,一家人不认一家人'。这全是误会,当侦察员的在这种场合下,哪能不警惕呢!首长,不用说,这您比我明白得多。"他的神气显得更泰然轻松了。

"你探亲为什么走到这个老林子里来呢?这是正道吗?"

"唉!"那人叹了一口气,表示出一副悲切的样子,"我说出来不怕首长和同志们批评我的家庭观念和个人主义,这趟回家弄得我心里真不痛快,父亲自从满洲国那阵被捉去当劳工,在虎林挖山洞子,落了个寒腿病,这两年更加重了,这趟回家一看,简直连炕都下不来,成了个半身不遂。我临回来,父母嘱咐我,无论如何要弄点虎骨给他,因为向人打听来的偏方说,虎骨酒能治好。咱们当解放军的人又没有钱,所以我就向这山里绕一趟,准备碰巧向老百姓要一点,要是到城里药铺去买,一来买不起,二来怕假货,所以……"

"那你准备到哪去找呢?"

那人翻了翻眼皮,"我准备到夹皮沟。"

"夹皮沟有吗?"

"有!"那人答得很肯定。

"你怎么知道有?"

"因为那里住的大部分是林业工人,他们都会滑雪,打猎一个顶十个,打老虎那玩意,没有这样的好猎手是打不到的,所以我想他们一定能有。"

"你是方正县人,怎么知道夹皮沟屯的人会滑雪打猎呢?"少剑波继续问道。

"这是我在日本鬼子时代,在牡丹江'滑雪用具株式会社'学徒时知道的,那时夹皮沟屯人常去买雪板和雪杖。"

少剑波、刘勋苍、杨子荣等三人对笑了一下。

"你既是解放军,为什么强吃山顶上老夫妇那么多的好东西呢?"少剑波态度上有些严厉。

那人低下头,露出一副胆怯的样子,"首长原谅,是我觉悟不高……觉悟不高……破坏了部队纪律……请首长原谅……"

这一番问话,这家伙对答如流,确像个人民解放军一样。他为了再次证明他是人民解放军的便衣侦察员,特地又把他的手套拿出来作物证,当他发现手套只有一只时,愣了一下,"唔!啥时丢了一只!"可是很快地又平静了,神情上更加坦然,看样子他完全相信自己的手法会成功。

特别是当问到那个老道的时候,他连连地称赞那老道是个大善人,颂扬他行善施德,大慈大悲,一心向善,对革命有帮助。他的主要论证,是老道诚心诚意地掩护了他,并且在庙里给他饭吃。

虽然这样,但在这段问话中,这家伙的两只手却十分不安静,从谈话开始,他一直是两只手盖住他右边的衣襟的角。当他拿手套作证时,他那两只长时间没离开衣襟角的手掌已满是汗水。

"这是他的致命处!"少剑波心里想,所以从开始谈话,少剑波并没有看这家伙的眼睛,而是不住地用眼瞟着他那僵直不正常的两只手。少剑波越看,这家伙越盖得紧,甚至偶尔有点微微的抖动。

"抬起手来!"少剑波拿出一把铅笔刀严肃地命令道。

这家伙在这句突然的命令下,神色上突然一慌张,紧抓着那右衣襟角,瞪着惊慌的两眼站了起来。

当少剑波用小刀刺开他的衣襟角,这家伙已是汗流满面了。少剑波从衣襟角里面取出了一叠纸,所有人的眼睛全盯向了它。

少剑波还没有完全展开那一叠纸,那家伙的神情已完全变了样子,全身抖颤着,两条腿像被沉重的东西压弯了似的。他从干哑的嗓子眼里,挤出了几乎听不出字的声音:"官长……饶恕……我说……我说实……话……"

"那就由你自己了!"少剑波显出冷冷的神态,头也没抬,他慢慢地展开了那叠纸,打开一看,一共是两张。

那家伙吞吞吐吐说出了他的来历。

他是国民党中央先遣挺进军滨绥图佳保安第五旅旅长崔老三(即惯匪座山雕)的副官刘维山,因为他右腮上有一撮二寸多长的毛,所以人们都叫他"一撮毛"。他和许大马棒部下那个栾警尉一样,担任对我军的侦察工作,及对匪部的联络工作。他们俩还是在伪满当警尉时就结拜为把兄弟。

一撮毛这次出来一个多月,专门是为了寻找栾匪,目的是要把栾匪给许大马棒掌管的那些地下先遣军组织名单和栾匪本人一块拿到手,归座山雕管辖,捡许大马棒这笔洋捞。

这批地下组织名单,对匪徒来讲,是一笔极为宝贵的财产。

每个旅都有一个地盘,在他们的地盘内都有这么一批组织,这批组织的名单都标在一张图上,所以他们管这张图叫"先遣图"。如果栾匪能把许大马棒这份家底献给座山雕,而不交给别的旅,座山雕曾许给栾匪当团长。因为这样接收了许大马棒这批铺垫,座山雕在匪军内部即可变成实力雄厚的暴发户,就更有资本等国民党来了好讨封领赏。

的确座山雕为许大马棒的覆灭,衷心感到痛快,因为许旅覆灭后,座山雕在他的上司滨绥图佳党务专员侯殿坤的眼中,由第三把交椅可以升到第二把。另一方面可以占据许大马棒原有的地盘和全部的地下力量,特别是那"先遣图"上的那批地下先遣军分子。他们大多是地主恶霸和伪满警宪官吏,掌握了这批实力,等"中央军"来了要财有财,要势有势,要人有人,要主意有主意,这样座山雕就会是首屈一指了。

在一撮毛说话的时候,少剑波一直盯着那两张纸,一句也没问,连看也没有看他一眼。但是他已经听出来一撮毛的供词中有很多对他有用的东西。

第一张纸上,乍一看只是看不明白的一张图,这图上是绘的老爷岭,在老爷岭的周围标着各个城市和屯落,连牡丹江市也在内,每个城市和屯落又标了数个人的姓氏或绰号。如海林镇陈大个子刘知义,牡铁的相大胡子、孔站长……可是仔细一研究,在这张图上找到了头绪,这就是从已往九龙汇栾匪的供词中,看到了眉目,这个图就是匪徒们的"先遣图",因为图上的某几点,正和栾匪的供词对头,如两半屯的张寡妇,新安镇的一贯道点传师,牡丹江军区司令部的蒋参谋等。可是栾匪供的远没有这么多,栾匪只供了十八个,而这张图上却有三百八十七个。

"那么说这是许大马棒的'先遣图'啦?"少剑波一面瞅着一

撮毛,一面把图举在手里。

"是的!是的!"

"你是在哪里找到的?"

一撮毛低了一下满脸冷汗、干靰鞡般的脑袋,嘴巴咂了两下,没答出来。

"嗯?在哪儿弄来的?栾警尉在哪里?"少剑波追问着。少剑波是在怀疑许大马棒的喽啰们是否被剿光,或者是栾匪在监狱里把这东西递出来了,如果这样的话,那就要怀疑我们看守监狱的部队是否纯洁了。

一撮毛只是答了个没找到栾警尉,至于这图从何而来,他说是从栾匪旧窝棚里找到的。

少剑波认为既然得到了这张图,掌握了所有地下匪特的名单,也就不再追问了,他的精力完全集中到第二张纸上。

这第二张是一封没有落下款的信,上面写着:

  崔师兄:腊月天气,风紧雪大,堵好屋宇,蒙好被子,躲风避雪,以防寒魔侵身。谢辞您的百鸡宴。善哉善哉。

"这是什么东西?"少剑波拿着这封信问道。

"是……是……"一撮毛更加恐慌起来。

"是什么?"少剑波严厉地追问道。

"是……座山雕的一个朋友给他的。"一撮毛显然不想痛快地回答。

"这位朋友,他家住哪里,姓什么,叫什么,干什么?详细说!"少剑波的声音和眼光确有些威严可怕。

"这……这……这人是我们县卧佛寺的……一个和尚……和……和尚。"一撮毛好像是现编现说。

少剑波冷笑了一下,很肯定地道:"他不是个和尚吧,他应该是个老道。"

"和尚和尚! 不……不是老道。"一撮毛一听少剑波说老道,好像锥子扎了他的屁股一样慌。

"别骗我!"少剑波拉着长腔,用讽刺的口吻笑嘻嘻地道,"和尚张口是'阿弥陀佛',这信上却写的是'善哉善哉',这还不是老道,又是什么? 嗯?"

一撮毛简直是僵直了,好像已经吓得说不上话来。从他对这个问题的抗拒中,少剑波已窥知了这里面一定有秘密,这秘密一定是在神河庙的那个妖道身上。所以决定研究一下再说,因此把问题的中心又转向信中的另一点,这一点在小分队来讲是一个十分新奇的问题。于是少剑波立了起来,凑近一撮毛跟前问道:

"百鸡宴是怎么一回事?"

一撮毛见话题转了,精神显得略微轻松了一点,直瞪两眼道:

"那是座山雕山头上的坎子礼,每年一次,腊月三十的大年五更,座山雕的全山人马大吃大喝一次,因为这次大宴全是吃鸡,不许吃别的,又是在一百户人家弄来的鸡,鸡数又得超过一百只,所以名叫百鸡宴。伪满日本鬼子收买座山雕下山的时候,还在牡丹江聚英楼饭店给他摆了一次百鸡宴。"

"派头真不小!"杨子荣笑了笑。

"真他妈的吊死鬼擦粉,死不要脸。"刘勋苍鄙视地把身子向后面叠着的大衣堆上一倒。

"带下去!"少剑波命令小董,小董把一撮毛押出门去。

少剑波面对着缴获来的这两件东西,开始考虑拴在这一撮毛身上的复杂线索。

"这封信一定是神河庙那个妖道的'作品',至于这份'先遣图'它是从何而来呢?栾匪已被俘,现在押在狱中,能是看守监狱的部队有问题吗?还是许大马棒另有漏网的特务分子呢?还是也和那个妖道有关呢?……"

他凝神地想着这些,想到那个被杀害的女人,又想到庙里那个城不城、乡不乡的进香的女人。这些角色在他的脑子里像排队一样排出来,又像过筛子一样一个一个在他的脑子里过滤着。

少剑波和他的战友们,一块吃着午饭,一面吃,一面谈论,一面思索着这个一撮毛身上的复杂线索,一面从这些不明不暗的线索中找出线头,找着要害的扣结,准备弄清它。

饭刚吃完,少剑波笑着问刘勋苍道:

"坦克,还有力气没有?"

刘勋苍把胸膛一拍,"坦克只要有汽油,力气是无穷无尽的,刚才这顿饱饭,又给咱老刘上了汽油,正好开动!没问题。"

"那么你马上到山上老夫妇那里去,把白茹他们叫回来,彻底弄清那个被害女人的来历。白茹和高波恐怕对付不了她,所以你去一趟,一定查问明白。"

"是!一定查问明白。"刘勋苍撒开轻快的两条腿,走出门去。

为了尽速弄清拴在一撮毛身上这些乱成一团分不清眉目的线索,少剑波确定和杨子荣对一撮毛做这样一次安排。

一撮毛再次被提来了,他眼巴巴地望着少剑波,好像在探察少剑波要问他什么,看样又怕少剑波就此要了他的命。

少剑波慢吞吞地向一撮毛表示道:

"我们确定把你送给神河庙里那位定河道人,因为你冒充解放军军人欺骗过他,他因此而不把你交给我们。所以我们想叫这位道长看看你到底是个什么样的人,好消除他对我们闯庙盘查引起的不满。同时也叫他教训教训你,以后别再干杀人劫掠、刺探军情、组织叛乱、颠覆政府的反动勾当。为了证明你确是匪徒,我们还想把这两份证据和我们捡到你杀那个女人时丢下的这只血手套给他看看。你该很欢迎我们这样做吧?"

一撮毛一听少剑波的这番话,又看到那只他杀人时丢失的血手套,他好像已经绝望而麻木了,直瞪着失神的两眼,急促地呼吸着,有三分钟一句话也没答。

"快点!"少剑波催促道,"答复我,这样对你满够便宜的了!"

一撮毛噗地坐倒在地上,"那不成……那不成……那我们全家……不,那我就一切都完啦!还是把我留在这里,你们不是优待俘虏吗?"

"是呀!我们马上放你,交给道人,这对你也够优待的啦!"杨子荣摸了一下嘴巴,意味深长地道。

一撮毛恐慌得像火烧屁股一样,"不……我不去,不去。"连连地摇着他那靰鞡般的瘦脑袋。

少剑波和杨子荣对笑了一下,"老道行善,你怎么这样怕他?一个年轻的小伙子,还怕那么个老道人?"

"不!他们太凶了!太凶了……"这个狡猾的一撮毛好像蓦地发觉了他自己惶恐中失口,立即停住了。

"说下去!"少剑波严厉地追问道。

他虽然一言不答,可是少剑波却很高兴抓住了匪徒们最可怕的要害,他想:"这完全证实了那个老妖道是个十分危险的家伙,可能是联结几个线头的集中点。敌人最怕的地方,也正是他的要害所在。这已经不用再问了,问题是今后如何对付这个妖道,和用什么手段跟他打交道。"

少剑波马上态度放缓和了些,"既然你怕老道,那么你可以把我们领进山去,消灭座山雕吗?这样你可以得到从宽处理。"少剑波紧紧用眼盯着他,窥察他每一个表情的变化。

奇怪的是,少剑波这样一说,一撮毛好像从恐惧中立即解脱出来,他连连应道:"可以可以,我愿效犬马之劳,并保险您能马到成功。"

一撮毛这样慷慨的答复,确出于少剑波意料之外,他警惕地看着这个狡猾的家伙,猜想他又在耍什么花招诡计。于是他笑嘻嘻地道:

"好吧,那你就谈谈座山雕的阵势吧!"

"好好好……"一撮毛故献殷勤地从地上爬起来,拍了拍屁股上的土,"座山雕这老家伙没啥大道行,不过是空有其名罢了。威虎山也是平平常常,哪抵得上许大马棒的奶头山,差得远呢!差得远……"

少剑波冷笑了一下,"那么简单吗?"

"一点不错,不扯谎,扯谎割我的脑袋,您别听别人给座山雕吹牛。其实呢,是'为人不见面,见面去一半','耳听是虚,眼看为实'。威虎山不威也不虎,座山雕也不过是只老野雉。别听别人放空气,那正是唬人的。说什么座山雕是把老手,非许大马棒能比;又说什么座山雕部下的人枪枪不虚,弹弹咬肉;又说什么威虎山九群二十七堡,下面全是地道,一直通出几十里;又吹嘘他的威虎山人马山势,进可以攻,退可以守,进则饿虎捕食,谁也挡不住,退则蛟龙潜水,无影又无踪。这全是……"

"好啦!咱们简单一点,"少剑波不耐烦地打断了匪徒的这套空话,"现在我给你纸笔,你把威虎山的阵势布置给我画下来。"

一撮毛点头弓腰地接过笔来,连声答应:"是,是是。"

少剑波严厉地向他警告道:

"当心!你若欺骗我的话,那就等于拿着你自己的脑袋开玩笑,懂吗?"

"是是是!罪人不敢……罪人不敢……"一撮毛一面点头,一面把纸铺在炕桌上,手抖颤地画开了。先画了五福岭及那上面的军事设备与兵力的配备,又画了威虎厅的位置,又画了火力点,又画了许多暗沟,最后他在纸的左下方画了一条大沟,画完他力表殷勤地指着这条沟道:

"长官!就这里,这地方是一条大沟,隐蔽极了,咱从这上去,保险成功,绝无差错。"

少剑波看着一撮毛画的图,内心想着:"从军事上看来,座山雕这个老匪的阵势确是不平常,特别他所采取的山势,和兵力的分散小群配备,以及他专门用来逃窜所修筑的无影流水沟,更显出这个有经验老匪的高明点。可是他为什么有几个明显的漏洞呢?尤其一撮毛所要把我们领进去的那条西南沟,更明显的是个薄弱点。毫无疑问,是这个狡猾的一撮毛在捣鬼。据说座山雕的部下有个顺手牵羊的老方子,一撮毛可能是想施展这个伎俩,这个匪徒无非是想把我们骗进山去,加以消灭。"

"现在我再问你,为什么……"

"报告!"一个女孩子悦耳的声音冲断了剑波的问话。

"小白鸽!"杨子荣喜欢地走到正间,把刚跨进门的白茹和高波一块搂在他的怀里,拉进里屋。

"怎么回来得这样快?"少剑波惊喜地问道。

白茹头一歪,冻得通红的脸蛋上那对深深的酒窝欢笑地闪跳了几下,像天真的孩子传话一样,"我们的任务完成了,所要知道的都知道了,老人把我们送来,半路上碰到了坦克,我们谢回了老人,跟着坦克回到家来了。"她那干巴巴的小嘴,一口气说了这许多。

"你简单一点好吧?"少剑波满心喜悦,但他硬装着不耐烦的样子。

白茹把小嘴一噘,"向首长报告,总要说明白才成啊,这也是你教给我们的呀!"

大家一齐笑起来。

白茹一瞥见一撮毛,瞪着她的大眼睛,"呀!逮到啦!"

少剑波一噘嘴,李鸿义把一撮毛押了出去。

"汇报吧。"少剑波瞅着白茹略一点头。

白茹故意地不看剑波,坐在炕头上,头略略一歪道:

"那女人救活了!是被个外号叫一撮毛的匪徒打死的,一撮毛把她的一份叫什么'先遣图'的东西劫去了,还说一撮毛是座山雕部下的一名副官,现在专搞咱们的情报。报告完了!"

惹得大家哈哈大笑起来,少剑波也忍不住噗哧一笑,"噢,你成心调皮捣蛋哪!"

白茹小嘴一鼓嘟,不愿意地道:

"反正都是首长说的,我报告详细点,批评我太啰嗦,让我简单;我报告简单点,又批评我成心调皮捣蛋。到底怎么样算对?我们当战士的一点主动性也没有。"

白茹似乎愿意在任何地方都要引起剑波对她注意,这样她可以在他跟前说话更随便一些。

"现在不是开民主大会,有意见以后再提。"少剑波又像是严肃,又像是要挽回白茹的"不满情绪",替自己生硬的批评做解释。他的话音随着他的心情缓和下来:"我的意思是:该简则简,该详则详;该简者而你却详而不简,该详者而你又简而不详。本末倒置,批评你还不愿意?乱弹琴!"

大家对着白茹大笑,她面含着羞怯,内心却因为获得了她这位小首长的全神贯注的"训斥"而觉得分外甜美。她用那迷人的眼睛看了剑波一眼,便开始详细汇报她的工作:

"那个女人叫李秀娥,苇河县人。父亲是个教员,会画画。她自幼丧母,随父宿校读书,初中二年上,她整十八岁,被一个栾警尉看上了(就是我们捉到的那个栾警尉),这个栾警尉千方百计托人说媒,托到了苇河县的中学校长。这个校长因一是栾警尉的老师,二是栾警尉的姨父,三又花了栾警尉的钱,于是便一心一意给他卖力。她爸爸本是个本分的中学教员,本不愿与军警界结亲,她本人更是一心求学,要在将来能继承父亲的职业——当个教员。因此父女俩一再谢绝。虽然五次三番,终未能成功。

"这个栾警尉野心不死,便和校长议计,先解除了她父亲的职务,后来又以反满抗日政治犯的名义,抓进狱中。她本人失学,没有吃,跑到舅舅家,舅舅因她母亲死去多年,感情疏远了,又加栾警尉的几次恐吓,她舅是胆小鬼,又把她撵出来。她又投她姐姐家,可是姐姐已死多年,姐夫早已娶了别人,也不收留她。她只得又回老家,来求助于她的同学,可是和她要好的同学也被捕了数人,谁也不敢再和她接近。她就在这叫亲亲不应,求友友不理的危难中,只得再求她那阴险的校长。校长向她表示:'只要能答应栾警尉,不但你父亲可以出狱,而且可以复职。'

"她为了救自己的父亲,便牺牲了自己,不得已答应了,和栾警尉结了婚,废了学。虽然父亲被救出狱,但因在狱中惊忧成疾,不久便死去了。

"她成了一个无依无靠的人,每日只是啼哭。栾警尉又威胁她,说要卖她到妓院里去,所以使她只得死心塌地,嫁鸡随鸡,嫁狗随狗,混一辈子了事!"

白茹说到这里,同情地叹了一口气:

"说来她也是个不幸的女人。许大马棒的先遣挺进军向山里退时,她也跟来了,和许多匪首家眷住在一个神河庙。她说神河庙有个老道,曾经趁栾警尉出去送大烟、收情报时,曾多次地强奸她。因老道的势力大,她也没敢声张,更没敢告诉栾警尉,她说要是告诉了栾警尉,他们争吵起来,她和她丈夫一个也活不了,所以她只是一再地要求栾警尉再换个地方住。当时因怕我们的军队,也不敢下山回家,只得住在一个大山森林的地窝棚内,这窝棚是在梨树沟西北七十多里,离我们捉小炉匠那个窝棚还有二十里。

"我们剿了许大马棒后,梨树沟她男人的三舅是个胖老头,上山送信给她,让她好好躲避,并给了她一张到牡丹江去的路条。她在窝棚里躲了一个月,天下大雪,粮也没了,栾警尉和他三舅也不去了,她也不能等着死,只得壮着胆下山,想打听打听栾警尉的下落,找到他想劝劝他洗手不干。可是刚到梨树沟她男人的三舅家,看见屯里开大会,正斗争那个胖老头和他的儿子老婆们。她吓得又跑回了窝棚,收拾了一下东西,发现栾警尉夏天穿的一件衣服,兜里一个皮夹,皮夹里有一张图,这个图她看不懂,只是看到上面有许多屯和人名,其中有个是梨树沟,上写他三舅的名字,牡丹江上也写许多姓名,内中有他表哥表嫂的名字。因此她断定这一定是栾警尉的亲朋,所以她拿着这张图一来要求亲朋,二来要顺这张图到亲朋家找到她男人,她还以为她男人在亲朋家躲藏。

"下山寻了多日不见,一天走到和尚屯,碰上了她男人的叩头弟兄刘维山,外号一撮毛。和她男人是酒肉烟钱朋友,她见了他喜出望外,心想这下可能知道栾警尉的下落了,便邀回窝棚住了两天。一撮毛说她男人在山里,没落网,并愿领她去找,一块投座山雕。并威胁她道:'千万不能下山,凡是伪满当过差的,共产党捉着都要活埋,剥皮照天灯。'这一下把她吓得也不知真假,这么一个怯懦的女人也就跟他上山来了。临走时这个一撮毛大翻而特翻,并套问她看没看见一张图,写着屯名和人名,她已知是找皮夹里这东西,因她看一撮毛这趟来,行动诡诈,蛮横粗暴,知他没安好心,所以她一直没露。

"她跟他走了七八天,碰到山里独户人家,就用枪逼着大吃大喝,冒充我军区司令部的侦察员回家探亲,遇见年轻的女人就强奸,一路上她看到一撮毛的为非作歹,感到恐惧,便要求回去。一撮毛怎么也不放她,用枪逼她,不准她回去。大雪严寒她已冻坏了手脚。

"这一天,来到那两个老夫妇家里,正逢大雪,一撮毛逼要那个图更急了,看样子一撮毛知道她曾被老道奸污过,怕到了神河庙老道那里对他不便,因此他在大风雪的这两天,就下了手,多次地奸污她。奸污中发现了那皮夹,抢去揭开一看,正是他急要找的那东西,便在半夜要走。他原想扔了她独自走去,可是他一想,怕留着她将来栾警尉出了头,或者被老道知道,必为后患,所以他就趁她哭啼要东西时,大喝了几碗酒,将她拖了出去,刺了三刀,当时她昏倒在地。"

白茹长喘了一口气道:"我的报告完了,是详而不简呢,还是简而不详呢?请首长批评。"

171

大家对她的报告满意,可是刘勋苍挑了点毛病道:"那女人你是救活了呢,还是死了呢?活了怎么处置的,死了又怎么掩埋的?"

大家一阵笑声,觉得刘勋苍的提问又对又有趣。

白茹红了脸道:"人活了,把她托付给那对老夫妇,那对老夫妇是慈善人,对她很好。"

少剑波刚要问,白茹又突然张口道:"再补充两句,那个一撮毛抢去的皮夹里的那张图,有三百多个人名,这一定对我们很有用,可能是地下'先遣军'分子。那个老道可是个大坏蛋,那个神河庙可是个大据点。"

大家十分轻松。

少剑波鼓励白茹道:"你今天的报告还算好,简而详,详而简,数质兼优。"

白茹含羞带笑,斜视了剑波一眼,低下了头,短发挡着她那红红的脸蛋,一对深深的酒窝落在腮上。

少剑波道:"同志们!这个一撮毛和与他关联着的一切大体明白了,一撮毛的'先遣图',对我们打击'先遣军'匪帮地下组织作用很大,也就是说他们又一批当了我们的战利品,成了我们手中的俘虏。"

他那明亮的眼睛闪烁着兴奋的光芒。

"同志们!现在让我们来计划下一步。"

十三　兵分三路,如此如此

有了一定的情报,下一步怎么办呢?少剑波决定开一次军事民主会,听听大家的见解。

在离屯约有一里多路的一所独立间屋里,小分队全体同志对剑波提出的问题,展开了热烈讨论,并有着多方面的争论。屋里的灯光,也随着大家争论的气氛,时明时暗地闪烁着。

他主张"如此如此",他又主张不能"如此",而必须"如此如此"。

栾超家和小董的意见一致,他俩主张:神河庙的老道是个油水大的家伙,所以先捉老道再搜一下庙;捉住老道后,把小炉匠的老婆弄来,叫她和老道外加一撮毛,来个三岔对案。再加上一搜庙,那时得的情况将更加确实,然后再打威虎山。

孙达得反对他俩的意见,他说:"先搜庙后捉老道,这样更有把握,更讲究政策。要是搜庙搜不出啥东西来,就不捉他,因为捉着这个老家伙你没有真凭实据,他一点也不会招供,对我们侦察的价值不大。他要是质问我们为什么搜查他的庙,我们也不告诉咱们怀疑他,我们就说:'这是军队的规矩,清查户口。'"

大家一阵哄笑,哄笑中栾超家问道:

"大孙哪,你清查户口,庙里那些泥胎子、小鬼、判官,在不在户口册呀?"

这一句更惹得大家笑起来。孙达得脸红脖子粗地急忙反驳道:"老栾,我还没说完呢,我们的名义还是搜那个一撮毛么。前天我们没搜就拔腿走了,他只当我们不会再搜,一定放心了,这会儿我们突然转回去再搜,来他个措手不及,而且是师出有名哩。万一又没搜着什么,咱再派两个便衣在老远山里瞄着他,说不定还有一撮毛这类的家伙再来,那时我们再多逮几个两撮毛,三撮毛……不更好吗!"

"那样剿座山雕哪辈子才能完成呀!"刘勋苍急得差一点把

灯忽拉灭了,"我说情况已经够多了,反正座山雕离不开威虎山,现在趁这个老匪还没发现咱们小分队,来一个突然奔袭,再给他个'奇袭奶头山',管他妈的九群二十七堡,再险也险不过奶头山。咱们紧抓着一撮毛,叫他领进去,有把握,没问题。进去后给他一阵猛打,逃窜的来个猛追,拿下了威虎山,回头再和这个牛鼻子老道算账。那个老妖道笨得像个老掉牙的狗熊,早天晚天跑不了他。"

许多人同意刘勋苍的意见,纷纷主张马上就干,取敌不意,攻敌不备。战士们的信心勇气都十分充沛。

少剑波微笑着启发大家多提方案,他在细细地吸取大家发言中的精华,哪怕这些意见里只有一部分或一段话,甚至是一句话是有价值的。

杨子荣蹲在炕角上窗台边,一声不响,眨巴着眼皮,叼着一只小烟袋,偶尔发出微笑,评论着大家的意见;有时又在深思,默默地做自己的文章。

刘勋苍把他的胳膊一触,把他刚装上的一袋烟全给碰撒了,"老杨,还琢磨啥?想老婆啦?快把你的道眼拿出来呀!留在肚子里叫它生小崽呀!"

大家一齐瞅着杨子荣笑起来。

杨子荣不慌不忙,向窗台上磕了磕烟袋锅,报复似的捏了刘勋苍一把,可是总还没有发言的表示。他从炕里边蹭到剑波身旁,悄悄地附在剑波耳朵上,耳语了约有一分钟,大家眼巴巴地盯着他,但听不出他说了些什么,只看到剑波连连地点着头。最后,听到杨子荣结束的两句:"这样做时间要长些,并且是相当冒险的。"

少剑波神情上一阵兴奋,"好!我也是这么想,这样做把握大。可是……"他的眉头一皱,却犹豫起来,他沉默了一会儿,摇了摇头低声道:"不过子荣同志,这种做法是咱作军事侦察的同志力所难及的,这一点,咱俩以后再谈。"

大家都弄得莫名其妙,少剑波看了看表,已是二十二点半,他开始发言:

"同志们,不能先捉老道后搜庙,也不能先搜庙后捉老道,为什么呢?很简单,因为这个老道对破座山雕的价值不大。他一不能供情况,二不能当向导。但是他却有一个很大的别的用处,就是从现在的情况看来,他可以给我们当一块钓鱼的饵子,利用他可以引来我们所找不到的鱼鳖虾蟹。这个老奸巨猾的家伙,用普通的办法是拿不下来的,甚至他可能不怕为反革命而死,因此现在还是叫他暂时活着的用处大。他的用处可能是在今后。"

战士们交头接耳,屋子里一阵小声的喧嚷,每个人脸上都浮出了新奇的笑容。

"同时也不能硬攻座山雕,"少剑波继续道,"因为从地图上,从匪徒的供词中,从座山雕这个几十年的老匪的经历中,都可以断明威虎山完全不同于奶头山。许大马棒单凭奶头山的天险,来阻止我们,可是反过来他又吃了这个死天险的大亏。我们利用了奶头山的天险,仙姑洞这个死胡同,把许匪堵成瓮中之鳖。当我们一克服了天险,堵住了仙姑洞口,匪徒们天大的本领也施展不开了,他不会土遁,也不会变穿山甲,因此我们就在这死瓮中来个活捉鳖。这是我们当时所以敢大胆冒险决定的基本条件和原因。"

少剑波略略一停,从衣袋里掏出一撮毛的供词,但是一眼也没看,只是捏在手里。

"可是座山雕这个老匪盘踞的威虎山,从各方面情况看来,他的阵势确像个烂泥塘里的螃蟹窝。匪徒们可以在这个烂泥塘里横冲直撞,又可以在这烂泥塘里随时潜入螃蟹窝。这窝又是许许多多、远近都有,我们如不谨慎,会陷在烂泥塘里被他咬了脚。因此我们对付这个烂泥塘里的螃蟹窝,就不能再采用对付瓮中鳖的老方子。"

大家一齐笑起来。笑声未止,外面传来了急促的脚步声,大家的精神顿时紧张起来。

"报告!"两个化装便衣侦察的战士,带着愉快而紧张的神气向剑波敬礼。"报告二〇三首长,我们在佛塔密西大岭侦察,逮住一个匪徒。"说着从身上摘下一支九九式步枪,和一柄匪徒们用的匕首,"这是他的步枪和匕首。"

"太好啦,这家伙送上嘴来啦!"战士们一阵愉快的欢笑。

"他的特点是什么?"少剑波问道。

"这个家伙傻乎乎的,个头不小,我们逮着他,老问我们是哪个溜子的,因为我们俩的打扮和土匪一样,所以到现在他也没认出我们的身份。"

"太好啦!"少剑波命令战士们回去休息,干部留下,然后向刘勋苍、栾超家耳语了几句。栾超家道:"对,就是如此!"说着他和刘勋苍按剑波的吩咐,走了出去。

少剑波又转头对杨子荣低声道:"你的意见,咱们再细加考虑一番,为了准备这样做,你今天不许在这个匪徒面前露面。"

杨子荣笑了一笑,"对!必须如此!"

在另一个小屋里,刘勋苍和栾超家经过一番准备,炕上摆着一张小炕桌,炕桌上放着一些空酒壶酒碗,并有几个大土碗,里面放着一些吃过了的野兽碎骨头,看样子活像酒席初散还没撤空收拾桌子的样子。

少剑波和刘勋苍等完全换上了便衣,打扮得像些土匪,杨子荣在炕里边躺着,脸被挡在剑波的屁股后头的灯影里,谁也看不见。

"弟兄们!"刘勋苍拉着恶狠狠的嗓门喊道,"把那家伙给我带进来!"

"是,"小董的嗓门又尖又响。

不一会儿,小董和高波,把一个大个子推进来。这家伙一进门,瞪着傻乎乎的两个白眼珠,"怎的?三老四少别误会,别误会!……"

"堵口!"刘勋苍把小炕桌一拍,震得碗壶丁当乱响,"奶奶丈人!真他妈的不仗义。"

"天牌呀!地牌呀!……"杨子荣躺在黑影里,故意装着酒醉的腔调。

这个傻大个,傻头傻脑的,伸着个长脖子,满脸是灰,眉毛上还冷结着霜粉,门牙龇在嘴唇外面,两筒鼻涕抽打抽打的,真像个疯子。一条棉裤被灌木丛划得稀烂,两只眼睛瞅着发怒的刘勋苍。

"你是哪个溜子?"刘勋苍用酗酒般野蛮的眼光逼着他。

"我是威虎山,"傻大个答道,"崔三爷座山雕的山头哇!你们是哪个溜子?弟兄们别误会,都是吃这碗饭的,别伤了和气!"

"来这干吗?"刘勋苍大眼一瞪,"真瞎了你娘的眼!"

"大年三十眼看快来到啦,崔三爷年年的坎子,大年三十晚上开百鸡宴,我下山捉鸡,碰上贵山的弟兄。"

"什么百鸡宴?"少剑波插问道,他为的是再证实一下一撮毛这个匪徒供的对不对。

"这谁都知道哇,"傻大个把牙一龇,显得更长了,简直满脸是牙,"一百只鸡,来自一百家,腊月三十大年五更,全山的弟兄大宴会,所以就叫百鸡宴。这是俺三爷的坎子。"

对实了,大家不觉对笑了一下。

"混蛋!"刘勋苍猛喝一声,"座山雕这老杂毛真不义气,你们的界子里穷不起啦,为啥到我们九爷的地盘来捉鸡?"

"那你们是九彪的山头?"

刘勋苍随机应变地立起身来,"你们座山雕有坎子,我们九爷也有坎子,妈的!这是我们的地盘,我们也有规矩,踏破了我们的山头,倒一辈子霉,没法子,弟兄们!"刘勋苍向小董喊道。

"有!"

"削掉他十个脚趾头!"刘勋苍向小董一挤眼。

"是!"小董和高波,用绳子捆着傻大个,往外就拖。

"开恩!开恩!……"傻大个弯弯着腿,连连求饶,直走到外间,还是哀声不止。

杨子荣忽地爬起来,大家噗哧一笑,接着便研究了一下,这个傻大个是否有争取的可能。结果大家共同的认识是:争取他即便能领进威虎山,但进去后是不好打的,如果等到年三十再打,那么座山雕必然因为他不回去而增加戒备,同时小分队的秘密在这半月中又不敢有把握说不被座山雕所掌握。特别是因为仅仅争取他当向导,又会破坏了其他几方面的计划,况且这群匪徒,完全不同于国民党的一般的士兵和军官那样容易争取,因而不敢在他们身上寄托过高的希望。从小炉匠、刁占一、一撮毛这几个匪徒中可以清楚地看到这点。特别从一撮毛这个匪徒的表现中,尤为明显,我们要把他交给老道,他害怕得要死;而我们让他领着打威虎山,他却十分"慷慨"。这证明老道是个厉害的大头目,而他愿领我们进威虎山,显然是个骗局。他见到小分队的兵力不大,不是座山雕的对手,只有进去没有出来,即或万一我们成功了,剿灭了座山雕,他也会翻过来向我们表功,以掩护老道。

当少剑波肯定了自己的判断后,便向在座的干部道:"我需要再考虑一下再做决定,现在散会!"

各小队干部,回到自己的住屋。

少剑波踏着稳重的步子,走在回队部的路上,这种步子只有当他思考最重要的问题时才会出现。

夜是静静的,空气是清冷的。少剑波就在这又静又冷的午夜里深思着他最后的决策。

杨子荣跟在他的身后,因为他知道他这位年轻的首长现在思考的中心是什么。他没有靠近剑波的跟前,因为一来他怕扰乱了剑波的思路,二来又是和剑波的心一样,也在紧张地考虑着自己的建议,和自己完成这项艰巨任务的方法。他知道这道难关只有他自己来打。

当少剑波回到队部时,高波、白茹、李鸿义已经睡下了。他坐在炕沿上,大衣也没脱,眼睛紧盯着他对面的墙角,金表在他的衣袋里嗒嗒地走着。他丝毫没发觉杨子荣倚在他的门框上。他思考的中心是:子荣的计划万一有失,非但今后的任务不好完成,子荣同志的生命问题将给自己留下终生的悲伤和不安,他长时间地犹豫着。

当他默默地点了一点头后,站起来就往外走,刚要迈门槛,看到了杨子荣,他马上止了步。

"唔!子荣同志,还没睡?"

"我知道你会找我。"

"不错,我正要去找你,进来,坐下。"

他俩一个炕头,一个炕尾,中间隔一张小炕桌,对面坐下。杨子荣抽着他的小烟袋锅。

"怎么样?子荣同志,你认为你的方案有把握吗?"剑波亲切地探问着。

"二〇三首长,不必再犹豫。我完全相信它既有效,又能办得到。"杨子荣回答得是那样的恳切和自信,"我已经再三再四地想过了。"

少剑波略一点头,"是的,它可能是有效。但是……"他脑眉一皱,显出一种担心的神情,"搞不好,可能伤了自己,又引出更大的困难和麻烦。就像'绵码耶及斯'是治绦虫的特效药,但一旦打不下来,会使绦虫受到一次很大的锻炼,再治它反而更加困难,并且你……"

"怎么?"杨子荣好像有点不满剑波的话,"二〇三首长,我跟随你不是一年半载了,难道你对我还有什么不相信?或者……"

"不不不!"少剑波连忙打断杨子荣的话,"我完全不是这个意思。我完全相信并且尊敬你对党的耿耿忠心,和你身历百战的锻炼,我更佩服你的智勇兼备的侦察才能和经验。我是想,军事侦察那是你的拿手戏,可是这样的侦察你却是向来没干过,我除了担心整个任务外,我特别担心你的安全。"

"二〇三首长,烟台市你也是第一次呀!"

"不不!"少剑波摇摇头,"那不同,烟台市是人山人海,到处可以蔽身,而威虎山除土匪之外再无他人。同时烟台市我并没和敌人直接打交道。"

"可是今天的有利条件要比烟台市多得多,第一,我们有座山雕贪馋已久的'先遣图';第二,匪徒们的暗语黑话我相信我已经精熟了;第三,我经过一番练习,我完全可以成为一个看不出漏子的'土匪';第四……"杨子荣稍微迟疑了一下,他眼中射出严肃而坚定的光芒,"我相信我对党对人民的赤胆忠心。"

"你以为有了这些就能必胜不败吗?"

"是的!我是这样认为。"

"错了!"少剑波盯着满怀决心的杨子荣,用争论的口吻说,这口吻在他和杨子荣多年的战友相处中还是第一次。"这四条只不过是在你手中已经掌握了可以揳进匪窝去的武器。它仅仅可以帮助你钻进敌人的肚子。今天要紧的问题不在这里,关键在于你进去后怎样继续进行我们的工作。"

杨子荣听了这些话,自己又在暗想:"首长绝不是怀疑我的方案是否有效,相反,他早就看中了我的方案了,只是他现在是在怀疑我杨子荣是否能胜利完成这一任务。是的,首长在这要害地方应当细心,免得万一有失。可是为什么他今天不直截了当地说呢?……啊!他可能是在猜测一切可能遇到的不利情况,想多出一些点子……"他马上一转念,又想到问题更复杂的一面,"不!这也没有用,这次任务与往常不同,我要离开他,离开所有的战友,那时我周围可以说没有半点帮助我的力量。在家想出来的点子不会顶用,最低不会全部顶用。到了匪穴,一切问题取决我自己,首长一点也帮不上忙。首长的担心是完全必然的,没有问题,首长对自己战斗方案的要害部分是特别慎重的,所以不能潦草决定。现在我杨子荣光有决心不成,只有坚决表达我必胜的信心,才能促使首长下最后的决心,消除他过多的担心。"他想到这里,抬起头来,咧嘴一笑道:

"我承认我没有这方面的经验和本领,不能瞎说大话。但是我认为什么本领也不是凭空得来的。俗话说得好:'不经一事,不长一智。''世上无难事,只怕有心人。'不下水,一辈子也不会游泳;不扬帆,一辈子也不会操船。就像你,二〇三首长,由于你身经百战,所以你指挥千军万马,就像挥动你自己的两只拳头一样方便,这一点,我无论如何办不到。可是干侦察,我相信我会像指挥我自己的舌头一样来指挥我个人身上的一切。我有心眼,我不比匪徒们傻。请放心放手,我去……"

"是的!"少剑波被杨子荣这一番满怀信心的话,说得眼中放出喜悦的神色。"论侦察我确比你差得远。"

两个人一齐笑起来。

"怎样?"杨子荣用渴求的声音问道,"决定了吧!"

少剑波把小炕桌一拍,"好!决定了!"

"感谢您的信任,二〇三首长。"

"感谢你对党的忠诚和无畏,子荣同志。"

第二天的晚上,各小队干部齐集在剑波房子里,围在小炕桌上看地图。

少剑波把声音压低了一些,开始了他的部署:

"根据现在的情况,我们小分队必须分成三路:第一路是我和刘勋苍,率小分队的全体,要如此如此……当然我们这第一路比较安静些。

"第二路是杨子荣同志,单人独马,去完成一个特殊的、我们最不熟悉的任务。要完成这个任务,必须如此如此……

"第三路是栾超家同志,也是单人独马,去专门对付一个敌人,完成这个任务,必须如此如此……

"至于这个傻大个,我们对他不寄托什么希望,但是我们要利用他一下。所以我们今天晚上对这个家伙,必须如此如此……这个任务由高波、李鸿义来负责进行。"

大家在紧张的任务负担下散了会。少剑波最担心的还是杨子荣的特殊任务,弄不好,一切都会落空。因此虽然夜深了,他还是再把杨子荣找来,这一对老战友,在深夜里交谈着每一个细节。最后,少剑波紧握着杨子荣的手,又重复了他已经说过不知几遍或几十遍的话:

"子荣同志,我完全相信你的智慧和胆量,但我所担心的却是你对这类工作的经验。所以只有抓住这三天前的时间,演习,再演习!背诵,再背诵!你现在不是杨子荣同志,而应是彻头彻尾的匪徒胡彪。"

虽然这是句逗趣的话,但是少剑波的语调却是那样严肃,杨子荣脸上也没露一点笑容。

"记住!"少剑波微微一笑,"时机!最好的时机是大年三十的百鸡宴。保重!谨慎!大胆!我的活动,会使你不孤立。"

"剑波同志,请相信我,会完成党的任务。我时时不忘党的教导,不忘记你是我的榜样。"

两人眼眶里有点湿润,因为长时间的握着手,两人手心的汗水已汇在一起,分不清你的还是我的。

深夜,他们离别了!

高阔的天空满挂着星斗,干冷干冷的寒气,冻得星星也直僵着眼。

傻大个被囚禁在屯西头山边的一个破屋子里,这里几年也没人住了。李鸿义拿着一把日本式战刀,守在傻大个的旁边。战刀在松树明子的火光照耀下,闪闪发光。傻大个蜷曲在铺草上,两眼死盯着这把战刀。

"看什么?"李鸿义把刀朝他一晃。"看见了吗?凉飕飕的,"朝着傻大个的脖子一比划,"嗤!一下子,真痛快。"

傻大个被吓得乱抖,结结巴巴地哀求饶命,鼻涕淌到胸前。

高波也没拿枪,故意迷迷糊糊地打瞌睡,口中不住地发牢骚,"真他妈的倒霉,快过年了,又碰上了这么块料,真不吉利,快点收拾算了!"他站起来从李鸿义手里接过战刀,就跟前的一杆一把多粗的木棒,一刀砍成两截。傻大个吓得一抖颤,僵死的眼睛看着那凛冽的刀光,脖子老往袄领里缩。

李鸿义又把刀拿过来,"嘿!这刀真快。"说着向绑傻大个的绳子一蹭,绳子一节节地断下来,落在铺草上。

高波吃惊地喊道:

"小李!你昏了吗?你割断了绳子,跑了怎办?算你的还是算我的!"

"嘿!急啥?"小李满不在乎地一挤眼,"老子干这么多,没跑了一个,放心吧,没关系。"

傻大个轻轻动了一下他被绑麻了的肩膀,眼里翻出一点活气,打量着他眼前这两个小个子,比高矮,自己能比他俩高一个脑袋,比胳膊,简直是大树比树枝,要是空手平打,这两个毛小子简直不在话下。心想:"反正是死,我跑他娘的,也不能叫他就这样把我宰了,我又不是只小鸡。跑回去报告三爷报仇,九彪山上几个猴子人,还他妈的这么损。"想着他的手向地下一触,屁股一翘,铺草窸窣作响。

"老实点!"李鸿义大喝一声,战刀触着傻大个的胸口,"不老实,我零割了你。"

傻大个吓得一缩,像个受惊的刺猬。

正在这时,突然外边传来刘勋苍的高喊声:

"捉呀！捉呀！别叫他跑啦！"

纷乱的脚步声，掠门而过。

李鸿义、高波抽腿往外就跑，边跑边喊："捉呀！捉呀！"

傻大个听着喊声去远，内心一阵激烈的轻松，心想："小丫丫，你干些啥事，老子走啦。"爬起来，撒腿就跑。小高、小李当看清傻大个跑出茅屋，便转回头来，故意高喊道："又跑了一个，快追呀！追呀！"

傻大个一听是追他的声音，跑得更猛，一口气钻进了西南山包的森林里。他回头听着屯内的喊捉声，便在山包上得意地傻笑起来。"老子在这里，上来吧。"回头便向深林中窜去。

雪地上留下了傻大个的脚印。

十四　夹皮沟的姊妹车

在月黑头的夜里。

小分队沿着森林小铁道，向深林里走去。他们的目的地是一个深山小屯，这个屯落对小分队的行动计划，极为有利。

队伍里不见了杨子荣、栾超家和缴获许大马棒的那匹马。

天大亮，到了夹皮沟屯，当街上凄冷的人影，看到远方雪地上走着的小分队，便惊恐地跑回家去，哐当一声关上房门，没有一个出来看的人。

小分队一踏进屯里，所看到的是：家家关门闭户，没有一家的烟囱冒烟，只有两所房子还敞着门，一是屯中央的山神庙，一是屯东南已经死了几年的小火车站。

屯中没有一点生气，如果勉强说有的话，那只听到偶尔有婴儿的啼哭声,和车站上运转室的破门被风刮的发出吱吱嘎嘎的悲叫声,这响声非常使人讨厌。

"找房子吧!"少剑波向各小队下了命令。

当战士们走到各家叫门时,房子里便发出了一种恐怖的喘息声。

推门进去,年老人和妇女,在恐惧的神色中,又看出他们满面愁容,脸皮青得和他们的墙壁一样颜色。年轻的人把两只胳膊抱在胸前,怒目而视。

在屯中央的家里,少剑波和高波走进去。

"老大爷,我们在你家住住吧?"高波亲切而温和地向房主人请求。

"随便,怎么都成。"年轻的房主人冷冷地这样答应。

"我们住到哪点呀?"高波满脸赔笑地道,"我们自己收拾一下。"

"随便,怎么都成。"年轻的房主人一动也不动,脸上的表情一点也没有变化。

高波看到这种情景,自觉地退出来,想另找一家。可是一家两家、三家五家……都是这样。最后走到一家,家中有两个老年人,和一个中年妇女,还有一个青年姑娘,一个四十左右的高身大汉,站在正间地上。高波和剑波、白茹进来,那高身大汉一声没响,眼睛却是那样仇视。两个老年人态度比较缓和些,可是十分恐惧,当少剑波看到那壮年汉子的凶态时,便只说了两句一般的话,回身出来准备另想别的办法宿营。当他向外走的时候,只听那老年人,大概他是当父亲的,从嗓子眼里挤出一点惶恐颤抖的声音:"孩子,好好说话,惹不起呀! 不管怎么别惹出事来呀!唉! ……"

"怕他个屌!"那壮年汉子粗鲁地回答着老年人,"要钱没有,要粮早被他们抢光了!要命拿去!割掉头碗大的疤。"

"别说这个,别说这个,"老年人惊恐地阻止着,"看样子不是座山雕的人,好像是些正牌军。"

"正牌军?"壮年汉子一跺脚,愤怒地骂起来,"一个屌样,正牌军是官胡子,兵变匪,匪变兵,兵匪一气通,都是些王八兔子鬼吹灯。"

"孩子,你疯啦,咱们的嘴硬,硬不过他们的二拇手指头一勾勾。"

"去他妈的! 屌毛灰,反正是个死。"

少剑波听得越骂声越大,仿佛那壮年汉子故意要挑衅似的。

当少剑波听到战士们汇报的如此同类的一些反映时,内心涌出了一阵疑虑。本来他对这个纯是林业铁路工人村,寄托着很大的力量上和技术上的希望,可是却碰到这样冷酷的态度,这对他的计划是一大难关。但他对青壮年工人这种倔强的性格,无畏的精神,和全屯一致的行动,内心却感到无限的赞佩。他召集起小分队讲道:

"同志们,看到了吗? 群众还不知我们是谁,他们不了解共产党和人民解放军。他们把对国民党和座山雕的仇恨,全移置在我们身上。我们是来剿匪,群众却把我们也当成土匪看待,说起来真是委屈。"

战士们无可奈何地微微一笑。

"现在的关键,就是要群众认识我们,我们要用实际行动,来感动群众,提高他们的觉悟。我命令:不住老百姓的房子,全部驻在车站和'满洲林业株式会社'的破房里,自己到山上割草摊铺,自己打柴烧饭,立即向群众展开宣传,宣传的中心是:我们是共产党,人民解放军。群众发动不起来,执行计划就谈不到。"

战士们按照剑波的命令展开了夹皮沟的群众工作。

原来夹皮沟是一个大木场,是森林小铁道的尽头。这里的木材堆成山,每年水旱两路运到外面。旱路就是这条小铁道,水路是把木头用火车载到神河庙前的二道河口,从那里编成木排,顺水放下,直入牡丹江。

全屯五百户人家,全是林业和铁路工人,日本投降后,这里的工人夺了鬼子的枪,打死了山林纠察队,武装了自己,保护了祖国的财产和自己的家园。不幸在座山雕匪帮被人民解放军击溃后,全部窜入此地。这个老匪开初千方百计想收买这支已经武装了的工人队伍,可是工人们坚决拒绝加入匪股。后来这个老匪怕工人们像杀山林纠察队一样把他们杀掉,于是便对工人实行了武装镇压,缴了工人的枪。这些匪徒临拉到山里,把屯中的一切全部抢光。不用说工人们自己劳动得来的人参、鹿茸、皮毛等贵重物品,就是连鞋袜被褥,妇女的首饰,也全部掠去。

现在人民政府还没有派人来组织林业生产,枪被座山雕全部缴去,也不能上山打猎,所以群众没吃没穿,就在这里干挺干挨。光棍一条的,都跑出山去,自奔出路;拉家带口的,走!走不了,去!没处去。没有吃粮,又断了来路,现在只有在朽木树上,摘些蘑菇、猴头,用清水煮熟充饥,吃得人们脸上灰青灰青。至于穿的,更加凄惨,伪满配给的更生布做的衣服,早已穿得稀烂,像是雨涮过的窗户纸。有的人身上穿着一个牛皮纸的洋灰袋子,有的穿着破麻袋片,补了又补,连了又连。有的全家四五口只有一条裤子,谁出大门谁穿,其余的在家光屁股盖着草帘子。炕上的被褥,全是用当地出产的乌拉草编织成的帘子。实在没办法,青年小伙子上山时,都披着用乌拉草编成的蓑衣,裤子也是用乌拉草织成的蓑衣裙。

少剑波和小分队了解了这一切,强烈的阶级同情感,使他们对群众的疾苦,引起了强烈的焦虑。有的战士流出了眼泪。

屯子里像死一般地静,在一盏孤灯下,少剑波在一间十分窄狭的小屋地上,来回地踱着。

他在白天和战士们一样,打柴,掠铺草,深入一家做宣传、调查、询问工作。他把自己的两套衬衣衬裤脱给群众,自己穿着空身棉袄。又把白茹的衬衣衬裤给了那个高身大汉家的那个妇女和那个年轻的姑娘,这样全家总算有一件单衣蔽体了。战士们也学着剑波的榜样,把自己身上仅有的衬衣送给群众。他们这样做,觉得自己的心里稍微宽慰了一点点。

少剑波踱来踱去,十分愁闷,一忽儿坐在炕沿,手按炕桌沉思;一忽儿又皱着眉头,手扶下颏凝想。他脑子里千百遍地默念着:"不关心群众疾苦,是犯罪行为。可是我手里一无粮米,二无衣服。有的只是枪和手榴弹,这怎么能解决群众眼前的饥寒呢?"

他的心是在焚烧。他现在的忧愁,已超过夹皮沟所有的一切人。"我管打仗,可是我是共产党员,在夹皮沟屯里,我是党的最高领导者,也是党的政策的体现者,眼看群众这般情况,难道可以坐视不理吗!但是,要管老百姓的吃饭穿衣,又怎么管呢?我怎么来当这个家呢?⋯⋯"

十点半了,高波端来一盆洗脚水。白茹在水里滴了些"来苏",他俩督促剑波洗脚,可是一连几次剑波像一点没听见,连眼睛也没动一动。直到白茹蹲在炕沿下给他脱鞋,他好像这时才发觉他旁边有人。

"干什么?"

"你还没洗脚呀!"白茹一面答一面继续给他脱鞋。

"去去去!现在顾不得这些,去!"少剑波不耐烦地推了一下白茹。

"洗脚也不耽误你考虑,烦啥!"白茹继续坚持她的职责。

"去去去!"少剑波忽地站起来,"别找我的麻烦。"他又在地上踱着,趿拉着白茹已经给他解开了鞋带的鞋。

"这是我的责任。"白茹不高兴地瞅着剑波的背影。

"你只有督促责任,没有包办代替的权利。"

"对不遵守卫生制度的,我就要包办代替。"

"去你的!"少剑波一回头,"别多嘴,这不是开辩论会的时候,群众挨冻受饿,我还没解决,哪顾得上自己这些小事。"

"这不是小事!雪地行军后检查有无擦伤、冻伤,是一个卫生员的责任……"

"还说什么?"少剑波声音更加严厉地道,"听我的口令!立正!向后转,目标,各小队。任务,检查战士们脚洗了没有,泡穿了没有,有没有冻伤?——齐步走!"

"我已经检查过了!"白茹随着剑波的口令向后转,一面走,一面气得急急回头辩驳。

"再检查两遍,一点钟以内不许你回来!"

白茹的小嘴一噘,嘴里小声嘟噜着:"要是战士们都和你一样,我这个卫生员可别当了,哼,自己带头破坏制度。"

少剑波瞅着她的背影,"今天特殊么,下不为例,乱弹琴!"回头又想他的去了。

白茹把脖子一歪,边走边嘟噜:"自己不守制度,还说人家乱弹琴,要是在鞠县长跟前,看看你敢这样。"她刚走出不远,忽然扭回头来,向正在笑着跟出来的高波一噘嘴,小声道:"小高,包办也得让他洗,洗完快给他拌点炒面吃,你负责!"

高波微笑着点了点头。

少剑波想了多时,忽然想起了林间百姓随口唱的一首歌:

> 獐狍狍鹿满山跑,
> 开门就是乌拉草。
> 人参当茶叶,
> 貂皮多如毛。
> …………

他像发现了什么似的头一点,自言自语地道:

"对了!马上组织战士,在附近猎一批野兽,这样可以暂时解除群众一点饥饿。从军事上讲,也很适于我们这第一路的虚张声势。"他微笑地点了点头,很满意这种巧合。"不错,就这样!"他又较快地踱了几个来回,"再让全团战士来个节约粮食,救济他们。政府如果有这种力量当然更好。"他走到小炕桌边灯下坐着,思考了一阵,最后他果断地向桌子一捶,"发给群众生产必需的武器,生产自救,他们是工人,完全可以放心。夹皮沟完全有条件建成一个匪徒难犯的堡垒,这样我们剿匪的计划更可保证实现。"他眉开眼笑,精神焕发,"还有,夹皮沟有堆山成岭的大木头垛,还愁什么,没问题,这都是城市、农村和军事上急需用的东西。"他马上转过头向对面屋的高波、李鸿义喊道:

"小高、小李!一致了,一致了!只要劳动,还愁什么吃穿;有我们夹皮沟的群众,哪怕座山雕插翅飞上天去!好!就这么办!"

高波端着一碗刚冲好的炒面,站在门口,李鸿义跟在后面,他俩被剑波这没头没脑的话,和他那高兴的神色给愣住了。

"好!就这么办!"少剑波高兴地向高波一挥手。

高波听他说"就这么办",只以为是要吃的意思,连忙把炒面再搅两下,笑嘻嘻地递给剑波,"正好,我刚冲的,满热乎。"

"咳,这个不忙。"少剑波一摆手,"快,你们俩快去找两个机车司机,和几个装车的工人,注意,别找伪满的那些把头,要找基本工人,白天我说过的那个张大山、李勇奇、马天武,一定请来。这个用不着我说,你们满在行。"

高波、李鸿义答应一声"是",跑了出去。

少剑波又换了一块大一点的松树明子,屋里灯光和他的心一样,更亮堂了,他拿出纸笔,开始写信。

正写着,白茹从小队里回来,一进门看见满碗的炒面放在炕桌上一动也没动,剑波的脚还是她走时的老样子,所变化的,只是剑波在紧张地写信。小高、小李又不在屋子里,她想:"什么事把他急到这个样子?什么紧张的战斗也没使他连饭也不吃、脚也不洗呀?小高、小李是不是和自己一样,因为'麻烦他',而被他支使出去了呢?"

自从奶头山的战斗以后,白茹总是越来越那么关心剑波的一切。此刻她好像已觉得剑波的脚在痛,肚子在叫,胃在冒酸水。这一切剑波自己根本一点也没感觉到,而她却代替他感觉了,就好像她已在分担着他的饥饿和疼痛。"不管他发脾气也好,我还是得尽我的责任。"白茹想着,走到他身旁。

"报告二〇三首长,奉您的命令,第二次全检查完了。全体战士都洗了脚,穿了泡,吃饱了。轻微的冻伤有五个人。现在已熄灯就寝了。"

"嗯!"少剑波头也没抬。

白茹本想用这句话把他拉过来,再劝他先吃饭洗脚,可是当看到剑波信上写着解决夹皮沟人饥饿的问题时,她决定不再"麻烦"他了。因为此刻她再硬让他先照顾自己,这不是在关心他,确实正像他说的,是"麻烦他"。

白茹两只眼睛,已从他的笔尖,移到了他的脸上。灯光下,剑波的脸和他的心一样,是那样的善良,是那样的刻苦坚忍。他写得是那样快,就像是在写家书一样。看着,看着,白茹好像被人发现了内心的秘密似的,脸上泛起了一阵红晕,她的眼光急忙地移开了剑波的脸,低下了头,羞涩地望着自己的脚尖。

喳喳的笔尖声,夹着嘀嘀嗒嗒的表鸣,伴着他俩一粗一细的呼吸……

少剑波用像飞一样的笔,在信的左下角签上自己的名字,这签名的图案,像一只飞翔的鸽子。白茹一眼看见,心中又激起了一股浪花,长时间地在冲荡着。同志们对她的爱称是"小白鸽",她想:"为什么他把自己签名的图案构成这样一个花纹呢?好像以前他的签字不是这样,我在鞠县长那里看到过……"

少剑波微笑着把信叠成一个燕子形,"这个计划是切实可行的。"他满意地自语了一句。

"我可以说话了吗?"白茹脸上的羞波未平,红霞又现,她眼睛并不看着他,好像她现在倒怕他俩的目光相接。

"可以了!"少剑波微微一笑,看她一眼。

"不会再骂乱弹琴啦?"

"此一时彼一时也,现在可以随便。"

白茹故作生气的样子,"今天全队只有一个卫生上的落后分子,他的落后表现是:一不洗脚,二饭熟了不吃,三不接受卫生人员的督促,四不……"

"好啦,好啦!"少剑波一边脱鞋一边嚷道,"别转弯抹角,就是我,我承认,接受!"

"再说就不对了,明知故犯,错上加错。"

"这你也得看情况。"

"别强调客观啦!"

"你也别太机械呀!"

"制度就是得机械,要谁都灵活,还成什么制度。"

"好啦!我马上改正。"

他俩的眼光一碰,噗哧一声都笑了。白茹趁着自己的胜利,展开她的卫生宣传,"你知道吗?第一次世界大战,有一个部队传染病死的,比战伤死的多五倍,在帝国主义腐朽的制度下,他们对待士兵……"

"好啦,好啦,我的'南丁格尔',现在不是上卫生课的时候。"

白茹满身兴奋地换了一盆水。倚在门框上,一动也不动地看着剑波洗脚。

少剑波好像感觉到,在和这个勇敢、美丽、纯洁的少女相处的日子里,慢慢地,自己的心绪有点儿异样,尽管他对这个现象还没有仔细想过。

还是少剑波打破了这场寂静,"白茹,我好像还没吃饭吧?"

"什么好像,干脆你就没吃,叫你吃,你说人家乱弹琴。小高、小李不都叫你给支出去啦!"

"没有,没有,我派他们去完成任务。"

"不想个花招,你也支不出去。"

"别说啦,给点吃的吧!"说着他伸手就要拿桌上那碗已经冷了的炒面。

白茹一把给他夺下来,"这些冷了,我去再弄点热的!"说着转身就要跑。

"别忙,几个人的?"

"我们早吃过啦!只有你一个人。"

"不!要四五个人的。"

"为什么?"

"有客人,快!准备得不够,现倒咱们的干粮袋。"

白茹拿干粮袋跑了出去。

高波、李鸿义领进三个全身褴褛、冻得瑟瑟发抖的中年人。后面跟进来的是刘勋苍、小董和孙达得。

少剑波忙拿起三件大衣,给他们披上,然后拉着他们上了烧得暖暖的热炕。

这三个人中一个是司机张大山,另两个是装卸工人李勇奇、马天武。李勇奇就是白天那个骂人的身躯高大的汉子,看来很有力气,三十八九岁的年纪,只是因为饥寒所迫,显得格外干瘦。这三个人是在小分队今早刚进屯时怒气最大的三个,看样子真是生死不惧,敢说敢道的直性子人。

可是经过小分队一天的宣传,捐助了些衣服和粮食之后,最先流下眼泪的也是他三个。当他们听到关于土改、共产党、工人阶级、人民解放军等方面的一些宣传后,好像他们全身在抖动,他们的精神随着宣传者的每一句话在焕发着。战士们普遍反映自己的宣传效果很好,群众也好发动。剑波向战士们说:"这个原因只有一个,因为他们是工人阶级。"

吃过饭后,少剑波把话谈到本题:

"工友们,很对不起,这一带地区我们向来没到过,你们的痛苦我们不知道,现在全屯的男女老少眼看就要饿死,我们要想办法,咱们共同商量一下,要弄粮,要弄衣服,要保住群众的生命。"

"这办得到吗?"三个人一齐盯着少剑波问道。

"能!"少剑波肯定地表示,"只要大家齐努力。"

李勇奇高兴地抢先说:"只要有办法,什么力我们也能出,工人没别的,就有的是力气。"

少剑波为了驱走他们一年来已经绝望的情绪,加重语气道:"共产党,人民政府,只要知道我们的苦难,一定会给我们解决。"

张大山在欢欣中突然转为沉默,轻轻地叹息了一声,"有粮无钱,也是枉然。"

"这不怕,"少剑波挥一下手,"老爷岭有的是钱,只要我们劳动就成。大山同志,俗话说得好,'火车一响,黄金万两;火车一开,吃穿都来。'"

李勇奇眉头一皱,"首长!那是太平年间的事,如今可不这样,老乡们这样说:'火车一响,座山雕来抢,穷了百姓,肥了国民党。'工友劳动了七六十三着,还是鸡抱鸭子干忙活。"

"这不怕,"刘勋苍满有把握地道,"咱们有部队打这些狗娘养的。"

"可是队伍走了呢?那反而更坏。"李勇奇显然为将来而担心着。"我们也没枪。"接着他详述了过去被座山雕缴枪抢掠的经过,神情上增加了失望情绪。他着重地述说了当时大家心不齐,而受了座山雕的骗。

少剑波点了点头问道:

"要是现在有了枪,大家的心能不能齐呢?"

"那没有错。"李勇奇一抖动膀子,十分肯定地道,"亏,咱们只能吃一次,下次咱就不上当了。座山雕刚当旅长时有七八千人,那咱干不了,现在只剩他妈的二百人,要是有了枪,夹皮沟人哪一个也能对付他仨俩的。"

张大山叹了一口气,"那次亏真吃得憋气,咱只认为他们也是中国人,怎么也会比小鬼子好些,就因为这个上了当。如今叫天天不应,喊地地不灵,两手握空拳,连个出气的家什也没有。"

"现在共产党来应,解放军来灵。"少剑波坚定地握了一下拳头。

"那就能齐心,"李勇奇这条彪形大汉,从心里涌出一股热劲,"妈的,反正是个死,能他妈的拼死,也不能活活饿死冻死。好汉不能受鳖的气,我李勇奇曾拿着一棵枪,销掉了九个日本鬼子,老爷岭我飞来飞去打过没有数的野兽,现在若是有了枪,"他牙根一咬,"我怎么也拼他几个。"

"好!"少剑波兴奋地道,"现在的问题是先让乡亲们吃饱肚子,到那时咱再说别的。"

"对!"三人一齐激动地道,"吃饱了什么都能干。"

"那么张大山同志,"少剑波问他道,"机车能复活起来吗?"

"能!"张大山十分有把握地道,"两台二十四吨的,一台十八吨的,点火就好,不用修理,小鬼子投降时,我们机务组把它开到一个最好的地方,藏起来了,工友们轮班保护它,一根毫毛也没损坏。"

"那太好了!"少剑波又低头小声自语道,"只是雪太大……"

"那不要紧,"张大山看透了剑波在担心什么,"咱们还有台清道机车,雪再大也不怕。"他一停,显出担心的神色,"只是电话没保护好,全被小鬼子给砸烂了。"

"这倒不要紧,这条路上的火车,只有咱们的独一份,保险撞不了车。"

"一点不错。"大家哈哈地笑起来。

少剑波见解决了机车这件大事,精神更加兴奋,转头对李勇奇问道:

"勇奇同志,装一列车木材,大概需多长时间?"

李勇奇和马天武对面一核计,"二十四吨的小机车,能拉二十车,大概需两天。"

"如果我们军队同志一块参加干呢?"

马天武摇摇头笑道:"不成,同志,这事虽是动力气的活,'力巴头'是干不了的。"他瞅了瞅站在一旁听得出神的白茹。因为白茹戴着军帽,又被刘勋苍的身影挡了半边,他也没分出她是男的还是女的,"就像这位同志这样,身体轻得像只小鸟,细皮绯面的,不用说抬木头哇,就是连根小杠他也拿不动。"

大家一齐笑起来,笑声中刘勋苍把白茹触了一把,"看看,我说骡马上不得阵吗!"白茹把嘴一噘,"去你的。"躲到他高大的身影背后。马天武这时从白茹的声音里才听出她是个女的,觉得自己失口,有点不好意思。

孙达得、刘勋苍对马天武的话,有点不服劲,坚持地道:

"我们都是干活人出身,肩枪能当兵,放枪能作工,现在家家缺粮,干得越快越好,我们一定参加干。"

少剑波笑嘻嘻地向着马天武道:"干是一定干,我们请你们派两个人做指导。我们也学学徒。"

李勇奇、马天武为小分队这种为人民服务的热情所感动,好像全身立刻长了无限的力气。"好!同志!一块干,首长,你下命令吧,什么时候开始?"

"今晚就干怎么样?"少剑波亲切地商量道。

李勇奇、马天武以坚定的眼光,看着剑波,严肃而兴奋地道:"好!我们这就回去。"

"有把握吗?"

"有!"李勇奇的答声是那样自信,"我们有的是力气,有的是人,还有自己做得了主的两只手,什么事都可以答应,有把握!"

"走!回去带部队!"刘勋苍等一齐跑出去。

少剑波和李勇奇等三人紧紧握了手,看着他们高大的背影没入夜幕里。

过不一会儿,松明火把,照亮了夹皮沟。"哎哟嚎咦!""哎哟嚎咦!"……响起了沸腾般的劳动的号子。从号子声里,听出了有男人,也有女人,有大人,也有孩子。从火光下可以看出,拿松明火把的多半是老头老妇和孩子们。

天亮了,两台小机车拖着长长的两列车厢原木和清道车,有节奏地呼吸在车站上。它们像长途赛跑的运动员,鼓足了劲,掌定了神,站在起跑线上,等待着飞驰的号令。

战士们,工友们,夹皮沟的人们,叉着腰,咧着嘴,立在机车的两旁。有的人汗水还没干,呼出雾一般的白气。

张大山手把气门柄,守着熊熊的炉火,望着欢笑的人群。

高波带着剑波的信,坐在清道车上。

少剑波兴奋地喊道:

"感谢工友们!你们辛苦了,我们超额完成任务。现在我们不是一车,而是两车,它俩好比是双姊妹,我们就让它姊妹双双做伴前去吧!它姊妹俩几天就可以回娘家,它将给我们捎来吃穿。现在我命令,出发!"

车站上顿时一阵狂欢的呼喊,在呼喊声中,姊妹车同时发出一声欢乐的长啸,呼喳！呼喳！一前一后,奔向正南,两缕美丽的白烟,散在天空,回旋成美丽的云朵。

旷谷雪原,震荡着咔咔咣咣的欢驰声。

十五　杨子荣献礼

一个土匪打扮的人,独自一个在密林的雪地上走着。

他一忽儿哼着淫调;一忽儿狂野地狞笑;一忽儿骑上马大跑一阵;一忽儿又跟在马的后头吹着口哨;一忽儿嘴里也不知嘟噜些什么;一忽儿又拉着道地的山东腔乱骂一通;一忽儿又跑到马前头,让马跟着他跑;一忽儿他又蹲在马后头,让马走远了,他再打一声唿哨,那马又转回头朝着他狂奔回来。当马狂奔到他跟前时,他就抚摸着马头,大笑一阵。他几乎一点也不安静,真像一个疯子,也像一个练马的演员。他用在走路上的力气,远没有用在他这一套发疯的行动上多。

他只有一件事做得特别仔细而有规律,不论是骑马和步行,不论是狂笑怪骂和瞎嘟噜,他总是每隔五六棵树,就用自己的匕首把树皮削下一小片,而且这一小片都是向着他来的方向。有时一刀削不下来,他一定再补上一刀,一直到削下来露出白茬为止。

这人不是别人,就是小分队的杨子荣同志,他离开小分队后每天都是这样生活,他现在已是满脸青灰,头发长长,满脸络腮胡子,看来是叫人可怕。这是他为了全部使自己像个土匪,特别是要使自己像他所扮演的那个角色,要使自己的习惯、作风、气派都与那人毕肖。他已经做了三天的艰苦的演习。为了去掉他五六年的人民解放军老战士的习惯,他不得不狂练着土匪的习气,竟像一个着魔的人,比手划脚,晃头甩臂,哼着淫调,嘟噜着暗语黑话。总之,他一心只想着他的任务:"我练得愈彻底,完成这一特殊任务愈有保证。正像二〇三首长所指示的:'这一次你不是演剧,而是肩负着匪巢覆灭的重担。那么你这个"土匪"应当得彻底,从现在起你不是杨子荣同志,而是惯匪胡彪。'"

他现在已在向着他的目的地前进。

在前进的第一天和第二天,他一点也没放弃这个可能演习的机会,因为这条路是在威虎山的正南方,四百里的距离中没有一个屯落,又和小分队所驻的夹皮沟形成对立的两端,一个在威虎山的正北,一个在威虎山的正南,所以十分僻静,没有一个人能看到他。

最减少杨子荣麻烦的,还是高波和李鸿义在黑瞎子沟故意放走的那个傻大个,他留下的脚印,给杨子荣当了义务向导。这样杨子荣就减少了辨别方向、寻找路径的大量工作。因此他除了边走边演习之外,就只有一项在树上刻下记号的必须的工作。

他骑着许大马棒的那匹马,虽然走得快,可是在这条空旷四百里黄花松的密林里,却施展不开它的本领,急行了两天,对这个大林还是深不可测。两天中一个人影也没见到,只有那个傻大个的脚印,和乱纷纷的兽迹,像蜘蛛网一样绕绊在无边的雪地上。

第三天的傍晚,杨子荣不敢再宿树洞,因为前两天他曾在一个大树洞里碰上了冬眠的大熊,惹出了一场麻烦。所以他就在雪地上,拍雪成砖,筑成了一座四壁的防风雪墙,铺着两张獾皮,宿在里面。杨子荣幽默地称它为雪林"白宫"。他甜甜地睡了一夜,也许是太累了,直到阳光透入他的"白宫"。他才醒来。晃了晃膀,伸了伸懒腰,大口地吸了几口白银世界的鲜冷的空气。把草料又倒了半袋,喂上他那唯一的旅伴。自己掏出烟袋,用劲地抽了几口,提起了精神。他向正北一张望,在不远的地方出现桦树林。这个林间树类的更换,意味着威虎山快要到了,这是剑波在地图上指给他的特征。

"现在应当立即向另一个方向岔下去,脱离那傻大个的脚印,以免引起匪徒们猜疑。"

他立起身来想着,用一双机灵的眼睛环视着四周的树林,好像是在寻查什么有用的东西。他看来看去,突然对着一棵离他有五十米远的小树发出微微的一笑。也许是他因为这棵小树生长在一个小山包的边缘?或者因为这棵小树的周围没有什么更大的树遮盖它?说不定是因为这小树在人头高处生有一个树杈?他磕了磕小烟袋,弯腰从绑腿里抽出匕首,便朝那棵小树走去。

他在树的北面用锋利的匕首割挖着树皮,一会儿小树皮被挖下香烟盒大小的一块。他又用匕首在这块半寸厚的树皮里面削了又削,刮了又刮,刮得只剩二分厚,他又小心地把它堵在原来的位置上,一点也看不出痕迹。他马上又从腰里掏出一块黑石头,搁在小树的杈上。他得意地一笑,转身朝着马走来,并且还不住地回头看看,嘴里嘟噜着:"位置不错……"

他收起了马料袋,跨上马,向西北方向走去。走了三十几步远,他再回头看那棵小树,突然从他得意的微笑中,露出一点不安和失色的神情,他勒住了马,嘴里嘟噜一声:"妈的,好粗心,假若这几天不下雪,不刮风,我那趟去小树的脚印埋不掉的话,岂不要坏事!"

他马上镇静地一想,勒回马头,顺着刚才步行的脚印,奔向小树,再由小树跟前向东北绕了一个圈子,转向正北,入了桦树林区,又向西北策马奔去。这样那棵小树上的秘密,就成了他漫长三百多里的马蹄印一个很规律的组成部分了,没有什么任何特殊的标志和破绽。

他通过一带灌木林,进入桦树林的深处,在一个小山包的脚下,重新喂上马匹。自己想着:"我也需要吃饱一点好应付可能发生的一切。这一切很可能在今天就要开始。"想着,他从饭袋里,掏出冻得像石头一样的高粱米饭团。也没有生火烤,喀喳喀喳地啃起来。啃两口饭团,再吃两口雪团,他一面咀嚼一面想,忽然噗哧一声笑开了。原来他瞅着他这身全套的土匪装束,又联想到多日没洗没刮的脸,心想一定也难看得一塌糊涂。他顺手向脸上一摸,只觉得满脸胡髭像松针一样地刺手。当他摸到脖子上,无意中触到那块约有二寸长的疤痕时,他来回地摸了几下,忽然,笑容消失了,眼中射出了愤怒的火花。

原来这疤痕上记载着他永远难忘的仇恨,使他想起了爹娘和小妹妹。是在他十八岁那年上,他家的一条心爱的老牛,跑到恶霸地主杨大头的祖坟上吃了两口青草。杨大头说牛踏破了他祖坟的地气,把子荣的老爹捉了去,灌了一瓢尿浇的稀屎,又叫炮手们恶打一顿,老人经不起折磨,就这样活活地被糟蹋死了。子荣的妈妈怨气成疾,加上长期过度的劳累,结果一病不起,不久就去世了。年轻的杨子荣,天天想报仇,可是一来力孤势弱,二来没有机会下手,也只有长期地忍耐着。

真是祸不单行,仇还没报,杨子荣又遭到差一点致死的残害。是在那年的大年三十那天,杨大头的后宅院失了火,烧得他焦头烂额。杨大头以为这是杨子荣的报复,把这笔纵火账强赖到杨子荣身上。他招来些狗腿子,把杨子荣吊在大槐树上毒打一顿,脖子上被砍了一菜刀,他昏迷过去了。杨大头为了根除后患,决心害死杨子荣,当夜预备把杨子荣抬上西南山的岩石上摔死。幸亏好心的长工杨四铁——杨子荣的青年朋友,偷偷地放跑了他。从此后一直七年漂流在外,杨大头死了,他才回到老家。这时他才知道他的小妹妹被杨大头抓去当丫头,后来又不知把她卖到哪里去了。抗战开始后,这仇恨激励着他参加了八路军,使他对人民解放事业抱着无限的忠心。

他咀嚼着,想着,他的心已奔向仇人,这仇人的概念,在杨子荣的脑子里,已经不是一个杨大头,而是所有压迫、剥削穷苦人的人。他们是旧社会制造穷困苦难的罪魁祸首,这些孽种要在我们手里,革命战士手里,把他们斩尽灭绝。

杨子荣把双手一搓,双拳紧握,口中喃喃地说着他在入党前一天晚上向连队指导员所表示的终生奋斗的誓言:"我杨子荣立志,要把阶级剥削的根子挖尽,让它永不发芽;要把阶级压迫的种子灭绝,叫它断子绝孙。"说着他那威武的眼睛盯向他周围的森林,他的心和眼一样,在深远细致地考虑他这场即将开始的斗争。

他想得出了神,连口中的咀嚼也停止下来。他想着想着,突然正在吃着草料的马,一阵乱声嘶叫,接着便是乱刨刮踢,从它的神情慌乱中看出了无限的惊恐。

杨子荣站起来,向马惊视的方向望去,望了一会儿什么也没有,桦树林依然寂静无声。他回头再看看马,它已是全身抖颤,气喘吁吁,两只恐怖的眼睛直望着西北方丛林,频频地回头望着杨子荣,好像求救似的。

杨子荣已敏感到必有名堂,心中一阵忐忑,扔掉了手中的饭团和雪团,抄起了步枪,走近马跟前。马急忙向他身后依贴,好像在让他挡住什么凶恶的敌人一样。

杨子荣又张望了一会儿,还是没有什么,他转过身抚摸马头,向它安慰道:

"别害怕,什么也没有,我来保护你,快吃吧!吃饱了好完成咱们的任务。"

说着他紧了紧拴在树上的缰绳,防止被它挣脱。然后他隐蔽在一棵大树后面,紧握着枪,又抽出锋利的匕首,继续向周围瞭望搜索。

这时马又一次地惊恐嘶叫起来,拼命地挣了两下缰绳,但没有挣脱。接着它四腿弯弯,抖颤得站立不住了,看看就要绝望地倒下去。杨子荣一阵惊奇,口中嘟噜道:"妈的,什么东西,这么大的威风,把匹活龙驹都给吓瘫了!"他还没来得及回头,突然一声巨吼,灌木丛中扑出一只大个的东北虎,张着利牙,竖着尾巴,一冲一冲地向马扑来。虎尾扫击着灌木丛,唰唰乱响,震得雪粉四溅。马被吓得不刨也不踢了,垂着头两眼死盯着扑来的恶敌,从鼻子里发出低沉的哀鸣。

杨子荣还是头一次看到活老虎,离得又这么近。又是来吃他的马,这突然来的惊恐,使他气喘不安,心怦怦地乱跳,手中的枪也随着他的心有些抖颤。

虎一冲一冲地向马扑过去,离得已经很近了,"得赶快下手,这匹马不仅是我的快腿,主要是我的身份证,失了它就等于失掉了身份证。"想着他用力地把身体贴紧树干,把匕首用力向树上一插,把枪架在匕首上,克服了枪身的抖动,他压住了紧张的呼吸,从虎的侧面,瞄准了虎头。他满有把握地一扣扳机,糟极了,一颗臭子儿,没打响。老虎一点也没察觉,继续向马扑去,

205

只有三十多步远了,杨子荣惊了一身冷汗,唰的一声抽出大肚匣子,向虎哗的一梭子。老虎只是一惊,在地上打了个滚,显然又没打着。它爬起来,向枪响处猛吼了两声。当它发现了树背后的杨子荣,便来了一阵凶狂的示威,吼声震得在全山回响,尾巴像条巨大的鞭子,打得地下雪尘四扬。杨子荣趁着它示威的这一刹那,用步枪再射一枪,好极了,这一枪总算打响了,可是没打着老虎,子弹在离它三四步的距离着地。他赶忙又推弹上膛,向着扑过来的猛虎又是一枪。可是又没打着,老虎连蹦两个高,显得更凶恶,向杨子荣直扑过来。

"打虎不中,翻背伤人,妈的几枪没打准了!"杨子荣全身绷紧得像石头,"再来它一枪,愈近愈有把握,沉着,沉着……"他一面紧张呼吸,一面盯着这个扑过来的恶敌,只离十步距离了,老虎把前爪向地下一按,准备它最后的一扑。"好机会!"杨子荣当的一枪,打中了老虎的一只前腿。这一扑它没有扑到应有的距离,可是离杨子荣只有三四步远,老虎一声狂吼,直立两只后腿,张开血盆似的大嘴,迎面扑向杨子荣。杨子荣就在这一瞬间,枪口对准了虎嘴,当的一枪,枪弹通过口腔,从脑盖骨穿过,老虎仆卧在雪地上,只有一条尾巴乱绞了一阵,死去了!

杨子荣上前两步,用脚踩着虎背,蹬了两蹬,死老虎已全身松软。他自己也和老虎一样,全身松软,四肢一点力气也没有,一屁股坐在雪地上,爬也爬不起来,腿和手抖颤得更加厉害,他一仰身躺在雪地上,想缓解一下过度的紧张。他偏过头去,看了看那匹受惊如瘫的马,此刻已十分平静了,在安闲地吃着草料。杨子荣一阵轻松的喜悦,擦了擦额上的冷汗,得意地自言自语道:

"有意思,要去威虎山,半路上又过了个'景阳冈'。"但他又想:"这个虎怎么处理呢? 送回小分队吗? 已是不可能的事;带到威虎山去吗? 这只大虎又太笨了。我这次虽是去献礼的,可是所有礼物的一分一毫也不能为匪徒所得,我给予他们的只是他们的覆灭。怎么办呢? 只有埋起来,深深地埋在雪底下,等剿完座山雕再取下山去。"他微微一笑,"有意思,那时我们拿着一虎一雕下山该多有趣,小分队同志不知能乐到个什么样子呢。"

想到这里,他一股分外的高兴涌上心头,顿时全身涌出了力气,他的两腿向上一举,向下猛一落,就势站了起来,打扫了一下沾在身上的雪粉,正要弯腰去拖虎,忽然在西北虎来的方向,传来了叽叽咕咕的说话声。杨子荣愣住了,最初他不相信自己的耳朵,以为是过度紧张后发生的耳鸣。可是这语声越来越近,他便蹲下身子,顺树空向语声处窥望,发现在林深处有五个人向这里走来,他顿时心一翻腾,"这一定是威虎山的匪徒了,他们是撵虎而来呢,还是听到我的枪声而来呢?"一阵激烈的思索,使他全身有些紧张,"不管怎样,来了就得对付。"他这样一冷静,发觉了自己由于紧张而紧握的双手,出了两把冷汗。他极力让紧张的肌肉松缓下来,内心对自己做了一个尖锐的批评:

"太不沉着,太胆小! 这是一种畏惧的表现,这简直太危险,这种表现分明是向敌人招供,承认了自己不是胡彪,再愚蠢的敌人也会把你识破。快! 快镇静下来,斗争瞬间就要开始了! 我不是杨子荣,我是胡彪。"

想着,他哼开了小曲,溜溜达达,缓步向马走去。

"提起了宋老三,两口子卖大烟……"他哼得是那样的像,完全像土匪的淫调。他对那五个人一瞧也不瞧,只当没看见,满不在乎地搅拌着马草料。心想:"我等着他,看他先来啥!"

"蘑菇,溜哪路?什么价?"❶五个人中的一个,发出一句莫名其妙的黑话。

杨子荣一听,心想:"来得好顺当。"他笑嘻嘻地回头一看,五个人惊瞪着十只眼,并列地站在离他二十步远的地方。杨子荣直起身来,把右腮一摸,用食指按着鼻子尖,"嘿!想啥来啥,想吃奶,就来了妈妈,想娘家的人,小孩他舅舅就来啦。"❷

他流利地答了匪徒的第一句黑话,并做了回答时按鼻尖的手势,接着他走上前去,在离匪徒五步远的地方,施了一个土匪的坎子礼道:

"紧三天,慢三天,怎么看不见天王山?"❸

五个匪徒一听杨子荣的黑话,互相递了一下眼色,内中一个高个大麻子,叭的一声,把手捏了一个响道:

"野鸡闷头钻,哪能上天王山。"❹

杨子荣把大皮帽子一摘,在头上划了一个圈又戴上。他发完了这个暗号,右臂向前平伸道:

"地上有的是米,唔呀有根底。"❺

"拜见过啊么啦?"❻大麻子把眼一瞪。

"他房上没有瓦,非否非,否非否。"❼杨子荣答。

"哂哒?哂哒?"❽大麻子又道。

～～～～～～～～～～～～

❶　土匪黑话,意为:什么人?到哪儿去?
❷　土匪黑话,意为:找同行。
❸　土匪黑话,意为:我走了九天,也没找到哇?
❹　土匪黑话,意为:因为你不是正牌的。
❺　土匪黑话,意为:老子是正牌的,老牌的。
❻　土匪黑话,意为:你从小拜谁为师?
❼　土匪黑话,意为:不到正堂不能说,徒不言师讳。
❽　土匪黑话,意为:谁引点你这里来?

杨子荣两臂一摇,施出又一个暗号道:

"一座玲珑塔,面向青带,背靠沙。"❶

"么哈?么哈?"❷

"正晌午时说话,谁也没有家。"❸

五个匪徒怀疑的眼光,随着杨子荣这套毫不外行的暗号、暗语消失了。他们微微一笑,盯向三十步开外的那只死老虎。然后大麻子向杨子荣一笑道:

"老大好枪法。"

"彼此彼此!老大不嫌的话,兄弟奉送。"

五个匪徒一齐狂笑地伸出大拇指头,"够朋友!够朋友!"说着行了个土匪礼。杨子荣也还了礼。

"老大,你的心意?"大麻子好像有点近乎地问道。

杨子荣面上略带一点凄凉地答道:"许旅长遭难,兄弟我也只有脱骨换胎,步步登高吧!"

"那太好啦!"大麻子咧嘴一笑,"老弟,门槛在眼前,咱给你挑门帘。"

"多谢大哥引荐。"

"彼此关照,咱家向来办事仗义。"大麻子说着向杨子荣把眼一闭。

杨子荣已完全明白了大麻子闭眼的意思,心中一阵喜欢,"这个匪徒给我进山的暗号了。"想着,他从腰里掏出一条三寸宽二尺长的黑布,把黑布一甩道:

---

❶ 土匪黑话,意为:是个道人。
❷ 土匪黑话,意为:以前独干吗?
❸ 土匪黑话,意为:许大马棒山上。

"朋友,少等。"

杨子荣把步枪和大肚匣子挂在马鞍环上,收起了马料袋,解开马缰绳,然后按着匪徒的山规,把那条黑布蒙在眼上扎好,背向着大麻子等五人道:

"好交的,方便。"

大麻子哈哈一笑道:"错不了,朋友。"说着他命令其余四人把虎抬在马背上,又用匕首削下一根树枝,一端递给杨子荣握着,另一端大麻子自己握着,顺着五个匪徒的来路向正北而去。

座山雕的大本营,是一个很大很大的圆木垒成的大木房,坐落在五福岭中央那个小山包的脚下。大木房的地板上,铺着几十张黑熊皮缝接的熊皮大地毯,七八盏大碗的野猪油灯,闪耀着晃眼的光亮。

座山雕坐在正中的一把粗糙的大椅子上,上面垫着一张虎皮。他那光秃秃的大脑袋,像个大球胆一样,反射着像啤酒瓶子一样的亮光。一个尖尖的鹰嘴鼻子,鼻尖快要触到上嘴唇。下嘴巴蓄着一撮四寸多长的山羊胡子,穿一身宽宽大大的貂皮袄。他身后的墙上,挂着一幅大条山,条山上画着一只老鹰,振翅着双翅,单腿独立,爪下抓着那块峰顶的巨石,野凶凶地俯视着山下。

座山雕的两旁,每边四个人,坐在八块大木墩上。内中有一个是大麻子,他坐在左首的第一位。这就是座山雕从当土匪以来,纠合的八大金刚。国民党委了他的旅长要职后,这八大金刚就成了他部下的旅参谋长,副官长,和各团的团长、团副。

看这伙匪徒的凶恶的气派,真像旧小说中所描绘的山大王。

杨子荣被一个看押他的小匪徒领进来后,去掉了眼上蒙的进山罩,他先按匪徒们的进山礼向座山雕行了大礼,然后又向他行了国民党的军礼,便从容地站在被审的位置上,看着座山雕,等候着这个老匪的问话。

座山雕瞪着像猴子一样的一对圆溜溜小眼睛,撅着山羊胡子,直盯着杨子荣。八大金刚凶恶的眼睛和座山雕一样紧逼着杨子荣,每人手里握着一把闪亮的匕首,寒光逼人。座山雕三分钟一句话也没问,他是在施下马威,这是他在考查所有的人惯用的手法,对杨子荣的来历,当然他是不会潦草放过的。老匪的这一着也着实厉害。这三分钟里,杨子荣像受刑一样难忍,可是他心里老是这样鼓励着自己,"不要怕,别慌,镇静,这是匪徒的手法,忍不住就要露馅,革命斗争没有太容易的事,大胆,大胆……相信自己没有一点破绽。不能先说话,那样……"

"天王盖地虎。"❶座山雕突然发出一声粗沉的黑话,两只眼睛向杨子荣逼得更紧,八大金刚也是一样,连已经用黑话考察过他的大麻子,也瞪起凶恶的眼睛。

这是匪徒中最机密的黑话,在匪徒的供词中不知多少次的核对过它。杨子荣一听这个老匪开口了,心里顿时轻松了一大半,可是马上又转为紧张,因为还不敢百分之百地保证匪徒俘虏的供词完全可靠,这一句要是答错了,马上自己就会被毁灭,甚至连解释的余地也没有。杨子荣在座山雕和八大金刚凶恶的虎视下,努力控制着内心的紧张,他从容地按匪徒们回答这句黑话的规矩,把右衣襟一翻答道:

"宝塔镇河妖。"❷

---

❶ 土匪黑话,意为:你好大的胆!敢来气你祖宗。
❷ 土匪黑话,意为:要是那样,叫我从山上摔死,掉河里淹死。

杨子荣的黑话刚出口,内心一阵激烈的跳动,是对?还是错?

"脸红什么?"座山雕紧逼一句,这既是一句黑话,但在这个节骨眼问这样一句,确有着很大的神经战的作用。

"精神焕发。"杨子荣因为这个老匪问的这一句,虽然在匪徒黑话谱以内,可是此刻问他,使杨子荣觉得也不知是黑话,还是明话?因而内心愈加紧张,可是他的外表却硬是装着满不在乎的神气。

"怎么又黄啦?"座山雕的眼威比前更凶。

"防冷涂的蜡。"杨子荣微笑而从容地摸了一下嘴巴。

"好叭哒!"❶

"天下大大啦。"❷

座山雕听到被审者流利而从容的回答,嗯一声喘了一口气,向后一仰,靠在椅圈上,脸朝上,眼瞅着屋顶,山羊胡子一撅一撅的像个兔尾巴。八大金刚的凶气,也缓和下来。接着这八大金刚一人一句又轮流问了一些普通的黑话,杨子荣对答如流,没有一句难住他,他内心感谢着自己这几天的苦练。

可是,杨子荣从俘虏口中所学到的黑话快要用完了,内心又是一阵焦急,心想:"匪徒们为了考察他们的同类,到底有多少黑话呢?是不是还有自己没掌握到的呢?"他激剧地担心着这一点。

正在这时,座山雕突然从椅子上直起腰来,把手一挥,八大金刚立时停止了再问。他捋了两下山羊胡子,哼了哼鹰嘴鼻,把

---

❶ 土匪黑话,意为:内行,是把老手。
❷ 土匪黑话,意为:不吹牛,闯过大队头。

鼻尖歪了两歪,拉着长腔,傲慢地向杨子荣问道:

"这么说,你是许旅长的人了?"

杨子荣一听黑话结束,心里就像卸了重担一样地轻松,神色更加从容,他点了点头答道:

"许旅长的饲马副官胡彪。"

"你想怎么办呢?"

"投奔三爷,好步步登高。"

"山穷水尽,也有点进见礼?"

杨子荣笑嘻嘻地,"托三爷的威风,一只老虎碰到我的枪口上。"

座山雕格格地笑了一阵,八大金刚也狂笑了许久,还恭维着他们的魁首道:

"三爷,碰得真巧,六十大寿,有人献虎。"

座山雕在狂喜中,使了个眼色,大麻子从身后舀了一大碗酒,递给杨子荣,杨子荣一看来了酒,内心完全轻松下来,这证明匪徒的进门槛子已经结束了,往下便可以随便些。他接过酒,朝空一举,咕嘟咕嘟一饮而尽。喝完后把满脸的胡髭一摸,转身坐在一个木头墩子上,他决心把他准备的真正礼物再晚一点献,好让这些匪徒看重自己。于是他拿出了土匪的气派,装上一袋烟吸着,说开了他这个胡彪的来历。

"三爷,我胡彪这趟溜子可不容易!跟许旅长多年,还没苦过这么一次。奶头山被共军打破以后,许旅长和弟兄们都被囚起来啦,只有几个人流了水。栾副官没在山上,夫人和郑三炮找侯专员讨封去啦,我在蜡烛台养马,只有咱们四个人没遭难。现在俺们四个都各奔各的咧,我老胡走了一个多月,才来这里……"

"那栾副官哪里去了呢?"座山雕急急地打断了杨子荣的叙

213

述,眼中放出一种贪婪的神色。

杨子荣一眼就看透了这个老匪的心事,于是他故意唉的一声,叹了一口粗气,摇了摇头,"别提啦!"

"怎么?你见到他没有?"座山雕有点焦急的样子。

杨子荣吸了一口小烟袋。"看是看见啦!是在梨树沟他三舅家碰面的,可是这个人哪!真他妈的不够朋友,哼!……"

"那么刘维山和老栾碰面没有?"

"什么?"杨子荣故意地问道。

"刘维山,刘维山,"座山雕好像是担心着什么,"就是那个一撮毛!"他的手向右腮上一比划。

杨子荣早明白了这个老匪的意思,便故意拉了拉架子摇了摇头,"不认识,我也没看见什么一撮毛!"

"嗯!"座山雕眉头一皱,若有所虑地纳起闷来,"梨树沟他三舅家,一撮毛一定也去呀!"他自言自语地抽了一口冷气,把头一歪。

杨子荣心想:"叫你们这群老匪猜吧!你们这辈子也不用想再见一撮毛了。"

静了一些时刻,座山雕又一伸脖颈向杨子荣问道:

"那么老栾他的心意怎么样呢?"

杨子荣见谈到了正题,故意拿拿架子,"妈的,一言难尽,请再来一碗酒,咱慢慢谈。"杨子荣本来就酒量很大,又加上座山雕的酒,全是匪徒自造的野葡萄酒,度数很低,在部队时杨子荣是遵守军纪的模范,从未喝过酒,可是在这个节骨眼上,他却要来他几大碗,在匪徒面前要表表他的气派,不能当个低三下四的喽啰。

座山雕为了探听出他长期找的那栾匪的消息,忙令大麻子

又舀了一碗。杨子荣接过来又是一饮而尽,拭了拭嘴,清了清嗓子道:

"老栾真他妈的不仗义,我们俩一见面,他就三番五次地拉我直接去投侯专员,我想,他手里拿着许旅长的'先遣图',我他妈的单枪匹马,到了那里我怎么能吃得开呀?别他妈的拉我给他当随从,老胡向来不舔别人的碗边。叫我喝他们的冷饭汤呀?!我不干。又加上蝴蝶迷和郑三炮在那里,我他妈更不去啦,那些不仗义的家伙,眼里从来就看不起我老胡,说正当一点,他们是怕我老胡。个顶个哪个我也不怕他。我能跟这些小耗子去当差使吗?你说!三爷?所以我当时就向老栾表白,我说:'老栾哪!别到侯专员那儿去吧,蝴蝶迷和郑三炮在那里,去了也没有咱哥俩的甜头,看看郑三炮那小子只去报了个信,就升了团长,你去也白搭,咱们还是去威虎山投崔三爷吧!'你猜他怎说的?他说:'算了吧老胡,你的主意全不对,你去孝敬那座山雕干啥?他手下有八大金刚,你去了还能给你个九大金刚?就是给你个第九位,他那个小山头也得听侯专员、谢司令调用。咱到侯专员那里当不上团长,也干他个中校参谋。'说着他从腰里掏出了'先遣图',朝我眼前一摆,又说:'看看!老胡,咱有这个。'"

杨子荣说到这里,故意点着烟,大抽了两口,用眼瞥了一下座山雕。这个老匪已被杨子荣这套谎话,气得满脸青筋。对他所希望的那份许大马棒的"先遣图",已露出了失望的神色。

"三爷!你说他去他就去呗!可是他妈还硬拉我,后来他看到实在拉不动了,他又向我要手腕,又向我要旅长那匹马,他说他走不动。妈的!他走不动我就走得动啦!当然我不能给他。嘿!真他妈的小人,他又想了个办法,想用酒灌醉我,晚上骑马跑。妈的,我老胡是干啥的?我吃他们这一套哇!好!来吧!我就给他来了个将计就计。奶奶操的,你挖我,我还要挖你啦!于是我就和他碰开了大碗,一连八大碗,我老胡还没怎的,这小子他妈的就伸了腿,醉得人事不省,像他妈的一摊稀泥。我一想,一不做,二不休,得下手就下手,我就趁他大醉,穿上他的衣服,拿了'先遣图',骑上我的快马,我就溜来啦!"

"好!好汉,老胡了不起!"八大金刚和座山雕乐得一拍大腿,向杨子荣伸着大拇指头。

杨子荣得意地一笑,掀开大衣襟,露出栾匪化装小炉匠时被捕的那件衣服,用匕首刺开衣襟角,拿出了从一撮毛身上搜出的那张"先遣图",向座山雕一挥道:

"三爷,看看,在这里,咱老胡给您拿来了!"

座山雕和八大金刚一阵狂笑,走到杨子荣跟前,拍着杨子荣的肩膀,伸着大拇指头,"老胡,真不含糊,好样的,有两下子,我崔某绝不能亏待你。"说着这个老匪的手像鹰爪抓兔子一样,拿去了"先遣图",摊在桌子上,看了又看,然后小心地放在他椅子底下的一个铁匣子里。然后拉着杨子荣的袖子,走到自己的座位旁边,让杨子荣坐下。嘴里叨叨地嘟噜着:"好样的,有两下子,有两下子……"

杨子荣却拉出毫不以为然的神气道:

"三爷,小意思,算不了什么,这不过只是一点见面礼罢了!"

"老胡!"座山雕俯下脸笑嘻嘻地看着杨子荣,"你知道,我崔某想这件东西不是一天半天啦,你想想这部分力量要落到马希山他们手里,那么许旅长这个地盘和人都被他抓去了,等国军来了,他成个大财东,我他妈成个穷光蛋,用什么本钱来讨封啊!

所以许旅长一遇难,我就赶快派一撮毛去找栾副官,没成想这小子看不起我,妈的!有他的。如今老胡你把它拿来了,我在这滨绥图佳地区岂不坐上第一把交椅了吗?哈哈……有功,有功……"

"没啥!"杨子荣睁着两只傲慢的眼睛,"这不过是我老胡的第一手,小意思,今后您再看咱老胡吧,干个漂亮的给您看看,不是我老胡说大话,"他立起身来,把粗大的拳头向桌上一摆,显得是那么的威武,"凭咱这身武艺,打遍天下也不怕。"

"好!"座山雕兴奋地一拍大腿,"老胡,现在我封你为威虎山上的老九,以后咱的地盘一大,还可以独辖山头……"

"谢三爷……"

"别忙!"座山雕把手一扬,"因为我们是国军,总还得有个官衔,现在我委你为滨绥图佳保安第五旅上校团副。"说着这个老匪自己亲手舀了一碗酒,递给杨子荣,"来!老九,祝贺你劳苦功高,荣升上校团副。"

"祝贺胡团副荣升!"八大金刚一齐喊道。

杨子荣把胸膛一挺,两个膀一抖道:

"托三爷的福,借诸位的威,我胡彪愧领,愧领!今后还祈求三爷提携,各位哥们捧场。"说着接过酒来,又是一饮而尽。

匪首们得了杨子荣所献的"先遣图",吵吵嚷嚷,狂喜乱笑,谈论着他们的今后。

杨子荣看着,内心涌出胜利的微笑,心中满意自己这第一场戏演得成功。他想:"这些若回去告诉同志们,那该多么有趣可笑啊!特别是那个天真的小白鸽,又要乐得跳舞了。等着吧!同志们,等着咱们胜利的会师。我会尽我的一切智慧,来完成党的委托。"他忽然心一沉,好像沉重的任务压在他的心头,"这不过是刚钻进匪巢,关键问题不在这里,而是在未来,艰苦的斗争才刚刚开始。"

十六　苦练武,滑雪飞山

阳光照射着大地上的白雪,反射出刺目的光芒。

夹皮沟的小火车站上,挤满了欢笑的人群。他们迎着阳光,向正南张望,盼着姊妹车归来。

今天是第五天了,姊妹车按原定计划,应该正午进站。所以人们从早晨到晌午,就在站上等着,盼着,狂喜着。有些小青年和半大的孩子,劲头更大,一直是蹦着跳着,打着雪球仗,在人群里钻来钻去地互相捕捉。有时把大人撞一个跟跄。大人吓唬一声,他们便一窝蜂地跑出车站,跑到西南的小山包上去迎"姑娘"——他们给姊妹车这样亲爱的称呼。孩子们在山头上,望一阵,打闹一阵,跑跳一阵,他们已成了车站上等车的人群的山头讯号。

工人们一回又一回地伏在铁轨上,把耳朵贴近铁轨,听听"姑娘"的脚步声,是不是快到了。人们忍着饥饿,不时地紧勒裤腰带。他们的心很想把小铁道一下抽短,或者抽着道轨像抽绳子一样把整个铁道抽过来,一下子把姊妹车抽到自己的跟前。

半下午了,太阳贴近了西南高山的林梢,它的光亮也开始暗淡,人们的欢笑显然减少了,代之而来的是阴郁和失望的神色。

一阵冷风,掀卷起一层雪皮,雪尘扑在人们的身上脸上,这山地规律的落日风,给人们残余的热情泼着冷水,加重了失望的情绪,摧残着人们的忍耐力。有很多的老头和妇女,耐不住落日风,蹒蹒跚跚地走回家去,满脸愁容地回到他们的茅屋里。车站上的人逐渐稀少了,气氛是那样沉寂和冷清。

只有一些年轻人和孩子们,他们却一点也不感到失望,还是说着笑着,吃着像白馒头一样的雪团。

少剑波看了看表,又看了看贴近林梢的太阳,精神上也有点焦虑。可是他并不担心姊妹车会在军事上出什么意外,因为他相信自己所掌握的情况。也许,是因为森林铁路换滨绥铁路正线时,由于物资需全部装卸而耽误了时间。他笑嘻嘻地走近几个坐在一堆大木头上的小青年道:

"怎么样?小伙子们,泄劲啦,咱们的'姑娘'是会来的。"

"没泄劲!劲头有的是,二〇三首长。"司机张大山的儿子,名叫小双喜,瞪着机灵灵的一对大眼睛望着剑波,抖动了一下他那结实的膀子,然后一蹦跳下木头堆,提了提他那满是补丁的裤子,愣头愣脑地像个小铁人一样。他扬了一下胳膊喊道:

"伙计们,别泄劲,走!再去迎咱们的双'姑娘'。"

"对!再迎去,走!"几个小伙子一齐蹦下木头堆,欢蹦乱跳地又向西南山包奔去。后面跟着又跑去十几个十二三岁的孩子。

小伙子们跑去后,车站上更加冷清,除了小分队的战士,几乎没有几个人了。

少剑波和小分队的战士们,望着这群富有生气的小青年和孩子们奔上山顶。只见有一个小青年,看远影也像小双喜,爬上一棵大树,刚爬到树桩,只见他一下从树上跌下来,接着山包上那群人一齐蹦跳起来,两手一扬一扬,像是在呼喊。

"怎么!是不是从树上滑落下来,是不是跌坏了!"少剑波十分担心,"刘勋苍,白茹!快上去看看。"

"是!"刘勋苍和白茹答应了一声刚要朝山包上跑,那群小青年连蹦带跳呼喊着从山上奔下来,少剑波用望远镜一看,跑到最前头的一个就是小双喜,滚得满身是雪。少剑波微微一笑,"不用去了,你们看,小双喜比谁都蹦得欢哩!"

"大概是火车来了吧?"战士们望着狂奔下山的小青年们纷纷嚷道,"一定是他们发现了目标!"

"呜……呜……"欢乐的汽笛声,从远方传来。

"来了!——"刘勋苍张开他最大的嗓门,高喊了一声,飞动着他那两条快腿,朝着小山包的山脚转弯处跑去。

车站上战士们顿时沸腾起来,在月台上欢蹦乱跳,高声喊道:

"老乡们,火车来了……"

"信号员!快给信号。"

"我从早晨就已经给了!"年老体胖的信号员,乐得浑身直抖,"看看你的道岔子吧!"

"昨天晚上我已经检查了三遍啦!"老道岔工伸出三个指头,"保险不含糊。"

少剑波朝着这两位坚守职务的老森铁员工,伸了一下大拇指头,"真英雄,老当益壮。"

刘勋苍和山上跑下来的小伙子们在山脚下的转弯处碰了头,小伙子们嚷道:"刘队长!来了!来了……"他们一阵风刚想转过山脚,迎上去!突然火车又是一声欢乐的长啸!汽笛声未落,它已从山前面钻出来,和小伙子们走了个碰头。

小伙子们急忙一闪,倒回头来,和小火车并肩向车站奔跑。

全屯沸腾了,呼呀!喊呀!拥向车站。

小火车在群众的欢呼声中,驰着轻松的步子,哐哐咣咣!呼吸着愉快的空气，喷着夹着白气的青烟，白气夹着青烟，翻卷在晚霞灿烂的天空里。它欢乐的长啸，震得整个山谷共鸣，好像它在报告："亲爱的主人们，我回来了！给你们载来了幸福。"

高波和新来的一个班押车的战士，雄伟地站在煤水车上架着一挺轻机枪。他们满面欢笑，手一招一招的，向站上欢迎的人群致谢，并在喊着什么。

姊车和妹车，相继进站了，它们远途辛苦，长喘一口气，舒舒服服地卧在车站上，一动也不动，看着它的主人们欢笑，均匀着它们远途奔驰后的呼吸。

高波和战士们跳下车来，跑到剑波跟前，排成一列横队，行了军礼。

"报告二〇三首长，遵照您的命令，完成任务回来，二〇一、二〇二首长来了一封信，并派一个班押车。"

高波一口气报告完，并递给剑波一封信。

班长郭奎武，一步跨出队列，行了举手礼：

"报告二〇三首长，警卫连班长郭奎武，奉命押运来到，现在我听您的命令。"

"让战士们到群众中去。"少剑波一面还礼，一面微笑着，"把你们带给群众的东西，快些告诉他们。"

"是！把带给群众的东西，报告群众。"

郭奎武和他的战士，被群众一团一团围在当中，随着战士们的宣传，人群中不断地涌出掌声、欢笑声和呼喊声。

少剑波向司机张大山等握手致谢后，便拆开他的老战友给他的来信，他边看边笑道：

"太好了！太好了！真解决问题。"

他十分兴奋地向刘勋苍道：

"坦克！吹哨,集合。"

刘勋苍一声哨响,欢笑的嘈杂声顿时消逝。

少剑波爬上满载粮米包的一节平车。人群马上向他的周围靠拢过来。上千只眼睛盯着他,上千只眼睛射出同样的情绪,同样的光芒。

"工友及家属同志们!"少剑波满面笑容,挥动了一下他那拿着信纸的右手,"党和政府给我们送来了吃的穿的,政府给咱们夹皮沟拨来了两万斤救济粮。人民解放军战士,又把自己节约的粮食给拨来一万斤,总共是三万斤。上级决定这三万斤粮,一个钱不要,全部分给大家!"

全场顿时发出一阵暴风雨般的跳跃和呼喊:

"共产党万岁！人民政府万岁！中国人民解放军万岁！……"

这个巨大的声浪,唤起了周围大山的共鸣,所有的山谷、森林以及夹皮沟的每一间茅屋,都在欢呼。这呼声经久不息,虽然剑波挥了几次手,但终不能停止群众波涛般的欢呼。

有些老年人和妇女瞅着年轻的剑波,看着满车的粮米,流下了眼泪,呼声渐渐低沉,它被群众感激的热泪所代替。

张大山、李勇奇在剑波的背后高声喊道:

"乡亲们,还有呢！还有呢!"

少剑波接着这刚刚静下来的声音道:"政府和战士们还给我们募集了一百件棉袄,二百条棉裤!"

又是一阵暴风雨般的呼喊,人们把小分队战士和刚来的郭奎武班的战士抬了起来,向空中连抛带举。

"现在!"少剑波尽量提高他清脆的嗓音,"工友们！现在,我们决定粮食按大人每人一百二十斤,小孩每人五十斤分配,足够两个月用的。"

"满够,满够,这么多呀!……"

"衣服是不足的,我们只得这样决定,每个能上山劳动的大人每人一整套,连棉裤加棉袄,剩下的按人口平分,先给最困难的。"

"完全赞成!"

少剑波又讲道:"党和政府为了让我们过个好年,还给咱们捎来点年礼,全屯不分男女老少,每人还能分五斤白面,七斤大米,这些是三万斤以外的。"

群众中又是一阵狂跳,有的小伙子们喊道:"比俺亲娘照顾得还周到……"

"工友们!"少剑波把信装进衣袋里,"我们的生活是靠劳动,不能单靠政府救济,现在党和政府,和全国人民正在肩负着消灭蒋介石反动集团的战争重担,所有的人力物力,应大力支援战争,所以不能永远地救济下去。我们需要拿出力气自己生产。工友们,现在城里正缺榫子,缺皮子,因此我们应马上行动起来,劈榫子,打野物,运到城里,换回粮食,上级来信说,榫子和皮子,有多少,要多少,政府完全包下。"

"我们有的是力气,我们可以把山上的财宝,全部搬到城里。"群众挺着胸脯,抖动着自己肩膀。

"别他妈的先说大话!"李勇奇显然有些生气,额角上跳起两条青筋,脖子也涨得通红。"这两年咱夹皮沟差一点都饿死,这是我们没有力气吗?不是的,全是王八操的国民党座山雕给抢的。我们为什么苦?我们为什么穷?穷根在哪里?"他愈说愈愤怒,他那拳头挥动得把空气都打出响来。"你们说,你们说!……"

"这还用说!"群众一阵怒吼,"全是国民党反动派、座山雕给抢的。王八操的再来,拿棒子也把狗娘养的砸烂它!"

"对啦!"少剑波兴奋地喊道,"国民党,座山雕,抢走了我们的东西,破坏了我们的劳动,下了我们的枪,要想饿死我们。现在政府发来了粮,救活了我们,又给我们开辟了劳动生产的大道,因此我们要好好地保护粮米,保护家园,保护我们的劳动……"

"我们要求先除祸根!"群众的激奋情绪,冲断了剑波的讲话,"能不能发枪?二〇三首长。有了枪,我们进山像打野猪一样打死那些狗杂种。"

李勇奇的眉头皱了两皱,好像勾起了他满腹的愤怒和埋怨,拉开他轰雷似的喉咙,"别学麻雀瞎喳喳,一听枪响就散伙,从前咱们屯被座山雕下了枪,还不都是咱们的心不齐,抱不住团,有的人是属老鼠的,看到一点东西就想去吃香的,结果被王八操的夹上了耗子夹;有的人是属兔子的,一听见吓唬,什么都不管,撒腿就跑,他妈的没点硬骨头。许多事叫人伤心,经不起吓唬,也经不起骗。上级再发了枪,谁要装他妈的兔子,谁就不是人!"

"放心吧!李大叔!"一些小青年高举着拳头,"谁再装尿泡的立时先毙了他!"

少剑波看着这群从苦难中爬出来的刚强的人,和听到他们粗鲁的誓言,内心不胜喜悦。他拍了一下李勇奇绷得紧紧的肩膀,向群众道:

"工友们!我相信你们会保住家园,保住木场,保住你们神圣的劳动。现在决定发给你们枪,这枪一可以打野兽,二可以打国民党。"

"不！应该倒过来！"李勇奇一伸拳头，"先打国民党，后打野兽。消灭不了国民党，打猎也打不安宁。"

"一点不错，就这样办，一言为定。"

群众在吵嚷声中，拥向载着枪支的一节车厢。现在看来，对他们来说，好像枪比粮米更重要。

张大山、马天武当夜组成了生产委员会；李勇奇主持组成了五十八人的民兵大队。

夹皮沟，锅盖揭开了！烟囱冒烟了！炊烟缥缈，肉饭喷香，满屯一片欢笑，夹皮沟活了！打猎手，使枪的使枪，下套的下套，活跃在山林里。劈木手，拉锯的拉锯，抡斧的抡斧，劳动在铁路旁。家家劳动，人人干活，窒息的夹皮沟苏醒了！

小分队在这基础上，进入了一项新的斗争中。

少剑波带着他的小分队，每天天不明就去到一个谁也找不到的地方。

这个地方是在夹皮沟的西北方一条漫长的大谷里。这条山谷的当中，有一个形似豆荚的孤峰，人称豆荚峰。这峰的四周，有高大的群山包围，漫长的山谷有百余里，豆荚峰正堵在这条沟门口，山涧的大风，顺谷疾下，直扑在豆荚峰上，形成一个涡风流。所以这里的冬天老是刮着旋风，豆荚峰的积雪，一点也存不下，全被旋风给旋走，搬到远方。

小分队就沿这豆荚峰走进去，一点踪迹也留不下。他们进到一个起伏地带，开始了进一步和大雪交朋友。

李勇奇向猎手筹借了四十余副滑雪具，他本人就是夹皮沟最出名的滑雪猎手。往年他在冬季里，曾经多少次地滑雪飞山追赶鹿群和野马。现在他已担负了小分队的第二名滑雪教练官。

另一名教官自然是运动健将刘勋苍,在这门技术上他曾下过三年的苦功。

现在小分队除了三个人以外,没有一个不在苦练。这三个人一是对付座山雕的杨子荣。另一个是对付神河庙里那个妖道的栾超家,不过他原来就会滑雪技术。还有一个是孙达得,他因为要执行新的联络任务,没来得及参加。新来押车的郭奎武班也参加一起苦练。

少剑波对这门技术的要求,看成是林海雪原荡匪成败的关键。他对战士们苦练的要求向来没有这样严格过,对他自己更加严格。

开始的那天,是腊月十六的晚上,天上的明月皎洁,地下的白雪晶莹,他站在这起伏的练兵场上,向小分队发布了十天苦练的命令:

"现在我们要进一步和雪地交朋友,让它来帮助我们在林海雪原飞行。从今天起苦练十天,每天十小时,自动练习的时间不在内。十天后我们小分队每一个同志,不要再当两腿拔雪坑的大力士,而要成为雪上飞行的'武侠'。我们要使雪原,变成我们的汽车公路,变成我们火车的铁轨;变成我们驱逐舰的海洋,变成我们飞机飞翔的天空。"

战士们一齐欢笑。

少剑波在战士们的欢笑中,第一个撑动了滑雪杖,碰巧正赶上一个斜坡,所以就摔了一跤。

"别忙!"李勇奇和刘勋苍笑道,"看我们俩先做一下。"说着他俩雪杖一撑,顺着一个约四十五度的斜坡,唰的一声,飞滑下去,曲曲弯弯钻着树空,是那么自由自在。小分队的战士看着他俩一前一后轻松地飞滑,好像都觉得自己的身体也轻了不知多少倍。

他俩顺着斜坡斜刺了一头,马上向回一绕,借着惯力翻上了北山头。

小分队战士在兴奋的欢笑声中,也学着他们的样子向坡下滑,可是当滑雪板一滑动,他们就像有人拉他们的膀子一样,一个屁股墩面朝天被摔倒在雪地上,打下一个深深的屁股坑,滚得满身是雪。再爬起来滑,还是一样,又是一跤,雪粉钻到袖口里,衣领里,和汗水搅成一起。有的战士骂道:

"妈的,这么长的滑雪板,还外加两个拐棍,可是一滑就摔跤,还不如个小脚的妇女。"

头三天,每个战士在各个教练中,自动的练习中,也不知摔了有多少跤,原先他们还数着:"一跤……五跤……三十跤……"后来数也数不过来了。

三天来,经过了脚滑动时,身体没向前连续移动重心,上体的速度跟不上,摔得脸朝天仰身跤;继而又因为在教练官的指点要领中,总是强调:"重心向前,重心向前。"所以未等起滑,身子就向前一冲,结果重心又过于偏前,又摔起了扑身跤,弄得嘴啃地。

苦练之余,战士们尽情地说笑:"咱这雪朋友真难交,性子真有点怪,软了不成,硬了还不成;慢了不成,快了还不成;重心偏后了不成,重心偏前了也不成。"

"那咱就给它个不软、不硬,不快、不慢,不前、不后,正相应。"

第四天,战士们基本上已抓住了要领,摔跤减少了,速度加快了,小的障碍物可以闪过或绕过了。他们被初步的成就兴奋得更加起劲,每天不是十小时,而是更多,黑夜累得上不去炕,可是一穿上滑雪板,什么都忘了,剩下的只有全身的力气。

少剑波进一步鼓动大家的信心:

"同志们,我们要想踏透这林海雪原,如果不会滑雪飞山,就等于一个人掉在大海里,不会游泳,也没有救生船,一定要被淹死。又好像一个人陷进稀泥塘,这条腿刚拔出来,那条又陷进去,到后来越拔越没力气,就会累死在稀泥塘里。现在我根据战斗的需要,教练官的建议,和我们每个同志的实际可能,提出猛、快、巧的口号。"

接着他详细讲解了猛、快、巧的要求:要猛,必须大胆勇敢,不怕摔跌。要快,必须猛中加力。有了大胆,再加上力气,自己就能快!要巧,就必须有坚忍不拔的毅力,苦练生熟,熟了自然就能巧。我们巧得像一只小鸟,什么路都能滑,什么障碍也挡不住,什么样的密林灌木丛,要像穿梭一样地穿过去,什么样的山沟,我们也要像燕子一样地飞过去。

少剑波在滑雪的苦练中,是一名模范的战士,尤其在猛、快、巧的苦练中,更是一马当先,以身作则。

刘勋苍这个教官,真严格得够劲。他在对他的首长少剑波的教练中,也是一丝不苟,毫不放宽他的要求尺度。他严肃地站在教官的位置,发着口令:

"二〇三!"

"有。"

"出列!"

少剑波遵照他的口令,像战士一样,向前滑进三步,接着按滑雪的基本的回转动作,翘起滑雪板一个向右转,面临着四十五度的山坡,静等着教官的命令。

"目标——"刘勋苍指着对面的小山包,"正前方,七十米小山头,自选路程,速滑开始——"

少剑波身体向前一躬,两手把雪杖用力一撑,唰地顺坡按锯齿式规则滑去,已经很灵巧地闪穿着树丛,顺利地通过了顺坡滑行的许多障碍物,滑下了山沟。接着向左一斜,想借惯力翻上对面七十米的小山包。可是刚一翻,因速度起了变化,一个前绊,扑倒在雪地上,身体被投出老远。

刘勋苍高喊一声:"回来!重做。"

少剑波连身上滚的雪也不拍打,立即返上山来。刘勋苍详细地指教他,为什么上翻时容易摔倒,主要是地形变化速度也变化。下坡滑行每秒钟都在增加着速度,可是往上坡一翻,滑雪板就再没有力的来源,雪杖还来不及供给力,因此只有巧妙地运用惯力翻上坡。没有力的补给,惯力本身是越用越减少的,所以在翻山坡时不能直线上升,必须选择最有利的斜坡,斜着上升,否则这点惯力一刹那就用完,滑雪板就会突然停止,人的身体一定要向前扑摔倒。然后他又说下滑时,必须避免直冲,一定要锯齿形迂回滑进。

少剑波点了点头,端量了一下对面的小山包后,便以更大的勇猛斜滑下去,他在将接近沟底,绕滑了一半圆形,斜翻上对面的小山包。

小分队战士,为他的成功而大鼓掌。他们学着剑波的榜样,在一凹两凸驼背形的山包间,穿梭一样地来来往往,苦练着,每隔一小时,座谈五分钟的要领体会,他们得到了一条秘诀:"只有勇敢,才能找到窍门,有了窍门,就能更加勇敢,艺高人胆大。"

白茹本来就好笑,摔了跤更笑得厉害。刘勋苍便毫不留情地训斥她,有时给她下小操,罚她多做几次,因为他深知自己对白茹负有严重的责任,如果教不好她,她就有落后的危险。

休息时,大家开玩笑说:"刘勋苍训白茹,就像列国时代孙武子操练皇妃女兵一样。"

小董更说得可笑,"坦克这是硬逼着骡马上阵哪!"

大家哄笑起来,白茹红了脸,拿着一块雪团,塞进小董的衣领里。

十七　借题发挥

腊月二十三日,杨子荣在威虎山上已当了十天团副。这十天来座山雕好像对他毫无戒心,看来因为献礼的功劳,杨子荣彻头彻尾地成了座山雕的红人。可是细心的杨子荣却丝毫没有因为这个而疏忽了自己的戒备。每天除了座山雕睡了觉,他总是伴在他的旁边,目的是要彻底堵绝座山雕可能有的哪怕是微小的疑心。

十天中杨子荣是在昨天当了一天的值日官,在这一天中,杨子荣却借着值日官的职权饱看了整个威虎山上的阵势。这个殷勤负责的值日官,山前山后,各处的地形,各个火力点,各组匪徒的地堡窝棚,像石刻的一样,印在他的脑海里。

这个老匪座山雕的阵势,确实来得厉害,他全部阵势是摆在威虎山的前怀。"威虎山,怀抱五福岭。"这是杨子荣从地图上已经看过的,又在他上山前,得知人们像神话一般流传着这样一个俗语。现在他亲眼看着,亲身住在这个神话的地方。

高大的威虎山前怀,抱着∴形的五个小山包,名叫五福岭。这五个山包的大小一样,外貌相同,间隔距离排列得非常均匀。

四角上的山包与山包之间不过五百米,如果用中央的一座相连的话,那就只有三百米。四角的四个小山包上,每个山包修了九个地堡窝棚,九个又分成了三组,每组三个,组成交叉火力。它们修得特别结实,都是顺山坡挖下,用圆木盖顶,前面的射界特别开阔。在地堡外五十米处,有丛丛的鹿砦,地堡与地堡之间,组与组之间,山包与山包之间,有交通沟相连。这交通沟又是暗的,像都市里巨大的下水道一样。地面上盖着圆木,圆木上层披上土衣,土衣上遍生野草,现在是盖满了大雪。匪徒们把五福岭修得在外表上丝毫也看不出有什么军事设备。

每个地堡窝棚驻匪徒五个人,惯匪老炮手和地主恶霸、伪满官吏宪警,混编在一起。

中间的那个小山包的根下,修了一个大圆木房,这就是座山雕的大厅,名叫威虎厅。杨子荣献礼、献虎就是在这里。它的周围又修着四个地堡窝棚,内置四挺轻机枪,对准外围的四个山包之间的空隙。正堵着山凹要道。任何一面攻来,都将受到他们三面火力的夹击。

至于那些地下沟,更来得厉害,五个山包上,都有一条地下沟道,通往五福山以外三里多路。一个地道口是通在西南方的陡沟里,顺这个口逃出去,沿沟直下,一百五十里外,便可到达匪徒的另一个巢穴牡丹峰。另一个沟口是通在西北威虎山主峰的半山腰,顺这逃出翻过威虎山主峰,可到达匪徒的又一巢穴套环山。再一个沟口是在东北,顺此口逃出,沿一带黄花松密林,可直达夹皮沟。这些长大的暗沟,匪徒们称为流水沟,意思是情况紧急,即可顺沟像流水一样逃窜。这些暗沟的内口,和各地堡的交通沟相连,在威虎厅座山雕的座下,就是一个内沟口。匪徒们的战术之一就是随时准备"流水"。

无怪乎从前日本鬼子的精锐的关东军,对座山雕毫无办法,最后还是用巨款买他下山,使座山雕充当了破坏抗日联军的先锋。

杨子荣在这一天以值日官的身份进行了仔细的侦察后,集中地思虑了怎样毁掉座山雕这座老巢。当他在西南山包下的陡沟旁时,他回忆起审问一撮毛的情景。那个一撮毛匪徒,曾经慷慨地要带路破山,并殷勤地献出了这条陡沟的秘密路。杨子荣边看边想:"这个匪徒真是一个坚决的反革命,死心塌地与人民为敌,若真的被他骗到这条又长又深又陡的死人沟里,小分队全体的生命,就会一个不剩地被葬送在这里。幸亏二〇三首长的远谋,才没上这一当。就凭这一点,这个一撮毛匪徒也就惹下了不可饶恕的罪恶,这一宝算输上了他的狗命。"

看了座山雕这套阵势,杨子荣的心情十分沉重起来,一整夜一点也没睡着。可是因为和八大金刚睡在一起,又必须假装着打鼾睡。不然会因为这些小节而引起匪首们的疑心,那就会葬送一切。

他静卧着,假装酣睡着,翻着身,想着想着:

"匪徒的这座阵势,真像二〇三首长所说那样,既是烂泥塘,又是个螃蟹窝,如果冒冒失失地打进来,是一定会被陷进去出不来,会失败得一塌糊涂。

"可是怎么办呢?怎么向二〇三首长报告呢?用什么办法毁灭匪徒呢?小分队的力量干得了吗?是不是需要调动大兵力来援助呢?……"

他想呀想呀,自己出题自己答,答一个又推翻,推翻了再答。反反复复也有千百遍的翻腾。现在他深深感到自己一个人的力量太孤单了,自己的智慧太有限了。特别是脱离了他那年轻的剑波首长,更感到无靠之苦。这一夜的精神劳动,使他感到疲惫了。

二十三日的早晨起来,头觉得有点晕眩,可是他的思考连一分钟也没有停止。

当他同八大金刚一起去会见座山雕时,突然他发现座山雕的目光,向自己奇异地闪了两闪。杨子荣蓦地发觉了自己的严重缺点,这缺点就是他现在还在思考。好像他自己已经看到了自己的脸的不宁静的神态,又看到座山雕眼睛吐出了一连串的审问。

"不好!"杨子荣满身每个细胞好像都在惊觉耸动,"我的思考仅能在夜间进行,因为思考必然带来表情,因为这个,白天是不允许我有任何一点思考的,必须严格遵守这条纪律。"他自己这样命令着自己,可是他又一想:"现在是自己对这个老匪的目光神经过敏呢,还是这个老匪真发现了自己的可疑呢?怎样来对付这个情况呢?"这一刹那间杨子荣对自己提出了若干的问题。

"不管怎么样,工作要从最艰苦的方面准备,必须消除侥幸心理,任何一点侥幸心理都会麻痹了自己。怎么办呢?"他内心紧张而冷静地计谋着:"将错就错,准备应变。"

在杨子荣下达了自己的决心的同时,座山雕的奇异目光第三次回转到杨子荣的脸上,并且不是一闪即过。

杨子荣也没有理睬,把脸转向门口,仰起了直僵僵的脖子,用鼻孔慢慢地抽了两下严冬的冷气,一个冷噤,"哈哧!哈哧!……"打了几个喷嚏,接着转过头来揉着他故意憋出泪的眼睛,又把脑门捏了两把,无精打采地喘了一口粗气,然后像个病人一样委靡不振地站在那里。

"怎么？老九！"大麻子很关切地向杨子荣问道，"伤风了吧？"其余的七大金刚也一齐盯向杨子荣。眼光显然是探问的神气，和大麻子的问话是一致的。只有座山雕这个老匪的神气，还是有点特别。

"不要紧！"杨子荣嘴角上挂出一丝苦笑。"小病小灾放不倒我老九。"

八大金刚哈哈地笑了一阵。

杨子荣的这一着生了效，当然还要继续装一装。他暗暗地把小指头探进他裤兜里的烟包里，捏了一阵，指头上已挂上了看不见的烟粉和辣味。他一面抽着擤着鼻涕，一面用力向鼻子里抽着烟粉和辣味，喷嚏打得更响更多起来。

在和匪首们同桌的早餐上，杨子荣也只喝了两口菜汤。这时座山雕也不知是真的解除了怀疑，还是又动什么老伎俩？喊来了伙食长，要他给杨子荣烧了两大碗姜汤。杨子荣咕嘟咕嘟地喝了进去，脑袋上鼻尖上已露出茸茸的小汗珠。

"三爷，我要回去发汗！"

"快蒙好头回去，"座山雕眼一挤，"别再被风吹着，回去发一场大汗，今天是腊月二十三，别耽误了喝辞灶酒。"

"谢三爷的关心。"杨子荣边说边放下大皮帽扇，跑回自己的住房。

当杨子荣一蒙上头躺在床铺上，便进入如何毁灭这座老匪巢的紧张的思索中。

下午威虎厅摆了一桌辞灶酒。

座山雕和八大金刚，加上杨子荣就喝起来。

真也凑巧，杨子荣从喝了姜汤，又蒙头思考了一整上午，因为起来小便没披衣服，真的有点伤风了，说话时鼻子也有点齉齉起来。这点小病,倒是杨子荣的一喜,因为这样他再用不着负担那装病的苦恼。特别是装感冒,那是最不容易的事,匪徒只要用手摸摸你的脑瓜,用眼看看你的面容,用耳朵听听你说话声音,也就完全可以识破。他有了这点小病,倒觉得十分方便起来。

正在酒席当中,座山雕突然向杨子荣问道:

"老九,听说蝴蝶迷和郑三炮不大干净,这事许旅长知道不?"

杨子荣一听,感到这是个最大的难题,在审问俘虏时,有关军事上有用的东西,几乎一点不漏地都问到了,并且记得牢牢实实。可是许大马棒匪徒们的下流生活,却问得极少极少。座山雕所提这个问题,杨子荣是一点也不知道。从他演习当土匪开始,直到现在为止,根本没料到匪徒会问到这个问题上,这就引起他一阵激烈的思考。既不能说不知道,又不能让匪徒看出自己不知道,为了掩饰自己的思考神色,和一时又答不出来的急躁,他故意地、意味深长地、慢慢吞吞地噗哧一笑道:

"三爷!怎么,问这个干啥?"

"闲来没事,什么扯扯都好,扯这个有助酒兴。"

八大金刚一听这个,这些淫棍的精神大为焕发,纷纷嚷道:

"老九!讲讲……"

这更使杨子荣心慌了。"说不知道吧,自己的身份又是胡彪。乱编一通吧,又怕说漏了。这个老匪是在考问侦察我呢,还是真的要寻个下流的开心?现在还是难推测。"

他为了争取尽量多一点时间思考,便打了两个喷嚏,并故意装着感冒病中打喷嚏打不出来的样子,以争取延长哪怕是几秒钟的时间也好。这两个喷嚏虽然只有几秒钟,但就在这几秒钟内,杨子荣却想好了缓兵之策。他慢慢地揉搓了一下鼻子,站起身来,把嘴一咧笑道:"哥们愿听,咱老九就拉拉,让我先小便一下!"

"老九快点!快点……"八大金刚有点急不可待。

杨子荣一边两手插向裤腰带,一边笑着离开座位,"别着忙,常言道:'好饭不怕晚,趣话不嫌慢。'越慢越逗哏,越慢越有滋味。"说着他走出威虎厅。

在往返百余步的厕所道上,杨子荣做了紧张的思考,"这个老匪显然是在考问我,不过八大金刚也许还没有察觉到这一点,这也证明了他们还没通气。可是在这个没有料到的难题面前怎么回答呢?这是一个应付考问的重要关键。不然他就会怀疑我是不是许大马棒的亲信,是不是胡彪?不用说座山雕的用意肯定就在这里。

"斗争,这是匪我斗争的深入复杂化,确切一点说,这是极为艰苦细致的斗争。这是面临着的一场危险的斗争,它之所以危险,是这个老匪的进攻,是在我心理上完全不在意的地方,或者说麻木的地方,没有料到、更没有准备的地方。而且这场斗争又只能成功,不能失败,如果这一步失败,虽不能马上引来杀身之祸,但起码是增大了这个老匪对我的警惕心,那样将要步步失败。这样一个艰苦复杂的斗争,落在我杨子荣这样一个普通的军事侦察人员身上,真是负担太过量了!"

最后,杨子荣果断地想定了自己的对策:"我给他个借题发挥,大拉蝴蝶迷,因为蝴蝶迷的过去,从杉岚站和仙洞镇的群众调查及控诉中,了解得极为详细。再凭我这两片嘴给他个一岔十万八千里,拉到许福和郑三炮两个争参谋长的矛盾上,就这样……"

杨子荣一进门,八大金刚就张口迎接,"老九!老九!快坐下说……"

杨子荣不慌不忙地回到座位,哈哈一笑道:

"提起他们的事,真是几天说不完,咱哥们有的是闲工夫,愿意听的话,我想从头来,从根起,咱叫它有根有梢,有枝有叶,怎么样?"

"太好啦!"八大金刚一齐赞成。

座山雕把嘴耸了两耸,也只有赞同。

杨子荣开始一字一板地从姜三膘子娶七个老婆讲起,一直讲到蝴蝶迷得名,几十个大少爷和蝴蝶迷有事,许福和蝴蝶迷乱搞,许大马棒拣洋捞,又讲到许家父子同太太……讲得八大金刚狂饮狂笑,杨子荣为了消磨时间,大为添枝加叶,渲染逗趣,为了丰富他的材料,达到拉长时间,躲过他不知道的难题的目的,便一会儿联上猪八戒,一会儿又联上武则天,并且联系得非常奇妙,一孔不漏,一绽不露。他尽量发挥他的说唠天才,讲得活龙活现。

一直到了傍晚,话题才进到了许福和郑三炮争参谋长。这是杨子荣审问俘虏时,得知最详细的一节,甚至比他所学的匪徒们的暗语黑话更熟悉。杨子荣讲到这里,故意拿了拿劲,抖了抖精神道:

"哥们,郑三炮和蝴蝶迷的事先留下慢点讲,好饭别一口吃完了!"

八大金刚一阵哄笑道:

"咱老九有说书的天才,到了这个节骨眼上,就得停下,来个且听下回分解,叫你的心眼里老痒痒。"

"一点不错。"杨子荣更拿了拿劲,真的拿出说评书的架子,手向桌子一拍,口中念道:

237

"书到此处,话分两头,欲知郑三炮和蝴蝶迷的勾当,还必须先晓得郑三炮和许福奶头山争参谋长。"

八大金刚被逗得大笑起来。

杨子荣一边吸着烟,一边喝着茶,讲起了这段故事:

"是在今年的秋天八九月间,许旅长分配冬天铺的皮子,引出了许福和郑三炮一段冲突。"杨子荣又装上一锅烟末,用火点着,"皮子是各色各样,有山羊皮,有狍皮,有狼皮,有熊皮,还有三张虎皮。许旅长倒有用心,把所有的人分了五等,最下等的铺山羊皮,第四等的铺狍皮,第三等的铺狼皮,第二等的官员铺熊皮,许旅长和蝴蝶迷每人一张虎皮。剩下的第三张虎皮是不太好分,按地位应当给参谋长许福,可是郑三炮根本不服气。许旅长的本意当然是想给他儿子,可是因为害怕郑三炮那个野牛性子和他手下那批徒弟,再加上蝴蝶迷的暗中替郑三炮使劲,也没敢贸然就分。

"过了几天,许旅长想了一条妙方,学着曹操大宴铜雀台的办法,把张虎皮用一条绳子吊在树上,隔一百五十步,把许家人和他的亲属排成一行,把郑三炮和他的徒弟们排成一行,其余的弟兄都旁观。他规定谁能用枪打断绳子,虎皮掉下来,这虎皮就归谁。

"蝴蝶迷为了叫这虎皮落在郑三炮的手里,所以她挺身站在许家行列的头一个。比赛开始了,蝴蝶迷把双匣子一亮,谁都想到这个有名的双枪姑姑准能打下,果真是蝴蝶迷打下了的话,郑三炮也不会发脾气,因为他们哈哈……有那个。可是蝴蝶迷枪一响,打空了。这时郑三炮的行列里,一声怪叫,郑三炮马上端枪要射,却被许福气汹汹地拦住了,脸红脖子粗地吼道:'不成!这不能算,太太她枪下有私。'郑三炮这个野牛性子哪能吃这个,可是不知为什么他却一声没哼气,不用说是怕他俩的勾当露了馅。"

"因为许大公子揭了蝴蝶迷'枪下有私'。"八大金刚中的大麻子伸着个满是青筋的长脖子,憋着发紫的疤拉脸笑道。

"揭了她'枪下有私'还不要紧!"八大金刚中的塌鼻子,齉齉着他那个臭鼻子补充道,"别揭了她的'私中有私'就行了!所以郑三炮才让了步。"

"一点不错!"

八大金刚一阵狂笑。

"许福挥了一下双匣子,"杨子荣在笑声中继续道,"两手一擎,随着枪声,那根绳子齐刷刷地断了,虎皮落地。许福得意洋洋拖着虎皮上的绳子,打着口哨,正往回走,郑三炮的徒弟却哄起来了,嚷叫不公平。这一吵吵,可把郑三炮吵火了,这个愣种,手起一枪,把许福拉着的绳子打断,虎皮落在地上,郑三炮的徒弟嗷的一声去抢虎皮。这一下许福可急了,瞧着郑三炮的一个徒弟狠狠地踢了一脚,破口大骂。郑三炮抢上几步朝许福一推,'大公子,打狗还得看主面,你他妈真不仗义!凭什么打我徒弟!'许福的眼一眯缝,'什么他妈的臭徒弟,我以参谋长的身份管教他们。'郑三炮一看他拿参谋长压人,更火了,'屌毛灰!什么鸡巴参谋长,不看旅长的面上谁待候你,老郑这杆枪可以打遍天下,你他妈的小晚辈,算个老几。'就这样两个闹翻了,许福凭着力大,要想动手。许旅长一看不好,急忙抢上去,朝着许福就是两个耳光子。蝴蝶迷把屁股一扭,妖声妖气责骂许福,许福这个野人哪能吃这个气,朝蝴蝶迷那个长脸上,呸的一口唾沫……"

"报告! 有事! 有事! ……"八大金刚正听得出神,忽然一个小匪徒慌慌张张跑进来报告,冲断了杨子荣的借题发挥大唠特唠。

"什么事?"座山雕急问道。

"外面的溜子,撞墙了!"小匪徒慌张地报告道。

"哪一路溜子?"座山雕把山羊胡子一撅,"把这些废物叫进来!"

"是!"小匪徒跑出去。

在匪首们的暴躁中,小匪徒从外面领进五个狼狈"撞墙"而回的匪徒。有的用腰带子吊着胳膊,有的瘸着腿,有的用破毛巾包着头,外面还渗出一片血迹。五个匪徒吓得像些癞皮狗,直瞪着两只恐怖的眼,颤颤抖抖站在座山雕的对面。

"怎么?"座山雕咬着牙根,"败了我的山威!"

五个匪徒面面相觑,眨巴着眼,不敢吭声。

内中有个黄瘦子,罗圈腿,终于忍不住座山雕和八大金刚那种凶恶威逼的神气,吞吞吐吐哀求似的说道:

"三爷,是这样,我们在神河庙,定河师傅告诉我们夹皮沟的小火车开动了,拉来不少的东西,叫我们回山告知三爷。我们一听,便想到怎么也不能空手回山哪,就走了一天大半夜到了夹皮沟。下半夜摸到屯边,刚要进去,突然一阵排子枪打来,刁老六他们四个人当场阵亡,我们六个一看不对头,撒腿就跑,这时屯里大喊:'捉活的……'听声也有二三百人,要不是跑得快,连我们也回不来了,就这样跑到半山腰,一颗冷弹,又把孙月喜打死了……"

座山雕吃了一惊,"啊!二三百人?嗯!天上掉下来的?"一摸他那秃脑门,倒背着手,来回急踱着,像一只刚关进笼子里的恶狼。

"对啦！二三百！也许还多。"

"混蛋！"座山雕怒吼道，"你们不知风紧？"

"我们出去十三天了，一点不知道。"

"定河师傅没告诉你们？"

"定河师傅告诉我说，车上只有七八个人押车。"

座山雕气得满脸横肉抖动，两手乱搓，"有信吗？"

"有！"罗圈腿撕开衣角，取出一个小纸卷，递给座山雕。

座山雕展开纸卷，看着看着，面有悦色。自言自语道："火车一响，黄金万两。"转过头把那封信一扬，对五个匪徒道："幸亏这个没丢，要是丢了这个，我那定河师兄岂不就……"他再没说下去。

杨子荣听了这场"撞墙"的缘故，内心涌出一阵胜利的轻松。这点胜利的确值得庆幸，一是匪徒碰了个小钉子；二是那个牛鼻子妖道的罪状座山雕替他供了；最主要的还是小分队这支三十六人的小部队，在匪徒的眼目中成了二三百人。不难想象，座山雕的警戒会全部被吸引到夹皮沟方向，而且匪徒们也不敢直袭夹皮沟这"二三百人"。

杨子荣想到这里，心中一乐，暗想道："再来一个借题发挥。"他马上以严肃的态度向五个匪徒问道：

"你们怎么回来的？腿后干净不？"

罗圈腿好像顿时惊醒，把大腿一拍脚一顿，尖声道："坏了！坏了！我们慌不择路，一直跑回来的。"

座山雕一听，刚缓和的一点空气，又激怒起来，"废物！废物！给人家留下脚印。"

"这太糟了！"杨子荣故作气愤的表情，"现在应立即加强对夹皮沟方向的警戒。"

241

"对!"大麻子的脸气得又青又紫,"眼看到了大年三十的百鸡宴,要好好给三爷祝祝六十大寿,没成想被你们这几块废物败了山威。现在就罚你们几个日夜巡逻,给我滚出去。"

罗圈腿等五个人狼狈地走出去。

杨子荣向大麻子老练地赔着笑脸,"参谋长,不能过于气愤,还是事业要紧,弄这么几个残臂伤腿的人去警戒,非误事不可,还是……"

"老九!"大麻子泄了一口气,向杨子荣笑道,"说是说,干是干,这些个大烟鬼非这样狠整他们一下不可。警戒当然得另派啦。不过……"他轻蔑地转了一下话头,"小股共军二三百人的力量,他休想来战威虎山。果真他来的,那是他自找着送死。让他有腿来,没腿回去。"

八大金刚都自信而傲慢地一阵狞笑。

"不过,"大麻子把眼一斜楞,"咱们的山威可是要扶一扶。三爷,离年三十还有七天,我下山一趟,抓他一把,怎么样?"

座山雕当时露了个笑脸,"这还用说,威虎山向来没吃过这样的亏。不过,夹皮沟可不能去。现在是保存实力,等候国军,等过了年时,"座山雕把手狠劲地一握,"再给他个毒的吃吃!那么你下山就要把力量用在共产党的地方工作队,或者是火车上。"

杨子荣听到匪徒的这个恶毒的计划,内心立时腾起一阵焦虑。这个恶匪这番下山,定是一番毒辣的大屠杀和抢劫。要想尽办法破坏他的下山计划,实在不得已也要迅速联络,通知山边的村屯和铁路上戒备。

可是这些匪徒的活动,是说走就走,杨子荣还没来得及设法阻止,大麻子在当天的晚上已经带了三十六个人下山了。至于匪徒闯到什么地方去,杨子荣一点也不知道。这也是匪徒活动的特点。在实行这类屠杀抢劫时,他们并没有事先的计划,而是出山后,见机应变,得下手就下手。

现在临在杨子荣面前的任务,只有急速地同小分队联络。这个联络不但是防范大麻子的下山,更主要的还是杨子荣在装病的一半天中,订出了毁灭座山雕老巢的计划。

他想定的计划,本来装病时在被窝里已经写好在桦皮膜上,可是怎样送到自己规定的联络点,却是一大难题。深夜送出去吧?又不敢相信座山雕对他没有监视。杨子荣又想了一整夜。

腊月二十四日拂晓。

杨子荣在一整夜的思考后,正要矇眬入睡,突然东北山包上传来两响清脆的枪声,接着便是一片慌乱的吼喊。

杨子荣和七大金刚惊跳起来,刚一出门,座山雕已经站在他们的门前。只见东北小山包上两个匪徒在吼叫:"敌人来了!"

杨子荣一听,唰地全身冷下来,心脏紧张地跳动,内心一阵苦思:"怎么?二〇三首长真的这样冒失吗?真的随着匪徒的脚印袭来吗?如果真的这样,战斗的结果是不堪设想的!我现在怎么办呢?一阵大肚匣子和手榴弹先消灭自己跟前的匪首吗?……"

他在这一秒钟之内,想了这许多,手里握着两把汗。突然对面来的枪声提醒了他,这枪声是那样的远,子弹又飞得那样的高,并可听到隐约的喊声,座山雕这个老匪又事先站在他们的门前,他一定早知道今天的事情,确切一点说,是他布置的把戏。想到这些,使他的脑子顿时开朗了。他默默地自信自己的判断:"听枪声就不是小分队的战术,小分队对匪徒的袭击,向来不喧哗,也绝不能这样远距离射击,这一点我深信战士们的军事素养

243

和白刃拼杀的勇气。二〇三首长即便袭来,也绝不会从夹皮沟方向,因为他的虚张声势,就是为了把匪徒的注意力吸引到那里去。"他完全相信自己那位青年首长的作战智谋。"那么这个老匪又动什么伎俩呢?是为了提高匪徒们的警惕而作军事演习吗?还是这件事又是这个老匪对我进一步考察呢?为了斗争得胜利,我没有权利来设想前者的可能,而只有后者。现在的问题是我怎样在这个老匪跟前表现表现。"

一阵空前激烈的枪声传来,子弹掠空而过。

"三爷!我上去指挥。"杨子荣一面向座山雕请示,一面躔开大步奔向东北山包。杨子荣隐蔽在山头上的一棵树旁,借着晨光向正前方观察,看到几个不密的黑影,向这里射击,从他的观察中更证实了自己的判断。

"好机会!"杨子荣一阵高兴地想,"再来一个借题发挥!"他抽出大肚匣子,"我打死几个匪徒,在座山雕面前显显我的本事,解除这个老匪对我的怀疑。"想着,他把大肚匣子上上了把,点射两发,把快慢机一拨,嘟……一梭子,子弹雨点似的落在几个黑影周围,翻起几点雪尘。

他立即再换上梭子,刚要射击,突然一只手搭上他的肩膀,"老九!慢来!"

杨子荣回头一看,原来是座山雕和八大金刚中的塌鼻子立在他的身后。座山雕满面嬉笑地向着杨子荣一撅山羊胡子,然后凑近他耳边小声说道:

"老九!别打,这是我布置的军事演习。"

杨子荣故作惊奇地瞪大了眼睛,"三爷,真好危险,要不是你上来得早,我这一梭打出去,定会销掉几个的。"他马上放缓了语气,带有埋怨的口吻,"三爷作演习怎么也不告诉咱老九一声,怎么? 三爷还不相信我胡彪咋的? 拿我当外人?"他马上装出极不满意的样子。

"格格格……"座山雕抖动两个肩膀笑了几声,"老九! 别多心,这场演习谁我也没告诉,不信你问他。"座山雕指着他身旁的塌鼻子。

"可不是!"塌鼻子齉齉着个塌鼻子,"咔! 咔! 谁也不知道,我也当是共军真来了!"

杨子荣内心一阵得意的微笑,心想,"这个老匪的伎俩他自招了,这分明是在考察我,我刚才的这一场行动和一梭子枪,对解除这个老匪对我的怀疑是起了一定作用的。现在我还要借题发挥。"

"三爷!"杨子荣胸有成竹地向座山雕建议道,"演习不能光演习防御,还要演一下追击,怎么样?"

"正合我意。"座山雕捋了一下山羊胡,"老九! 你领着演习追击。"

"是!"

杨子荣张开了喉咙喊道:

"弟兄们! 敌人撤退! 追击! 跟我来……"

在杨子荣的喊声中,这个小山包上五十名匪徒,爬出了地堡窝棚。杨子荣大肚匣子一挥,带着五十名匪徒向山下扑去。

对方停止了枪声,黑点无影无踪。及至追到三里外的那个洞口,见那堵在洞口上的伪装雪壁已经打开,是刚才有人爬进去的痕迹。没问题,这是刚才扮演"共军"的那几个匪徒进去的。

杨子荣心里明白,但是现在无论如何不能向匪徒讲明,也就是现在还不能收兵。因为他所以建议追击,是要把自己的桦皮膜卷送出去,和小分队联络上。现在身任追击指挥者的要职,更便于借追击之题,干联络之实。

可是前面已经没有"共军"溃退的踪迹,这又怎么来指挥呢? 怎么来遮盖匪徒们的眼目呢? 怎样把匪徒们指挥着追向或靠近自己的联络点呢? 这倒是个问题。现在的追击方向是东北,而自己的联络点是在正南,是在自己进山献礼的来路上。

"有办法!"杨子荣略一思索,"有职我就有权,来他个假传圣旨,"他把右腮一摸,向匪徒们命令道:

"旅长命令,敌人消灭后,要巡山一周,一营长!"

"有!"匪群中站出个大个瘦营长。

"你带一股顺此向北再向西,搜索北山、西山;我率一股搜索东山、南山,一点半钟以后,威虎厅前集合!"

"是!"大个子瘦营长带三十人转弯搜向西北。

杨子荣自率二十余名匪徒,折了个九十度的方向,奔向正南。

杨子荣把匪徒带到自己的联络点以东,为了怕暴露自己刻在树上的南向记号,所以他把匪徒们安排在那棵权枝上搁着黑石头的树的侧背面。当他确信他摆布得十分恰当时,便向匪徒们哈哈一笑道:

"弟兄们! 今天三爷是特别布置的战斗演习,怎么样? 累了吧?"

绷得满身紧张战斗神气的匪徒们,顿时哄笑起来,纷纷嚷道:

"我说呀! 咱们的威虎山,安如泰山,神兵神将也打不了,别说共军。"

"共军没有十万八万,他还敢进威虎山,哼! 那叫猫舔虎鼻梁,找死!"

"小鬼子时代,还是请咱们三爷下山的呢!……"

杨子荣哈哈大笑起来,现在他要施用他巧妙的联络计谋了,于是高声喊道:

"弟兄们,咱们演习了防守,也演习了追击,现在咱们再演习一下冲锋,好不好?"

"愿听九爷的命令!"匪徒们一阵吵嚷。

"目标!"杨子荣大肚匣子向前一挥,"正前方,小山顶发现敌人,冲锋!"

匪徒们嗷的一声,奔越过杨子荣的联络点,冲向正西的小山包。在匪徒们怪吼狂奔中,杨子荣从烟荷包的双层布中间,取出自己的桦皮膜卷,在五六秒钟的刹那间,把它安放在那个刮过的香烟盒大小的树皮里,还轻松地看了看历历犹新的自己来时留下的马蹄印,然后一阵急跑,跟上演习冲锋的匪徒。

孙达得顺着杨子荣树上刻的记号——每隔五六棵树用匕首在树上削过露出的白茬,蹽开长腿,一直走了三天。

近些天来,没下大雪,风也不大,这就加快了孙达得的行进速度。

腊月二十四日下午,他离开小分队整三天了。他那无穷的体力,被那比沙滩还要松软的大雪原给消耗了,他疲惫得浑身松软。雪地好像存心和他找麻烦,越疲劳它陷得越深。孙达得每走一步,不是什么向前迈腿,而是从雪窟里向外拔腿,或者说是从烂泥塘里向外拔腿。左腿刚拔出来,右腿又陷进去,拔得越费力气,陷得就越深。有时为了拔出右腿,而把全身的重量全部压在左腿上,这就使左腿陷得更深,有时竟几次拔不出来。

这一趟远距离联络,也更加丰富了孙达得的雪地行走的知识,当他实在拔不出腿的时候,逼得无法,只得躺在雪地上,像一匹拉车被陷住的马,急促地喘息一会儿,起来再干。有一次他实在爬不起来了,挣扎了一阵,毫无效果,偶尔他侧身一滚,想仰卧一会儿,可是这一滚,突然觉得身体轻快了很多,在他滚动的地方,一点也没陷下去。孙达得一阵轻松,回头望了望自己滚过的一段路程,刚压上了一点微弱的痕迹。

"妈的!"他奇怪地自语道,"我的全身的重量,倒比两只脚还轻?真他妈的欺侮人,这存心是逼我孙长腿滚了去呀!好!妈的,为了完成任务,滚爬都行。"

从此孙达得的前进中,有走,也有滚,雪浅的地方他就蹽开长腿,雪深的地方,他就滚上一阵,越过深雪地带。

天色渐渐昏暗,杨子荣留的记号仍无尽头。

孙达得心焦得浑身发热,心里老翻腾着:"时间!时间……今天是腊月二十四,我完成任务的时间还只剩三天了……"

这短促的时间和焦躁的心情,更加激动了他为党工作的高度的责任心,给他增加了力量,疲劳逐渐地在他身上被驱逐了。

可是每走一步又给他带来了另一种更担心的情绪,"杨子荣同志到底怎么样了呢?出没出危险呢?快走!只有快到联络点,一切才会明白。"

此刻他的腿和心一样,由松软变得绷紧,力气增加了,速度加快了。他边走边张望,来到一个小山包的边缘,突然发现前面有一棵周围没有大树遮盖的小树,小树人头高处的树杈上,搁着一块什么东西。他顿时乐得跳起来,但他又马上沉住了气,"不能冒失,看看……"他赶忙蹲在一棵树下,像一个搜索兵一样,仔细地向四周窥觅了一阵。当他确信没有敌人埋伏之后,便拼命地跑上去。"找到了,找到了!好顺利!"他一面拿下树杈上的那块黑石头,一面急急地在树干上到处摸索。也许是由于心急,一时偏偏找不到他要找的地方。孙达得又是一阵心跳,心里担忧起来:"难道杨子荣同志没做完他的全部联络准备工作就……"在这一愣神的瞬间,他忽然瞥见就在他眼前的树皮上,有一处有点异样,赶忙伸手一按,那树皮竟活动起来。"妈呀!你在这里!你怎么不说话呀!"孙达得高兴得心快跳出来了,他伸手拔出匕首,叭的一声,把匕首刺在那块树皮上,然后轻轻撬了撬刀尖,往外一拔,一片香烟盒大小的树皮,随着他的匕首脱落下来。同时,从里面滚出一小卷白白的桦皮膜卷来。孙达得赶忙拾在手中,狠狠地把它握了两下,"哎!哎!你可来了!"他抬起头,遥望着北边,"老战友,英雄!你成功了!"接着,他小心地把它装入怀中,长喘了一口气,眼睛向四外一看,林中像死一样地静,黄昏笼罩了下来,而疲劳也像黄昏一样,袭上他的心头。腿也软了,好像现在挪动一步,都是十分困难的。"真需要休息一下,哪怕是一点钟也好。"

他不由自主地就要倒下,屁股刚一着地,立即发现他眼前一百米外的一棵大树下有一座四合的雪墙,孙达得微微一笑,"嘿!还有座避风墙,享受享受!"他手一按地,想直起腰来,可是腰腿已经酸疼酸疼,腿关节格格直响。

他挪动沉重的步子,忍住腰酸腿疼,彳亍地走近雪墙,一下倒在雪墙里,立刻就要矇眬入睡。

忽然剑波亲切的面容,浮现在他的眼前,剑波紧握着他的手,"达得同志,给你的时间只有六天,六天完不成你七百里雪地的联系,那么我们将会失去任何有利的时机。记住!时间就是力量!你去吧!祝你成功!"

孙达得蓦地跳起来,心脏紧张地跳动,他想着二〇三首长临别时的叮咛,他的眼睛亮了,目光戳穿了大地的昏暗,他凝视着围在自己身旁的雪墙。他抓起两把雪,抹在自己的脸上搓了一阵,刺骨的凉意提起了他的精神。

"走!今天已经三整天了,不能因我孙达得失去了有利时机!走!越快越好!"

他鼓足了力气,瞪大了眼睛,刚要开步走,突然雪墙上隐约的花纹吸引住他的视线,他贴近了雪墙俯首一看,杨子荣粗大的手印,印在雪墙上,这才恍然明了这雪墙是杨子荣的劳动。孙达得心里一阵热乎,自语道:

"老战友,我已经来了!为了胜利我马上要返回去。"他把自己的手按在杨子荣的手迹上,"来!老战友,咱们握握手吧!同志,再见!"

孙达得掏出饭团,吞了几口,躤开大步,奔向回路。高大的身影,没入昏暗的森林里。

十八 二道河桥头大拼杀

腊月二十八日。

小火车在雪原上向夹皮沟急驰。

车上的人,大多是妇女和老头,新生活给他们满身的喜悦,车上一片欢笑。妇女们紧紧抱着她们的包裹,不眨眼地盯着,深怕它掉下火车跑了似的。老头们美滋滋地叼着烟袋,瞅着他们买回的东西,一声不响。

中年妇女们也不知哪来的那么些欢笑和话语,一路上说笑不绝,东扯西拉,取乐逗笑。"我这个布细。""你那个棉花绒长。""这是双结线的。"这个说:"回去先给当家的做上套棉袄棉裤,好上山打猎。"那个说:"回去先给上山的做副大手套,做双原皮鞋,吊个大皮帽,别冻坏了手脚和耳朵。"

年轻的妇女,只是腼腆地抿着嘴笑。笑别人,也在想自己。从神情上可以完全看出她们内心,也在甜蜜地想着回去怎么给她们年轻的男人打扮。她们对自己男人关切的心情,更甚于那些大婶大嫂们。

这支夹皮沟屯的妇女山货贸易队,在牡丹江一共交易了不过四五天,就学会了不少的歌曲,什么《东方红》呀!《没有共产党就没有新中国》呀! 都能唱得烂熟。

真的,她们在解放了的城市里,对那里人民新生活的一切,特别是对那举目可触、竖耳即闻的遍地歌声,感到从来没有过的幸福,她们像从浓烟呛人的地方奔到了空气新鲜的花园;又像在久雨不晴乌云笼罩的日子里,突然拨云见天,看见了和煦的太阳。短短的几天中,她们饱尝着这从来没有过的自由和幸福。

她们学的歌,在城里时腼腆得还不好意思放声唱,上了她们自己的小火车后,情况可就大不相同了。最初是一个人在哼唱,接着是两个、三个、十个……二十个……全车一起唱起来。声音愈唱愈洪亮,精神越唱越饱满。那和谐的音调,清晰的歌词,嘹亮悦耳的声浪,随着急驰的小火车,荡漾在雪原的天空。唱得那小火车也减少了震动,它咣咣咣咣的节奏,成为雄壮的打击乐,更增加着歌声的壮美。它和她们,在这空谷雪原林涛起伏的铁路上,演奏着歌颂共产党、歌颂自由幸福的大合唱。

人心感万物,人欢物亦欢。这里的一切山呀! 树呀! 雪原呀! 也像在随着人心欢笑歌舞。

迎着小火车的飞驰,高山在跳跃,森林在奔跑,雪原反射出灿烂夺目的光芒,亲吻着人们的眼睛。

应着人们的歌声,满山遍谷发出洪亮的回声,像似和人们对唱争鸣,又像似向人们欢呼接迎。眼前呈现出无限壮丽而亲热的美景,真是:

> 巍巍丛山呈玉影,
> 皑皑万里泛银光。
> 飞车载歌驰长谷,
> 群峰呼奔迎红妆。
> 夹道狂欢天地动,
> 倾心致意表衷肠。
> 辘辘远驰人飞过,
> 遥遥高峰探颈望。

这是小火车第二次回来,这一趟进城,是夹皮沟人在生产自救的原则下进行的。他们自从有了枪,有了衣裳,有了两个月的粮,便掀起了热火朝天的辛勤劳动。劈桦子、打野兽,来供给城市,供给军用,以养活自己。他们那惊人的劳动效率和勇敢的自卫力量,开辟了他们生活的新途径。几天的时间,他们生产了成吨的城市必需品。村的生产委员会,为了不影响生产、剿匪的任务,所以这趟进城的贸易队,全是由妇女和老头组成的。去时,桦子、皮货车上装得满满当当;回来时,布匹、棉花包得花花绿绿。特别使他们荣幸而自豪的是,每家都请了一张毛主席像。这张像,他们比任何东西都珍贵,有的从一上车就拿在手里,连搁也没搁,连车边也没碰着,不时地展开来,看着毛主席那慈祥的笑容。

小火车在欢腾地急驰。人们的心和火车一样,向家乡急奔。

火车头上的司机,是生产委员会主任张大山,也是这次的贸易大队的队长。司炉李少坡,向炉里猛填桦子,熊熊的火,烧着锅炉,发出充足的蒸汽,小火车被喂得有使不尽的力气。

车尾的守车里,高波和另外的几个战士,押着从牡丹江提来的小炉匠栾警尉。这是因为要对付那个老道和一撮毛,剑波才决定把这个匪徒提来,利用他老婆被我们救活,利用他和一撮毛这场杀妻之仇,再勾起他对那个老道奸妻之恨,叫这些匪徒来个狗咬狗,狼吃狼,从而多搞出一些有用的情况来。

煤水车上,班长郭奎武带着机枪组,架一挺轻机枪,随时准备打击可能来袭的敌人,保护着车上的幸福和欢笑。

小火车勇猛地奔驰着……

夹皮沟。

少剑波正在屋里同刘勋苍、白茹、小董等人谈论着:今天傍晚小火车回来,那时夹皮沟人该有多么高兴呀!

白茹在一张桌子上,用桦皮卷给群众写着春联。李鸿义在替她帮忙。

写的正是新词,什么"剿匪保家爱祖国,打猎劈柴勤劳动"啦,什么"生产必须剿匪,剿匪保护生产"啦。工友和家属们对贴春联的兴趣颇高,一个个拿着一卷卷的桦皮陆续走来,求白茹替他们写。有的民兵自己编词让白茹写,这些词更新颖有力,什么"一枪一个野兽,一枪一个土匪",还有"钢枪一响消灭国民党,腰刀出鞘专宰座山雕"。

人越来越多,词越编越妙,兴趣愈来愈高。

有些老大娘、大嫂子,真看中了白茹这个姑娘,虽然她们所有的人几乎连一个字也不识,可是却对白茹频频点头夸奖,"看人家姑娘那手多巧！划得多快！描得多俊！真是气死男的……"

刘勋苍向来好和白茹开玩笑，听到这么多奉承白茹的话，他靠近桌子旁，故意学着忸怩的声音，"咱们这白姑娘，真是个和平的小白鸽，到哪儿都讨人喜欢。又能治病，又能当兵，又能写春联，外加上长了个漂亮的小脸蛋，哎呀！真是人人喜欢。"

这一席话，惹得大家一阵哄堂大笑。

白茹脸上略红了一红，也没吱声，蘸了蘸笔，一声不响地低头只管写下去。

当她写完了一联，趁刘勋苍在桌旁哼唱歌曲，她蘸了饱饱的一笔墨水，朝着刘勋苍的脸上一甩，一点也没浪费，甩得刘勋苍满脸黑点，刹那间，黑点淌成一群乌黑的小蝌蚪。

"再叫你淘气！坦克！"白茹尖声地笑起来。

大家一齐瞅着刘勋苍拍手大笑。

刘勋苍顺手摸了一把，这一下更可观，蝌蚪消灭了，满脸成了一块黑煤炭。小董跳了一个高，拍着屁股笑道：

"唉！谁买这特大号的黑白牙膏！这是白茹公司出品的，夹皮沟的土造！"

大家笑得按着肚子，弯着腰。

刘勋苍把白牙一龇，喊了声："贱卖不赊！"他大踏步跑到院子里，抓了两把堆在墙根下的积雪，满脸擦了一大阵。大家的笑声，随着刘勋苍脸上墨汁的洗净而渐渐消失了，屋子里这才平静下来。

小董蹲在炉子旁，用一把小木勺，搅拌着锅里煮得热腾腾的狍子肉。肉香扑鼻，充满了整个的屋子和院子，和夹皮沟各家的肉香，汇在一起，充满了整个夹皮沟的屯落和天空。这是小分队和群众一起猎来的兽肉,改善着人们的生活。

他一面搅拌一面说:"小高波最爱吃狍子蹄筋,今天咱们谁也不许吃,都给他留下,给他煮得烂烂的,温得热热的,再加上两大碗肉汤,一进门就给他端上来,你们说,他会不会乐得蹦八十六个高?"

大家齐声同意,人们的思绪和话题被小董这句话一掀动,全引向对高波、张大山等进城贸易队的盼望和谈论。正谈得兴致高昂,突然立在门口的青年工友二牛子,两手一扬喊道:"来了!来了!别吵……来了……"说着拔腿就往街上跑。

大家轰的一声,一窝蜂拥出门去,"来了!来了……"边跑边喊,奔上车站。刘勋苍和小董连帽子也没戴,李鸿义手里还拿着一卷没写完的桦皮春联,白茹手里拿着一支刚蘸得饱饱的墨笔。

车站上欢笑的人群乱哄哄地又笑又跳,眼睛都望向西南的小山包,热盼着小火车马上就会和上次一样,从小山包的背后,一转弯钻出来。

可是等了二十分钟,什么也没有。人们的耳朵开始代替了眼睛的张望,欢吵声静下来,每人都静听着他们所最喜欢的小火车的奔驰声。从他们侧着的耳朵的微微耸动中,显然可以看出每人都在努力地扩大着自己的收音量。有的人用两只手包在耳朵后面,扩大着他的耳轮。

站外的小木房里,钻出两个信号工,他俩惊奇地望着车站上的人,当洞察到他们是在接站时,两个人对着这群热情接站的主人哈哈大笑起来。接着四只手举在空中像扇子张闭一样开阖了几下,表示着没有车的信号,站上的人马上结束了这场紧张的窥听。

一个青年工友玩笑地捶了一下二牛子的后背,"二牛子,叫火车想疯啦?"

"什么是想火车,"另一个工友插嘴道,"车上有他老婆,是叫老婆想疯了!"

大家都瞅着二牛子大笑起来。

二牛子把嘴一歪,做了个鬼脸,"要光是我自己的老婆在车上,我就不想了!因为火车上装着全屯人的老婆,所以我想得特别厉害。"

大家又是一阵哄笑,在哄笑声中,又一个工友把二牛子的冻红了的耳朵一拨拉,"二牛子耳朵今天都听长了!你们看,比牛犊子耳朵还尖,能听到牡丹江。"

二牛子弯腰抓起一把雪,就往那青年的衣领里塞,他两个一追一逃蹦蹦跳跳地跑回屯里。

接站的人群打打闹闹地转回去。夹皮沟家家户户门前已站满了人,龇牙傻笑这群冒失的接站者。

离神河庙五公里的二道河子桥,多年失修,铁轨蜿蜒不直,路基凹凸不平,枕木朽烂,道钉残缺。桥头左侧标着"三二五粁"的石柱子已被积雪培了大半截。

小火车欢腾地急驰,像抽线一样把这座破桥拉到自己的跟前。它喷出几口粗气,看样子是要慎重仔细一点来度过眼前这段衰老的空中路。它的步子放得轻轻的,速度放得缓缓的,只有那汽笛声还是雄壮如先。

可是司机张大山的心,全车人的心,好像被夹皮沟那群冒冒失失的接站人拉了去一样。每个人的心里都想着夹皮沟接站人的活动,好像车站已经浮现在他们眼前,甚至人们怎样挥手欢呼,怎样蹦蹦跳跳,剑波又要站在车上讲话,家里的人接着买回的东西笑得闭不上嘴……这些情景,就像在眼前展开了一样。家里煮的烂狍子肉,烧的热炕头,在等他们回来,甚至他们已经嗅到了肉香,他们的心已经早跑到了夹皮沟。

张大山瞭望了一下,桥在静静地卧着,他微微一笑,轻拨了一下驾驶柄,小火车的诱导轮已踏上桥梁。他内心是那样愉快地想着:"过了桥,我再急驰上三个钟头,太阳还不落,我们就回到家乡啦!"在他的这种心情下,把车刚开到桥的小半截,他就已经开始增加了速度。人们在桥上顺着二道河子的冰流带,遥望着隐隐可见的神河庙,人们不约而同地欢笑嚷道:"快到家啦!……"

轰隆隆!在这热烈的欢笑声中,突然一声剧烈的爆炸,地动山摇,一股浓烟冲起了炸毁了的枕木的碎片,发出啸叫,小火车头被掀下桥去,一头栽到河里,深深地砸进了冰河雪坑。司机张大山摔出十五六步远,把积雪打了个窟窿,被埋入雪堆里。司炉李少坡头闯进炉门,被火燃烧了。班长郭奎武和三个战士,被扣在煤水车下牺牲了,桦子、白雪、冰块和他们的血肉混在了一起。

整列车的车厢,虽然大部还没上桥,可是前半列倒下了,后半列全部脱轨了,车上的人们被掀翻在路基下的雪地上。他们惊呆地躺在雪窟里,真不知哪里来的这场灾祸。

高波和马保军跳下守车,敏捷地指挥着战士们就地散开卧倒。他们镇定了一下精神,刚要来观察这不幸的情况,突然一阵排子枪,压头盖脑地从桥的两侧袭来。妇女们被吓得号哭起来,老头们直挺挺躺在雪地上,有的用两只胳膊蒙着头,浑身乱抖,发出哼哼的惶恐声。

接着那阵激烈的排子枪,从桥的两侧山背后的灌木丛中钻出了两股匪徒。共有三十几个,疯狂地朝着被炸翻的列车和人群冲来。匪徒边打边吼:"要钱不要命,不给钱拿命换!"

因为积雪太深,匪徒们的冲击速度不太快,不过距离只有一百五六十米,并且是两面夹击,步步迫近。

"瞄准,射击!"高波眉头一皱,急促地命令道。

八个战士按他的命令,向北边冲过来的二十来个匪徒一齐开火,在战士们这一排准确的射击下,冲在前边的几个大个子匪徒,被打倒了,再没有爬起来。其余的匪徒也被这准确的火力压倒在雪地上。

"回头!"高波趁北边的敌人火力被暂时压倒的同时,向战士命令道,"一齐瞄准,射击南边的匪徒!"战士们顺路基爬到脱轨的车厢下,向南边冲来的那股,又是一阵猛烈的射击,几个匪徒被打倒在一个小小的斜坡下,其余的十几个又窜回灌木丛。

战斗暂时沉寂,在这短得不可思量的时间内,十八岁的高波,内心压上来沉重的负担,他想:"我只有八个战士,连自己才九个人,敌人仅现在发现的数目就有我们五倍,刚打倒了他七八个,仍然还有我们四倍多,不过这还是小事,严重的是这几百个群众的生命。群众的生命和他们刚用劳动换来的一点财产……群众……他们的死活全依赖我们这九个战士、这九条枪。"当他看到战士们仅利用了这短短不到一分钟的间隙已把自己隐蔽在雪掩体里,又是那样的信心十足,毫无怯意,他内心冲上来一个牢固的信念,"不怕,什么凶恶的敌人,也治不得我们的战士。"

正想到这里,北边那股敌人,又是一阵排枪射来,接着便是狂吼乱叫,用比上次更快的速度冲来。

"射击!"战士们又是一阵猛射。匪徒们选择那条不利的冲锋地势,和那凶狂无忌的姿势,增加了战士们枪弹的命中率。好得很,敌人又被打下去,伏在雪地上。

虽然这样,但是群众的行列里,却发出了中弹的痛哭声。这显然是有的群众已被匪徒射中了。

高波这才意识到,今天的任务,不能光凭战士们的不怕牺牲,而是要自己有机智的指挥,再不能让群众在这交集的枪弹下死挨打。"我怎样来保护群众的生命财产呢?这绝不能用死拼硬守的笨办法。怎么办呢?……怎么办呢?……"他伏在雪地上,凝视了一下东北的小山包,连着一条不深的小沟,他眉头顿时一展,自语了一声:"突围!"

在战士们瞄准的冷枪声中,他匍匐着爬到副班长马保军身旁,低声向马保军道:

"马班长!现在得赶快率领群众突围!"

马保军微微一点头,眼睛仍凝视着正前方的敌人。

"现在咱俩分工,"高波触了一下马保军的拐肘,"你带三个战士带领群众从那条小沟,奔东北小山包,再奔正北大山顶,接着翻过山后,奔神河庙,我在这掩护。"

"小高,还是你去,我留在这和匪徒拼杀,我保证完成任务。"

高波严肃而亲切地道:

"好同志,这不是谦让的时候,快去!"

马保军刚要再开口,南边的匪徒又冲来,高波和战士们一齐猛烈地射击了一阵,打倒了几个匪徒,可是敌人已冲过了那段对他们不利的小斜坡,被压在一道棱线上。这时敌人离自己的阵地火车路基,已不过百米了。高波更加紧张,对马保军指责地道:"情况越来越不利,群众的生命要紧,我过去是副排长,你要坚决执行我的命令。"

马保军镇静地答声:"是,我想一切办法,完成任务。再见!"他俩紧紧地握了一下手。

马保军向自己周围的三个战士一摆手,一起滚进路基旁的壕沟。他们在这一段小小的死角地带,向隐蔽在这里的男女群众低声鼓励道:

"老乡们,敌人被打退了,咱们快顺东北小沟,爬上北山,不要害怕,有小高他们挡住敌人。走的时候,弯着腰,快跑!"

他们从排头到排尾,把群众安慰鼓励了一遍,当群众鼓起了突围的勇气时,马保军叫一个机灵的战士在前头顺着选好的小沟领着群众快跑,自己和两个战士伏在路基旁的沟沿上,一面鼓动群众的勇气,指挥他们放低姿势快跑;一面瞄准敌人,准备迎接匪徒们再来的冲锋,以增加高波等五人的火力。

群众的队伍突出沟口,在小山包下的一段开阔地上暴露了,北边那股敌人,就地转了个九十度,向群众的行列,开始射击,妇女老头们,在没膝深的雪地上,拼命地挣扎。马保军和高波的两组火力,向敌人更加猛烈地射击。虽然敌人的火力被稍微压制了一些,可是在这段开阔地上已被匪徒们射杀了七八个群众。

"马保军,"高波向正在射击的马保军命令道,"快!快到群众中去,指挥群众,快突!越快越好!"

马保军率领两个战士,奔进群众的行列,指挥群众猛跑过这段开阔地,钻入灌木丛,奔上小山包。他们一面呼喊鼓动群众,一面冒着敌人的枪弹,向敌人射击。

匪徒们看到群众进了灌木丛,奔向小山包,更加穷凶极恶,像一群贪馋的饿狼,向小山包冲去。高波等五个人的火力,虽然尽量加快射击速度,总因为只有五支步枪,火力显得太稀疏了,阻止不住敌人的冲锋。匪徒们已冲到离群众只有七八十步的半山腰,发出凶狂的喊叫,有些群众被吓倒躺在雪地上。太危险了!

"准备手榴弹!"高波高喊一声,"冲锋!"

五个人以最快的速度向匪徒侧面扑去。山上的马保军四人也从小山包上,向敌人正面冲下。

匪徒们一见高波等只有五个人,便一窝蜂地向他们围拢冲过来。"捉活的!小共产崽子!"发出了凶恶的吼叫。

高波等五人在匪徒距离自己只有三十步远的当儿。"投弹!"在高波雄壮的喊声中,一连十五枚手榴弹,落向匪徒群中,顿时一阵剧烈的连续爆炸,掀起了一团浓浓的黑烟。匪徒们被炸得血肉横飞,来时凶狂的吼叫,现在变成了唧唧哇哇的惨叫。

正在这时南边的那股匪徒,已冲近了高波原来的路基桥头阵地,要尾追突围的群众。高波等五人已陷入两面拼杀的局面。

"群众还没到达安全地带,"高波紧张得两眼发红,"现在无论如何不能失掉桥头阵地,冲回去!"

当他们刚要回头冲锋,已发现自己的两个战友,躺在雪地上不动了!他们俩牺牲了!趁着浓烟的扩散,高波等三人,迅速拿过牺牲了的战友的枪弹,趁着浓烟冲回桥头。刚刚冲到路基的右侧,南面那股十几名匪徒也冲到了路基的左侧。现在他们只隔一条铁路,在这三比十几、一路之隔的紧张关头,三个人挺起胸膛,投出了十几枚手榴弹,匪徒们被炸死了六七个,剩下的六七个狼狈地扭回头便逃窜。

高波回头看看突围的群众,已全部奔到大山顶,正向山后退去。马保军小组四个人,正立在山顶,向被炸昏在雪地上的匪徒射击,居高临下,真得劲。他内心发出一阵胜利的欢笑,"群众进入安全地带,敌人打不着了!现在我可以再拼杀一阵,黄昏突围。"他心里一阵轻松,想趁这刹那间的沉寂,再选一个有利地势,摆脱敌人的两面夹击,以便掩护群众走得更远些,自己再撤。

正在这时,突然一颗冷弹,射中了他身旁的一个战士,又一个同志牺牲了!现在高波身旁只有一个战友,力量更单薄了!"必须立即转移阵地,"他想着,"否则敌人再冲来,不好招架。人太少了,特别是最能制服敌人的手榴弹,已快光了,只剩下最后的四颗。"

天色昏暗下来,他向牺牲的战友和群众,默哀了一阵,他正要同仅剩下的一个战友转移突围,突然在路基旁的壕沟里,发出痛苦的哼叫声。他心里一翻腾,这才知道壕沟里还有没突围的活着的群众,也许是他们负了伤走不动了。这哼叫声,顿时阻止了高波马上转移突围的念头,他这爱民如父母的高尚品德,立即使他的决心转变,"不能扔下一个活着的群众,这里的活人突围,我必须是最后的一个。"

想着,他爬到那个战士跟前,低声命令道:

"快!你去把活着的群众领走,顺前面突围的道路突出去,我在这掩护!"

那战士爬起来正要去执行高波的命令,突然背后一阵喊叫,"捉活的……"匪徒们从背后包上来了!

高波两人,扭转头,朝着已冲到近前的十几个黑影,投出了最后的四枚手榴弹,在剧烈的爆炸声后,只听得匪徒唧唧哇哇滚到群众突围时所走的小沟里。

"快!领群众,向正北突围!"高波急急地命令道。

战士顺壕沟边跑边低声地动员,"老乡!快跟我走,天黑了,匪徒看不见,别害怕……快!跟我来……"他连叫带拉,把十几个妇女老头,领出壕沟,刚走到那段开阔地,从侧面小沟里,袭来一阵狂射,战士牺牲了!老乡们躺在雪地上,一动也不敢动。匪徒们七八个黑影扑向了他们。高波的心像炸裂了一样,恨不得一步扑上去,来一个鱼死网破。但忽又听得黑暗中发出老头们被宰杀的惨叫声,这一定是匪徒们用匕首残杀了对他们没有用的老人。在老人们的气绝声中,又听到妇女们的挣扎声,匪徒的黑影群中,拉着几个挣扎惨叫的妇女,向西走去。

这一切高波哪里能够忍受,他眼中放出怒火,浑身像燃烧一样,他抽出大肚匣子,要用他最后的厮打拼杀,来解救这几个被俘的妇女,或者和她们一同死去。

他刚一起身,突然背后路基的左侧,传来摸进的脚步声。他转过身来,爬上路基伏在守车下面,向南边的脚步声望去,在二十几步远的距离,七八个匪徒,像摸瞎一样向他的阵地摸来。高波屏住呼吸,把大肚匣子上上把,拨了一下快慢机,静静地伏在地上,瞄准了匪徒的影子,心想:"狗娘养的,让你们再靠近点。十七步……十二步……八步……好!"

嘟嘟嘟……高波的食指一勾,子弹带着火舌从守车下喷出,匪徒们滚倒在雪地上,"再换上一梭子!"咔的一声,高波换上梭子,静等着匪徒再爬起来。

在这刹那的沉寂中,高波突然想起他押解的栾匪小炉匠,顿时使他一阵心慌。他迅速地翻身爬上守车。一看,只剩下那条捆绑栾匪的半截绳子,这个匪徒是挣断了绳子逃跑了!高波心里顿时冰冷,失职的错误,沉重地压在心头。他跺了一下脚,"妈的!真无用,我为什么不先把他消灭呢!这个匪徒的逃跑,不知对剑波首长的整个计划要有多大的危害?不成!我得活着,赶快走!赶回去,报告二〇三首长,是否因为栾匪的逃跑,而要更改计划?走!一刻也不能耽误。"

他刚要向车下跳,迎面已冲来八九个匪徒,堵住了车门,高波往下一蹲,匪徒们通过透明的天窗,已发现了他,一阵狂吼乱叫,"小共产党,缴枪!"

高波一看非冲杀不能走脱,便对准了匪徒又是一梭子二十响,匪徒倒了三四个,可是他再换梭子已来不及了,他回手抓起了一支带刺刀的步枪,紧逼着车门,准备让匪徒再靠近,好抓住一个薄弱点,突然来个一拼而下冲出去,杀出一条血路突围。

当匪徒们距离他还有五六步远,他想:"如果现在飞身一跃还没十足把握冲出去,等他们再前进两步。"他两手紧揣着步枪,贴紧车门,拉着飞身直刺的姿势,准备着瞬间即到的白刃拼杀。突然自己的背后,又出现了敌人声响,他扭头一瞧,背后的匪徒更近,匪徒们已完全包围了他的守车,高波现在的阵地只有一个守车了!

高波的全身绷紧得像一块冷钢,他的心又像燃着导火索的炸药包,眼看就要爆炸。他想:"我的战场只有一个守车,不成,得马上扩大,飞出去,拼!"他向北边车门一动,拿准了飞跃的姿势,刚要跳,匪徒已堵上车门,没有一点空隙,只有黑洞洞的昏夜,掩盖着他紧贴车皮的身影。紧前边的三个匪徒靠近了,三步……二步……"杀!"高波一声突然的怒吼,飞下车去,锋利的刺刀,插进最前的一个大个匪徒的胸膛。他两手一拧,拔出刺刀,因用力过猛,一屁股坐在车门下。

又一个傻大个匪徒,高波已认出是在黑瞎子沟捉鸡的那个,端着刺刀向蹲在地上的高波的脑门刺来。高波把枪一拧,当的一声,拨开了傻大个的刺刀,顺势来了一个前进下刺,整个刺刀贯穿了傻大个的肚子。傻大个嗷一声仰在地上,头朝下闯进壕沟。高波的刺刀被拐弯了,他手中失去了锋利的武器。正在这时又扑上来七八个匪徒,高波调转枪托,手握枪口,高举枪托,使尽他剩下来所有的力气,照准眼前的一个匪徒,压头盖脑地砸下来,格喳一声响,匪徒的头和高波的枪托一起粉碎了。

突然高波的脑后一声巨响,像一条沉重的大棍落在他的头上,顿时他两目失明,天旋地转,一阵昏迷,跌倒在雪地上,随着他身体的倒下,他已失去了对天地间的一切的感觉。

十八岁的高波,力杀了十九个匪徒,救出了几百个群众,呼出了他最后的一口气,与剑波,与小分队,与党永别了!为革命贡献了他自己美丽的青春。

大肚匣子挂在他的颈上,陪着他静卧在二道河子桥头。

天上的星星俯首如泣!林间的树木垂头致哀!

腊月二十九日的下午。

夹皮沟屯中央的山神庙前,停放着十三口棺材。高波、郭奎武、张大山等同志,静静地安息在里面。

剑波和小分队,以及全屯的男女老少,肃立灵前,垂首致哀。上千只眼睛流着热泪。

松涛呜咽,白雪泪坠,乌云罩日,青天披纱。人们在悲痛,在啜泣。

一分……十分……二十分……也不知哀悼了多少时刻,人们的哀悼心情,把时间全忘记了!人们的心完全沉入悲哀与仇恨的深海里。

少剑波在持续良久悲沉的空气里,颤抖的嗓音,冲破了悲哀的沉寂,"安息吧!同志们。"他转回身来,面向着哀悼的人群,"我们要把悲痛变成力量,我们要誓死报这场血海深仇。"

接着他的声音,唰的一声人们挺起了胸,抬起了头,上千只眼睛射出了愤怒的烈火。他们举起了握得坚硬的拳头,几百张嘴,呼出了一声怒吼:"我们誓死报仇!我们要在你们的灵前,摆满敌人的头。"

一阵疾风,打着旋掠过灵前,把人们愤怒悲壮的声浪,冲向天空,哀悼的人群踏着沉重但百分坚毅的步子离开灵前。

少剑波回到房中,浑身发着热,他失去了三年来形影不离的小战友,他站着一动不动,直盯着朝夕挂在高波脖子上的望远镜。如今它冷清清地挂在墙壁上,它是那样的孤孤单单,它是那样的悲悲切切。它和它的小伙伴离别了!永别了!

小董满眼泪水,紧瞅着昨晚他给小高挑选好的一大碗狍蹄筋,现在它已是冷冷的没有一点热气。

李鸿义手里拿着和高波共月的那个针线包,蹲在墙角下,两手捏来捏去,几颗泪水滴在针线包上,滴在高波曾拿过的手迹上。

白茹抱着印满了高波手迹的公文包,蹲在炕角上啜泣,她此刻完全不像个十七八的女战士,就像一个十二三的小姑娘,死去了亲哥哥的小妹妹,哭得是那样伤心。

刘勋苍一声不响,蹲在炉子旁,他的眼睛气得像要突出来一样。他眼中的怒火,比炉中的火焰更旺。

少剑波满目凄凉地看着他周围的战友对死者的哀悼,内心一阵激烈的翻腾,激起他沉重的自责。他责备自己失职,责备自己粗心,"本来我明知道第二次火车开牡丹江应该在收拾了座山雕以后,而自己却迁就了群众乐极的'要过个快乐年'的情绪,十分不谨慎地批准了这次的行动。这是一个指挥员的最大错误,也就演成了使同志和群众失掉了他们宝贵生命的悲剧。"

原来这次开车,是在群众有了粮、衣、枪之后,群众有了吃穿,少剑波本想一心一意先剿灭座山雕,更彻底地保护群众生产。可是由于几天来群众的辛勤劳动,成绩十分可观,因此生产委员会频频要求剑波再开一趟车,剑波也就迎合了群众"过个快乐年"的心理。就答应了。

他沉重地想着,"一个人民解放军的指挥员,对群众和战士的生命财产负有全责,我为什么这样不负责任地随便答应了呢!难道是天下太平了吗?此地的座山雕和九彪的匪股我一个还没捉到啊!有什么理由疏忽大意呢!真是该死!

"这还不说,车晚点了,又没有尽早地组织接应的力量。一直到战斗结束后,没死的匪徒全跑得无影无踪,接应的力量才到达,自己的指挥才能又在哪里呢?"想到这里,他的全身简直像火烧了一样,好像何政委和田副司令的声音,又在他耳边响起:

"剑波同志,你年轻,我们对你所担心的就是有时粗心和幼稚。凡事你要思虑再思虑!慎重再慎重!尤其是这次活动只有你自己,你既是司令员又是政治委员!"

这声音,使他低下了头,眼圈红了。

"坚强些,"又是何政委的声音掠过,"要经得起胜利,也要经得起失败,重要的问题是在于从失败中取得有益的教训!"

"取得教训……"少剑波不由己地自语着,默诵这一句叮咛。

突然他的心一翻腾,想起了一件特大的心事,冲击着他的脑海,"栾匪跑了!杨子荣同志的工作有遭受破坏的极大危险!"他抓了一下头发,呼吸也紧张了起来。

"这栾匪哪里去了呢?"他激烈地判断着,"战场上是没找到他的尸体,他没有被毁灭,他是跑了!因为这个匪徒他不会在敌我拼杀中加入战斗,他还舍不得他的狗命。那么他哪里去了呢?

是跑到屯里藏下了吗？那样倒还好，威胁不着杨子荣同志。不会！这个匪徒不会这样，他不会放下屠刀。他随着没被击毙的匪徒进山了吗？或者他自己单独进山了吗？会的，绝对可能！这两个可能性都存在。因为一有没被击毙的匪伙，二有这群匪伙出山踏下的脚印，他可以很容易地找到座山雕的巢穴，尽管他以往不知道。"剑波想到这里，狠狠地一顿足，"有危险，这是块致命伤。"他的心沉重地担心着杨子荣的安危。

"报告！"多日离队的孙达得突然出现在门口。

少剑波和大家的视线，齐集在他身上。孙达得刚从四百里外赶回来，当他看到山神庙前的灵柩，一进门又看到战友们悲痛的面容，他立在门口，脱下帽子，垂下头，高大的身躯，疲惫的面容，愈显得悲切。

三分钟过了，少剑波走到孙达得跟前，发出低哑的声音："谢谢你！辛苦了，达得同志！"他们紧握了握手，"事情怎么样？"

"一切顺利，"孙达得说着，从怀中掏出一卷桦皮，递给剑波。刘勋苍等一齐围上来。

少剑波展卷一看，顿时眼中射出炯炯的光亮，他咬了一咬下嘴唇，"英雄！杨子荣同志，一切有了把握！就这样办。"

他的自语，激起了周围同志的精神，他们探求的眼光盯向剑波。剑波的目光亲切地向周围同志脸上一扫，拳头向下一按道：

"现在是腊月二十九日十五点二十分，我们一分钟也不能耽误，带足了干粮熟肉，马上出发。"

"是！"刘勋苍等一齐答应，"带足了给养，马上出发，一分钟也不能浪费。"他们转身就走。

"还有！"少剑波眉毛一耸道，"请李勇奇、马保军立即来我这里!"

"是!"李鸿义行着军礼,"命李勇奇、马保军立即来见你。"

十九　杨子荣盛布酒肉兵

"报告二〇三首长,民兵队长李勇奇,奉您的命令来到。"李勇奇和十几个民兵,全副的出猎装束,学着解放军战士的礼节气派,威武地站在剑波面前。

"太好了勇奇同志,现在你和你的民兵队的任务是:白天照常出猎,尽量地虚张声势;晚上严密防守屯落,捕捉零星散匪和密探;再就是押紧了一撮毛,别让他跑掉。"

"什么?……"李勇奇圆瞪着十分惊讶不悦的两只眼睛,惊愕地瞅着剑波,"这是怎么回事……"

"还有!"少剑波走上前拍了一下他宽大有力的肩膀,"年三十晚上要严防匪徒可能来的袭击,因为你知道,你这块地方,南有座山雕,北有九彪,不要大意。再见!……"少剑波说着伸过手去,李勇奇却不把手伸出来,他不满地躲过剑波的手向后退了两步,瞪着眼睛道:

"什么再见! 我们根本不离开,怎么会有再见!"

"是这样,勇奇同志,小分队有战斗任务,马上要出发。"剑波向李勇奇解释着再见的意思。

"我们也同样跟着!"李勇奇拍了一下他的大枪。"刘队长告诉我们要去作战。"

"不! 勇奇同志,张大山同志牺牲后,你是夹皮沟人们的主心骨,你又是夹皮沟人们的胆,他们离开你就会感到不安,为了叫群众安心些,你还是要留下,你是不能离开他们的。"

"不错!正因为这个,所以我一定要去。夹皮沟的人心是这样要求我李勇奇的。"

少剑波看到李勇奇坚定不移并且有些激动的神色,无可奈何地摇了摇头。

"怎么!"李勇奇带有质问的神色和口吻,"是不是瞧不起我李勇奇?"

"不!不!绝不是这个意思。"少剑波连忙解释道,"正因为我完全相信你,所以把夹皮沟的一切交给你。"

"相信我就应该让我们去,且不说别的,在老林子、大雪乡,领道我们还是满不含糊。"

"道路我们小分队已经纯熟了!"

"纯熟了?……"李勇奇和他的十二个民兵显出惊疑的神色,发出不相信的反问。

"是的!纯熟了!"少剑波手掂着孙达得刚拿回的桦皮膜卷,肯定而自信地回答着他们。"孙达得同志把什么都弄明白了!"

"那么我们就去拼杀!"李勇奇等十二个人发出一声激昂而固执的请求,从他们的呼声和神情中,看出他们战斗的意志已是非常坚定了。屋子里出现了又激昂但又僵硬的空气,足有一两分钟没人做声。

"是这样,二〇三首长,"李勇奇眼眶有些湿润,低沉地向剑波道,"我李勇奇几年来一直和工友、乡亲们站在斗争的最前列,日本鬼子时候,我是对敌斗争的好汉,谁知临到国民党来了,我只梦想他们是中国人,总要比小鬼子好些,所以我处处拿他们当中国人看待。没成想正因为这么想,吃了大亏,上了大当。没有认清这些王八操的搞的鬼把戏,我们夹皮沟被下了枪。自从我们没了枪,灾难一层又压上一层,粮被抢光,衣服被褥也被抢光,又打死我们三个工友,这次张大山哥和李少坡又被打死,夹皮沟的工友和家属,眼看要饿死冻死,所有的人都眼巴巴地看着我李勇奇怎么办? 在你们没来以前,我李勇奇眼瞅着乡亲们这苦难的日子,重重的灾难,是一点办法也没有。叫天天不应,喊地地不灵,天上不下粮,雪上不产米,地上又不生枪,国民党土匪又没死,我有天大的本事也得受龟气。现在来到出气报仇的节骨眼,如果你不让去,那我死了也闭不上眼。我的生前好友死在敌人的枪下,九泉之下也不能瞑目。旧仇未报,新仇又来,我李勇奇不拼掉他几个,你想,二〇三首长,我怎么能对得起我生前的好友! 我怎么能对得起他们的家属子弟! 我李勇奇再还有什么脸见夹皮沟的人!"

"是的! 二〇三首长。"十二个人一齐道,"这是我们的心,这是我们的天理良心!"

"还有!"李勇奇滚出两滴热泪,"现在党和政府,给我们粮,给我们衣服,给我们武器,组织我们搞生产,我们生活有了指望,我们要不干一下子,我们还成什么人! 现在,二〇三首长,家里的一切我全安排给马小武,给他留下四十个人,什么事他都可以办好。说一句不讲理的话,首长今天让去也去,不让去也要去! 现在你要让我作为一个人,作为一个工人活下去,问心无愧地活下去,就一定要答应我们。"

少剑波听了他这番刚毅的言词,眼中发射出钦佩的光辉,良久地盯着他眼前的十三名工人阶级的优秀儿子,他激动地扑上前去紧握着李勇奇的双手道:"好! 勇奇同志,答应了! 英雄地活下去! 干下去!"

李勇奇等十三人若狂地跳起来,围上剑波,一个个和剑波握手。他们此刻真像是雄鹰展翅,猛虎生翼,一个个精神抖擞,威风凛凛。

"现在,"少剑波满面笑容对着十三个人,"现在你们马上回家,辞别一下家中老少,立即上车站。"

"我们早已经辞别过了,"说着李勇奇率着十二个民兵,向车站飞奔而去。可是李勇奇马上又转回头来向剑波道:"为什么还上车站,从夹皮沟直捣威虎山,不用坐火车,我……"

少剑波笑道:"要坐火车,至于为什么,以后你就会知道。"李勇奇应了声"是",转身飞奔而去。

少剑波敬佩地望着他们飞奔的背影,自语着:"好样的!好样的!不愧是工人阶级的子弟……"

白茹仰望着剑波,"工人阶级是最伟大的阶级,他们的心真善良,他们是那么豪爽,这样的人是多么可爱呀!"

少剑波点着头看着白茹,"可爱,可爱!我们要学习他们这种高度的阶级觉悟,他们对敌人有不共戴天的仇恨,对同志亲爱团结,干起来坚定勇敢,不屈不挠。"说着他回头向站立已久的马保军道:"你和你的半个班留下,栾超家会来联络,另一方面指挥民兵,发动群众,捕捉散匪密探。你们自己要苦练滑雪,看好一撮毛。"说着从白茹手里接过望远镜,急步向车站走去,白茹跟在他的背后,她跟不上他那快步如飞的步子,一溜小跑,活像是他的小妹妹,又像是他的小弟弟。

天色昏暗,阴云密布。

火车站上小分队全副武装,滑雪具大,背在身后。在这副新增加的装备的装饰下,战士们更显得庄严威武。

姊车牺牲了,妹车悲痛地伏在车站上,屏住它那愤怒的呼吸,心腹燃烧着熊熊的怒火,鼓足了全身的力气,等待急驰。

剑波步上月台,刘勋苍迎上来,"报告,按您的命令一切准备就绪。"

少剑波一挥手命令道:"上车,出发。"

小分队和李勇奇的民兵,跳上火车,妹车一声激昂的嘶鸣,载着小分队,驶出车站,在黑暗中急驰。

李勇奇心中纳闷,他想:"去威虎山朝西南走不过一百五十里,二〇三首长坐火车向沟外走,这是为什么?"

四小时后,小火车奔驰了二百里,在佛塔密车站停下。小分队跳下车,少剑波命令小火车暂不回夹皮沟,在佛塔密听候调用。

小分队在孙达得的引领下,在一个小山包下,穿上滑雪板,进行了一阵试滑。李勇奇和刘勋苍,严格地检查了每个战士的滑雪板的着装后,小分队整齐地站在雪地上,孙达得拉着缴获蝴蝶迷的那匹马,站在队伍的一旁。

少剑波滑到队前,把两杆雪杖扶在左手里,幽默地向战士们讲道:

"同志们,我们现在要去参加一次大宴会,这个宴会名叫'百鸡宴',是座山雕请客,杨子荣操办的。"

战士们一阵咻咻喳喳,惊奇地低笑,对这话有些摸不着头脑。"怎么回事?……"

少剑波笑了笑,"同志们,现在杨子荣已经当了座山雕的团副啦!"

战士们咻喳的猜测声,顿时变成了一阵哄笑。从大家愉快兴奋的笑声中,显然他们已经明白了杨子荣十几天不在小分队的秘密。

"同志们!"少剑波冲断了大家的哄笑,"参加这次宴会不容易,比三国时的关云长单刀赴会还难。首先得吃苦,从夹皮沟走这条杨子荣给我们开好的路,到达威虎山座山雕的老巢至少也有五百里,小火车驮我们走了二百里,剩下还有三百里,这三百里的林海雪原就要靠我们的两条腿和新交的雪朋友,我们在明天晚上腊月三十大年除夕一定要赶到,因为杨子荣同志'请帖'上写得明白,那么到现在只有二十四小时的时间,每点钟至少要滑行十五里。至于为什么不从夹皮沟直捣威虎山,反而绕这么远的路呢?不用说大家也会明白,就是我们这支暗箭不是射座山雕的前脑门,而是射他的后脑勺。"

队伍里轰的一阵嚷道:"这容易!容易!别说十五里,三十里也不难……"

"嘿!嘴上的劲头不小!"少剑波的声音虽然略带有批评的口吻,但他内心和战士们一样,几天来苦练滑雪的成功,完全有把握证明,战士们嘴上的劲头与他们的实际技术比较,并不过夸。

"身上的劲头更大。"战士们一齐挺胸齐呼。

少剑波笑道:"有力气就好,保证你们有地方使,积压不下。我完全相信,坚强的意志,会克服所有的困难,不过……"他的语气显然是严肃了一些,"不过我们要正视现实,充分认识这些困难,从而有足够的精神准备来战胜困难。从这里到威虎山,虽然没有什么峻山陡涧,但是这趟山势,却是步步加高,因而我们这趟路程上,逆滑多,顺滑少,和我们练习的滑雪场完全不一样。另外在这二十四小时中,有十五个钟头是黑夜,只有九个钟头的白天。在这漫长的冬夜里,滑行在深山密林,更加重了我们的困难。并且在这长途的滑行中,休息不能超过三次,每次又不能超过二十分钟,几乎是一气滑行三百里。"

"不管怎样,我们的力气用不完!"战士们把雪杖一撞,脚一踏,从脚下扑出一股雪尘。

"用不完!"少剑波格外加重语气咬清这三个字,"今天我的要求不是用不完,而是要求三百里后,劲头得更大。要知道我们三百里后没有一点喘息的时间,马上就得打仗。我们的对手比我们多六倍,我们一个人要打他六个,这帮匪徒大多数又是惯匪老炮手,绝不能有任何的轻敌。

"特别要提出的,威虎山不是奶头山,我早就说过,它好比烂泥塘、螃蟹窝,弄不好的话,被陷进去,就要吃大亏,甚至退却也退不出来。这就需要同志们有足够的思想准备。"

"我们一点也不怕这个!"刘勋苍粗声粗气地道,"它就是一座刀山,我们也能扫它个溜溜光。"

"好!"少剑波严肃地命令道,"现在马上出发,一个人也不许掉队,掉一个也影响战斗。"说着他的手一挥,战士们的滑雪板唰的一声,拉开了距离。

孙达得飞身上马,沿着杨子荣树上刻的记号,飞马前进。

小分队战士紧紧地滑行在马后。第一次把这门新技术应用到急袭的战斗上,劲头是格外足。虽然那匹马快行如飞,可是战士们已足足可以和它竞走。真像远途滑雪的运动赛,嗖嗖唰唰!飞速前进,时常滑到马的前头。

少剑波、刘勋苍、李勇奇,一会儿滑在队前,一会儿又滑在队后,满心高兴地检看着这支雪上飞行军。当看到战士们猛烈而轻松的动作,兴奋而愉快的神情,少剑波默默地自喜着:"雪朋友交得不错,这一下我赢得了雪上技术,也赢得了雪原上行进的速度。"

275

一夜的滑行,不要说没有掉队的,连一个拉下距离的也没有。静静的大森林里,只有嗖嗖唰唰的滑行声,夹着战士们粗壮的气喘声,和偶尔愉快的低笑声。

拂晓,滑行在一个漫长的上坡路上,战士们显然是有些疲劳了,雪杖的撑动减弱了,步度也放缓了,喘息声在一步一步地增大着音量。少剑波的两条胳膊也酸痛起来。上坡路显然给予小分队很大的麻烦。

刚到坡顶,队伍最前头的刘勋苍突然蹲下。他右手向后一挥,低沉而紧张地喊了声:"情况!"战士们随着他的声音一齐蹲下,向着似亮没亮的正前方窥望。并迅速取下他们大背在身后的大枪,做战斗准备。

少剑波迅速赶到刘勋苍身旁,顺他指的方向看去,发现在他们前进的右侧方不远的灌木丛中,有几条射过来的火光。由于灌木丛的障碍,看不到火堆,只看到放射在四周和上空的光芒。

少剑波皱了皱眉头,略一思索,低声向刘勋苍道:

"不会是猎人,又不像山火,可能这情况与打高波的那股匪徒有关。"说着他命令小分队向火光围去。

当小分队摸到火光的光圈外层最黑暗的地带,看到一座四壁人头高的雪墙,在雪墙的里面,生着一堆大火,火舌冒出四壁以上,一舔一舔的向四外散射着光芒。

少剑波和刘勋苍,利用这光圈外的黑暗地带,略向北走了一小段,转到四壁雪墙出入门的缺口处,看到那雪墙里面,火堆旁,十几个人在拨弄着正旺的大火,并在火上烧着什么吃的东西。十几个人在屁股下坐着一些各色各样的包袱,还有几个较小的包袱扔在他们的背后。少剑波为了不至于打错,便拿出望远镜,向通亮的火堆一望,顿时把火堆和那十几个人拉到了跟前。

"匪徒，"少剑波低声向刘勋苍耳边说道，"快！带你们小队扑上去。"

刘勋苍回过头去，带领他的小队，压低姿势，放轻脚步，向雪墙扑去。摸到雪墙根下，刘勋苍右手卡着两颗手榴弹柄，左手拉着弹弦，向战士们一晃。战士们机警地全按他的姿势准备好了。刘勋苍把手榴弹向上一举，左手一拉弦，顺着雪墙上沿，丢进墙里。战士们也在这同时，照样丢了进去，他们一齐滚倒在地上，向外滚了几滚。在雪墙里匪徒慌乱的吼叫中，轰隆隆！一声巨响，二十几颗手榴弹，一齐爆炸。匪徒的狗命，和火堆一样被炸灭了。匪徒们的尸体，和烂柴碎炭雪墙一样，被炸得零零碎碎，四外溅飞。

从刘勋苍的手榴弹出手，到匪徒们稀烂横飞的尸块落地，一共只用了二十秒钟，战斗进行得异常顺利。

当小分队正要继续前进，忽然听到在密树丛中，传来了女人的低泣声。李勇奇向哭声滑去，在十几步远的一棵大树根下，发现有几个女人抱在一块，低声哭泣。李勇奇弯下腰去，看清了她们在用胳膊盖着头脸，全身激烈地颤抖。

"起来！你们是哪个屯的？"

几个女人蓦地抬起头，"李大哥！"

"哎呀！是你们！"

她们一齐爬起来，可是已经立不住了，她们一歪一歪扑到李勇奇的跟前，抱着李勇奇的腿呜呜大哭起来。小分队一齐围拢过来，给她们生下火，烤暖她们冻僵的身体。

从三个年轻女人的诉苦中，证明了这一小群匪徒，正是打火车的那一股残余的匪徒。他们步行了一天一夜，在这里露营，拂晓正要做饭吃，好回山去赶吃座山雕大年三十的百鸡宴，却被小分队给消灭了。

少剑波命令两个民兵,把她们护送回佛塔密车站。小分队继续前进。

年三十的大清早,威虎山上的杨子荣格外神气,这里跑跑,那里瞧瞧,忙忙碌碌,吆吆喝喝,殷勤地安排着百鸡宴。

因为杨子荣今天是座山雕营里的值日官,山上的一切他今天有全面的支配权。再加上他这个"胡团副"特别殷勤,善投座山雕的喜好,所以座山雕特别在昨天加委他为百鸡宴的司宴官。这个角色在以往几年向来是座山雕的参谋长八大金刚中的头一名大麻子充当的。因为大麻子下了山未回,所以今天这个角色就落到杨子荣手里,他成了威虎山上双职双权的指挥者。

从一清早,他就分配了二十几个匪徒,把对辫粗一米多长的大松明子,一根一根地绑在鹿砦旁被锯倒的大树杈子上,五福山周围共绑了六六三百六十根。

又派了几个匪徒,炼了两大桶野猪油,分成六十大碗,捻上了大拇指粗的棉花捻,摆在威虎厅的四周窗台上、墩子上,还有一些吊在宴桌上空的房梁上。

正午的时候,杨子荣陪伴着座山雕,绕山各处视察了一遍。杨子荣恭维不尽地介绍着他安排的排场,座山雕特别对周山三百六十根松明火把感到兴趣。

"老九,这倒挺新鲜的。"

"是的!"杨子荣咧嘴笑着,"三爷的六十大寿,理当排场排场,我胡老九今天要把咱威虎山照得全山通亮,连一点黑影也不叫它有。我安排了松明火把,六六三百六十根,讨个吉利话,这叫做'山光普照,通天明亮'。预兆三爷将来官升上将,福寿绵长。"

座山雕被杨子荣这番计高谋巧、意深词妙的奉承话,说得格格格格快意地笑起来,他捋了一下山羊胡子,"老九,不愧是副官出身,有两下子,有两下子!这个排场向来还没有过。"

"这还不算,"杨子荣得到这番夸奖,觉得应该再继续进行心理战,来麻痹这个老匪首,于是一手扯着座山雕的衣袖,一手向威虎厅一指道:"除了通山亮以外,我还布置了一个满堂红。"

"嗯!满堂红?"座山雕一歪脑袋新奇地望着杨子荣。

"对啦!满堂红。"杨子荣一面说一面领着座山雕步进威虎厅,看着一群小匪徒,正在吵吵嚷嚷地布置着野猪油灯。

"三爷!今晚咱来个打通宵,酒多肉多,咱这个威虎厅,弄他个六十盏灯火,正应三爷的六十大寿。一落黑,咱就把它点上,威虎厅叫它灯烛辉煌,这一照岂不就是满堂红。"

"好!好!"座山雕边笑边点头,"这叫厅内厅外一齐亮,好!好!"突然他脑门一皱,"不过满堂红这个'红'字有点不对我的心思,共产党,人们都称他是红党,我崔某讨厌这个'红'字。"

"那不要紧,三爷,"一个正在向梁上吊红的匪徒歪着脖子道,"满堂红不好,咱叫它个满堂亮!"

"不好!不好!"座山雕摇了摇秃脑袋,"老九在外面山上安排了个通山亮,厅里再来个满堂亮,有点不相对,也不相称。"

"那好办,"那个匪徒又特别比划了一个手势道,"一字之差,不费难,为了对通山亮,咱就叫它个满堂光!三爷!您看怎么样?"

"嗯!这小子,还有两下子,"座山雕脸上浮出一阵称心如意的微笑,向着杨子荣道,"老九,你看怎么样?"

杨子荣微笑地看着座山雕,"三爷指示吧!"

"好!"座山雕一拍大腿,"咱就叫它个满堂光。老九,你这个司宴官不含糊,随你安排。"说着他向正摆灯的小匪徒一招呼,"哎!你们听着,好好听你九爷的支配。"

"错不了!"小匪徒一齐踊跃地回答。

杨子荣赔着笑脸,"谢谢三爷的重用。"说着,把座山雕送出威虎厅,又立即转回来,向着正在忙碌吵嚷的匪徒们喊道:"弟兄们!……"

"哎!九爷!"匪徒们一齐阻止着杨子荣的称呼,"今天咱们山上不许用军队的称呼,应当用家里的称呼,这是咱们的老规矩。你应当叫我们孩子们。"

"哎!别那么着,彼此一样。"杨子荣嬉笑着一摇手,"说正经的,今天咱们的百鸡宴,和往年不同,咱们要全摆在威虎厅,弟兄们一起同欢共饮,这叫做师徒合欢。怎么样?"

"太棒啦!太棒啦!"小匪徒一阵得意的狂喜。

"来,就这样安排!"

原来以往的百鸡宴,是八大金刚摆在威虎厅,群匪摆在花寨。这花寨是安置抢上山的良家妇女的几间木头房子,专供匪徒们蹂躏糟蹋妇女。国民党的滨绥图佳党务专员,就是这样指示的:"为了保存实力,可采取任何手段,大烟、女人、许愿封官,这是手段中效果极佳的几招,用它来笼络人心,实为万能……等中央军来到,即可拔刀再出。"

目前还有二十七个民间妇女,被押在花寨里,她们已受了一年多的痛苦了。

杨子荣准备的酒肉特别多,二百只鸡,一起下锅;三百多斤酒准备一勺光。因为剑波在杨子荣临走的时候,再三地叮嘱这一点:"百鸡宴是你的战场,你要尽全部可能指挥酒肉兵,酒肉会是小分队的组成力量。"如今杨子荣正暗暗在这一点上大下功夫。

小匪徒们看到杨子荣安排这样隆重的场面,个个贪馋着这席丰满的大宴,都纷纷向杨子荣道谢。有的说:"还是九爷大方。"有的说:"九爷真仗义!"又有的说:"九爷会带兵,将来一定是个大将才。"

匪徒们不住地抽着鼻子,吸嗅着满山的肉香酒香。"哎呀!真香呀!"有的从早晨就没吃饭,留着肚子,等着晚上的百鸡大宴。

二十　逢险敌,舌战小炉匠

小分队急急滑行,通身冒汗。饿了咬两口冻狍子肉,啃两口高粱米饭团;渴了抓把雪塞在嘴里。他们紧张得可以说一刻不停。上坡逆滑时,速度稍慢,是他们精神上的休息的时机;下坡顺滑,速度加快,需要全神贯注,而用不着很大体力,是他们体力上的休息的时机,一夜加大半天,他们就是这样地滑着,休息着,一刻也没停下来。

少剑波看了看表,已是腊月三十日的十四点了!一夜大半天的滑行,除了拂晓打了一个二十秒钟的歼灭战外,再没碰上任何的情况和难行的道路,部队行进得很顺利。

孙达得骑在马上,看着大家滑行得那样的自由自在,并时常地玩着巧妙的花样,心里特别急得慌。特别看到刘勋苍、李勇奇下坡穿树空,大翻身,返高岗,更诱得他眼馋手痒。每到下坡顺滑路,孙达得的快马就必然落在后头。他心想:"我孙长腿这一次可落后了,我的腿再长,也赶不上滑的快。"想着想着,他的腿在马上和手就动作起来,比划着同志们滑行的姿势,嘴里还念叨着滑行时的声音,"唰——唰——嗖——"

比划了一阵子,他两腿一夹,马嚼口一提,飞奔到小分队的前头,喘了一口粗气嘟噜道:"妈的!不骑马了,我试一下。"说着他翻身下马,向滑在最前头的刘勋苍一招手,"坦克,换一换!我滑一会儿!"

刘勋苍把雪杖向他的手上一撞,"得啦!长腿,这不是学艺的时候。还是老老实实骑你的'蝴蝶马'吧!"说着玩了一个侧绕障碍的花样,越过孙达得,滑远了。

孙达得伸手抓了一个空,用手指着刘勋苍远去的背影,"这小子!怎么还'蝴蝶马'。"转身又抓正滑到他跟前的小董,小董顺一个斜坡,用力撑了一杖,顺孙达得的胳膊下嗖地飞过,然后回头一笑道:

"大孙!雪朋友不是随便交得好的,不摔个五六百跤,别想学成。"

"这有啥难处,"孙达得不服气地道,"我老孙向来就有个犟眼子劲。"

他定要用马换别人的滑雪具,可是谁也不肯换给他。不论谁只要将到他跟前,就用力撑上两杖,飞速滑过,滑向顺坡路。孙达得是摸不着也抓不着,急得他用雪团子抛打。最后终于被他捉到了力气最小的白茹。他抓住她的手要求道:

"来!白同志,你滑得太累了!我替你一会儿,你骑马。嘿!这马可好啦,走得又快又稳。"

"我不累。"白茹理了一下她额前的散发,把皮帽掀在脑后,露出一顶鲜艳的红色绒线衬帽。她正要再滑,却被孙达得那只大而有力的手抓住,挣不脱了。

他俩正在争执,少剑波已从后面滑到他们跟前,向孙达得微微一笑,"达得同志,你没学,滑不了!还是以后练一练再滑吧!"

"不用,二〇三首长,我看没啥,自行车我没学就会了,车子一倒我的两腿一叉,多咱也没挨过摔。"

少剑波和白茹一齐笑起来,"那是因为你的腿长,腿长对征服车子有用,对这滑雪板可没有用。"

"我不信,滑雪板那么老长,还有两根拐棍,并且又是两脚着地,保险没关系。"他望了一下白茹,"再说我这条有名的长腿大汉,还不如个小黄毛丫头!"

说得白茹含羞带乐地一噘嘴,"什么黄毛丫头,重男轻女的观点。"

孙达得嘿嘿一笑,"哟!大帽子!"他一晃脑袋,"本来嘛!论辈你得叫我叔叔。"

"滑雪还管年纪大小?革命军队还论辈?"白茹虽然嘴里这样争辩,内心却真是在敬仰着杨子荣、孙达得这些勇敢善良的叔辈。

"别说了!"少剑波看了一下已滑得有踪无影的小分队,向白茹噘嘴,"白茹,你就让达得同志试一试。"说着他顺迹滑去。

白茹摘下滑雪板,孙达得喜之不尽,连声谢谢。可是白茹因长途滑行,腿卷不回弯来,上不去马。孙达得朝她一笑,伸出双手,向白茹腋下一卡,向上一提,像抱娃娃一样,把白茹抱上马去。那马顺踪快步奔去。

孙达得拿着滑雪板,在顺坡的边缘穿上。两手挂着雪杖,学着战士们的姿势,心想两手一撑,即可嗖地滑下山去。可是他走到斜坡,刚拿好了架子,还没来得及撑雪杖,滑雪板已顺坡飞动了,孙达得毫未防备,一个屁股墩,坐了汽车。"妈的!好滑呀!自动的!"他一面嘟噜一面爬起来拍拍屁股,两只腿已是绷得紧紧地叉在那里,准备下一次。

可是他刚要转身端正滑行的架子,不料刚一挪左脚,又是一个侧身跤,灌得满袖筒子雪。他狠力地甩了甩肩膀,甩出袖筒里的雪,又来滑,可是刚滑没有两米远,又是一跤。一连滑了数次,摔了好几跤。他简直被两只滑雪板耍弄得在滚雪球。有一次他把右脚上的滑雪板,别在左脚的左面,怎么也拿不过来了,一直使他把一只摘下,才拿过腿来。

最后,好歹在半山坡扶着一棵小树站起来,两腿已在打着哆嗦了。他喘了一口粗气,"妈的!这两块板太滑了,下身子太快,上身子太慢,嗯!这次我上身使劲大一点,看你再摔屁股墩!"

说着,他真像拄拐棍一样,弯着腰,拄着两根雪杖,挪到树空里,他屏住气,像游泳跳水一样,将上身向前用力一倾,雪杖用力一撑,还没动窝,又噗地摔了个嘴啃雪、猪拱地,头朝山坡下摔了一个前身跤。高大的身躯实扑扑地趴在雪地上,把雪地打了一个坑。左脚的滑雪板已离开了他的脚,两支滑雪杖摔出了十几步远。他的衣领里、袖筒里,灌满了雪面。

这一下孙达得可服了,自己感叹地嘟噜道:"妈的!冰冻三尺,并非一日之寒;飞山滑雪,不是片刻之功。"

说着,他坐在雪地上,摘下滑雪板。他爬起来,打抖着满身的雪粉,拣起雪板雪杖,扛在肩上,遥望了一下小分队去的方向,踏着踪迹,蹽开了长腿,飞奔前去。

在对面山上等候着孙达得的小分队,一看他蹽着长腿赶上山来,刘勋苍带头,故意开孙达得的玩笑,等他气喘吁吁地将到跟前,大家一片哄笑声中,刘勋苍喊声:"目标,对面山包,前进!"只听唰的一声,小分队飞下了沟底。

孙达得喘息了一阵,自己也笑自己,不觉自语一声:"坦克这小子,成心要遛遛我这个孙长腿呀!"他刚要再走,只听对面山上几十个人一齐高喊:"再来一个山头!"接着又是一片哄笑声。

孙达得一听成心要遛他,恨不得两步赶上,便鼓了鼓劲,蹽开了长腿,一跃一跃狂奔地追上去。小分队从树空里,窥望着这个快步如飞的孙达得,确实都赞佩他步行登山的速度,和他那身使不完的力气。

为了不致影响战斗,不使孙达得过劳,少剑波叫刘勋苍不要再闹了,确定等一等。

在大家的哄笑中,孙达得奔上山顶,他咳的一声扔下滑雪具。

小董凑到他跟前,"长腿!别人滑雪都是板驮人,你怎么却来了个人驮板?"

大家一齐大笑,孙达得苦笑着擦了一把汗,"咳!"一靠身倚在一棵大树上。

白茹牵过马来,拾起滑雪具,朝着满头大汗的孙达得笑道:"还是给我这黄毛丫头吧!"

正在大家的欢笑声中,突然西北大山头上一阵怪啸的咆哮。大家一齐惊骇地向啸声处望去,只见山顶上一排大树摇摇晃晃,树林格格地截断,接着便是一股狂风卷腾起来的雪雾,像一条无比大的雪龙,狂舞在林间。它腾腾落落,右翻左展,绞头摔尾,朝小分队扑来。林缝里狂喷着雪粉,打在脸上,像石子一样。马被

285

惊得乱蹦乱跳,幸亏孙达得身强力大,抓住没放。战士们被这突然出现的"怪物"惊骇得不知所措。

"穿山风来了!"李勇奇高声喊道,"快!跟我来!跟我来!"说着他手一挥,向着那"怪物"出现的右边山顶斜刺奔去,小分队紧张地跟在后头。

少剑波深怕白茹体力难支,便要回身挽她,哪知此刻刘勋苍早已用左臂紧紧挽着白茹的右臂,冒着"怪物"挣扎前进。

小分队冒着像飞沙一样硬的狂风暴雪,在摔了无数的跟头以后,爬上山顶。这股穿山风,已经掠山而过。小分队回头看着这股怪风雪,正在小分队刚才站过的山包那一带,狂吼怪啸,翻腾盘旋。十多分钟后,它咆哮着奔向远方。

小分队刚才路过的地带,地形已完全改变了,没了山背,也没了山沟。山沟全被雪填平了,和山背一样高,成了一片平平雪修的大广场。山沟里的树,连梢也不见了,大家吓得伸了一下舌头,"好险!"

李勇奇抹了一把汗,"万幸!万幸!"

大家都一齐请教李勇奇,"这是什么东西?"

李勇奇克服了紧张后,轻松地喘了一口气道:"这叫穿山风,俗名叫搅雪龙,又名平山妖。冬天进山,最可怕的就是这东西。它原是一股大风,和其他的风流一起刮着,碰上被伐或被烧的林壑,就钻进林里,到了林密的地方它刮不出去,便在林里乱钻,碰在树上便上下翻腾、左右绞展,像条雪龙,卷起地上的大雪,搬到山凹,填得沟满涧平。人们没有经验,见了它就要向山凹避风,这样就上了大当,一定就被埋掉。你们看!"他指着刚才路过而现在已被填平的几条山沟,"我们要是停在那里,不是一块被埋掉了吗?"

少剑波感激地望着李勇奇,"要是你不来,勇奇同志,我们就太险了!"

"二〇三首长,别说这个,要是你们不来,我们夹皮沟不早就饿死了吗!"

小分队在胜利的笑声中,继续前进。李勇奇在前进中讲述着山地经验。他说:

"在这山林中,除了毒蛇猛兽之外,春夏秋冬四季,自然气候给人们有四大害。人们都怕这四害,所以又称为四怕。"接着他像唱民谣一样,唱出这样四句词:

> 春怕荒火,
> 夏怕激洪。
> 秋怕毒虫,
> 冬怕穿山风!

他详细地讲述了林间遇险时的常识,他说:"春天荒火烧来,千万别背着火跑,跑得再快,人也有疲劳的时候,况且林中起了荒火,大多是风大火急,蔓延数十里,甚至数百里,跑是跑不出去的。防御的办法是迅速找一块树草稀少的地方,自己点上火,把自己周围的这片荒草烧光它,那时荒火再烧来,这里的草全光了,荒火没草可烧,自然也就熄灭了。

"夏天山洪暴发,千万别向山下跑,越到山下洪流汇集得越大,山坡会随着激洪一片一片地塌下来,就会把人冲死砸烂。所以遇到山洪,得快登峰顶,越到峰顶山洪越少。最好是石峰,石峰如果触不着雷电,是不会塌倒的。

"秋天林中的虫子特别多,特别是毒虫越到秋天越多。虫群袭来,千万别用树枝或手巾打,因为越打人就越出汗,一出汗气味更大,虫子嗅到汗味就飞来的越多,会把人和牲口马匹,活活地咬死。因此治虫的办法,一定要用浓烟熏。

"冬天遇上穿山风,千万别到山洼避风,那样就会被搬来的雪山埋在沟里。遇上它就要赶快登高峰,抱大树,因为高峰上的雪只有被吹走,不会被积来,因此就不会被埋掉;抱大树就不会被刮去。"

最后他用四句歌谣,综括了山林遇险时抵抗的常识:

>春遇荒火用火迎,
>夏遇激洪登石峰。
>秋遇虫灾烟火熏,
>冬遇雪龙奔山顶。

说得大家都非常称赞李勇奇的山林经验,誉称他是山林通。

这阵穿山风,带来了山林气候的恶化,西北天上的乌云涌涌驰来,盖没了傍晚的太阳,天上滚滚的雪头,眼看就要压下来。

少剑波阴郁地仰视了一下天气,低沉地道声:"天黑了!雪来了!"显然他对这突变的气候表示十分烦恼。他仔细地看了看指北针,急急地滑到队伍前头孙达得的马旁,严肃地向他命令道:

"孙达得,雪来了!地上的踪迹眼看保不住,现在只有依靠树上的刻痕,你的任务,是沿着杨子荣的道路,不要领错一步。"

"我完全有这个把握。"

天气不利,小分队的滑行更加紧张,他们拼命地争夺着天黑前这可贵的时间。

威虎山上。

杨子荣摆布一天的酒肉兵,把座山雕这个六十大寿的百鸡宴,安排得十分排场。

傍晚,他深怕自己的布置有什么漏洞,在小匪徒吆二喝三忙忙活活的碗盘布置中,他步出威虎厅,仔细检查了一遍他的布置。当他确信自己的安排没有什么差错的时候,内心激起一阵暗喜,"好了! 一切都好了! 剑波同志,您的计划,我执行这一部分已经就绪了。"可是在他的暗喜中,伴来了一阵激烈的担心,他担心着小分队此刻走在什么地方呢? 孙达得是否取回了他的报告呢? 剑波接没接到呢? 小分队是否能在今夜到达呢? 大麻子还没回来,是否这个恶匪会漏网呢? 总之,在这时间里,他的心里是千万个担心袭上来。

他又仰面环视了一下这不利的天气,厚厚的阴云,载来那滚滚的雪头,眼看就会倾天盖地压下来,更加重着他的担心。他走到鹿砦边上,面对着暮色浮盖下的雪林,神情是十分焦躁。他想:"即便是小分队已经来了,会不会因为大雪盖踪而找不到这匪巢呢? 特别我留下最后一棵树上的刻痕离这里还有几里远。"他的担心和烦恼,随着这些激剧地增加着。

"九爷,点不点明子?"

杨子荣背后这一声呼叫,把他吓了一跳,他马上警觉到自己的神情太危险,他的脑子唰地像一把刷子刷过去,刷清了他千万个担忧。他想:"这样会出漏子的。"于是,他立即一定神,拿出他司宴官的威严,回头瞥了一眼他背后的那个连副,慢吞吞地道:"不忙! 天还不太黑,六点再掌灯。"

"是!"那个匪连副答应着转身跑去。

杨子荣觉得不能在这久想,需马上回威虎厅,刚要回身,突然瞥见东山包下,大麻子出山的道路上走来三个移动的人影。

289

他的心突然一翻腾,努力凝视着走来的三个人,可是夜幕和落雪挡住了他的视线,怎么也看不清楚。他再等一分钟,揉了揉眼睛,那三个人影逐渐地走近了,看清楚是两个小匪徒,押来一个人。眼上蒙着进山罩,用一条树枝牵着。"这是谁呀?"顿时千头万绪的猜测袭上他的心头。"是情况有变,剑波又派人来了吗?""是因为我一个人的力量单薄派人来帮忙吗?""是孙达得路上失事,派人来告知我吗?""这个被押者与自己无关呢,还是有关?""是匪徒来投山吗?""是被捉来的老百姓吗?是大麻子行劫带回来的俘虏吗?"

愈走近,他看被押来的那人的走相愈觉得眼熟,一时又想不起他到底是谁。他在这刹那间想遍了小分队所有的同志,可是究竟这人是谁呢?得不出结论。

"不管与我有关无关,"他内心急躁地一翻腾,"也得快看明白,如果与自己有关的话,好来应付一切。"想着,他迈步向威虎厅走来。当他和那个被押者走拢的时候,杨子荣突然认出了这个被押者,他立时大吃一惊,全身怔住了,僵僵地站在那里。

"小炉匠,栾警尉,"他差一点喊出来,他全身紧张得像块石头,他的心沉坠得像灌满了冷铅。"怎么办?这个匪徒认出了我,那一切全完了。而且他也必然毫不费事地就能认出我。这个匪徒他是怎么来的呢?是越狱了吗?还是被宽大释放了他又来干呢?"

他眼看着两个匪徒已把小炉匠押进威虎厅。他急躁地两手一擦脸,突然发现自己满手握着两把汗,紧张得两条腿几乎是麻木了。他发觉了这些,啐了一口,狠狠地蔑视了一番自己,"这是恐惧的表现,这是莫大的错误,事到临头这样的不镇静,势必出大乱子。"

他马上两手一搓,全身一抖,牙一咬,马上一股力量使他镇静下来。"不管这个匪徒是怎么来的,反正他已经来了!来了就要想来的法子。"他的眉毛一皱,一咬下嘴唇,内心一狠,"消灭他,我不消灭他,他就要消灭我,消灭小分队,消灭剑波的整个计划,要毁掉我们歼灭座山雕的任务。"

一个消灭这个栾匪的方案,涌上杨子荣的脑海,他脑子里展开一阵激烈的盘算:

"我是值日官,瞒过座山雕,马上枪毙他!"他的手不自觉地伸向他的枪把,可是马上他又一转念,"不成!这会引起座山雕的怀疑。那么就躲着他,躲到小分队来了的时候一起消灭。不成,这更愚蠢,要躲,又怎么能躲过我这个要职司宴官呢?那样我又怎么指挥酒肉兵呢?不躲吧!见了面,我的一切就全暴露了!我是捉他的审他的人,怎么会认不出我呢?一被他认出,那么我的性命不要紧,我可以一排子弹,一阵手榴弹,杀他个人仰马翻,打他个焦头烂额,死也抓他几个垫肚子的。可是小分队的计划,党的任务就都落空了!那么,怎么办呢?怎么办呢?……"

他要在这以秒计算的时间里,完全做出正确的决定,错一点就要一切完蛋。他正想着,突然耳边一声"报告",他定睛一看,一个匪徒站在他的面前。

"报告胡团副,旅长有请。"

杨子荣一听到这吉凶难测的"有请"两字,脑子轰的一下像要爆炸似的激烈震动。可是他的理智和勇敢,不屈的革命意志和视死如归的伟大胆魄,立即全部控制了他的惊恐和激动,他马上向那个匪徒回答道:

"回禀三爷,说我马上就到!"

他努力听了一下自己发出来的声音,是不是带有惊恐?是不是失去常态?还不错,坦然,镇静,从声音里听不出破绽。他自己这样品评着。他摸了一下插在腰里的二十响,和插在腿上的一把锋利的匕首,一晃肩膀,内心自语着:"不怕!有利条件多!我现在已是座山雕确信不疑的红人,又有'先遣图'的铁证,我有置这个栾匪于死地的充分把柄。先用舌战,实在最后不得已,我也可以和匪首们一块毁灭,凭我的杀法,杀他个天翻地覆,直到我最后的一口气。"

想到这里,他抬头一看,威虎厅离他只有五十余步了,三十秒钟后,这场吉凶难卜、神鬼难测的斗争就要开始。他怀着死活无惧的胆魄,迈着轻松的步子,拉出一副和往常一样从容的神态,走进威虎厅。

威虎厅里,两盏野猪油灯,闪耀着蓝色的光亮。座山雕和七个金刚,凶严地坐在他们自己的座位上,对面垂手站立着栾匪。这群匪魔在静默不语。杨子荣跨进来看到这种局面,也猜不透事情已有什么进程,这群匪魔是否已计议了什么?

"不管怎样,按自己的原套来。"他想着,便笑嘻嘻地走到座山雕跟前,施了个匪礼,"禀三爷,老九奉命来见!"

"嘿!我的老九!看看你这个老朋友。"座山雕盯着杨子荣,又鄙视了一下站在他对面的那个栾警尉。

杨子荣的目光早已盯上了背着他而站的那个死对头,当杨子荣看到这个栾匪神情惶恐、全身抖颤、头也不敢抬时,他断定了献礼时的基本情况还没变化,心里更安静了,他便开始施用他想定的"老朋友"见面的第一招,他故意向座山雕挤了一下眼,满面笑容地走到栾匪跟前,拍了一下他那下坠的肩膀,"噢!我道是谁呀,原来是栾大哥,少见!少见!快请坐!请坐。"说着他拉过一条凳子。

栾匪蓦一抬头,惊讶地盯着杨子荣,两只贼眼像是僵直了,嘴张了两张,也不敢坐下,也没说出什么来。

杨子荣深恐他这个敌手占了先,便更凑近栾匪的脸,背着座山雕和七个金刚的视线,眼中射出两股凶猛可怕的凶气,威逼着他的对手,施用开他的先发制敌的手段,"栾大哥,我胡彪先来了一步,怎么样?你从哪儿来?嗯?投奔蝴蝶迷和郑三炮高抬你了吗?委了个什么官?我胡彪祝你高升。"

栾匪在杨子荣威严凶猛的目光威逼下,缩了一下脖子。被杨子荣这番没头没脑、盖天罩地、云三吹五的假话,弄得蒙头转向,目瞪口呆。他明明认出他眼前站的不是胡彪,胡彪早在奶头山落网了;他也明明认出了他眼前站的是曾擒过他、审过他的共军杨子荣,可是在这个共军的威严下却说不出半句话来。

座山雕和七个金刚一阵狞笑。"蝴蝶迷给你个什么官?为什么又到我这儿来?嗯?"

杨子荣已知道自己的话占了上风,内心正盘算着为加速这个栾匪毁灭来下一招。可是这个栾匪,神情上一秒一秒地起了变化,他由惊怕,到镇静,由镇静,又到轻松,由轻松,又表现出了莫大希望的神色。他似笑非笑地上下打量着杨子荣。

杨子荣看着自己的对手的变化,内心在随着猜测,"这个狡猾的匪徒是想承认我是胡彪,来个将计就计借梯子下楼呢,还是要揭露我的身份以讨座山雕的欢心呢?"在这两可之间,杨子荣突然觉悟到自己前一种想法的错误和危险,他清醒到在残酷的敌我斗争中不会有什么前者,必须是后者。即便是前者,自己也不能给匪徒当梯子,必须致他一死,才是安全,才是胜利。

果不出杨子荣的判断,这个凶恶的匪徒,眼光又凶又冷地盯着杨子荣冷冷地一笑,"好一个胡彪！你——你——你不是……"

"什么我的不是,"杨子荣在这要紧关头摸了一下腰里的二十响,发出一句森严的怒吼,把话岔到题外,"我胡彪向来对朋友讲义气,不含糊,不是你姓栾的,当初在梨树沟你三舅家,我劝你投奔三爷,你却硬要拉我去投蝴蝶迷,这还能怨我胡彪不义气？如今怎么样？"杨子荣的语气略放缓和了一些,但含有浓厚的压制力,"他们对你好吗？今天来这儿有何公干哪？"

七个金刚一齐大笑,"是啊！那个王八蛋不够朋友,不是你自己找了去的？怎么又到这里来？有何公干哪？"

杨子荣的岔题显然在匪首当中起了作用,可是栾匪却要辩清他的主题。瞧七个金刚一摆手,倒露出一副理直气壮的神气,"听我说,我不是这个意思,我是说……"

"别扯淡,今天是我们三爷的六十大寿,"杨子荣厉声吓道,"没工夫和你辩是非。"

"是呀,你的废话少说,"座山雕哼了哼鹰嘴鼻子,"现在我只问你,你从哪里来？来我这儿干什么？"

栾匪在座山雕的怒目下,低下了头,咽了一口冤气,身上显然哆嗦起来,可也不知是吓的,还是气的,干哑哑的嗓子挤出了一句："我从……蝴蝶迷那里来……"

杨子荣一听他的对手说了假话,不敢说出他的被俘,心中的底更大了,确定了迅速进攻,大岔话题。别让这个恶匪喘息过来,也别让座山雕这个老匪回味。他得意地晃了晃脑袋,"那么栾大哥,你从蝴蝶迷那里来干什么呢？莫非是来拿你的'先遣图'吗？嗯？"杨子荣哈哈地冷笑起来。

这一句话,压得栾匪大惊失色,摸不着头绪,他到现在还以为他的"先遣图"还在他老婆那里,可是共军怎么知道了这个秘密呢？他不由得两手一张,眼一僵。

"怎么？伤动你的宝贝啦？"杨子荣一边笑,一边从容地抽着小烟袋,"这没法子,这叫着前世有缘,各保其主呀！"

这个匪徒愣了有三分钟,突然来了个大进攻,他完全突破了正进行的话题,像条疯狗一样吼道：

"三爷,你中了共军的奸计了！"

"什么？"座山雕忽地站起来瞧着栾匪惊问。

"他……他……"栾匪手指着杨子荣,"他不是胡彪,他是一个共军。"

"啊！"座山雕和七个金刚,一齐惊愕地瞅着杨子荣,眼光是那样凶恶可畏。

这一刹那间,杨子荣脑子和心脏轰的一阵,像爆炸一样。他早就提防的问题可怕的焦点,竟在此刻,在节节顺利的此刻突然爆发,真难住了,威虎厅的空气紧张得像要爆炸一样,"是开枪呢,还是继续舌战？"他马上选择了后者,因为这还没到万不得已的境地。

于是他噗哧一笑,磕了磕吸尽了的烟灰,更加从容和镇静,慢吞吞地、笑嘻嘻地吐了一口痰,把嘴一抹说道：

"只有疯狗,才咬自家的人,这叫作六亲不认。栾大哥,我看你像条被挤在夹道里的疯狗,翻身咬人,咬到咱多年的老朋友身上啦。我知道你的'先遣图',无价宝,被我拿来,你一定恨我,所以就诬我是共军,真够狠毒的。你说我是共军,我就是共军吧！可是你怎么知道我是共军呢？嗯?！你说说我这个共军的来历吧？"说着他朝旁边椅上一坐,掏出他的小烟袋,又抽起烟来。

座山雕等被杨子荣那派从容镇静的神态,和毫无紧张的言语,减轻了对杨子荣的惊疑,转过头来对栾匪质问道:

"姓栾的,你怎么知道他是共军? 你怎么又和他这共军相识的?"

"他……他……"栾匪又不敢说底细,但又非说不可,吞吞吐吐地,"他在九龙汇,捉……捉……过我。"

"哟!"杨子荣表示出一副特别惊奇的神情,"那么说,你被共军捕过吗?"杨子荣立起身来,更凶地逼近栾匪,"那么说,你此番究竟从哪里来的? 共军怎么把你又放了? 或者共军怎么把你派来的?"他回头严肃地对着座山雕道:"三爷,咱们威虎山可是严严实实呀! 所以共军他才打不进来,现在他被共军捉去过,他知道咱们威虎山的底细,今番来了,必有鬼!"

"没有! 没有!"栾匪有点慌了,"三爷听我说! ……"

"不管你有没有,"杨子荣装出怒火冲天的样子,"现在遍山大雪,你的脚印,已经留给了共军,我胡彪守山要紧。"说着他高声叫道:

"八连长!"

"有!"威虎厅套间跳出一个匪连长,戴一块黄布值日袖标,跑到杨子荣跟前。

杨子荣向那个八连长命令道:"这混蛋,踏破了山门,今天晚上可能引来共军,快派五个游动哨,顺他来的脚印警戒,没有我的命令,不许撤回。"

"是!"匪连长转身跑出去。

杨子荣的这一招安排,引起了座山雕极大的欢心,所有的疑惑已被驱逐得干干净净。他离开了座位,大背手,逼近栾匪,格格一笑,"你这条疯狗,你成心和我作对,先前你拉老九投蝴蝶迷,如今你又来施离间计,好小子! 你还想把共军引来,我岂能容你。"

栾匪被吓得倒退了两步,扑倒跪在地上,声声哀告:"三爷,他不是胡彪,他是共军!"

杨子荣心想时机成熟了,只要座山雕再一笑,愈急愈好,再不能纠缠,他确定拿拿架子,于是袖子一甩,手枪一摘,严肃地对着座山雕道:

"三爷,我胡彪向来不吃小人的气,我也是为把'先遣图'献给您而得罪了这条疯狗,这样吧,今天有他无我,有我无他,三爷要是容他,快把我赶下山去,叫这个无义的小子吃独的吧! 我走! 我走! 咱们后会有期。"说着他袖子一甩就要走。

这时门外急着要吃百鸡宴的群匪徒,正等得不耐烦,一看杨子荣要走,乱吵吵地喊道:

"胡团副不能走……九爷不能走……"吵声马上转到对栾匪的叫骂,"那个小子,是条癞疯狗,砸碎他的骨头,尿泡的……"

座山雕一看这个情景,伸手拉住杨子荣,"老九! 你怎么耍开了孩子气,你怎么和条疯狗耍性子? 三爷不会亏你。"说着回头对他脚下的那个栾匪格格又一笑,狠狠地像踢狗一样地踢了一脚,"滚起来!"他笑嘻嘻地又回到他的座位。

杨子荣看了座山雕的第二笑,心里轻松多了,因为座山雕有个派头,三笑就要杀人,匪徒中流传着一句话:"不怕座山雕暴,就怕座山雕笑。"

座山雕回到座位,咧着嘴瞧着栾匪戏耍地问道:

"你来投我,拿的什么作进见礼? 嗯?"

栾匪点头弯腰地装出一副可怜相,"丧家犬,一无所有,来日我下山拿来'先遣图'作为……"

"说得真轻快,"座山雕一歪鼻子,"你的'先遣图'在哪里?"

"在我老婆的地窖里。"

杨子荣噗哧笑了,"活见鬼,又来花言巧语地骗人,骗到三爷头上了。"

座山雕格格又一笑,顺手从桌下拿出一个小铁匣,从里面掏出几张纸,朝着栾匪摇了两摇,"哼……哼……它早来了!我崔某用不着你雨过送伞,你这空头人情还是去孝敬你的姑奶奶吧。"

栾匪一看座山雕拿的正是他的"先遣图",惊得目瞪口呆,满脸冒虚汗。

"栾大哥,没想到吧?"杨子荣得意而傲慢地道,"在你三舅家喝酒,我劝你投奔三爷,你至死不从,我趁你大醉,连你的衣服一块,我就把它拿来了!看看!"杨子荣掀了一下衣襟,露出擒栾匪时在他窝棚里所得栾匪的一件衣服,"这是你的吧?今天我该还给你。"

栾匪在七大金刚的狞笑中,呆得像个木鸡一样,死僵的眼睛盯着傲慢的杨子荣。他对杨子荣这套细致无隙的准备,再也没法在座山雕面前尽他那徒子徒孙的反革命孝心了。他悲哀丧气地喘了一口粗气,像个泄了气的破皮球,稀软稀软地几乎站不住了。可是这个匪徒突然一眨巴眼,大哭起来,狠狠照着自己的脸上打了响响的两个耳光子。"我该死!我该死!三爷饶我这一次,胡彪贤弟,别见我这个不是人的怪,我不是人!我不是人!"说着他把自己的耳朵扭了一把,狠狠地又是两个耳光子。

杨子荣一看栾匪换了这套伎俩,内心发出一阵喜笑,暗喜他初步的成功。"不过要治死这个匪徒,还得费一些唇舌,绝不能有任何一点松懈。对敌人的仁慈,就是对人民对革命的罪恶。必须继续进攻,严防座山雕对这匪徒发万一可能的恻隐之心,或者为了发展他的实力而收留了这个匪徒。必须猛攻直下,治他一死,否则必是心腹患。现在要施尽办法,借匪徒的刀来消灭这个匪徒。这是当前的首要任务。"

他想到这里,便严肃恭敬地把脸转向座山雕,"禀三爷,再有五分钟就要开宴,您的六十大寿,咱的山礼山规,可不能被这条丧家的癫疯狗给扰乱了!弟兄们正等着给您拜寿呢!"

拥挤在门口的匪徒们,早急着要吃吃喝喝了,一听杨子荣的话,一齐在门口哄起来,"三爷!快收拾了这条丧家狗!""今天这个好日子,这个尿泡的来了,真不吉利!""这是个害群马,丧门星,不宰了他,得倒霉一辈子!"群匪徒吵骂成一团。

"三爷……三爷……"栾匪听了这些,被吓得颤抖地跪在座山雕面前,苦苦哀告。"饶了我这条命……弟兄们担待……胡……胡……"

"别他妈的装洋熊!"杨子荣眼一瞪,袖子一甩,走到大门口,向挤在门口气汹汹、乱哄哄的匪徒高喊道:

"弟兄们!司宴官胡彪命令,山外厅里一齐掌灯!准备给三爷拜寿,弟兄们好大饮百鸡宴!"

匪徒们一听,嗷的一声喊:"九爷!得先宰了这个丧门星!"喊着一哄拥进了十几个,像抓一只半死的狐狸一样,把个栾匪抓起来,狠狠地扭着他的胳膊和衣领,拼命地揉了几揉,一齐向座山雕请求道:"三爷早断。"

座山雕把脚一跺,手点着栾匪的脑门骂道:"你这个刁棍,我今天不杀了你,就冲了我的六十大寿;也对不起我的胡老九。"说着他把左腮一摸,"杀了丧门星,逢凶化吉;宰了猫头鹰,我好益寿延年。"说着他身子一仰,坐在他的大椅子上。

七大金刚一看座山雕的杀人信号,齐声喊道:"架出去!"

匪徒们一阵呼喊怪叫,吵成一团,把栾匪像拖死狗一样,拖出威虎厅。

杨子荣胜利心花顿时开放,随在群匪身后,走出威虎厅,他边走边喊道:

"弟兄们!今天是大年三十,别伤了你们的吉利,不劳驾各位,我来干掉他。你们快摆宴张灯。"杨子荣走上前去,右手操枪,左手抓住栾匪的衣领,拉向西南。群匪徒一齐忙碌,山外厅里,张灯摆宴,威虎山灯火闪烁。

杨子荣把栾匪拉到西南陡沟沿,回头一看,没有旁人,他狠狠抓着栾匪的衣领,低声怒骂道:

"你这个死不回头的匪徒,我叫你死个明白,一撮毛杀了你的老婆,夺去你的'先遣图'。我们捉住了一撮毛,我们的白姑娘又救活了你的老婆。本来九龙汇就该判决你,谁知今天你又来为非作恶,罪上加罪。这是你自作自受。今天我代表祖国,代表人民,来判处你的死刑。"

杨子荣说完,当当两枪,匪徒倒在地上。杨子荣细细地检查了一番,确信匪徒已死无疑,便一脚把栾匪的尸体,踢进烂石陡沟里。

杨子荣满心欢喜地跑回来,威虎厅已摆得整整齐齐,匪徒们静等着他这个司宴官。他笑嘻嘻地踏上司宴官的高大木墩,拿了拿架子,一本正经地喊道:

"三爷就位!"

"徒儿们拜寿!"

在他的喊声中,群匪徒分成三批,向座山雕拜着六十大寿的拜寿礼。

杨子荣内心暗骂道："你们他妈的拜寿礼,一会儿就是你们的断命日,叫你们这些匪杂种来个满堂光。"

拜寿礼成,杨子荣手举一大碗酒,高声喊道:

"今天三爷六十大寿,特在威虎厅赐宴,这叫做师徒同欢。今天酒肉加倍,弟兄们要猛喝多吃,祝三爷'官升寿长'! 现在本司宴官命令:为三爷的官,为三爷的寿,通通一起干!"

群匪徒一阵狂笑,手捧大饭碗,咕咚咕咚喝下去。

接着,匪徒们便"五啊!六啊!八仙寿!巧巧巧哇!全来到哇!……"猜拳碰大碗,大喝狂饮起来。

杨子荣桌桌劝饮,指挥着他的酒肉兵,展开了猛烈的攻击。可是此刻他更加激动地盼望着、惦记着小分队。

二十一　小分队驾临百鸡宴

天昏地暗,落雪盖迹,林海茫茫,雪原里无法辨别方向。

小分队艰难地滑行在这矿坑一般的黑暗里。他们现在除了看见自己前面的一个邻兵之外,其余什么也看不见。要瞭望什么,根本是谈不到的。

地上的踪迹,被落雪盖没了,树上杨子荣刻下的记号,也根本看不到。此刻孙达得只得一棵树一棵树地摸着记号,带领前进。速度慢得简直像个采参的人在寻参。这滞慢的速度,大大地增加了战士们精神上和体力上的疲劳。

一直摸索到七点,到了孙达得取桦皮膜卷的联络点。孙达得为自己完成了这项带路的任务而高兴。可是再前进的困难又袭来了!虽然这里离座山雕的巢穴已经不远了,可是因为杨子荣刻的记号到此终结,座山雕的巢穴到底在哪一点呢?是茫茫无址的。

雪越下越大,天越来越黑,如果这时没有指北针,谁也辨不清东南西北。

少剑波沉思了一会儿,拿出地图,周围围上战士们的几件大衣,用手电筒照着,他细细地看了威虎山的方向,可是自己的位置此刻究竟在地图的哪一点呢?却完全不能做出准确的判定,只有一个大概的数。这个大概的数,绝不能成为行动的根据。

"侦察!"少剑波微微地一点头,回头对刘勋苍、李勇奇道,"必须你们两个去,尤其是勇奇同志。应尽你所有的山地本领,找到五福山,更确切一点说,找不到威虎厅的灯光,我们下一步根本无法行动,一切都要落空。"

李勇奇严肃地答道:"我相信我的山地经验,不会找不到。我现在就走。"

"别忙!"少剑波把夜光指北针拿在手里,"刘勋苍同志,对对方向度。"

刘勋苍取出指北针,十分确切地对证了方向,他俩带上两个民兵,向正北走去,只走了五秒钟,就完全看不见他们的影子。只听得他俩用匕首砍树的声音,这是为了刻下返回来时所必需的记号。

少剑波立即命令小分队,翻穿衣服,白里朝外,等战士们完全准备就绪,他详细地做了战斗动员,讲解了地形,分析了敌情,分配了任务,讲清了打法,最后他特别强调说:

"我们一个人至少要打五个以上的匪徒,特别不能轻视这些匪骨头的战斗力,所以这个任务是十分艰巨的,绝不能存在着单依靠杨子荣的酒肉兵的侥幸心理。今天的战斗,一定要凶要猛,只要敌人不缴枪,就毫不留情地一概消灭他。"

刚说到这里,只听刘勋苍和李勇奇去的方向当当一连两枪。战士们蓦然一愣,"是不是刘队长他们被发觉了?"大家都为这枪声而担心。

少剑波镇静地向战士们道:"不会的,这枪声至少有四里路,他们刚走了十分钟,这两枪不会与他们有关。就凭这黑夜的保护,不到跟前,敌人是不会发觉的。"

"没事!"孙达得这个富有侦察经验的老手道,"枪不是朝这个方向打的。"

"一点不错,"少剑波补充着孙达得的意见,声音里带出了快乐的笑意,"这两枪,对我们可有了帮助。枪响的地方,一定是匪徒的巢穴。"他马上再次展开地图,在手电筒的照射下,他在地图上量了又量,然后他的视线完全集中在两朵曲线最密的图线上,不用说他在对这两座陡岩和一条深涧下功夫。他内心盘算着,假定枪声发自威虎山前的五福山,又假定了距离为四里,然后他抬起头来道:"孙达得,向东北走半里路,看看有没有一条大沟,沟沿是石岩的。"

"是!"孙达得转身就走。

"当心!别掉沟里。"少剑波叮嘱孙达得走后,便命令战士们快啃些冻肉,准备战斗。不要打瞌睡,以防迷失方向和冻僵。

战士们吃着,等着,哧哧喳喳地低声谈论着,在低谈声中夹着冻得嘶嘶的抖颤声。尽管这样,战士们却用自己的前胸和腋下的不多的暖气,温暖着他们的枪栓和子弹,此刻枪真是他们的命,比什么都珍贵。

没有想到这样快,孙达得在不到十分钟就转回来,他欢声欢气地向剑波报告道：

"不错！二〇三首长,东北面有条石沿大沟,到这里还没有一百米。"

"好！"少剑波兴奋得好像获得了一次胜利一样,"同志们,现在我们的地位确定了,我们已经知道了我们自己在哪里。因此五福山的方向距离和位置,我们也就断定了。"

正说到这里,刘勋苍、李勇奇等四人回来,他们兴奋得跳起来,"好顺当,没费事。"刘勋苍比手划脚地报告,"我们走了不远,翻上一个小山包,刚到顶,妈的听到了两声枪响,我们就朝着枪声奔去,又登上一个高山头,嘿！往前一看,通亮一大片。我们顺山滑下又赶了一阵子,到啦,像他妈城里的路灯一样,一盏一盏的满山都是……"

"好了！脱滑雪板,穿靰鞡,马上出发！"少剑波看着夜光表,时针正指着九点。

"同志们！参加宴会去,去赶热乎的！"刘勋苍用这样的命令,召集大家集合,整顿了队伍。

小分队像一支暗箭,向威虎山射去。

威虎厅,一塌糊涂。

在杨子荣的酒肉兵将近三个钟头的攻击下,匪徒们已经大多数醉了,有的脸上甘黄甘黄地冒虚汗,有的脸红脖子粗说胡话,有的嘴歪眼斜的唱淫调,有的拿着一大碗酒给另一个捏着鼻子灌,有的拿着块鸡骨头向另一个嘴里生填硬塞,有的还在一个劲地猜拳,"巧巧巧哇！全来到啊！……"

杨子荣一面指挥酒肉兵,一面把他舌战栾匪时所派出"警戒共军"的五个匪徒,偷偷地调回来,叫他们也加入在大喝狂饮中。

十点了,杨子荣的心像火烧一样,在惦记盼望小分队的到来。在他看来,时机已经成熟了!为了不暴露自己的神情,他努力多次地给座山雕和七大金刚劝酒。正劝到激烈的时候,突然有两个出去撒尿的匪徒,提着裤子跑进来,慌慌张张东歪西倒地跑到杨子荣跟前,"九爷!三爷!来了……来了……"

杨子荣顺口答应道:"好好好!来了给三爷敬酒!"说着递给两个匪徒一大碗。

两个匪徒颤抖的两手直抓弄,"不是……不是……来了……来了……"说着向墙根跑去,因为匪徒的枪,向来不离手,可是宴会上全给架在墙根下。

杨子荣一看,心里已完全明白,大声向两个匪徒吓道:"回来!看你醉成这个样子,在三爷面前这样放肆!太不礼貌了!"

那两个匪徒被杨子荣吓回来,惊慌得磕磕巴巴,满嘴角白沫,"全穿白的!全是白的!到房根了!……"

正在这时,八大金刚之一的塌鼻梁,一步一跟头地从外面跑进来,鼻子一瓮瓮,"坏了!共军来了!"

匪徒们根本没听得见他这个瓮瓮鼻子的喊叫,还是高喊"巧巧巧哇!全来到哇!输了不喝是尿泡哇!"怪声怪调地猜着拳。

七大金刚可都一齐慌乱地到墙上摘枪。提着枪向外边跑边喊:"共军来了!开火!"这时屋里乱成一团,有的去抓枪,有的把大碗掉在地上,哗哗啦啦!丁丁当当!一片乱响。

杨子荣心一急抽出大肚匣子,跳上桌子,大喊一声:"不要乱,别动。"

匪徒们只以为值日官在指挥,都满头冷汗呆立在那里,只有七大金刚已窜到门口,塌鼻梁当当向外打了两枪。

当七大金刚正拥挤在门口上,嘟嘟嘟……一梭子冲锋枪,迎头扫进来,七大金刚毁灭了五个。接着刘勋苍带着他的小队,冲进威虎厅,十一支冲锋枪,向几个方向对准了所有的匪徒。

"不要动!谁动打死谁!"

杨子荣跳下桌子,一把扭住了座山雕,枪口对准了这个老匪的胸膛,怒吼一声:"快下令,缴枪,限你十秒钟。"

座山雕被吓得僵瞪着两眼,还没等说话,又从外面射进了一排子弹。原来在墙根的一伙匪徒,蹲在黑影里,正摸着枪向刘勋苍小队瞄准,要来一下暗射,却被威虎厅外的李勇奇的民兵队,一排枪把他们消灭了。

西南角有几个更凶狂的匪徒,一齐冲到墙根去抢枪,被刘勋苍小队一阵猛烈的冲锋枪扫射,压倒了所有匪徒的挣扎气焰。

"举起手来!"小分队在厅里厅外一齐怒吼,"缴枪不杀!"这一声威严的口号,匪徒们老实了。

杨子荣扭着座山雕,拖出威虎厅大门,回头向匪徒们喊道:"举起手,老老实实地跟我来。谁捣蛋,打死谁。"

一百多个匪徒被关进杨子荣早已给他们准备好的库房囚笼里。

被打死的四十三个匪徒,一起扔进了陡沟,尾随着栾匪去了。

战斗打得很干脆,从刘勋苍的第一梭冲锋枪开始,到匪徒们被押进狱里止,只用了二十分钟。

小分队齐集威虎厅,少剑波和他那智勇双全、浑身是胆的伟大战友杨子荣,紧紧地握手长达三分钟之久,战士们把杨子荣抬起来,连举数举,一齐嚷道:

"胡团副当得好哇！"

"杨子荣同志真行！……英雄！……"

杨子荣咧着嘴笑嘻嘻地把手在空中挥了两下，"同志们，你们别算错了账。"战士们随着他的喊声静下来，杨子荣接着说道："没有咱们伟大的共产党、毛主席领导翻天覆地的大革命，我老杨还是得给地主当雇工；没有这几年党培养我当侦察兵的本领，我老杨也不敢对付座山雕这个老土匪精；没有二〇三首长的英明计划和同志们大年三十上威虎山的英雄气魄，我老杨再开一百次百鸡宴，再当上一百次司宴官，也不能把这群杀人不眨眼的匪骨头一网打尽。我吗？"他笑嘻嘻地搓了一把他那长得满脸的胡髭，"这几天太舒服了，又当团副，又当他妈的九爷，又当司宴官，又喝座山雕的大碗酒，又吃座山雕的大块肉，简直是成了威虎山上的山大王了。同志们！这是咱们二〇三首长派了我个'甜差'呀！你们可没享受着！"

战士们哈哈大笑起来。又纷纷问道：

"老杨！你对付座山雕哪来那么些妙法？"

杨子荣略略一停，说道：

"只要生死不怕，必然神通广大。"

孙达得把腰一挺，个头显得格外高，拉开干哑哑的嗓门，"真是神通广大，这一仗打得真妙，好比八月里照螃蟹，照到了湾边上，一网打尽。"

"一点不错，"李勇奇站在一张桌子上喊道，"又好比六月里捕苍蝇，百鸡宴好比苍蝇纸，一下把王八操的全粘住了！"

大家你一言，我一语，欢笑成一片。

突然杨子荣一愣神，向欢笑中的战士们喊道：

"同志们，咱这一网还没完全把匪徒打尽，座山雕的参谋长大麻子领了三十多人,出山还没回来,咱们还得保密,等他回来,咱们好用手榴弹'欢迎'他。"

"他这一辈子不用想回来了,等下一辈子吧!"刘勋苍朝着杨子荣一摆手,大家一阵哄笑。

"怎么?……"

小董拉着长音一字一点头地道:"报——销——啦——"

"好!"杨子荣高兴地一拍胸膛,"这么说消灭得干净。"

战士们不约而同地笑道:"利利索索。"

在大家一片胜利的欢笑声中,刘勋苍提高了嗓门朝着杨子荣喊道:

"团副大人,我们的肚子和后脊梁贴到一块啦!到了你们这儿,也该给点吃的啦。"

"别着急,坦克!"杨子荣咧嘴笑道,"好饭不怕晚,年三十晚上咱们的老规矩,要等'一夜连双岁'的时刻吃辞旧迎新饭。"

少剑波欢笑地看了一下表,十一点。

"还有六十分钟,"刘勋苍触了杨子荣一把,"团副大人,快点吧!"

"别忙!"杨子荣摸了一下嘴巴道,"我这有个灯虎谜,猜着了咱再吃饭。"

"你就有些怪名堂,快说吧。"

"快说!快说,我们猜猜!"战士们一齐兴奋地嚷着。

杨子荣噗哧一笑,一字一板地道:

"一仗打了两年,二十分钟消灭了一个旅!"

顷刻战士们交头接耳,哧哧喳喳,纷纷猜测。

还是小董和白茹的心眼快,在大家哧喳中举手喊道:"猜着啦,猜着啦!"

308

"什么?"

白茹抢了先,"小分队智取威虎山。"

小董接着又是一句,"百鸡宴活捉座山雕。"

"对!对!对!一点不错!"杨子荣一拍大腿,接着向战士们吩咐道,"现在留两个小队打扫威虎厅,把匪徒的这些残汤冷饭全打扫干净。两个小队跟我去拿饭,好饭好菜都留下了!咱们来他个大聚餐。"

威虎山除夕之夜,沉浸在胜利的欢唱中。

二十二　小白鸽彻夜施医术

大家正吃着辞旧迎新饭,外面走进一个看押俘虏的战士。他走到剑波等人的饭桌旁,低声报告道:

"报告二〇三首长,有一个受伤的俘虏,伤口没包扎好,老往外流血。他声声哀求让再给他上点药。这……"战士迟疑了一下,好像有什么心里话,碍口说不出来。但他终于说了,"这些匪徒实在可恨,可是现在缴了枪,我看……"

"好,我就去!"白茹马上放下饭碗,去木墩上取药包。

"小白鸽!"刘勋苍向白茹呼道,"快吃你的饭吧!别管他,任他流去。死一个少一个。"

白茹朝刘勋苍一噘嘴说:"你这个坦克呀,光知道杀,一点政策观念也没有。"

"政策,政策我倒懂哇!不是讲政策我早结果他啦!对这些匪徒哇,政策别执行得那么机械,叫他流去吧!不值得可怜。"

"他们现在已经放下武器啦,对受伤的俘虏,我们既要忠实地执行党的政策,又要分化瓦解敌人内部的那些死心塌地的分子。"白茹说着转身走出威虎厅。

刘勋苍气愤地离开了自己的座位,要上前去拦住白茹。

少剑波阻止道:"刘勋苍同志!你别发粗啦!白茹是对的,那战士的话也是对的,让她去吧!"

刘勋苍听首长这样一说,略带点窘意地退回自己的座位。见大家都瞅着他笑,忙避开剑波的视线,一咧嘴做了个鬼脸才坐下了。

杨子荣在大家的咀嚼声中,宣布各小队的宿营地址。他幽默地说道:

"同志们!现在我们是'威虎山王'啦!咱们二○三首长当然是'山大王','寨主';我,我还是我扮演的那个角色——'副官'。当然山上的住址名称咱还按座山雕那老一套的称呼,用不着给它改名换姓。依然东西南北寨,一小队驻东北寨,二小队驻东南寨,三小队驻西南寨,李勇奇小队驻西北寨,二○三首长自然是驻威虎厅的套间,座山雕的那个老地方。住下后,大家饱饱地睡一觉,明天好过大年初一。"

虽然杨子荣说得这样幽默逗趣,可是只引起战士们一丝苦笑。

少剑波为这个不正常的情绪心中一愣,"怎么回事?"他内心即刻想到,战士们太疲劳了,到现在已是两天两夜没睡一点觉了!又走了林海雪原三百里,连一顿饱暖的饭都没好好吃上。他想到这里,便立即命令道:

"同志们!大家都疲劳了,快吃快去休息!"他刚说完,看见疲劳已极的孙达得,紧皱着眉头,紧咬着牙,手扶桌子边,两腿一瘸一瘸地挪动。看出他是在咬紧牙关,拼力抵抗着什么痛苦。这样痛苦已极的样子,几年来在所经过的艰苦环境中,少剑波是第一次看到在孙达得身上出现。这个身强力壮的战士,素来抵抗痛苦是有特殊本领的。他的忍耐力是人所不及的。记得一次他在执行侦察任务中,大腿上负了重伤,他为了完成任务,只用毛巾把大腿一扎,连夜挣扎着,爬一阵,拄着棍子跳一阵赶了回来,报明了情况。当时他的表情还是满不在乎。而今天却使他这样痛苦,为什么呢?

"怎么啦?达得同志!"少剑波上前扶着他的肩膀问道。

"没什么!二〇三首长!"他勉强张了张疲倦的眼睛,嘴角上浮出一丝苦笑说,"脚有点痛!"

少剑波陡然想起了,这场战斗没有第二个人比孙达得更苦的。他六天六夜独自一个人跑联络,往返六百里的林海雪原,连一匹代步的马也没有。回去连碗热饭都没吃上,马上又随小分队赶回来,参加远途奔袭。就是个铁石之人,也要受到很大的侵蚀和风化呀!这样一个身强力大、有着钢铁般的意志的战士,一般的痛苦是不能使他到这个地步的。看样子痛苦实在超过了他的忍耐力。少剑波想到这里,突然感到自己的两只脚,特别是脚趾和脚跟也在激烈地疼痛,他才想到:"在紧张的战斗中,在胜利的兴奋中,这些痛苦是不会觉察的。现在战斗已结束,大家兴奋的情绪已平静,屋内的温热又刺激着本来已冻得麻木了的肢体,疼痛就袭来了!"想到这里他不觉失声道:

"他累坏了!也冻坏了!他在返回来的一路行军中,全是骑的马,想必是脚已经冻伤了,快,达得同志,就地躺下吧!"说着少剑波和杨子荣搀着他躺在地上那熊皮地毯上。孙达得刚一躺下,他已经迷迷糊糊地像似睡去了,只有喉咙里发出低沉痛楚的呻吟声。

"快给他脱鞋,解绑腿。"

当杨子荣给他解开绑腿时,一摸他那两条长腿,冰手的凉。及至脱鞋,那靰鞡已经脱不下来了。大家正急得没有办法,突然李勇奇挤上前说:"快用匕首刺开靰鞡弦,先把靰鞡盖撕下来再脱。"

经李勇奇这一提醒,杨子荣顺手从绑腿里抽出自己的匕首,嘶! 嘶! 嘶! 一连一二十下,把靰鞡弦全挑断了。哧的一声撕下了靰鞡盖,然后伸进四根指头,把靰鞡沿向外拨了拨,把靰鞡脱了下来。一看孙达得的两只脚已全部肿了,有几块地方,几个脚趾已成紫色,两只脚跟裂有十几条口子,血淋淋的使人看了刺心。

少剑波一看,急躁地喊了一声:"白茹!"

"白茹给俘虏上药还没回来呢!"李鸿义回答着。

"怎么办?"刘勋苍急躁地道,"快用火烤吧! 我去弄柴火。"说着回身就往外跑,跑到门口,他又转回头来向杨子荣道:"老杨! 你快去弄热水吧! 多弄点,先给孙达得烫烫,再让大家也烫烫! 连我的脚也痛起来了。"

杨子荣便指示身边两个战士去弄热水,刚一走,发现这两个战士也是一瘸一瘸的,脸上同样浮出痛苦的表情。

李勇奇把杨子荣的膀子一扳,"同志们的脚都冻啦! 我们民兵的脚没冻,由于我们是土生土长的住惯了这地方。冻伤这玩意儿,不能用热水烫,不能用火烤,我看还是找白茹来再说。"说着抽身要走,迎头碰上白茹,满身披着雪花回来。

"什么事?"白茹见李勇奇慌张的样子,惊奇地问道。

"正要找你去。"

白茹一进门忙问:"怎么的啦?"

"脚冻坏啦!"战士们纷纷低声回答。

她把手一挥,"大家快脱靰鞡!"边说着边把药包迅速地放在桌子上,接着说:"越快越好,快脱! 大家先别走,就在这一块治吧!"

"是的! 必须这样!"少剑波阴郁地皱着眉头跟上了一句。

大家遵照这个命令,一齐坐在熊皮地毯上,脱着自己的靰鞡。

白茹急忙坐在孙达得的脚旁,查看着他的冻伤。

正在这时,刘勋苍抱了一捆劈柴走进来,嘭地往地上一摔,回头拿一盏野猪油灯,把油浇在劈柴上,点着了火,喊道:"脱好靰鞡的,快来烤火!"

白茹一听猛一回身,急忙地喊道:

"干什么! 坦克?"

"烤脚呗! 干啥!"

"哎呀! 你打算把大家的脚毁掉哇!"白茹生气地瞪着他,"谁也不许去烤! 现在不是要热而是要凉,快出去弄些雪进来。"

李勇奇这个山林通深知白茹的治法,便迅速地从座山雕桌子上摘下一个抽屉,跑了出去。

这时战士们已全脱好了靰鞡,都在抱着自己的脚发出微弱的呻吟声。

当少剑波和白茹查看了每个战士的脚,都有轻重不同的冻伤时,少剑波心里一阵焦急和沉重的担忧。他想:"论作战,我可以尽我一切的智慧,来减少伤亡,取得胜利。可是对这严寒的冻魔,自己实在感到无能为力。战斗还要继续下去,如果不迅速治好和采取有效的预防措施,势必会造成巨大的非战斗减员,甚至会因此毁灭了我这支小分队的战斗力,那时党的任务又怎样来完成呢?"

白茹看着这情景,内心在自责,因为高波的牺牲她悲痛得什么都忘了,战斗的行动又是万分火急,一分钟的空儿也没有。所以没来得及在出发前,把在蘑菇老人那里学来的防冻秘方,给同志们涂上效力极强的防冻膏,而造成今天普遍的冻伤。虽然看冻的程度,绝大部分是二度冻伤,自己有把握在很短的时间内治好,可是已造成了同志们的痛苦。她那对满含歉意的眼睛,望望发愁的剑波,又望望所有的同志。

李勇奇端着一抽屉雪走进来,放在白茹跟前,白茹捧了一捧往孙达得脚上搓起来,她那灵巧的小手,在孙达得的脚上腿上紧张地来回摩擦着。她一面搓,一面向战士们说道:

"大家快来拿雪,就按我这办法搓。"

刘勋苍惊奇地喊道:"小白鸽!你这是哪一国的大夫?这样调理人!越冻越加雪?天下哪有这样治病的?这简直是越渴越吃盐,越热越包棉。你不是来'上庙',你是成心来糟蹋'老道'哇!"

战士们也有点不愿那么做,又听刘勋苍这么一大套连讽刺带质问,都瞪着眼瞅着白茹,像等待着什么。一个也没有动手搓的。

李勇奇没等白茹开口,就抢着说道:"同志们!白姑娘的做法是对的,现在不能烤也不能烫。必须用雪搓,这就像我们吃冻梨一样,买回来,必须放在凉水里,才能把冰缓出来,要把冻梨放在热水里烫,非烫烂了不可。又好像一个饿了好几天的人,头一两顿饭绝不能吃饱,吃饱了一下就会胀死。大家只按白姑娘的办法做就没有错！这一点我老李有经验。"

几个民兵也纷纷地说："对！非这样不可！"

少剑波听了，也认为有道理，便向战士们解释道："李勇奇讲得很有道理，人的机体也和其他的物质一样，在同一时是不能受得激冷和激热的，譬如一个瓶子放在温度很低的地方，马上往这个瓶子里倒上开水，这瓶子马上就会炸碎。再如冻了的菜马上放到热屋子里就会烂掉，必须先放在不很暖的地方，逐渐地暖才行。相反的，如果往烧得发红了的锅里，突然倒上冷水，这锅就会炸碎。详细的科学道理以后我再给你们讲，大家快动手搓吧！"

战士们听了李勇奇的话，又听到剑波举这些比喻，都相信李勇奇这久居雪地人的经验，更信任他们首长的话，所以都开始搓起来。当战士们一触到雪都纷纷地嚷道："奇怪呀！怎么这威虎山上的雪不凉？"有的说："我觉得还有点热乎呢！"

白茹歪头笑道："这不是雪不凉，而是你的脚和雪差不多地凉。"

当她把孙达得的脚搓得像自己手掌的温度一样时，她才喘了一口气爬起来，从药包里拿出一大包药，递给杨子荣道："快去把这包药放在锅里，用三桶水煮，把水烧开。"说着她又转了话头，"这个李大叔懂得！您和几个民兵同志去吧！"

杨子荣等人向伙房走去。

这时孙达得已没了呻吟声，呼呼地睡熟了，白茹给他脚上涂上酒精又搓了一阵，给他盖上了几件军大衣，然后转回身来，用手试着每个战士脚的温度恢复的情况。当她看到哪个战士伤势重些，便坐下来，把冻伤的脚抱在怀里搓一阵，战士们的脚逐渐恢复了知觉，感到暖烘烘的。

刘勋苍一面搓,一面不耐烦地发问道:"小白鸽!搓到什么时候为止啊!还有个头没有?"

白茹笑道:"耐点性,坦克同志!搓到和我的手掌一样的热为止。一会儿我给你试试。"

刘勋苍哼地喘了一口粗气,"好吧!现在得听你摆弄。"

"是的!练滑雪时我听你的,现在你就要听我的。"

"噢!小白鸽!你想报复我呀!"

"嗯!报复就报复吧!"白茹装着理直气壮的样子说着,走到刘勋苍的跟前,故意以命令的口吻道:"拿过脚来!"

刘勋苍刚想一缩,脚却被白茹抓到手里。

"坦克!你光在这磨洋工!你的脚温度一点也没升!"

"你让用凉的雪搓,怎么能升高温度呢?这简直像天津说相声的,他说'吃冰棍能烫死人'。"

"快别发你那谬论啦!人家那些同志怎么都搓热了呢!"白茹说着抓住他的脚急搓一阵,刘勋苍笑道:"小白鸽!你真想大报复哇?"

白茹把他一推,"你好不好改一改你的思想,或者说是字眼。"

"嘿!什么思想呀!什么字眼?"刘勋苍反问。

"报复呗!"

"怎么改呀?"

"应该说是报酬!"

"哎呀!我的姑娘!我真不敢领受你这种报酬,我对你又没有什么恩!"

白茹笑了笑,"如果在学滑雪的时候,我说我不学,大家也说不学,你能怎样对我们呢?"

"那我非逼你们学不可！学不会我要给你下小操。"

"为什么？"

"这还用说？为了作战！为了你不掉队，为了你不被淹没在林海雪原里。"

白茹点头道："知道这个就好！今天我也是为了作战，为了你不掉队，为了你不被淹没在林海雪原里。"

白茹见刘勋苍的脚已恢复正常的温度，笑了笑回身从药包里拿出了酒精瓶，用棉花蘸了酒精，在他腿上涂搓了好一会儿，然后又用手搓。搓完后站起身来，瞅着刘勋苍已经退紫而变红的脚，微笑着嘟噜了一句："好极了！治得还不算晚！"

她再次地摸了战士们脚的温度，便分给了战士们酒精棉，战士按着她的方法，搓着酒精。

白茹这时满心想给剑波亲手去医治，可是又怕剑波不肯，她正犹豫着。

这时杨子荣和李勇奇等人，抬着三大桶煮好的药水走进来，后面几个民兵端着几个可以用来烫脚的木槽和饭盆。

白茹走上前试了药水的温度正合适，就先给孙达得烫洗了，战士们也都烫洗起来。

她从药包里掏出用油纸包的一大包药膏，这药膏特别粘，和胶差不多。又拿出一把锋利的手术刀和一把小剪子，她把孙达得的两只大脚放在自己的腿上，用手术刀削掉他那裂口沿上的老皮，剪去了那些已经失去了活力的组织，然后涂上粘药膏，用纱布包好，又在整个脚上和腿上涂擦些防冻的樟脑软膏，最后才用一个军大衣把脚和下半截腿包严。她站起来向杨子荣道：

"可以了！现在就送他到东北寨去吧！注意脚的保温。"

"热炕可以吗？"

"完全可以！"

此刻孙达得仍睡得那样熟，杨子荣咧嘴一笑道："别惊醒他，我把他背了去。"

"先别动！快拿那绑腿来，我把这大衣给绑在腿上。"

杨子荣递过绑腿，抬起他下肢，白茹就捆绑，缠得严严实实的。李勇奇等一齐动手把孙达得扶在杨子荣肩上。这孙达得真也疲劳透了，那样的搓揉，他始终没醒。

当少剑波按着白茹的指导，收拾完了自己，看了战士们的脚，和自己一样恢复了温热赤红时，又看到战士们脸上没了痛苦，内心一阵轻松，向白茹问道：

"你这是在哪里学的方子？是些什么药？短时间能好吗？"

"没有问题！"白茹答道，"明天后天就可以好。这是从蘑菇老人爷爷那里学来的方子。是好多种草药和动物配成的。有冬青叶、岩上的万年松、白蘑菇帽子等十几味药，加上熊脂、松胶、白酒调起来，做成药膏。他说涂上既能防冻又能治疗，并说这是他祖传秘方。爷爷给了我一些配好的药，不过不太多，我又在夹皮沟和李大叔家的三姐配了一些。原先我也不大相信，这些草药怎么能够治病呢？可是我又不能不相信他几辈与寒冷做斗争的经验。后来我仔细地想了想，这些植物和动物，都是耐寒的，冬青树越冷越茂盛；岩上的万年松根子都露在外面，可是年年也冻不死；松胶也是松树受伤的部位流出来的，不用说这是松树的一种自然的本能，用它自身排出来的胶汁来保护它的创伤。这些东西所以能在严寒地带生存，说不定它们自身有一种抗寒素呢？咱没学过中药学，所以不知它的科学道理，只是主观的推想。不过熊脂是脂肪，松胶是胶质，白酒能使皮肤充血，这几种咱们是知道的。所以我认为这祖传秘方定会有效，这才把在训练班学的西医防冻法和这个民间秘方一并用在今晚上的治疗中。"

少剑波点了点头,感到自己的脚已经不痛了,又见战士们走出威虎厅已不那么瘸了,心中感到这种药和这种治疗法真是特效,不由得向白茹一笑,露出一种感激的神情。这时他才发现白茹过分疲劳的面容,小辫子不知什么时候散了一条,纷纷的乱发,盖住了她的半个脸,不时地用手往耳后撩一下。

少剑波瞅了一下表,已是夜里下四点了。

"白茹同志！你需要马上休息。"

"不！您快休息去吧！我现在自己也烫一烫脚上点药,等一会儿,还要给站岗的同志治疗,他们已经去换岗了。以后我还要检查一遍,把需要修割治疗的再予以治疗,有的脚上裂了大口子,有的附着些失去活力的组织,如果不削平剪掉就难免再冻伤和继续裂口。"

"可是,你只忙着给大家治疗,却忘了看看自己的脚。"少剑波有点担心地催她快看看。

"不要紧！我的脚虽也有些痛,但比同志们还是轻,大概这与我没穿靴鞋,也不站岗有点关系。我现在就来给自己治疗,免得以后冻伤,您还是进里间休息去吧！"

少剑波用感激与佩服的目光望了望她,"好吧！你快治疗吧！一定要抓紧时间,早些休息。"说着走进了里间。

白茹笑了笑说:"好！我一定抓紧时间休息。"

这时威虎厅的大间里,只剩白茹一人。她迅速地烫洗、涂擦自己的脚,小脚趾也已冻肿,她修好了,疲惫不堪地伏在桌子上,收拾好了药包,一甩背到肩上,拖着沉重的脚步,向战士们的驻区走去。

她一直忙了一夜,当她实在困得几乎捧着战士们的脚睡了时,她便走到外面,用刺骨的白雪朝脸上搓两把,回来再作,她一直把小分队的每个战士都治完了,方才回去。当她走回自己窝棚的路上时,她的眼实在睁不开了,也辨不清那个地址究竟在哪里,她昏昏沉沉地走着。突然一个什么东西把她绊倒,她爬起来略清醒些,忽听到近处有一片妇女的欢笑声,她最初是一惊,后来她马上想到是被座山雕匪股抢上山的那些妇女,如今被解放了,这一定是她们。于是兴奋起来,便向笑声走去。

进了花寨,只见二十几个妇女正围着一盏野猪油灯说笑,她们见白茹进来,便一齐拥上前来,好几个妇女异口同声地说:"同志!你怎起这么早?该多睡一会儿,我们想去给同志们拜年都没敢去,因你们太辛苦了。等天亮一亮再去。"

她们哪知道她彻夜给同志们医治冻伤,根本一点觉也没睡。

白茹想说自己并非起这么早,而是尚未睡觉呢!话到了舌尖,又咽了下去,迟疑了一下说:"本来嘛,我应该先来给大姐姐、大嫂子们拜年。我这就给你们拜年,祝你们新春快乐,很快就阖家团圆……"

"真哪!亏了同志们,把我们从虎口中救了出来。祝同志们永远胜利。"没等白茹说完,妇女们一齐嚷着。她们感激得围着白茹跳起来。

"咱们坐下来拉呱吧!"白茹说着,大家都围着她坐下。

"各位大姐们,我请你们帮我做一件事,不知……"

"什么事?快说吧!只要我们能办得到,就是不睡觉、不吃饭也要帮忙。"又没等白茹说完,妇女们急忙嚷起来。

"我们的同志们把脚全冻坏了!以后还要行军打仗。我想这威虎山上,有棉花,有布,也有皮子,最好一个人做上一双棉袜、皮袜。我想来想去,只有求你们帮忙。"

"这太应该了!"妇女们又没等白茹说完,就兴高采烈地响应了。

"那我和同志们太感谢你们啦!"

"哪里话!同志们是我们的救命恩人!没有同志们来,我们这一辈子也不能再做人了,还不都变成鬼啦!……"说着有一个妇女呜咽地哭起来,白茹安慰了她一会儿。

"白同志!你放心吧!我们都乐得不得了!这是感激得才流下泪来。你快回去让人把布和棉花、皮子快送来,再把尺寸告诉我们,马上就动手吧!"她们就催着白茹快回去。

白茹这才背起药包回到杨子荣给她分配的住屋。

二十三　少剑波雪乡抒怀

阴历正月初一,威虎山和和平平,瑞雪飘飘。

小分队酣睡在座山雕的老巢里。

座山雕和他的喽啰们,被押在过去的库房里,人多地方小,他们是一个紧挤着一个坐着,像一串一串的大对虾。匪徒们愁眉苦脸,像些落汤鸡。有的上来了大烟瘾,不断地打哈欠,眼里淌泪,鼻孔流涕。有些瘾急了的匪徒,两只手像鸡刨食一样地抓地,用拳头狠狠地捶自己的大腿,抓头发,靠墙的一次又一次地向墙上狠碰后脊梁。这些败类的模样,真是千奇百怪,什么下流洋相都有。

杨子荣领着那些久遭蹂躏被解放的妇女,正紧张地为小分队准备着午饭。大锅烩鸡肉,清水煮野猪下杂,蒸了满满的几大锅大米饭,外加一锅多料的鸡杂汤。等小分队起来,来一次排排场场的新年饭。杨子荣还特为剑波煮了大大的一盘颤颤闪闪富有弹性的狍蹄筋。

少剑波早就醒了,他向来兴奋的时候是睡不着的。特别是战士们冻坏了脚,更使他沉重地担心,担心昨夜白茹的治疗是否完全有效。再加上他要尽快地向上级写报告,处理俘虏和订出下一步的行动方案。当他得意而兴奋地写着报告的时候,当他写到下一步行动方案的时候,突然觉得他内心袭来一种压力,顿时促使他沉入深思。他想着何政委的谆谆告诫,"闻胜勿骄"。的确胜利刚刚是开始,林海雪原的经验也仅是初步掌握,敌人的大头还在后面,离党要求干净彻底消灭敌人的任务,还有相当的距离。特别在这两个多月的战斗中,就出现了一个二道河桥头的失利战,又出现了大量几乎是普遍的冻伤,使他十分痛心起来,深刻反复地自责着自己的马虎大意,造成了同志的牺牲和痛苦。

他的思考,又特别集中在下一步的行动方案上。消灭妖道吧？为时过早。不消灭吧？座山雕覆灭的秘密又难保持,因为他们常来常往。保持不住这一秘密将会惊醒敌人,暴露自己。想到这里他就惦念着栾超家的第三路。他相信他的战友机智灵敏,勇武过人,可是在他的秘密路上有着十分的危险和困难,他的任务是要从妖道那里窥知匪徒们更多的秘密。这个任务完成得怎么样呢？他那里有没有他自己克服不了的困难呢？他在施用着什么手段呢？

想到这些,他的报告再也写不下去了,因为还没有足够的条件来下达他最后的决心。他深知这样写上去的报告,将引起何政委、田副司令和王团长、刘政委对他无限担心。从以往的经验中证明了,当少剑波的工作愈顺利,战线愈大的时候,首长们对他卡得愈紧,甚至有时使他抱着委屈。记得有一次,是少剑波起草了一个步炮协同作战的计划,内中只有一个字的差错,被田副司令做了严格的训斥。现在这件事又在他沉思的脑海里重演起来。

是在一个深夜里,少剑波接到司令部的电话,他一拿起耳机即知是田副司令员。

田副司令在电话里说:"少剑波同志!你的命令上有严重的错误。"

"这一点我还没觉察到。"少剑波拿着听筒,显然因为他那十分自得的部署受到指斥而不满。

"那么请你拿出你的命令,"田副司令的声音更严厉,"从第四行第二句念起!"

少剑波展开命令,对着听筒,真切地咬着每一个字念道:

"在炮兵射击后,突击队马上发起冲锋,以勇猛……"

"好了!"田副司令制止了他再向下念,"就是这两句。你说是在炮兵射击后,"田副司令特别加重了那个"后"字的音量,"步兵发起冲锋,这能协同得好吗?嗯?"

少剑波的眼紧盯着他眼前命令上的"后"字,愣住了。

"同志!"田副司令语气放缓和了一点,"后!后到什么时间呢?我们的步炮协同,要像一架最精密的机器一样,在它的接缝间,要间不容发,炮兵猛打的威力,要和步兵猛冲的威力,牢固无隙地结成一体。也就是说,你的炮兵打在敌人头上的最后的几发炮弹爆炸了,步兵要紧接着像活炮弹一样压在敌人头上,应当是弹片和刺刀尖接连得像精密的机器,它们互相成为一个力量,必须是一个力量,消灭敌人又不伤害自己。如果等到你射击后再发起冲锋,这就给敌人以苏醒的机会,这就叫猛打无功,浪费炮弹。"

少剑波慌了,"报告司令!我的本意是……"

"不管你的本意是怎样,客观是如此。现在需要你再细!再细!再加细!"

听筒嘭地搁下。

少剑波在深沉的追忆中,好像又听见电话耳机嘭的响声,他惊醒了,眼前恢复了威虎山的雪景。

"再细!再细!再加细!闻胜勿骄……"他一面念叨一面走出威虎厅,向着喷香的伙房走去。

伙房的门前,李勇奇领着十几个民兵,正抡动长柄大斧子,哼呀哼呀地劈木柴,干得又起劲又欢笑。头上冒着腾腾的热气。大粗的原木段,被他们十斧八斧就劈成了桦子。

"怎么不休息呢?"少剑波突然出现在他们跟前。

李勇奇等十几个人被这可亲的语声唤住,直起腰,抹着头上的汗珠,笑嘻嘻地望着剑波,"二〇三首长,这样好日子怎么能睡得着呢!可是……"他们翻过来又向剑波反问道:"二〇三首长,你怎么不休息呢?你太辛苦了!我们光动些力气,你又要动力气,更得动脑筋,你不休息我们可有意见。"

少剑波微笑了一下,"我休息了五个钟头,够了!"

"那还差得远!"杨子荣从蒸汽腾腾的伙房里闯出来,咧着乐得闭不阂的嘴,"叫咱们的小白鸽知道,你们都得受批评。"

"那你呢?也剩不下。"

"我例外,我当了这多日子的团副,把觉睡过劲了!现在我还有好多的储蓄呢!"

大家一齐笑起来。欢笑中杨子荣向剑波等人报告了他给小

324

分队准备的年饭。什么烩大锅鸡,多料鸡杂汤,软捶野鸡胸,火烤山猫肉,清炖野猪下杂,整炸狍脑,清煮虎骨汤,野猪耳蹄冻……他一口气说了有个二十来样,全是飞禽走兽,许多名堂剑波向来也没听说过。

少剑波亲热地微笑着,"嘿!你在哪里弄来这么多的名堂?"

杨子荣哈哈一笑,"这些物质基础是座山雕给咱准备的,这套名堂是当团副刚学来的。"

"有成绩!有成绩!"大家愉快地笑起来。

"可惜没有白面,包不成饺子!"杨子荣还嫌美中不足,"要是再有了饺子,那咱这个大年初一就更阔啦。"

"我看这比饺子好!"少剑波逗趣地说,"饺子固然是我国人民吃年饭的风俗,不过太一般化了,今年咱过这个特殊年,应当吃点特殊饭,不一定一般化的非吃饺子不可!"

在大家的笑声中,剑波补充地说道:"战士们一定感谢你这个大年初一的事务长。"

杨子荣向剑波一伸大拇指头道:"更应当感谢你这个敢上威虎山过年的指挥官。"

少剑波谦逊地把手一摇,向四外山包战士们睡的窝棚走去。杨子荣和李勇奇等人,目送着他的背影,露出钦佩的笑容,看着他进了窝棚。

少剑波进到窝棚里,首先掀起每个战士的被角,看看那被冻坏的脚。当他发现战士们的脚已经没有冻紫的伤痕,而且全恢复了红壮的颜色,内心为之大喜。他又关切地看着他那些呼呼大睡的战士,抱着他们的大枪,枕着他们的滑雪具,躺在匪徒们给准备好的火炕上,睡得是那样甜,脸上呈现着健美的红光。有的战士把大衣蹬了,剑波悄悄地慢慢地给他们盖上,深怕惊醒了他们的酣梦。

他巡查了所有的窝棚,他安心地微笑着,想着:"战士们的脚被白茹学得的秘方治好了!让他们甜甜地睡一觉,醒来再饱饱地吃一顿,饭后再组织一下,开个娱乐会,痛痛快快地乐一场。"

"什么节目呢?"他略一思考,"很丰富,叫杨子荣讲他当团副,让大家学学杨子荣的赤胆忠心和机智灵敏随机应变的斗争艺术,以及他那刚毅的意志和惊人的胆魄。叫白茹唱歌,这是战士们一向所喜欢的。再叫刘勋苍耍活宝。只可惜缺少个栾超家,他要在的话,会使大家又要笑破了肚子。这个古今中外的万事通,什么故事他也会弄得个驴唇不对马嘴,特别他那个'韩信大战金兀术'、'岳飞搬兵让孙悟空当先行官'和'蒋介石与猪八戒争盘丝洞的女妖精',更讲得可笑。"

他想了这一切,便步下山包,要先写自己的日记,写好后和战士们一起来过这个快乐的年初一。他回到威虎厅,急忙地找皮包,拿他的日记本,他习惯地刚要喊高波,一阵难过的心情又压住了他,脑子轰的一阵,像一瓢冷水浇在身上。高波长眠了!不见了!和他永别了!少剑波的眼眶又是一阵湿润。

再看看李鸿义,正在那里酣睡,因为炕烧得太热,他把盖着的军大衣全蹬了,身体睡成一个大字。少剑波为了使他酣睡,不惊动他,自己找皮包,可是遍寻不见,他马上想到一定是在白茹那里。

小分队出发以来,只有白茹一个女的,在屯落里住时都是给她找一个单独的房子,让个老太太或大嫂和她做伴,在夹皮沟一直是和李勇奇的小妹李三妹住在一起。到了威虎山,没了这个条件,杨子荣便把她安排在从前座山雕的老婆子住的那个最漂亮的窝棚里。

少剑波冒着越下越大的雪朵,走来这里,一进门,看见白茹正在酣睡,屋子暖暖的,白茹的脸是那样的红,闭阖着的眼缝下,睫毛显得格外长。两手抱着剑波的皮包,深怕被人拿去似的。她自己的药包搁在脸旁的滑雪具上,枕着座山雕老婆子的一个大枕头,上面蒙着她自己的白毛巾。头上的红色绒线衬帽已离开了她那散乱的头发,只有两条长长兼作小围巾的帽扇挂在她的脖子上。她那美丽的脸腮更加润细,偶尔吮一吮红红的小嘴唇,腮上的酒窝微动中更加美丽。她在睡中也是满面笑容,她睡得是那样的幸福和安静。两只净白如棉的细嫩的小脚伸在炕沿上。

少剑波的心忽地一热,马上退了出来,脑子里的思绪顿时被这个美丽的小女兵所占领。二十三岁的少剑波还是第一次这样细致地思索着一个女孩子,而且此刻他对她的思索是什么力量也打不断似的。

他想着,她确是个活泼天真、能歌善舞的小白鸽,只要她不是在睡觉,便没有一刻安静的时候。王团长时常和她开玩笑,只要一见面,必定要揪一下她的头发,他常说:"来!小白鸽,人家都说你的头发是空的,让我揪一根看看。"说着便抓在手里,不揪下一根不放。刘政委见面一定要叫她唱个歌才能放走。

可是当她看到剑波,就羞答答地一言半语也没有。尤其这半年,在小分队出发以前,白茹见了他规规矩矩地行礼,他也严严肃肃地答礼,格外拘束。

有一次的民主会上,卫生队给团首长提意见,白茹提了一条说:"团首长谁都好,就是二〇三的架子大,真不接近群众,年轻轻的,那么大的架子,官僚主义!"大家对她的意见笑了,都说:"二〇三可没架子,这个意见不正确。"

少剑波望着威虎山上的落雪,白茹的事一幕一幕浮上心头。

当白茹十六岁给姐姐当勤务员的时候,一看到剑波去了就把两个小辫一甩,走出去,从门缝里偷看着这个刚满二十岁的小营长。

有一次剑波作战回来,患了感冒,她刚十七岁,当护士长,给剑波来送药试体温。屋内一个人没有,只有他们俩,二十分钟的时间,只说了五句话。

"多少度?"剑波问。

"三十八度五。"

"饭前饭后药?"

"饭后。"

"……"

"报告,可以回去吗?"

"嗯!"

这样两个活泼人,可是当他俩到一块,竟死板得难受。这原因主要是剑波总遵循着一条原则:"在女同志面前要十分稳重。"特别是白茹这样的青春少女,年龄和自己差不多,又是从姐姐那里来的,更要注意,以免引起影响。

可是白茹呢?却是另一种眼光看剑波,她内心老想:"剑波是自高自大,和他姐姐鞠县长一点不一样。他又俊俏、又年轻、又聪明、又勇敢,这些条件决定了他的眼光高,一定不把自己放在眼里,所以就在女人面前摆架子。"

小山子战斗的时候,白茹在火线上一连抢救了九个伤员,评模时,剑波有点不相信。以为这么一个体轻不过百的小丫头,怎么能干出这样出色的事。直至医院里的伤员纷纷写信来给白茹请功,剑波才确信了。

小分队出发以来,她和男同志一样,奔驰在林海雪原,争取了王因田夫妇,团结了蘑菇老人,在奶头山一样地攀岭跨谷跳山涧,苦练滑雪,和男人一样地向严寒搏斗,十分认真地建立小分队的防冻保健卫生制度,保证了行军战斗的顺利开展。她又学得了对祖国医学有用的秘方,昨晚的彻夜治疗,使严寒没有冻垮小分队,解决了别人所无法解决的难题。到现在为止,小分队没有发生一个非战斗减员。

今天她甜甜地睡在这威虎山上,她现在十九岁刚开头。十九岁!她无兄无弟,她只有无数的革命同志。她和他们这样地度着她的青春,在为实现共产主义战斗着的大道上过着青春。无数的英雄事迹点缀装饰着她不平凡的青春,此刻少剑波心里为他的小分队有这样一个女兵而骄傲。值得骄傲,他内心骄傲得不能抑制,他自语着:"什么是女英雄呢?这是多么美丽的青春啊!"

想到这些,少剑波所看到的已不是眼前的大雪,而是在一个新鲜可爱百花齐放中的一个美丽的少女,一个美丽的白茹,矗立在万花丛里,并朝着他投射着动人的微笑。

"白茹!"他不知不觉地喊出来,"什么是女英雄呢?"

他这声自言自语,好像惊醒了酣睡中的白茹,只听屋内白茹翻了一下身,并且喃喃地说着一句梦话:"他怎么对我这样腼腆呢?他怎么老对我……"

少剑波一愣神,大雪飘飘盖满了他的衣服,他此刻才觉悟了自己是站在露天的落雪里。可是自己的手和脸,和自己的心一样,却是热乎乎的。他连忙叫道:

"白茹！白茹！"

"早听见啦！"白茹似有一点笑声，但又好像有一点生气声。

"我要我的皮包。"

只听得白茹忽拉地下了炕，剑波转回身来，她已站在他的面前，她熟睡初醒绯色的双腮，恰似两朵盛开的芙蓉，眼睛尚朦胧未睁。睫毛显得特别长，像芙蓉花朵中的丝丝蜜蕊，对着这威虎山的白色世界。

"我早知道了！喊什么？"

"奇怪！我刚喊你两声，你怎么早知道了！太有点言过其实。"

"因为你向来不正经地休息。"白茹有点不乐意，"谁还不知你的老毛病。"

"那你怎么不早给我送去？"

"越送去得早，你越休息得少。"

她走到他跟前给他打扫着满身的落雪，从他身上落雪的厚度，她已知道他是久等多时了，她噗哧一笑，看了一下剑波不自然的眼睛。

"不冷吗？"

"还热呢！"

"奇怪！为什么还热？真是言不符实！"

"我想得太多了，第一次想这么多。"少剑波的感情突破了他的理智。

"什么？"白茹意味深长地故意惊问一声。

"没什么。"少剑波很不自然地羞红了脸，"我想让你帮我抄写一下报告，这次的报告太多太长了。"

白茹看他那不自然的神情，这是她这位首长从来没有过的，尤其是对她自己。此刻她的内心感情已在激烈地开放。可是她又怎样表示呢?说句什么呢?按平常的军规当然应该答应一声"是"!可是她偏没这样,而是调皮地一笑,"那不怕同志们看见批评不严肃吗?或者引起……"

少剑波不好意思地低头一笑,他的脸涨红得接近了白茹的颜色。"同志们现在正在酣睡呢!"突然他想起报告还没写好,让她抄什么呢?"噢!我忘了!你昨晚治疗了一夜,你还是得再睡觉,我的报告还没写好!你睡吧。"

白茹头一歪,把皮包递给他。两人相视一笑。

少剑波披着轻缓的瑞雪,来到威虎厅。

白茹回到房里,怎么也睡不着了,虽然她睡了只不过两个小时。白茹总想在这人静的当儿,多和他谈谈,因为在袭击奶头山剑波题词时,白茹已放出了对剑波这条羡爱的情线,以后她又尽了不少的努力。尽管这样,可是这条线总是一头在空中飘荡,从今天剑波那不自然的表情中,她已确信剑波已经在伸手接住这线飘荡的那一头,所以她就想很快地把线拉得更紧。她披上军大衣,散开小辫子,戴上小红绒线衬帽,跑向威虎厅。

她进门一看,剑波已在专心地写日记,一见白茹进来,他便抬起头来命她回去休息。可是她却怎么也不回去,并且为了表示她自己已经休息够了,故意用很低的声音,背诵着几段柔美的小诗,或递水给他,企图把他的注意力从日记上夺过来。可是剑波的注意力丝毫没受到一点影响,这个善于克制自己的青年,这一点也是他的特性。在激烈的战场上,哪怕密集的子弹从他的耳边上掠过,也影响不了他对某一个问题的深思。

白茹越着急,他的日记越特别长,好像他要记的事专和她找岔子一样。他写了高波的生平,他这位小伙伴,勇敢的孩子。在对高波的追忆中,他已滴下了泪水,滴在日记本上,他的笔迹和泪痕,和高波的事迹将永存在他的日记本里。他又写了他英雄的战友杨子荣,这个富有惊天动地的胆魄、随机应变、智谋过人的伟大共产主义战士,使剑波的笔尖也显出了无比的骄傲和豪爽。又写了孙达得坚忍不拔的意志,和吃苦耐劳的精神。又写了小分队第一次滑行三百里,李勇奇率队躲过穿山风。又写了座山雕这个一辈子没人能治的老土匪。

在他写的过程中,他的神情随着他喳喳如飞的笔尖,忽而沉痛,忽而豪爽。从他的表情中完全可以看出他在写着什么。

白茹一旁看得真真切切,白茹用了多种方法没夺来他的注意力,而白茹精神却被他的神情吸去了。此刻她已完全被拉入对高波、杨子荣、孙达得、李勇奇等同志的英雄事迹的敬慕中去了。宽大的威虎厅内,只有剑波喳喳的笔声。

当白茹看到剑波脸上的神情,涌出了爱的甜蜜时,又看到他的笔尖由猛烈豪爽而转到温细柔默时,又看到剑波蠕动的笔像是写了"白茹"两字时,她知道他已是在写自己了。于是她轻手轻脚地慢慢地要靠近一点,想偷看看他写自己些什么。可是尽管她是偷偷的,但好像她的行动被剑波早就发觉了一样。他故意把日记本老用左手挡着,她一点也看不见,越看不见她就越心急,越心急就越想偷看。她几乎已挪动到剑波的拐肘上了,可是剑波的手把个小日记本遮得严严实实,仍是看不见。

突然嘭的一声,她把桌上的水碗碰掉地上,吓得剑波一怔。白茹急速地退了两步,调皮地向剑波瞅了一眼,"写得太多了!还不休息一下呀?"

"写日记,等于休息。"

少剑波用左手一捂日记本,含有羞容地微微一笑,再没吱

声。可是他那温柔的眼睛已盯着白茹的脸,在想说什么。想了一会儿,他突然好像很认真地道:

"哎!白茹,我忘了一件事,你去伙房告诉杨子荣,如果山上还有葡萄酒的话,今天可以让同志们喝点,特别是李勇奇他们。今天是大年初一,开开酒戒,你看怎么样?"

白茹调皮地道声:"你们当首长的决定,与我有什么商量的!"

"那你就去告诉他。"

"是!首长同志。"白茹拉着长腔答应着。一边向外走着,一边回头嘟囔道:"你就说不让我看算啦!何必想出这么个花招呢?"说着跑了出去。

少剑波见白茹被支出去,微笑地看着她灵巧的背影自语一声:"小丫头!心眼真多。"

少剑波在甜蜜而焕发的神情中,大写了一阵,写毕把日记本向桌上一阖,便走出威虎厅小解。

正在这时,白茹连蹦带跳地奔回来,她一看剑波不在,又见日记本在桌子上,便蹑手蹑脚地走到桌子旁,怀着一颗火急的心,要看看剑波到底写了自己些什么。她翻开那日记本一看,她的心突突地跳起来。看那开头的一行写着:

"万马军中一娇娜。"

可是最后"娇娜"二字他又把它涂掉了,并且下面还加了一个批语说:"这两个字有损于她的形象,但是用什么字呢?"

白茹看到这个批语下面乱楂楂地点了一簇黑点,有的点上的纸已被钢笔尖所戳穿,这显然是剑波在构思找适合的词句时无意中戳点的。

再往下看又有这样的一个注语:"东北的群众对小女的爱

称是'小丫',对！就用'小丫'。这对她这样一个人人喜欢的小妹妹来说,再合适没有了！"

白茹的脸一红,心一热,翻过一页又往下看,"呀！原来是首诗。"白茹一行一行地看下去:

万马军中一小丫,
颜似露润月季花。
体灵比鸟鸟亦笨,
歌声赛琴琴声哑。
双目神动似能语,
垂髻散涌瀑布发。
她是万绿丛中一点红,
她是晨曦仙女散彩霞。

谁信小丫能从戎？
谁信小丫能飞马？
谁信小丫能征战？
谁信小丫能万里剿讨动杀伐？

雪埋北国军令动,
谁都嫌她太娇娜。
小丫利词志不贬,
随军步履不要马。
小丫小力佩小枪,
囊负灵丹雪原踏。
山险涧恶人如堕,
林恐雪怖胆如炸。

野兽蜂蜂多赛蚁,
恶匪凶凶毒似蛇。
小丫豪爽无怯意,
容颜仍赛月季花。
奶头飞跃千尺狼牙涧,
威虎飞滑万座奇山峡。
蘑菇爷爷誉她是"灵芝",
夹皮叔叔誉她是"女侠"。
冰天雪地大气凝,
寒气刺骨如刀刮。
勇士身僵神冻衰,
足溃手裂难征杀。
怎不使人双眉皱,
怎不使人两手搓。
小丫雪地觅妙药,
彻夜不眠施医法。
灵丹一敷溃痕愈,
勇士体健心开花。

她是雪原的白衣士,
她是军中的一朵花。
她是山峦丛丛的一只和平鸟,
她是林海茫茫的一个"小美侠"(我也这样称呼她)。
漫天风雪寻常事,
破荒闯阵荣春华。
轻笔淡描小丫谱,

雪乡我心……
…………
…………

"这些该死的删节号!"白茹看到这里,全身上下,从头顶,到脚跟,和她的心一样,热得连全身每一个细胞都在跳动。只是对着两行半删节号,不满不快,亦躁亦烦,她小嘴咕嘟着:"画龙点睛,只在一笔,他却删节了个鳞甲纷飞!"她的眼睛紧盯向最后的两行半删节号,她刚想:"这最后两行半,为什么用删节号把全文结束了呢?"突然听到剑波的脚步声,她急忙阖好了日记本,刚一回身剑波已跨进门来。

白茹已经完全了解了剑波对她的心,便故意调皮地行了个军礼,"报告二〇三首长,奉您的命令,任务完成。"说完她噗哧一笑,心想:"我看看这个小首长下面的删节号内,到底是些什么?"

少剑波微微一笑,一面收拾日记本装进皮包里,一面把钢笔插在衣袋上。然后搓了搓手,把脸转向一边,微笑地站着,若有所思地想着什么。

白茹见他不语,便总想用句话来引他,但心里话千头万绪,总不知说什么好,想来想去问了一句实在不关痛痒的话:

"二〇三首长,你的日记写好了吗?"

少剑波没直接回答,却批评起她的语法来了:

"你这句话修辞极不恰当,既然称二〇三首长,下面就不应该用'你'字……"

"哟!"白茹调皮地一噘嘴,"当小兵的大老粗,哪能讲究那么多的语法修辞呀!"

"既然用'你'字,就不需要称二〇三首长。"少剑波说完脸上略有点红。

"这是军规呀!"

"休息时间,军规不讲也无所谓。"

"谁敢在你跟前不讲军规!"白茹故意把个"你"字,说得又重又长。

"我也不是所有的时间、对所有的人都要求那么严格,特别是对……"这话虽然很平常,但此刻少剑波说得是那么吞吐,同时后半句他又突然锁住了。

白茹看着他那不自然的表情,又想把他删去的句子引出来,便向剑波跟前凑近一步,"你以往对我在所有的时间都是这样要求,我对你这要求现在竟成为条件反射了,一听你喘气,我就得急忙检查军容。你甚至把我的小辫子都管束得不敢有一点松缓的时间。"

少剑波听白茹这么一说,蓦一回头看到那顶小红帽下披散着蓬松的黑发,瞬间他的视线又和黑发环抱中的那对好像能说话的眼睛相碰,他心中一热,顿时脸上通红。

"我的小辫今天解放了! 怎么样? 你允许吗?"

少剑波略一转身,不吱声,只是抿嘴微笑,看样子心里有许多话,却被他那庄重的嘴唇封住了。

白茹看到他那腼腆的样子,和他那尴尬的表情,不觉笑道:

"你说话好不好别带那么多的删节号,那些号带得太多了,却象征着不够……坦白……"

少剑波只是微笑不吱声,他觉得白茹在他跟前,给予他无限的安慰和甜蜜,如果是往日他又要撵白茹快休息快离开他。可是今天不知是哪来的一股力量,使他内心就怕白茹走开。可是又不知说什么好,再加上刚才短短的几句对话中又觉得有点失言,更使他不敢张口了,只是在那里默默不语,整整笔尖,看看金表。

白茹呢？日久积存下的满腹的内心话,此刻已塞满了喉咙,挤满了牙缝,涌满了舌尖,只想引着剑波开头,她就要全部倾吐出来。"可是这个不知情的'娃娃',他什么都不说！真气人！"白茹想着,恨不能把他的嘴扒开,掏出他封在舌尖上的话。

室内静静的,只有表声,和他俩的呼吸声。

终于白茹的声音突破了这不自然的寂静。她的话在嘴边转了几个圈子,终于突唇而出。

她是这样开头的:

"我问你一个问题！可以吗？"

"当然可以！军事的政治的都行。"

"生活的不行吗？"

"也未尝不可。"

白茹抿了抿嘴唇,看了剑波一眼,低下头道:

"我看好了一个人,或者说我爱上他,更确切一点说,我倾心地热爱他,他全身从容貌到灵魂,从头上到脚下我没有一点地方不爱他的,在我看来他简直是天下第一人。"

"那你太幼稚了！"少剑波故意装着不以为然的样子,还是在摆弄钢笔。

"我一点也不幼稚,我相信我的爱是完全对的,可是我又恨他！他真惹我生气。"

"那你又太矛盾了！为什么爱他还恨他？"

"正因为矛盾,所以我才问问你呢！"白茹瞥了剑波一眼,"我恨他自高自大,瞧不起我；他老看我是个'小丫'！在他的眼里,好像我这辈子也不会长成大人一样。他又不直爽,又不坦白。重男轻女！……"

"你这么一说这个人简直太坏了？"少剑波的脸一红。

"谁说不是呢？我说你听听他多么轻视我。"白茹一把夺下剑波的笔,朗诵道：

"谁信小丫能从戎？谁信小丫能飞马？谁信小丫能征战？谁信……"

"我把你这个调皮的小丫头……快闭嘴……"少剑波满脸赤红,急忙立起身来,去拿自己的日记本。一面说道,"我把你这个满处钻的小白鸽,偷看我的日记本,好哇……"

"谁偷你的日记本来着？我是偷来一颗心！"

"没羞！没羞！……"

"我没羞？哼！"白茹是那样高兴,用手指刮着她那绯红的脸腮,"在日记上写人家才没羞呢！"说着她两手一阖,又朗诵道：

"万马军中一小丫,颜似露润月季花！"

剑波羞得急忙绕过桌子要去堵白茹的嘴。白茹灵巧地一转,又笑着朗诵道：

"漫天风雪寻常事,破荒闯阵荣春华。"

"小白鸽！你……"

"哎呀！真稀罕,我这个小白鸽快被人叫'老'了,今天才听见你叫第一声。"

"噢！拜年了！……"刘勋苍的高大洪亮的嗓门,在威虎厅外高喊。

剑波和白茹一齐向厅门口跑去。

二十四　栾超家闯山急报

"拜年了!"

刘勋苍的大高嗓门,冲破了威虎山的寂静,接着就是一片乒乒乓乓丁丁当当有节奏的敲打声,夹杂着战士们"咚咚锵,锵咚锵!锵咚锵咚锵咚锵"的口唱锣鼓调。

少剑波和白茹一听到这欢乐的声音,立刻用嘴唇堵住了汹涌将奔的情话,两人对视了一下,跑了出去。刘勋苍领着他的小队,大背着枪,手敲着木板和茶缸子,装扮得奇形怪状,扭着秧歌舞,迎面从东南山包向威虎厅走来。

少剑波一看战士们欢蹦乱跳,内心一阵无比的轻松愉快,"战士们的脚好了。"

白茹一看,欢腾如飞地急忙回屋拉起正在酣睡的小李,尖声地笑着跳着,跑进秧歌队。

接着,暂时代理栾超家职务的小董,领着他们的小队,李勇奇领着他的民兵队,同样地扭来。威虎厅前喧嚷热闹,扭成一片。冻伤最重的孙达得,开头还站在队外咧嘴傻笑,后来也加入队里扭起来,虽然还略有一点瘸。他们欢闹了足有半个钟头。

"同志们! 吃年饭了,大碗肉,真香啊!"

杨子荣的呼喊声给大家冲散了场。他一面喊,一面向伙房里跑,大家一齐跟着跑去。

饱餐后,开始了娱乐会。头一个节目就是杨子荣的,他从扮演胡彪,山上打虎,大麻子蒙眼罩,座山雕盘问,献礼对黑话,舌战小炉匠,枪决栾警尉,一直讲到百鸡宴指挥酒肉兵。他边说边比划,大家兴奋地鼓掌欢呼,把个威虎厅好像要胀破似的。战士们把杨子荣举在空中扔了起来。正在欢笑中,忽然一声紧张的"报告",压下了欢乐的吵嚷。大家定睛一看,战士邹朋立在威虎厅门口,紧张地报告道:

"报告二〇三首长,我是东北山包的哨兵,从东北方向发现两个人,走走停停,停停瞧瞧,有时躲在树后,有时蹲在地上张望,好像找不到这里,又好像不敢进来。"

"刘勋苍!"少剑波立即命令。

"有。"

"带五个人,去捕捉,要活的!"

"是!带五个人去捕捉,要活的。"他带了五个人转身跑出威虎厅。

"其余的人是否进入阵地?"孙达得和小董请示道。

"不需要,"少剑波果断地答道,"我们是捕捉,不是守山,今天不会有什么情况。"

不多时,刘勋苍等五个人,用一块白手巾蒙着一个猎手打扮的人的眼睛,那人个子小小的,瘦瘦的。他们嘻嘻哈哈地走进来,刘勋苍架着那人,边走边嚷:"朋友!这是我们威虎山的山规。"后面跟着一个民兵,和五个战士,都抿着嘴笑。一进威虎厅门,李勇奇便认出那个民兵,忙问道:"陈小柱!你怎么来了?"

陈小柱向蒙着眼睛那个人一噘嘴,向李勇奇笑着眨了眨眼睛。他终于忍不住噗哧一声大笑起来。

刘勋苍把那人拉到中央,学着天津人变戏法的腔调,口中念念有词:"蒙上盖上,变得快当,铜锣一响,变出个猴王。"说着把手巾猛一掀。

"栾超家!"大家一看是栾超家,一齐嚷着围上去。

栾超家揉了揉被蒙花了的眼睛,"坦克这家伙,净来糟蹋'老道',他不是来'上庙'。"

小董嚷道:"今天是咱们小分队三路大军汇合。"

杨子荣一拍栾超家的肩膀,"今天的娱乐会,光缺你讲蒋介石和猪八戒争老婆。"

"饿坏呢,团副大老爷。"栾超家满脸是灰,瞅着杨子荣,"三天没吃饱一顿饭,还不招待招待!"他说着从怀里掏出一把揉搓得稀碎的高粱米饭团子,往嘴里就填。

刘勋苍一把给打掉,"现在吃啥有啥,团副大老爷给你准备了个不老少。"

"快拿!快拿!越多越好!"栾超家一屁股坐在座山雕的大椅子上。

孙达得蹽开长腿向伙房跑去,他现在兴奋得几乎一点也不瘸了。

少剑波看着被冻得最重的孙达得已经完全好了,内心更是喜欢。拉着栾超家的手笑着问道:

"你怎么这样冒险?两个人敢闯威虎山来?"

"因为你们早来了!我怎么就不敢来?"

"冒失!冒失!"少剑波似笑非笑地嘟囔了两句,"如果我们的战斗失利,那怎么办?"

"二〇三首长,跟着你作战,我从来一点也没想过这个,我不知什么叫失利。"

少剑波把手一按,"一个指挥员,什么情况都得估计到,这你应该……"

"是的,正因为我什么情况全都估计到了,所以我才敢来。

我估计你们一定在这里吃肉,喝汤,开娱乐会。"

大家一齐笑起来。

少剑波笑着摇了摇头,把手向下一压道:"你没估计到,我们可能赶不上百鸡宴,拿不下威虎山吗？嗯？"

"因为这个情况不可能出现,所以我根本没估计它。我老栾向来是实事求是,不想那些不可能的事。"

"这样说,你估计对了？你也办对了？"

"本来吗,"栾超家骄傲地把头一晃,"眼前明摆着的事实,证明我估计得分毫不差。"说着接过白茹递给他的一缸子水,咕咚咕咚一饮而尽。饮罢他把嘴一抹,"好酒!"把大家惹笑了。

"老栾!"小董往他跟前一凑,"你能估计,你估计一下座山雕死没死？"

栾超家摸了一下后脑,唉了一声,又揉了一下前额,"嗯!……这个……嗯!"

"估计呀!"小董追问一句。大家笑着看他怎么答。

"总而言之,总而言之,他死不了,也活不成。"栾超家的眼转了两转,滑稽地晃着脑袋。

小董把栾超家掀了一把,"早见阎王爷啦!"

"我说他活不成吗!"栾超家自信地答。

"没死呀!这一下可估计错了!"大家见他答错一齐嚷笑。

栾超家手一摆,"唉!慢来!慢来!你们没听懂我估计的全文。我估计的全文是死不了,活不成。你怎来我都能对付。"

大家为他的善辩而大笑起来。

"我早把咱们这一仗估计透了,座山雕碰上咱们小分队,就好比三十晚上咽了气。"

"此话怎讲？"刘勋苍知道老栾又来了疙瘩话。

343

"活不到来年大初一。"他喘了一口气又说,"百鸡宴上拿座山雕哇!就好比裤筒里抓……"他一眼看见白茹在跟前,不好意思再往下说下去,脸一红,笑着自语道:"呔!呔!下道了!这说些啥!"

小董偏逼他说:"老栾!抓什么?抓什么?"

栾超家脸更红了,再瞅了一下白茹道:"说句文明的吧!裤筒里抓那个玩意,是手拿把卡。"

杨子荣咧嘴笑道:

"别往下说啦!老栾又要磨上卸驴,快下道了!"

在大家的哄笑声中,孙达得拿着一些大肉骨头和几碗大米饭进来。栾超家抢上去,抓了一块最大的狍子腿,上面一朵落一朵落煮得烂糊糊的肉朵,手撕口咬,大吃起来。他甚至连嚼也不嚼,往下吞咽,一阵手嘴忙乱,吃得他满头冒汗。

少剑波笑嘻嘻地看着栾超家嘴里嚼着最后的一口,喉咙不住地打着饱嗝,便递给他一缸子水。"怎么样?饱了吧?"

栾超家连连点头,"嗯!嗯!"接过那缸子水,咕嘟咕嘟喝下去。"哎呀!酒足饭饱。"

"那么要听你的啦!"少剑波微笑着,"一路、二路的计划已经实现了,你的第三路怎么样?"

"二〇三首长,"栾超家搓着他那油渍渍的嘴巴,"你说得真对,那座神河庙,庙里那个牛鼻子老道,他妈的,有油水,真是个钓鱼的饵子,招屎壳郎的大粪。现在我先不讲那个妖道,我先讲一个紧急情况,就是为了这个,我才三顿没吃饭跑来了。"

战士们一听紧急情况,马上静下来,有的贴在墙边,有的蹲在地上,渴求的眼光紧盯着栾超家,静等他说什么。

"是在我去对付老道的第三天的晚上,神河庙下起了清雪。"栾超家开始讲道,"庙里那个城不城、乡不乡、农不农、商不商、不三不四的女人,冒着小清雪,抱着个孩子,走出庙门,直往东北,后拐东南,进了牡丹江流的大冰上,一直向牡丹江上游走去。我感到奇怪,就跟上了她。为了夜里不暴露,我翻穿着军装,白里朝外。雪又不大,半点钟还盖不上脚印,所以我离得又远一些。

"走了二十里的光景,江边上有一个马架房,她就走了进去。不多时里面一个男人拉了一匹马,套上了一副爬犁❶,载着这个女人,顺着大江直驰。这一下可苦了我老栾,妈的! 两条腿哪能追得上四条腿,可是追不上也得追,我就硬赶死追,真巧得很,半路上雪不下了,还蒙蒙的有点月光,爬犁印也看得清楚一点了。

"我就继续赶,我想只要她不上火车,不入大道,我就丢不了她。果然这两个家伙一直顺着江流不见人的冰流走,一直三天都是这样。

"妈的! 一副爬犁一天能走一百二,我的两条腿狠劲地蹽,也只能走八十里,大雪也跟我硬找别扭,这三天拉下我少说有一百二。眼看就到了山外,我心想:一入大道,行人车马爬犁印一多,就要乱套,一乱套就要丢梢,那还了得! 可是我的两只脚磨起了泡,真够呛,任务哪能允许我的脚痛,一咬牙,还是得想法完成任务。我又坚持了一天,第四天傍黑,撑到一个江边不大的小屯落,我想怎么也得歇一歇,解解乏,我就进了村,走进村头的一个四合大院。哟! 好时运,院里拴着一匹马。看样子这里还没土改,工作队还没来,大院还是个大地主住着。我这两条腿一见

---

❶ 爬犁,马拉的雪橇。

了这匹马,它再也不想走了!可是我的心,一见这匹马也再不想歇脚了。

"可是怎么办呢?怎么使马到手呢?是不是违犯一下群众纪律呢?我想了又想,妈的,这个情况下不能管那么多,完成任务要紧。我转身出了大院,望空里打了两枪,妈的那家大地主上了我的当,领着他的老婆孩子一大群,跑到屯西一个大菜窖子躲起来了。我他妈的拉出了马,心想地主的马是剥削来的,马是咱们穷人的,不是他的,咱们穷人又没分马到手,所以这匹马应该是还没有正式的主,我就不必向谁借。拉出来,我脚也不痛了,肚子也不饿了,一出大门就跨上这匹没鞍的光腔马,追赶起来。两天半,一直追到四合站北的蛤蟆塘,这两个家伙入了大路,爬犁印也乱了,根本辨不出来哪是他们的。

"这时我估计他们一定是上火车了,我就快马加鞭直奔四合站,到了四合屯中间,从南站来了个赶爬犁的,吹胡子瞪眼把我扯住,向我要马,硬说我骑的马是他的。牙口马性说的一点也不差。妈的!管你谁的马,我把马一提,奔上车站,那家伙转回头撵到车站,硬要向我夺马。这时围上一大群人,因为哈尔滨到牡丹江的车误了点,等车的人都围上来,正在争得不可开交,忽然从人堆里钻出来两个民兵,朝那家伙就是两个耳光子,拿出小绳把他绑起来,拉到屯里。经过一番审问,听说这家伙是新安镇的逃亡地主冯老六,逃到神河庙专门给匪徒跑交通,我骑的那匹马正是他先套的那一匹,到了那个小屯把它换下来,刚换下两天,我就给骑上了。这家伙不走运,他实指望在这个远乡异地没人认识他,可是他没想到,现在的民兵正到处搜捉逃亡地主回家算账,车站上押得一串一串的,被民兵押着连一声也不敢吭。

"我进了车站票房,所有的人都瞧我笑,连姑娘媳妇也在内。可把我笑愣了。我想：为啥都上了我的眼？我这个模样也不怎样啊？"

大家一齐笑起来。

"后来我急忙跑到站长室，一进门看见一个人瞪我瞪着两个眼，满脸是灰，全脸只有一口牙和两个白眼珠是白的，翻穿着棉军装，白里朝外，翻戴着军帽还绑上一块白毛巾，腰里别一支二十响。我一看这人的模样我就笑了，嘴里还嘲笑地说了句：'这个窝囊兵！看他那个军容。'可是我笑他也笑，我嘟噜一句他也张嘴，好像和我说话，可是我怎么也认不出他是谁。我就朝他走去，他也朝我走来，他还用疑问的眼光来打量我。走到近前，我向他一伸右手，想指责他的军容不整，可是手刚抬起一半，妈的，触上了一面安在墙上的大镜子，我这才发现那个人原来就是我自己，怪不得所有的人都看我笑我。原来我已经六天没洗脸，为了雪地掩护翻穿着衣服，一直我就没发觉。"

大家捧着肚子，一阵大笑。

"我这才整顿了一番，勉强像个兵样，在票房里急急地溜了一圈，找我钉的那个梢。嘿！那个女人完全变了样，全身是城市的阔太太打扮，抱着个小孩子，一动不动地坐在墙角。要不是抱孩子的那床小被，和她脸上那个大大的滴泪痣，我几乎就认不出她来了。

"傍晚上了火车，我就坐在她坐的那节车上，火车走了一宿，她一直把孩子抱在怀里。那孩子也不哭，也不吃奶，像个死的一样。

"到了海林，正好政治处李干事到牡丹江开保卫会议。我向他说明我现在在干什么，要求他去牡丹江立即要求保卫科协助。

"到了牡丹江,那女人便乘着马车到了共和大戏院对过的一个大饭馆兼旅馆。一进门,一个大胖子账房先生笑嘻嘻地向她打招呼,'三小姐回来啦?好胖孩子,发财!'他的喊声未落,里面走出一个五十多岁的老妖精,头发都白了却还抹着口红。一见那位三小姐,亲亲热热地迎上去,'哎呀!我的三闺女,可回来了!'接过去孩子,转到里屋。

"李干事帮助,由市公安局和保卫科一查户口,一点不错,户口在册。

"这就来了毛病,她在庙里许愿,那个老道明明说她只住在六十里的屯下,如今却在牡丹江有户口。

"我就扮了个哈尔滨老客,住在旅馆里。这个三小姐从此不抱她的孩子,而白天在饭馆当女招待,晚上在旅馆烧大烟。

"第四天来了两个穿洋服的老客,口称是佳木斯来的。他们真是一见如故,说笑打闹,挤眉弄眼的。那两人又常常喊着'一撮毛!一撮毛'的开玩笑。我想莫非就是咱捉的一撮毛?也许是巧合了?腮上长一撮毛的人有的是,可是他们又提到小炉匠没找着,我却更对这两个新来的老客'照顾'得多了。

"这两个人住了三天,每天是大吃大喝,打麻将,可是我没敢近前。

"第四天晚上,这两个人突然都改了装,换上了大羊皮袄、靰鞡靴子,活像个车老板,我便立刻报告了黄科长。

"保卫科黄科长和公安局的同志,便命我对付这两个,其余的交给他们,事实上这个旅馆早就有了我们的侦察工作了。

"果然这两个家伙当天上车,又从四合站下车。走了二十里路,在一所孤零零的小房前,打了几声口哨,可是没有人出来。因为这房的主人已被民兵捉走了,后来他俩就步行往山里走,五天的路程,一直就到了神河庙。

"没歇息,二十九日晚上,这两个家伙出了庙门,一个向西北,一个向西南,正是座山雕和九彪的方向。我想一定是匪徒们有什么军事行动和指示。因此我就跟上向西南来的这个。真急坏了人,本当两个都跟,可是眼前别无旁人,我又不能劈成两半,只好丢掉一个。

"跟到第二天早晨,那家伙在一棵大树下坐着吃饼干。我想再不下手收拾他,进山就不好办了,他又不从夹皮沟走。我手下一个帮手也没有。

"我就开始下手,本来我想捉他个活的,我大喊一声:'别动!'我的枪刚指向他,这家伙好辣手,回头就给了我一枪,正打在我臂膀上。"

栾超家露出臂膀,这才知道他负了轻伤,白茹赶快取药包,她一面上药,他一面继续讲:

"我看点子不对,开了我的二十响,当当几枪,那家伙直挺挺地躺在雪地里。我的心马上凉了,心想本来可以捉个舌头,没成想把活舌头打成块死肉头,便走上前去搜他的腰。我刚走到他近前一弯腰,那家伙朝着我的脑瓜又是一枪。狗娘养的,原来他装死。我想这一下可完了,嘿! 天照应,他的枪没打响,臭火!我反手对准他的大腿又是几枪,心想别打死他,好留下他的嘴说话。没想到我这下全打在他的小肚子上,就这么把他报销了!

"我就满身翻,衣服全给用刀子刺开了,可是除了枪、子弹外,什么也没有。这一下可糟了! 什么情况也了解不到。我丧气地爬起来,刚想走,突然发现十步远的地方有一个小雪窝,看样像是比子弹壳大的一个什么东西刚打进去似的,我便过去用手一抓,原来是一支大钢笔。"说着栾超家就从腰里掏出一支大

349

钢笔递给了剑波。

少剑波接过来,拧开一看,既没有舌头,也没有笔尖。大家正在奇怪,栾超家笑道:"秘密都在笔帽里。"

少剑波机敏地向笔帽一看,原来笔帽堵满了纸,剑波小心地用小刀把纸挑了出来,展开一看,原来是一张复写的美浓笺。

栾超家继续道:"我一得到它,往夹皮沟就跑,三十上午到了夹皮沟,一看你们早走了,我心想,你们一定是赶大年三十座山雕的百鸡宴去了,这样的好机会,咱二〇三首长是不会放过的。可是你们为什么不从夹皮沟取捷径直扑威虎山,反倒乘小火车向沟外去了,这一点我当时没想通。直到陈小柱同志对我说,前几天晚上你们在夹皮沟打了一小仗,打死了几个匪徒,从脚印上看,还剩下几个没死的匪徒,又跑回威虎山。我这才想到,座山雕这个老匪一定十分戒备咱们的夹皮沟方向,所以二〇三首长才来个大迂回,绕到座山雕这个老杂毛认为最安全的方向,从他的后脑勺上给他一闷锤。这是咱二〇三首长游击战法拿手戏。我想马上随后追你们,可是小火车又没在家,就是在家也没办法,我这两条猴登腿再快,也追不上你们这些雪上飞呀!唉,说句老实话,咱老栾落后了。怎么办呢?幸亏咱们的山林通陈小柱同志,他说:'我早急着要去,就是二〇三首长不答应,这样吧,栾同志,我的林道熟,咱们俩朝西南直奔威虎山,顶多不过一百五六十里,怎么样?'我一想,行,反正大年初一的威虎山是咱们的,不会再是座山雕的。好!就这么干。哈哈!就这样,我和陈小柱同志,从夹皮沟挨了三顿饿赶了来。"

大家听完了他的报告,奇疑地注视着这个笔帽的秘密,全神贯注地盯着剑波正在仔细摊平的那张复写笺上。剑波以嘲笑的神情默默地看了一遍,接着他像朗读一样地念了起来:

命令：

根据许旅长夫人和郑团长返奶头山得见，及各处地下情报网探悉，共军大兵未动，奶头山玉碎，许旅长等殉国，全系一小股共军所为。这小股共军自奶头山后不知去向。近又在神河庙、夹皮沟一带出现。放粮、放衣，收买民心。并发放枪支，组织武装对我进犯。现应趁其羽翼未成，尽早剿灭，以绝后患。今特命五旅长崔，四旅长徐，率部假正月初七夹皮沟山神庙会，全力合击，一网打尽。秉蒋总裁一贯方针，屯中青年一律杀净，以绝共军后援；屯中粮食，一律抢光，以绝共军之食。至于屯中的房屋，可不予烧毁，备来春我军驻扎，以图再举。接此令务要奋战勇为，报效党国。此令！

　　　　中国国民党滨绥图佳党务专员侯殿坤
　　　　中央先遣军滨绥图佳保安总司令谢文东

附：战斗口令："剿灭"！"赤患"！

联络记号：放火三把。

少剑波读完，大家一阵讽刺的哄笑。在哄笑声中，少剑波幽默地说道：

"可爱的侯专员、谢司令，可惜你来得晚了点……"

"快送给座山雕看看！"刘勋苍一把抢过那张美浓笺和钢笔帽。由于他过分兴奋和紧张，那钢笔帽，在他那有力的手里已成了碎片。定睛一看，原来这个所谓钢笔帽，几乎和美浓纸一样薄。

原来这支"钢笔"，是匪特们使用的一种通讯联络工具。它既能防潮湿，又能在必要时吞到肚子里，这种物质能像胶状性的药片一样溶化。

"好啦！同志们，"少剑波兴奋地向大家一摆手，屋内立时安静下来，"匪徒的这个调兵符，给我们送来一笔收入，现在我们就来一个将计就计。"

小分队的三路大军，在威虎山欢度着年初一。

二十五　将计就计

阴历正月初二，雪止天晴。

威虎山的阳光格外灿烂，黄花松的枝头，挂满了雪朵，好像三月的杏花，穗穗盛开。在阳光的照射下，它们染上了鲜艳的色彩，时而微红，时而橙黄，闪耀变幻得更加夺目诱人，好像这些雪的花朵，还喷着清香。小分队的每个同志被陶醉在这狂茂的"杏花园"里，他们歌唱着，奔跑着，投着雪球。有时仰面静立眯缝着眼睛，晒晒从林缝里射进来的光柱。光柱射在他们的脸上，映得战士们满面红光。

少剑波命令栾超家迅速赶回神河庙，用十几个民兵好猎手，把它严密地控制起来，要绝对切断老道和九彪的联系，使侯殿坤的这道命令，成为他今生最后的一次。所有进庙的匪徒尽管让他进去，可是出庙的匪徒无例外的一律加以消灭。能捉活的捉活的，捉不到活的坚决打死。总之正月初七日以前，要保证再不让匪徒们有新的来往。并特别嘱咐，绝对保住秘密。同时不要回夹皮沟屯找民兵协助，而要到别的地方去找，在正月初七黄昏以前不许他和陈小柱回家。并吩咐为了破老道，去老夫妇那里把栾警尉的老婆取来。

栾超家和陈小柱，未得饱赏威虎山的美景，肩负重任，离开威虎山,直奔神河庙,按着剑波的命令,去施展他的对敌手段。

少剑波根据新的情况,重新写了他对司令部和团本部的报告。

他首先写了,小分队的兵力秘密已被敌人所察知,待消灭九彪后,这个秘密将更加公开了,因此小分队今后只能占有行动上的神速秘密。

对于敌人,他估计到从许大马棒、座山雕的覆灭,和即将被歼灭的九彪等三个旅被吃掉后,敌人不会再迷信天险,和单靠天险所给予他的秘密巢穴。因此可能在林海雪原与我展开机动作战,所以今后的战斗将更加艰苦。按兵力来讲,敌人最精锐的马希山匪股,还超过小分队数倍,因此团内需要准备一支与小分队同样的部队,准备随时协助小分队加以狙击、埋伏或奔袭。最好当然是滑雪兵和雪橇兵,能以高超的速度,在战术上辖制敌人。希望王团长立即着手训练一批身强力壮的滑雪兵,以备急用。

另外对国民党的地下"先遣军"分子,应按已取到的"先遣图",分别加以镇压或监禁改造。目前看来,农村中的"先遣军"分子,已在土改的波涛中受到了打击,不太活跃了。从对俘虏的审讯中,和栾超家的捕获中看来,好像城镇的"先遣军"分子,倒十分嚣张,情报站,联络线,供应点,不少的是在我们的牡丹江市内和要害部门。因此应加以镇压。这样从军事上来讲,消灭匪徒的耳目;从政治上来讲,平民愤发动群众,巩固治安,以利支援前线。

关于神河庙的那个妖道,现在他对我们有"钓鱼饵"和"大粪引屎壳郎"的作用,随着第三个旅的将被消灭,他已失掉了利用的价值,准备目前马上加以捕捉。这需要公安机关来处理他,因为对打击匪徒地下的秘密组织他还有用处。这个妖道,剑波断定他是公安机关久日寻找的那个日本关东军大本营三一八七部队的出名的"凶神"。

老爷岭、威虎山一带的匪徒,消灭得已接近干净彻底,这一带的群众工作应立即开展,以巩固这块阵地。这里虽然无土地可改,但山区林业生产应马上组织。这里有丰富的支援战争、供给城市的必需物资,如皮毛、皮革、木材等等,它将会对解放战争贡献出巨大的力量。同时这里的群众也只有迅速恢复生产,才能有吃有穿。否则他们的贫困是无法解除的。

最后他要求为了适应林海雪原渺无人烟和对匪徒将展开机动作战的特点,急需供给小分队四架帐篷,四个轻便的铝锅,五十套滑雪具,五十双大头皮鞋,这是在战术上所必需的。这样可以以绝对优势的技术和匪徒展开周旋。为了这个准备走一条秘密路,最大限度地出敌不意。

报告写完后,他命白茹把在威虎山上所有缴获匪徒的文件,尤其是"先遣图"包装就绪,准备送回。

这一趟远途交通由谁来担任呢?孙达得冻伤初愈,并且为了和杨子荣联络而没学会滑雪。现在的孙长腿和小分队任何一个战士比起来,显得他的腿太短太笨了。就是孙达得骑上任何一匹快马,在雪深林密的天地里,根本不能展开奔驰,比起小分队的滑行,也要慢得多。因此这次长途联络任务,剑波只得交给小董,他做事机灵,口齿清楚,能言善讲,可以流利地回答团首长和司令部首长的询问。更为了不减弱小分队的战斗力,便派了两个民兵,准备随小董下山。他又计算了一下,小董滑行两天可以到达佛塔密车站,坐上留在那里整装待命的小火车,到柴河站换正线,两天两夜可以到达牡丹江。在牡丹江准备两天两夜,正月初八就可以乘火车返回夹皮沟。

初三日清早,一切准备就绪,小董等三人饱餐一顿,再次定了定指北针的方向度,带上熟肉和饭团,又带了三壶刚缴来的土造山葡萄酒,向剑波请示道:

"二〇三首长,我们可以走了吗?"

"要紧记住,"少剑波再次叮嘱道,"初八日早晨,把派来的干部直接护送到夹皮沟,一定要在深夜或拂晓前通过神河庙。"

"记住了!"

"团长、政委要叫你讲讲这段战斗故事,你准备得怎样?"

"我可以……"小董自信地一晃脑袋,"我可以像背书,不,不是背书,我可以像一个演员一样地给首长们表演出来。"

"好极了!"少剑波笑嘻嘻地拍着小董的肩膀,"可是你不能大意!这一段的林间路程不是安全的,虽然座山雕他已奈何不得你,可是穿山风,野兽群,它们可不知你董中松厉害,很可能它们来'照顾'你,给你点小麻烦。"

小董三人一齐笑起来,"放心吧!二〇三首长。交好雪朋友,什么都不怕,咱现在可以和猛兽赛跑,保证跑不了第二。还有手里这支百发百中的枪,谁也奈何不得。"小董左右一看,看了看站在他旁边的两个青年民兵猎手,信心百倍地说:"我们这两位山林通,降虎罗汉,什么野兽、穿山风也不敢在我们跟前兴妖作怪。"

两个同去的民兵,骄傲地抖动了一下肩膀。

"好吧!再见!"少剑波紧握了三人的手。

"小董!"白茹不知怎么有些害羞的样子走到小董旁边,递给小董一个小包,和一封折成燕子形的信,用手向小董一触低声道:"捎给王团长的爱人,我们卫生队指导员王秀兰同志。"说着她伏向小董的耳朵小声说:"保密!啊!谢谢你。"可是小董这

355

个机灵心快的小伙子,马上瞅了瞅剑波,又把白茹的小红帽一推喊道:"啊!小白鸽,小丫头片子!保……"

白茹一听急了,她用手去堵小董的嘴,"调皮鬼!快滚你的!"大家一齐望望小白鸽,望望剑波,抿嘴偷笑。

小董三人向剑波行了军礼,"首长再见!正月初八日早晨再见。"

他三人的影子,像三支飞箭,穿入丛林。

少剑波目送三人飞入密林,回来立即命令小分队抓住战前时机,苦练雪上技术,做了五天的练兵计划。特别命令李勇奇要在这五天之内用严格的教练态度,教练杨子荣和孙达得这两个不会滑雪的人。要求他俩在五天内,要能跟着小分队滑行。他严格地命令道:

"杨子荣、孙达得同志,这五天的苦练是你们俩独一无二的任务,学不会,等于你们没完成战斗任务。要负纪律上的责任。"

"我们完全明白。"

"李勇奇同志,"少剑波对李勇奇是第一次像对待自己的部下一样地严肃,"现在你的身份是教官,他们俩是士兵,完不成教练任务,你也要负军纪责任。"

李勇奇听了,望着杨子荣、孙达得直笑,看样子是不好意思。

"别笑!"少剑波严肃地道,"任何不严格、不严肃、不好意思,都会使你们完不成任务。懂吗?"

李勇奇停止了嬉笑,恭正地站在剑波面前。

"现在我再重复一句,"少剑波的口吻更加严厉,"你是教官,他俩是士兵,你要像刘勋苍教练我一样教练他俩。现在我命令你,教官同志!把你的战士带到滑雪场。"

"是!"李勇奇严肃地答道,"把我的战士带到滑雪场。"他转身拿起三副滑雪具,向杨子荣、孙达得喊声:"立正! 向右转! 目标,西北小山包,跑步——走!"

少剑波笑嘻嘻地望着他们跑去的背影,自言自语着,"勇敢的战友……多重的担子,他们也会担起来!"

小分队战士同他们一起,进入苦练中。

只有刘勋苍在带着几个战士,按剑波的命令搜集座山雕在日寇溃败时运上山来的地雷,并做了几个试验,看看是否失效了。

战士们在搜集中,背后议论着:"我们小分队是支飞行军,又不打阵地战,为什么搜集这么些笨家伙,真是多余找麻烦。"

有的战士说:"可能是运到前方,打国民党的汽车,坦克!"

有的说:"叫干啥干啥,没听二〇三首长说什么来个将计就计吗! 也许是计中有地雷。"

紧张的日子里,时间显得特别短,尤其杨子荣、孙达得两人,更觉得这几天的太阳走得特别快。只有剑波心里觉得时间慢得过分,他脑子里一天翻腾几万次,"正月初七! 正月初七!……将计就计! 将计就计……"

正月初六日傍晚,少剑波留下两个战士,一个任班长,一个任副班长,率领八个民兵,留在山上看押俘虏。自己率小分队,带着新缴获的三挺机枪、十八个地雷,由李勇奇领路,取捷径,直奔夹皮沟。

夹皮沟的人们,自从腊月二十九日小分队出发后,七八天中一点消息也没得着。再加上栾超家和陈小柱三十日进山,又是一去不见回来,全屯的男女老少都在恐怖地担心着。再加上高波、张大山等牺牲者没有埋葬的灵柩,更增加了人们在恐怖中的凄惨气氛。春节里全屯死气沉沉。白茹给各家用桦皮卷写的春联,谁也没有心思挂贴。没有一家起来拜年的。民兵的严密警戒,更加剧着屯落的紧张气氛。全屯人的心,像一颗心一样,沉入一种深沉的恐怖中。正月初一早上,家家户户都拿一点供果和清水,还有几年前残断的香支,到高波、张大山等同志的灵前祭奠,几天来他们的灵前是香烟缭绕,松明荧荧。

这几天陈小柱和栾超家,在山里没找到民兵,为了完成任务,只得深更半夜潜回夹皮沟,把放哨的民兵叫来。这一下更引起夹皮沟人们的不安,惊恐的心理激剧地增长。一吃完饭就到车站上望,回到家就大伙蹲在炕头上想着,谈论着,猜测着,恐怖的心情随着谈论和猜测,一层一层地压上心头。

有的说:"山里的穿山风太多呀!莫非碰上了这山妖!"

有的说:"座山雕的人多,枪法又准,山势又险,多少年的老寨子,小鬼子几千人马都没法治,咱们的人太少啊!"

有些拿枪的青年民兵,虽然心里忐忑,嘴上还是说硬话,就不愿听老头们和婆婆妈妈们这类丧气话。他们不耐烦地制止说:

"别老是瞎叨叨,剑波同志神人一般,保险活捉座山雕。"

可是任管小伙子们刚强嘴硬,但是因为他说的也没有根据,所以人们也不相信。

特别是初五初六这两天,人们好像完全失望了!有的民兵家属哭起来,有的老太太跪在山神庙磕头祈祷:"山神爷爷老把头,保佑孩子们平安……"祈祷的人越来越多,哭的人也越哭越悲痛,有些邻居来安慰劝说,可是安慰来安慰去,连安慰的人也跟着落泪了。夹皮沟的空气越来越悲观,人们的情绪越来越紧张。民兵们弄了些大棒子,每家发了几条,准备匪徒来时好拼命。都准备着大祸临头时来一场厮杀。初六日的晚上简直紧张到顶点,全屯的成年人老年人几乎没有一个睡觉的。

初七日早饭后,许多人还是站在车站上望,心里好像不是在盼望回来,而是在遥遥地悼念。冷风飒飒,松涛凄凄,望的人悲悲切切,哭哭啼啼。

人们正在悲愁中,突然一个巨大的喊声,吸去了人们的注意。

"乡亲们!胜利了!胜利了!"

在屯中央,发出连声的高喊,悲切的人们大吃一惊,一齐紧张地回转身向喊声处望去,只见一个人头戴狐皮帽,身穿日本军用大衣,右手提着一支步枪,左手扶两根滑雪杖,脚踏滑雪板,立在山神庙前。人们谁也认不出这是个什么人,既非屯人,也不是小分队的装束,一阵骚动,人们更加紧张。

那人右手提枪一扬再喊道:"乡亲们!胜利了!……"他的喊声未落,人们一齐沸腾似的欢笑,"李勇奇!李勇奇!……"一阵跳跃狂奔,把李勇奇围起来,几百个声音一齐向他探问:"怎么样?……怎么样?……"李勇奇把新得的大狐皮帽子向脑后一掀,从容而嬉笑地道:

"忙什么,忙什么,一会儿就知道了。你们看!"

他用手中的滑雪杖向西南山上一指,人们的目光一齐射向他指的方向。

小分队在山头上拼命齐声高喊:"乡亲们!过——年——好!"

群众看到山上小分队的远影,听到小分队的问候,一齐沸腾似的跳起来,喊起来,笑起来,"同——志——们——好!"这时全屯所有的人完全拥上街头,跳着,喊着,笑着。

小分队在山头纵身一跃,顺着白皑皑欢笑的山岗,像一群戏水的燕子,飞下来。

小分队和群众掺杂在一起。有的把战士抬起来,有的把战士抱起来,欢呼说笑声响彻了整个山谷天空。夹皮沟活了!夹皮沟一片狂欢。

这时群众已把战士们扯拉得东倒西歪,乱纷纷地嚷着:"这是我的,这是我的,我先请的……我先请的……"有的人争得脸红脖子粗,活像打架一样。

杨子荣以为出了什么事,及至他跑来看时,原来群众这个扯,那个拉,要战士到他家去吃饭、烤火,因为小分队的人数太少,每家分不上一个,所以纷纷争吵。杨子荣最初还想调解,可是没等开口,他自己也被四五家争开了,他只得抽身逃跑了。

少剑波回到他的老地方,命令各小队长,严密封锁消息,一个人也不许出屯,座山雕覆灭的消息,在明天清晨以前,绝不许传出去。这一点在纯洁如镜的夹皮沟人来说,完全不难办到,可是少剑波深怕他们乐极失口,所以也只有这样做。

马上他又命令李勇奇,通知各家,尽量欢乐,互相拜年贴春联,吃饺子,把在山上背下来的土造山葡萄酒各家分配一点,特别吩咐要赶好今天的山神庙会。

李勇奇笑着对剑波道:

"放心吧,二〇三首长,不用吩咐谁也会这样做。"

"那太好了!"少剑波笑了笑,转回身来对着杨子荣道,"怎么样?子荣同志,今天小分队会次餐吧?"

"别会啦!"杨子荣无可奈何的神情瞅着剑波,"会不起来啦!"

"怎么？"

"战士们都差一点被撕碎了！"

"撕碎了？"少剑波奇疑不解地看着杨子荣。

"可不是！"杨子荣笑起来，"战士们还没进屋，老乡们在街上就把队伍给瓦解了！这家扯，那家拉，有的四五家争一个。我要想去调解调解，可是没等开口，我也被包围了，幸亏我扯了个谎，说你找我有事，才逃出了包围圈。最可笑的是白茹，被姑娘们差一点把她吃掉，连药包子都掉在街上。"

说得大家哈哈笑起来。

少剑波无可奈何地自语着："这怎么成呢？各家都很困难，怎么能吃群众的东西？"

"不成也得成！"李勇奇高兴地晃着脑袋，"群众的意见你得接受。"

少剑波正在犹豫，杨子荣咧嘴一笑道："二〇三首长，你有什么事快办吧！你看看！"他的嘴向窗外门口噘了两噘，"你也很快地就要被包围，在你身上马上要引起争夺战。"

大家向外一瞧，嘿！真不少，大门口，院子里，已经有四五十人在等着他。有的摆着好像要准备冲锋的架子。纷纷嚷着："谁和我争二〇三首长的话，我和谁拼。"争得一塌糊涂，各不相让。

少剑波无可奈何地笑了笑，"没办法，就这样吧！"转回头向干部吩咐一声："把战士们今天的粮米菜金，全分到各家，看现在的样子，今天吃饭也得来个将计就计了！"

大家一阵高兴的哄笑。

"不过！十二点后，战士们要绝对回队，准备战斗，这一点勇奇同志负责通知群众，你要保证这一点。"

"是！二〇三首长。"李勇奇一面答应着,一面挽着剑波的胳膊,声声嚷道:"二〇三首长有事,谁也别争,有事……有事。"嚷着冲过人群,把剑波拉回他家。

夹皮沟炊烟四起,饭肉喷香,战士们在各家坐着热炕,做着客人,宣传着大战威虎山的故事。

太阳落山,夹皮沟灯火齐明。

少剑波在自己的办公室里,向各小队和民兵干部开始安排今晚的厮杀。他首先对今晚的对手,做了充分的分析:

"九彪过去也和座山雕、许大马棒一样,是国民党上万人的旅长。可是现在差不多是光棍,只剩了个骨头架子。他们幻想国民党来了再讨封,或者官保原职,因此他们必须要保存他们的一小撮实力。他们知道,没有实力的保存,国民党来了是没官给他做的。没有了实力,他们在国民党眼里便一文不值。力量是他们的唯一本钱。因此他们旅与旅之间,山头与山头之间,你坑我诈,互相挖墙脚,盗夺'先遣图',以扩充自己。许大马棒的覆灭,座山雕大为幸灾乐祸,同样,座山雕的实力消耗,九彪并不痛心。

"基于这一点,九彪来合击小分队,他是不愿出风头打头阵的,更不敢硬打。他是想等座山雕消灭了我们小分队之后,好来争功捡洋捞。座山雕如果失利,他也会幸灾乐祸,只要他自己保存下来就成。

"因此我们就要在将计就计中,来一个投其所好。"

大家一阵微笑,剑波喝了一口水,分配道:

"今天我们要摆一场'火雷阵',刘勋苍小队负责在山神庙前布火、摆雷。火摆成三大堆,每堆间隔三十米,每堆火周围布上六个地雷,把'满洲林业株式会社'的电话交换台的手摇发电机安在山神庙后李勇奇的家里,电线要彻底伪装,然后你和栾超家两个小队的任务是肉搏。

"孙达得、马保军负责四挺机枪的安排,枪口对准火堆,火力要交叉得没有一点使匪徒逃窜的空隙。

"李勇奇的民兵,主要是外围捕捉,要把敌人所能逃出的地方,全部堵死,不许漏掉一个。另外你马上通知各家,今夜全在地上睡觉,谁也不许睡在炕上。"

最后他笑着对杨子荣道:

"今天子荣同志,你的角色,还是座山雕的团副胡彪。"

大家一齐笑起来。少剑波瞅了瞅表,"八点了,马上开始摆阵。"

各小队干部行礼出去,小分队、民兵,进入紧张的布置中。夹皮沟的空气顿时紧张。黑夜里孕育着即将降临的杀气。

少剑波在两个小时内,多次地检查了他所布置的"火雷阵"的各个环节。

十二点了,夜深人静,只有车站上的一盏灯火。西山林梢上的一钩新月,好像在偷偷窥视着剑波的"火雷阵"。

突然夹皮沟上空明晃晃的一颗信号弹,四射的光芒,刺目欲痛。

"射击!"是刘勋苍高叫的命令声。

小分队和民兵,一齐激烈地向四外开火,夹皮沟腾起一片战斗的声浪,"杀呀!捉活的!"枪声,手榴弹声,呼喊声,孩子的哭声,交织成混乱的一团。

随着枪声的稀疏下来,夹皮沟燃起三堆熊熊的冲天大火。火舌舔空,浓烟弥漫,哔哔剥剥,喷出无数的火星星,驾着浓烟,升腾到高空。

少剑波笑了笑向站在自己旁边的一个匪徒打扮的人道：

"子荣同志，是你走的时候了！"

"是！我马上就走。"

"保证把'客人'请来呀！"

"错不了！请他来分赃，他还能不来？得啦！"

在大家的笑声中，杨子荣和一个战士，翻身上马，离开夹皮沟，向豆荚峰方向的黑林走去。

屯中的三堆大火，越烧越旺，把天上的星星也烧没了。

杨子荣等两人，顺着山沟，直奔豆荚峰山后，正走到一个山脚的转弯处，突然哗啦一阵枪栓推弹上膛的声音，接着便是一声吓人的吼声："站住！干什么的？"

"五旅。"杨子荣从容地答后，反问道："四旅吗？"

对方没有回答，又是一声喝问："剿灭？"

杨子荣身旁的战士答声："赤患！"

"举起手来！"

杨子荣等两人下了马，向喊声处走过去。到了近前，两个大个子匪徒，气势汹汹地用枪指着他。杨子荣不慌不忙地两腿一岔，"徐旅长来了吗？"

两个匪徒打量了一阵，突然低沉地道声："跑野？"

杨子荣笑嘻嘻地答道："飞天。"

"前山两岔？"

"后山一股。"

这些普通的黑话，当然难不住杨子荣。

两个匪徒马上结束了凶气和紧张，退出了子弹，向杨子荣道声："瞧头子。"说着转身前边引路，杨子荣两人牵马跟在后头。

走到山后一个避风的小山洼，只听山洼里发出两下敲木棒的声响,两个匪徒道声:"绕子!绕子!"

走到近前,只见站着的一簇人中,有一个胖老头子,旁边的三四匹马,在舔着地下的浮雪。杨子荣走到胖老头跟前,先行了个军礼,再行了一个土匪的坎子礼道:

"报告旅长,五旅团副胡彪,奉三爷命令,特来迎接九爷进屯会见。那小股共军已完全消灭,他妈的,正凑巧,他们正在大吃大喝,开什么大宴会,被我们堵住了大门,一个没跑。三爷恐怕发生误会,所以命我来接您。现在已点起了信号。"

九彪和他的部下,早已听到屯内的枪声,看到了火光,听了他跟前这个"团副胡彪"的报告,心中又满意又后悔。满意的是没用自己的力量,还可以分点赃;后悔的是把共军堵在屋子里,这个便宜他没捡着。可是现在一切都晚了,他哼了哼酒糟鼻子,命令一声:"进屯。"

杨子荣头前领路,九彪和他的部下跟在后头。路上九彪向杨子荣卖乖道:

"胡团副,我到这里路远,三爷没等我到,来了个先下手,这可是不对。"

"自家人,不必客气。"

火光越近,照得越亮,现在杨子荣带的这帮"客人",已进入大光圈以内了。杨子荣借火光,回头一看,这百余名匪徒,脸青胡髭长,真像一群魔鬼。

一转弯,清清楚楚看到三堆大火照耀下夹皮沟的街道和房舍,山神庙、车站和铁路路基。还见几个人影正在向火堆上加木柴,隐隐约约地可以听到"奶奶!小舅子,不打你是老丈人"的野狂骂声。

九彪这群匪徒加紧了脚步,正走着,突然一声:"干什么的?"

"胡彪。"杨子荣答道。

"剿灭?"

"赤患!"九彪的一个马弁急急地喊道。

从问声处,跑来一个高高的黑影,一直跑到杨子荣马前。"报告胡团副,三爷请徐旅长先到车站会见,为了避免弟兄们伤了义气,烦弟兄们先到山神庙前等一下,再分配盘子,请弟兄们担待一些。"

杨子荣听了孙达得的这个报告,完全洞悉了剑波的安排。

后面的匪徒们却叫骂起来,"奶奶! 不仗义,五旅还管着四旅的事! 熊! 闯进去,不听兔子叫,老子冻坏啦!"

杨子荣一听,微笑地向九彪道:

"徐旅长先请……不过还是叫弟兄们先忍耐一下,自家人好办,别伤了弟兄们的和气。旅长也知道三爷和八大金刚的脾气,无论如何别闹出乱子来。"

九彪听了杨子荣的劝告,回头高喊一声:"别吵! 先在火堆上烤烤火,一切由我徐某做主。"

说着杨子荣走在前头,孙达得跟在九彪和他的马弁后头,通过山神庙前广场上的大火堆旁,直向车站走去。其余的匪徒,乱七八糟地吵吵嚷嚷,分成三伙,围上三个大火堆,互相吵骂着,解开大衣怀,烘烤着他们的前胸和后背。

少剑波在他的指挥阵地,李勇奇家里的炕上,从窗子上看得清清楚楚,身旁的李鸿义,手握发电机摇把,全神贯注地盯着剑波的右手。他们全身绷紧得像石头,专寻找一个刹那的良机。

匪徒几乎全部围上了大火堆。

"良机!"少剑波右手一挥。

李鸿义一阵急摇,轰隆隆一阵巨响,天崩地裂,山摇屋晃,弹片呜呜地拼命嘶叫,十八个地雷一齐爆炸了!三堆大火被炸灭了,匪徒们的身体血肉,随着弹片和木片炭火,一齐飞裂到四面八方。

九彪刚走到车站门前,被这一声震天动地的巨响,震得掉在马下,像一块大肉蛋子,瘫在地上。那匹马,惊恐地向黑暗的远方,拼命跑去。杨子荣和孙达得生擒了九彪和他的马弁。

随着浓烟的升起,刘勋苍率两个小队,李勇奇率一部分民兵,扑向未死的匪徒堆。一阵白刃战的拼杀,结束了九彪的全旅。

从少剑波挥手李鸿义急摇发电机起,到九彪被押解到剑波面前止,总共只用了五分钟。匪徒们还活着的,只有四十三个了。

在小分队和民兵的一片欢笑声中,引出了全屯的男女老少,每人举一块燃烧正旺的大松明子,照得满屯通红,扭着,唱着,广场上又烧起欢乐的篝火。直达通宵。

正月初八早晨,天空晴朗,东方升起一轮红日,照耀着这个欢笑的屯庄。

小分队和民兵,以及全屯的男女老少,几天来的疲劳全被欢笑所吞蚀。

工人和家属中纷纷传说着:"剑波和杨子荣真是神人,算就了大年三十座山雕的百鸡宴,算就了正月初七九彪来抢庙。"又传说:剑波和杨子荣会"勾魂钉身法",让土匪到哪里他就得到哪里,威虎山上把座山雕的全部匪徒给勾进威虎厅。在这里又把九彪的全部匪徒给勾上火堆,勾上后又用了个"钉身法",一下把土匪都钉在火堆旁烤火。又传说:剑波有"掌心雷",他的手一挥,地雷就开花,这是李勇奇十三岁的小儿子亲眼看到的,他说得有枝有叶,说是就在他家炕头上跪着挥的。

全村的男女老少,都要仔细看看这两个"神人"。有个八十多岁的老翁,一定要看看剑波是个什么人,他听人们传说剑波手心有一颗痣,他更急着要看。因为这老人更迷信,从前他曾学过"麻衣相法",近来老了,很少出门。可是今天特地找两个人搀着来看看剑波的手。当他看过后,向众人伸着大拇指头道:

"无怪乎有这大的神通,他不是个平常人,他手心的那颗红痣,叫作智谋痣,相书说:'手握通天一点红,捉妖降怪定乾坤。'真是神人!真是神人!"他唠唠叨叨说个不休,"别说座山雕这些蟊贼,就是妖魔鬼怪,多大的道行它也跑不出手去。"

这一来剑波在夹皮沟,已成了神话中的人物。

少剑波为了破除群众这些迷信的说法,和忽视群众力量的观念,便召开了一个大会,详细地介绍了破座山雕和伏击九彪的经过。他特别强调了夹皮沟群众的帮助,把李勇奇的破穿山风,杨子荣的深入匪穴,栾超家和陈小柱的冒险闯山,以及小分队全体战士的英勇善战,说得详详细细。最后他强调地说:

"我自己只费了一点计划的力量,要没有小分队战士,和夹皮沟群众的努力,我自己是什么也干不成的。我并不会'勾魂钉身法',只不过是抓住了座山雕百鸡宴的好机会,又有咱们勇敢多谋的杨子荣同志指挥的酒肉兵;我也不会什么'掌心雷',而是事先埋了地雷,用发电机把地雷点着了火,我那一挥手,只是个指挥信号。"

早饭后,少剑波命李勇奇、马保军,率六十个民兵、六个战士,去威虎山押解俘虏,并发动大部分群众上山搬运战利品。又命刘勋苍率小分队,并发动一部分群众打扫战场,把匪徒的尸骨,全推进将来有山洪冲激的山沟里。

少剑波自己又进入下一步行动的沉思中。

二十六　捉妖道

小火车趁拂晓前,尽量减少震动的声响,努力屏住粗壮的呼吸,通过神河庙,向夹皮沟开进。

车上的人是从牡丹江省委和军区司令部来的。他们在神河庙前,手扶半高的货车厢沿,尽量放大自己的瞳孔,吃力地使自己的视力穿透这黎明前的黑暗,要看看这个深谷密林里的古庙。他们恨不得要看穿重墙,早些看看这里面潜伏着的"三朝老凶神"。

小火车迅速地驶过去,此刻定河道人正酣睡在他的修善榻上,做着他那极乐的胜利梦。

红日丈高,夹皮沟的军民正打扫着战场。小火车一声嘶鸣进站了。人群一齐拥过来,迎接着新来的客人。

少剑波听到白茹兴奋的呼叫,结束了他的沉思,快步跑到车站。首先使他认出来的,是他的同年战友政治部保卫科长黄毅同志和司令部的侦察科长王谷同志。通过他俩的介绍,认识了省委社会部的阎部长、省委派来的林区工作队长李欣同志和他的十名队员。

没等剑波发言欢迎,王谷同志亲切地握着剑波的手道:

"亲爱的剑波同志,我带来了司令部和政治部对您和您的小分队的嘉奖令,并带来东北军区发给战士们的奖章。"

"还有！"阎部长插言道，"中央牡丹江省委对你们的表扬信。"

当剑波恭敬而严肃地接过这些荣誉的令件信件后，小分队战士和民兵，以及夹皮沟的人们，响起了一阵热烈的欢呼。

欢呼过后，林区工作队和刚下车的警卫排的战士，在刚回来的小董倡议下，跑去看那些正在被清扫着的匪徒们的碎尸烂骨。少剑波领着阎部长等人回到自己的办公室。

当少剑波简要地向阎部长等人汇报了昨夜埋伏战后，他便立即提出：

"现在要尽快地捉拿定河道人，否则这个妖道知道了座山雕和九彪的覆灭，会毁掉他的证据，甚至连他自己。"

阎部长同意地点点头，接着从文件袋里抽出一张四寸的照片，递给剑波道：

"看看，剑波同志，不会错吧？"

少剑波接过照片，仔细看了看上面那个五十岁上下的洋服人，随后他肯定地答道：

"一点不差，就是他！只不过现在穿上了道袍。"

"药对了，汤换几遍也不要紧，"阎部长意味深长地笑了笑，"那么！剑波同志，就按你的计划下令执行吧！"

少剑波谦虚地望着阎部长，"如果没有新的指示，我们就开始动作。"

"没有什么新指示，剑波同志，你想得比我们周到。"

少剑波微笑了一下，转过身去向杨子荣命令道："你们小队化装，立即出发。"

"是！我们小队化装，立即出发。"杨子荣行了军礼转身跑出去。

十五分钟后,小火车上驮载着十个国民党匪徒打扮的人,后面的一个篷车里坐着阎部长、黄科长、王科长、少剑波和一些警卫人员,向神河庙急驰。

当离神河庙五里路的地方,已遥望见神河庙的远景。小火车缓缓地停下来。

道旁林边的地窖里,钻出了栾超家、陈小柱,还有三个民兵,和小炉匠的老婆。他们高兴地跳上车来,坐在阎部长、剑波跟前。在小火车的行驰中,栾超家向剑波报告他在泥像后面和修善榻底下一套耗子般的侦察经过,他说得神出鬼没,惹得大家笑痛了肚子。后来他建议了进庙后的搜捕点和搜查程序。阎部长和剑波完全同意了他的安排。

太阳照射着神河庙,白皑皑的雪地在阳光的辉映下现出晶莹的颜色,闪烁着刺目耀眼的光芒。

定河道人今天打扮得更加不俗,身穿大绒道袍,外罩猞猁斗篷,头戴大风帽,脚穿礼服呢高底道靴,白袜抵膝,颈挂数珠,胡须飘然。他道貌岸然地立于山门之外,口中念念有词,兴致勃勃地遥望着夹皮沟方向。偶尔一阵冷风掠过,卷浮着他那宽敞的斗篷和道袍,颇有几分仙风道骨的气派。

看到隆隆驰来的小火车的远景,他心中发出洋洋得意的欢欣。此刻他的面孔和他那道家打扮完全矛盾,自得地一晃脑袋:"我的老朋友,胜利了,哼!……"一阵傲然自得的奸笑。

小火车缓缓驶近神河庙,车上那匪徒打扮的十几个人,手扶半高的车缘,含着胜利者的骄傲神气,瞅着山门前的老道,使定河道人更加神气起来。他俨然以上司的姿态,轻轻地把道袍一撩,迈开方步,走下三十二级的台阶,迎着小火车走来,向着正跳下车的那些匪装打扮的人,笑嘻嘻地扬手喊道:

"胜利了！我忠实的勇士们。"

"胜利！胜利！"杨子荣领着他那小队匪装打扮的战士，喊着向老道走来。当他们把老道围起来的时候，杨子荣把长毛大皮帽向脑后一推，枪口对准了老道的心窝，"是的！胜利了！我的定河道人。"

"这是什么意思！"老道若惊若疑地瞅着杨子荣。

"这意思就是胜利了！"杨子荣冷冷地对答着妖道。

少剑波和阎部长等已走到跟前。

当这妖道确信了在他自己眼前站着的是他的敌人，而不是他的同党朋友时，他呆得活像他庙里那些泥塑的菩萨，一动也不动，凝望着那无路的西天。

"搜！"少剑波向栾超家把手一挥，栾超家带着杨子荣和他的小队，跑上台阶，进了庙院。

少剑波冷冷地向妖道看了一眼，然后严厉地向他命令道：

"进去！"

这道貌岸然的老道，颤抖地被警卫人员押进了修善堂。

可是就在这百步的距离中，这个老奸巨猾的妖道，外表上好像完全驱逐了恐惧，十分从容镇静地朝着他已认准了曾与他打过交道的少剑波质问道：

"我不明白贵军这是什么意思？这是一种什么行为？"

"我相信你完全明明白白！"少剑波冷笑地凝视着这个妖道。

"莫非我信教有罪？"妖道装出一副气愤的样子，"或者说有宗教信仰的人在你们的天下里都有罪？贵军贵政府不是也有宗教信仰自由这样堂堂皇皇的法令吗？这么说，你们说的是一套，做的又是另外的一套？言行不一，里表相违，真是岂有此理。贫道倒要领教领教。"

阎部长眼中射出两股威严的光,逼视着这个妖道,斩钉截铁地说道:

"放明白点吧宋宝森。"

妖道一听"宋宝森"这三个字,像似被敲了一棒子,一愣神,脸变成了灰色的。

"我们提倡宗教信仰自由,可是不能容忍那些披着宗教外衣,进行反革命勾当的特务分子,更要坚决打击那种汉奸走狗帮助日本帝国主义残杀中国人民的刽子手。他现在又摇身一变,成了国民党匪帮的党国要人,隐影更形,指挥他那些杀人凶犯和抢劫的强盗,来与人民为敌。这你心里清清楚楚吧?"

妖道灰色的脸上,看来已有几点冷汗,可是他还格格地苦笑了两声:"你说的这些与贫道无关。本道自幼脱离凡尘,素来是正身修心,一心向善,讲道德,重礼义,敬神仙,爱生灵。怎么谈那些与我……"

"算啦!"少剑波愤愤地瞅了一下老道,"你是满口仁义道德,一肚子男盗女娼,满脑子的杀人放火,满手是屠刀鲜血。"

老道把脚一跺,"你简直是血口喷人,诬蔑贫道。"

少剑波把桌子一拍,"你别牙关硬,我有你宋宝森的活证。"

"请你拿来。"

"马上就到。"

两个战士押着一个二十八九的日本女人,推进修善堂,把妖道撞了一下。妖道一回头,嘴咧了两咧。

少剑波站起身来,向妖道逼近一步,一手掐腰,威严地向老道一瞅。

"看看,宋宝森,你的修善堂藏着女人,你的修善榻睡着女

373

人,还有连你们党子党孙栾警尉和一撮毛的老婆,你也……"

"宋宝森,你这奸淫掳掠的妖道。"伤刚好的栾警尉的老婆和白茹一同闯进来,她像发疯似的扑向妖道,把妖道的斗篷一把扯下来,把他颈上的数珠一把扯断,数珠撒得满地,骨碌碌地乱滚。她伸手又要抓妖道的胡子,却被白茹拉开,搀到院子里。

这个无耻的妖道毫不在意地奸笑了两声:"这是贫道的生活小节,犯了道戒,由道规制裁,这与你们的国法无关。贫道出家以来,不问凡事,不干国政,当然犯不了你们的国法。"

"说得轻快,"少剑波讽刺地笑了笑,然后双眉一耸,厉声喝道,"你是屡犯国法的罪魁!"

"什么?"妖道瞪目张口后退了两步。

"你是关东州的日本间谍,"少剑波逼上前去,"你是三一八七部队大佐,你是国民党的军统特务,你是滨绥图佳国民党专员侯殿坤的高级参谋。"

"完全是诬蔑,贫道从不通凡,更不通官。"

阎部长站起来冷笑了一声:"你不通凡可通帝国主义。以往你通东京,现在你通南京,又通华盛顿。"

"有何为证?"妖道还以为他的机密难搜。

"有你的活证据,人证物证样样俱全。"

正说到这里,栾超家押着那个小道,两个战士拿了一架无线电收发报机走进来,放在桌子上。

妖道一看到这个,满身的劲头失散了,像一个泄了气的球胆,倒空了粮食的麻袋,一屁股坐在地板上,一动也不动了。

"怎么样?"阎部长从容地吸了一口香烟,"还要证据吗?"

妖道满身已在颤抖了,越抖越厉害。

这时杨子荣和许多战士,从各个搜索点把枪支、子弹、电报稿、文件、大烟土拿进来,堆放在桌子上、床榻上。

老道的颤抖渐渐地微弱下来,松软得像一摊泥,低声哀求地嘟哝着:"我没有杀人血债! 没有……没有……"

"说得太轻快了!"少剑波怒气冲冲的,好像"杀人血债"这四个字引起了他怒上加怒,"远的不讲,从前这个庙里真正的定河道人韩荣华先生就是你亲手杀死的,他的女儿韩慧玉姑娘就是你亲手逼死的。恶鬼!"

"哎!"妖道长叹一声,"你们都知道了!"

"都知道了,请看你的罪恶录。"阎部长把一袋公文向桌上一掷,抽出一纸命令宣读道:

"查宋犯宝森,乃日寇关东军大本营三一八七部队大佐谍报主任,今又为国民党匪帮滨绥图佳党务专员军统特务侯殿坤之高级参谋。该犯罪大恶极,血债累累,现潜神河庙,假冒道人,进行联络土匪、阴谋叛乱,死心塌地进行反革命特务活动。兹依法予以逮捕。"

"走吧!"少剑波严厉地命令道,"现在座山雕和九彪在夹皮沟等着你。"

杨子荣把妖道先押进罚恶司。警卫人员收拾好文件,剑波安排了三个民兵留下看守庙宇,便一齐登上火车回夹皮沟。

阎部长对宋宝森这个案件完整的破获,深感满意,因此他对小分队的战士们更加喜爱,坐在小火车里,他把战士们拉到自己的跟前,给他们讲述着宋宝森的经历。

原来假妖道宋宝森,是个三朝老特务,又是一个杀人不眨眼、依靠杀人起家的凶手。他在日本时代,每到一城一市,必然要杀人示威。所以他每到一处,人们都恐怖地说:"凶神降临了!"当年他为了取得日本人的欢心,对中国人民施用了一个毒辣的政策:"宁肯错杀九十九,不肯漏网一个。"和蒋介石真是衣钵真传。

远在张作霖时代,他就是大帅府参事院的一个文官。当时年二十八九,聪明能干,会吹善拍,颇得重用。正因为这个而引起了日本特务机关和国民党的注意。当时他洋洋得意地对人说:"狡兔有三窟,即得免其死。聪明的人要多寻靠山,方为将来之福。"因而他就加入了国民党,也和日本特务机关秘密来往,如是他政治上有了三座靠山,经济上可以四路进财。

这个狡兔的头脑越老越猾,当日寇在亚洲越来越疯狂,对中国的野心越来越露骨的时候,他便在大连——当时日寇称之为"关东州",参加了日本特务机关。当时他以大帅府外交联络员的身份,经常出入日本"关东州"司令部。他在总领事的办公厅,结识了一个海军大佐梅津太一郎,经过他的引荐,和日本关东军大本营的一个老间谍佐佐木太郎挂上了钩。

"九一八"事变的前两天,帅府找不见他了,同僚中因为他的失踪,深为悲痛惋惜,曾募集巨资,抚恤他的家属。哪知这个汉奸,在事变中充当着日本强盗的忠实向导。

因为他对日寇的忠实,讨得了他主子的欢心,因此就在日本关东军大本营三一八七部队任职。当时就做了一个小佐组长,活动在东宁、绥芬河、密山一带的国境线上。

因为他搜集情报有功,特别是残杀抗日联军有功,日寇一年年加官升职,几年后升到大佐,任牡丹江省谍报主任。

日寇投降后,这个大佐特务,被人民撵得鸡飞狗窜,他的党羽,纷纷落网。正巧在这时来了他的救命恩人,东北国民党军司令长官杜聿明,派了一个滨绥图佳党务专员侯殿坤,到牡丹江来接收,便把宋宝森收容在翼下,保护起来,并接受了他的残烂摊子。从此宋宝森由日本间谍一变而成了国民党的军统特务,为侯殿坤大批收罗了伪满的官吏、警察宪兵、惯匪恶霸,大大充实了侯殿坤的实力,成了侯匪的红人,一跃而升为少将高级参谋,坐上了滨绥图佳地区国民党的第二把交椅。

当人民解放军开到牡丹江,国民党的十万武装基本上被消灭了,侯殿坤和宋宝森带着他的电台和机要秘书,加上他的日本翻译小姐,来到神河庙。一来为了潜伏待机,二来指挥联络他那些残余的匪徒骨干,更重要的还是指挥他那些地下"先遣军"分子搜集情报,策划叛乱,破坏土改,与人民继续为敌。

他一来到这个深林孤庙,就先枪杀了真正的定河道人和水安道童。

那是一九四二年的时候,牡丹江市东朝阳街发生了这样一件事情。朝阳街路南向北,有一家中药铺,药铺主人是有名的医师韩荣华先生。这个药铺和他高明的医术一样,是祖传下来的。韩先生的医术有些祖传秘方,百治百效。他又有一副慈善的心肠,据说这是因为他没有儿子而行善积德,想生个儿子。真正的穷人无钱看病求药,他就看病干尽义务,甚至连药钱也不要。他常说:"钱没有用,人有用。财宝有价,人无价。"又说:"为救无价宝,情愿舍本草。"因此穷人都称他为"救命的活菩萨"。

老两口年过半百,没有儿子,只有一个闺女,乳名慧玉,年方十八,生得十分美丽,举止文雅,聪明贤惠。从小喜欢跟父亲读诗念赋,虽然没进过学校,可是学问超群,尤其是文学和医学,更为出色。韩先生老夫妇,爱如珍宝。

自从鬼子来了,韩先生就不让她出门。她也立志要学会父亲的医学,继承祖传秘方,做一个女医师。所以她多年是深居闺房不出门,养成她古典式的女人羞怯幽静的性格。

和她一块跟父亲学医术的，是她那心爱的表哥文昭。她姑母的独生子，长慧玉两岁，生得文质彬彬，像个大姑娘似的。他也立志学会舅父的医学，来供养他的守寡的母亲。初时慧玉和文昭，两人的诗赋、医学不相上下，可是到了十七八岁，慧玉就有些逊色了。

　　他俩学习、工作、吃饭都在一起，相亲相爱，他们的老亲人，也酷爱着这对如意的宝贝。

　　是在一九四二年初春的一个晚上，慧玉和文昭代替她父亲到皮鞋匠董义家去急救病人，回来的路上，碰见这个喝得醺醺大醉的宋宝森，带着几个便衣特务挡住他俩的归路，硬说他俩是半夜行走，深更活动，必有不轨，定是反满抗日分子，反对"大东亚圣战"。

　　慧玉、文昭两个吓得不知怎么对答，被这帮狗徒一吼二吓唬，弄得说不出话来，只是颤抖哭泣。他俩就这样被捉进了特务机关。

　　韩先生见他的两个心肝深夜没归，到处寻找，一直到第二天下午才知被捕了。于是他奔波全市工农商学界为他担保。当全城人们知道这个消息，顿时出来呼吁，纷纷派代表签名来打救这家善良人。

　　可是万恶的宋宝森借故生非，把韩先生又加了一个"借行医收买民心，反满抗日，反对大东亚圣战"的罪名，说他此举是煽惑叛乱，马上又要逮捕。这一下引起了全城人民的激愤，首先是铁路工人罢了工，学生罢了课，街道市民到处集会，一齐围上伪市公署示威。日本军司令部一看火车停了，工厂停了，市内乱了，不利于他们的"大东亚圣战"，便戴上一副假面具，当着请愿团的面，拿起电话耳机："八格！八格！"也不知把谁臭骂了一顿,答应立即放出慧玉和文昭。

可是放出来的文昭已经是他的尸体,慧玉被群众抬回来时,已不能说出半句话,只是呆望着她的父母和姑母落泪,半夜也就死去了。

宋宝森的这恶行完全是为了慧玉。这个老色鬼早就对他的老婆这样说过:"时髦的女郎我已经玩够了,现在只想一个古典式的深闺小姐,在牡丹江这样的小姐只有韩慧玉一个。"当时被他的那个所谓的老婆还骂了一顿,可是这更激怒了他,朝他老婆一个耳光子,"瞧吧!我宋宝森弄不到手甘愿给你臭娘们提鞋。不出三天!"

果然三天后的晚上慧玉和表哥就被捕。

文昭和慧玉惨死了,文昭的母亲疯了十天,投到牡丹江淹死了。慧玉的妈妈哭得死去活来,五六天抱着姑娘的尸体不放,当群众埋葬慧玉和文昭的时候,她就气死在他俩的墓前。

一家慈善人只剩下韩先生一个了!这个文质彬彬的老人,现在像爆炸了一样,放火烧了他自己祖传下来的房子和他的药铺,他所有的医学书籍在大火中化为灰烬。他奔到野外,狂吼狂骂,对着天地日月来倾吐他的愤恨。

群众的悲伤转为了愤怒,愤怒又化为力量,在文昭、慧玉埋葬的那天,在韩先生火烧药铺的那天,开始了游行,但是游行很快就失败在日寇宪兵、特务、警察的机枪下。

群众为了挽救这个善而好施的"救命活菩萨",想出了一个办法,找了他的十几个老友,连天连夜把他苦劝着送到这深山密林的神河庙。

这庙里住着他童年的老师,这位长老,是一个道教的虔诚的信奉者,也颇通医术。后来群众又把他老伴和妹妹的尸骨,把文昭和慧玉的尸骨运来这里,埋葬在一棵古松下。

在这以后长久的日子里,韩荣华先生伴着晨钟暮鼓,伴着他躺在地下的亲人,白雪皑皑,山谷空空,松涛飒飒,孤庙寂寂,消磨着他那无限凄凉的时光,吞咽着全家的奇冤大仇。只有长老和水安道童的经声,分担着他的一点痛苦。只有迷信的宿命论,减轻他一点碎心的悲痛。

韩先生的奇冤大仇,时时在他心灵中爆发,常梦见他贤惠的老伴和心爱的慧玉、文昭,又梦见他那从未见过、也从来没有过的小外孙。这一切也只能成为他的梦中幻想,可是这些对他的报仇的心情却起着极大的刺激作用。但是一看到自己年近六旬,须发斑白,又心灰意冷了。这使他更加痛苦,他只有拼命地替人治病,治好别人的慧玉,治好别人的文昭,他心灵才得到一点安慰。

他时时对着庙前的江水狂吼,对着庙左庙右的岩石乱骂,他希望十四年前的霹雳重炸,希望十四年前的山洪再发,淹没世界上的罪人,击烂日本强盗和宋宝森,洗去他的心头之恨。

"十四年前的霹雳重炸,十四年前的山洪再发。"成了他默诵难停的经声。

这两句话里包含着这里曾出现过一件大快人心的事情:

神河庙坐落的地点,是牡丹江和它的支河二道河子的交汇点。在这交汇点的两侧有两座陡立的奇峰,一名葫芦头,因状似葫芦而得名,这峰是千万块巨石堆成的,高插云端。右边的一座是耧斗,因状似农具中的耧斗而得名,是一块独个的巨岩陡立冲天。这两座奇峰一般高下,恰似双姐妹,所以人又称它为姐妹峰。

在牡丹江和二道河子的外汇处冲成一个小小的三角洲,土地肥沃,靠山傍水,旱天自来返潮,涝天自动渗水。这里原有一百多户人家,靠洲种地,依山牧畜,临江打鱼,真是想象中的世外桃源。

"九一八"后,日本鬼子开来了开拓团,便从中国人民手里夺去了这块美好的家园,我国同胞年老的被驱逐,年轻的成了日本人开拓团的奴隶。

十四年前的一个盛夏,两片乌云,由左右两方驰来,正在姐妹峰顶交汇了,一声霹雳,天崩地裂,太空中射出万道火光,把葫芦头这座烂石峰炸得粉碎。亿万块巨石滚下峰来,堵断了牡丹江的江流,将大片的小三角洲的黑土地砸得稀烂,三角洲变成了烂石川。紧接着姐妹峰的山洪暴发,洪水像破了天一样地冲下来。这股硬流,和牡丹江流正成九十度的直角,冲断了牡丹江的江道,把汹涌的牡丹江水堵住了。这股激流横冲牡丹江,袭向对面的大碇子山,三天三夜的冲击,把座大碇子山冲去了半边,因此后人都叫这个大碇子山为半拉碇子。

小鬼子的开拓团,完全报销了,他们乘着这愤怒凶猛的激洪滚到东洋大海。

远近老乡听到这个可贺的消息,都狂喜地说:"东洋小鬼,强占咱们的河山家园,伤天害理,这一下真是善恶有报。"百姓在庆喜之下,又开始重建这片家园,这个神河庙就此诞生了。

百姓们请来这位长老,为他们祈祷太平。可是日本鬼子兵又来行凶,鬼子们为了消灭抗日联军,在一九四〇年,大队的人马开到这里,一阵屠杀后,烧毁了百姓们重建的家园,从此这里就渺无人迹了。

那位长老活到一百零三岁死去,剩下韩荣华先生和水安道童,看守着这座孤庙。

韩先生报仇之心像霹雳和山洪一样地激烈奔腾,他恨不得自己有霹雳和山洪的本领,他希望十四年前的山洪重发,他希望十四年前的霹雳再鸣。

是在去年的盛夏,宋宝森来到这里,韩先生一看到这杀人的魔鬼,立刻疯狂地扑打起来。这个杀人的凶神宋宝森,咬了咬牙,一脚踢倒了韩先生,接着便是两声手枪,韩先生和水安道童躺在血泊里。

宋宝森穿上了道袍,冒充着韩先生的道号"定河道人"。

今天这个妖道,杀人的凶神,落到人民的巨掌里。

小火车欢腾地驶回夹皮沟,夹皮沟所有的男女老少,像一群狂热的娃娃,迎接着阎部长和剑波等人,眼巴巴地等着看那即将捉回来的妖道。

夹皮沟的猎手为他们的客人猎来新鲜的兽肉,妇女们为客人做了一顿丰美的午餐。

夹皮沟的今天,到处是说笑欢唱,空气中散满了芳香,什么节日也没有这样的景象。今天确是一个可庆幸的日子,小分队的三路大军超额完成了剑波的作战计划,胜利地会师了。剑波心里是那样地热爱着他的小分队和夹皮沟所有的勇敢而善良的群众。

座山雕、九彪、一撮毛、妖道也在这里会面了!他们和他们罪恶的勾当一样,在共产主义战士们的手中,毁灭了。

为迎接司令部政治部给小分队的庆功授奖大会,战士们愉快地整理着军容。妇女群众用滚开滚开的水,给战士们洗涤衣衫,她们说要和小分队消灭座山雕、九彪一样地替小分队战士消灭身上的虱子。

战士们互相剃头、刮脸、剪指甲,白茹一个一个地严格检查,战士们乖乖地听从着这位小姑娘的卫生指导。

少剑波在阎部长等休息以后,老用手理着自己的头发,神情上显出对他那头乌发深厚的留恋,舍不得剃去。可是这林海雪原里,又不能专为他带个理发员。他为什么这样留恋他的头发呢?而且剃与不剃会影响他的情绪呢?在这样一个标准军人风格的青年军官来说,确有些令人奇怪,也许有人会想到他是为了自己更美一些,或者使白茹更爱他?

白茹却像检查战士们一样来检查他了,又是在上次督促他洗脚的地方,白茹连蹦带唱地跑进来,显然看出她是为自己对战士们的卫生推动工作而满意。她进门就向剑波报告道:

"报告二〇三首长,全队我都检查了,理发、洗衣、指甲、脚丫全都收拾得干干净净,杨子荣的胡子刮了又刮,每个同志都年轻了五岁。"她那美丽的大眼睛紧盯着剑波,可是剑波头也没抬,只是在默默地理着他的头发。

"不过……"白茹看到他又在沉思什么,按他的老习惯是谁也不敢打扰的,所以她发的声音是忐忑而又低微的,"不过只有一个人,还没……"

"我知道。"少剑波不耐烦地皱了一下眉头,可是马上又发了悲伤的音调,"只有我一个人没理发……"他站起身来凝视着眼前的墙壁。

白茹锐敏地意识到剑波是在深沉而痛楚地回忆,她顿时好像心中恍然大悟,没头没脑地说了声:"我倒没想到,一切由我来办。"说着转身跑出去。

是的,只有白茹才能深切地了解他这时的心情。剑波父母早亡,他那慈爱如母的姐姐,千百次地给他洗过头发,直到剑波

383

当了营长,每逢作战回来,他去看鞠县长,她差不多总是要亲手给他洗洗头,剪剪指甲,哪怕是他自己刚洗过。所以说他每一根发丝都捋遍了姐姐的手迹。今天他却失掉了她,如今他怎么能舍得剃掉这满是姐姐的手迹的宝贵的东西呢!

当白茹给鞠县长当勤务员的时候,看到这种情景,也不知是什么感情竟使她自己流出泪来,她深深地羡慕着人间有这样的好姐姐。

白茹拿着梳子和剪子跑进来,让剑波坐在凳子上。

"白茹!还是剪去吧!"少剑波低沉地对白茹说。

"不能,绝对不能。"白茹的答声,又肯定,又坚决。

她细心地、几乎是一根一根地、按着鞠县长生前所一向喜欢的样子,为剑波剪理,她生怕有半点差错。

此刻他俩完全沉入对鞠县长的思念中,室内只有剪刀声和他俩的呼吸声。

正月十四日的大会上,再次祭奠了高波等牺牲的同志,阎部长读完了祭文,沉入默哀中,又听到小分队战士和夹皮沟群众的啜泣声。

然后开始了庆功授奖,首先是阎部长宣读了省委的表扬信,表扬了小分队的英勇的行动和辉煌的战绩,表扬他们处处关心群众的优良作风,又表扬了夹皮沟群众协助子弟兵作战的英勇精神。

接着王科长、黄科长分别宣读了司令部政治部的嘉奖令和功劳簿。小分队全体战士各记一大功,杨子荣记三大功,刘勋苍、栾超家、孙达得各记两大功,并当场佩戴了奖章。

蘑菇老人和李勇奇各记一大功,并奖给夹皮沟群众步枪六十五支、子弹五千发。特别亲切地慰问了从三百里外赶来赴会的蘑菇老人。热情地感谢夹皮沟群众对小分队的帮助。

大会自始至终,白茹一直陪着她的蘑菇老人爷爷坐在一起。

庆功会后群众纷纷要求枪毙匪首,和匪徒中罪恶深重的分子,杀头给烈士祭灵,还要求扒神河庙破迷信,小分队的战士也大多数同意。阎部长耐心地向群众解释道:

"罪魁恶首,死心塌地的特务,坚决与人民为敌的反革命分子,一定要坚决镇压,血债定要血来还。我们要为所有受害的人讨还这笔血债。可是现在我们还得要他说出我们所需要的东西。"接着阎部长十分幽默地说道:"庙是不能扒。不错,以往反动阶级利用庙堂宣传鬼神,愚弄群众,让我们甘愿受穷,听天由命。而今天我们却要利用它来破除迷信,解脱愚昧。庙堂本身是无罪的,有罪的是那些反动派,特务宋宝森这个妖道。他曾杀害了韩荣华先生,潜伏庙里,指挥土匪杀人放火。可巧我们又利用了他这一点,破了威虎山,伏击了九彪,捉到了大特务,消灭了妖道。"他吸了一口香烟,用手指磕掉了一段长长的烟灰。"正像剑波同志所说的那样,'它是个钓鱼的饵子'。也像小分队战士们所说的那样,'他是摊引屎壳郎的大粪'。对我们剿匪起了很大的作用。

"何况这神河庙,又是我们这一方劳动人民修起来的,这显示了我们劳动人民的能干。看到它我们就会想起伟大劳动人民的艺术天才,看到它就会永远不忘我们受苦的日子,不会忘掉日本鬼子抢劫我们的田园。它是一座文化古迹,我们要利用它,要珍贵它,替我们将来做些有益的事情,尤其在这大山林里更有它可利用的价值。我们不仅不能扒掉它,相反的,我们要像保护森林一样地保护它,不让任何人破坏。它现在是属于我们的。"

白茹听到这里,张开小嘴道:

385

"对啦！阎部长,庙里最好住上人,好给咱们来往的工作人员烧水喝,招待住宿。还可以在这里交流山地土产和城市产品,免得这里的人有事就得进城。还可以给民兵打猎时放东西,生炉子烤火吃干粮。再要有国民党土匪来,我们可以在这里捕捉他,当成我们的小基地。将来山林工人多了,还可以在这里办个医院,那有多好呀！我看这事除了民兵看守以外,还得请我爷爷来当管理员,我保证他能当得好。"

说着她转身把蘑菇老人一搡,"爷爷你说好不好？你别再进山采蘑菇啦！你这一辈子够苦的啦！夹皮沟的叔叔哥哥们可好啦,他们会和我一样地亲你,你在那儿养上一些鸡,养上些小兔,那该多有意思。再说我剿完土匪好来看你,这里有小火车,又便利。要不,你进了大山林我到哪儿找你呀！"

这姑娘一口气说完了这一大堆话,引得大家笑起来。

阎部长笑嘻嘻地走上前来,拍了一下白茹的肩膀笑道:

"好姑娘,你的心太好了！到底没忘你的爷爷,你为他想得真周全,太好了,就这样办。"

"赞成！赞成!"大家异口同声地表示。

蘑菇老人感激得说不出话,眼泪夺眶,喉头呜咽,扶着白茹,摸着她的小辫,站在阎部长跟前,多时才说出了:

"恩人……恩人……我六十八岁这才有了个归宿。我……做梦也没想到,我今生还会有今天……"

老人说着,逐渐转悲为喜,然后大笑一阵,手挽白茹,向群众唠唠叨叨地道:

"乡亲们！你们看,我这个小孙女儿像不像灵芝姑娘？"

群众中顿时一片亲热的欢笑声:"比灵芝姑娘还好十分……"

白茹却被这赞美声,羞红了脸,扯了一下爷爷的衣襟,羞怯地道了声:"爷爷……"

二十七　青年猎手导跳绝壁岩

少剑波同阎部长,王、黄两科长及小分队的全体干部,细致地研究了下一步的计划,然后交清了俘虏及所有缴获的文件,他们马上就要告别。

十四日晚上,天空的月亮喷射着寒光。

车站上挤满了送行的人。

俘虏紧紧地装满了五车厢。

阎部长等和小分队的战士们一一握手,亲切地鼓励他们继续前进,争取功上加功,并说回省后马上向他们的家属送立功喜报。战士们喜欢得跳起来。

白茹把蘑菇老人爷爷这次又给她的鹿胎膏,交给黄科长带回,并再三嘱托让他回去分给部队的女同志,这是她们所需要的。

少剑波和阎部长紧紧地握手后,小火车长嘶一声,载着大宗的战利品,荣耀地奔向牡丹江。它的声音是那样清晰和骄傲。

正月十五,夜深人静,瑞雪纷纷,无风坠玉,是那样的柔软和缓。夹皮沟一片太平气象,人们酣睡在自己温热的炕头上。整个屯落和山林是那样的舒坦和平静。

小分队装备上司令部刚发来的新皮鞋、新雪具,静静地肃立在高波等同志的墓前,向他们的英灵告别。在寂静的默悼中,又听到白茹的啜泣声。

三分钟过了,他们披着瑞雪,踏上新的征途。好像每个人都觉得,高波等同志依旧走在他们的行列中。

战士们走得是那样的肃静,生怕惊醒了他们酣睡的朋友——夹皮沟的人们,夹皮沟的每一所房屋和每一件东西。

小分队的行列比过去增长了一点,马保军的半个班和一挺机枪正式编入小分队。这半个班的战士都合乎小分队战士应具备的条件,并且二道河战斗失利后,一直和小分队同时苦练了滑雪,目前他们已熟练地掌握了滑行技术。王团长又给剑波带来了久经训练而且来东北后学会滑雪的警卫员陈振仪。他的相貌很像剑波,有人说他是剑波的弟弟。王团长又派来一个善于滑行的卫生员刘清泉帮助白茹,好让白茹多帮剑波写点东西和照顾他的生活。本来王团长准备把白茹调回去,因为他从白茹托小董带给他爱人的信中得知,又听小董含糊地讲她爱上了剑波,因此王团长就更加关怀白茹。尤其觉得年轻轻的一个女孩子,怕抵抗不了林海雪原的酷寒环境,生怕她中下什么病。

可是白茹怎么也不回去,这个勇敢的少女,现在无论什么力量也夺不走她对小分队的感情,什么力量也吸引不去她在小分队的幸福,在白茹的心眼里,小分队和它的事业是她最幸福的小天下。尤其对她那心爱的少剑波,好像此刻她一步也不能离开他。

小分队又增加了缴获来的三匹山林马,驮载着司令部发给他们的轻便帐篷和铝锅,因此又增加了两个有多年饲养经验的骑兵。只是他俩不会滑雪,好在他们善于飞马,也倒无碍小分队的神速。

小分队战士们在行进中,每个人都预料着新征途上未来的一切,借以来增加他们的信心,和正确认识这更伟大的任务的艰巨性。自己要贡献出多大的力气来完成它。

战士们对剑波所分析的,反反复复地咀嚼着,像吸食美味一样地品着滋味。

现在已是公历的二月中旬了,雪朋友很快将要告别,这位贵宾是人力无法挽留的。没有雪朋友的帮助,我们会连匪徒的踪影也找不到,更不能行走如飞。这就决定了小分队要在短促有限的时间内完成干净彻底消灭匪徒的任务。这个任务在他们自己的党性上,是不允许丝毫打折扣的。

这次的这条秘密路,最低的行程有七百里,才能到绥芬大甸子。从妖道的所有文件中证实了滨绥图佳党务专员特务头子侯殿坤,匪司令谢文东,匪一旅旅长马希山和二旅旅长李德林的老巢是在那一带。至于究竟在什么地方,那还要一番十分艰苦的侦察工作。

这条路全是少有人迹的原始处女林,只有通过这里,才会最大限度地出敌不意。路上将不知要碰到多少自然气候和地理环境所给予小分队的困难。

至于敌人,在我们消灭了许大马棒、座山雕、九彪、宋宝森之后,匪徒对天险的依赖已大大地丧失了信心。可是这些坚决反革命的匪骨头,又不会因为这一吓而死亡,势必拼命挣扎。这就决定了敌人极大的可能在林海雪原和我们周旋。要是这样,小分队的兵力就显得太单薄了!

战士们对这些情况的细嚼和玩味,都是在锤炼着他们更刚毅更坚忍的意志,也在增进着他们的智慧。

小分队夜离夹皮沟,瑞雪盖没了他们的踪迹。第二天清晨,雪止云散,小分队行进在日明地新的世界里。现在除了他们自己之外,天下人谁也不知道他们到底在哪里。

他们白天滑雪飞行,夜晚安营扎寨。乘马的两人,老是落在后头一段。直至一点钟后才能赶上。四十几个人分宿在四个帐篷里,猎兽当菜肴,采蘑菇调味料,融雪当水,吃自己背上背着的粮米。

五天的行军,十分安泰平顺。

第六天,在一片稀薄的曾被荒火烧过的残林处扎下帐篷。帐篷刚扎好,战士们正在吊锅造饭,突然山后一阵狂风呼啸,刮得漫空雪尘,整个的山林像沸腾了一样,冒出无边的雪气,整个的大森林像煮沸在雪气里。

这阵狂风稍一停息,西北天上涌上了一片乌云,向他们的头上直压下来,它飞驰倾压的速度,使人看了就要头晕欲倒,像整个的西北天塌下来一样,眼看就要把整个的大山压平,把所有的森林和小分队一起挤压成柴末肉饼。

战士们对这突然袭来的凶恶气候,都有些恐怖。

少剑波仰望着压下来的乌云,皱了皱眉头,叹息地自语道:"暴风雪就要来了!"

在战士们阴郁的目光下,他立即命令:"快些!再牢一牢帐篷!"战士们十分紧张地动作起来。

这里如果没了帐篷,大风雪袭来,一切东西都有被掩埋的危险,人和马匹也将无法幸免。战士们一阵紧张的劳动,把帐篷的大半截培进雪里,把所有的绳索完全用尽,把帐篷的拉绳拴在几十棵大树根下,基础四壁都加固了!

号啸的大风随着云头的下压来临了,好像塌下来的西北天把所有的空气一点不漏地驱赶着挤过来,狂风好像在拼命地反抗这种逐赶和挤压,发出暴烈的狂吼,这吼声好像是在拼尽平生的所有力量要把西北天鼓破。世界上恐怕再没有任何声音比它再大了！大炮弹大炸弹的爆炸，火车的吼鸣，暑天的霹雳，海洋里的惊涛骇浪，这一切如果和这里的声响比起来，只不过和折了一根小树枝、咬了一粒黄豆粒、一声牛叫差不多。都会被这暴风的号啸淹没得一点声没有。

小分队已经不能用语言来传达他们的决定、命令和行动号令了，因为此刻说话的人就是把嘴像电话耳机一样紧贴在听话人的耳朵上，也不可能听见他说了些什么，甚至连声音也没有。

狂风卷来的暴雪，它的密度向来没有见过，空中几乎拥挤不下了，两人相隔三步的距离，这密雪就像一堵雪墙一样把两个人隔开，谁也看不到谁。天、地、空、雪，成了无空间的一体，小山沟填平了，百年的老树折断了腰，人在帐篷外甚至连几秒钟也立不住。在这里，人和雪花的重量几乎是相等了！谁也不敢说可以凭着自己的重量，而不会和雪花一样被大风刮跑。

一连三天三夜，连一分钟也没有停息。小分队无时无刻不在和风雪搏斗。五个人轮番地把守住帐门，把冲积封堵帐门的大雪堆，推翻出去，保持通路。否则就会连帐带人一块埋葬在雪坟里，像沉入海底一样。

帐与帐之间的通路两侧，已形成了一人多深的雪沟，这标志着雪的深度。

帐篷外面满是刮折了的树枝，可是要去拿到帐篷里做饭或取暖，那比火线上在严密的敌火封锁下爬行还要困难。出去时首先要把绳索拴在腰里作为保险带，回来时需要帐内的人努力拖拉外面已经冻得半僵的人。

第四天清早，风消雪停，东方的一轮淡淡的灰色太阳，疲乏地挂在天空，好像它也被这狂风暴雪打击得筋疲力尽，夺去了它无限的热量。它对着大地也是冷冷淡淡的没有神气，无精打采。

整个的山林被酷寒的威严吓得寂静无声。只有天空剩下的雪粉碎末,像霜渣一般下落,它遮蔽着太阳的光芒。

显然初雪之后马上滑行是不可能的,尤其暴风雪后滑行是更危险的,时时可能陷没在铺满松软积雪的深谷陡壑。小分队在静等着他们所希望的暖太阳。借它的热来改变地上积雪的浮力。

是在十二点左右,天空所剩下的零碎雪粉碎末,已经在阳光的照射下,和大地的吸引下完全降落干净了!太阳的光热直射向雪地,映射出刺目的白辉,大森林呈现出白世界的美景。这新鲜的天、地、阳光和空气,诱来了小分队的歌声和欢笑。篝火中喷出了肉香饭香。每个战士的饭量比在暴风雪的几天里增加了若干倍。

到底是晚冬,只经过太阳五六个小时的照射,雪地已改变了它过于松软的状态。傍晚的寒气又把它冻成了一层薄薄的硬壳。

太阳将落山,西天上映出一片火红火红的彩霞,这在普通的冬天里是看不到的,任管是什么城市和乡村。只有在这海拔几千公尺以上东北的林海雪原里,才能观赏到这奇特的美景。在彩霞的光辉映照下,整个的林海雪原,完全变成了红色,连白雪也染上了橙红的颜色。小分队的战士完全沐浴在彩霞里,他们自己也变成了红色的彩霞。

刘勋苍选了一块地方,小分队就在这彩霞里练开了滑行技术。战士们踏在滑雪板上,像踏浮着两叶小舟,荡游在彩色夺目的湖面上。他们喜欢若狂地滑着,唱着,说着,笑着,你一句,他一句,凑出几句美丽的小调:

"二十七八月黑头,"

"暴风送来雪朋友。"

"溜溜滑,滑溜溜,"

"雪板一闪飞山头。"

"捉拿国民党,土匪特务头。"

"林海雪原无尽头!"

"赛不过小分队有劲头。"

"咱能撵瘫匪徒骑的千里马,"

"咱能追上匪徒射出的子弹头。"

"管他司令马,"

"管他专员侯,"

"都叫他在咱手里变成碎骨头。"

这个一句,那个一语,你来上句,我对下联,战士们的乐观的情绪和坚忍不拔的意志,放射着他们全身无比的力气。在他们心目中根本不存在还有什么克服不了的困难。

少剑波却在深思着他眼前摆着的各项问题:暴风雪之后滑行,特别长途滑行是有极大的危险,陷进深雪坑就要被埋葬,因此必须得借借太阳的帮助,使雪煞着煞着,更为保险,这就必须有二十个钟头以上的良好阳光,才能解决这个问题。可是这与他原计划的七天行程,却有了极大的冲突。现在他离开夹皮沟已是十一天了!粮食已快吃完,可是路程仅走了一半,在这里要想找到补充粮米的地方根本是一种不可能的事,这里是渺无人迹的。

他更加觉得自己的任务重大,在这里,他是党的任务的寄托者,小分队全体生命的决定者,然而,单就他对付当前这个自然环境来说,已远远地超过远洋航行的船长了!他目不转睛地盯着军用地图,可是看来看去,离他最近的屯落还是夹皮沟。由于许多军事上的原因,决定了他是不能够再回去取粮,于是他只有决定多吃兽肉和松子,把粮米匀出来喂马。为了怕伤了战士们的肠胃,命白茹在肉汤里多加苏打。又学得了夹皮沟猎人的办法,饭后多喝浓茶。入林以来,小分队已养成了喝煮浓茶的习惯,他们每人身上都背着两三块大茶砖。

两天过去了,小分队拔寨起行,行不数里,尖兵的两个战士,突然陷入了深坑。从坑口上看,陷坑处是一个陡斜的偏坡深壑,这壑也不知有多深。从压塌的坑口的断面看,上面那层雪的硬壳只有三公分厚,下面全是松软的雪面,当两个战士陷进去,四围的雪便合拢起来,将他俩埋在里面,既看不到他们的身体,也听不到他们的呼声。

这一突然的遭遇,使战士们一阵恐怖的惊慌,为战友的生命紧张地担心着。刘勋苍摘下滑雪板,马上就要跳下去。

"慢来!"少剑波一面阻止,一面把手一摆,"快拿绳子。"

用一根大绳拴在刘勋苍的腰上,"快下去!"刘勋苍将身一纵,跳进雪坑。上面的几个战士紧拉着绳子的另一头。当大绳放到五六米长时,坑里的刘勋苍又被雪埋没了。

"快拔上来!准备四个人一起下!"少剑波显然万分焦急和紧张。

战士们一齐用劲,把刘勋苍从雪坑里拔出来,他已是一个浑身沾满雪粉的白人了。

"太深!太深!噗噗!太深!"刘勋苍两手紧张地擦掉他脸上头上的雪,一面连声不断地建议,"扩大洞口!扩大洞口……"

"对!必须这样!"

孙达得和另外两个体格强壮的战士,已和刘勋苍背靠背相依地拴在一起,每人手里拿着自己的滑雪板,四个人一起放进雪坑,他们四个一人一个方向,各把自己眼前的坑壁,用滑雪板狠劲地向四围推去。坑口扩大了,虽然雪壁还仍然有些塌落,但是因为坑口的扩大,总算埋不了人了! 一米,三米,七米,十米……四个人紧张地干下去,陷人坑已成了一个十多米深的雪井。上面的战士们已望不到他们,只看到黑洞洞的一个无底深井,只听得他们紧张的劳动声。

"好了! 拔!"四个人一齐在下面急促地喊道。

"拔! 拔! ……"井底的四个人再一次紧张地呼叫。

"用力!"杨子荣一声命令,二十几个战士一阵呼喊,像拔河比赛一样,把六个人拖出雪坑。

两个战士已经窒息了!

"人工呼吸! 快!"少剑波手拿着怀表命令道,"扎帐篷!"

白茹和刘清泉,一人一个实行着人工呼吸,五分钟后两个战士的胸部已在微弱地起伏。少剑波手把着他们的脉搏,显明地感觉到,他俩随着呼吸的恢复,脉搏的跳动一次比一次加强着,眼睛也睁开了。

大家的恐怖和担心,随两个战士的一丝苦笑消失了,他俩从嗓子里发出一句几乎听不出来的声音:"同志们……好了……"

大家轻松地喘了一口气,空气顿时愉快起来。

帐篷扎好了,把两个战士抬进去。白茹和小刘用酒精遍擦他们的四肢,几个战士帮助做着全身的按摩,以刺激他们心脏机能的恢复。

由于这一次的遭遇,少剑波只得决定再等两天。两天中他一再地思索着雪原上的又一教训:"大山涧好过,小沟壑难蹚。"他努力要在地图上找一条避开沟壑的道路,可是地图虽然详尽,却怎么也难找出只有十米八米深的沟壑来。这又是前进途中的一大难题。

第二天的傍午,他正在思索,突然传来一阵汪汪的犬吠,引起了几匹战马的嘶叫。小分队一阵紧张的战斗动作,隐蔽在帐篷周围。

这时吠声已十分清晰,大家顺吠声望去,原来在小分队来的路上发现了一只大狗。它威武地站在一棵大树旁,瞅着小分队的帐篷和马匹。一会儿它回过头去,又叫了两声,它的叫声很和平,一点没有什么凶气。看来它是在发出和平信号,对小分队毫无敌意。

少剑波看到这种情景,立即向小分队命令:

"不准打枪,别惊扰它!拿两块肉来!"

李鸿义立即从饭包里掏出两块冰狍肉,递给剑波。少剑波把肉向狗投出去,那狗一惊,直竖起耳朵,露出一副勇猛而机灵的神气,来辨别它眼前的东西。它在望着,又好像是在思索着。当它确认周围的一切对它没有什么侵害的征候,便向这块肉跑过来,嗅了嗅,但是没有吃。

少剑波又投出一块,它还是和上次一样,机灵地辨认了一会儿,又跑过来。还是不肯吃。可是它离剑波的距离已大大地缩短了。

当少剑波抛出第三块,它却一动不动地站在那里望着,偶尔回过头去叫两声。

随着它的吠声,追来了一个滑行者,由它来的小山头,飞滑下来。这个飞滑来的人,灵巧得像一只燕子,在密树丛中穿来穿去,显示出这个人的滑行武艺,是十分高强的。当他滑到狗的跟前,只把身体微微一侧,顿时站住,两只机灵有神的眼睛,射视前方。当他发现了站着的剑波,立即揣紧枪,怒视着帐篷。

少剑波从容地向前走了几步,向那人招了招手喊道:

"朋友!别害怕。"

"什么人?"那人凶凶地向剑波质问。

"同行。"

"胡说!"少剑波这句不内行的答对出了破绽,那人立即发出一声怒骂。他马上靠近一棵大树,推弹上膛,凶凶地向剑波吓道:

"现在我要你转过身去,不然我就开枪!"

"你有多少人马?"少剑波从容地微笑着。

"别废话!快点!"那人的声音更加严厉。已端枪向少剑波瞄准,并且怒吓道,"你走你的,我走我的,转过去!"

少剑波脑子里翻起一阵锐敏的猜想:"这到底是个什么人呢?是土匪吗?为什么没说一句黑话暗语?现在从外表上丝毫也看不出小分队和我是解放军的装束,他为什么这样仇视呢?是个猎手吗?为什么他又有这么高的警惕性?通常在林海里人与人相遇,和在远洋航海中同舟共济一样,为什么他竟这样势不两立?并且施用着断然的手段。不管怎样,从他的先发制人的手段来看,和从他恐怖异常的警惕来看,判定他只是孤身一个,除了那只狗以外,不会另外有助手。可是此刻自己不能有任何动武的表示,因为那样会受到他那促不及躲的枪弹所伤。"于是少剑波从容地把两只没拿枪的手,一只摘帽子,一只摸了一下自己头发,目的是想缓和一下对方动枪的空气。

"朋友!"少剑波右手拿着皮帽,左手向腰间一叉,"都是林子里的人,咱们还是通通气,说明白了,再分手。"

"别啰嗦,"那人的敌对情绪和行动,不但丝毫没减,反而更加暴躁,"现在我喊一二三,到了第三个数,你再不转过去,可别埋怨我不义气。"说着他大声喊道："一——二——"

"拿过来吧！"那人"二"字的声音未落,杨子荣和刘勋苍两个人一把将他的枪给夺过来。原来那人刚和少剑波答话的时候,杨子荣和刘勋苍已绕到他的背后,因那人全神对准了少剑波,隐蔽在雪坑树根下的小分队他一点没发现,当然更发现不了他背后的变化。这样他被擒住了。

那只威武的大狗,一看主人被擒,凶猛地向刘勋苍扑去,可是已被围上去的小分队驱跑。

那人在绝望中拼命地挣扎,想摆脱刘勋苍的揿架,利用他飞滑的奇能逃走。他喊着："赛虎！赛虎！"那狗听到他的喊声,像一只猛虎,毫无所惧地返扑到人群中来救它的主人。小董正对准它举枪要打。

"别开枪！"少剑波跑上来紧急地命令一声,然后站在那人跟前,"朋友,请你马上命令你的狗,不要厮打,免得我们不得已而伤害了它。"

那人一听"不得已而伤害了它",神情马上一变,停止了挣扎,他口中打了两声口哨,大狗立即站在他的旁边,怒视着小分队所有的人。

少剑波温和地再上前几步,立在那人的对面三步距离的地方,上下仔细打量着眼前这个被擒的人。

那人年纪二十四五岁,身体长得特别魁梧有力,和刘勋苍一样的个头。穿一身白茬羊皮大衣,腰束一条皮带,上挂两个子弹盒,胸前佩着一把皮鞘短剑,脚穿一双高筒鹿皮靴,脚踏一副又窄又长的超速滑雪板,打扮得像一个古典武士。两只有神的眼睛,射出刺人的光芒,两道长而浓的眉毛,增加着他那眼睛的威风,前额正中有一颗美丽的佛爷痣。他虽然被擒,可是他一点也没有畏惧,挺挺地立在小分队的包围中央。从他的眼神中,看出他又愤怒,又奇疑。少剑波赞美地想着:"真是一个英雄好汉。"内心发出了一阵无限的羡爱。眼对眼地看了足有五分钟,一句话也没说,战士们在剑波温和微笑的表情中,也缓和了对被擒者的敌意。

"你姓姜,你的名字叫姜青山。不会错吧?"少剑波这第一句话,把小分队全体战士都说愣了。

这个被擒的人被这一句肯定非问的话,一下子就拿下了凶气,显出一种十分奇异的神气,瞅着少剑波和小分队,好像他在紧张地辨认似的。

"哪路的朋友,为什么知道我的名字?"

"我不但知道你,我还知道你的狗的名字叫赛虎。"

"朋友,别叫我闷着,到底是怎么一回事?"那人急于知道地追问少剑波。

少剑波笑了笑,"我能掐会算,是我算出来的。"

被擒者愁疑地低下了头,自语着:"真有这样的人?不对!一定是……"他突然停住了,抬起头来,怒视着剑波,满身一抖动,脸上浮出绝望的表情。"给我个痛快吧!反正我是死也不回去了!"

战士们对这句没头没脑的话,弄得更糊涂了,"这到底是个什么人?二〇三首长为什么认识他?是个逃兵吗?可能!要不他为什么说'死也不回去了'?"

少剑波却哈哈大笑起来,走近跟前拍着他的肩膀道:

"回去也得回去,不回去也得回去!"

"别侮辱我,我姜青山不是你们所能收买的。"他怒气冲冲地把头转向一边,望着远处的林梢。

"这太不够朋友了!"少剑波好像是在逗趣,也好像是真事,"怎么连老朋友都忘记了!"

"谁和你们是老朋友!盗群匪党,土豪恶霸。"

"朋友,你认错人了!"

"什么?"他转回头来,仔细地又看着少剑波,好像在努力辨认他眼前的这位自命老朋友的人到底是谁,可是怎么也认不出来,他更加坚定地道:"就是你国民党的大军来了,别想我姜青山向穷人开一枪。"

少剑波兴奋地道声:"英雄好汉!"接着他向小分队喊声:"同志们,摘下皮帽,解开大衣怀!"

战士们一齐摘下皮帽,掀开大衣,露出鲜明的中国人民解放军胸章,和五星八一帽徽,闪闪地放着光芒。

姜青山一看眼前这群雄赳赳的解放军战士,立刻扑到剑波怀里,流出了眼泪,可是他说不出话来了。

"别难过,我了解你,你表哥李勇奇,还有李三妹,向我说了你的一切,我代他们向你问候。"少剑波说着,拉着姜青山的手,回到帐篷。

原来姜青山是李勇奇的表弟,练得一手好枪法,又是一个飞滑能追鹿的有名的青年猎手。正因为这个,马希山把他捉去,用了各种手段,要姜青山为他保镖。

李勇奇不止一次地向剑波介绍了姜青山的一切,特别是他的相貌特点。因此剑波牢记着他正中脑门双眉间的那颗佛爷痣。李勇奇并请求剑波在匪营捉到他后,予以关照,因为李勇奇确信姜青山在什么时候也不会向穷人开一枪的。李勇奇的小妹妹名叫李三妹,是姜青山的未婚妻。自从他被捉去以后,终日哭哭啼啼,这成了李勇奇这个当哥哥的一件重大的心事。

从姜青山的述说中,得知这条青年好汉的高尚品质和忠贞不屈的气节。他在匪营中向来没有向人民解放军和老百姓开过一枪,正像他说的那样:"自己一家人和好朋友都是穷人,要打老百姓,就和打自己人一样。"任管匪首马希山怎样对他进行威胁,他只是一句:"要杀就杀,要毙就毙,没有二话可说。"尽管匪徒们对他千方百计威逼利诱,他也只是一句:"依靠杀人享福,伤天害理,我姜青山不损这种德。"

匪徒们对他是用尽了伎俩,可是毫未动摇他不屈的意志。匪徒们所以没杀害他,就是因为想利用他的全身武艺。匪徒们为了防止姜青山的逃跑,把赛虎给锁起来,把滑雪具给收起来。因为匪徒们深知,这两件东西一掌握在姜青山手里,就如虎添翼,再多的人也奈何不了他,哪怕是子弹,也得落在他飞滑的后头。

日子多了,他在匪营中交了一个知己的朋友马掌匠曹瑞昌,在曹瑞昌的帮助下他逃出了匪营。事情是发生在八天以前的深夜。那天夜里正是曹瑞昌站岗,他把赛虎开了锁,姜青山偷了枪,隐蔽在林子里。姜青山命令赛虎去盗滑雪具,滑雪具是放在马希山的马弁的窝棚里,枕在头下,赛虎久锁初解放,性情更凶更猛,它扑向窝棚,咬死了正酣睡着的马弁,衔着滑雪具,跑了出来。姜青山在山林里一声惊人的唿哨,赛虎奔向它的主人,逃出了匪营。

他边打猎边走,因为遇上前几天的大风雪,把他阻隔在这里,和小分队碰上了。

及至少剑波详述了李勇奇和夹皮沟的一切情形后,姜青山紧握着剑波的双手,长久地不放。

白茹又讲了李三妹的情况,她把她形容得那样贤惠可爱,她和她同床睡了二十多天,已成了亲姐妹一样的朋友,她现在已经不太悲伤了,她看到小分队的胜利,她深信姜青山一定会回来的。特别嘱咐白茹,要白茹告诉姜青山,她现在已成为夹皮沟的妇女会副主任了。

姜青山听了这一切,好像卸下了千斤重担,满身发散着力气。从他奔放的眼光中,从他舞动的拳头上,从他那跳动的肌肉上,从他那粗壮的呼吸中,可以看出,也不知他蕴藏着多大的力量,储备了多少武艺。看来他这身力气和武艺再不使用,就要白白地浪费掉。在他兴奋不可遏止的情绪下,连声嚷道:

"好!好!干他个痛快!干他个痛快!要不我爹妈养我这身力气,我表哥教我这身武艺,就他妈的瞎子点灯白费蜡。"

在战士们赞美的笑声中,少剑波拉着姜青山的手,"这么说你的枪要打……"

"我的枪本来专打野兽不打人,因为国民党匪徒和野兽一样,所以我的枪要和打野兽一样地消灭这些狼种。"

"你也不先回去看看李三妹?"白茹把头一歪,天真地瞅着姜青山。

"小妹妹,"姜青山这样纯朴地称呼白茹,"你看看,我姜青山要不干出两下子来,我怎么有脸回去见三妹,我又有什么脸见我的表哥。"

"怎么,怕回去不让你上炕?"栾超家这个自来熟的逗趣话,引得大家一齐笑起来。

姜青山边笑边摇头,有点害羞的样子,"同志,夹皮沟现在这种情况,我姜青山没出一点力,不用说人家不让我上炕,我自己也没脸上炕。就凭我这条汉子,"他抖动了一下强壮的肩膀,"连进屯子也就把我羞死了,那脑袋得装到裤筒里。你说是不是?"他反问着栾超家。

"一点不错,"栾超家拍了一下大腿,"就是装到裤筒里也得抹上两把灰。"

"走吧!"姜青山急不可耐地向剑波请求道,"马希山的匪巢我全熟识,三天就到,咱干个痛快的。"

"慢着,"少剑波慢吞吞地,"现在我们的两个同志陷进雪坑还没好呢!"

"怎么?"姜青山十分惊愕,"怎么会吃这个亏?难道你们不会选滑雪路吗?"

杨子荣咧嘴一笑,"不用说选路,连滑行还是刚跟着你表哥学会的呢!"

"真是!"姜青山脸上露出埋怨的情绪,"我表哥为什么不来呢?"

少剑波微笑着答道:"夹皮沟的工作更重要。夹皮沟的人离不开他!"

"那三妹为什么不来呢?她的武艺并不差呀,山林经验也很多呀!"

"别扯啦!"白茹笑着向姜青山一摆手,"她是个女的,怎么成呢!"

"那你还是男的?"

大家一阵哄笑,白茹倒给怔住了,好像她在说这话的时候忘了她自己也是个女的。

当天晚上,详细地讨论了去绥芬大甸子的道路,姜青山开头就打破了小分队这一道难关,倾述着他在林海雪原上走路的全部学问。他道:

"气候这一变化,这一场暴风雪,你们原定的道路万万走不

403

得,这条道上全是东西的山岗山沟,北风飘来的大雪填的满是大雪坑,走上去就会被活活埋掉。现在只有走大完颜分水岭,从那条南北分水岭直下,又快又安全,我保险……"

"那恐怕困难,"少剑波摇摇头指了一下地图,"大完颜分水岭不是有一道横断三百多里的绝壁岩吗?"

"那不要紧!"姜青山笑道,"不错,这座绝壁岩是向来没有人攀登过的,齐刷刷就像一刀切下的一样,谁也不敢去碰碰它。可是中间有个三关道,只要有胆量就可以下得去。"

姜青山详细地讲述了三关道。

原来从前有几个老猎手,为首的名叫李猛,四十年前在这里驱逐了一群山羊。这群二百多只的山羊,在他们围成的猎场上急奔急驰,到了绝壁岩,李猛命令他所有的猎手一阵激烈地射击。这群山羊在惊恐的急奔中立不住脚,闯下百丈高的绝壁岩,全部摔死。

可是李猛的猎队追到绝壁岩顶,无路可下。如果绕道三百里到绝壁岩的尽头再回来取羊的话,就会被别的猎人抢去。于是李猛便吩咐一定要在绝壁岩上找道,找来找去被李猛发现了一处地方。

姜青山一面讲,一面在纸上画着图。

在绝壁岩上发现有五个大搁台,上边的两个有条大石缝相连,中间的两个又有一条大石缝相连,最下边的一个一条大石缝直通岩底。

他们发现了这个地方,就做了一次冒险的试验。"绝壁岩绝不了英雄好汉的道路!"李猛第一个从岩顶跳下第一个搁台,然后在百丈高的石壁上攀着大石缝,全身贴在石岩上,就像壁虎爬墙一样,全身每一块肌肉都抓在石岩上,贴攀到第二个搁台。

又从第二个跳下第三个搁台,再从第三个又贴攀到第四个。再从第四个又跳下第五个,最后从第五个贴攀下沟底。就这样绝壁岩被好汉征服了,在征服中被摔死三个猎手。

为什么起名三关道,因为要走这条路,当然不是平常的走法,也不是一般的攀登。第一必须跳三跳;第二必须贴三贴;第三到了沟底,要上那岸还必须爬三爬。这九个动作合起来就是"跳三跳,贴三贴,爬三爬"。所以起名叫三关道。

姜青山最后唱出一段在猎人当中流传着的一支歌谣:

绝壁岩,
考英豪,
天生好汉的三关道。
贴三贴,
跳三跳,
力尽三爬更险要。
如无包天的胆,
不要嘴上噪。

大家听了姜青山的述说,特别最后那几句富有鼓动性的歌谣,每个人都鼓足了劲,紧张得好像就要跳岩一样。

"怎么样?同志们。"少剑波笑嘻嘻地向大家问道。

"有英雄路,好汉就能走!"

"英雄开了道,咱就能跟得上!"

战士们满怀信心地要走这条三关道。

白茹倒担起心来,向姜青山询问道:

"跳一个搁台有多高,不能撞坏腿吗?"

"你没听你蘑菇老爷爷说吗?"栾超家没等姜青山答复,向白茹一噘嘴,"树大撑不破天,勺子再大也盛不过小盆!"

"撞不坏,"姜青山向白茹微笑着,"搁台上的烂草比现在的大雪坑还厚,比棉花包还软。虽然一跳有十丈高,只要姿势拿对了是撞不坏的。"

"能不能用绳索?"白茹又问道。

"猎手要和野兽赛跑,谁还去带绳索。就是带,谁又能带百丈长的绳子。"姜青山一面讲,一面若有所思地瞅了一下帐篷边上的两大捆绳子,"不过今天我们可以用一下。那些绳子有多长?"

"一百米,合三十丈吧。"

"那不够用。"姜青山一摇头,"不过我们用它可以一节一节地帮助我们,跳三跳咱就来个溜三溜,贴三贴也可以用它当当扶手,做个保险带。"

"不用!"刘勋苍晃了一下膀子,"我们一定和李猛一样,跳下去,贴下去,爬上去。"

"对!"战士们一齐赞成。

少剑波瞅着姜青山询问道:"马匹大概是毫无办法吧?"

"不要紧,我把你们送下绝壁岩,我带着马匹顺绝壁岩顶绕道走。我的道熟,保险没事。"

"好!"少剑波肯定了自己的决心,"就走这条三关道。"

第二天,小分队拔寨起行,赛虎、姜青山在前,登上大完颜分水岭,顺着这条漫长无头的大山背,急驰直下,向东南飞滑。

行军两天,到了绝壁岩顶。战士们靠近边缘向下一看,头晕目眩,觉得眼前的大岩来回晃动,自己的身体摇摇欲坠。

小分队饱餐后,连接了所有的绳索,脱下大头皮鞋,解开绑带,缠裹了脚,以防滑落。可是所有的绳索连起来,仅仅才有绝壁岩的四分之一高。那么,只有依赖三级搁台一节一节地来了。

姜青山没用绳索先跳下第一级搁台,给大家壮壮胆量。然后他又拽着绳子拔上来。因为他为了率引马匹,是不能下到岩底的,下去他就再上不来了。

现在小分队开始跳了!虽然结好了绳索,可是谁也不用。第一个是刘勋苍,第二个是栾超家,第三个是孙达得和小董。接着小分队像一丸一丸的小石子一般,跳下第一个搁台。这绳索只有少剑波、杨子荣和白茹三个人用了。

当小分队全下到第一级搁台,姜青山将岩上绳头解开,扔下搁台。

接着栾超家、刘勋苍两人开始第一贴。为了用大绳作为贴路上的保险带,他俩还背拉着沉重的大绳子。孙达得留在最后,等小分队全贴过去,他解绳子头。

小分队就这样地走了三关道,征服了绝壁岩。他们欢笑地唱着姜青山述说的歌谣,小分队齐集岩底。仰头看着姜青山、赛虎和两个留下的骑兵,站在岩顶,向他们挥动着帽子,喊些什么,可是一点也听不见。他们的身量,现在看来简直小得出奇,人也只有三岁的娃娃那样高,马也只有赛虎那么大,赛虎呢,简直像一只小兔子了。

小分队一齐举起枪来,向岩顶高呼了几声:"再见!一路平顺!再见!"

岩顶的三人五匹马和赛虎,顺岩顶向北蠕动了!

小分队奔向正东山林里。

二十八　刺客和叛徒

小分队跳下绝壁岩,续行三日,进入绥芬大甸子。这是大锅盔山下的激洪冲积成的一个大草原。平坦而肥沃的土地上,长的草深过顶。现在已被皑皑的大雪覆盖,形成一望无际纯白无疵的大雪原。甸子里没有一棵树。因为土肥雨足,所以此地人多种水稻和牧畜牛羊。这甸子里的居民,一半是汉族,一半是朝鲜族。这片美丽而富饶的土地,涝天不涝,旱天不旱。当地的人们从他们祖辈,世世代代就流传着赞美它的民谣:

> 绥芬甸！绥芬甸！
> 世外极乐园。
> 地旷人影稀,
> 草密牛羊满。
> 瑞雪千层被,
> 春润土味甜。
> 雨频田不涝,
> 雨乏地不旱。
> 土肥庄稼旺,
> 十有九丰年。
> 要是我说算,
> 家家吃饱饭。

连垂死挣扎的侯殿坤滚到这里后,还自信他依靠这片天府的米粮川,可以无忧地做着他的霸王梦,幻想着在这里称王称

霸,等待时机,卷土重来。他曾这样地向他的党羽说:

　　　保住绥芬甸,
　　　西川也不换。
　　　锅盔当大王,
　　　重把乾坤转。

　　这里的人家不成村也不成屯,是零零散散一所所的草房、马架,散居在这大甸子各处。在这冬天一眼望不到边的大雪原上,一个居民点一个居民点地散布数十里,活像天空中朗朗的星斗。

　　小分队步入这个满铺白雪的大甸子,好似空旷的天空中的一颗小流星,茫茫的大海里的一尾小带鱼一样。

　　少剑波不由得心里在想:"此地的群众发动,不知要比夹皮沟难多少倍!这样极端分散的农户,要组织起来,真是一个十分困难而艰巨的任务。"

　　他又想到消灭匪徒的时间是不允许他这个指挥员拖得太久的。不过他又想到:"如果这里的群众发动起来,组织起来,再武装起来,这片世外天府米粮川真正是属于人民自己的,那样匪徒们饿也就饿死了!但是这里的群众组织起来,武装起来,到底需要多长时间呢?匪徒们将怎样拼死地争夺呢?这样短促而宝贵的冬雪时间,允不允许充分地组织这些数目众多的群众呢?"一连串的问号出现在他的脑子里。

　　太阳没入大完颜岭,暮色笼罩着绥芬大甸子。小分队要赶到大甸子的北边宿营,还得继续前进二十里。

　　在平坦的雪原上,滑行是艰难得多了,滑雪杖只能一下一下地撑着,一大步一大步地滑着。远途滑行的疲劳,一层又一层地压在小分队每个战士的身上。

正行间,遥望前面有个居民点,仔细看去,发现在居民点前雪地上,有一些蠕动着的黑点。又前进了一段路程,见到那些黑点,已不是蠕动,而是一群杂乱奔旋的黑影,乱跑乱窜。不像牛群,也不像羊群,更不像人群。谁都想到地上覆盖着厚厚的雪,根本不能放牧,人也绝不会在这雪地上进行什么活动。

在大家奇疑的当儿,少剑波命令急滑一阵。当他们靠近了,才看清楚,原来是一群恶狗在相互厮打,夹着阴森而使人厌烦的吠声。有的伏在一旁,狠狠地甩着头,好像在啃着什么东西。有的扑下前爪,头拱地,竖起后爪,撅起尾巴,乱蹬乱刨。

刘勋苍拼命地滑上前去,大喝了一声,想驱走狗群。不料一只恶狗张牙舞爪凶猛地朝他扑来。他没来得及提防,被撕破了大衣。接着一条两条三条一齐扑来。刘勋苍急忙端起冲锋枪,嘟……嘟……一梭子,打倒了三只恶狗。其余的夹着尾巴逃跑了。有一只后腿中弹,用三条腿一瘸一瘸地嚎叫而去。跑出一箭之地,当它们感到脱险时,又贪婪地回头望着。

狗群驱跑了。小分队向狗厮打的地方围拢过来。天哪!原来是一具具的尸体,狼藉地倒在雪坑里。仔细一看,有的被恶狗撕吃了肉,只剩下些白骨;有的则啃破了肚皮,吃光了五脏;还有的一只大腿刚被啃掉一半。旁边的雪被血染成血糊淋漓的,还有一撮撮的狗毛,被寒风吹得在雪地上滚动。显示着恶狗厮打的痕迹。

"这是些什么人的尸体呢?为何抛弃在这里呢?村人为什么不来掩埋呢?"惊讶中的小分队的每个战士,内心都默默地发出这一连串的疑问。

少剑波的视线环顾了一下每个战士的面容,深沉地凝视着眼前的情景,陷入沉思中。他不觉忆起了杉岚站的惨剧。

战士们都为眼前这凄惨而狼狈的景象所愣住,因为谁也猜测不定这究竟是什么人的尸体。他们希望找一点尸体旁边的破衣服、破鞋来判断他们是什么人。是敌人,还是同志?但一点也找不到。所以每个战士脸上的表情也就看不出是激怒还是兴奋。他们只是用惊疑的眼光盯住剑波,都在探索剑波的判断,期待着他来解答这个疑问。

少剑波虽发现了战士们的神情,而他却没有,也不可能解答战士们的探询。他只以阴沉的语气命令大家:"继续前进!以最快的速度赶到宿营地。"战士们怀着惊疑的心情,约莫走了二里路,在三簇小集团家屋宿下,剑波的小分队部和杨子荣小队住在一起。

当晚少剑波命令在住屋附近进行社会调查,要求迅速查明今天所见到的那件事情的底细,以及土匪在这一带的活动情况。要求每个战士成为群众工作人员和侦察员。并规定不得出去太远,同时通知了紧急集合的信号。

经过一宿加一天的调查,结果是一无所得。老百姓都躲藏着。躲不及的吓得浑身发抖,嘴唇发白,直瞪两眼哀求着:"老总……长官。"一句话一鞠躬,"是……是……"点头弯腰地奉迎着。

一问到那些尸体,更吓得他们胆战心寒,表情万分的恐怖,只是摇头摆手,战战兢兢地连连推说:"长官!老总请原谅,天冷雪大,谁也不出门,外边的事小民实在不知。"从老百姓这恐怖的表情可以看出,好像如果他们说了事情的底细,就会有什么大祸临头。

至于朝鲜族的居民,更怕得厉害,小分队语言又不通。想在汉族居民中找个翻译,但怎么也找不到。有的说:"我刚迁来一年半,不懂朝鲜话。"有的说:"我虽年头多,嘴拙心笨,一句朝鲜话也没学会。"

要打听一下谁会朝鲜话,得到的回答是:"大甸子,地大人散各不相识,实在不知道谁会。"

朝鲜族居民一看见小分队战士的影子,一步一个跟头地跑回家,拴上门,全家围成一团,连气都不敢喘。小孩哭两声,妈妈狠狠地用奶头把嘴给堵上,呛得孩子直咳嗽。

小分队的战士从窗外路过,屋里的人瞪着急溜溜的眼睛,恐怖地窥视着窗外的战士,恨不得把身体缩到墙里和地里去。

白天没有一家的烟囱冒烟,也没有人敢到井上去打水。只是一些上了年纪的老女人,拿着盆,蹑手蹑脚偷偷地走出院子,撮上一大盆雪就快跑回到屋里。用融雪来代替水。

战士们对着这些情况,激起了极大的烦恼。有的战士骂老百姓顽固落后。刘勋苍小队更急躁。刘勋苍带头说:"这是全中国第一号的落后区。一定是土匪窝,奶奶!查出来都枪毙。"

少剑波对战士们的这种错误情绪,引起极大的担心,他立即召集开会,严格地批评了这种敌视群众的危险情绪。他说:"群众的这种情况,肯定是国民党匪徒血腥镇压和造谣诬蔑的反动宣传所造成的,我们要体谅群众的心情。当群众对我们还没有真正了解的时候,当群众还不相信我们有足够的力量保护他们的时候,那么他就必然担心着自己的一言一语,会关系到他们全家满门的生死存亡。这难道不是很自然的吗?

"群众是我们的!我们要一个一个、一家一家地争取。哪怕是一个小孩子也不能放弃。

"要是我们埋怨群众,歧视群众,正合了国民党匪徒的心意,也正中了他们的诡计。

"因此任何急躁的情绪和粗鲁的态度,都是与党的利益相违背的,都是客观上帮助了敌人,危害了我们自己。

"目前敌人是更加狡猾和毒辣,给我们带来的,不仅是战斗更加残酷,就是群众工作也更加艰巨了几十倍。因为这是决斗的时候。不错!这里一定会潜伏着匪徒们的地下力量,或者肯定一点说,这力量会比其他任何地区更加雄厚,因为这是他的最后巢穴。但绝不能说成是所有的群众都是坏人。

"现在我宣布一条军纪:'任何违反群众利益的言论行动,和伤害群众感情的情绪,都要受到军纪的制裁。'今后做好群众工作应列为我们立功的主要内容之一,我们要和匪徒展开争取群众的争夺战。"

党的小组根据剑波的指示,每个党员都订出了群众工作计划,都检查了自己的急躁情绪。明确地认识到,脱离了群众就是帮助了敌人。

第三天的黄昏,老百姓家家仍是关门闭户。少剑波住的那个房东,紧闭着东屋的房门。群众情绪和前两天一样,一点没有变化,少剑波更加重了思想上的忧虑。

西间里一盏孤灯,发着暗淡的光亮,炕上摆着一张小炕桌,桌上放着少剑波的笔记本,和他那不平凡的笔和表。

少剑波在地上沉闷地踱着,白茹盘腿坐在外间地下的铺草上,腿上垫着背包在写日记。陈振仪、李鸿义、刘清泉三人在看着识字课本,相互低声地问着,有时三人都不认识了,再问一问白茹。

写字声,呼吸声,嘀嗒嘀嗒的表声,都听得十分清晰。屋内的空气是那样的沉闷。

因为少剑波有一个习惯,当他思考问题的时候,谁也不许有一点声响。白茹等都摸透了他的脾气,所以他们此刻在正间屋里,活像老私塾里的小学生,一点不敢吭声,有时他们只是关心地望望他们的首长。

此刻少剑波正在考虑着群众的情况,分析着群众的顾虑,他想:"可能存在汉朝两族间的民族隔阂?也许群众中有特务分子在暗地里威胁……"他想一阵伏在小炕桌上写一阵,有时低头静默,有时踱来踱去。

夜渐渐深了,正间的四个人,已经睡下了三个,只有陈振仪值班,还在看着识字课本。

少剑波也有些疲倦了,坐在炕沿上,两腿垂在炕下,身子一扭,两臂伏在炕桌上,头偏枕着双臂,迷迷糊糊地似睡没睡,屋里静悄悄的,只有鼾声和表的均匀的滴嗒声。

突然当的一枪,炸开了沉闷寂静的空气。陈振仪等忽拉爬起来一步闯进屋里,见剑波已掉在炕沿下,白茹哇的一声扑到剑波身上,陈振仪端着枪往外就跑。此刻当当又是两枪,在寂静的深夜枪声格外响亮,震得屋里的尘土唰唰下掉。只听外面刘勋苍在大喊:"陈振仪,你们是干什么吃的!"喊声中夹杂着拼命的厮打声。

陈振仪等跑到外面,见两个人一白一黑,滚在地上。从喊声中,从厮打的喘声中,辨别出白的是刘勋苍翻穿着羊皮大衣。

三人一齐扑上去,掐住了那黑人的脖子,扯开了他的手,夺下了一支日本式的王八匣子。刘勋苍站了起来,手里拿着刚从那人身上夺下来的一把朝鲜式的切菜刀。

当杨子荣小队听到枪声赶来时,刺客已被绑在正间里。他紧张地命令把刺客带到东厢房。

"二〇三怎么样?怎么样?"所有的干部和战士都万分惊

恐,纷纷低声问着首长的情况,屋里屋外一阵急躁而惊恐的骚动。

"不要紧!同志们!大家放心吧!只在右肩上穿了个小眼,没关系。我们的敌人还是失败了!……"少剑波的回答声,是那样的坦然而镇静,和往常一点也没有区别。全体同志们才轻松地喘了一口气,每个人都露出了笑容相互对视着,屋里的空气和缓了。

少剑波坐在炕沿上,白茹在给他那受伤的右臂缠绷带。杨子荣站在他的面前,报告外边已警戒好,剑波微笑着点点头。

这时战士们都奔到东厢房,把那刺客围了起来。只听得那厢房里吵骂成一团。

白茹缠好了绷带,迅速地倒了一杯子水,正在往里放一点食盐时,剑波已站起来要往那押凶手的屋里去。白茹一面拉扯阻止,一面嘟囔着:"刚负伤!又那么任性,什么事让子荣同志代办还不成!"剑波连理也没理,好容易说服得使他喝了一杯食盐水,就披上了大衣走出门去。刚走出门他又走了回来说:"大家应该注意,不能让凶手知道我已负了伤,因为让他知道了对我们审讯是不利的。子荣同志!要秘密地传达下去。"

"是!"杨子荣严肃地答应着。这时陈振仪跟在剑波后面走了出去。当他们走到那个院里,只听到屋里有人嚷:"日你奶奶!鳖犊子!找死啊!你这狗日的!大卸你十八块。"并听到有乱纷纷的拳打脚踢声。陈振仪抢着说:"我也进去揍他一顿!"这时剑波想到同志们在高度仇恨的驱使下,完全陷入了感情用事,这也是难免的。但这违背政策,也解决不了问题。他紧走几步推开了门,战士们尚没发现是他进来,还是你一拳我一脚地在打那个凶手。

"同志们,不要吵,也不要打他。"少剑波的命令声音,使大家才住了手,屋里即刻肃静下来。战士们都急瞪两眼,呼呼地喘着粗气,全屋人的视线,就连那个凶手也在内,都集中到剑波身上。这时杨子荣把刘勋苍等叫到屋外,传达了对剑波负伤保密的命令。

少剑波泰然而沉静地走到围着凶手的三盏油灯前面,用他那锐利的眼睛从上到下地打量着那个凶手。

这凶手身材高大,脸腮上是一条指头粗的紫疤,一个鼻孔被什么撕豁了,也长了个紫疤。身穿大裤裆的黑裤子,脚上穿一双朝鲜式的胶皮勾勾鞋,上身穿一件特别小的朝鲜袄,胸前结着两个飘带。总之头上脚下,全是朝鲜装。

凶手两只贼眼怒气冲冲地瞅着剑波。他见空气和缓,就开始顿足嚎叫,叫些什么却听不懂。但从他的嚎叫和表情中,可以看出他是仇大恨深,破口大骂的样子。

战士们更不耐烦了,要拉出去活活地打死他。

少剑波严肃地命令大家回各小队休息去。他把杨子荣叫到院子里,和他耳语了几句,少剑波就走开了。

少剑波回到了小分队部,白茹正劝他躺下休息,杨子荣走进来报告道:

"二〇三首长,一切都安排好啦,这家伙挺凶,所以又绑了他几道绳子。"

"好!"少剑波说着,就吩咐陈振仪去把刘勋苍等找来。

等同志们到齐了,少剑波像往常一样坦然而镇静地说:"今夜这件事情,不仅对敌人要保守秘密,就是我们内部的人,也只限于今晚在场的和已经知道的人知道,这是纪律。因为这很可能是特务的诡计,我们不要上当,千万不能冲动。我们革命军人应有这样的素养,就是情况越紧张,越复杂,我们就越要理智,越冷静,越沉着。"

少剑波说完后,战士们的愤怒情绪才安静了一些。刘勋苍开始报告事件的经过:

"太阳刚落山,我由东北面一家老乡家做群众工作回来,走在一个漫甸里发现一溜脚印,是顺着一行枯柳条走的,仔细一看还是新踩的胶鞋印。我就很疑惑,便打发三个战士先回去,我顺脚印走来。路上我想,此地老乡从下了这场大雪后,出门的人很少,尤其咱们来了出门的根本没有。而且这里的人出来都是穿靰鞡或鞡鞡牛,为什么这是胶鞋脚印呢?我们的人都穿大头鞋!……我就趁傍晚还有点亮,急忙地跟来,可是跟到东头没有人住的马架子里,看来像有人在那里吸过烟。我就又跟,这脚印又转到朝鲜居民区,顺着房脚,从一个集团间屋,又到了另一个集团间屋。可是都没进家,一直是走向西北,绕了好大的一个圈子,又从大西边绕过来,到了汉族居民区,在西边一个四合大院的东脚门下,再没了踪迹。我断定是进了这个屋,我就在草垛后隐蔽起来,把白羊皮大衣翻过来穿上。点灯的时候,前大门吱的一声,从里面闪出了一个黑影。我怕棉鞋踏雪有声,就脱下鞋赤着袜底悄悄地跟在他后头,这家伙熟得很,一直朝这儿走来,等到靠近这座房子的后头,这家伙顺墙根像一条狗一样溜过来。我一看不好,就窜了上来,此刻已经晚了,第一枪已响了。当时我真急坏了,后悔我下手太晚,枪一响我心里唰地凉了。心想:二〇三首长完了。我顾不得使枪,就拼命地扑了上去,抓住他的手,这时又是两枪,幸而都打在屋檐上。这家伙身大,力气大,幸亏我占了他那个后搂腰,被我摔倒,滚了几个上下。陈振仪他们出来才把他逮住。一看是个刺客黑炮手,可气急了。奶奶!当时我拿着从他腰里搜出的那把朝鲜刀,真想朝头上给他一下子……"

"好了!"少剑波用眼盯着刘勋苍微笑着说,"你看他真是个朝鲜族人?……"

"没错!说的是朝鲜话,穿的是朝鲜衣服,还有这把朝鲜刀。"刘勋苍自信他的见解是对的。说着又激动起来,"二〇三首长!宽大政策对这样的敌人是不能讲的呀!若是今晚你有个好歹,党的损失多大啊!我们小分队又怎么办哪!"

大家的情绪又是一阵激怒,都同意刘勋苍的说法。

少剑波微笑着摇摇头说:"勋苍同志!你把问题看得太简单了,这是由于你太冲动的缘故。没有别的再讲,就按照我刚才的指示执行,丝毫不能打折扣。"刘勋苍急躁地把嘴张了两张,显然看出他要反驳剑波的意见,可是还没说出来。少剑波把左手一摇,"就这样,快回去!"

刘勋苍十分不满地把头一低,"宽大!还有这样宽大的!"把冲锋枪懒懒地一提,拖着沉重的步子往外走,刚一跨门槛,他马上蓦一转身,回头气汹汹地对着陈振仪、李鸿义斥责道:"你们这些警卫老爷,也不知是干什么吃的!今天如果出了大事,我看你们的责任可怎么负!现在我规定除了白茹外,你们三人轮流站岗。听见了没有?要不我回去派人来!"

陈振仪站在墙角,一动不动地抽抽泣泣,正在责备自己的失职。

"回去吧!不要怪他们,这毕竟是意外的事。"少剑波瞅了瞅每个人的脸,温和地对刘勋苍说。

白茹守在剑波的身边,不时地问他是否痛,喝不喝水,又给他试体温。她那对受惊的大眼睛注视着剑波的每一微小的动作,好像她在想尽办法来分担他的痛苦。

少剑波却毫不介意地在继续思考,几乎和没负伤一样。相反的,他倒露出了笑容,这种笑容是每当他对情况、对战斗方案考虑成熟时才出现的。

他看了一下表,已经下一点了,让李鸿义把杨子荣叫了来。杨子荣进来后,少剑波低声向他道:

"子荣同志!很明显,这大甸子里埋伏着匪特的力量。甸子里的十几个尸体,以及老百姓不敢接近我们的这种情绪,肯定说是完全与这个有关。"

杨子荣点点头。

"现在马上需要……"少剑波端了端他那沉重的伤臂,"需要快些迎接一下姜青山等三人五马,以免有失,否则会暴露我们整个意图和行踪。这个任务需要你去……"

"好!我可以马上就走。"

"注意!遇到敌人能打则打,不能打就躲。现在我们要解决的问题不是打,而是捉和查,我想你是知道的。别的等回来再谈。"

杨子荣领受了命令,当夜带着五个滑雪技术较好的战士向绝壁岩方向滑去。

第二天上午,虽有太阳,可是天气格外冷。好似从雪里钻出来像尖刀般的寒气,专往骨头里刺。常言道:"下雪不冷化雪寒。"真是一点不假。一夜的滑行,战士们已经十分疲劳了。每个人的嘴里喘出一股股的白气,在眼前一绕便成了霜渣,冻贴在皮帽的耳扇上。如今每个战士的皮帽,不管原来是什么色的,此刻完全都变成白的了。眉毛、睫毛和胡子上都挂上了白霜。

他们在甸子里滑着,不时地向远方张望着。杨子荣不断地用望远镜向西北方山脚下观察着,战士们心里都十分焦急。

滑滑停停,停停望望,啃着冻成冰块的饭团。啃一口,那饭团上便留下一排牙痕,渴了就抓块雪团吃。

下午了,太阳已贴近大完颜分水岭的峰顶,一会儿只剩下半个脸,一会儿全不见了。六个人已滑行在没有阳光的高山阴影里。

正在休息的时候,突然一个战士喊了一声:"队长!看!"

大家跳起来,顺他指的方向望去,发现山根处有几颗黑点,蠕蠕若动。杨子荣用望远镜一望,距离顿时缩短了十几倍。他那嘴一咧,满身兴奋地说:

"来了!来了!"

没等他发出行动的命令,大家都像赛滑似的行动起来,向黑点迎去。这时杨子荣反落在后面。

汇合了!在大家的欢呼声中,杨子荣却注目着赛虎,它在用鼻子嗅着什么,好似在寻什么吃的,或是寻什么踪迹。嗅嗅走走,走走嗅嗅。杨子荣仔细一观察,原来它嗅的是两个人走过的脚印。细致地辨认了一下,这脚印又是朝鲜式的胶皮鞋。大家都伏在地上看着,有的战士说,"妈的!这不是好蹄子,又是和昨天刘队长说的一样。"

杨子荣沉思了一会儿,蓦地抬头盯着战士们,"同志们!我们要再忍受一下艰苦!捉住这两个家伙。"

"没问题。"战士们异口同声回答着。此刻天已黄昏,直起腰来脚印已有些模糊难辨。

姜青山自信地说:"不成问题!有赛虎领道。"说着他把手向前一挥,吹了两声口哨。

赛虎摇摇尾巴,向前跑去。战士们随着赛虎向东北滑去,马匹跟在后头。

半夜间赛虎从前面百米处转了回来,向姜青山摇摇尾巴,吻吻他的手,姜青山马上报告杨子荣:

"队长,赛虎找到了!"

杨子荣果断地低声命令:"扑上去!"

姜青山拍拍赛虎的脑门,赛虎便一步一步地领着向前面几棵大树走去。好像它完全懂得需要静悄悄的。当离大树还有三十几步远,它伏下身子,亮亮的发着夜光的眼睛,怒视着前面。姜青山蹲在它旁边,向它的目光所示的方向仔细一看,在小林边一棵大树下,有黑乎乎的一个小洞,被白雪衬托出来,看得清清楚楚。姜青山见赛虎在轻轻抽着鼻子,因此断定已到了目的地。他用手向那小洞指了两指,战士们一齐扑上去堵住洞口。

"赛虎进去!"姜青山发出了命令。聪明机智的赛虎马上变得像一只猛虎,扑进了洞,接着听到洞里的两个人惨声嚷叫,和赛虎的猛烈扑咬声搅在一起。

姜青山一声呼啸,震动得整个山林树木发出飒飒的回声。赛虎全身乱绞,撕叼着一个黑东西,拖到洞口。到了姜青山面前,摔在地上,用它猛利的前爪,踏在正在挣扎的猎获物的身上,张着那排利牙发出咆哮可怖的吼声。姜青山拔出短剑,用一只有力的大脚,代替了赛虎前爪,赛虎交了任务返身又扑进洞里。只听得洞里又是一阵惨叫,赛虎和上次一样又拖了一个出来。战士们拥上前去,绑起了两个猎获物,仔细一看,一点不差,是两个朝鲜族模样的人。

"完了! 就这俩!"姜青山看了赛虎的平静神气后,向杨子荣报告了一声。

"进洞!"杨子荣命令后,战士们搜进洞去,点上一块大松树

421

明子,火光照着洞子的四壁,洞内有两间房子大小,看样子是好久没人住过了。

捉到的这两个家伙,问了他两句普通话,他们不答,而这里又没有一个人会说朝鲜话。于是杨子荣命令大家休息一会儿,吃了干粮,便连夜往回赶。

杨子荣走后的第二天,小分队的战士们纷纷向剑波报告,汉族居民都在传说:"有个朝鲜族人刺杀共军当头的。"而朝鲜族居民却纷纷传说:"共军要来洗屯了。"经剑波调查,果真朝鲜族居民人心惶惶,几家挤到一家,用大木头顶住门。妇女都把孩子背在背上,好像是随时准备着逃命。一会儿汉族居民传说:"起哄了!起哄了!快准备准备吧!"闹得十分紧张。

少剑波见此情况,立即命令小分队向汉族居民宣传共产党的政策,宣传两族人民应该团结,反对和揭露各种谣言。决定暂不到朝鲜族居民区,因为语言不通,在这紧张的情况下,随时会引起误会和冲突,造成不良后果。

随后就把那个凶手押了来,决定用日本话审讯,如果真是朝鲜族人,大部分都会日本话。孙达得会说日本话,便充当了翻译。

一连串的审讯,凶手只是叫骂不休,有时说朝鲜话,有时说日本话。口口声声表明他是一个朝鲜族勇士,朝鲜族不能受汉族人管,说共产党是杀朝鲜族人的,所以见了汉族官府的人,有一个杀一个。说前甸子的工作队就是他们杀的。

一直审了一上午,毫无结果,这个刺客,凶得厉害,暴跳起来,两个战士都把不住,看样子想把捆着的绳子挣断,来一个拼命厮打。

下午正在审讯中,杨子荣和姜青山闯进来。一进门姜青山

见那凶手在大骂,几步抢到他的左侧,上下一打量,朝那凶手的左肩狠狠的一拳头,厉声骂道:

"杨三楞!去你妈的鬼,你装什么洋蒜!"

凶手感到这声音像是一个铁棒击打在他的头上,他转头一看,大惊失措,张口结舌,那漆黑的脸,变成黑紫黑紫的颜色,一屁股坐在地上。

姜青山狠狠地一脚,"起来!"两个战士一把将凶手扯起。

"你放明白!"姜青山凑到凶手跟前,双目发着凶光,"今天你说了实话还罢!你不说……"他回头喊着:"赛虎!赛虎!"

赛虎汪的一声,扑将上来,两只肥大的前爪搭在凶手肩上,和那凶手脸对脸张开了大嘴,露出了锐利的狼牙,大舌头触到凶手的腮上。

"你不老老实实,我就叫它扒你的心吃,给你个大开膛。"在姜青山那凶猛的眼光威逼下,在赛虎锐利的牙齿的威胁下,这个凶手的满身凶气被拿得干干净净,代之而来的是全身乱抖。

凶手马上像一只绵羊,口称:"姜老弟!饶命,我说……"他开始说起汉话来。

从这个凶手的供词中,得知了姜青山所以能毫不费力地降伏刺客的秘密。

原来这个凶手是匪军一旅马希山的部下——杨三楞。身强力大,一手好枪法,能喝酒,是个不怕死的亡命之徒。在匪军营里,他就怕两个人,一个是郑三炮,因为他的枪法好,匪伙大。再一个就是姜青山,因为有一次他酗酒踢了姜青山的赛虎一脚,当即被赛虎撕倒。经匪徒们说合,姜青山才唤住了赛虎,可是他爬起来端枪就要打死它,被姜青山一把将枪夺下,严厉斥责道:"三楞!打狗你也要看看主人。"

杨三楞顿时咆哮大骂：

"什么他娘的龟主人,我连龟主人也一块揭了盖。"骂着拔出刀子,向青山扑来,姜青山往旁边一闪,一个飞脚踢掉了刀子,再一拳把他打了个仰面朝天。赛虎扑上去,一口撕破了他的腮和鼻子,所以留下了现在的豁鼻子和大紫疤。从此以后,他见了姜青山再老实不过了。

从杨三楞的供词中得知,前甸子十几个尸体的恶剧,以及剑波遭刺的事情的根底来由。

原来阎部长等从夹皮沟回牡丹江后,便向所有参加土改工作的干部,报告了小分队的胜利,并介绍了小分队在夹皮沟的群众工作经验。便决定组织武装工作队,深入山区。绥芬大甸子南边一个王茂屯,距绥芬甸子四十八里,也是绥芬大甸子最近的一个邻屯,派来十五个人的一个工作队。因为这里有朝鲜族人,所以十五个人中有八个汉人,七个朝鲜族人,副队长是于登科。

于登科原来是一个汪精卫的伪海军,一九四四年,刘公岛伪海军起义他随队而来,这个人生就的两片巧嘴,巧嘴滑舌,能说会道。父亲是个商人,奔跑于津沪之间,家中生活奢侈下流。他自幼游手好闲,后来因火车路常被八路军切断,他父亲买卖不好做,就让他去干伪海军,企图借他的势力从海上走私,于是给基地司令一笔贿赂,所以于登科很快当了甲板官,就大肆海上走私。

于登科随伪海军起义后,在我党的政策下,仍保留着原职,当了我们整编后一个连的事务长,在形势的逼迫下,表面看起来,他也有着进步,特别是嘴甜舌巧,来东北后很善于做扩军工作,在部队扩大干部缺乏的情况下,便当上了民运干事。这次从部队抽调一批干部参加土改,他便被调。因为他是军队来的,懂得些军事常识,所以让他当了这深入山区的武装工作队的副队长。专门负责武装自卫和工作队的军事行动。

来后全队同志都投入紧张的土改工作中,而他工作马马虎虎,住在一个地主家,整天吃喝,弄点人参、鹿茸等山中珍贵的药材,想回城市后拿去出售,发笔大财。

第六天的拂晓,突然遭到匪徒的袭击,工作队的同志们被堵在屋里,情况虽然万分紧急,工作队的同志沉着而坚定地据守抵抗。坚持了将近一小时,终因寡不敌众,在弹尽援绝的情况下,他们和敌人交手厮打了,在拼命的厮打中当场牺牲了八位同志,其余的被俘了。

阴愁的天空,笼罩着这披了"孝衫"的白色大甸子,在漫天大雪的飞扬中,被俘的同志和几个接近工作队的汉、朝两族的贫雇农,被拉到大甸子的雪地上。

匪首侯殿坤、马希山命令把绥芬大甸子方圆数十里以内汉、朝两族的老百姓都逼迫前来,把工作队的同志们诬蔑了一番,并声言要杀头示众。

工作队同志们表现得非常勇敢,他们高呼共产党万岁!人民解放军万岁!向老乡们宣传,不要受骗,不要害怕,要打倒反动的国民党匪帮。在慷慨的喊声中,七名同志和几个被捉的贫雇农,在匪徒那血腥的枪口下,一起壮烈牺牲了。

最后侯殿坤穷凶极恶,提起嗓子宣布:"谁也不准埋,谁埋与共产党同罪。"

整个工作队,只剩下一个投敌的于登科,他在被俘的紧急关头,跪下向敌人求饶。

于登科到了匪营大锅盔时,把许大马棒、座山雕等的覆灭,老妖道宋宝森的落网,全部告诉了敌人。更可恨的是他为讨好

425

敌人,把在几次战斗中,我军只有一个三十六人的小分队的情况也告诉了敌人。

匪首侯殿坤,在得知这个噩耗之后,特别是知道了老妖道的落网后,当即呆如木鸡,也活像个赌钱鬼把家产都输光了,傍天亮又押上自己的老婆,把老婆又输上了一样。当时他抽了几口大烟,暴跳起来,像一个魔鬼,也像是个被堵在夹道的癫狗,急急地追问这小分队都是些什么人,是谁指挥的。

叛徒于登科,又告诉敌人,小分队全是二团的一些出色的战斗模范,特别详细地说了少剑波的一切,和小分队已经掌握的滑雪技术。

当侯殿坤、谢文东、马希山等匪首得知少剑波就是当年奇袭莲花泡、猛攻舞凤楼和鹿道追击战先头部队的指挥员时,可气炸了!因为这三次战斗,是对匪军多次战斗中打击最重的歼灭战。在这几次战斗中,马希山挂了花,侯殿坤在狗窝里藏着才免于被捕。从此只剩下这几股残匪,窜进山林。

匪首们好像把所有的仇恨都集中到少剑波身上,叫骂了一阵后,咯咯地咬着牙,决心用一切手段消灭少剑波和他的小分队。并发了誓:"不消灭少剑波,誓不为人。"

凶恶的匪徒,十几天前精细地安排了他们消灭小分队的计划,凡是小分队可能来的道路,都派出了一些精熟山林的惯匪侦察,只是漏掉了绝壁岩的方面,因为那里谁也没想到还能走人。侦察了十几天,一无所得。匪首马希山在焦虑中突然想到,小分队的来路一定是绝壁岩,他说:

"少剑波的三十六人所以逞凶,就是因为他们像支暗箭。许旅长、崔旅长、徐旅长、宋参谋,光防了明枪,没躲暗箭,所以失利。现在共军的来路,不会是我们耳目甚众的地方,一定是神不知鬼不觉的地方,这个地方正是绝壁岩。"

"对!一定是那里。"侯殿坤完全赞成马匪的见解,"现在要立即在绝壁岩下设埋伏。"

"不!"马希山胸有成竹地否认侯殿坤的见解,"共军已掌握了滑雪技术,在山林丛里,深深的雪地上,骑兵是赛不过他们的。在山林里打上去,也不会一网打尽,他们会滚得无影无踪。现在我们要来个'守株待兔',叫他自投罗网。"

"这是什么意思?"谢文东追问道。

"这意思很明显。"马希山傲慢地把仁丹胡子一理,"宋参谋遇难,共军一定知道我们的下落,少剑波这个得意忘形的娃娃,一定要凶狂的来袭。古人云:'骄兵必败。'这就是少剑波致死的原因。他还仗着他滑雪能在山上飞,必然更加狂妄。现在我们偏不要他占这个上风。"马希山把两只手向前平伸,手心朝上,抓了两抓,"要叫他来!要叫他来!要叫他到我们的脚下来!"他把两只手在跟前桌上划了一个大圈,"要叫他闯到绥芬大甸子来,那时平平的大甸子,却要难为他的滑雪兵,我们的骑兵,却要逞能,可以一扑疾下,这叫做'顺手牵羊'。那时给他来个'铁锤砸鸡蛋'。"

"高见!高见!"侯殿坤甜嘴甜舌地奉承着马希山。

"还有!"马希山更自得地握着两个拳头,"我要在大甸子布上刀山,让共军自坠刀尖,然后我又要对这刀尖上的共军头顶,压上'泰山',这叫做'刀山加泰山',两下一压,嗯!"他挥动了两下拳头,"给他砸得泥烂。"

就在马希山这个计划下,匪徒们前七天,用了恐吓的手段,制服了群众,布置了杨三楞几个亡命徒,充当第一把刀,先刺杀少剑波,使小分队失掉指挥官,以引起混乱。再挑拨起朝鲜族人和小分队的冲突,这是第二把刀。然后所有的地主特务趁势动手袭击小分队,这是第三把刀。到那时,匪徒的骑兵,就可以从山上奇袭下来,一鼓作气消灭小分队。

当杨三楞刺杀少剑波的时候,其他潜伏的匪特地主,便在汉朝两族人民中,大肆造谣挑拨,制造紧张空气,阴谋引起冲突。

当匪特们知道杨三楞被擒,便打发两个人完全朝鲜族装扮,企图连夜回山报信,好让匪首们压下"泰山"。

可是他们没想到,两个报信的匪徒却落在杨子荣和姜青山手里,成了舌头。

二十九　调虎离山

从对三个俘虏的审讯中得知,匪滨绥图佳党务专员侯殿坤、司令谢文东、一旅旅长马希山、二旅旅长李德林,在大锅盔、中锅盔、小锅盔的全部阵势。

这里是滨绥图佳地区匪徒的大本营,也是他兵力的集中点。他们依靠着富饶的绥芬大甸子,远处边界险恶无隙的锅盔山林,在策谋着他们的一切。

本来从前马希山是独占山头、霸据一方的。后来只是因为青年猎手姜青山的逃跑,而深感他的巢穴难保,便在前几天自己焚毁了巢穴,趁着大雪合并到大锅盔。现在匪徒们的全部人马已集中在大中小锅盔的山上。

匪首和他们的司令部驻在过去日本鬼子修的一个山洞里。这个山洞是日本关东军所属的特务机关三一八七部队的一个实验所,专门研究细菌战的。他们在这里用俘虏和中国人做细菌武器的试验品,外面打的招牌却是"矿业株式会社化验站"。当初修这个地方时,捉来三百多年轻力壮的中国青年,干了三年。完工后,这三百青年全部做了他们的试验品,他们的尸骨完全被日寇用火焚化,骨灰还埋在大锅盔后山的深谷里。

全部匪军的兵力共有三百余人,其中绝大部分是马希山的骑匪。除了司令部五十余人外,其余二百五十多人,编成五十个连,每五个人编一连,分驻在大中小锅盔三个山上。

大中小锅盔三座弟兄山,是一座巨大的连座岐峰,三角式地排列着三个险峻的像钢盔一样的山顶。地形十分险要,只有一条隘口能通山里。山上又是原始的处女林。周围距离最近的屯落就是绥芬大甸子,也有一百二十里远。

匪徒们在小锅盔驻十个连,中锅盔驻十五个连,大锅盔驻二十五个连加司令部。每连驻一个住战两用的地堡窝棚,修得十分坚固,圆木立壁盖顶,周围垒石培土。既能扼守隘口,又有纵深布置,射界开阔,火力交叉。

为了马希山部并入此山,地堡窝棚不够住,还发生了这样一件事。匪首们把三十几个重伤久病对他们失去用处的匪徒,假借化装遣送回家为名,在大雪纷飞的深夜里,全部刺死在远离大锅盔的一个山沟里,用大雪覆盖了他们的尸体。干这件事的屠手,就有杨三楞在内,并且是一个主要的操刀手。

少剑波面对着这些情况,他的思量是格外重,一连两天两夜他几乎一点没睡觉,甚至连眼皮也没阖一阖。他首先承认面前摆着的敌人,对他的小分队来讲,是一股劲敌。按人数六倍于小分队,按阵势确是十分严密,远非奶头山的天险所能比,也非威虎山烂泥塘所能比。既不能一鼓歼灭,又不能各个击破。增兵吧,敌人会闻风逃窜;自己打吧,小分队的胃口又太小,况且这里的群众和夹皮沟的群众比起来又是那样的悬殊。怎么办呢？这位青年指挥员，向来也没感到自己的智慧这样的枯竭过，在他那刚毅果断的面孔上，几天来浮上了一层犹豫的愁容。脑海里像冲进一股浓烟，心腹里像汇聚一团污气，搅乱着他的思路。

战士们在眼睁睁地看着他们的首长，来怎样对付目前的这股强敌。

这天晚上，少剑波正在和杨子荣低声而紧张地讨论着几个不成熟的方案。白茹端着一碗热腾腾的鸡汤进来，她先把杨子荣触了一下，杨子荣会意地咧嘴一笑："嘿！好鲜的鸡汤！"顺手掏出自己的小烟袋，对着灯火吸起来。

他俩的本意是让剑波暂时停止思考，好好地进一顿晚餐。因为这几天他俩特别担心着剑波伤后的健康。加上这两天剑波的全副精神集中在思考上，饮食量大大地减少了，有时一天到深夜只吃一顿饭。

当白茹把鸡汤放到小炕桌上，少剑波几乎一点也没发觉，依然聚精会神地瞅着地图，和他自己测绘下来的敌人阵地的草图。

"吃饭吧！"白茹胆怯地推了剑波一下。

"不吃！"他依然看着地图，头也不抬。

"为什么？"

"不饿！"少剑波不耐烦地搔了一下头发。

"你的健康我有责任，我是卫生人员！"白茹故意装着不愿意的样子。

"你管得真宽，我又不是三岁的孩子，又没住你的医院和保育院。"他回过头依然看地图，并在笔记本上写了几个草草的字。

"我坚持原则。"白茹有些批评会上的口吻。

"我没原则吗！你指挥我，还是我指挥你？别啰嗦！拿出去。"说着他把碗一推，鸡汤溢出了一点，流在小炕桌上。

"怪脾气！什么时候也不改！"白茹自语着，回头向杨子荣道："杨队长，你给评评理，是谁不讲原则！不会休息，就不会工作。这是列宁同志说的，难道不对吗？"杨子荣老是微笑不语，白茹更急了，心想："他怎么还不帮忙呢？"她贴近杨子荣的耳边，声音低得几乎听不出来："杨队长，你看是不是可以回去一个人，报告司令部换换他，让他入院，伤好后……"

"什么？"少剑波十分严厉地瞅着白茹，"你认为我不能胜任这个指挥吗？嗯？"

"我向来也没这样认为，"白茹似有委屈地低着头，"我只是担心你的健康……"

"现在不是发保健费的时候，更不是休假期！"

"可是你不要忘了，"白茹显然已有些对抗的口吻，"你身上刚增加了一个伤口。"

"伤口！伤口！有什么了不起的！我向来还没感觉我身上有什么伤口！"

"可是这是事实。"

"事实？你了解什么是事实！"他端了一下那只初伤沉重的右臂，"事实不是我身上多了一个伤口，而是我头上少了几个脑袋，脑子里少了许多智慧……"

"动脑子，也要大家动。动脑子也不能不吃饭哪！"

好像白茹的"大家动脑子"这一句征服了剑波，他脸上浮现出一丝若有所得的微笑。

"对！二〇三首长，"杨子荣好像抓住了时机似的，拿下嘴上的小烟斗，"白茹说得对！大家动一下看看！"

431

"好!"少剑波亲切地看着杨子荣道,"来一个军事民主,我们开动起五十个脑子,让大家出主意,就这么办。这叫做官兵共谋破敌良策。"

"那么吃饭吧!"白茹胜利地微笑着。

"二〇三首长!凭着白茹这句有价值的话,也得饱饱地吃上一顿了!"

"好吧!这句话参谋得有价值,来!一块吃!"

白茹笑着把筷子递给剑波和杨子荣,得意地笑道:

"还是子荣同志教给我的办法妙!"

"什么?"少剑波莫名其妙地看着他俩。

杨子荣只是笑。

白茹倚在杨子荣身旁,边笑边说:"杨队长教给我说,让我把你惹火了,转移一下你的注意力,你就能吃了!"

少剑波听了笑道:"哟!原来如此呀!这么说,子荣同志是个'捣乱分子'了。"

"不!"白茹笑道,"子荣同志是一个伟大的心理学家。"

少剑波用筷子夹起一块又肥又大的鸡肉,送进杨子荣的碗里,他边放边说:

"这么说,我今天被你们一个伟大的心理学家和一个还不太伟大的医学家战败了?"

白茹调皮地一歪头:"正确的当然要战胜错误的啦,错误的也必然要败给正确的。子荣同志正是因为他处处正确,所以他就处处胜利。对同志,他没有解决不了的思想问题;对敌人,他没有战不胜的恶敌;对你,当然也是如此。"

少剑波喝着鸡汤,微笑着瞥了白茹一眼,"怎么也是如此?"

"当然也是如此啦!"白茹立刻陈述自己的见解,"因为你违反一条原则:不会休息,就不会工作。所以你就是错误的。杨子荣同志要叫你又会工作,又会休息,休息是为了更好地工作,他就是正确的。所以说对你也是如此,正确的必然战胜错误的。"

"好好好!这一次认输。"少剑波边笑边说,以称赞的眼光,看着他那最得力的助手杨子荣同志。此刻少剑波的脑子里,更泛起对他这位英雄战友的敬爱。

"是的,"少剑波在想,"正像白茹所说的那样,能干的子荣同志,在同志之间,没有解决不了的思想问题;和敌人打交道,他没有战不胜的恶敌;他为党,为阶级,为人民,赤胆忠心,生死不惧。他敢想,敢干,想得透彻,干得坚决。所以他智慧超群,勇猛过人。"剑波一面想,一面吃着饭,此刻他像细嚼饭粒一样细嚼着杨子荣过去和他说过的话,他嚼着想着,突然问杨子荣道:

"子荣!你对一个阶级战士,比方说像对你自己,前途这个问题你是怎样想的?"

"前途?"杨子荣突然愣了一下,停止了吃饭,然后他微笑道:"现在咱这不在前途上走着吗?现在我这个侦察兵就已经是我的前途了,因为我是在通往共产主义的大道上走着。"他喘了一口粗气,"以往地主骂得我不敢吭气,现在我手使双枪,动用心机,自由地瞪着眼,喘着气,打他们的老祖宗蒋介石。"他兴奋地把筷子向小炕桌上一敲,"这是多么理想的一天哪!又是多么理想的前途呀!"他略停了停,"往小一点说,昨天的战绩,是我前天的前途;今天的战绩,是我昨天的前途;明天的战绩,是我今天的前途。这样一桩桩,一件件,一天天,一月月,一步一步地就走到了穷人翻身阶级消灭的太平年。"

"那么到了穷人翻身、阶级消灭的太平年,你又怎么想呢?"少剑波进一步问道。

"到那时……"杨子荣面上充满了愉快,心怀舒畅地说道,"咱老杨已是四十好几了,我这个侦察兵的一段乐事也就办完了。那时咱老杨再干自己的老行业,种庄稼,干大农场。那时千户成一体,万众为一家,春天下种,秋天收粮,一粒下地,万石还家,咱老杨可要尝尝这自由天地种庄稼的新滋味。"他越说越兴奋,虽然手捧饭碗,却已忘了吃饭。

白茹看他光说话忘了吃,笑道:

"老说话,把饭都忘了,快吃!再住一会儿就冷了,吃下去不卫生。"

杨子荣亲切地看了一下白茹:"小白鸽卫生检查得真严,连吃饭都管得这么死。"他马上吃了两口,又说起来:"总而言之吧!现在咱是在翻身大道上打仗,将来是要在五谷丰登的大道上劳动,这两节大道连起来,就到了共产主义社会。所以我现在每做成功了一件事,都觉得是在共产主义大道上前进了一步,我也每天检查检查,我这一步走得怎么样?干得好不好?够劲不够劲?有没有贡献?"

少剑波听了这些,深感自己有这样一个战友而骄傲。"这是多么高尚的品质呀!他对革命有那么多的贡献,而从来没有考虑过个人如何如何。"

他们在交谈中吃完了饭,白茹收拾了桌子,又开始了工作。

各小队按剑波的指示,详细介绍了敌情,军事民主会整整地开了半夜。战士们讨论得是那样热烈,争论得是那样激剧。

有的主张直打硬拼。有的主张调全团的人马围剿大锅盔。有的主张再来一个杨子荣献礼当团副,重演一幕百鸡宴。有的主张诱敌出洞打埋伏。有的主张虚张声势轰跑了敌人打追击,因为在森林中,骑兵吃不开,树林碰马头扫马眼,步兵陷雪坑滚雪球,怎么也比不了咱们小分队的滑雪飞。有的却主张偷摸齐爆破。

讨来论去,意见集中到想办法让敌人离开巢穴,或打埋伏,或追击,这样能发挥小分队的林海雪原的技术特长和装备上的特长。

少剑波受到了大家智慧的启发,进一步坚定了自己的想法,他自己的脑子更清晰了,脑中的那股污水,胸中的那团污气,好像完全被驱泄干净了!他内心钦佩着自己的战士,不仅有惊人的战斗技能,而且有可贵的战术素养。他把战士们的意见一一地深思熟虑了一番,取其精华,去其糟粕,订出了一项对付当前匪徒的战斗计划。新的行动开始了。

首先,小分队暂时改变了过去专为侦察和扩大我党我军影响而发动群众的工作,把小分队的群众工作转到以土改为基本内容的方面去。小分队变成了一支土改工作队,宣传、组织土改,把绥芬大甸子几家大地主的土地、房屋、粮米、农具、浮财强行清查登记。

接着先把三家最大的地主的粮米车马,强分给中农以下的贫穷群众。

这种土改方法,少剑波分明知道没有发动群众的基础,小分队这样包办代替,一定是夹生饭,可是这在军事上确有着无限价值。

小分队战士接触这个新工作,真是欢喜若狂,兴趣特别高,纷纷道:"这是土改的新方法,这叫枪杆子土改。"有的说:"这样要煮夹生饭。"有的反驳说:"什么夹生不夹生,吃饱就是好饭。"

虽然小分队用枪杆子压着地主把粮食送到各家,可是群众根本不敢要,白天送去,晚上他们又瞒着小分队给地主送回去。

435

至于地主的威风根本没打倒。

在分粮的同时展开了剿匪教育,宣传解放军剿灭许大马棒、座山雕、九彪的战绩,又教育群众爱国保田,帮助小分队侦察侯殿坤、马希山的下落,并宣传将来发枪成立民兵,协同解放军一网打尽侯、谢、马、李匪帮。又公开号召群众密告那些欺压百姓、为非作歹、勾结土匪国民党的坏分子大地主。

尽管这样,可是一连几天,连一份密告也没收到,群众家里连地主的一粒粮米也不敢吃。相反的,群众更加惊慌起来。

一连闹哄了三天,少剑波便按着自己的计划,严令小分队秘密准备大批的松树明子,选择块大油多容易燃烧的。

第四天早上,少剑波正在换药,栾超家匆匆忙忙地跑进来,气喘吁吁地瞪着一对惊奇的眼睛向剑波报告:

"二〇三!二〇三!奇怪!奇怪!"他满身紧张地摸了一把他冻得发紫的脸,"西南大甸子发现一头牛脚印,是从恶霸赵大发家出来的,我很怀疑。我想:从我们来后什么人也没出屯哪!我就顺脚印跟去,妈的!这个牛也奇怪,别的牛的脚印都是后蹄压前蹄,或是后蹄过前蹄。而这个脚印后蹄离前蹄还差老远,看样子就像这个牛的后腿太硬了,迈不动一样。我撵到大甸子边,这个牛蹄印就上了一个小山包进了林子,又向北转去。这时前后脚印又不分了!好像这个牛只有两只后蹄子而没有前蹄子一样。我又跟了一会儿,林子更密了。嘿!他妈的!这个牛真怪,拉了一摊人屎,就变成了人脚印了。向东北……"

"好了!好了!"少剑波微笑了一下,一摆手愉快地阻止了栾超家的报告。两条眉毛一耸,"好吧!任他们去吧!"

"一定是地主上山报告去了!"栾超家显然有些紧张。

"是的!一定是这样。这是我们需要的。"

"需要的?"栾超家惊奇地问道。

"是的!"少剑波愉快地点了点头,"我们来到匪巢的门前,匪首们还不知道,三个刺客被捉住了,前些天我们又严密地封锁可能进山报信的人,所以没有人进出。我们大闹这几天枪杆子土改,就为的逼着地主进山报信。现在,"剑波兴奋地站起来,"栾超家同志,在今天一天之内,再打开几家地主的粮仓分给群众,把分粮闹得更热闹。还要立即把那户最大的恶霸地主范千金所有的金银财宝衣服被褥全分给贫雇农。"

栾超家、白茹、陈振仪一听到这个痛快的命令,立即欢天喜地地跑出去。他们三人一面跑一面议论道:"二〇三要使调虎离山计呀!"

少剑波一个人,静静地看着他那忙碌不息的表,嘀嘀嗒嗒一秒一秒地走着。他沉入精密的计算中。

"一百二十里……一天……一夜……"

土豪赵大发,是绥芬大甸子的一个凶神,过去是日本关东军三一八七部队的一个密探,专门对付抗日联军。对日寇可以说是鞠躬尽瘁,是日本帝国主义一条忠实的走狗。又是个酒色之徒,强霸民女,敲诈勒索,无恶不作。日寇投降时,日本军在苏联红军毁灭性的打击下,溃败得一塌糊涂。赵大发在混乱中藏匿了他的两个日本女同事,现在住在他家里,成了他的老婆。

他虽然没有大片的土地,可是有很多的干货金银。当他一听到小分队分粮分钱镇压汉奸恶霸时,吓得他就要逃跑。可是这个有经验的特务料想到,小分队虽然明着没捕他,暗中一定监视他,要是一跑正上了当。

前天刘勋苍去登记他的财产后,他心里更死心了,他知道小分队无论如何也轻饶不了他。特别杨三楞被捉住,使他更害怕,因为杨三楞在行刺少剑波以前,一直在他家藏了半个月。杨三楞早已供出了这点,按刘勋苍的意思要马上消灭了他,可是剑波不同意,因为他向来是这样,他对敌人的利用是要利用到半点利用价值也没有的时候为止。

赵大发这几天再也沉不住气了,他深知自己历史上有掩盖不住的罪恶,现在又有杨三楞和两个日本女人的活证据。他料定了难逃法网,这几天一直在闷头想主意。最后他的结论是:"非走不可,死里逃生。"

两个日本女特务,几天来用尽心机地帮助他来共谋脱身之计。

是在分粮那第一天的深夜,小分队全集中在三家最大的地主那里分粮。两个日本女人经过数度的侦察,她们确信了小分队对他们没有任何监视后,便按着他们计议好的良策开始了行动。

首先在一家朝鲜族居民中,找到他们潜伏下来的过去的一个伙伴,和一个曾做过警尉队的汉人,便在这天晚上,买了中农刘乐意的一头大黄牛,当夜杀死,割下了四只牛蹄,半夜他吃了一顿牛杂碎,把四只牛蹄绑在手脚上,爬出了大甸子。他只以为这个特务惯用的老办法,小分队不会识破,更不会追赶。

走到了西南林边,他放心地喘着一口气,回头望着大甸子,内心充满了一种成功的喜悦。他吸了棵烟,拉了一摊大便,解下了牛蹄子埋在雪里,急急忙忙直奔大锅盔而去。

大锅盔上的四个匪首,自从叛徒于登科告诉了他们座山雕、九彪、老妖道覆灭的消息后,整天为他们的前途争吵。

马希山屡次要把队伍拉到长白山,背靠吉林,然后再从吉林向东北伸展。他所以这样主张,因为马希山的地下势力全部在牡丹江以南地区,北到东京城,南到图们直至蛟河一带。他退到大完颜分水岭以后,几乎和他的地方势力接不上榫,所以整天吹风要到吉林。

可是当初许大马棒还没覆灭时,兵力是胜过马希山的,侯殿坤就对马希山提出威胁说:"如果你拉到吉林,那么你的地区我全部交给许旅长,因为杜长官规定这个地区是滨绥图佳地区,吉林管不着。"而许大马棒自恃在匪帮兵力和地方实力雄厚,又积极支持侯殿坤,威胁马希山。因此马希山怕失掉地方实力,也就没敢走。

当许大马棒覆灭后,马希山的翅膀便硬了起来,时时对侯殿坤提出勒索式的要求。侯殿坤只得退一步,许愿把许大马棒的地方实力交给他。可是当马希山知道许大马棒的全部家当掌握在座山雕手中以后,更勒索起来,一定要拉走。侯殿坤一再许愿,要电呈杜司令长官,升任马希山为滨绥图佳保安副总司令,并当马希山的面写了电稿,拍了电报。

谢文东是个光杆司令,除了他的五个儿子一个女婿和七个马弁之外,再没有什么军事力量。地下力量全部分割在他那几个旅长名下,与他无关。他本来想逃到沈阳,可是手下连自己在内只有十四个人,到了沈阳也不过当个班长。又想到他丧师十万之众,失地滨绥图佳,说不定到沈阳还有被杀头的危险。所以也不敢走,只得在侯殿坤面前卑躬屈膝,在马希山眼前摇尾乞怜。

至于李德林,是个六十多岁的糟老头子,仗着是个三番子大辈,笼络了上万人马,现在只剩徒子徒孙八十余人。因为他在牡

439

丹江北的柴河有财产,所以也主张笼络地方实力,坚决打走共产党,保护地方,保护他的财产。

侯殿坤本人来牡丹江后,便向杜聿明大吹大擂,说他组织了十万武装,建立了多少地下"先遣军",杜聿明屡次嘉奖。直到全部被歼灭退到山里,他还吹嘘地说:"形势虽然恶化,可是还保有五万武装力量,地下先遣军扩大了数倍,单等国军到来,便可遍地蜂起,配合国军作战。"

牛皮吹了出去,当然非万不得已他是不会逃跑回沈阳的。所以匪群内部马希山现在像匹无缰的劣马,李德林像个守家的笨蛋,谢文东像个输光了的赌鬼,侯殿坤却像个偷汉子的"破鞋",得向他的嫖客卖风流,还不敢叫他那杜长官知道底细。匪徒们真是日暮途穷,矛盾百出。

这天黄昏,侯殿坤接到了杜聿明的来电,升任马希山为滨绥图佳副总司令。侯殿坤又得意又殷勤地给他唯一的粗腿马希山备酒祝贺。酒席间,侯殿坤又捧又拉,蝴蝶迷妖声妖气地向马希山劝酒。这个妖妇从许大马棒覆灭后,成了一个女光棍,在大锅盔这段时间里,每天尽是用两条干干的大腿找靠主。因为她深知郑三炮这个野牛性子靠不住,所以就拼命向马希山献媚。马希山对她抱着"饿了糖也充饥"的观点,所以也不嫌她的长相。郑三炮因为他失去了许大马棒,对侯、谢、李匪根本没看在眼里,因而也靠向马希山。马希山为了收买这个打手,特把他玩厌了的三奸头给了他,所以郑三炮也根本不醋什么蝴蝶迷。马希山傲慢自得,酒醉醺醺。李德林闷喝不语。谢文东口口奉承,频频斟酒之间,赵大发贼头贼脑地闯进来。

"报告专员司令!"

侯殿坤、谢文东一愣,李德林却头也不抬,马希山傲慢地斜眼瞅着赵大发。

"什么?"马希山故意拉长腔问道。

"报告旅长!"

"现在马旅长已荣任副总司令了。再别称旅长。"谢文东更正着赵大发的称呼,一面斜看着傲慢的马希山。

马希山捋了一下仁丹胡子,又喝了一口酒。

"报告副总司令!绥芬大甸子,又来了工作队,就是那股共军小部队,为首的就是那个小年轻的,那些共军都称他'二○三'。来了七八天了……哎呀!我请求喝口酒,跑得太渴了。"说着他端碗就喝。

"杨三楞怎么样?"马希山急问道。

侯殿坤、谢文东也同声急问道:"怎么样?怎么样?"群匪的眼睛像饿狼似的贪婪,恨不得赵大发一口说出所布置的"第一把刀"的希望来。

"别忙!"赵大发抹了一下嘴,"队中还有一个女兵,共军都叫她小白鸽,嘿!这个小玩意可真长得小巧玲珑,双眼皮,长睫毛,一笑俩酒窝,脸蛋又红又嫩,真像雪地上的一朵芙蓉花。哎呀!年方十七八……"说完赵大发倒抽一口贪馋的冷气,呛了气嗓,咳嗽起来。

马希山脚一跺,眼一瞪,"妈的!这么些毛病。"

蝴蝶迷朝赵大发呸了一口,屁股一扭,长脑袋一晃,"什么他妈的小白鸽!姑奶奶下山捉住她,吃她的鸽子肉。"

赵大发一看马希山的威严,愈急愈咳嗽。

"杨三……"刚说了这点,又是一阵咳嗽。

好歹平息过来,继续说道:

"杨三楞等三人在我家住了半个月,一等也不来,二等也不见,急得他乱跳。当共军来的第二天晚上,我们一切都准备好了,杨三楞这家伙真要露一手,嘿! 哎呀……"赵大发说急了一抽气又咳嗽起来。

侯匪等这时露出一脸侥幸的神气。

"杨三楞这家伙,"赵大发继续道,"拿着王八匣子,还有一把朝鲜刀,顺朝鲜族居住区域绕了一个大圈,目的是要把事后共军的注意力引向朝鲜族人,然后直扑到那共军的窗下。这时我远看窗里有亮,一个人头影映在窗户纸上,杨三楞瞄准,叭的一枪……"

"好! 有种!"侯、马、谢、李四匪不约而同地拍了一下掌喝着彩,发出一阵狞笑。

"接着又是第二枪,我心想这一下可成功了,我就连忙跑回家,准备趁黑夜把他们送到山里。可是我回家后,一等也不来,二等也不来,三等也不来,一直到大天亮……"

侯匪等突然惶恐地暴躁起来。

"到底怎么样? 快说! 别说废话。"

赵大发呆呆地喘了一口气,像一个撒了气的皮球,没精打采地说:

"杨三楞就被捉去了!"

"刺杀到底成没成功? 只要刺杀成功,杨三楞这小子死了也值得,就是十个换他一个也够本。"

"没杀死,听说只打伤了肩膀,还不太重,还是一样地工作着。"

"那两个呢?"

"那两个听说被姜青山的猎犬在山洞里找到了,也被捉去了。"

"啊！姜青山投了共军？"马希山瞪着吃惊的眼睛，一屁股坐在椅子上，口中嘟噜着，"妈的！饭桶！"

侯殿坤等一屁股坐下，完全泄光了那股臭气。

"还有！"赵大发说，"这一下共军可来了仇啦！把大户的粮食、衣服、金银全给分了，穷棒子不敢要，共军的小兵挨家送，还说什么要把我们一网打尽，又宣传说许旅长、崔旅长都被他们活捉了，还叫穷棒子密告地主富户。"

"好啦！好啦！"几个匪首气得像些恶狼，再不耐烦听了。侯殿坤向马希山问道：

"怎么办？副总司令！你看？"

这时匪首们的眼睛一齐盯着马希山。

马希山咬着下嘴唇，眼睛狠狠地凝视着桌上的杯盘，内心盘算着：

"我刚升副总司令，一定要先露一手出来，给这些无能的同僚看看我马某的军事天才，这样才能挟住他们。可是这个少剑波，确是个棘手的死对头。许大马棒和座山雕几代的老手都被他给毁灭了，弄不好，我也可能要吃亏。那时在同僚中丢脸还不说，就是我的实力也要受损失。"想到这里，他侧眼看了看匪首们，他们好像又在乞求他，同时又在瞧不起他。特别是那个李德林的眼光更使他觉得是在蔑视他。他顿时心里一怒，想道：

"不用你们鄙视我，我非干一手给你们看看不可，许大马棒和座山雕是因为过于迷信自己地形的险要而中了少剑波的暗箭。现在呢，少剑波却是暴露在我的眼前，按兵力来说，他只有五十几个人，而我山上却有三百多人，超过他六倍。我又全是骑兵，少剑波的小部队虽然会滑雪，但是在大甸子平原里，他却赛不过我的马快。十多天的侦察，并没发现共军的其他部队，因此我给他个迅雷不及掩耳的突然袭击,一口把他吃掉,是完全有可能的。况且三把刀子,仅丢了第一把,还有两把没丢,完全有把握消灭少剑波。到那时我看他谁敢不服我!等他们服了我,我马上拉到吉林以东我的老地盘去,那时我背靠吉林,脚踏牡丹江,多多笼络地主士绅和秘密先遣军,那时由我现在的三百人,可以增加一倍两倍以至三四倍,我就可以成为滨绥图佳地区的王了。等国军一来,凭我的实力来讨封,至少也得给我个牡丹江省长。"

想到这里,他已下定决心:"倾山人马出动,一来可以有把握地消灭少剑波,二来我可以就势拉去吉林。即或一时拉不去,再回大锅盔稍住一时也可,横竖少剑波他不会知道我大锅盔的底细。"

马希山狠狠地咬了咬牙,拳头向桌子上一拍,震得杯盘当当响。他威严地说道:

"杀!下山,全军出动,叫共军尝尝我马某的厉害!我要用牛刀杀鸡,用泰山压顶。"

"胜利回来,我们大大地庆祝一番。"侯殿坤被马希山的大话鼓起了劲,神气十足地昂头大声地说。

李德林却还是愁眉不展地直起了老腿,摸了摸没毛的秃脑瓜说:"我不去了!祝你们马到成功。"说着一拐一拐想走开。

马希山拉长了嗓音,斜瞅着李德林的后背讽刺地说:"李旅长不去也可!没啥!不过所有的兵都得去,你只能留下两个马弁。"

"那怎么……"李德林僵僵地好像质问马希山。

"这是本司令的命令,没有别的话说。"马希山向李德林放射出威逼的眼光,摆着傲慢的上司架子。

李德林眨了眨两只花了的老眼,喘了一口粗气,无可奈何地答了声:"该怎办就怎办吧!"

马希山回头对群匪首命令道:

"马上集合,天亮袭击绥芬大甸子,杀他个干净利索!"

"是!副司令!"群匪首同声答道。

大锅盔一阵人喊马叫,匪徒们下了山。大锅盔一片寂静。

李德林在山上害怕,也乘一匹老瘦马跟在匪军的后头。

黄昏。

绥芬大甸子沉寂无声。

小分队的各个宿营点,却是充满了兴奋和愉快。战士们拿着恶霸地主范千金的浮财和金银,强送到贫雇农的家中,虽然他们明知贫雇农不敢要,但是他们也觉得十分痛快。

忙了一整天,晚上,大家都在兴奋愉快地谈论着,老百姓是怎样喜欢那些好东西,又怎样胆怯地不敢要,他们又怎样把地主的粮食放到老百姓锅里,甚至给煮熟了,又怎样把地主的裤子给老百姓穿上……

越谈兴趣越大,战士们兴奋得都不想睡觉了,就像打了一次大胜仗一样地欢腾。

少剑波托着一只伤肩,低声向杨子荣、刘勋苍、栾超家布置了行动计划,最后他道声:

"现在回去命令战士们马上休息!"

杨子荣等人笑嘻嘻地走了出去。

白茹一边给剑波换药缠绷带,一边乐得向剑波说个不停,说她怎么样给妇女们分花布,怎样分给小孩子们玩物,哪一家的小孩长得漂亮活泼伶俐,哪一家的小孩还没有棉裤,她自己怎样给孩子穿上的,孩子怎样搂着她的脖子叫小姨。她那片干脆伶俐的小嘴,越说越有劲。

少剑波内心充满了喜悦,可是他老是静静地不言语,只是微笑着偷瞅白茹那灵巧的嘴唇,和盯在他绷带上的两只动人的大眼睛。

刚换完了药,少剑波瞅了一下表,已经九点半了,他看了看外间地下的陈振仪两人已睡着,便用左手的小指把白茹的小辫子一拨道:

"快休息去!别说啦!咕咕咕……和个鸽子一样,说起来没有个完,也不管人家愿听不愿听!"

白茹天真而撒娇地瞧着剑波一歪脑袋道:

"这是斗争胜利呀!这是绥芬大甸子天下大变哪!这叫物归原主土地还家呀!……"

"得啦!得啦!我早知道啦!"少剑波双眉一皱,故意装着不耐烦的样子,"把我的耳朵都给噪痛了!快走你的吧!快走!走!"

"还没收拾完药包哪!早不愿听,为什么不早说?"

白茹手里收拾着药包,心里却涌出无限的甜蜜。因为她特别愿听剑波对她好像不耐烦、不客气的话。在她看来,剑波越是这样,越表现了他对她无隐讳不拘束的真情。她深知剑波这个性格,除非是对他最亲近的人,他绝不会有这样态度的。威虎山后,从剑波口里再没有听到她最讨厌的两句话:"白茹同志!谢谢你!"现在剑波这种粗直的声音,有时甚至是训斥管教的声音,在白茹听来,内中都渗透满了"你是我的,我怎么说你都成"这样一种含义。愈想到这些,使她内心愈觉得甜蜜。

想着想着,这个小白鸽的心,已飞向他们爱情高远的将来。

竟致忽然间有一个小母亲的形象闪电似的从她那灵魂深处掠过,她自己也为这一闪之念羞红了脸。这一点,剑波的思绪是追不上的。

白茹收拾完药包,红着脸看了剑波两眼,转身往外走去。刚一迈门槛,她又回过头来调皮地道声:"走!不用你撵!"

刚走到外间,她一面把药包挂在墙上,一面顺口细声地朗诵着几句诗:

> 我们应该赞美她们——妇女,
> 也就是母亲,
> 整个世界都是她们的乳汁所养育起来的。
> 没有阳光,花不茂盛。
> 没有爱,就没有幸福。
> 没有妇女,也就没有爱。
> 没有母亲,既没有诗人,也没有英雄。

接着她又重复了一句:

> 没有妇女,也就没有爱,
> 没有母亲,既没有诗人,也没有英雄。

少剑波听得清清楚楚,不觉失声喝彩道:

"好美丽的诗句!"翻身坐在炕沿上,道声:"小白鸽!回来!"

白茹调皮地学着剑波的声音:

"快休息,别说啦!说起来没个完,快走!快走!"

少剑波笑道:"别捣蛋,执行首长的命令。"

白茹几步跨进来,故意地行了个军礼,"是!首长同志!奉您的命令来到!"

他俩都忍不住地噗哧笑了。

"你在哪里学来这样美丽的诗句?"

"哎呀!可惜首长同志!"白茹说得是那样天真可爱,"连世界文豪、伟大的高尔基的作品您都不知道?那可真是太遗憾了!"

"是的中学生同志!我没学过。"说着拿出了钢笔和笔记本,"来,你再读一遍,我把它写下来。"

白茹朗诵,剑波在灯光下唰唰写下,写完后剑波又复诵了两三遍,最后向白茹道:

"这是哪本书上的?我要回牡丹江全看一看。"

"我也不知道。"

"那你从哪儿学来的?从学校吗?"

"不,伪满的学校哪能读这样的好作品,这是鞠县长……"

白茹马上停住,因为一提起鞠县长剑波又要难过,白茹已知失口,内心自责地望着剑波,剑波的脸上马上呈现出一种悼念的悲伤。

白茹低下了头,小声而悲沉地道:

"这是姐姐在世时,我听她时常地读着,我学来了!"

屋子里静极了,只有他俩的呼吸伴着嗒嗒的表声……

不知什么时候白茹悄悄地退出,躺在对面东屋的炕上,听到剑波还在辗转翻身,她的心也和剑波一样在想着,想着,睡去了。

半夜陈振仪轻轻地推醒了剑波,杨子荣、刘勋苍、栾超家已站在剑波面前,杨子荣道:

"时间到了!行动吗?"

少剑波看了看表,已是下两点二十分,离天亮有四个钟头,便点了点头道:

448

"马上按计划行动。"

杨子荣等转身出去,陈振仪叫醒了李鸿义和白茹等人,然后在房内丢下了几双破袜子,几个识字课本,还有一份起草的工作队土改计划,写得半零不落的,还丢下了几支半截铅笔,还有剑波换下来的废绷带、药布、棉花球等。一切安排妥当了,陈振仪问声:

"这样可以了吗?"

少剑波点了点头,微笑了一下。

正在这时,外面当当的一阵枪声,枪声过后,又听得外面一阵慌乱的脚步声,并夹着低沉而严肃的命令声:"快点!南边集合。"

"跟我来!"

陈振仪喊声:"有情况!快走!快走!"

说着队部的五个人一齐跑了出去,随着外边的脚步声去远了,房东扶着门板,对准了门缝看着小分队退走的慌乱场面。

小分队三路,专门围绕几家地主的房子,慌乱地向南退去。惊醒了地主土豪,他们披着破皮袄踏着梯子,从墙头向外望,他们心里真是无比的痛快。

杨子荣小队押着杨三楞正走着,杨三楞喊了一声:

"在这里!在这里!"喊着撒腿往后就跑,正碰剑波的队部五人,李鸿义、陈振仪迎上去,杨三楞还是喊着:

"快点追,前面不远!快!快……"

嘟!嘟!嘟!陈振仪、李鸿义抡起了大肚匣子,一梭子,就把杨三楞打倒在地上。待姜青山和赛虎从杨子荣小队赶了过来,杨三楞已经不喘气了。赛虎撕咬了一阵,随队向南退去。

刘勋苍小队押的另两个匪徒,和杨三楞一样,一看小分队丢

449

东拉西惊慌地退却,也是撒腿就跑,可是他哪能逃出刘勋苍的冲锋枪,一梭子解决了两个。

小分队谁也没有穿滑雪板,在大雪甸子里走了半夜,一会儿丢个识字课本,一会儿丢只破袜子,一会儿又丢个破毛巾或破漱口杯。

天亮了,到了四十九里外的王茂屯,战士们都累得嘘嘘乱喘。

王茂屯四十九户人家,正坐落在绥芬大甸子的南大门。东有大锅盔蔓延下来的一条套形的长山脉,山脚正伸在王茂屯的屯东头。西边是大完颜分水岭的一支尾脉,也是套形似的伸到王茂屯的屯西头。两个套形对起来,构成绥芬大甸子的小盆地。两个尖端对起来,构成绥芬大甸子南大门。王茂屯正堵在这个门口。

少剑波命令趁天不亮绕过王茂屯,爬上王茂屯的东山,因为东山是与大锅盔相连,又是起伏地,便于滑行。又因这个山脚都是狼牙石路,马匹是不易攀登的。这对侯、马匪徒一百五十匹骑兵是一大难关。

爬上岗顶后,少剑波命令道:

"顺岗顶回头向大锅盔前进。越快越好!"

小分队全部穿上滑雪板,个个精神百倍,姜青山和赛虎前头领路,剑波因肩部负伤,不能滑行,骑上了一匹快马,走在滑行队伍的当中。沿着套形山岗的大密林,起起伏伏直扑大锅盔方向,急急前进。

八点钟就返到绥芬大甸子的中央偏北端的正东高峰上,可以俯视大甸子的全景。

侯殿坤、谢文东、马希山率领他们的全部匪股,一百五十匹骑兵,还有一百五十个步兵,共三百余卒,汹汹下山,直扑小分队的驻地。因为步兵行速极慢,所以一直到八点钟才扑到这里。先用骑兵绕到原小分队驻区的南边,渔网似的撒开,由南向北步步紧缩,兜起一个密集的网圈。步兵由北向南,汹汹地冲去。这个阵势是上次包围工作队时所用过的。

匪首们乘马跟在步兵的后头。网圈合拢后,扑了个空,一无所有。以恶霸土豪范千金为首,带领着全屯子的大小地主土豪,到侯、马匪首面前纷纷诉说苦情,又纷纷叙述着小分队逃跑的狼狈情况,要求匪徒追击消灭。

侯、谢、马匪首,进到少剑波的住屋,看到丢的铅笔、土改计划、识字课本、废绷带等东西,又听骑兵报告,南甸子里小分队的住屋全是一样地丢下些东西,又听到步兵报告找到杨三楞等三人的尸体,又听到小分队没有马匹等等。

侯殿坤、谢文东、马希山计议起来。

侯殿坤道:"共军一定是看到上次工作队的被消灭,终日惶恐不安,又不得不执行他们上司的命令,所以草草了事地分了几家绅士的财宝粮食,估计这几天我们快来了,所以就狼狈逃跑。"

范千金补充地说道:"昨夜逃跑以前,是张家的儿马和骒马闹栏跑到北甸子,张二爷领了狗去追马,被共军的岗哨看见了,所以开了几枪,他们全队就撒了鸭子。"

谢文东笑道:"把他妈吓的,'风声鹤唳,草木皆兵'了。"

马希山道:"因为他们要逃跑,所以枪毙了杨三楞等人。共军没有马匹。一定去之不远,快些开饭,追击!"

侯殿坤命令:"叫那些分到粮食、财宝的穷棒子,限一天把东西全部返回原主,有一点差错,要把他活活地打死,灭他的满

451

门。谁若不交,等捉回共军一块结果他们的狗命。"

范千金等地主得到了侯殿坤的"圣旨",一面鸣锣一面吆喝。所有的群众把分到的东西纷纷送还给地主,大甸子乱成一团。

少剑波和他的小分队,借着清晨的阳光,俯视着绥芬大甸子的一切情景。小分队战士欣喜地笑道:

"同志们!调虎离山了。"

"这才是我们任务的开头。"少剑波在战士们高昂的情绪中大声讲道,"现在我们要深入虎穴,毁掉虎穴,让匪徒无容身之地。那时我们愿怎么打就怎么打,愿在哪里打就在哪里打,雪朋友又会帮我们的忙。现在我命令,以最快速度,争取在最短时间内,毁掉大锅盔的匪穴……"

"我们保证完成任务!"战士们不约而同地发出整齐高昂的声音。

"好极了,同志们!姜青山同志是大锅盔纯熟的向导,让我们和敌人的骑兵赛跑吧!"

小分队向正北大锅盔主峰滑去。

匪徒们早饭后,顺着小分队退去的脚印,向正南王茂屯追去。

方向相反,两下的距离越走越远。

三十　毁巢切屁股

侯、谢、马匪首率领匪股,追到王茂屯。李德林和几个走瘸了的匪兵留在大甸子。

当侯、谢、马匪的骑兵到了王茂屯,已是十三点了,又扑了一个空。他们顺着小分队的脚迹,又直追到东山脚的烂石崖下。这儿马是很难上得去的,一百五十几匹马,要全上去,也得半夜。于是他们便派了十几个匪徒,上去侦察小分队的行踪去向,以便绕路追击。

当派去的匪徒回来报告,共军行踪是奔向大锅盔时,侯、谢、马三个匪首大吃一惊。马希山顿时暴跳起来,骂道:"妈的!小共产党崽子,诡计多端!我中了他的调虎离山计啦。"

侯殿坤呆如木鸡似的说:"别急!共军没骑兵,我们快返回去,还不要紧。给他个回马枪。"

马希山心想:"大锅盔只有一道进山隘口,我急奔回去,卡住隘口,定可制胜。并且电台留在山上,若失了电台,将来和沈阳杜长官就联系不上。同时这样把队伍拉到吉林,他们也不会服我。"想到这里,他把牙根一咬,"往回赶!少剑波调我离山,我来他个回山吃顺口食。"

可是那些马,从下山已经跑了将近二百里没吃草料,跑是跑不动了。那些步兵更狼狈,一瘸一拐,踩得雪地吱吱嘎嘎。又没吃上饭,一瘸一瘸的,哪还走得动。有的骂道:"老子到了王茂屯,见啥吃啥!"有的说:"吃炖鸡!"有的说:"杀个小牛!"还有的嚷着:"要烧小猪羔吃。"有一个家伙大骂道:"操他奶奶!让两条腿的跟着四条腿的跑!"

狂如疯狗似的马希山,命令骑兵沿路告诉那些沥沥拉拉一瘸一拐的步兵,赶快回头走。

这些步兵听到又要往回走,有的一屁股坐在雪地上,有的骂道:"走你奶奶个膣。"

这时正碰上几个怒火烧心的匪徒赶回来,马希山顿时枪毙

453

了两个,其余的匪徒,吓得悄悄地跟着回头走了。

侯殿坤在马上,边走边喊着:"快走啊! 别掉队,掉了队共军赶来挖眼扒心,你们没看见杨三楞叫共军给打死了吗?"

跑一阵又喊一阵:"回绥芬大甸子吃饭,睡觉,吃啥都行,睡多久都行,随弟兄们的便。"

侯、谢、马三个匪首和骑兵,回到绥芬大甸子,已是夜间八点了。李德林睡在恶霸范千金家里,从沉睡中惊醒。他双目矇眬,满眼昏花地看到三匪首进来,迷迷糊糊地迎接着他的伙伴:"专员! 司令! 马到成功! 马到成功!"

"别他妈的啰嗦啦!"马希山气势汹汹地一屁股坐在炕沿上,满心的怒火,全转嫁到李德林身上,"你那些尿泡兵,还能打仗?"

李德林像是初醒中被浇一瓢凉水,迷糊和矇眬全被赶走了,瞪着老鼠一样惊惧的眼睛一声不响。

正在这时,范千金披着个大皮袄进来,点头弯腰地说:"专员! 司令! 马到成功! 本人……"

"别啰嗦! 快拿酒饭来!"马希山怒目地吼道。

"哎! 是! 是……"范千金小屁股一扭跑了出去。

一会儿,范千金的两个小老婆走进来,端着大烟盘子,穿着绯色的睡衣,妖声妖气的,尽情慰劳着匪首们。

那些骑兵散在老百姓的家里,杀鸡的杀鸡,煮肉的煮肉。"奶奶!""丈人!""小舅子!"骂声不绝,大甸子搅得一塌糊涂。老百姓哭也不敢哭,叫也不敢叫。只有被捉、被杀的鸡、牛、猪、羊一片挣扎的惨叫声,间杂在匪徒们的叫骂声中。各种叫声笼罩着整个绥芬大甸子,间夹着几声冷枪声。

范千金的两个小老婆怎样千媚百怪,也驱不走匪首们的暴躁和烦恼。马希山一个劲地捋胡子,跺脚;侯殿坤一个劲地擦眼镜;谢文东一个劲地摸秃脑门。

"马弁!"马希山的喊声干拉拉的。

"有!"

"命令!快吃饭!快吃饭!"

"是!"马弁跑出去,房子里的空气更加紧张得甚至要同房子一起爆炸。

天还没亮,侯、谢、马匪首,率领他的群匪急急向大锅盔回窜,正午十二点,迈上七子峰。七子峰是大锅盔的影壁,峰北便是大锅盔的前怀,在峰顶可以瞰视大锅盔的全貌。当匪徒们一登上峰顶,望见了大锅盔冲天的浓烟,漫山的大火,随着微微的北风,吹来了火药味和燃烧树木的苦辣味,匪徒们惊得像一棵棵树杈子。只有饿急的马,趁着停步的机会,喀喀地歪着头啃着树皮,舔叨着雪地上露出来稀稀拉拉的几棵枯草梢。李德林呜呜地哭起来,口口声声地唠叨:"完了!完了!什么都完了!"

马希山眼睛通红,脸上跳起道道的青筋,狠狠地把马鞭一甩,干拉拉的嗓子吼道:"弟兄们!是拼命的时候了,失了大锅盔,我们就没了命!共军就是摆上刀山,我们也得爬,现在只有一条路,就是夺回大锅盔。"

侯殿坤接着吼道:"拼掉共军,夺回大锅盔,每人晋升三级!"

侯匪颤抖的话音刚落,马希山狠狠地朝马屁股上抽了一鞭,全部骑兵一齐喊声:"冲啊!"都把马狠狠地抽了几鞭,向大锅盔凶狂地奔去。扬起的雪雾,掩盖了群匪的影子,像一股大旋风扑向大锅盔。

到了大锅盔峡谷要道,马希山驰在最前头,掏出手枪打了一

455

梭子,拼命地打马向山上奔。后面的匪徒一齐跟着驰马拥上。刚迈上山顶,马希山的马腿不知绊了一个什么,马一惊,奔驰得更快。大约六秒钟的光景,正在匪徒大队奔驰当中,轰!轰!两声巨响,把匪徒们的队伍斩成两截,后面的拥成了一堆,中间的爆炸处,人仰马翻,哇哇乱叫。炸断了的树枝纷纷下落,有的落在雪地上,有的挂在树枝上,有的打在匪徒们的脑袋上。前截已经奔上山的匪徒喊起一片杀声、骂声,山上一片枪声。

及至后面的匪徒拥上山时,马希山已坐在一块大石头上,脖子伸得长长的,脑袋搭拉在胸前,其他的匪徒坐在雪地上,手扯马缰绳,哭丧着脸,看着焚毁的巢穴,怒视着滚滚的浓烟。

十几个没有下山的女人,边哭边念叨,走来见她们的主人。

"什么都完啦!连一粒米也没剩,这怎么办哪!天老爷!快想办法呀!这些没良心的共产党,真是杀人放火。"

"快追吧!快追吧!天不亮共军就走啦!"

确实匪巢已在二十四小时的冲天大火里,化为灰烬了。匪徒们眼瞪着他们的大锅盔,倾家荡产。马希山狠狠地咬着牙根骂道:"少剑波!少剑波!我中了你的调虎离山计。"

原来小分队把马希山调下山去,经过一天的滑行,在太阳一贴近大完颜分水岭的南山岗时,他们已迈过了七子峰,到了大锅盔的隘口,这时匪徒们还狼狈地走在王茂屯回绥芬大甸子的路上。这隘口的两边,全是陡壁巨岩,上面挂满了对搂多粗的象鼻般的大冰凌柱,看去头晕目眩,寒气侵人,只有中间一条十丈多宽的林带,可通进山。

当时少剑波命令杨子荣小队和马保军的机枪班埋伏在这里。第一要把回头的敌人堵在隘口外面,保证毁匪穴的任务顺利安全完成;第二要保住隘口以备下山。

少剑波率其余部队,进了大锅盔。少剑波先进了匪徒们的洞司令部,那些为马希山庆贺的酒宴,还没有收拾,杯杯盘盘,残汤冷酒,都冻成了冰。他对栾超家命令道:

"先把所有的粮食库、被服库全架上干柴和松树明子,干柴越多越好,保证烧透。"

他看了看这个山洞,修得实在坚固,便又命令刘勋苍道:

"把敌人所有的弹药,全搬进这个洞来,多找些日寇丢下的地雷炮弹。"

最后他命令:"准备好了,先来报告。听命令一齐点火。"

刘勋苍、栾超家各带自己的小队,分头执行任务。

少剑波、姜青山等,便在匪军司令部翻开了文件,找到了电台。最可笑的是白茹在电台旁边,发现了一张纸,上面写着:

杜长官!共军小部队今天已被我歼灭,活捉了少剑波,还有他队里的女医生小白鸽!

下面的日子签的是昨晚十一时,再下面是些阿拉伯数字。白茹笑着递给了剑波。剑波接过来微微一笑,幽默地道:"侯专员!你报告得太早了!看看谁活捉谁?"接着他望了一下白茹说:"我们的小白鸽还满天飞呢!"

正在整理中,小董领了十几个女人、小孩走来。这群女人中有老太婆,有中年妇女,吓得战战兢兢,哭哭啼啼,全身抖颤,口口声声求饶,都说是被抢上山来的。

可是内中有马希山的太太和姨太太,尽管她们头上包块大毛线围巾,把头藏在一个老太婆的后头,却被姜青山看出来了。上前一把撕掉了头巾,骂声:

"你们俩装他妈的什么洋蒜,剥了皮我还不认得你们的骨头？臭婊子……"

马希山的两个太太马上倒在地上,吓得面色像黄蜡,两个眼直瞪瞪地望着姜青山发抖。

姜青山又一阵威吓,马希山的两个太太说了实话,指出了这些人中哪是侯殿坤的大姘头、二姘头,哪是李德林的老婆子,哪是谢文东的老婆子和大女儿。

姜青山举起枪,"妈的!干掉算啦!"

少剑波马上制止道:"不!我们连俘虏都不杀,何况家属,更不能杀!"

"这些狗娘养的!都是些坏人,都干过坏事!"

"那等将来由群众来清算,现在留下她们会成为敌人的包袱,会成为敌人的累赘,对我们还有好处的。"

随即又命令把她们押到一个小木屋伙房里,然后命陈振仪等收拾好有用的文件、报稿,装了一大包,走出匪徒司令部。这时刘勋苍小队已把所有的弹药、炮弹等堆在这个大洞门口。还有一些不知干什么剩下来的一箱多年的陈炸药,也可能是当年开山炸洞剩下的。

刘勋苍在一块点着的大松明子的照耀下,皮帽子掀在脑后,向炸药箱里面下手榴弹,他是要用手榴弹代替雷管。剑波笑了笑道:"爆炸大王又闻到炸药味啦!多下几个,好保险。"

"没错!"刘勋苍边捆边答道。

姜青山领着剑波到处检查了一下,到了栾超家负责的粮库、被服库,只见栾超家正指挥着在向被服、皮子上倒两大桶豆油,这豆油是从伙房翻出来的。栾超家看了看剑波,似有惋惜地说:

"二〇三!这么多的粮食、皮子,烧了太可惜!"

少剑波仰看着垛得高高的被服堆和粮食堆道:

"是的!太可惜了!不过为了长远的胜利,目前必须这样做。"

只是有一捆日本军用大衣,少剑波命令留下来,让每个战士拿上一件。

半夜时分,一切准备就绪,战士们静静地等着信号,山上是那样的平静。此刻马希山等匪首却正在绥芬大甸子暴跳如雷。

李鸿义一梭子大肚匣子响后,接着便是刘勋苍的炸药爆炸了,引起全洞的子弹、炮弹连续爆炸,震得山摇地动。栾超家把火把丢上大粮垛,丢上了被服库。大锅盔遍山大火。中锅盔、小锅盔也应时火起。三个山的巨大火光,交互辉映,照得满山通红。轰轰隆隆!哔哔剥剥!活像一个大战场。火舌冲天而起,舐着乌黑的太空,雪地也映染成红色。

匪司令部的大洞塌下来,匪巢彻底毁灭了!

少剑波看了看表,是二十四点,他自语了一声:"来得及!"随即命令,饱饱地吃一顿干粮。战士们早把匪徒伙房里的肉饭拿在手里,陪着熊熊的大火,大吃起来。谁还舍得吃自己的干粮。剑波看了笑道:

"真能抓紧时间。"

战士们逗趣地望着剑波:

"二〇三首长!你不是告诉我们吗,要会打,会吃,会睡,会走吗?"

刘勋苍大口吃着肉说:"这叫做取敌之肉,填己之肚!这是小分队的新战术。"

栾超家插了一句道:"不这么着,到哪弄吃的!"接着他脖子一伸咽了一口没嚼烂的肉说:"咱们给国民党来'吊孝',他不请吃顿饭那还像话。"

459

已经是零点二十分了,少剑波命令下山。到了隘口,杨子荣、马保军的掩护部队让过了小分队,他们俩又在后头喳咕了一阵,又弯腰在摆弄什么东西,然后才赶上小分队。原来他俩捆了两束手榴弹,每束八个,下在要道的两旁,中间用一条铁丝连着,铁丝的两端是拴在手榴弹的弦上。马希山的马蹄正挂上了铁丝,因而把匪徒的队伍截断炸烂了。

"想办法呀!这可怎么办哪!喝西北风吗?"十几个女人涕一把,泪一行,在向她们的几个主子诉苦。

"到哪去呀!这可活不了啦!"

"哭你妈的屄。"马希山一蹦跳起来,朝着那群老少娘们一阵臭骂。眼睛血红,连仁丹胡子都翘得老高。可是为了安定匪徒们的情绪,一转眼又变得温和了。转头向垂头丧气的匪徒们哭丧着脸说:

"弟兄们!我们要从死里求生,你们在伪满都当过警官,现在又是国军的官员,是共军和穷棒子的仇敌,被共军捉到,被穷棒子捉到,不是抽筋剥皮,就是活埋……"

"这我们都知道。事到如今,怎么办吧?司令!"

马希山又捋了一下仁丹胡子,刚要开口,却被侯殿坤接过去:"怎么办?只有干到底!报告诸位一个好消息,昨天刚来的电报说:国军已拿下陶来昭啦!几天就到哈尔滨。蒋总裁又从葫芦岛运来大批坦克、大炮,支援杜司令长官,美国军事顾问团也已经到了沈阳,共军眼看就完蛋。还有,整个哈尔滨也用不了一个原子弹,牡丹江连半拉都用不上,就可以全给翻过来。"侯殿坤神气十足地晃了晃脑袋,接着又说:"到那时,我们捉共军就像捉小鸡一样,一个一个地掐死!"他手一比划,嘴一闭,活像马上就可办到一样。

谢文东也插嘴道:"是呀！弟兄们！不受苦中苦,难为人上人,今天的苦,就是将来的甜,谁能熬过苦,谁就能升官发财。"

李德林还是垂头丧气,哭丧着脸一声不响。

"我们现在没吃的,肚子饿怎么办？"匪徒们冷淡地瞅着匪首们。

马希山眼向山坡下一瞥道:"没吃的！老天爷饿不死睁眼的野鸡和四条腿的狼,刚才下面死的些马,还不能吃？"

话刚说完,群匪徒哄的一声,各人拔出匕首,拥向半山的死马,各拿一块血淋淋的马肉,围在似尽未尽的火堆旁,拨弄着炭火烧起来。马希山不停地各处走着,苦思着他的计谋。在匪徒争闹声中,他又大吼一声:

"弟兄们吃饱再干！我马某不消灭这股共军,誓不为人！"然后握着拳头,点着头道,"我量这小股共军去之不远,咱们撵着他的脚印,穷追到底。看看他两条腿快,还是咱们四条腿快。嗯！"最后还自信地把拳头向空一挥,点着头,"我量他跑不远,难逃出我马某之手。"

"对！弟兄们！"侯殿坤挂着一副哭笑的脸色,踏着一块大石头说,"猛虎捕食冲三冲,我们两冲未成功,吃饱了,再来第三冲,打他个疲腿饿肚子走不动。我想共军的腿不是铁打的,咱们再来他个猛虎回头冲。"侯匪这个创造性的词句,小分队此刻正在给他实践着。

二十四小时以前,小分队滑下山来,顺着原路,顺坡而下,夜间滑行,当然是赛虎领路。连连昼夜的行动,战士们已是十分疲惫了,时常有因为打盹而被摔倒,滚了雪球,有的撞在大树上,可是一滚雪球,一碰大树,瞌睡马上就没了。栾超家发现了这一点

461

便又活跃了起来,从前头跑到后头喊道:"谁有瞌睡病?不用找白茹,大树是治瞌睡病的大夫,碰两碰保险解决问题。"

引起战士们的一阵笑声后,行进的速度加快了。

天亮时还没有到达预定地点,在大甸子东北的山岗上,已看到了匪徒们的骑兵在大甸子里,向大锅盔回窜。后面是步兵,沥沥拉拉,队不成队,伍不成伍。

战士们马上来了精神,虽然每个人的脸上因为连夜飞袭都好像瘦了许多,可是现在一点也看不出有什么疲劳来,他们纷纷地嚷道:"二〇三首长,好机会,干他个埋伏吧!趁热乎!"

少剑波摇摇头微笑道:"别忙!"随即拿过望远镜,从匪徒的前卫,慢慢移动着他的镜头,嘴里低声地数着:"一二三……"

在少剑波数到一百二十的时候,杨子荣早已数完,摸了一下他的胡须,咧着嘴笑嘻嘻地向剑波道:"二〇三首长!一共是二百五十七。"

少剑波道:"子荣同志!你有什么判断?"

杨子荣道:"匪徒们一定是没扑着我们,又追,又没追着我们。发现我们向大锅盔来了,怕毁他们的巢穴,所以就连夜返回。看那些步兵,走得那样狼狈,又有将近五十人没上来,肯定是掉队的,或者是在老百姓家睡觉呢!"

"完全正确。"少剑波肯定地说。

"那么我们就打他个累瘫的驴。"刘勋苍一拍大腿道。

"二〇三首长!你讲军事课不是讲过吗?避敌锐气,击敌疲弱,以少胜多。现在正是时候,给他个迎头一棒,拦腰一刀。"

剑波微笑地摇摇头道:

"现在为时过早,这样我们要花很大的代价。对这些匪徒来讲,我们犯不着,等他们西北风喝饱了再说。现在不是迎头一棒,拦腰一刀,而是要切掉他的屁股。"

"看到了吧!"少剑波环视了一下站在他周围的战士,"敌人本来有三百人,山上没留,可是现在敌人的队伍只有二百五十七,其余的五十人,还在屯里,定是分散各家还在睡大觉。这是匪徒的特点,现在我们要先吃这一口,坚决吃掉。"

"保证连汤喝完!"战士们不约而同地齐声回答。

少剑波愉快地笑道:"好极了同志们!我们再忍受一下胜利前的艰苦,马上行动,打个被窝里的敌人。"

接着小分队便向绥芬大甸子的东山头前进。这个山头是离大甸子最近的地方,一条山岗凸伸在大甸子里边,大树已被砍伐,全是一片灌木丛,山脚下就住有人家。

到了山顶,少剑波下马,要穿滑雪板,杨子荣等看他那负了伤吃力的臂膀,便立刻严肃地建议道:

"二〇三!你不能去,我们完全保证,和你去了一样地完成任务。"

战士们全都这样要求,少剑波只得答应了。他静默了一下,笑嘻嘻地向战士们说道:

"好吧!你们优待伤员,我在此给你们安下帐篷,煮饭做菜,等你们回来吃得饱饱的,暖暖睡一觉。"

战士们哄笑了一阵。

少剑波用望远镜,看着大队敌人已远离大甸子,转进山里,距离已有二十多里,便立即命令道:

"这次战斗,杨子荣同志全面指挥,现在马上安排行动。"

杨子荣复诵道:"是!这次战斗我负责全面指挥。"

他马上命令战士,全部换上刚从匪巢里得来的日本军用大衣,留下马保军的半个机枪班和几个骑兵以及白茹,在山上扎帐篷做饭。规定了集合信号,集合点,还有特别情况的信号,最后向战士们道：

"现在我们的身份是匪徒的收容队。"回头又请示剑波道："俘虏怎么办？"

刘勋苍急忙插嘴道："这都是些警察特务、匪骨头,为了连续战斗,我们又带不了,又送不走,我看都叫他回老家去吧！"他说着用刺刀比划一下前进直刺。

"不能！为了连续战斗,缴枪还是不杀,他们暂时还有用处。"少剑波纠正了刘勋苍的主张。然后他低了一下头,略一思索,眉头一皱继续道："范千金、赵大发这两个恶霸是要死的！执行枪决。"

杨子荣答应："是！"率领小分队,顺灌木丛滑下山去。剑波目送他们进入了灌木丛,便命令山上的战士,一面瞭望大锅盔的敌人是否回头,一面安排扎帐做饭。

少剑波站在山顶,用望远镜扫视着大甸子的一切。

大甸子的雪地上,被早晨的太阳照得灿烂闪烁,小分队三个一组,向几个集团家屋扑去。

刘勋苍带着两个组,先进了恶霸范千金的大院,从被窝里掐着脖子提出了范千金。

范千金睡眼矇眬,一看刘勋苍,他只当是匪徒又来勒索他,便装腔作势地吓道：

"你们不要脑袋啦！我告知马司令,要你们的命！呔！真胡闹！"

刘勋苍用力一掐,把个范千金掐得唧哇乱叫,然后狠狠地一推,范千金一屁股坐在尿罐子上,把个尿罐子坐得稀碎。刘勋苍手提一把刺刀,笑嘻嘻地道：

"范恶霸,我叫你死个明白,奉我们剿匪司令——少剑波的命令,来要你的脑袋,今天早上开市大吉,你是头一个。"

范千金大吃一惊,哇的一声,向炕上一仰,倒在他小老婆的枕头上,右手插进枕头下,摸出一支手枪,刚往外一拿,刘勋苍上前一刺刀,插进了范千金的胸膛。小老婆吓得哇的一声,大被蒙上了头,露出两条白白的大腿和半截屁股。蒙着的红缎子绣花被和她的身子一起乱抖。

刘勋苍走到院子,另一个组已从范千金的东西厢房捉出了四个赤脚光屁股的俘虏。刘勋苍命令把缴来的枪栓拿下,让匪徒穿上裤子,拿着没栓的枪,领着搜。

战士们用枪指着匪徒们的后脊梁,匪徒们哆哆嗦嗦穿上裤子,领着战士们逐户搜捕。

孙达得带着两个组,进了赵大发的大院,一进东间,地下桌子上满是酒杯剩饭,满屋的酒肉气味。炕上大红缎子被下面盖着赵大发和两个日本女人。孙达得用刺刀尖向被上一绞,向空一挑,缎子被飞向房盖,三个人哇的一声爬起来。孙达得没说话,一刺刀把赵大发从背后穿了个贯通,回身走出去。

战士们从西屋拉出了四五个匪徒,一瘸一拐,声声哀告,有一个还跪在地上。孙达得和刘勋苍的办法一样,下了枪栓,叫匪徒拿着没栓的枪,逐家搜查。

少剑波在山上望着大甸子,小分队像穿梭一样,活动在各个集团家屋之间,队伍不断地增大着,由三个一组变成五六个一组,每进一个屋之后,总有点增加。

十二点半,是在侯殿坤在山上大谈"打他个腿疲肚饿走不动"的同时,大甸子的雪地上,烧起了一堆大火,战士们押着他们的"战利品"从四面八方向火堆走来。少剑波向留在山上的战士们喊道:"同志们！战斗结束了！"

白茹道:"怎么一枪没打呀！"

马保军道:"被窝里捉死猪,用不着打枪。"

大家一齐笑起来,连蹦带跳,"快做饭,来了好会餐。"

少剑波翻身上马。白茹没来得及阻止,他已飞奔下山。来到杨子荣的指挥部。小分队已整整齐齐地站在那里。杨子荣迎上去,行了军礼报告道:

"奉您的命令,战斗全部结束,俘虏五十四名。"

少剑波笑着站在队前:"感谢同志们的辛苦！同志们打得巧,被窝里捉俘虏,切掉了敌人的屁股。"

战士们一齐敬礼,喊道:"首长指挥得英明。"

少剑波面含歉意地向大家摆摆手,然后转向蹲在地上的那一堆俘虏道:

"你们掉队掉得好,不然要跟侯殿坤去喝西北风。现在你们愿回家就回家,向人民请罪。如果还要干土匪的话,不久咱们还要见面。那时你们可是罪上加罪,可别后悔。我和你们的侯专员、谢司令、马司令也快见面了,你们遇到他们的话,告诉他们我在这个山上等着他。"说着回头向山上一指,俘虏们偷偷地看着山上一股浓烟。少剑波继续道,"我们就住在那里。"

少剑波马上命令小分队回山,把俘虏全放了。留下栾超家等三人,向屯里大地主筹备十天的大米,并让几个地主亲自送上山来。

小分队回山后,饱吃一顿,饱睡一场,醒来天已黄昏。栾超家在大甸子要的给养,命令十个地主亲自送上山来,小分队正在帐篷里开着娱乐会,会上的主要节目是讲故事,正当地主们来的时候,是刘勋苍讲收拾范千金和孙达得讲收拾赵大发的经过,并

466

把他们通匪害人的罪恶一一说了个清楚。那些地主们听了,吓得颤颤的像几块凉粉,不敢直腰,弯弯的像个大虾,口口声声:"老总!长官!没事我们走吧!老总!……长官……"

少剑波立起身来,朝着几个地主严肃地道:"别害怕,只要不和国民党匪徒一块作恶,我不要你们的命。回去把你们的粮食、钱财、土地老老实实地分给群众,再别翻把。要不然早晚老百姓饶不了你们。听明白没有?"

"明白!明白!一定照办。"十几个地主连连地鞠躬。

"明白就好!明天上午十二点,你们再送几个脸盆来,我们战士们要洗脚擦澡。"

"办得到!办得到!"

"去吧!"

十几个地主一听少剑波让他们走,像夹着尾巴的狗,一溜烟地向山下急奔。到了灌木丛,像惊了枪的狐狸,偷眼贼神地回头望了望,然后撒腿就跑,有的滚了雪球。

这群地主走后,小分队便静静入睡。

大甸子里被释放的五十四名俘虏,有的想洗手不干,又怕落在老百姓的手里;有罪恶的不敢回家;有的想再回大锅盔,又怕他们的上司不肯饶恕。特别是马希山,对他的部下不留情的责罚,更使他们害怕。因此都集聚在范千金的家里,似丧家之犬,一天一夜踌躇未决。有的主张这样,有的主张那样,整整一天一宿一点没睡觉,一直在议论。最后终于统一了主张,就是"宁死上司手,也不亡于穷棒子"。所以冒险决定晚上要假装向南分开走,各自回家,再拐回向北,回到大锅盔。有吃的混上一冬,春天来了,重干。上司如果责罚,大家一齐跪下苦苦哀告,常言道,"法不治众"。又商量,立下誓书,将来立功折罪。

匪徒们商量出了头绪,接着又商量怎样走法,大伙都主张单走,一起走怕碰上小分队再捉着可轻饶不了。单个走,捉着三个五个也不要紧。并规定到七子峰集合,一块回山。正商量到热闹处,突然听得外面马蹄乱响,群匪一齐跑出去探头张望。马匪的大队骑兵,已经进了大甸子,队当中是侯殿坤、马希山、谢文东等匪首。这群被放的俘虏,满身颤抖迎上前去,一齐跪在马前,口口声声:"司令!饶命!我们有罪。"侯、马匪首一看这等模样,早知事情不妙。火烧了巢穴,又割掉了屁股,顿时怒火冲天,吼骂道:"滚起来!你们的枪呢?"

这群丧家犬,谁也没敢爬起来,谁也不敢第一个答话,都低着头一声不响,侧眼偷看着他们的同党。

马希山更怒了,朝着跪在他跟前的几个,狠狠地抽了几马鞭。"你们不说实话,我拿机枪突突了你们。"说着又是几马鞭。"快说!快说!"

挨打的几个痛急了,从嗓子眼里挤出两声:"被共军缴去了!有罪!有罪!"

"你们没打吗?"

"打不过!"

"你们怎么没死?怎么没伤?打死共军多少?"

匪徒们谁也没敢承认真情,任管马希山如何追问,一个回声的也没有。有一个匪徒被马希山抓起来,"你说!不说!我一刀砍了你。"

那个匪徒颤得几乎立不起来,吞吞吐吐道:

"没……打……没打!弟兄们正睡觉……共军进来了,谁也不知……"

"啊!"马希山一面狂叫,一面掏出手枪,就要打。侯殿坤一把拦住,走向跪着的匪徒问道:"共军哪里去了?多少人?"

"只有五十上下人,现在还在东山上。"四五个匪徒一面答,一面用手指着东山。

侯、马等匪首,一起向东山望去,只见迎着太阳的东山顶上,小分队的露营处,一股青烟,在徐徐上升。

"好!我看你还往哪里跑?"马希山一皱脑门,一咬牙根,回转头来,喊声:"集合!"一阵哨声,所有的骑兵纷纷奔来。马希山说了几句什么,骑兵分成三股,向东山冒烟处急驰包围上去。马希山在正中一路的最前头,身先匪卒。等到冲上围到山顶,又扑了一个空,山顶上什么也没有,只有两棵大朽树,像巨大的雪茄烟一样,平平稳稳静静地燃烧着,冒出两股青烟。旁边是小分队曾扎过帐篷的痕迹和烧剩的火灰。还有,顺山岗从南往北,有小分队滑行过的滑雪板的深印。

侯、马匪徒一看又扑空,气得一句话也说不出。驰马回屯,群骑匪跟在后面。回来又看到那群被俘虏的匪徒,真是火上加油,掏出手枪,一连枪毙了几个,其余的为了逃命,跑散了。马希山命令追赶,侯匪急忙对他叽咕了两句,才停下来。

原来少剑波昨天半夜便率他的小分队,不知走到什么地方去了。临走时杨子荣、姜青山出了主意,弄了两棵大朽树点在那里伪装炊烟,马匪真的又上了当。

侯、马、谢匪首回到范千金的家里,看着范千金血淋淋的尸体,不觉兔死狐悲,悄悄无言,走了出来。走到邻近的一个地主家里,刚坐下,喘息未定,忽听远远地传来枪声。马匪一惊之下,想起了后面还掉下一连几昼夜没吃没睡的步兵,他真像是疯了一样。为了保全他这一小撮残余的实力,又带着他的所有骑兵,朝着北山枪声处奔去。沿途迎见他的掉队步兵,被枪声吓得一瘸一拐,连滚带爬在没膝深的雪地上奔命。

马匪冲上了山顶,又是什么也没扑着,只有每棵大树根下的雪地上有射击后退出的子弹壳,和小分队滑行射击的足迹。小分队射击的东面,匪徒们的行军路上,直挺挺地躺着十几个匪徒的尸体,还有扔在旁边的没有了栓的大枪。

马匪率着骑兵,顺小分队踪迹追去,到了北山峰,看见小分队新滑过的踪迹,沿着漫长的北山坡丛林中去了。在这样的坡度下,滑行像射箭一样。连绵遥远的顺坡路,茂茂丛丛的大森林,马是没法追上的。

马希山气鼓得像个气球。群匪徒狼狈得像些落汤鸡。马匹疲惫得像些垂耳拖蹄的老驴。

三十一　槽头炸马

马希山鼓着他的腮帮子,领着他的骑兵,收容起那些掉队的但还没有被小分队吃掉、正在挣命奔逃着的步兵,回绥芬大甸子。一路上他鼓得像只气蛤蟆,满身的细胞都胀满了气,这形象,恰和那些精疲力尽泄了气的匪徒成了反比。他把满肚子的丧气全发泄到匪徒们身上,边走边骂,有时看着太不顺眼的就抽上两鞭。"妈的!怎么没叫共军都把你们打死!"真也怪,马希山的鞭子,真像个自行车的气筒一样,一抽到匪徒身上,就像被打上气似的,走得也快了起来。

匪首们对小分队的神出鬼没,真有些惊心碎胆,又恨又怕,但又无可奈何。

至于匪徒们,更是些惊弓之鸟,向来好单独行动便于抢掠奸淫的匪徒,现在也都聚居一处了。一有点风吹草动,爬起来就乱射一通,一到夜晚谁也不敢乱动。

匪徒们失掉了巢穴,再加上连连几天几夜的疲劳,侯、谢、马匪首在计穷无策的困境里,还是确定了在这里先休息几天。

他们数着手指头计算着:共军小部队发现他们才只有三天。如果共军不来大部队,光是这一小股共军是吃不掉他们的。要来大部队的话,小股共军必须先回牡丹江报告,这样快马也得四五天,等共军大部队赶来至少也得七八天,因此休整上一星期还来得及。

在休整中,匪首们深感他那些没有马的步匪在雪地上是一大累赘,行动起来一掉队就会被共军一口一口地零碎吃掉。丢掉吧,又舍不得这将占一半的实力。

他们又感到过去五个人一连的建制太不管用,既不能独当一面,头绪又乱。于是便决定把现在的二百三十几名匪徒,除了司令部的文武官员护兵马弁之外,其余的二百人编成二十个连,每十人一连,又好管辖,又可以独立作战。

可是编好后又有八个连没有马,这个难题却引起匪首们一番思虑,他们想:"掠绥芬大甸子的民马吧,又不太好,对己不利,自古道:'老鹰不打窝边食。'何况大甸子这个唯一的基地呢。"匪首们思来虑去,无计可施,因此马希山还是决定:"窝边食也得吃!何况大甸子这个窝,已是保不住了的。"于是把绥芬大甸子所有老百姓的马匹,全部给抢来,没有鞍子的,捆上床棉被,弄个绳扣作马镫。整个绥芬大甸子抢足了八十多匹好耕马,匪徒的阵营足壮了。有的穷苦人,爱牲口如命,为了拒绝抢夺,被打死了三四个。

在整顿中,匪徒们是严加戒备,全驻在大甸子的中部一带,

471

布置得十分严密,火力密集地交叉,各点之间可以有利地呼应援助。四围用雪修成了射击掩体,又浇上大量的水,冻成了坚固结实得像钢骨水泥一样的防御工事。又在老百姓的屋墙上挖了许多的枪眼,这样即使冲进阵地之内,也可坚守。又用雪筑成蜘蛛网似的交通壕,专为了逃窜之用。马匹各连都拴在自己的驻防区内,或地主的大马棚里。

马匪特别命令:"白天枪不离手,夜间枪不离怀,昼夜白黑马不离鞍。"又向王茂屯方向放出一连的警戒部队,严防共军大部队到来。又在驻区外围,每晚放两个连的战斗值班部队,提防小分队的袭击。

匪徒们真也饿怕了,每人抢了老百姓一条结实的单裤子,满满地装上大米。匪徒们特别愿要朝鲜族的裤子,因为这种裤子裤裆特别肥大,装粮盛得多。

三四天中安静无事。

匪首们这几天可是坐卧不安,频频地核计着他们今后的命运,纷纷争吵着他们将来的出路,担心着他们的生死存亡。奶头山、威虎山、神河庙、大锅盔,这些老巢都覆灭了!四外的土改又像潮水一般的冲向山区,再建新巢连粮食也弄不到,更可怕的是小分队眼前就要他们的死活。

按侯殿坤的意思,是要全部放下武器,把所有的人混进各大小都市,改名换姓,打入共产党的各要害部门——铁路、矿山、工厂、军队,进行秘密活动,组织地下"先遣军"。有机会就进行暗杀破坏,等待时机,准备暴动,迎接"国军"。他所以这样主张,因为他向杜聿明从来是报告他的赫赫成绩,雄厚的实力;而如今上十万的大军仅剩下这可怜的二百多人,连他苦心发展的那些地下"先遣军"的名单也落在共军之手。如果这样狼狈地回到沈阳,不但是党务专员做不成,要革官削职,甚至连脑袋也保不住。

谢文东则主张想办法抢一笔横财,先瞒着上司,到南方哪个城市先躲躲难。来春再返回来,重整旗鼓。他所以这样主张,因为他现在除了五个儿子、一个女婿以外,再没有一兵一卒。像这样一个光杆司令,他深知到了国民党那里是根本吃不开的。况且又是个将近六十几岁的老头子,连一个班长也当不成,说不定还要判罪。

可是马希山一意反对。他定要去吉林,背靠"国军"主力,扩大武装,进取图们、东京城一带,将来充当"国军"的先锋,攻打牡丹江。

争来吵去,还是因为马希山的实力雄厚,所以侯、谢二匪无可奈何,只得依从马匪的主张。特别是侯殿坤,此时只有抱马希山的粗腿了。

侯殿坤向来摸透了马希山的性子,知道他一戴高帽就喘,一激就怒。因此他就玩弄开了老党棍子的手法。

是在第五天晚上,一阵争吵之后,侯殿坤殷勤地向马希山道:

"希山仁弟!你的主张我依从了,不过你的威名左右四方谁都知道,就是杜长官也对你寄有很大的信任和希望。"他停了一下,斜眼瞅了瞅马希山捋着仁丹胡子傲然自得的神色,"难道你就甘心败给一个共军的小分队?特别是那个少剑波,不过是个二十几岁的娃娃,是个小小的共军团参谋长,怎么能叫他在你面前逞能耍威风!"

马希山一听,愤然站起来一拍小桌:

"侯兄!我马某要去吉林,是为了长图远举,我向来没怕过共军的强大,更不要说这小小的一股共军小分队。至于那个少剑波,在我马某眼里不过是个虎口中的小牛犊子罢了。哪有猛虎怕牛犊、蛟龙怕鲤鱼的道理。"

马希山这一席倒驴不倒架子的大话,正是侯匪所希望的。侯匪心想:"对付他必须高帽子里面加点利刺,才能叫他又喘又发火。"于是便向马希山叹了一口粗气道:

"不愧马弟之英雄!可惜崔、许二兄相继遇难,他们为蒋总裁献出了自己,实为党国忠烈之士。我侯殿坤失去了得力的臂膀,"说到这里,侯匪奸猾地长叹一声,"退一步想,不为事业,也为死去的朋友,应尽大义。这一小股共军不灭,使我侯殿坤死不瞑目。可是现在只有马弟你才能担当这一重任。"他看了看外强中干胆虚皮肉壮的马希山,"目前按兵力讲还胜过这一小股共军数倍,可贵的更是我们的弟兄中全与共产党有不共戴天之仇,他们和我们一样要从死地里向外冲杀。常言道:'兵置死地而后生。'妈的!四个人干他共军一个,拼也拼没了他。现在的问题是一切取决于马弟你的指挥了!"

马希山听了这番话,咬了咬牙根,拳头一握,满身杀气地敲了一下桌子:"侯兄放心,我马希山不消灭这一小股共军誓不为人。"胸膛一拍,大拇指一伸,"堂堂的国军副司令,掐不死个共军小小的参谋长!哼!我要用牛刀杀鸡,泰山压猴子。"说着掏出他的左轮手枪,将把子一撅,七颗子弹骨碌碌在桌子上滚动。"看看!我宣誓,秉蒋总裁的训示:'不成功,则成仁。'这几发子弹不是少剑波的,就是我的。我消灭不了他……"

侯殿坤、谢文东一齐伸出大拇指头,"有气魄,有胆量。"寡头专员和光杆司令乐了。

屋子里争吵的空气,顿时变得和谐起来,匪首们又进入意志统一的欢乐中。

少剑波率小分队在离大甸子三十里的一个小山半腰扎下帐篷,实行短时休整。在休整中少剑波详细地分析了敌情:"敌人的老巢被毁,屁股又被切掉,现在敌人的困难更多了。住的没有,吃的困难,行走我们又跟迹追逐,骑兵在森林地带不如我们的滑雪队,步兵更是些雪地的蜗牛,不仅不是敌人的力量,相反的成了敌人的赘瘤。因此,敌人可能藏枪化装隐蔽,从事地下活动;也可能利用我们尚未土改的边缘区空白村屯,抓住群众没有发动的弱点,和我们周旋坚持,等候着明春到来;也有很大可能脱离这个地区,向敌占区靠拢,最近的地方当然是吉林。不管他怎样,在有雪的季节里,要想逃脱小分队的追踪奇袭,是完全不可能的,因此敌人一定要先拼掉咱们小分队,否则什么计划他都要落空。我们应当足够地估计到,敌人为挽救他的死亡,会更加凶残。这也决定了我们的斗争任务将更加艰苦,任何的自满轻敌,都会换来失败。"

因此小分队休整的期间内,全体战士着重讨论了林海雪原机动作战的战术,和战士们的小群战斗动作。

第四天晚上,少剑波换了药布绷带,叫来各小队六个干部和姜青山,向他们分析了敌情,并确定了他下一步的指挥意图。他说:

"敌人的创伤,我们不能允许他安安静静地医治,需要想办法迫使这群受伤的野兽,离开大甸子的热炕头,逼迫他们陷进雪原的冰床。这任务很简单:不是把敌人撵走,就是把他引来,反正要叫他起窝。去的人还不能多,因为大甸子是平原,我们的滑雪是赛不过骑马的匪徒的……"

说到这里,六个小队干部一齐争吵起来,"这任务给我!""这任务给我!"

少剑波微笑道:"我要听听你们的计划。"

六个人一一把计划说了一遍,剑波听了都有长处,因此集中了他们的特长,变成一个基本计划。总因为刘勋苍吵得又急又凶,剑波批准了他。可是姜青山一意地坚持,不管哪位队长去,他都要去,剑波也就批准了他。

刘勋苍和姜青山回到自己帐篷去,带了三个滑行最好的青年战士,交代好了任务就要走。剑波滑着雪来到刘勋苍帐篷跟前,正碰上。战士们一看剑波又滑雪了,一齐喜欢地问道:

"二〇三首长,伤好了?又能滑啦?"

"谢谢同志们的关心。"少剑波笑着亲切地回答了战士们的问候,并摇了摇他那尚未痊愈的伤臂。

刘勋苍逗趣地道:"这是小白鸽的功劳。"引得大家笑了,剑波有点不好意思,马上转了话头:

"你去和敌人逗趣去吧,咱们回来再谈。今天晚上你的任务,是激怒敌人,要他来追我们,或者是驱走敌人。这两方面必须办到一方面。我在这里等着你,看看你这个坦克的威力。"

"放心好了,我会逗乐了敌人,或者逗哭了他。"

"当心你的粗脾气,"少剑波瞅着他这个猛有余、智不足、粗细不均的战友叮嘱道,"如果你完不成这项任务,我将罚你一个月不许你当先锋!"

"我若完成了,可得每次让我打头阵!一言为定。"

"好!祝你成功!"

"我们可以走了吗?"

少剑波点点头,刘勋苍喊声"立正",向剑波行礼告别。

少剑波瞅着他这些生龙活虎的战士喊了声:"同志们再见!"

"首长再见!"

刘勋苍等五人变成几个黑点,消失在森林中。

大甸子的二月十五,晴空雪地,一轮皎洁的明月,挂在东南天上,放出清冷的寒光,映照着雪地上如同白昼,一簇簇的集团家屋,看得清清楚楚。匪徒们所驻的大甸子中央,还闪着晰晰的灯火,刘勋苍顺着林边,选择了一个伸入大甸子的小山嘴,悄悄地向三个战士道:

"你们三个,就在这里,我和姜青山进去。"

说着他和姜青山翻过了衣服,全身成了白的,头上包一块白毛巾,摘下滑雪板,穿上带毛的羊皮鞋,试了试,这带毛的羊皮鞋,软柔柔的,毛沾雪地一点没有声响,这是姜青山来后想的法子,又把手枪推上顶门火,检查了腰间短刀和手榴弹,他俩便向匪徒驻区走去。

在离匪驻地二里路的地方,忽然耳边听得咯吱咯吱的响声,两人急忙躺在雪地上,用力手扒脚蹬,蹬了一个雪窝,就势悄悄伏在雪窝里。然后仔细地向响声窥去,发现十个匪徒在巡哨游动,朝他俩这边走来,越走越近,只离十五六步。他俩紧贴雪地,屏住呼吸,紧抓好了手榴弹,准备应付即将来的、看来是不可避免的、但是十分不希望的拼杀。这时,他们前一秒钟就不知后一秒钟可能有的变化。巡哨的匪徒一直朝着他俩掩蔽的地方搜来,更迫近了。

正在离八九步的地方,走在最前头的那个匪徒,被水田埂绊了一个跟头,这匪徒爬起来丧气地骂了几句:"奶奶个熊!倒霉……"因此匪徒便绕过田埂,改变了前进的方向,沿着刘勋苍

477

身后十五六步的地方向北去了。咯吱咯吱的声音,愈去愈远。

刘勋苍、姜青山相对一笑,都轻松地喘了一口气。收起手榴弹,弯着腰尽量压低姿势,向匪驻区快步前进。

刚走不远又是一队匪徒过来,他俩又用前法,躲了过去。等匪徒去远,他俩爬起来,一阵小跑靠近了屯边上的一个马架房。现在他们正前面五十几步远处,有两个集团家屋大院,一在东南,一在东北,和这所马架房摆成等边三角形。

两个人为了商量眼前的行动,于是向一块靠拢,不巧,踏上了几捆被雪埋在底下的高粱秸,哗哗一阵乱响,两个人急忙滚下来。这一滚压的高粱秸大响了一阵,接着从东南角大院门口,发出了一声吼声:"干什么的?干什么的?"接着叭的一枪,子弹掠头而过,在静静的夜里,枪声格外清脆,四外山上发出一阵混浊而强烈的回声。刘勋苍正掏手枪准备应战,突然自己身旁的姜青山卧倒处,发出汪汪的几声犬吠,引得几个大院子的狗狂吠了起来。

接着,北边的一队巡哨匪徒,匆匆地向那大院跑去,只听得纷纷质问道:"什么事?什么事?"

姜青山接着又学狗吠了几声,并故意地把高粱秸用手一扒拉。

只听得那边一个匪徒骂了声:"他妈的,癞狗,把老子吓了一跳!"

又几个匪徒齐声骂道:"你这小子,真他妈的脓包,狗都把你惊到这个龟孙样。"接着另一个道:"快叫你们连长起来换哨,十二点了,该你们连。"说着,十几个巡哨的匪徒向东南甸中心走去,不多时从大院里拉出十几个大概是换哨的匪徒,向北去了。

刘勋苍爬到姜青山身边,对着他的耳朵低声道:"好机会,动手!"在匪徒走远了的时候,全甸子吠声停止了,大甸子安静下来,他俩几步窜到大院的门口,只见院中央一盏大保险煤油灯,旁边堆着一堆马草,一口大铡刀,还有一麻袋马料,只听得里面传出唿喳唿喳马吃草的声音。两人正要向里进,突然正间门吱的一声开了,闪出一个人来,披着大衣,走到院中央,提上保险煤油灯,走向大院东侧的一个大马棚。在灯光的照射下,刘勋苍和姜青山看清楚了,有十几匹马拴在里面,马眼在灯光照射下,反射出星亮的黄光,刺人的眼睛。

刘勋苍一摆手,两人一个箭步窜上去,那人提灯刚一回头,刘勋苍一手掐住了那匪徒的脖子,姜青山用剥兽皮的锐快的尖刀插进了匪徒胸膛,匪徒一声未叫,就倒下了。

刘勋苍两人迅速摘下捆在腰上的十六个手榴弹,捆成四束,放在长约十五米的马槽下,用一根细绳拴了拉火线,把绳头拴在尽外边靠出口的那匹马的马鞍环上。然后把那个匪徒的尸首扔到西墙根月光的阴影下,把灯又放在院中央,便走了出来。刚转到大院的北边,忽听得北边大院有当当的击铁声。姜青山忙跑过去,看见一个人正在院中央挂马掌,姜青山几步窜进去,拉着那人向外就走。刘勋苍三步两步的迎上去低声道:"不要活的,快给他一刀。"说着举起匕首向那人心窝就刺——

姜青山拖着那人急忙一闪,笑道:"这是朋友,别开刀!"

原来这人,正是从前放走姜青山和赛虎的曹瑞昌,本来因放走了姜青山和赛虎以后,马希山要枪毙他,可是因为他是匪营中唯一的一个马掌匠,所以才没被杀害。

此刻相见,也来不及亲热,姜青山只是道声:"老曹,快弄三匹快马,马上走。"曹瑞昌早已明白。可巧这两天马希山催促快挂马掌准备行动,所以曹瑞昌得连夜干,刚挂好的四匹马,匪徒们还没牵回去,正好,曹瑞昌拉了出来,并带上他自己的步枪,三人飞身上马。刘勋苍在前,曹瑞昌在中,姜青山在后,为了不引起巡哨的匪徒过早地发现,所以他们故意抑制着急躁,向原路方向缓步走去。在走离大院半里路的光景,刘勋苍接过曹瑞昌的步枪,当当当……向匪徒驻区一连射了几枪,接着又是一排手枪,只听得大甸子一片犬声狂吠,四处打起枪来。巡哨的匪徒一急隆地跑了回来,奔向他们的射击掩体。刘勋苍朝着慌乱的匪徒一连又是几枪,接着三个人一齐高声喊道:

"共军向西跑了!快追快追!"

喊了一阵,三人拍马就跑,这时西山嘴上的三个战士射击开了,子弹嗖嗖地掠过头顶。喊声和西山上的枪声,吸去了匪徒们的全部注意力。

巡哨的匪徒跑回大院,马希山也带着他的马弁赶来,凶凶地问道:"什么事?什么事?"

一个匪徒连长答道:"共军进来了,又听弟兄们喊向西跑了。"

恰在这时,西山上又射来十几粒枪弹。

马希山一拍屁股命令道:

"上马追!快!快!大甸子里,不同山上,跑不了他。"

十几个匪徒接到命令,钻入马棚,各人带上自己的马嚼口,靠门的一匹马,是匪连长的,他不拉出去,谁也拉不出去。匪连长戴好了马嚼口,拉马向外就走,突然,轰的一声剧烈的爆炸,马棚全掀了盖,十几匹马、十几个匪徒,和马棚、弹片、马粪一样,炸开了花,飞腾起来。

马希山吓得像只惊枪的野兔,目瞪口呆,蹲在墙根下,一动不动,直愣愣地望着他眼前的浓烟。马棚起了火,他回身往后就跑,迎面碰着匪徒们四处奔来。

马希山也不顾别的,连连喊道:"快,往西跑了,追！追！"匪徒一拥向西追去,这时西山嘴上的三个战士不断地射击着,匪徒们朝着枪声冲去。正冲到将近山根处,只听得大甸子的东面,匪徒的驻区背后又是一阵乱枪,接着大声喊嚷:"在东面,共军大队从东南进来了！"最初是刘勋苍等三个人的喊声,接着便是屯里混乱一团的匪徒的喊声。冲到西山根的匪徒们听了这喊声,扭回头又向屯东扑来。

原来刘勋苍等三人,在西边喊了一阵,随着手榴弹爆炸,驰马顺甸子北边,绕到东面,向着屯里乱哄哄的匪徒又是一阵乱枪,大声喊起来。这一喊引起了匪徒一块狂喊。他们三人在喊声中,驰马回到西山嘴去了。绥芬大甸子埋入一片慌乱中。

直闹到半夜,几个匪首回到屋里,丧气万分地围着一盏孤灯。侯殿坤伏在桌子上,谢文东、李德林坐在炕里边,马希山站在地上,像根木桩,一动不动,屋子里像死一般的静,只有马希山的眼中吐出凶光。

侯殿坤发出不知是气愤还是悲哀的两句话:"八斤重的狸猫,斗不过几两重的一只小耗子！"

马希山一转身向侯殿坤射出更凶的目光,干拉拉地粗声躁气地说:

"什么斗不过个小耗子,我定要少剑波上我的圈套。"说着头一点,"好！就这样。"

转身又向外面的马弁喊了声:"请老郑来。"

不多时,郑三炮进来,马希山向他嘟囔了一阵,郑三炮狠狠地点了点头道:

"好！就这样！"

481

三十二　林海雪原大周旋

太阳刚出山,匪徒的大队已离开了他们的驻区,沿着大甸子向王茂屯方向窜去。

刘勋苍等在西山嘴上看到敌人逃窜了,便从雪窝里跳出来,向五个人命令道:

"敌人逃窜了! 瞄准射击,标尺定到一千二百米。"

六个人一齐向正走在开阔地带的匪徒一阵猛射。可是因距离太远,气候又冷,杀伤力太小,几乎等于零。

也许敌人知道距离远,不怕射击,或因为怕再被切掉尾巴,割掉屁股,任凭你怎么射击,他是头也不回,枪也不还,甚至连掩护部队也没有。只是增加了一点速度。刚掠来的老百姓的马匹,听到枪声,有些发惊,簇拥成一团。不到三分钟的时间,匪徒们完全脱离了刘勋苍的火力控制,窜到了射程以外。

刘勋苍见匪徒去远,便带上昨晚缴来的三匹马,急忙赶回小分队的大本营,向剑波报告了他的槽头炸马和敌人的去向,并介绍了姜青山的朋友老曹。

少剑波略一思考,心想:"敌人为什么白天逃窜呢? 是有什么诡计吗? 还是自恃其力量大于小分队? 或者是自恃他的骑兵在草原行进,胜过小分队的速度? 分明是后者!"他这样判断后,便立即命令追击,以便揪住敌人的尾巴。小分队拔起帐篷,顺着绥芬大甸子西山岗,向王茂屯方向扑去。

傍晚,在王茂屯西南的大山沟和匪徒大队遗留下的脚印相碰。发现敌人是顺着王茂屯西南的大山谷,向西窜去。

匪徒经过这多次的失败教训,变得更加狡猾了,这次的逃窜,除了山沟雪地上留下了匪徒们的脚印之外,其余各方面的条件都对小分队不利。譬如匪徒们所选择的道路是:节节登高坡,步步上水头。两边的山头也是一个比一个高,一座比一座大。这样匪徒的马匹前进倒不是十分艰难,而小分队的逆坡滑行却十分费力气,速度将大大减低。这条上坡路又是漫长二百里开外的巨大山谷,要越过谷源的分水岭才能到达便利于小分队的滑行区。

夜晚,赛虎在前边嗅迹当向导,小分队艰难地一杖一步地滑行着。一连三天,也不见敌人的队伍,也不见敌人有掉队的,只有沿途的马粪和烧尽了的火堆残灰,标志着匪徒们吃饭和宿营的地点。从这些遗留下的痕迹中,证明了匪徒的马匹比小分队用了最大努力的速度还快得多。

第四天,到了谷源分水岭,迈过分水岭,再向西全是顺坡路,林子也略稀了一些,观察也便利得多了,雪层又厚,这对小分队真是一大喜讯。战士们个个挥舞着雪杖,喜笑颜开地说道:

"这可来了咱的天下啦!看你往哪跑!……"

少剑波命令三个骑兵在谷底跟踪前进,滑行队伍登上北山岗,顺坡下滑,这样一来可增加更大的速度,二来追上敌人马上可以先敌展开,占领有利地势,开火射击,牢牢掌握住这先机之利。

又追了一天,第五天的上午,小分队正在紧张地滑行中,突然三个骑兵由谷底转回马头,向回路奔驰,奔驰了一里多路,顺着一条小山沟奔上北山岗,他们紧张地向剑波报告道:

"二〇三首长!已经追上了,匪徒就在山下一个小屯落里,所有的马匹都喂上了,看样子敌人在休息,屯子里很安静。"

少剑波马上把部队隐蔽在山后,自己同各小队干部登上山顶,向西南谷底一看,原来是个小屯落,零零散散五六十户人家。屯落周围是一小片谷底平川地,山坡上也开了几级梯田。屯内匪徒的马匹一行一行地拴在老百姓的露天槽上。也有的拴在零散的木桩上,跟前放着草料袋,马匹在安静地吃着草料。除了三五个喂马的匪徒之外,其余的匪徒都看不到。从这个情况看来,匪徒确像是已经在睡觉,甚至连一个警戒的哨兵也没有,毫无逃窜后的狼狈状况,也没有作战的准备。

　　杨子荣搓了一下满脸的胡须笑道:"二〇三!我看匪徒们一定是自信他已经摆脱了我们的追击!所以才……"

　　"二〇三!二〇三!"刘勋苍拳头一攥脚一跺,"好机会,咱们再来一个被窝捉死猪,裤筒里抓……"

　　"别忙!"少剑波眉头一皱阻止了刘勋苍的急躁,"绥芬大甸子的经验不能在这里重复,因为那是割尾巴,切屁股,这是打敌人的全身。现在敌人的全部兵力要比我们多好几倍,那样下去势必硬拼。"说着剑波指了一下正在喂马的几个匪徒,"看到了吗?坦克!不等我们捉死猪,这几条活猪就会把死猪唤醒。那时不硬拼又怎么办?同时这里匪徒的组织已不是绥芬大甸子了,那是掉队的无组织的匪徒,这却不是掉队的。"

　　刘勋苍红了一下脸,朝身旁的杨子荣一伸舌头,"又冒失了!又冒失了!"

　　少剑波蹲在一棵大树后,向小分队干部一拢手势,他们全到他的跟前围了个半圆蹲下,剑波摸了一下他的右腮道:

　　"现在的打法,是组成十个火力点,瞄准射击,把敌人叫起来,在敌人慌乱中给他一个大大的火力杀伤。也不过高要求,每人保证打中他一个,这样就可以杀伤敌人四分之一,当然超额更好。然后对击散的匪徒就可以一小伙一小伙地给他个零碎吃掉。如果敌人真的逃向吉林,势必过滨绥铁路,那时王团长的主力就可以伏击一下。"

各小队干部接受了任务,分头布置好了自己的小队。所有的步枪,加一挺机枪,组成了十个火力点,剑波刚要发出射击信号,突然他内心一怔,想着:"是否是敌人的诡计,为什么这样安静,应该先……"

他刚想到这里,突然从右边正西方邻近的一个山头,一阵密集的火力向小分队阵地射来。小分队受了侧射火力的突然袭击,处于无法隐蔽的状态。当时就有几个战士负了伤!

少剑波证明了自己最后这一闪的思考,已知中了敌人的埋伏,立即命令:"栾超家小队掩护,其余向东北的高山上转移。"

当栾超家小队调过枪口,向敌人一阵猛烈的射击,小分队主力已转过东山坡,登上东北山头。正在这时,遥见屯南的半山腰跑下来五十几个匪徒,跑到屯内解马。

少剑波笑了一笑向杨子荣、刘勋苍道:

"匪徒埋伏错了,他是估计我们会冲向屯里,然后用南北两山的兵力来夹击消灭我们。"

"幸亏没冲下去。"刘勋苍以检讨似的口吻看了一下剑波。

这时南山下来的匪徒,已经上马出了屯西头,转过山嘴,向小分队的侧后包围过来。

又有一股显然是留在屯内的匪徒,向正北方小分队的正面冲来,少剑波看到这些,判定是敌人临时调动了战斗部署,向小分队开始包围。因此他命令道:"同志们瞄准射击,杀伤一阵,准备转移。"战士们一阵激烈的枪声,射向匪徒。

正射得起劲,赛虎突然在小分队来路的东山头上一阵狂吠,接着跑回来。少剑波回转身去刚向吠声看去,突然从那里一阵密集的火力射向小分队。接着便是几十匹骑匪拥上东山头。火力更加密集了!小分队已处于匪徒的三面包围中。这背后来的威胁使少剑波有些焦急,"这一股匪徒是从哪里来的呢?为什么毫未发觉就到了侧背呢?"一时得不到答案。

少剑波见到这一股匪徒对自己的威胁最大,便立即命令杨子荣带他的小队和伤员、马匹占领北边高山,那是唯一的一个摆脱敌人的缺口,可以掩护小分队撤退。

杨子荣小队刚登上正北的高山,栾超家小队对付的那股匪徒已在向他们冲锋了,屯西窜出那股骑匪又向栾超家小队的侧面包围上去。十个人的火力,阻止不住两股上百匪徒的猛冲,栾超家小队已处在十分危急中。杨子荣立即指挥马保军的机枪和全小队一起,居高临下,一阵猛射,压倒了冲向栾超家小队的匪徒。

少剑波在三面受敌的情况下,他已决心迅速撤退,否则敌人三面一齐冲锋,小分队的力量是难以支持的,于是他便发出撤退信号。

在小分队的火力一阵猛烈射击后,栾超家、刘勋苍的两个小队滑上杨子荣的阵地,占领了那个制高点。只有少剑波自己和姜青山及两个警卫员留在后头。当杨子荣发现首长没到,一阵焦急,正要反冲回去,突然在剑波原来的阵地上,一阵剧烈的手榴弹爆炸声。白茹急得抓住杨子荣的手,"子荣!子荣!他还没回来!他的伤还没好!……"杨子荣把大肚匣子一挥,刚喊了声:"冲回去!"突然从树缝里发现了剑波等人飞滑的影子。他是用手榴弹打退了东山上敌人的一阵冲锋后,在高山小分队全部火力的援助下,撤到了制高阵地。

这时三面的敌人已向这个山头疯狂地冲来,总共二百多人,这大概是匪徒的全部人马了。战士们面对着这优势的敌人,紧张地射击着,从脸上严肃的表情看来,他们内心对着这场不利的战斗,都在准备着即将来到的最后的拼杀。陈振仪已把剑波公文皮包里的文件全部点上了火。只有手枪的战士,已在射击短小的空间,用战刀砍下几条木棒,准备肉搏时拼打。

几次猛烈的射击后,步枪的子弹已消耗大半了,虽然战斗的时间并不长。手枪和冲锋枪在较远的射程中威力是太小了,因此为了节省子弹,提高命中率,只有等敌人靠近再打。因此敌人的包围圈缩得更快更小,敌人的兵力也随即更加密集,敌我之间的距离也就更近了。每次的反冲锋,大多是在手榴弹的投掷距离内,枪和手榴弹一齐交响,一起使用。

少剑波在这种危急的情况下,这个年轻的指挥员,在四倍以上的敌人面前,在几乎是四面被围的情况下,在密集的火网笼罩下,他像一座坚固难破的岩石,像一株冰霜不惧的青松,不慌不忙地指挥着。因为他知道:在这个时刻里,他任何一点慌张都会使战士们失去斗志,失去沉着,失去胆量。他必须沉着,只有这样才配称是一个人民解放军的指挥员,也才配称共产党员。他沉着而细致地观察着他所需要的一切情况。他看了自己所占领的制高点连着的大山背,至少也有七八里长;又看了自己的阵地的高度,在这周围的山头来讲,它是最高的一座,也是最威严的一座。所以匪徒的枪弹不是掠空而过,落在远远的后方,便是落在阵地前边的雪地上。在这个安全的角度下,只要敌人不真正地冲上山头,任何密集的枪弹,杀伤力也不会太大。他看了自己战士们准确射击的杀伤威力,特别是姜青山这个青年猎手,真可以说是枪枪不空,弹弹咬肉。当他看到这一切,又确信他的战士们的巨大威力后,他在激烈的枪声中想着:"此刻虽然是不利的被包围的战斗,但就有利的地形来看,还是杀伤敌人的好机会!"于是他满腔欢笑地喊道:

"同志们!打得得劲吧?"

"太得劲啦!"战士们在剑波满腔欢笑声浪的激荡下,发出爽朗自信的回声。

"同志们!再练上几十分钟的打活靶。"

战士们听到他们首长各种幽默的词句,和兴高采烈的呼声,战士们的心,好像和剑波的声音一样,坦然无恐,泰然无惧,好像满山遍野都是自己的人马,浑身都充满了胆量。战士们的呼吸也平静了,真像在安静地打着活靶,从不同的战斗位置上发出一片响亮的喊声:"太得劲了!二〇三咱比赛吧?"

"不成!同志们,这一点我比不过你们!"

"那我们给你代劳吧!"

"谢谢同志们!"

当少剑波确信自己的战士和自己的心完全一样后,便转回身爬向栾超家,"超家同志,趁敌人还没有占领我们后面这条大岗,现在你迅速率马匹和伤号顺大岗一直向西北大密林撤退。动作要快,再停一会儿,恐怕就出不去了!"

栾超家爬起来,执行着他的任务,离开了阵地。

当少剑波看着栾超家的队伍已走到安全地带。他内心像去了千斤的重担一样地轻松,但是突然他听到自己小分队发出的枪声渐渐稀疏下来,而敌人却更疯狂了,甚至在喊:"弟兄们!共军的子弹完啦,冲啊!"

少剑波迅速将步枪手、机枪手集中到东面和南面,命杨子荣指挥,把这两面的敌人阻止得远一些。又命所有的短枪手都拿出两枚手榴弹,整理好滑雪具,让刘勋苍率领着,准备杀开一条血路。

西面的匪徒,一看小分队对这里停止了射击,一阵乱叫冲了上来。

"投弹!"少剑波命令一声,自己先投出了第一枚,接着便是四十多枚手榴弹向冲上来的五十几名匪徒群里落去。一阵剧烈的爆炸,匪徒们有的活着连滚带爬,有的死了滚下山头,道路打开了!

"同志们,找地方休息一下。"少剑波手一挥。

小分队在暂时寂静的枪声中,顺着大雪岗飞滑下去,为了避免匪徒的火力追击,他们都蹲在滑雪板上,像无数的礌石一样,激冲直下,滑进山谷,翻过一个小山包,进入密林了。

匪徒登上山头时,小分队已无影无踪了!只留下长无尽头的滑雪板的痕迹,安静地卧在一眼望不到尽头的大岗雪床上。

他们得到的只是四十几名匪徒的死尸。

小分队在一个密林里扎下帐篷。

在战士们的休息中,少剑波开始了他第二步的部署。在干部会上他首先指出了敌人的诡计,接着十分严肃地指出,绝对不能轻敌。今天要是大意一点闯进屯去,就会吃大亏。同时也指出了刘勋苍侦察不细致,在敌人逃窜时没有点清敌人的兵力,也就是没发现敌人分出了将近四分之一的兵力,尾随在我们的背后。然后他眉毛一耸,抬了抬还没有完全痊愈的肩膀道:

"敌人在这块地面是立不住脚了,可以说没有他容身之地。因此是必然要离开这里,重建匪巢。但是敌人深知:不消灭我们他是走不清闲的,或者确切一点说,他是走不掉的。所以敌人一定要仗着他的优势兵力,和我们自己弹药不足的缺陷,来追击

489

我们。"

他笑了笑环视了一下杨子荣等人,"那正好,我们现在很需要匪徒们追击,这样我们可以大大地制造敌人的弱点,一方面打击敌人,另一方面我们需要他的弹药补给我们,因此我们要来迎接一连串的战斗。"

这时他的眼睛全神贯注地盯着地图,反反复复地扫视着他那条已经标好的红线,好像他要在红线上找什么,又要向这条红线要什么,又在疑虑从这条红线是否能找到什么,是否能要到什么。最后他眉头一皱自语了一句:"从现在地图上看,只有这里恰当……有利……"

他抬起头来向干部们笑了笑,"现在我们要选择一个良好的战场,要选择一条良好的道路,这里!"他把红铅笔尖在红线上往返地摆动了几下,干部的眼光早已顺着他的笔尖在地图的红线两侧,仔细地看着一切,好像要把那上面的山峰呀,山谷呀,密林呀,稀林呀,一下子印在脑子里,使自己的脑子也成为一张活地图。

"怎么样?可以吗?"少剑波微笑地问着他的战友们。

"好!"杨子荣、刘勋苍一齐向剑波赞同地答道,"论条件,这条线最好。"

"好!确定了!"少剑波肯定了自己的战斗计划,回头命令杨子荣,派三个骑兵,和卫生员小刘以及姜青山的朋友老曹,又挑选了一个会用指北针的战士,带着马匹帐篷和五个伤员先走。自己带着小分队,在等候着敌人。

果然,第二天马希山等匪首率领着他的"倾国"人马,沿小分队留下的踪迹追来。

刘勋苍和姜青山被留在小分队的最后头,一会儿打上两枪,一会儿跑一阵,一会儿又滑一阵,一会儿又停一阵。

匪徒的骑兵贪馋地尽量加快着他的速度,想吞吃他前面这一支人疲弹尽的小部队。哪怕吞不了,即便打散了也好给自己"保太平",也可以捞个"一路平安"。

一连两天,都是玩着这个"捉迷藏"。

第三天上午,小分队登上了一座高山,向山下一看,整个的大山洼一棵树也没有,净光光的一片白雪。在大洼靠北一点,是一个光秃秃的山头,像一个巨大的雪人坐在大洼里。奇怪!为什么在这渺无边际的林海里,会有这样一片连一棵树也没有的大山洼呢?大家都十分好奇地巡察着这个怪现象。经过仔细观察研究,推断出这里在两三年前,曾燃烧过一次大山火,火是从洼底烧起的,当时刮着西风,风引火头一直爬上周围偏东的大山,洼内和老秃山的大森林全部被烧光,后来因为一阵大雨,熄灭了这场大火灾。这个结论是从这里残留下未被烧尽的树干上得来的。这些残留的痕迹都是西侧烧得重,东侧烧得轻,那被烧的木炭的特征显然是被大雨浇灭的。

少剑波看着眼前的情景,向杨子荣一点头道:"好战场,就在这里。"

说着他分配了孙达得和两个战士留下,等刘勋苍和姜青山上来和他俩一起完成一项重要任务。自己率领小分队滑向对面光秃秃的那座雪人山。

在这座大雪人山顶上又留下了十五名步枪射手和一挺机枪,由栾超家和小董任正副指挥。

少剑波和杨子荣率领剩下的全部,绕了一个大圈,回头向东南自己来的方向滑入密林。

马匪沿着小分队的踪迹,节节追击,傲然以胜利者的姿态追得又凶又猛,可是老追不上。匪徒们由于人困马乏,时时打击着他们的贪心馋欲,有些灰心丧气。正要打算转路西进,回到他们的老道,不料在他们不远的地方出现了五个人在疲惫慌张地逃跑着。

马希山一见,立即大呼一声:"弟兄们,快点,捉那五个掉队的共军,共军被追垮啦!我们疲劳,共军更疲劳,我们是四条腿,共军是两条腿!追呀!"

匪徒的大队一齐向这五个人扑来,五个人更加慌张,回头乱射了几枪,又向前拼命地跑,可是总不如匪徒的马快,眼看快被赶上,五个人雪杖一撑,向前一倾,滑进了净光光的大山洼。

马匪到了山顶,看着雪洼里的五个人影,立即命令郑三炮:"这里没了森林,马可以跑得快,快点!带全部人马追,一定捉到,一定捉到!捉不到打死!打死!"

郑三炮右手一挥,匪徒们一齐向山洼驰奔,山上只剩下匪徒司令部的匪首和他们的家属以及护兵马弁等三十几个人,在瞭望他们徒子徒孙的威力。

刘勋苍、孙达得等五人,看着匪徒袭下山来,一阵急速度的飞滑,绕到大雪人山的背后,不见了。

当匪徒们追到洼中心,正在观察五个人的踪影,刘勋苍等五人已经出现在光秃秃的大雪人山顶上,并向匪徒密集的队伍中心射了几枪。

郑匪马上驱动他的全部人马,向山顶猛袭,刚冲到山半腰,匪徒们正在内心庆喜自己马上就要成功时,未料遭到一阵大大超过五个人火力的猛烈射击。栾超家和小董的部队在雪战壕里施展了巨大的威力。这阵射击,把匪徒连人带马打回大洼,留在半山腰的只是一些尸体。

郑三炮这个惯匪,向来是不甘心吃别人的枪下亏,何况这又是被他们追击的一股小部队。马希山又把前线指挥的大权交给他,当然他是不甘服输的,于是就组织了第二次的冲锋,想利用他马匹的狂奔速度,来战胜小分队的射击时间。但在他刚拉开架子的时候,匪阵中已有几个匪徒,在姜青山准确的射击下落马。他们虽然又冲上山半腰,可是又遭到同样的结果被打下去。

郑三炮几乎把眼珠都爆出来,一阵狂吼,第三次又来了!这次的匪徒却分了三股,从四面把大秃山包围起来,一齐冲锋,小分队的火力被迫分散了,匪徒的队伍围拢了整个大秃山,小分队火力显然已阻止不了他们的前进。

马希山在对面山上来了神气,骄傲自得地手指着大秃山,"少剑波!少剑波!你的本事不过是林和雪,现在没了林,我要融化烧干你的雪,我看你再有天大本事,能逃出我的手。"

侯殿坤咯咯一笑,"你能滑雪,可你不能长翅膀。"

蝴蝶迷歪屁股扭腰尖声尖气的,"老郑多咱也没空手回来过,少剑波这回可碰上了死对头。"

匪徒们的得意到了极点,连老是垂头丧气没精打采的李德林、谢文东也咧开嘴笑了,等着他们的刹那间就要取得的胜利。

郑三炮指挥的匪徒从四面已冲到大秃山的半腰,匪首们在这边的山头上一齐呼喊:"冲啊!捉活的!"侯、马匪首几乎蹦起来,也在这边山头大喊:"弟兄们!冲啊!冲啊!……"

大秃山的匪徒已经冲上山顶,这边的匪首们乐得狂跳起来。正在得意,从他们的背后林中,一阵激烈的火力射击,匪首们在狂喜中倒下了几个,回头一看,少剑波、杨子荣所率领的小队一部已冲到他们的背后,激烈的火力穿射着集聚狂喜的匪群。匪首们连枪也没来得及回,确切一点说,枪还没拿出来,便狼狈地哭叫着滚下大洼。

李德林和几个马弁被打死在山头上。

所有的十几个匪首的妻女姘头,吓得滚下马来,抱着头拱在深深的雪坑里。

大秃山上的匪徒冲到山顶,又是一无所得,栾超家、刘勋苍已率领他的部队和上次一样,用密集的火力打开了敌人东北面两股的接合部,飞滑下大秃山,进入北边邻山的密林中。

侯、马匪首一口气窜到洼底,头也不回,顺大洼向西窜去。郑三炮那股主力,一看他的老将被"将军",也纷纷奔下大秃山,慌忙地跟在马匪的后面,向西逃奔。

少剑波"将"了这一"军",捉到了那些妻女姘头,她们哭哭啼啼哀告饶命。少剑波感到在这深山密林,又无村屯,让她们到哪里去呢?真不好处理。他细思了一番,便决定给了她们几匹缴来的马匹,让她们回家。并看了看地图,告诉她们一直向正西下水头走,就可以出山,三百里外是柴河镇。又怕山中猛兽对她们侵害,所以又给了她们三支枪,用以自卫。

李德林的老婆子,两眼满是泪,望了望丈夫的尸体,也骑上一匹瘦马,跟着其他的女人去了。白茹看到这种情景,要求剑波再给她一匹马,把李德林的尸体也给驮回去,剑波也答应了。

少剑波在自己的跟前放起一堆大火,栾超家、刘勋苍也率领他的部队回来,小分队集合了。

把击毙匪徒的枪支、弹药补充了自己,每人割了一大块死马肉,把匪徒丢下的粮米,补充了自己的粮袋。靠近了林边,选了一个良好的地势,宿营。

第二天撵着匪徒逃窜的踪迹追逐,行有五十多里,走到一个五条山岗交汇的大山洼。这里树木稀少,全是一片草地。虽然是山岗交汇,但山岗宽而不陡,所以地形比较平坦。靠北边那条山根下有一堆一堆的火灰,这显然是匪徒怕小分队夜袭而分散宿营的痕迹。

小分队继续寻迹追逐,却发现匪徒的踪迹向四面八方分散得零零乱乱,向不同方向遁去。

杨子荣努力要寻找最大的一股匪徒的踪迹,可是查来查去,差不多全是相等,最多的也不过三个人。

少剑波思考了一会儿,向小分队分析了这个情况:"敌人和我们的两场周旋,连吃了败仗,现在是要千方百计摆脱我们,所以采取了一段路程分散逃窜的诡计。这里已近林边,他是不敢分散到底的,因为那样会受到民兵的捕捉。现在我们只要踩着一个脚踪,便可追着。"于是他下令向正西那股最大的四个脚印追去。

可是又追了二十余里,脚印更乱了!原来在左侧的又绕到右侧,在右侧的又绕到左侧。特别有大多数的踪迹绕了一个大圈又走了回头路,向正东返回去了。千头万绪的踪迹,在剑波和战士们的思想里,对匪徒的意图,引起了怀疑。

是匪徒们散了伙各奔东西自找出路呢?还是要化整为零引诱小分队分散追击,他好各个击破呢?还是要继续逃窜呢?还是要继续和小分队周旋呢?

现在这样追,已经不起作用了,这样会把小分队累得精疲力尽。于是少剑波决定,部队休息,先找一下头绪,免得盲目行动。便令小分队登上一座便于速滑的小山,扎下帐篷。然后选出了十二个滑行技术最好体力最强的战士,分成四组,由刘勋苍率领一组,小董率领一组,孙达得、陈振仪各率领一组,各组拿上指北针,对好了方向度,向四个方向跟踪追查。

临走少剑波特别叮嘱:"你们各组力量单薄,严防敌人埋伏。"各组分头去了。

第三天的下午,三个小组陆续回来,小董先报告了他的路线,剑波根据他的报告在地图上标了一个8字形的蓝线条。

接着在刘勋苍、孙达得的报告后,他又标上了不同角度的两个8字形线条,三个8字形线条加起来,形成一朵六个花瓣的花。此时小分队的位置已在正北那个花瓣处。

三个小组在搜寻中,都没有碰上敌人的埋伏,也没有见到一个匪徒的影子。

少剑波点打着地图上的蓝线花朵笑道:

"敌人大走开了八卦路。这很明显,匪徒是诱我们追他的一股,其余的大部好逃窜,摆脱我们。现在匪徒已迷惑了我们三天,我们输掉了三天的时间,三天的路程。"

接着他马上担心地向陈振仪的小组去的正西方向张望了一下。自语着:"陈振仪还没有回来,他的经验不多……这里到林外只有二百里,那里又是一带平原……"他停了下,刚要再说什么。

"敌人……"杨子荣很肯定地插嘴道,"敌人一定是靠近了平原陈振仪所追查的方向。敌人玩这个花样,正是要迷惑我们在山地空追,匪徒们以为我们不会判断他走向平原。"

"是的。"少剑波肯定地同意杨子荣的判断,"正是这样,现在需要我们以最大的速度追击。现在马上出发,快速前进,讨回我们这三天所输掉的路程。"

小分队像一支飞箭射向正西。

三十三 解 救

　　陈振仪小组,攥着正西方散布得满山十分不集中的匪徒的踪迹追逐着,匪徒踪迹虽然非常不集中,看起来五匹以上的同行脚印几乎没有,但是在方向上却很固定,所有的脚印都是奔向正西。在这一批脚印中,八卦路的圈套已经没有了,他们三人便加快速度,攥着一溜最多的脚印,看样子是四骑同行的踪迹,一直追逐下去。

　　第三天的黄昏,当他们爬上一个小山包时,面前出现了一个巨大的山丛大缺口。呈一条带形银白色的平原,由窄而宽远远地伸向西南,和黄昏的西南天边相连,证明了这个方向的山林被他们三人踏透了。

　　"平原!"陈振仪惊奇地喊了一声,接着他沉入深思中,"怎么?匪徒敢踏上平原?"他们三人显然是在怀疑自己是不是中了匪徒的诡计而误入歧途。

　　三个人为了找到答案,眼睛频频地环视着他们眼前的一切,由远到近,由近到远,由西南天边,缩视到自己的脚下,再由自己的脚下,遥视到西南天边,由匪徒的马蹄印到自己的滑雪板,反复地观察着。突然在自己站的小山包脚下灰白色的雪地上发现了一团乌黑黑的无雪区,这片无雪区的直径也不过百多米的样子。他们三人的目光便一起集中地盯着这片黑团,努力将瞳孔放大,要穿过黄昏的夜幕,看出一个究竟来,可是他们的眼力怎么也克服不了这大自然的昏暗。他们的心又进入紧张的判断中:"是屯落吗?不会的,因为所有的屯落屋盖上都覆盖着白雪,是不会漆黑一团的。况且屯落又不会一盏灯火也没有。"

汪汪!……突然黑团的西北边发出几声狗吠,接着便是群狗的厮打声,在死静的山脚下的平原边上,听得格外清晰。"屯落!屯落!"陈振仪从狗吠声中向两个战士确定了自己的判断。他的话声刚落,又是一阵群狗的厮打嗥叫声,声音激烈长久不息。这声音和在绥芬大甸子所听到的一模一样。在这黄昏时分,又是孤零零的一个小组,听起来是十分凄惨可怖。

陈振仪手一扬,"下去,战斗准备!"说着三个人脱下滑雪板,和雪杖一起捆好,背在背上,三人成小组战斗队形向黑团扑去。

在离黑团百多米的距离,一股刚燃烧不久的苦辣火臭气味冲嗓刺鼻,随着不规则的晚风吹来。三个人更加警惕地摸索前进。

到了黑团边,完全看清了这片黑团的景象,原来是一个屯落,完全被火烧光了,所有的房盖全烧没了,只剩下被浓烟熏得漆黑漆黑的四壁土墙和破房框。全屯一个人也找不见,确切一点说,除了屯外的狗嗥声外,连一点活着的东西也找不见。

从这可怖的景象中,陈振仪小组已经猜测到这里又发生了不幸的事情。他们手里紧紧地揣着枪,心在紧张地跳动。他们的心和身笼罩在一种凄惨阴森恐怖的空气中。

陈振仪决定要在这片废墟里找一个老百姓,迅速查明情况,弄清这幕惨剧的究竟,和匪徒的去向。可是遍找一无所得,于是便向狗打架的声音闯去。嗥叫厮打声越来越近,腥臭的气味越来越浓,西北天上的乌云一片一片地急驰,没有一点儿星光。

三人到了屯西北的一簇独立家屋的废墟,突然在群狗的厮打声中,有一个哭啼声,哭啼声中又夹着低沉的悲骂声:"你他妈的……你他妈的……"跟着这骂声的便是几块砖头石块的落地声,随着这砖头石块的落地声,便是一只狗被打中后腿或是前腿汪汪的痛叫声。

在狗的痛叫声中又听到哭哭啼啼气愤的悲骂声:

"你们这些畜生,不知人性,你们还吃! 你们还吃! 那都是喂养你们的主人,哎! 天哪! 天哪! ……哪辈子做下孽!"

正在这时,一个战士踏到一个软软的东西,低头一看,原来是具尸体,是一具女人的尸体,已被烧没了下半截,怀里还抱着一个被活活烤死了的小孩。战士看到这惨景,愤愤地骂了一句:"狗日的,刮民党! 碰到我老何手里再说!"接着他一跳翻过一个小墙头,踏得墙下的碎砖烂瓦哗啦啦乱响。

"谁回来啦?"从刚才那个愤骂打狗声处传来了一个人凄凉的声音,听来这声音已不太年轻了。

"老大爷,是我们来啦!"陈振仪发出标准的北京口音答道。

只听得那发问处唿啦一声,一个摇晃的人影爬起来,向屯后的小山包拼命跑去。这显然是他听到了陈振仪的外府腔调,断定不是家乡人而吓跑了。

"老大爷,不要怕,我们是人民解放军!"三个战士一齐喊着,想解除那人的恐惧。

那个人哪里肯听,只是一个劲地跑,黑幕罩住了他的影子,白白雪地也衬托不出来了,完全摆脱了陈振仪等人的视线。

三个人一齐向前追去,可是寻找了半天也没找见。及至找到小山包的脚下,一拐弯,一个什么东西把陈振仪绊倒。陈振仪连忙爬起来,刚要弯腰去看,突然从地下雪窝里爬起一个人来,向陈振仪扑去,死死抓住他的军大衣,拼命地向后一掀,陈振仪被掀得踉踉跄跄退出六七步远,差一点给摔倒。

只听得那人气冲冲地骂道:"王八操的,豁出我这条老命来了!死也抓个垫背的!"

陈振仪一听是个老人的声音,并累得呼呼乱喘。特别从刚才所有的情景断定,这一定是在匪徒的屠刀下仅剩下来的一个老人,他温和地向着那个要和自己拼命的人影解释道:

"老大爷!我们不是国民党土匪,我们是人民解放军。"

那人好像根本没听到他的解释一样,依然口口声声叫骂不绝,拉出要拼命的架子。

为了避免老人的厮斗,和尽早解除他的误会和恐惧,陈振仪命两个战士从侧后过去搀架起那个老人,再解释几句。可是老头子一点也不相信,在急促的过分紧张的喘息声里,听到他绝望的叫骂:"国民党,狗杂种,王八操的,要杀就杀,要毙就毙,告诉你,穷人是杀不尽的,解放军会像宰猪一样宰了你们这些狗娘养的……"骂着向搀架他的两个战士的腿上狠狠地踢了两脚。

"老大爷!我们就是解放军。你的家在哪里?"

"我没家!家都被你们烧光了!"

陈振仪三人再三解释,老人还是听都不听,他心想解放军不会来得这样快,来也是大队人马,不会是三两个人。

在僵持中陈振仪发现在山脚的几棵树旁,有一个人头多高的黑东西,他跑过去一看,是一个马架子茅屋。回头便向两个战士招呼:

"来吧!找到了!"

老人一听找到了,全身一痉挛,骂得更厉害。在两个战士搀架拖拉下,才走到马架房前。陈振仪推开门,划着火柴,点起一根松明子,照亮那所单人住的小马架房。土炕上铺着两张狍子皮,一卷小行李卷放在炕的一头。那老人的脸像几天没洗,眼中射出可怕的凶光。

　　为了解除老人的误会,陈振仪等三人脱下大衣,摘去皮帽,老人眼前出现了整齐威武的三个青年解放军战士,尤其军帽上的五角"八一"帽徽,和胸前的"中国人民解放军"胸章格外鲜明,在松明子的光亮照射下,闪烁发光。老头子看到这些,满目的凶气,满身的拼打劲头,顿时松软下来,豁然一阵兴奋,屋内的空气马上松缓下来。在刹那间的兴奋亲切中,老人抢上一步,紧握着陈振仪的双手,大哭起来,他哭得说不出话来。在亲人面前他那刚才拼命的性格和现在比较起来,完全变成两个人。

　　等老人平静了一些,陈振仪开始询问敌人的情况,老人开始了他的控诉:

　　"我们这屯子,是有名的流金湖库仑比。前天傍黑,日头还没落山,突然来了一帮国民党匪徒,全是骑兵,有五十来人,包围了屯子。人们一看就往山里跑,刚跑到北山根,从北山后头又钻出一股,也全骑着马,正走了个碰头。一见面匪徒们就开了枪,一顿乱枪把妇女、孩子给打倒十几个。人们吓得又折头向东山跑,刚跑到山半腰,东山头上又来了一股,三面像渔网一样,把人们全给堵住了。匪徒们把马一提钻进了人群,蒙头盖脑地一顿鞭子、枪托子给打回屯来。这当儿已经进屯的匪徒,全在杀鸡宰猪,把牛也给杀了,把马通通给捉去。一见人们回来,枪堵心口窝,逼着人们给王八操的煮肉炖小鸡。王八操的闹腾了一宿,第二天把各家的粮食全给装在事先准备好的裤筒里,驮在马背上。实指望抢了粮食王八操的就走呗!可是大队刚要起身,有个两撇胡子看样是个当头的,那些小土匪都管他叫什么狗司令的,就向人们要民兵,要农会主席,要委员,要工作队。挨个问,谁不说就是一顿鞭子。可是任他怎么打,乡亲们没一个孬种,谁也没有说,幸亏金场老闆的全家没在家,和民兵一起出去了,王八操的没捞着民兵和农会干部,把屯里年轻人都给拉到西甸子给毙了……毙啦……"

说到这里老人悲伤中激起更大的怒火,怒火中勾起无限的悲伤,他跺着脚,揉着他那已经哭干了的老眼睛,悲怒交集地停了一会儿。陈振仪三人也在肃立着,这段短短的时间内,军民四人狂烈地升腾着复仇的怒火。"又是一笔大血债!"陈振仪严肃低沉地说了一句,然后向老人问道:

"匪徒哪里去了?"

"昨天黑夜,三星刚上,匪徒又回来了,把屯里人都赶起来,用马队押着向西南大碗屯方向走去。王八操的一定是怕屯里人给走漏风声,报告解放军,所以把人全给押走了。房子全给点上火,现在人到哪去了?死活怎么样?一点也不知道。哎!人就是不给毙了,也得全给冻死。"

陈振仪一听匪徒向大碗屯方向窜去,心中顿时产生了疑惑,"大碗屯已是平原地方,那里屯落又密,土改大概已经完成,屯里组织了民兵,匪徒怎么敢去呢?"

他紧张地思索了一会儿,然后向两个战友一商量,不管怎么样得先向大碗屯方向追一下,因为从老人的口里没得到匪徒其他的去向。临走他们决定把自己的三个粮袋留给老人一袋,并向老人安慰道:

"老大爷,解放军大队很快就能捉住匪徒,把他们交给群众,报这一场大仇。我们马上追去!"

老人一听眼中顿时射出两股怒火,挺直了身子,狠狠地跺了一下脚,"王八操的,捉回来零刀剐了他!"说着从墙角拿起一柄砍树用的长柄大斧头,朝地一撞,"同志,走!我领道,跟脚撵这王八操的。"

"老大爷！你的年纪太大了，还是我们自己去吧！"

"大？"老人倔强不服地晃了晃肩膀，"不大，我临死前再干一件好事，要不的话，我死了也闭不上眼，走吧！走吧！大碗屯离这三十里，我的道熟，走！"说着他提起大斧，抢上肩膀，往外就走。陈振仪等三人迅速穿上滑雪板，跟在老人的后头，走进带形平原。

这老人的身体真也健壮，走得飞快，他那异常俏爽的身子，和坚定牢实的步伐，简直是个健壮的年轻人。六十岁的老人他哪里来的这身力气？

半夜，到了大碗屯，屯中和和平平安静无声，只有从窗外听见人们呼呼安静的熟睡声，孩子们起夜的哭声，妈妈哼呀哼呀的催眠声。

老人刚要叩门打听，陈振仪马上低声阻止道：

"不用了，老大爷，敌人的诡计已经看透了，匪徒们又到了山里，他是不会向这来的。老大爷你留在屯里，通知农会和民兵，就说匪徒过来了，让各屯加强警戒，别再吃亏。并通知各屯联防，加强侦察，撒下天罗地网，捕捉散匪，别让他跑掉一个，我们马上撵去。"

老人一意坚持，非跟去不可，陈振仪再三说明：通知各屯的任务更重要，如果各屯不警戒好，匪徒袭来，还得和库仑比一样吃大亏。并说进山后滑行速度太快，骑马也赶不上，老人去了反会影响速度。当老人勉强同意后，陈振仪向两个战士一挥手："走！"回头向老人道声："再见！老大爷。"三个人滑向正北，没入夜幕中。

老人站在街头朝着三人去的方向呆望了一会儿，正要转身

叩门,突然嗖的一个人影掠过他的面前,老人正吃惊地望着,那人影发出一声温和的呼唤声:

"老大爷!"又是陈振仪的声音。

老人紧急地跑上去:"怎么同志?带我去吗?"

"不!我忘了一件事,请你通知这个屯,马上要求农会,到库仑比把受难老乡的尸体盛殓起来,免得狗撕狼啃的,就这个,我去了!"陈振仪说完一转身向两个战士追去。

老人感激得流出泪来,望着陈振仪去的方向,自言自语地道:"世界上有这样的好孩子,年纪十八九,想得这么周到。"他默默地站着,想着,自语着。突然他一跺脚:"咳!我老糊涂了!真老糊涂了!怎么连他们的姓名也没问一问……"

天刚明,陈振仪小组已走出了平川,爬上库仑比正西,大碗屯西北的一道山岗。经过一阵紧张的寻查,发现在西山沟里一群乱七八糟的步行脚印,踏成一条雪上小道,在这雪上小道的两边,有为数不多的马蹄印。三个人顺着这踪迹向前追去,到了山沟的尽头,脚印向西北高山爬去。

陈振仪和两个战士站下来,分析了眼前的情况,从为数不多的马蹄印看来,他们断定了匪徒的大股一定向别的方向逃窜了!用这一小股,押着被俘的群众向这边来,目的是要迷惑我们。匪徒知道,我们看到被俘的群众,定来追赶解救,这样匪徒的大股,便可摆脱我们的追击。

面前有三个问题需要陈振仪立即做出决定:回去报告呢?还是转变方向寻找大股呢?还是追袭小股解救群众呢?商量的结果,他们统一的意见是:"我们剿匪为了保护群众,现在库仑比被俘的群众,面临着生死关头,作为人民解放军的战士,绝不能丢下不管,还是坚决先解救群众脱险。而且在解救中要想尽办法捉到俘虏,查明大股匪徒的行踪。"

同时他们肯定地相信,他们的二〇三首长,绝不会让敌人跑掉。

三人主意一定,忍着饥饿,鼓足了全身的劲头,爬上西大山。在翻过几个小山后,又踏上一座最高的山头。借着清晨的阳光,向前面一带宽大的正面起伏的密林地带瞭望。

遥见在西北的一个小山前,一股青烟顺着林梢爬着,汇集在林梢的上空,成了一团灰白色的烟团,飘飘浮动。三个战士望着这林间特有的侦察标志,一阵喜出望外的紧张。提起步枪,正要飞滑,"停止……"突然陈振仪命令道,"停止!不能这样干,这样会把事情弄糟。"接着他向两个战士仔细地分析敌情:"敌人走过的路,一定是我们追踪的路,因此敌人在这个方向一定有严密警戒,我们从正面直揿下去,仅有我们这三支枪,是不会成功的。二〇三首长不是告诉过我们吗:'以弱击强,避实击虚。'现在我们三人必须迂回到敌人没有眼睛的地方,从屁股上打他个措手不及,消灭了更好,消灭不了的话也要驱散了他,群众就可以跑出来!"

"对!"两个战士一齐道,"小陈真不简单,不愧是二〇三的警卫员,再锻炼锻炼好当小二〇三了!"

三人在笑声中,向西北滑去。

随着三个人的飞速滑进,那股青烟已不断地改变着方向,两个多钟头以后,它已转移到陈振仪小组的东南方了。三人拐回头来,顺着密林成小组战斗队形急急前进。青烟愈走愈近,三个战士的心,为紧张的战斗气氛所笼罩。六只眼睛紧盯着青烟的发源点。此刻他们的心忘掉了世界上的一切,也根本不存在势孤力薄的顾虑,他们只有一个念头,"解救群众!"突然婴儿的哭声,从森严的林间大气里挤出来,三人顺着林缝向哭声望去,在离一百多步远的地方的雪地上,坐着一大堆人,一个密挤着一个,衣襟紧包着头,像一堆死人绝望地堆在那里,一动也不动。也没有匪徒看押(其实也无需看押,妇女小孩跑不动,善良的壮年人决不会扔掉他们的妇孺而自己逃命的),如果没有婴儿的哭声,谁也不知道那里还有生命,简直是个死人垛。只有他们口里呼出来的白气,才证明着这些人还有呼吸。当看到这些,三颗心一阵欣喜,"群众还活着!"又一阵紧张,"厮杀就要开始。"

陈振仪向两个战士使了个眼色,示意先不要惊动群众,继续逐树地隐蔽前进。在人堆东南七八十步远的地方,发现了八个匪徒围着一堆火,在烤什么肉。大枪拦肩背着,马匹拴在不远的几棵树上,正在啃着树皮。匪徒此刻好像很得意,也很宁静。陈振仪三人立即蹲下,隐蔽在树后。环视了一下周围,除八个匪徒十匹马外,剩下的只有那堆火和高冒的青烟。

陈振仪在组进攻战斗队形的尖端,隐蔽在一棵大树后,向两个战士比划了一下手势,然后掏出两颗手榴弹,两个战士照样掏出两颗。一切准备好了,陈振仪手一挥指挥冲锋,三个人向八个匪徒猛扑过去。在离二十五步远的地方,三个人一齐投出他们手里的第一颗手榴弹,接着又是第二颗,顺手每人又掏出一颗,第三次的三颗还没投出,第一次的三颗已经爆炸了,在敌人的号叫声中又投出第三颗,第三颗刚出手,第二次的三颗又爆炸了。一连九颗手榴弹爆炸后,八个匪徒血肉狼藉,残尸碎骨随着弹片和被炸折的树枝四下横飞,落在雪地上,挂在树枝上,完全消灭了。从第一颗手榴弹投出,到第九颗爆炸,总共不到半分钟,打得漂亮!

陈振仪三人在兴奋中正要去招呼被俘的群众,当!当!东边山上一连射来了几枪。陈振仪立即命令:"敌人的警戒!追!"三个人一齐绕滑到东面的小山包,两个匪徒正向东北的山洼连滚带爬地逃窜。距离不远,两个战士端起步枪,瞄准了匪徒的后脊。

"要活的!"陈振仪急忙喊道。

语音未落,两个战士已经击发了!把两个匪徒打了一个跟头,滚了一下雪球,爬起来又跑,没打中。陈振仪一挥手,"捉活的!"三个人一撑雪杖,飞下小山包。两个匪徒扭身回头又是两枪,因为三个人猛烈的滑行速度,子弹落在他们的后面。两个匪徒刚要扭身再打,两个战士沉重的枪托已狠狠地打在两个匪徒的肩膀上。匪徒的两支步枪打落在雪地上,两个匪徒正要弯腰拔他们插在裹腿里的匕首,战士们又是两枪托,匪徒被打倒了。

陈振仪正要把匪徒绑起来,突然背后大喊大嚷:"奶奶个×,操他娘,活剥皮!"陈振仪等回头一看,只见百多群众手拿木棒树枝,和炸烂了的匪徒的破枪筒子,前奔后拥,声势凶猛地扑过来,边跑边骂:"狗娘养的,零刀剐了他,活剐了他!"吵着嚷着,叫着骂着,呼喊着,蜂拥而上,把两个匪徒重重围起,吓得那两个匪徒像冰窖里拖出来的两只癞狗,卷成一团,死僵僵的眼睛盯着周围的群众。

陈振仪一看这势头,急忙喊道:"老乡们,留活的,现在还得叫他们会说话。"两个战士同样向群众喊着要求着。经过再三的要求,群众才平静了下来,人群中钻出几个中年人,用匪徒的裹腿,像绑猪一样把两个匪徒用脚踏着勒得紧紧的。这时人群中一声高呼:"共产党万岁!解放军万岁!"在欢呼的声浪中,三个战士被群众举在空中,他们狂热地抛接着他们的救命恩人。

陈振仪命令把缴来匪徒的马匹,驮了妇女和小孩,急速回库仑比。

太阳正中,登上了库仑比最近的西山包,陈振仪三人俯首向屯内一看,在被烧毁的屯落西边,足有二百多人,在堆着雪堆。无疑问这是在掩埋遇害群众的尸体。突然一个战士指着人群喊道:

"陈振仪!看!二〇三首长,小白鸽,杨队长他们都在!"

"是的!他们来了!"陈振仪兴奋地跳起来,回头向正爬在半山腰的群众招呼一声:"老乡们!队伍来了!快走啊!"回头便同两个战士飞滑下去。

在掩埋尸体的群众忙碌中,陈振仪等三人已到近前,利用从山上滑下来的惯力,顺着人群的周围滑了一个大圈子,三人一齐到了剑波面前。剑波严肃的面容,当看到他的战士回来后,露出了亲切的笑容,向他们一一握手,"怎么样?说吧!"剑波说着,人群已向新飞来的三个战士围拢来,陈振仪刚要开口报告,昨夜那个老人,还是手提那柄长柄砍树的大斧头,挤到人圈的中央,双手拉着陈振仪的肩膀耸了两耸:"同志!你叫什么名字?"

"老大爷,我叫陈振仪。"

老人听了,满面笑容上下打量着陈振仪,眼中滚出两行热泪,"好了!透亮了!"念念叨叨回到人群中。

陈振仪像背诵一样,向剑波报告了这几天的经过,最后他着重地说明:"我们为了解救危难中的群众,所以先不追踪匪徒的大股,用九颗手榴弹和半分钟的时间,消灭了八个匪徒,又生俘两名,解救群众男女老少一百余名,现在可以……"

"对!你办得正确,"少剑波说着踏上那所独立家屋小墙头的废墟,全体群众一齐向他凑拢过来。"老乡们,库仑比的群众回来了!现在第一件事就是迅速安置他们的生活,我热情地要求大碗屯的老乡们担负起这个光荣的任务,不要冻坏一个人,不要饿坏一个人。"

"放心吧!同志,我们昨天晚上一听到信就准备好了,现在刚土改完,房子粮食多得很,什么都现成。"大碗屯的农会主席在人群中向剑波提出了保证。

"那太好了!我谢谢你们,我马上报告政府来帮助你们。"剑波说着眼睛遥望向西山,库仑比的群众,他们已从西山上源源涌来。不多时,已汇聚在剑波面前。他们受惊的眼里,饱含着欢腾和感激的泪水。剑波瞅了瞅陈振仪刚缴来的十匹马。向群众喊道:"老乡们!今天陈振仪小组缴来的十匹马,完全救济库仑比的群众,准备今春为农户大生产,至于淘金的工人,我马上写信给本地区政府想办法。"

顿时人群中一片喊声:"共产党万岁!解放军万岁!"

在经久不息的喊声里,六个三十上下的人,把绑得像死猪一样的两个匪徒,死拖死拉抛到剑波跟前。群众见了一声高喊:"狗娘养的,你们俩也有今天!"上前就要一顿乱揪。陈振仪等人急忙挡住喊道:"老乡们!老乡们!先留他一口气,还要叫他说话呢!我们要情况。"他阻止住群众,回过头来向剑波报告:

"二〇三首长,俘虏押来了,现在要审他们,问清大股匪徒的去向,我们好追!"

少剑波从容地看了一下陈振仪:"振仪同志,现在已经不需要了,匪徒的大股已被杨子荣同志掌握了!"

少剑波刚说到这里,只听得噗的一声,大家定睛看时,原来是昨夜那个老人一斧子砍死了一个匪徒,群众顿时一阵吵嚷:"杀得好!留一个给我……给我……"在喊声中,老人的斧子第二次又落下了!……

原来这两个匪徒是库仑比一带群众的老对头,伪满时就在这一带流金湖山林纠察队当班长,一名宋福,一名王大路,专门纠察库仑比的淘金工人和山林工人,为非作歹,敲诈勒索,无恶不作。当年有个淘金工人刘崇义老爹,和他刚满十七岁的孙子刘小侠,抱着满腔的抗日救国热情,充当抗日联军的秘密交通员。后来被这两个匪徒发现,勾来日本侦探,在爷孙俩一次秘密执行交通任务中,跟到山里,把刘崇义和刘小侠爷孙两人,及抗联的八个同志一起用斧子给活活打死了!

少剑波听了群众的控诉和议论,心中思量了一会儿,这两个匪徒罪大恶极,应该得到惩办。他立即安排了妇女小孩快向大碗屯去,以免冻坏饿坏。当他目送着妇女和孩子们已走在去大碗屯的路上时,便回头向杨子荣说了几句,杨子荣点了点头,一声哨响,小分队整整齐齐地站好了队伍。少剑波命令:"按原定路线追踪。"

小分队纷纷挥手向群众告别,披着几天没有休息的疲劳,踏上更艰苦的征途。

三十四　基密尔草原

太阳挂西,透过稀林,照耀着白皑皑的雪岭,反射的辉光刺目。淅淅地刮着北风,雪杖扬起的雪粉飞在脸上,战士们急急地眨着眼皮,用睫毛抵抗着飞雪的袭击。

上行道加上迎头风,滑行速度很慢。小铁人般的陈振仪,虽然连续的追踪作战,但因获得消灭匪徒一连和解救群众一百五十余人的胜利,他兴奋得完全忘了疲劳。除了脸有点消瘦和一对充血的眼睛之外,从他全身劲头和焕发的神情上,看不出一丝倦容。

"陈振仪!你们三人骑马吧?"白茹瞪着那双充满热情的大眼睛,向陈振仪说。

"去你的吧!小白鸽,小陈多咱骑过马!"陈振仪顽皮而自豪地逗着白茹。

白茹用雪杖向陈振仪一触,陈振仪就势灵巧地滑了一个圈而没触着,倒把白茹闪了一个踉跄。就近的战士们笑了起来。白茹吃了亏,正想报复一下,可是陈振仪却飞舞双杖,向队的前头滑去。赶到杨子荣的旁边,和杨子荣并肩前进着。

"杨队长!为什么向这没有踪迹的地方追?"

"小伙子!别忙啊!一会儿就会有的,这叫做去弯取直。"杨子荣胸有成竹地回答着。

"你怎么这样有把握会找到敌踪?"陈振仪奇疑地追问。

杨子荣把右手的雪杖递到左手,那粗大的右手,摸了一下凝结在胡髭上的白霜。接着把雪杖递过来,向东面一条长长的大山背上一指,"小陈!看哪!秘密就在那里!"陈振仪向杨子荣指的方向看去,一幅奇景使他吃惊地嚷道:"奇怪!怎么这样长的大山背,连一点雪也没有?"

杨子荣用力地撑了一杖,瞅着小陈的奇疑神气,笑着说出一段民谣:

> 库仑比,
> 四大怪:
> 年年大雪岗不白,
> 松树秃头鸟不来,
> 白天北风刮日头,

夜晚南风吹门开。

陈振仪对这段民谣很感兴趣,他天真地头一歪向杨子荣好奇地笑着说:"关东山真有些怪名堂。库仑比的四大怪比关东山有名的三桩怪还要怪得格外。"

小陈这么一说,走在杨子荣后边的一个战士顺口念起来:

关东山,

三桩怪:

窗户纸糊在外,

养个孩子吊起来,

公公穿错媳妇的鞋。

战士刚说完,孙达得粗声粗气地抢着说:

"你们别光说我们关东山有怪,要知道我们关东山还有宝呢?"接着他洋洋得意说开了关东山的三件宝:

关东山,

三件宝:

人参,

貂皮,

乌拉草。

"咱们关东山,真是怪山宝地,逢山出宝,有屯就怪;无宝不成山,缺怪不成屯……"

"哦!所以也出了你这么个孙大宝,长腿爬山怪。"陈振仪这样一开玩笑,引起了战士们一阵哄笑。

滑行到山半腰,陈振仪眺望着那条没有雪的大山背的全貌。整个山背一点雪也没有,这还不说,生长在上面的常绿针叶松,矮矮的树干,短短的树枝,远远望去好像千万个秃头的人,呆呆地站满了山背。再向它周围的邻山看去,情景完全不同,白雪皑皑,树丛高高。这么一比,更显得这条大山背特别怪。陈振仪的好奇心更增加了几倍,急急地问杨子荣:

"杨队长!你快讲吧!先讲秘密,后讲怪。"

杨子荣慢吞吞地一字一板地讲起来:

"我们两天的急行军,今天早上来到库仑比,一看屯里这样情景,妈的!恨不能立刻捉住这些坏种。当时就急急地侦察敌踪,查看脚印是向大碗屯方向去了。我们就想当即朝此方向追赶,在请示二〇三首长后,他亲自仔细地察看了一遍,果决地断定这绝不是敌人逃窜的方向。他说:'因为大碗屯以南全是进行了土改的地区,到处是农会、民兵,敌人是不敢向那里逃窜的。再说那些脚印有妇女和小孩的,全是老百姓的足迹。马蹄印看来不超过十几匹,所以断定这是敌人的诡计……'当他说到这里,我们才开始镇静下来,静听着二〇三首长对敌情的分析:

"'他们一方面用小股的匪徒押着群众向南走,企图造成我们的错觉,诱我们向南追,这样匪徒的大部队可以摆脱我们的追踪。另方面匪徒们也深知我们是爱护老百姓的,他们估计当我们看到全屯的群众都被捉走,一定会顺着脚印拼命地追赶。这样大股匪徒就可以安然逃脱。'

"后来发现你们三人滑行追去的滑雪板的痕迹,知道你们是上了匪徒的当,中了他们的诡计。不过从政治上讲,你那决定是完全正确的,解救群众是头等任务。

"二〇三首长在分析了敌情后,当即下命令,要四处追查敌踪。查来查去,总没发现另外方向的脚印。哪里去了呢?我想了半天,看遍了这周围所有的山背和山洼。最后那条没有雪的奇怪的大山背,却引起我的注意。我就顺山背爬上去,爬到山半腰,有七八里,也没发现一点征候,他妈的!就是冻地骑马也不该一点踪迹不留啊!再说,匪徒们是有一百多匹马,怎么能无影无踪呢?当时我虽有点泄劲,可是怀疑终未解除,任务还没完成。我就又顺山背追了三四里,快到背岗顶,嘿!发现有手巾大小的一块双层的麻袋片,随风滚下坡来,我捡起来一看,中间碾得稀烂。我就一股劲顺着麻袋片刮来的方向奔去,仔细一瞧,发现了一只马蹄的四个防滑钉头踏的痕迹,这时我心里一热,又向山上奔去,约走了一里来路,嘿!又是两块,一块是破麻袋片,一块是四五层的破布片,中间也是碾得稀烂。接着又发现了马蹄防滑钉踏的痕迹。这时我断定,匪徒们拣了这条没有雪的大山背,作为掩护逃窜的道路。为了不露他们的马脚印,想了个'雪里埋死尸'的穷点子,把马蹄全部用破麻袋片、破布、乌拉草包裹起来。妈的!他想得倒周到。可是匪徒们走上这十几里的大山背,他没想到包马蹄的麻袋片会踏烂掉在路上,露出了他们的马脚。"

陈振仪听得出神,听到这里他噗哧笑了。"这些狗熊,还满肚子熊章程。"他从中插了一句。

"是啊!"杨子荣对答着又继续说下去,"当时我不知哪来的劲头,一口气奔了五六里路。登上了背岗顶,一翻过岗,就像换了一个世界,全是大树和深雪。我高兴极了,穿上滑雪板,滑了不远,嘿!秘密暴露了出来,一大堆踏烂了的破麻袋堆在雪上,向下就是匪徒们留在深雪上的踪迹。当时我心里真痛快极了,心想:狗养的!你们什么诡计,也逃不出咱小分队的手心。

"我渴得要命,啃了两个雪球,跟踪滑了一气,断定匪徒们是逃向正西,我定了指北针的方向度,飞也似的滑了回来,现在我们正是朝那个方向走呢!"

陈振仪听了杨子荣的述说,觉得自己的身子更轻了许多,他几乎忘了他们还在向上坡滑行。

"子荣同志!方向没错吧?"剑波那亲切的声音从他们的背后传来,他俩回头一瞧,剑波、白茹、李鸿义、姜青山等已滑到他们的旁边。

杨子荣瞅了一下指北针回答说:"没错!翻过山顶再往西北就是。"

"小陈!你累了吧?"剑波靠近了陈振仪,亲切地问着他。

"二〇三首长,我向来也没尝着累是什么滋味呀!我倒很想尝尝,可是老尝不着。"

大家一齐笑起来。

"小陈真是个小铁人!"姜青山等异口同声地称赞了陈振仪的刚毅和健壮。

在大家的谈笑声中,听到白茹用极优美的东北民歌调子哼唱着库仑比的四怪:

> 库仑比呀!
> 四大怪呀!
> 年年大雪岗不白,
> 松树秃头鸟不来,
> 白天北风刮日头,
> 夜晚南风吹门开呀!
> 吹呀吹门开!

歌声刚落,孙达得粗嗓高喊起来:
"好不好?"

"好!"全队响应了。

"妙不妙?"

"妙!"

"再来一个,要不要?"

"要！要！要!"

这一阵啦啦,战士们更来了劲,落在后面的战士,鼓足了劲也跟了上来。小分队的队伍成了燕翅式前进。

白茹为了避开大家的啦啦,摇着她那轻巧灵活的身体,滑向了最前面,后面的同志们也很快地追了上去。这样大大地加快了上滑的速度,不多时奔上了大岭。这一阵娱乐中的急行,剑波是十分满意的。

登上了岭顶,前面便是基密尔大岭西坡,少剑波环视了一下,战士们的精神虽十分饱满,但他计算了一下,已经高速滑行了三天,按理必须恢复疲劳,让战士们有八个小时的充分睡眠。为了再增加速度和增强战斗力,必须这样做。趁战士们观察滑行道路的喘息时间,他向李鸿义要过了地图,展开来量了一下距离,并仔细地从地图上选了滑行最有利的一条大山背。

"同志们！还有五十里地,就到达基密尔草原。匪徒一定是进入那个草原,因为他们知道,山地里他的马再快,也比不了我们的飞滑,他们企图利用草原救命。现在到天黑还有两小时。我们要在那里宿营,这是为了更增加我们追击的速度,为了使我们大家在这段路上更愉快地生活。我想出了一个有趣的小问题,大家讨论一下,在速滑时不能讨论,各人可以先想一想。"

"好的！好的!"战士们高兴起来。

少剑波笑了笑说:

"咱们就讨论库仑比的四桩怪。为什么年年大雪岗不白?

为什么松树秃头鸟不来？为什么白天北风刮日头？为什么夜晚南风又返回来？这四怪，确实怪，看看谁能找出它的科学原因来，这对我们军事上也是有好处的。"

战士们唧唧喳喳地嚷着："这问题真有趣。"

这时刘勋苍、姜青山已选好了滑行的道路，小分队面对着还有两米高的夕阳，顺着长长的基密尔大岭滑下去，和将落山的夕阳争着时间赛跑。

太阳还没落山，就到达了基密尔草原，只有马匹落在后面。这个带形的草原，是基密尔大岭山洪冲成的一条不十分规则的河流，名叫基密尔河，又是牡丹江的一个支流。年深日久，冲积成厚厚的土层。又因东西两侧的山洪由侧面拦腰冲下，因此下游被堵塞不能畅通，淤成了一片片大大小小的沼泽地，遍生着芦苇、乌拉草。这片沼泽当中，有着无数由山洪冲击而成的漩涡，所以春秋夏三季谁都不敢到这里来。容易陷进稀泥里。这里也不知死过多少冒险前来的行人。就是野猪群也常常被陷进去而逃不出来。只有两种动物这里特别多，一是野雉，一是螃蟹。因为它们在这里不但有适宜的环境，而且有丰富的食物。到了冬天狐狸就多了，这里也有它丰富的食物。

小分队到后，正巧和匪徒大队留下的踪迹碰到一起，战士们兴奋极了，大家一齐下手，捡柴的捡柴，扎帐篷的扎帐篷。有的在掠着雪上的枯草梢，用做铺草，边劳动边讨论剑波所提出的那有趣的问题，争论得十分热闹。

有的说："那个山背下面一定有温泉，因此落上雪就化了。"

有的反驳着："那不对，有温泉怎么不流出来？我看什么原因也没有。怪，就是怪。有原因还成什么怪呢！"

有的说："那种松树油多，热头大，而把雪都化了。"

有的说:"被来回风刮跑了!"

有的战士当即又提出:"为什么老刮来回风呢?"

于是大家又进入了对"来回风"的争论。

争论之中已扎好了帐篷。几个骑兵喂上了马。战士们用火融化了的雪水在洗米煮饭。正在这时候,飞来几只野雉,它们不惊不慌,大模大样地走到马料袋旁边,把嘴伸到料袋里和马一块吃着高粱米。还有几只竟跑到战士们洗米的小锅旁边,抢吃锅里的大米。这野雉和其他地区的野雉长得一模一样,可是稀奇的是它既不怕马,也不怕人。它瞪着眼睛好奇地望着这帮新来的"客人"。战士们用手势轰它一下,它也就只退两步,马上又回来,仍然照常地吃着,望着。战士们被这个奇事又吸引住了,大家纷纷地嚷道:"怪事都叫咱们碰上了,这里的野雉不怕人!"

"为什么这里的野雉不怕人?"栾超家向大家提出了这样一个问题。

讨论的兴趣又引到这里来。有的说:"这是两样种!"有的说:"饿极了,它就什么也不怕。"

刘勋苍的怪论,引起了大家的大笑。他说:

"从政治观点上来看这个问题,它们是被国民党土匪打怕啦!所以来欢迎咱们人民解放军。"

小董跟着补充了一句:"不错!一点也不错!国民党匪军到了哪里,就是鸡飞狗跳墙,这叫做'鸡犬不宁';我们呢,不管到什么地方,是'鸡犬不惊'。"

正在聚精会神思考问题的少剑波,也笑了起来。

正在大家哄笑的当儿,忽然听到北方一阵呱呱乱叫声,和战士们的笑声交织在一起。大家定睛看时,原来是一群野雉,像是大敌袭来,惊恐万状地向南飞奔,把在战士们跟前吃米和在吃马料的那几只野雉也吓得惶惶地飞去了。转眼之间,机警的哨兵向杨子荣跑来。

"报告!正北林边一群野雉乱飞乱叫,可能是有敌情。"

杨子荣立即命令各小队准备战斗。当战士们拿起了枪,正要向林边搜索时,忽听林边有几声狼嗥。杨子荣、刘勋苍、姜青山借夕阳的余晖,向林边仔细看去,果然是十几只野狼,在凶目凶神地凝视着小分队的人群。十几个战士一齐扑上去,把狼群赶跑了,在林中搜索了一阵,并无其他情况。

紧张平静下来,笑话又开始了。

夜幕张开了,草原上空闪烁着无数的星光。从四个小锅里喷出了饭香。战士们围着火堆,烤自己带的冻肉。忽然飞过来一只野雉,一头撞到火堆里,烧得乱扑拉,它拼命地挣扎,可是因翅羽被烧,竟逃不出去了。

"既然自投了火堆,就别想活啦!给咱们的晚餐添个菜吧!"小董说着用树枝按住了挣扎的野雉,一会儿就烧熟了,大家嗅到这烧熟了的野雉特有的香味,乐得跳起来。

"可惜一只太少了,最好再有几只,我们小分队都能吃得到。"战士们嚷着。

果然如此,其他的小队的火堆上,也同样扑来了野雉。

战士们说:"真走运,吃到烧野雉!"

刘勋苍高声喊着:"同志们!这是因为你们剿匪辛苦,它自动来慰劳的。"

更有趣的是栾超家,他出着洋相,用一枝干树枝敲打着茶缸子。说起山东快书来:

  关东山,

  四大奇:

> 棒打獐,
> 瓢舀鱼,
> 野雉飞到沙锅里,
> 胖胖的野兔钻锅底。

大家齐声叫好,有的笑得把嘴里的饭都喷了出来。战士们对这块土地上的许多奇事,感到无穷的兴趣。当他们吃完了饭,纷纷地要求剑波讲那库仑比四怪的小问题。

少剑波微笑着说:"同志们! 现在是需要休息,不是讲自然课的时候。"

战士们哪能依呢? 再三地要求着:"二〇三首长若不讲明白这四怪,我们连觉也睡不着,更休息不好。"

少剑波为了满足战士们的要求,好使大家睡得安静些。他接过白茹递给他的一缸子水,喝了一口,就对围着火堆的战士们讲起来。

"这个所谓四怪,是出于库仑比,因此要研究这个自然现象的根源,也就离不开库仑比周围的自然条件。现在让我们先来回忆一下库仑比周围的地势和天空。"剑波又喝了一口水,用他平常习惯用的启发方式,反问着战士们:

"库仑比的南边地势是什么样呢?"

"一片很大很大的沙砾滩。"战士们异口同声地回答。

"不错!"他承认战士们说得对,接着又发问:

"库仑比的北面呢?"

"就是那条奇怪的不白岗。"

"岗的北边呢?"

因为战士们没曾去过,所以大家的目光都集中到杨子荣身上。杨子荣在大家目光的探求下,摸了一下胡髭说:"对! 这个问题由我来回答。那里全是一望无际起起伏伏的灌木丛和烂草岗。"

"那条不白岗的两边是什么呢?"

"是两道深谷。"

"岗的左右是什么呢?"

"是森林,是雪地。"

"好啦!"剑波结束了自己的反问,笑了笑说,"这就是所以产生四怪的地理条件。"接着他又逗趣地问道:"库仑比的天空和太阳是什么样呢?"

战士们哄笑了,同声说:"和别处一样呀!那还有啥两样的?"

少剑波微笑着说:"不错,天空、太阳都和别处一样。可是一样的太阳,照到库仑比周围的地形上,可就产生了怪名堂。"

少剑波这一说,更引起了大家好奇,为了照顾战士们休息,因此他讲解得力求简单。

"春秋夏季,太阳照射着库仑比周围的大地。南面的那大片沙砾滩,受了烈日的暴晒,沙滩上空气受热后,膨胀上升,此处气压变低。这时北边不白岗两侧深谷中的冷空气就向这里流来。这就是'白天北风刮日头'的科学原因。到了晚上,太阳落山,沙砾滩所受的热,很快即放散完了,因为沙砾受热快放热也快,所以夜里就变成冷地方。可是不白岗的周围是灌木丛、烂草岗,白天受到的热,里面蓄藏了许多热空气,不能很快的放散。晚上沙砾滩冷下来的时候,而它却慢慢地往外放热,因为灌木丛和烂草岗周围空气的密度就小,气压比沙砾滩那里的低,南面沙砾滩上的冷空气就往北流动,这就产生了'夜晚南风吹门开'。"

他接着讲下去:"另外,由于这个来回风的风流中心老刮在

521

那条不白岗上,春天当树木长枝生叶时,风势正大,一来一往刮折了树干,吹断了树枝。日久天长,一断十断,十断百断,也就伤害了树木的元气。所以这些树长得矮,枝又短,花不盛,籽不成。这就出现了'松树秃头'。松树一秃头,鸟自然也就不愿来了。因为小鸟要在茂树上筑巢而栖,这里全是些秃头松,当然它就不来筑巢了。另外小鸟以松子为食,这里的松树结不好子,因此鸟的食粮也就缺乏。在筑巢不适,食粮缺乏的情况下,当然鸟就不来了。这就是'松树秃头鸟不来'的原因。"讲到这里,他喝了一口水,说:"还有'年年大雪岗不白',这是因为冬天西北风袭来,周围的其他山岗都是密林灌木丛林,对地面的防风力极强,这个不白岗,岗高露背,树木稀疏。疾风吹来,顺两侧深谷直下,不白岗上的雪全滚到深谷中或被风搬到远方。"

"那么库仑比的老百姓,怎么选择这么个坏地方居住?"小董焦急地提出了一个新的疑问。

少剑波笑了笑答道:

"坏?你说错了!这个地方太好了。这个地方有丰富的宝藏。那片方圆数百里的大沙砾滩,却不同于一般的沙漠。那种沙砾中能淘出沙金来。这是丰产沙金的地方。所以此地的老百姓称这片沙滩为流金湖,许多人都以淘金为业。"

讲完他站了起来。"今天就讲到这里。大家赶快休息吧!"

战士们长喘了一口气。由紧张的听讲松弛下来。各小队分头回到帐篷睡觉去了。

少剑波走到几匹马的跟前,看它们在吃草料。他摸了摸它们的头,又拨动了一下汗水结成的冰凌珠的鬃毛。马亲热地吻了吻他的大衣。

当少剑波回到帐篷时,同志们全睡下了,只有白茹还坐在她那单设的铺草上,对着亮亮的松明子,在想什么。剑波一进来,严肃而温柔地说:"怎么还没睡?"说着脱下大衣,从陈振仪枕包下取出地图来,拣出了三张图,走到松明子前,正要展开,只听白茹喘了一口粗气。剑波抬起头,因隔着松明火而看不清她的面孔,只说了一句:"你闹什么情绪呀!快睡吧!"白茹没吱声。剑波在低头仔细地看地图。篷内只有陈振仪他们呼呼的鼾声。

少剑波看完地图,瞅了瞅表,起身要往外走。

"又要到哪去,你对人家说得好,为了要加快速度,必须抓紧分秒时间休息。你自己呢? 却……"白茹关切地质问起来了。

"别多说话,你快睡去吧!"少剑波回过头来禁止白茹。

少剑波没有理会她,披上大衣走了出去。

"光是对自己严,严也得有点分寸!"白茹自言自语地嘟囔了几句,随后又走到剑波的铺边,给他又整理了一下铺草,回身来又装好那几张剑波刚看过的地图。当她正要把地图放到剑波的军毯下给他垫枕头,杨子荣走了进来。

"你怎么还不睡?"

"那你怎么还没睡?"白茹反问一句。

"二〇三首长找我有事。"杨子荣说着,拿出三寸长的小烟袋,走到松明子前对着吸烟。

这时刘勋苍、栾超家、孙达得、小董等人一齐进来,剑波也随后进来。一同围着松明子坐下。剑波向四外看了一下,"地图呢?"

"在这里!"白茹一边答,一边拿出纸袋向外取图。

少剑波看了一眼她那疲惫的神态,伸手接过地图,他用逼迫的口吻,加重了语气说:"现在你的任务是休息,快睡去吧!"这

523

口吻中,剑波自己也听得出,是充满了"私心"。

少剑波展开地图,用红蓝铅笔在图上划一条蓝线,然后他手中的铅笔沿着这条蓝线,挥动了几下,待大家的视线都集中到这条蓝线时,他肯定地谈着自己对敌情的判断。

"敌人是沿着基密尔这条带形的草原向西南逃窜。沿着这条草原走五百里,便是滨绥路,过了滨绥路就是火龙沟。敌人企图拉过长白山靠向吉林一带。他们的过路点一定是海林站以西,横道河子以东的山市站附近。因为那是进火龙沟的捷径,可巧那里也正是我们部队的接合点。这一点我们可以断定。

"敌人沿基密尔草原逃窜,对他们的行进速度来讲,是最有利的。因为草原上渺无人烟,匪徒即不用顾虑民兵对他们的打击。在草原上我们滑行速度又追不过匪徒们的骑兵,这也是敌人在山地吃尽苦头后所得的教训。所以这漫无人烟的草原,造成了敌人逃窜的有利条件。

"现在的问题,是需要速派骑兵通讯员追过敌人,回团送信,报告王团长和刘政委,速派主力到敌人逃窜的要道截击敌人。这是我们全部歼灭敌人的有利时机。我们必须加快速度追击,以便配合主力,两面夹击。因此我们明天前进的道路不是草原跟踪,而是应选择草原最狭窄的地带迅速地跨越过去。"他指着地图说,"这里只有七十里,就越过了草原,可沿着西山的群岭直奔山市,明天八点钟出发。"这时他静思了片刻,继续说,"关于通信这个任务的执行,小李和小刘最合适。他俩勇敢而机警,都是放马的出身,因此骑术好,这样可以加快速度。"

"二〇三首长!我们可以马上就走!"小李和小刘突然插上一句,打断了剑波的说话。本来小李已经睡了,听到剑波的声音,他已醒了多时,在静悄悄地听着。一听有关他和小刘的任务,偷偷地把小刘推醒。

少剑波、杨子荣回头一看,他俩瞪着圆溜溜的四只眼睛,盯着剑波。

少剑波很满意,当即答应了他们。"好吧!现在我要问你们,五百里的路程,需要走几天?"

"两天两夜。"小李信心十足地回答。

"不多!可是你们用什么办法保证能走这么快?"

"八条不断的马腿和两条鞭子。"

"错了!"少剑波严肃地说,"现在除了你们的两条鞭子,还要增加四袋草料。"

"是的,二〇三首长,我明白了你的意思。我们应该好好喂马。还有什么指示?"

"飞速前进,必须好好喂马,这是完成任务的保证。从明天八点起只有三天两夜的时间,要知道匪徒现在还赢我们两天的路程,他们再有三天三夜即可到路边。好在匪徒们到了路边不敢立刻即过,还需要一点侦察时间,因此你们第三天到达后,晚上就要迅速地运动部队,设好埋伏。这一点王团长会安排得非常完善。赢得了时间就是胜利,时间就是力量。懂了吗?"

"懂了!二〇三首长!我们一定赢得这宝贵的时间。"

"好极了!"少剑波说着一面从衣袋里掏出钢笔,一面叫拿纸来。

只听白茹在孙达得背后低声地说:"不用拿纸,信早写好了!"

大家以为她已经睡了,不料突然地说起话来,大家回头一看,原来她躲在孙达得的背后,借着人们之间的缝隙射过来的松明光亮,已把剑波刚才对情况的分析和决定写出了信稿。她从孙达得背后站起来,拿着写好了的信,显得她是那样的聪明而机动。只有她额前的一绺散发蓬乱着,显出她疲惫已极的倦容。在大家的目光注视下,她有一点羞怯。

在这种情况下,少剑波的内心涌出像沸腾了似的感激之情,但在大家面前,他却压抑着感情的流露,仍然是做出严肃的神色,以命令的口吻:

"写好了,那就读一遍吧!"

白茹按写的顺序念完了,少剑波点点头,深思了一下,说:"再写上联络信号:夜间三堆火;白天红旗高举左右招展。"白茹立即写上了,将信递给剑波。

他接过来,又仔细地看了一遍,修改了个别字句和标点,而后签了字。他随即转向杨子荣等同志亲切地说:"现在主要的问题是抓紧时间休息。"

大家各自回到自己的帐篷去了。

时针指上十二点,基密尔大草原和它的每一个客人都进入寂静的沉睡中。

三十五 "雪上大侠"

第二天拂晓,草原上冷气飒飒,渗骨透肉,战士们围着火堆紧张地进着早餐。火堆和热饭也抵不住严寒的侵袭,战士们捧着水饭两用的茶缸,瑟瑟地打着寒颤。只有冷空气里散放着的饭香肉香,和战士们愉快的欢笑声,才增加着一点暖意。

李鸿义、刘清泉全副武装,口里正咀嚼着一口没有咽下去的饭,拉过吃得饱饱的两匹快马,走到剑波跟前行了军礼:

"二〇三首长！我们可以走了吗？"

"吃饱了吗？"剑波停止咀嚼问道。

"饱了！这一顿饭足可解决两天的问题,不再吃饭也能跑回牡丹江！"

"好极了！"少剑波向这对虎头虎脑的娃娃兵点头微笑着,"再把你们的一切检查一遍！"

小李、小刘立即把马肚带、镫带、草料袋、信件迅速而细致地做了一遍检查。"一切都好了！"再次向剑波报告。

少剑波咽下正嚼着的一口饭,笑嘻嘻的,"当心！不要让匪徒把你们这两个'豆兵'吃掉。"

"匪徒们没有铁嘴,他休想吞我这个'钢镰刀'！"

"小伙子,"少剑波拍了一下小李的肩膀,"你们的任务是把信亲手交给王团长,这是唯一的任务,你们俩要想尽办法完成它。同时还要注意,匪徒现在已是惊弓之鸟,如果碰上了,千万不要吓唬他,也就是说不要吓得匪徒跑得太快。明白吗？"

"明白了！"小李机灵地翻着那对圆溜溜的小眼睛,"又要叫他照着原路跑,又要叫他跑得快不了！"

"一点不错。"少剑波微笑着点点头。

"我们可以走了吗？"

少剑波上前一步紧握了握他俩的手,"立刻上马！只要不弄错方向,三百里外便有屯落,祝你们胜利成功！"

"是！"他俩答应一声,飞身上马,回头向战士们招呼一声："同志们再见！"战士们一手端碗一手挥动："小李、小刘再见！再见！"他俩一提嚼口,两腿把马肚一夹,"驾……驾……"两匹马并肩飞奔而去。

茫茫的草原雪地上,扬起一股旋风似的雪尘,卷裹着他俩的

527

影子,越飞越远。

小分队吃过早饭,拔起帐篷,跨过带形草原的狭窄部分,奔向西边山林,沿着山岗向南滑行。

小李、小刘离开小分队的第一天晚上,宿在一片茫茫宽旷的草原上。因为带形草原的加宽,所以东西两侧的山林显得那样的矮小。他俩喂上马匹,就在雪地上筑成一座上面露天的四面雪墙,铺上狗子皮,盖上军用大衣,紧紧搂抱在一起,互相用体温来取暖。在这空旷的大草原上,他俩只占着不到两平方米的面积,四外没有一点活气,听不到小分队的欢笑,听不到林海的风涛,只有四壁雪墙,和满天的星斗陪着他们。黑夜寂静得可怕。

翻来覆去,怎么也睡不着,他们想着,低语着,想着他们刚离开的二○三首长,想着活泼的小白鸽,想着叔叔般的杨子荣,以及小分队全体的伙伴。想一会儿,谈一会儿,想一遍又一遍。虽然他俩刚离开小分队只有十个钟头,可是好像离开很久很久似的。想着想着,他俩索性爬起来,一面喂马,一面遥望着小分队走的方向。两人猜测着,谈论着,可能小分队这样,可能小分队那样,可能栾超家、刘勋苍又在耍活宝,可能杨子荣又在讲故事,可能小白鸽又在唱歌,可能二○三首长又在给大家讲什么科学知识。一会儿,他俩冷了,在雪地上跺跺脚,蹦蹦高。一会儿又靠到马身上取暖。

草原上的冬夜是这么漫长,等呀,等呀,愈等愈不亮,好像故意跟他俩为难。黑夜走吧,马的力量是吃不消的,同时又怕掌不准方向,甚至会迷失方向。

当东南天边刚刚呈现出鱼肚白,他们高兴极了。他俩走的方向是一百二十五度,小李拿出夜光指北针看了看东南天角,恰巧他俩去的方向度正对准鱼肚白中心。回头再看了看北极星,两人紧张地收拾一阵,一齐上马。

天到正午,他俩为了让马歇歇,下了马,松了一松马肚带,步行前进。他俩的眼睛也松闲了一些,顺便环视着四周,瞭望着越来越宽的覆盖着厚雪的大草原。忽然在他俩右侧正西方向,发现了两个明显的黑点,两人惊疑地勒住马,仔细看去,黑点渐渐扩大,这证明那黑点是在活动,并向着自己的方向移来。小李机灵地看了一下小刘,"小刘!看!朝咱们来了!"

"有点像!"小刘紧张地盯着黑点,"还挺快,哎!你看!你看!……一定是骑马的。"

小李惊疑地自语了一声:"什么人会到这里来?"他的思想进入紧张的判断中。"猎人?还是匪徒?……怎么只有两个?"他的思考更加激烈起来,最后他的眉毛一耸,歪头对小刘道:

"小刘!按我们走的时间和距离来判断,现在已离匪徒不太远了!虽然不能就碰着,可是也差不多了!得小心!"接着他迟疑了一下,仿佛又不相信自己的判断,"可是为什么只有两个呢?也许是猎人?"他轻微地摇了摇头。

正在迟疑中,两个黑点愈来愈近了,已看清了形象,一点不差,是两个骑马飞奔的人。马的颜色已经可辨认清楚,一匹白的,一匹黑的,也许是红的。按军事常识,从可以辨清颜色这一点来看,他们之间的距离已不超过两千公尺了。

小李紧张地对小刘道:

"小刘!不管怎么样,要从坏的方面估计,我们的任务是送信,现在我们先摆脱要紧。"

"对!我们的任务是送信,什么人也不跟他打交道。走!"小刘和小李意见完全一致,说着两人"驾"的一声,马缰一勒,嚼口一提,两腿狠狠地一夹,两匹马听到号令向前飞奔急驰。

可是西边的两人两马是在他们的右侧,不是在背后,摆脱是不容易的。小李、小刘虽然一阵急驰,然而距离却愈来愈近了!小李、小刘边跑边把马枪操在手里,正要准备战斗,突然那两人当当射出两枪,子弹从小李、小刘头上很高的空中掠过。随着枪声,又传来了两个人的喊声:"谷连长!谷连长!……"

根据已听清楚的喊声,小李压低了声音喊道:"小刘!勒住马!"他俩把急驰的马一齐勒住,"小刘!"小李继续道,"这一定是土匪的联络兵。你听见了吗?那俩家伙刚才喊'谷连长!'那个谷连长正是陈振仪小组在库仑比消灭的那一连的连长。马希山不知我们把他消灭,一定是派人来联络。这俩傻家伙一定误认咱俩是他们的人……"

"谷连长!谷连长!……"那两人又在喊叫。

"马家!"小李故意放粗了嗓子向那两人呼应着,"马家!"接着推弹上膛,"小刘!准备战斗!趁这俩家伙没认清咱俩,消灭他!给他们个措手不及,打他个死糊涂。"

"对!"小刘也推上子弹,"来!先打他的马,打倒了马,我们就可以走出去,马的目标大!好打!"

"不!"小李制止小刘,"射人留马!给他消掉人,缴获两匹马,我们再加上两匹马,换班骑,速度更快。就这样,就这样!小刘!别慌!等他靠近。"

两个匪徒已近百米以内,在马上一颠一颠,显然是放缓了速度,小李、小刘把马一提,迎面向匪徒跑去。在离三十几步远的地方,两个匪徒瞅着这两个不像同伙的娃娃兵,刚一愣神,小刘、小李当当一连四枪,两个匪徒滚落在雪地上。为了更有把握,小李、小刘朝着雪地上的两具尸体又射了四枪,匪徒一动也不动。他俩下马拿了枪支,搜出匪徒的匕首。小李向小刘一笑,"好极了！没打错。"

匪徒的两匹马,惊枪后,在草原里乱窜,小刘正要去捉,小李马上把他叫回:"不用捉,马恋群。"说着他命小刘一齐上马,一提嚼口,向前跑去。匪徒的两匹马,立即停止了惊窜,顺着两个匪徒的尸体,小跑了一个大圆圈,然后挺胸昂头站在那里,瞅着小李、小刘的马,瞅了一会儿,嘶叫两声,一阵急奔,追了上来。他俩各捉一匹,收起马缰,拴在自己的马鞍环上。两人四匹,向东南急驰。

从此小刘、小李的奔驰速度更加快了,一会儿骑这两匹,一会儿再骑那两匹,四匹马驰载着两个通讯兵,减去了休息缓行的动作,一直飞奔向牡丹江。

侯、谢、马匪徒的大队,自从玩了八卦路的花样,又经过几天草原上的逃窜,得意地摆脱了小分队的追击,这几天总算安静,大大地松了一口气。

这天下午,到了滨绥路上山市站以北的一个小山洼,四下严布警戒,并立即派出三个匪徒,沿着他选好的过路点和进长白山的路线进行侦察。三个匪徒化装成三个民兵向路南万年屯走去。

万年屯是滨绥路南火龙沟和王八沟交汇点上的一个林边屯落,屯里的人大多是林业放木排的工人。土改后已经组织了武装护林队,有步枪七八十支。因为万年屯周围全是大森林,所以屯落极为稀少。西距火龙沟三十多里,东距马场屯也是三十多里,北距山市车站二十五里,这个大大的空隙,确是匪徒们逃窜极有利的地方。

这里的自然景致极美,在王八沟的沟口,有一块巨大的青

531

石,青石的形状恰似一个巨大的乌龟,四只腿粗细长短一点不差,一个大脖子伸向火龙沟与王八沟的交汇点,活像乌龟在晒盖饮水一样。石龟的全身被山洪冲刷研磨得溜光溜光。王八沟就是以这个巨大的石龟而得名。

万年屯坐落在石龟东面不远的一个小山脚下。面对王八沟,侧临大石龟,所以附近的人都称这个屯为王八屯。可是本屯的老百姓对这个称呼十分不满,自己便起了个名字叫万年屯。意思是乌龟可以命活万年,长白山的青松万年不老,火龙沟的流水万年不断。

这屯也真有些长寿人。百岁以上的老头、老太婆有十七八个。人们伴居着自然界中的永不衰的大森林,永不断的长流水,永不污的新鲜空气,真是一个好地方。

侯、马匪徒,眼看着巍峨的长白山,又在异想天开。马希山揪了一下他那肮脏的仁丹胡子,咳了一下他那干拉拉的嗓子,"少剑波,我看你能不能长上翅膀来奈何我马某?"说着瞅了瞅侯殿坤。

侯匪抬了抬他那几乎落到鼻尖上的近视眼镜,"存在就是胜利,哼!进了长白山,来春咱就可以大展翅膀,卷土重来。国军一到,那时咱的位置就要和共军调过来。"说着把头一点,"到那时,再看看咱的。"

匪徒们逃了狗命,只管用牛皮大话给自己壮胆,哪知在他们背后不远的一座山上,已经追来了他们的死对头。匪徒们的一切已经落在少剑波望远镜的镜头里。

按刘勋苍的意思是:"马上冲下去,打他个人仰马翻。"可是剑波不同意:"按人数来讲,匪徒比我们还多两倍;按战术来讲,'切屁股割尾巴'又不能割,因为现在敌人是集聚在一个不大的小山洼里,既没甩屁股,也没留尾巴;按时机来讲,一口吞掉的时机已到,可是小分队自己的能力却一口吞不掉,没有那么大的胃口。"因此他派了孙达得带领两个战士,化装成老百姓,去到铁路侧,监视匪徒可能产生的特殊行动。

　　黄昏,三个侦察的匪徒气喘吁吁但又宽心自得地走到马匪跟前,"报告司令,前面没有共军,除了王八屯的护林队外,什么'钉子'也没有!"

　　匪首们听了这个开心消息,心花顿时开放,马希山一拍大腿,"等我马某进了长白山,背靠吉林,那时我要脚踏镜泊湖,手抓牡丹江!"他把拳头一摇,"哼哼!这叫做虎入深山,龙归大海,我要把共产党的天下搅他个天昏地暗,杀他个尸骨堆山。"

　　谢文东摘下帽子摸了摸秃脑门,"走吧!是时候啦,夜长梦多呀!"

　　马希山咬了咬牙根,拉长了嗓门,"别慌,前无阻挡,后无追兵,忙什么!我要狠咬他一口再走。挖不掉他的眼睛,也要割掉他的鼻子,马某向来不放弃一刻的良机。"

　　马希山正说得得意洋洋,奸凶的眼睛向四下一望,不知又要说什么。忽然从牡丹江方向,当当咣咣驰来的一列火车,吸去了所有匪徒们的注意力。

　　列车急驰,烟囱喷着火星,驰过匪徒们所在的山脚下,离开滨绥铁路干线,弯向西南,奔向火龙沟的森林铁路。

　　马匪怒视着这列人民列车,咬着下嘴唇,好久没有说话。直到列车远去,他才回过头来,向侯殿坤、谢文东比了一个手势,"过路等到下半夜,等那王八屯的护林队睡得像死猪一样的时候,我们给他袭击上去,杀他个痛痛快快。一来出出这股冤气,二来多掠点粮米好过长白山,三来弟兄们也好开开心。"

533

"对!"侯殿坤特别赞扬地向马希山伸了一下大拇指头,"这才叫有勇而敢为,多智无漏隙。"

马希山更加得意,大腿一拍脚一跺,"我要再来一个库仑比。"

郑三炮和蝴蝶迷把牙一龇,屁股一扭,"咱陪你再来一次杉岚站。"

匪首们得意地一阵狞笑。

小匪徒喊喊喳喳鬼声怪调:"奶奶!老总又要开开荤,来个十七八的。"

十二点了,孙达得气喘吁吁地跑上山来,向剑波报告:"二〇三!敌人已经过路了!"

顿时小分队紧张起来,一齐站在山头,遥望着他们的正前方。

杨子荣率领几个战士在检查着他预备好的大大的柴草堆。

少剑波在战士们前面静静地看着夜光表,默默地数着:"一分……五分……十分……三十分……"

四十分了!战士们的心像一颗马上就要爆炸的手榴弹一样,紧张地等待着痛快的第一枪。他们焦急得十分不安。

一点钟了!

白茹忍不住突然惊叫一声:"怎么?小李、小刘没完成任务?"

少剑波十分不耐烦地严厉地向白茹呵斥道:"别吵!"

白茹和战士们眼瞪瞪地全神注视着黑洞洞的远方,内心都在不安地猜测着:"小李没完成任务吗?埋伏地点搞错了吗?"他们恨不得用眼睛穿透黑夜,穿透山丘,看看匪徒走在哪里,我们的主力埋伏在哪里。

夜光表嘀嘀地走着,一点二十分了!少剑波和杨子荣也随着每一秒时间的度过而增长着内心的焦虑。频频地瞅瞅表,又频频地遥望着黑暗中远方的山影。

战士们紧张兴奋的期待,已在受到失望情绪无数次的袭击,泄劲松懈情绪每秒钟都在增长。有的长喘了一口粗气,带动得周围的空气也由紧张变为松懈。

一点三十分了!少剑波的心,由开始嫌它走得慢,而此刻变为又嫌它走得太快了!因为它每走动一秒便使他增加着一分焦虑。秒针又移动了七秒,失望正沉重地压在每个战士的心头。突然,一颗信号弹,高悬在西南天空,接着那里便是一阵暴雨似的枪声,炮声,手榴弹声,几乎是所有的火器在同一秒钟内一齐开火。

小分队战士欢腾地狂跳起来。

"漂亮!"少剑波兴奋得几乎和战士们一样地跳起来,"万年屯,万年屯,埋伏点选择得太好了!"接着他回身向正在搓手擦拳的杨子荣命令道:"点火!"

三把大火冲天升起,照得遍地通亮,在熊熊火光的照耀下,小分队尾随着匪徒们过路的踪迹,跨过滨绥路,奔向路南的一个秃山。战场拉到了他们的跟前,隐隐约约听到了雄壮的喊声。

半点钟后,枪声稀疏了,战场上燃起三堆大火,在旺盛的火光中,送来报捷的军号声。

天亮,一轮红日,从东方升起。

由火龙沟方向,披着晨曦,飞来二十余骑。杨子荣用望远镜紧张地辨认着飞来的人。"王团长来了!跑在前头的是小李和小刘。"

535

"对啦！对啦！一点不错。"战士们兴奋地嚷着跳着，"会师啦！"

少剑波兴奋地瞅了下战士们，"同志们，穿滑雪板，准备下山会师，等王团长飞马到来，我们来一个飞滑迎接。"

"对！咱们来一个'飞会师'。"战士们愉快地边喊边整装，迅速地整装完毕，个个挥舞着雪杖，等候着剑波的命令。

当王团长等二十余骑驰到离山脚很近的地方，小李、小刘这对娃娃兵，跑在最前头，手一挥一扬边驰边喊，所有的人已完全可以认清。少剑波把手一挥，"同志们！飞上前去！"

战士们一齐高呼："胜利！万岁！"雪杖一撑，身体一倾，像一群将着地的飞鸽，飞掠下秃山。两边的喊声交集起来，秃山前汇成了响亮的声浪。

小分队战士利用山上滑下来的惯力，绕着王团长等二十余骑划了一个大圈，然后围成一个圆圈止住，把王团长围在中央。

王团长胖胖的脸上，兴奋得像是每块肌肉都在跳动，手一扬一扬亲热地看着他周围小分队的战士："庆祝同志们胜利！"

战士们一齐高举枪支，"首长健康！"

王团长挥了挥手，从肥大的大衣袋里掏出一沓信来，举在空中挥动了几下，"同志们，你们为民除害有功，各地群众，各个机关，各土改工作队来信表扬你们，并为你们请功！"

战士一齐高喊："一切归功于党！归功于群众！"

在战士们的高呼声中，王团长和剑波紧紧地拥抱在一起。他俩拥抱得像一对久别重逢的情人。这个礼节虽然十分生疏，他俩之间也是生平第一次用它，可是此刻看来却是非常自然，因为它和战士们的情感，和周围的空气再谐调没有了。好像晴朗天空一轮皎洁的明月，万绿丛中两株英雄的松柏。

王团长结束了他俩热烈的拥抱,便走来和小分队的战士一一亲切地握手。当握到杨子荣、刘勋苍、栾超家、姜青山等人时,他那胖胖的身体,随着他们上下颠动的四只手跳了起来。

最后一个握手的是站在高大的孙达得身旁的白茹,当王团长肥大有力的手一握到她那温热的小手时,王团长逗趣地说:"啊!小白鸽!没被老虎吃掉。"

"吃不……哎哟……哎哟……"白茹还没回答出王团长逗趣的问话,因为王团长的大手一用力,把白茹痛得哎哟哎哟叫起来,雪杖也失落在雪地上。王团长咧嘴一笑,松开了大手,白茹微笑着头一歪,红腮上的那对深深的酒窝闪闪微动,和她那对有神的大眼睛有节奏地跳跃着,在崇敬的眼光里射出了探问的神色:

"王团长!生了吗?"

战士们出神地静等着王团长答复这句摸不清头脑的问话。王团长心里明白,嘴上却有趣地反问着白茹:

"哎!你这个小白鸽,我和你这么亲热,你还说我生了!真不讲理!"

"不!"白茹急切地加重语气,"我问你我们的指导员生了宝宝没有!"

王团长哈哈一笑,有点不好意思,"生啦!"

"生个啥?"白茹天真地追问。

"生个人呗!"王团长滑稽的答复,引得战士们大笑起来。

白茹边笑边说:"我还不知生个人!我是问是男孩还是女孩?"

王团长愉快地瞅着白茹眉毛一耸,"再长十八年,也是个小白鸽。"

537

白茹双手一阖,像似要跳起来的样子,"那太好了,是个可爱的小姑娘。"

"好啥!"王团长故意压住自己内心的喜欢,向白茹开玩笑地说,"丫头片子,不能当兵打仗。"

白茹听了小嘴一噘,"呀!首长的观点太不正确了,重男轻女,落后意识,老封建,违反……"

"好啦!好啦!小白鸽,批评得这么尖锐,好厉害的丫头。"王团长咧嘴大笑,向这位反攻的姑娘退却。

战士们一齐大笑起来。剑波在笑声中,向王团长一点头,"走吧!"

"好!到你们的大本营。"王团长说着和剑波并肩向秃山顶走去,战士们跟在身后。

到了山顶,留下的几个骑兵,已把帐篷扎好,王团长一看,"嘿!大本营真漂亮。"和几个扎帐篷的骑兵握手后,转身对剑波逗趣地问道:

"伙计!为什么在山顶安营扎寨?"

少剑波笑了笑,"没关系,这里没有司马懿,咱背上有粮,地下有雪,树上有柴,吃的喝的烧的,样样不缺,可方便呢!"

王团长哈哈一笑:"如此说来,你犯不了马谡的错误。"

"犯不了!"少剑波更有趣地向着王团长,"你也犯不了诸葛亮的用人错误,也不用官贬三级。"

他俩一齐笑起来,进了帐篷。

少剑波和王团长坐在铺草上述说开了五个月的林海雪原生活,从九龙汇谈起,讲到杨子荣智识小炉匠;刘勋苍猛擒刁占一;蘑菇老人神话奶头山,白茹认干爷爷;栾超家跨谷跳涧修"天道"。又讲到追踪一撮毛;夹皮沟和李勇奇;杨子荣献礼,舌战小炉匠,盛布酒肉兵;孙达得雪地长途联络;高波二道河桥头大拼杀;小分队除夕驾临百鸡宴;将计就计打九彪。再讲到姜青山和赛虎;刺客和叛徒;火烧大锅盔;切屁股割尾巴;刘勋苍槽头炸马;林海雪原大周旋;陈振仪解救。并把山林中的奇见奇闻,什么库仑比的四大怪,威虎山的穿山风,奶头山的天乳泉,讲了一个痛痛快快。

王团长听得是那样的出神,他确为他的战友、他的战士这一场斗争而骄傲,眼中射出无限敬佩的光芒,望着他身旁的英雄的战士。最后他兴奋地说道:

"我们勇敢的'雪上大侠'! 你们的事迹应写成一部美丽的小说。我再给你补充一段,小李小刘巧夺马,你还不知道吧?"

少剑波谦逊地做了一个手势,"这点事迹比起我们伟大的共产主义事业来讲,是太微不足道了! 周旋了五个月,消灭了不过七八百匪徒,名义上是五个旅,实际上是空架子。"

"不!"王团长不同意剑波的说法,"这样估计你们的作用是太不公道了,你们所消灭的不仅是匪徒五个旅的空架子和七八百人,而是远超过这个数目。"说到这里,王团长加重语气,"你们把国民党牡丹江地区的'先遣图'缴获了,这些国民党地下分子,比公开的匪徒要多到五六倍,他们全是些地主恶霸、伪满警宪、官吏、惯匪、反动会道门头子和国民党的派遣分子,他们是人民的死对头,也是我们的心腹患。可是现在不管他明枪暗箭,乌龟王八蛋,一下扫光。"王团长兴奋地握了握拳头,"今天,也正是今天,全牡丹江地区所有的部队,公安武装和民兵,一齐出动,给他个一网打尽。所以我只带来一个营的兵力,其余的完全由刘政委和王主任带着,配合兄弟部队,执行这个一网打尽的任务去了! 我们团的地区是牡丹江市和新海县。"

刘勋苍等一听,乐得蹦了起来,一头撞在帐篷顶上,把个小帐篷撞得晃了两晃,发出一阵响声。正在热烈的欢笑声中,通讯联络参谋陈敬同志闯进来,先和剑波亲切地握了手,便向王团长报告:

"战斗结果:毙敌四十八名,俘敌七十二名,共歼敌一百二十名,缴获战马八十三匹,毙马二十一匹。按歼敌人数尚有十五匹战马未获,可能是跑散了,警卫连正在搜索。缴获步枪一百零三支,各类手枪四十三支,机枪三挺。"他停了一下,"只是匪首侯殿坤、谢文东、马希山等漏网,经仔细盘问俘虏,都说匪首们在过路时走在前头,过路后便落在后头。经过侦察员各处仔细侦察查踪,发现在我们埋伏圈外一千五百米处,有骑兵踪迹沿火龙沟万年屯之间的空隙点奔向山里。现在听候您的命令!"

王团长略一思考,眉毛一耸命令道:"现在命令一营,马上挑选能骑马的战士,骑上缴来的马匹,追击!命一营副营长负责指挥。"

"是!"陈敬行了军礼,转身要走。

"等一等!"少剑波微笑着向王团长请求,"骑兵既然没来,就不必临时组织了,最后的一口,还是让给我们吃吧!因为……"

"是的! 二〇一首长。"没等剑波说完,刘勋苍忽地站起来,"最后的一口应该让给我们小分队,不然就是待遇不公。"

杨子荣摸了一下他那多日没刮的胡髭,嘴一咧向着王团长,"二〇一首长,骑兵到了大森林是不管用的!"

"为什么?"王团长好奇地问道。

杨子荣幽默地答道:"雪深绊马腿,树密碰马头,别扭极了!"

"还有!"小董补充道,"树枝扫人脸,灌木打马眼,不如咱这滑雪板,轻便灵巧,有空就钻,下山比火车还快,让匪徒先跑三天,保险到不了长白山顶,就叫他回老家。"

王团长听了这番议论,微微一笑,"好!就让给你们这些'雪上大侠'吃最后一口吧。"

帐篷内一阵兴奋的欢笑,欢笑中又冒出来栾超家尖溜溜的声音:"二〇一首长答应请客啦,这一口不吃,馋也馋死了!"

少剑波回身向身旁的孙达得、姜青山命令道:"青山同志!回山市站吃饭后,你和达得同志,带着赛虎,跟踪追查一下,先弄清匪徒的去向。"

姜青山和孙达得愉快地应了声:"是!"剑波同王团长商量一下,把一营部队和小分队开赴山市站休息,上点给养,准备未来的追击。

小分队战士收起帐篷,穿上滑雪板,手舞雪杖,满口歌声,使王团长羡爱得阖不上嘴地笑着。"你们在林海雪原,掌握了滑行技术,这在军事上是一大创举。"

少剑波微笑了一下,"适应这种环境作战,也非掌握了它不可。"说着和王团长一起上马。

刘勋苍借老秃山的斜坡,玩了一个滑行的花样,正触向王团长的马头,把马吓得一惊。王团长夸赞道:"嘿!坦克!真好武艺!"

刘勋苍抬头望了一下王团长,直截了当地道:"二〇一首长,咱俩比赛一下,看看你的马快,还是我的滑雪板快!"

"好!坦克!你要和我赛跑啊!这我可干不了,就算我认输了,可是你这个选手得来个表演。"

"好！表演！表演！"战士们兴奋地喊着,他们早已愿在首长和战友面前来显显自己的新技术。

少剑波向战士们微笑着,"可别丢了丑,滚了雪球!"回头对王团长低声道:"走!我们先下山,从山下看更有意思。"说着向杨子荣低声嘱咐了几句,让他帮刘勋苍指挥表演,便和王团长策马下山。将到山脚,二人勒回马头,向山上望去,只见刘勋苍比比划划,在向战士们说什么。然后站在一旁,向山下指了几指,是向战士们指点着滑行路线。

一切安排妥当了,只见杨子荣手一挥,三个战士成"三三制"小组战斗队形滑下来。接着是六个战士分成两组尾随着滑下来,接着九个、十二个,布成一个巨大的锐角,沿宽秃的山坡飞钻下来,掠过王团长前面,飞向山市。

后面便是白茹,她事先已把药包挂在小李的马上,此刻她只戴一顶红色的绒线帽,身披一件白色雪地掩护服,玲珑的身段,站在山顶刘勋苍身旁,更显得小巧美丽。只见她身体一弓,雪杖一撑,飞下山来,在王团长和少剑波眼里,那顶小红帽愈加鲜艳,衬托着这座雄伟的大秃山,呈现出一幅美丽的图画,真是皎洁雪峰上的一点红。她披的白色掩护服,在飞滑中招展在背后,恰像白鸽的翅膀翩翩飞舞。她那扎着白纱布的两条不大的小辫,影影绰绰活像白鸽子的尾巴。

王团长意味深长地微笑着瞥了剑波一眼,"嘿!小丫头,真像个小白鸽!"然后他转向正在看得出神的剑波,"老弟!怎么样?别叫小白鸽再着急了!"

少剑波羞红了脸,视线放弃了飞滑的那顶小红帽,低下头在想着……

正在这时,白茹顺着斜坡飞过来,体轻如燕,嗖地掠过,绕王团长和剑波近旁,划了一个大圈在王团长马旁站住。王团长拍了一下她的肩膀,"好丫头,小女侠!"

接着他们的视线便被山上的刘勋苍、姜青山吸去了。

刘勋苍和姜青山,选了一个坐椅式的地形,青山在前,勋苍在后,比谁的速度都快,飞将下来。滑到一个陡得像台阶般的地方,只见他俩各自将身一跃,脱离地面,飞在空中,在空中逍遥自如地飘飞了一段长长的距离,然后平稳地滑翔着落向雪面。这一个惊险的动作,使王团长紧张地呀的一声,双腿紧夹着乘马嚷道:"真是两辆飞坦克!"

当刘勋苍、姜青山滑到跟前,王团长故作严肃地瞅着刘勋苍,"坦克!怎么你还留后手!为什么刚才你这一着没教会小分队?嗯?"

刘勋苍圆瞪两眼,正经地辩解道:

"二〇一首长,这太冤枉啦!为了教给战士们这一手,我们俩都罚他们下小操,他们最初有点不敢干,现在都有个半拉架了!刚才二〇三首长嘱咐别滚了雪球,所以谁也没敢来这一手!"

王团长笑着拍了拍刘勋苍强壮有力的大肩膀,"好!好!好!你这个教官有成绩。"

"这应当归功于姜青山同志,"刘勋苍指着跟前的姜青山道,"这一手连我还是姜青山同志教会的!"

王团长仔细看了看眼前这位英武壮美的青年猎手,拍了一下他的肩膀,赞美地夸奖道:

"真是一个雪上无敌的'奇侠'!英雄……英雄……"

三十六 棒槌公公奇谈四方台

　　部队开到山市,透透地睡了一觉,醒来已是十二点。

　　陈振仪、白茹、小李、小刘四个人,为两位首长做了一顿丰满的午餐,炖了一大锅他们从山上带下来的冻狍子肉,还炒了两小盘,外加剑波平日最愿吃的狍蹄筋。

　　外面微风不动,可是天上密布着乌云,似有大雪的预兆。

　　当陈振仪和白茹把热腾腾的菜饭端上来时,王团长对这顿丰美的野味特别喜欢。白茹天真地看着王团长道:"二〇一首长,这是我们从山上带下来的山中美味,今天我们小分队请首长的客!"

　　王团长笑道:"小白鸽,请客?这我可不领情。"

　　"为什么?"白茹天真地一歪脑袋,两条小辫一甩动。

　　王团长瞧着白茹,故意慢吞吞地把话音拉长,"因为呀!丰满的山味不为客,白茹之意不在我。"

　　"呀!二〇一首长,太辜负我的意思啦!不为你为谁呀!"

　　王团长笑嘻嘻地瞅了一下剑波,再瞅瞅白茹,他俩脸上顿时泛起红晕,有点害羞。王团长瞅着他俩这不好意思的表情大笑起来:"怎么样?我说对了吧?"

　　白茹像小孩似的一歪脑袋,"不对不对!就是不对!"

　　"好!小白鸽!"王团长拉着长长的音调,板着"降人"的神气,看着白茹,"你不给我坦白!你的蘑菇老人爷爷上次来海林,要求我……"

　　"我爷爷代表不了我的思想!"

"你真坏!"王团长右手插进衣袋,"老人真有意思,他对你的事是那样的关心,你还说他代表不了你的思想,嗯!你这个小白鸽!"当他的手从衣袋里不知握着什么东西拿出来时,慢吞吞地向白茹晃了两晃,"你的铅笔尖可能代表你的思想吧?嗯!我叫你向首长保密。"

"啥呀!铅笔尖有啥思想!"白茹有点不好意思,可是硬装着不明白的样子。

这时杨子荣等各小队干部,因看天气要变,恐不利于追踪,先后走进来听候剑波有什么命令。他们站在外间,听着他们这位首长有意思的逗趣话。

王团长笑着把手一张,露出一封叠成燕子形的信,他捏在手里晃了两晃,"看看铅笔尖有没有思想?"

白茹一看到那封燕子形的信,已经完全认清了,是在威虎山上托小董带给王团长的爱人的那一封,可急坏了,扑过去就夺。王团长笑嘻嘻地举在空中,一面摇一面念叨:"看看铅笔尖有没有思想?小丫头!向首长保密……"

在王团长魁梧的个子前,白茹哪能抢得到,急得她乱蹦,像小孩子要东西一样嚷道:"给我……给我……给我……"

少剑波已猜测到这封信定与自己有关,便顺手从王团长手里抽来,装在裤兜里。

白茹一看到信已落在剑波手里,她羞怯地向剑波一瞥,腮上的红酒窝跳了几跳,转身往外就跑,却被站在门口的小董双手拦住,"别不好意思,小白鸽!……"王团长、杨子荣等人一齐笑了,白茹满面红晕站在一旁。

王团长拿起筷子笑看着羞涩的白茹,"这问题还向首长保密不保啦?"

栾超家宝声宝气地道:"这已经是不成问题的问题!"

小董使了个滑稽眼色,"这已经是不成秘密的秘密。"

白茹向小董触了一下,"去你的吧!"

"哟!小白鸽你'忘恩负义',"小董一拨白茹的小辫,"忘了叫我捎信的时候啦?"

王团长边吃边笑,"小白鸽,再向首长保密的话,惹恼了我,我给你说上两句坏话,可当心剑波被别人夺了去。"

这句话却激起白茹内心情感的奔放,她天真自信地向王团长一噘嘴,头一点一点的,"谁也夺不去。"

大家一齐笑起来,刘勋苍放开粗嗓门:"噢!小白鸽招供了!"

白茹羞得一溜小跑,从人缝里钻了出去。

外面朵朵雪花纷纷落下,愈下愈大,晚冬迎春的雪片,格外令人羡爱。王团长搁下碗筷,连声赞美:"好雪!好雪!瑞雪兆丰年!"可是他马上眉头一皱,"这对我们追击却增加了困难。"说着他像在探问地望着剑波。

少剑波已看出王团长的担心,便十分坦然自信地向他解释道:"没关系,孙达得和姜青山完全可以抓住匪徒的尾巴。几个月的林雪生活,既锻炼了他们的机智英勇,又锻炼了他们坚忍不拔的毅力,这两个山林通是不会空回的。"

"那么,"王团长继续问道,"那么大雪盖踪……"

"那不要紧,"少剑波微笑了一下,"赛虎的嗅觉和它无踪能辨的能力,会解决这个问题,它真是一名神通广大的侦察兵。真像神话中杨二郎的哮天犬。"

说得大家哄堂一阵大笑。少剑波脑子一思索,然后谈出他进一步的见解,"大雪盖踪固然对我们有一定的不利,但是敌人也会依赖它当'保险公司',而麻痹起来,必然也就会迟滞匪徒们前进的速度,这样反而对我们有利。我们要克服不利条件,利用有利条件,化不利为有利,打他一个侥幸大意。"

王团长对他的年轻的战友丰富的雪地战斗经验,和深谋远虑的智慧,内心正加深着对剑波的羡爱。突然小李跑进来:"报告二〇三首长,孙达得、姜青山回来了,还用马驮来一个老人……"

"报告!"小李还没报告完,孙达得、姜青山披着满身的雪花闯进来,"报告二〇三首长,奉您的命令,侦察匪徒行踪,在火龙沟南牡丹峰东侧,追上敌人,离这里不过一百二十里,现在敌人正继续向西南密林逃窜,速度很慢。我们两人一看天气要变,就回到火龙沟找来了棒槌公公。"

"棒槌公公?"王团长、剑波同时兴奋地发问道。

"是的!"孙达得继续说,"他是一个七十多岁的老人,可以说是长白山的活地图,我从前在山里伐树时就听说过这个老人,他对我们一定很有用处。"

"那太好了!"少剑波一面说着,一面下炕,"老人在哪里?"

"马上就到!"

王团长、杨子荣等一齐跳下炕走出大门。只见雪花飘扬中,一匹白马缓步而来,上面乘坐着一个老人,头戴大风帽,身披山羊皮大衣,脚穿一双黄澄澄毛茸茸的鹿皮长筒靴,肘挂一支细筒长烟袋,双目炯炯,满面披笑。

孙达得跑上前去,小心地搀扶老人下马,领来和王团长、剑波相见。见罢回到房中,把老人让在热炕头上。

经老人的述说,得知这位老人从小在长白山林雪里长大,一辈子都在长白山挖采长白人参。此地人俗称人参为"棒槌",因此也就称采参的人为"抠参挖棒槌的"。所以邻近的人都称这位老人为棒槌公公。他的一些青年徒弟称他为棒槌老。

牡丹江人民政权建立后,商业部门大量采购长白山的山货、人参、鹿茸、虎骨、皮毛、野猪油等等,因此组成了山林采购所,就特请了这位老人为人参检查评价员。孙达得是个林业工人,所以对这位老人是久闻大名。

老人坐在炕头上,喝着开水、吸着长烟袋,双目炯炯有神。从他刚毅豪爽的神情中,可以窥知他山林人的英武气魄。

白茹躲在墙角,笑眯眯地瞪着两只大眼睛看着这位棒槌公公,不由得想起了她那蘑菇老人爷爷。"山林老人都是这么好!"她伏在杨子荣耳边低声赞美着。

刘勋苍拉了白茹一把,"小白鸽,又给你找来个爷爷!"

"去你的!"白茹打了一下刘勋苍的手,站在她旁边的小李、小陈等都捂着嘴笑起来。

少剑波斜了他们一眼,他展开了长白山地区的地图,一张接一张铺了个满炕,然后对着棒槌公公请教似的问道:

"老大爷,我想请问您,从此地拉林子过长白山到吉林,有几条能走的道?"

老人的目光一闪,满满地抽了一口烟,吐出浓浓的银灰色的烟云,"是乘马呢,还是腿蹽呢?"老人若有所思地反问着剑波。

"乘马!"少剑波果断地答道。

老人捋了一下胡子,口中念出了两句韵语:

>　　冬天过长白,
>　　必经四方台。

"为什么呢?"王团长好奇地问道,"长白山这样的广大,难道只有四方台一条过人的路吗？"

老人不慌不忙地笑了笑。"广大的长白山，处处是道。不过冬天要过，却非走四方台不可。"老人的语气是那样的肯定。他吸了一口烟接着说道：

"冬天林中有穿山风，谁要碰上它就要被埋掉。这里往南是牡丹峰，因为森林被小鬼子伐得一口一块的，所以穿山风特别多。牡丹峰以南是大冰岭，这里的冰长年不化，山高冰滑，不用说是马，人也爬不了。大冰岭以南是一片老林子，这片老林子因为有大冰岭相阻，小鬼子试了好几次也没治得了。这片林不用说马进不去，就是人也进不去，进去后灌木条子会像'盘丝洞'一样把你绊缠起来。老林子西南是一带二百里长的乌拉大石壁，这条石壁向来也没有人上去过，连我自己也从来没上去过。乌拉大石壁再向南就是四方台。"

说到这里，老人喝了一口水，磕了磕长长的铜烟袋锅，笑着环视了一下众人，又念了一段民谣：

　　四方台，四方台，
　　上去下不来。
　　船场到镜泊，
　　鲤门渔夫开。

"又是关东山的一桩怪！"栾超家一拍大腿，尖声尖气打断老人的话。

"说来真也怪，"老人朝栾超家笑了笑，"在从前的年代，四方台向来没人上去过，上去的人就从来没有回得来的，因此人们都传说着：'到四方台去的人都成仙了！'所以人们又称这四方台为'仙人台'。可是谁家没了人，谁都焦急，管他成仙不成仙，

549

还是得找亲人回来。但去找的人也从来没见过回来的。因此人们对四方台就害怕起来,都管它叫'阴山望乡台'。这地方的人就把四方台当成比虎狼妖魔还可怕,有的赌咒盟誓时就说:'我要怎么怎么样,叫我上四方台。'人若是快死了就说:'快上四方台啦!'小孩子哭了,大人也拿四方台来威吓,说:'再哭我送你去四方台!'这些话一直到现在还在民间流传着。"

"那怎么走呢?"刘勋苍发急地瞅着老人。

"别忙!"老人直爽地向刘勋苍笑道,"'船场到镜泊,鲤门渔夫开。'这里有一段神奇的故事,听了你就会过得去。"于是老人慢慢地讲开了一个美丽动人的故事:

原来当年,船场,就是现在的吉林的江上,全是千千百百的渔户和猎人。这里有一个老渔夫名叫李鳌,老夫妇一辈子打鱼为生,无儿无女。老夫妇为这个日日夜夜悲伤。可是到了五十岁那年上,生下了一个小姑娘。这姑娘下生的那一天,李鳌这天大"发江",网网满货,全是鲤鱼。天将晚,李鳌兴冲冲唱着渔歌摇橹回家。刚到院子,听到婴儿的哭声,李鳌三步两步闯进房里,一看生下的小姑娘,真是喜不胜喜。因为这天大"发江",打来的又是清一色的鲤鱼,所以老夫妇就给这小姑娘起了一个名字,叫做李鲤。

过了十六年,李鲤姑娘十六岁了,长得天仙般的美丽,一条大辫又粗又长,唱得一嗓好渔歌。这姑娘又勇敢又勤劳,春秋夏帮父亲下江打鱼,撒网摇橹样样能干。冬天跟着猎友出山打猎,学得一手好箭法,百发百中,箭箭不空。这姑娘艺高胆大,深山密林,独出独进,真是江上山里的一枝英雄花。

有一天正午,李鲤姑娘独自一个在深山打猎,也不知走了多远,她歇下来,正在烧吃一只野兔,突然天空中悲惨的连声喊叫:

"李鲤！李鲤！……"李鲤姑娘一听叫她的名字，便抬头张望，半天也没看到什么。她正在奇怪，忽然背后又是一阵叫喊："李鲤！……李鲤！……"李鲤姑娘回过身来漫空一望，看见一只凶恶的老鹰正在追赶一只雪白雪白的像鸽子那样大的一只小鸟。姑娘仔细地看去，那鸟仓皇奔命地朝她飞来，连声叫着："李鲤！李鲤！"仿佛是在向她求救，那喊声特别凄惨。李鲤姑娘一见那只小鸟就要被老鹰抓去，便张弓搭箭，嗖的一声，射将出去，那只凶恶的老鹰便中箭坠地。那只雪白的小鸟得救后，在姑娘的上空，飞翔了几个圈子，好像表示着无限的感谢，然后向深林飞去。

　　正是这年的深冬，李鲤姑娘又一个人独自上山打猎，正遇上了大风暴，姑娘迷失了方向，回不了家，便钻到一个树洞里。

　　李鳌老夫妇等女儿一天不回，两天不回，一连等了五天还没回来，急得痛哭流涕，老婆哭得死去活来。好心的渔户自告奋勇，选拔了五十多名上等青年猎手，披弓带箭前去寻找。可是无边无际的长白山，茫茫如海的大雪原，又到哪儿去找呢？一天，两天，一连找了四五天，也不见姑娘的踪影。人们失望了，个个含着眼泪，心里无限悲痛，徘徊在这雪海里。

　　正在人们万分悲痛之际，突然听到空中喊了几声："李鲤！……李鲤！……"众人抬头一看，见是一只雪白的小鸟，在天空中冒着风雪飞旋，声声喊着姑娘的名字。叫着叫着，又来了一只，又来了两只，三只，四只……无数只小白鸟飞旋在天空，一声十声，千声万声，不断地呼叫"李鲤"。盘旋了一会儿，向东南高山上盘旋着移动，众人一见这奇景，顿时嚷道："我们的姑娘不会遇险，看！这是神鸟来救！"众人不约而同地向它们飞的方向赶去。走呀！走呀！爬过了几个大岗，穿过了丛丛的密林，那

551

群鸟便在一个山洼落下不见了。众人便搜开了山洼,搜着,搜着,突然在一棵大的白果树那里一连高喊三声:"李鲤!李鲤!李鲤!"声音特别洪亮,是群鸟共鸣之声。

众人一齐向声音跑去,只见齐刷刷的一群白鸟和雪地一样颜色,若不是它们那赤红赤红的小嘴和机灵的黑眼珠,谁也看不出是一群鸟。人们跑到跟前,那群小鸟飞到树上,看着众人。

"在这里!姑娘找到了!"一个中年猎手狂欢的呼声,激起了众人的心花,大家一齐向他围去。

大树的洞里,安安静静地躺着李鲤姑娘。满身温热地在酣睡着,脸上浮着梦中的微笑。

李鳌看到了姑娘,狂喜之下,泪如雨注,上前紧紧地一把抱起。姑娘慢慢睁开了眼睛,见是爸爸,搂住爸爸的脖子,惊奇的眼光看着又吃惊又狂喜的邻人。她莫名其妙地看着爸爸在伤心落泪,她拿渔妇巾给爸爸擦了擦眼泪。

"爸!伯伯叔叔们!这是为什么?"她奇怪地问道。

众人异口同声地说:"姑娘!你已经十几天没回家了。"

李鲤惊叫起来:"哪里的事!我只睡了一觉,还做了一个梦,梦见二十几个不相识的姑娘,她们满身穿着像雪一样的白纱,从天空下来。她们是那样的美,和我在一起玩呢!我们唱歌,我们舞蹈,她们都叫我小妹妹。我们玩得太好啦!我舍不得离开她们……"

"孩子,别说梦话啦!"李鳌温柔地抚摸着女儿散乱的头发。

李鲤姑娘正要开口说什么,只听周围树上传来一声:"李鲤!"姑娘和众人一齐望去,只见那群雪白的小鸟展开翅膀,"李鲤!李鲤!"地叫着,向远方飞去。

众人目送着小鸟,口口念道:"神鸟!神鸟!"

李鲤拣起了几根美丽的羽毛,插在自己的大辫上,跟着爸爸和众人一起回家去了。

老人说到这里,大家轻快地喘了一口气。那老人接着说道:"这种鸟,在长白山那无人去的地方就有,一有人进入深山,它们就飞在人的周围,和人们做伴。特别是在大风雪的天气里,它会领人们到没有危险的地方,甚至和人一块睡觉,给人们取暖。如果人们迷失了方向,只要跟着它飞的方向走去,总会平安无事。我就曾这样脱过险,得救过多次。山里有这种鸟的地方,野兽也不敢近前,这因为有猎人在此。这种鸟的名,就是从它的鸣声而得,叫李鲤鸟,是人们的山林好友。

"从此以后,人们传开了,说李鲤姑娘是这种神鸟托生的。这一传却出了事端。"老人面带怒容,又叙述了一段故事:

船场有个总管名叫江堵,家称万贯,有钱有势,船场渔户,莫不租用他的渔船,给他纳租上税。江堵这个坏蛋,一听李鲤姑娘人才出众,又是神鸟托生,便红了眼,一心要霸占她。渔户们大怒,异口同声:"李鲤姑娘是我们的,不能给江堵当奴才。""小天鹅怎能配给癞蛤蟆!""小李鲤,怎能服侍大野猪!""我们要誓死保护她!"

这时正赶上大旱三年,江水全干,渔夫们缺吃少穿,还得纳税,无奈只得入山打猎。

春天到了,突然落了十天大雨,松花江复活起来,浪头滚滚,渔户们又摇船撒网,江上又听见李鲤姑娘的歌声。她头裹白色渔妇巾,身披雪白的渔家纱,乌黑的发辫上插着雪白的李鲤翎。据姑娘自己说,这打扮全是学着她遇险时梦中的女朋友。江堵垂涎已久,兽性发作,硬要抢去李鲤姑娘,渔户们誓死保护她。江堵恼羞成怒,要统统收回渔船。渔户们见走投无路,群起反抗。江堵更加凶残,搬来官府大兵前来镇压。好勇敢的渔家,什么也不怕,全拿起了猎弓猎箭和棍棒、渔叉前来抵抗。船场江上展开了一场大厮杀。

杀了三天三夜,突然松花江上风暴大作,浪头如山,直向长白山冲去。把江堵的大兵刮得人仰船翻。渔户们乘风破浪,驾驶渔船,乘着浪头冲去,一心要迈过长白山,驶向镜泊湖,建立闻名已久的镜泊湖鳌花渔场,创立自己的渔家天下。浪头打到四方台,高山挡住去路。只见那烂石穿天,惊涛撞岩;前面是凶险的四方台,下面是滔滔的冲天浪,令人又惊又惧。只有天空中飞翔着的李鲤鸟,给予人们以喜悦和安慰。正在无可奈何之际,李鲤姑娘站在最前列,拉开她的弓,向四方台腰上射去。第一箭射得悬崖分崩,第二箭射得大山摇动,第三箭把个四方台射穿,射成一个贯通的大洞。滚滚的浪头顿时平静,洪水穿过洞口流向东方。七里长的山洞,顺水扬帆,驶向这水平如镜的镜泊湖。因为这个洞是李鲤姑娘所开,所以后人称为"鲤门"。

后来李鲤姑娘的父母入土了,这位姑娘把他们葬入洞侧,姑娘守孝在父母的坟旁,她几年也不离开爹娘的坟。后来李鲤化成一个石头姑娘,满面笑容地站在那洞口。后人为感谢她劈山开路之功,用巨石给石姑娘修了座大屋子,温暖着这位好姑娘。人们便叫这个大石屋为"李鲤宫"。

石姑娘虽处于绝无人迹的深山密林中,但她并不寂寞,她的洞里、身边、屋子里,到处居住和飞翔着李鲤的好朋友——李鲤鸟。

人们偶然到了这里,天空中,树林里,到处听到"李鲤!李鲤!"的欢呼和歌唱,所以人们走到这里,就解除了对深山密林的恐怖,反觉得安然如家。

老人讲的众人听得出神,感到屋内的空气是那样的柔软而平静,只听得见同志们均匀的呼吸声。

王团长听完后,拍了一下大腿说:"好一个美丽的神话。太美了!太美了!"

老人咧嘴一笑,"我还是在二十年前到过那里,我一连在石姑娘的像前住了十五天。我光在那里采的人参就有十多斤,也是我这辈子最'发山'的一年。"

"那么……"少剑波正要询问什么。

"报告!"通讯联络参谋陈敬走了进来。

"报告二〇一首长,车站站长通知,下午十六点三十分,由哈尔滨开来一列空车,我们是否决定回去?否则需要等到明天十二点才有空车。"

王团长回头看了看剑波说:"还有什么需要帮助的吗?"

"没有了,"少剑波微笑着说,"只是那几个伤员和用不着的马匹带回去就可以了。"

王团长立即告诉陈参谋:"回去协助完成对'先遣军'分子的捕捉任务。"

少剑波命令各小队长,准备十天的给养,吩咐送走了棒槌公公。自己和王团长在小炕桌上摆开了长白山的军用图。量了去四方台的距离,对着指北针定了方向,仔细地选择了一条滑行道路,两个人充分地研究了最后这一口的吃法。四点二十七分,车站上传来了震耳欲聋的汽笛嘶叫声。

少剑波和王团长亲切而留恋地对望了一下,"车到了!"

王团长正在向剑波谈着什么,忽然听到外面一阵欢笑的吵嚷。两人向门外一看,白茹边跑边笑边喊着:"爷爷来了,爷爷来了!"

王团长、剑波急忙向门口迎去,刚到大门口,只见杨子荣、小董、姜青山等一群人围着蘑菇老人和李勇奇,在欢笑问好,一齐拥向剑波这里来。剑波和王团长迎上去,亲切地握着蘑菇老人和李勇奇的手,长时间不放。

"你们哪里去?"少剑波亲热地问道。

"到省里去开会!"李勇奇回答说,"我是到省武装部去开扩军会议。老人去省商业厅开山货采购会议。"接着李勇奇一口气向王团长和剑波介绍小分队走后夹皮沟屯的情况。得知民兵组成了五屯联防,李勇奇是联防队长;神河庙变成了山货收购站,蘑菇老人成了收购队的评价评货组长;小铁道、电话全修复了,小机车又修好了五台,林木输送大量开始,正在计划采伐,粮食也运进去了。边说边走进屋里。

李勇奇说着,说着,眼内发出无比荣幸的光芒。他转身俯到剑波耳边,低声地说:"二〇三首长!我已经光荣地参加了共产党。"

少剑波一听顿时像沸腾了似的紧紧地握着李勇奇的手,为这位忠诚勇敢的同志祝贺。

因为车只停三十分钟,少剑波伴送王团长去车站,并看一下部队。剩下的是李勇奇和姜青山表兄弟俩,还有蘑菇老人和他的小孙女白茹,在亲切地谈着。

王团长和剑波站在月台上,看着这长长的列车,战士们一队队进入车厢,战马踏着桥板,一匹匹地牵上去,车的后尾是两节客车厢。二十分钟,部队已安适地住在车厢里。

陈参谋报告了上车的情况,说部队和马匹都安置就绪。王团长和剑波向车尾的客车厢走去,小分队的战士都站在月台上,来欢送一营的同志们。

王团长和剑波刚走到离客车厢还有二十米距离的地方,只听背后一阵急促促的跑步声,还未及回头,只听后面喊着:"二〇三首长!……二〇三首长!……"

少剑波和王团长回头一看,李勇奇、姜青山跑来,后面不远的地方是蘑菇老人和白茹。

"什么事?……勇奇同志!"

"我也去,我也去!"李勇奇没头没尾地恳切地请求着。

"哪里去呀?"少剑波奇异地问道。

"反正我是要求去,说什么也得去。"

王团长和剑波笑起来,王团长已猜透了这位勇士的心事,故意和他逗趣地说:"当然你要去牡丹江,省委召集你去开会,你还能不去?这还用说。"

"不是!"李勇奇十分认真的,"我听我表弟说了,我要跟二〇三首长去吃最后的一口。我老李山地熟,前三年我两次去过四方台。长白山!长白山上的滑行路,长白山上的一切,我熟得不能再熟了!一定,一定得让我去。"

"那不行!"少剑波严肃地瞅着李勇奇,"省委的扩军会议很重要,比你一个人去拼拼打打重要得多!不能去!不能跟我去!"

"那不要紧,"李勇奇固执着自己的要求,"我们民兵联防指导员也来了,扩军会议由他全权代表。至于扩军的任务,不用开会我们早就完成了。第一批上级要我们出一个排,可是工友们一报名就报了一百六七十,足够一个连。不让谁去,谁也不乐意。陈小柱就因为我们没批准他第一批去,他把我和指导员的祖宗三代都骂了……"

"不管怎么样,"少剑波打断了李勇奇的争执,自己刚一开口,可是李勇奇连听也没听,向最后的一节车厢跑去。"指导

557

员！指导员！……"边跑边喊,钻进车厢。

没有半分钟的时间,他跳下车来,狂喜地跑到剑波和王团长跟前,"好了！好了！指导员答应了！彻底同意了！完全……"

"不成！"少剑波更加严厉,脸上带有指责的表情,"勇奇同志,这样是违犯纪律的,现在我决定绝不允许你跟我去！"

李勇奇呆住了,就像是一瓢冷水从头顶浇下来,他垂着头,无精打采地站着一动也不动。

王团长笑嘻嘻地拍了拍李勇奇坚实的肩膀,"勇奇同志,打仗的机会多得很,将来到前方去打大仗。走！走！走！咱们上车去。"

李勇奇像一个受了委屈的小孩子,拖着沉重的步子,被王团长拉着走向最后的一节车厢。姜青山和赛虎跟了过去。李勇奇喘口粗气进了车厢,王团长在车门处看了一下表,"快开车了,还有两分钟！"

"再见！"王团长和剑波两人紧紧握了手,王团长回身一抓扶手正要上车,忽然一只手把他揪了一下。王团长回头一看,蘑菇老人笑嘻嘻地,"团长,你来,我有两句话。"说着老人抓着他的袖子拉到离剑波十几步远的地方,"你看！"老人把王团长的袖子一拉,眼睛向剑波看去。这时剑波和白茹正站在车门前和战士们打着招呼。"你看,"蘑菇老人继续道,"那一对真是天生的一对！……团长！咱们军队不知……"

"太好啦！"王团长已明白了老人的意思,亲热地向老人笑着,"放心吧！这事一定会美满的,他们自己……"

呜——呜——汽笛长嘶了两声,打断了王团长的后半句。

"爷爷！快上车吧！"白茹边喊边跑过来,扶着老人上了车,转身跳下月台。

王团长和剑波再次握了握手,翻上车梯,手把车扶手。蘑菇老人扶着王团长的肩膀站在他背后,眉开眼笑地看着送行的剑波和白茹。

　　咻……喳……车头上一阵用力的哑声,冒出两团云朵般的白气,列车缓缓开进,小分队战士热烈地向列车上的战士挥手告别。

　　白茹向王团长高喊道:"二〇一首长,好好照顾一下我爷爷!替我向我们指导员问好!"

　　"放心吧!小白鸽!"王团长笑嘻嘻地回答着边喊边跑的白茹。

　　少剑波和小分队全体战士,沿着月台,和列车并肩跑着,喊着,挥舞着手中的帽子。"再见!再见!……"

　　哐哐,咣咣……列车出了站,速度加快了,车头刚转过山脚,只见最后的一节车厢,嗖地跳下一个人影,跌在路基旁的雪沟里。

三十七　李鲤宫前对手交锋

　　因为少剑波全神贯注地目送着王团长的车厢,所以车上跳下的黑影他没见到。列车很快地拐了弯,没入了山脚。只听得哐咣的奔驰声,还看到一股浓烟荡漾在天空。

　　少剑波回转身来,命令小分队准备出发,要连夜行动。

　　各小队回到自己的驻屋,紧张地披挂着装。

　　杨子荣正在屋内检查每个战士的准备工作,听到外面有人招呼他,他回头一看,吃惊地脱口嚷道:

　　"勇奇!你……"

559

"别做声！我是从车上跳下来的。怕二〇三批评,所以来走走私人路线。老朋友！关照关照。"

杨子荣和战士们一齐笑起来。

"老李！你有打仗的瘾吧？"

"不说谎！"李勇奇笑嘻嘻地说,"这瘾头正大呢！比馋猪肉吃还厉害哪！"

"老李！你可知道咱们二〇三首长是说一不二的。你可小心,恐怕他不会饶你这馋人。"杨子荣半真半假地开起玩笑来。

"老朋友！子荣同志！帮帮忙,正因这个所以我不敢直接去见二〇三。"

"好吧！咱们试试看。"杨子荣一擦嘴巴,"说成了的话,老李可得请客。"

"一定！一定！决不含糊。"李勇奇心急地满口答应着。

杨子荣、李勇奇向剑波的房子走来。李勇奇走着在想：

"二〇三能怎样呢？我怎么向他申述理由呢？又不敢不坦白,坦白了又怕去不成。"想来想去,他想,"豁出来啦！不管怎样只要能让我去就行。"想着,想着,不觉到了剑波的门口,可是他要说的话还没编好,有些慌。刚要跨门槛,好像两只脚沉重得抬不起来,就落在杨子荣的后边。

少剑波正在那里和姜青山研究这趟战斗的路线,杨子荣一步跨了进来。

"二〇三首长！李勇奇……"

"怎么？"少剑波奇异地问道。

杨子荣咧着嘴笑起来,也不往下说了,回头向门外喊着：

"老李！进来吧！生米做成熟饭了。再还生也办不到啦,错了就将错就错吧。"

李勇奇轻手轻脚地走进来,这条魁梧的勇汉在剑波面前好像个闯了祸的小孩子。

少剑波没有讲话,只是两眼盯着他。姜青山却又惊又喜,用一种恳求的眼光望着剑波。像是想给表哥讲情,但是又不敢开口。沉寂了约有一分多钟的时间,李勇奇终于耐不住剑波那斥责的目光,吞吞吐吐地说了:

"是！是这样！二〇三首长,我……我对长白山路最熟,我和你们一道去,是最合适不过了。"

"姜青山不也是很熟吗？"少剑波仍是不转睛地盯着他。

"是这样的:扩军会议,我估计得延期,我们有山林小火车,下了小火车,又上大火车。别的地区哪有这么方便哪？他们一定来得晚。实在……实在……即便不延期的话,还有指导员,他一个人也能代表……唉！就是非去不可的话,我也不过是走个绕道,顺长白山绕个圈也就是了……"

少剑波听着噗哧一笑说:"好吧！不过得先记你一过！"

杨子荣咧嘴一笑,"老李说啦,只要能叫他吃这最后的一口,记过也不在乎。"

这时杨子荣、姜青山和李勇奇乐得跳了起来。杨子荣把李勇奇的脖子一拍:

"行啦老李,解决问题啦！跟着去过瘾吧！"说着他俩就要向外走。

少剑波突然严肃地问道:"你没有滑雪用具怎么办？"

"早预备好了！"李勇奇神气十足地回答,接着又说:"负伤同志的滑雪用具在火车上,我给偷来了一副。"

"真有办法！"小李、小刘、陈振仪、白茹等人齐声喜笑颜开地称赞着。

"什么有办法,我正犯纪律。"他得意洋洋地一伸舌头,向大家做了个鬼脸。

雪越下越大,春雪的花朵格外肥大,落在地上嚓嚓作响。各小队长报告完自己的准备情况,静等着剑波的决定。

"现在我们吃这一口,"少剑波慢吞吞地说,"不是追击,因大雪盖严了匪徒的踪迹,追索是有困难的,反会入了歧途;也不是周旋撒网,因长白山这个林海太广太大,我们小分队这个网太小,网是撒不过来的。现在我们的手段是姜青山、李勇奇打猎的手段,是'溜口下套',来个掐脖子绊腿。"

"妙!"大家齐声喊道。

少剑波向李勇奇和姜青山笑了笑,"现在看你们表兄弟俩的啦!勇奇要将功抵过。"

李勇奇把胸膛一挺,神气更十足了,"这我完全有把握。"

大家朝着他一齐笑起来。

瑞雪纷纷,林海茫茫,天地雪林连成一起,小分队进入雪幕中。

李勇奇、姜青山,这两个林海通,长白山的熟客,选择一条条一段段山沟的冰带,朝着既定的方向勇猛前进着。

因为大部行程是在较平的冰带上滑行,滑雪杖的力量是用的不少。有的把手套磨破,有的手上磨起了水泡,战士们闲着说笑话:"往常行军穿破了鞋袜,现在行军却戴破了手套。"

有的说:"是啊!平常行军脚上打泡,这次手上打了泡。"

栾超家又耍开了活宝,他高声唱道:

　　关东山,真可笑,
　　行军省鞋费手套,
　　走路保脚手打泡。

第五天黄昏,走到一条长数十里的大沟尽头。前面是山洪旋成的一个大大的洼场。没有一棵树,上面盖着皑皑的白雪,小分队就在这里扎下了帐篷。

一夜的酣睡,第二天一早起来,雪止天晴,大风狂呼,卷起了巨大的雪雾,在漫空滚沸。可是小分队前面的那片大雪,却完全变了样,覆盖的雪被,夜间已被大风吹跑,露出一片冰馍馍。一个一个有水缸大小,密密层层,重重叠叠,也不知有几万个。在阳光的照射下,刺目耀眼,可是大家都好奇地眯缝着眼端详着这片一夜变化的奇景,都想试试是否能滑行。

"从这上面滑行是绝对不行的。"李勇奇肯定地告诉大家,"那会把滑雪板踏断踏劈的。"

他打算领小分队绕道滑行,剑波把他叫到面前,稳健而幽默地说:"我们勇敢而机智的猎手,让我来问你,要打猎第一步是要追索兽踪吧,反过来是要巧妙的不暴露猎人的踪迹,否则会惊动了野兽,这你是非常熟悉的,对吗?"

"是这样!"

少剑波继续道:"我们这次'下套',首先就得不让匪徒们发现我们的'套子'。要知道这些匪徒比野兽更凶更狡猾,不可大意。"说着他摸了一下脸腮,"前五天,雪朋友帮助我们埋没了踪迹,现在只得靠我们自己走得巧妙了。"此时他屈指计算了一下,然后头一点肯定地自语着:"没关系,时间还来得及。"接着说:"决定步行通过冰馍区,以匿我们的踪迹。"他含笑瞅着李勇奇追问起来:"猎手同志! 你看怎么样?"

"对! 二〇三首长! 就得这样。我考虑得太不周到了。"

小分队全体人员背上滑雪板,进入了冰馍区。这可真有意思,在雪地上每个战士都希望越滑越得劲,可是上了冰馍区,脱下了滑雪板就没了章程,几乎一步跌一跤,活像些刚会走路的娃娃。

好容易摔过了冰馍区,迎面堵着一个两岩相夹的大冰帘,一看便知道这是一股三十米高的大瀑布冻成的。原来这片冰馍区,正是这个大瀑布冲下的水一层一层冻成的。西边那吊悬的岩头,比冰帘高得多,上面全是倒挂的冰凌柱,有的像象牙,有的像象鼻子,这显然是无法攀登的。

"怎么办呢?"

"来!搭人梯。"刘勋苍满有信心地说。

"那不行!太高了。"孙达得不同意。

"哎!试试看!长腿!……"刘勋苍说着蹲下来,自己要做第一层当基础。孙达得做了第二层,姜青山第三层,小董第四层,又上去几个战士,现在刘勋苍的肩上六条大汉,重量总在六百斤开外。

"怎么样?坦克!"栾超家笑着问刘勋苍。

刘勋苍被孙达得的两条大腿夹得抬不起头来,也不能朝上望,气吁吁地说:"猴子!到没到顶?"

"他妈的!连一半还没有呢!"栾超家朝刘勋苍一噘嘴。

刘勋苍实在支持不住了,一屁股坐在地上。上面的人,一个一个地滚坠下来,跌在软窝窝的雪地上。

"人梯不行了!"刘勋苍丧气地喘了一口粗气。

少剑波瞅着旁边几棵参天的高树,转向栾超家,"超家!还得看看你上树的功夫!"说着用手指着那边的三棵高树。可惜这三棵树相距很远,各不相连。第一棵在跟前。第二棵长在一个大石缝里,而石头又上不去。第三棵在岩石半腰一个凸出的搁台上,更是上不去。第三棵的树梢虽然高于岩石,可是离岩石顶尚有一段距离。

栾超家瞅了一会儿,擤了一下鼻涕,"嗯!有门,看我的。"说着他命令战士们接绳索。当绳索接好后,他把绳头拴在腰间,拖拉着绳索爬上了第一棵树。他将绳拴好在树上,攀上一根大树枝的尖端,找好了一个角度,趁着一阵风的助力,一悠荡,把他飘在空中,滴溜溜地乱转。虽超出了第一棵树之外,但由于他荡的起点角度太小,所以惯性的力没有那么大,而没成功。他又在空中像荡秋千一样,狠力地荡了几荡,但终于无济于事。于是他由西南树枝,爬到伸向西北的一个更长的树枝上。又一悠荡,顺风一飘,虽然比上次距第一棵较近了一点,但因他的体重太轻,克服不了粗大绳索的沉重,而又荡回来。他又像荡秋千一样,连荡了数荡,因他的体力已消耗尽了,反而越荡越近。至此他自己也感到用此办法根本不成了,只得下来。

"怎么办?"少剑波也为难了。

"有办法!"李勇奇和姜青山同声道。

"现在只有用'移树攀岩法'。"

"什么?"少剑波忙问。

"一会儿你就知道了,二〇三首长。"李勇奇说着便向杨子荣背上抽出日本式大战刀,姜青山也在刘勋苍背上抽出了战刀。两人一齐走向他们的东南一百多米处,一棵不太粗但是很高很高的树下,姜青山嗖嗖地攀上树桩,把刚才栾超家用的那条绳索拴在上面,然后他搂着绳子,唰地滑下来。小分队全体同志一齐围上去,看他俩究竟干什么。

李勇奇、姜青山表兄弟俩,抡起锋利的战刀,朝着树根处一下一下地砍起来。不一会儿把那棵不太粗的树干,已砍进一拃多深。李勇奇喊道:

565

"好了！同志们一齐动手拉倒它。"

战士们已明白了他俩的意思，齐声嚷道："这办法真妙。"嚷着一齐揣着大绳，噢地一用力，那树喀喳喀喳倒在地上。

姜青山挥动战刀，砍断较大的树枝，战士们便把这高高的树干和大的树枝，抬到冰帘前端，又用小绳把较大的树枝牢牢地捆接在树干的顶端，然后一齐动手，将它竖起，靠在冰帘上。虽然没有冰帘高，但已差不多了。

"有办法！"少剑波望着李、姜兄弟夸奖地笑着。

姜青山已把一根大绳背在背上，腰插两把匕首，顺树干爬了上去。

战士们都仰面呆望着他笑道：

"这是李勇奇、姜青山式的独木梯子。"

说笑着，姜青山已爬到树干的尖端。离冰帘顶只有三四米高了。只见他抽出腰间的匕首，一手一把，插向冰面。他这时是只用两把匕首把他悬挂在大冰帘上。只见他一倒把一倒把地在上面爬动，看样子是吃力极了。战士们都瞪着惊异的眼睛满身紧张提心吊胆地望着他。担心一旦匕首刺不进冰里，或刺得过浅，经不起他身体的重量而跌下来。

当姜青山爬到尽顶，立起身来向下招手时，战士们一阵欢呼跳起来。在战士们的欢呼声中，姜青山已把背上的大绳解开，顺冰墙放了下来。

"同志们！'移树攀岩法'成功了。"少剑波向战士们喊道，"现在看我们大家的啦！我们要拔着绳子踏着冰帘攀上去。"

话未说完，刘勋苍已经第一个手拔大绳，脚踏冰帘攀起来。战士们一个一个爬上去。马匹是无法上去的，少剑波便命令两个骑兵，带着马匹留在原地，俟战斗结束后再来领他们绕道归队。

战士们都攀上冰帘顶,只剩下剑波、白茹和李勇奇。因为白茹的力气太小,总是上不去。李勇奇笑嘻嘻地瞅着白茹道:

"小白同志!难住了吧?"

白茹瞅着剑波,焦急而不好意思地低声嘟噜一句:"怎么办哪?"

"有办法!"李勇奇边笑边拾起大绳,打了一个坐盘结,套在白茹的胯下,又在腰上缠了两圈,李勇奇怕擦坏了她的脸,又把她的头用大衣包了,然后大声地向上面喊道:

"青山!小白上不去,你们向上拔……"

喊声刚落,大绳已在微微地抽动。小白鸽渐渐地离开了地面,挂上冰帘。

当小白鸽被拔上顶,只听上面战士们一片玩笑的逗趣声:

"怎么上来一个包裹?"

刘勋苍的嗓门更响:

"小白鸽!我早知道你这样的话,我应当把你装在口袋里,或是揣在怀里把你带上来。"

在大家一片笑声中,大绳又放了下来,少剑波和李勇奇迅速地攀了上去。

侯、谢、马匪徒吃了王团长的伏击,仅有的一小群喽啰也丧尽了,只剩下司令部三十余人,气得像些癞蛤蟆,吓得像些丧家犬,抱头鼠窜着。只是因为纷纷的春雪盖没了他们的踪迹,倒使他们松了一口气。郑三炮这位逃窜中的断后将军,也无事可做了。群匪首踏雪穿林,急于逃命。

一连走了七天,来到四方台脚下,一到李鲤姑娘的石宫,正当晌午时分。雪止天晴,冷淡的阳光照着他们的愁眉苦脸和长发白眼。谢文东的内心,充满了这光杆司令的悲哀。郑三炮正想当年他单干行劫的滋味。蝴蝶迷想着她的许家父子姘头全都落网。现在一无土地,二无人才,再加上一口大烟瘾,再配谁呢?她深知马希山这个贪心鬼是不会长久要她的,只有郑三炮合适。但是这个草上飞他是否能要还是个问题。

还是侯殿坤、马希山计谋广大,他俩打量一番山势,背靠李鲤宫,眼瞅李鲤洞。马希山哈哈大笑起来,侯殿坤随声附和地跟着苦笑了两声。

群匪一见侯、马这种意外的欢笑,都惊奇地问:"专员和司令笑什么?"

马希山脚一跺地,扬起一团雪尘,"我笑……我笑……哼!常言道:'留下葫芦籽,哪怕没水瓢。''有了青山在,不怕没柴烧。'有我马某在,一定要把仇报。哼……"说完把嘴一瘪,哼了几声。

"马兄!"侯殿坤插嘴说起来,"君子报仇,十年不迟。胜败乃军家之常。且制胜者,需有天时地利人和三大要素,以往天时不好,正是冬雪季节;地理不利,正是林海雪原无人区;人和不当,马兄没有尽早掌握全军指挥大权。如今悔之晚矣!如有马兄早统全军,定无今日,这可想而知。

"为今之计,我们已掐住四方台这个咽喉,背靠吉林,坐镇长白。进可以屠牡丹江,猛虎捕食;退可以守长白山,高居床榻,此地理之大利于我。冬天即将过去,春天即将到来,那时凭我们的本领,可以闯到共军的床头,宰割了他们,此天时之大利。今有马兄指挥全军,遭难的财主、士绅、官吏和我地下先遣军,纠集起来,组成还乡团,定与共军不共戴天,势不两立。这是人心所向,此人和之大利。再加上国军来春向哈尔滨一推进,那么,天时、地利、人和、外援样样具备,焉有不胜之理。"侯匪愈说愈兴奋,好似完全忘了他们的几万大军的覆没,以及他刚刚侥幸逃出了的狗命。真是一个画饼充饥、撒尿照美的专家。

"弟兄们！同僚们！干吧！"侯匪又转向那一撮残兵败将动员起来。这一鼓动,却把蝴蝶迷的哀愁打消了,她得意地说:"那太好啦,我随还乡团回去,又可以游逛镜泊湖,坐吃千垧地啦！"

"逛镜泊湖？到那时我们下了长白山,还要游西湖呢！"侯殿坤见他的鼓动成功,又接着说,"到那时郑团长,就不是团长啦！而是旅长、师长。戴上了金牌子,到上海大世界一住,姨太太,小汽车,嘿！有功之臣。"侯匪这一阵子牛皮,吹走了残兵败将脸上的哭丧。

这些罪大难恕的匪骨头,好像在黑洞里飞进一个萤火虫,得到这一点可怜的冷光。

"高见！高见！"马匪逢迎地说,"侯专员,心胸真有大海之量。开阔！开阔！所言与小弟之心不谋而合。"

"这叫做英雄所见略同。"侯匪更得意起来。

两人对视着一齐哈哈粗狂地狞笑,笑罢马匪一握拳,咬牙切齿地自语着:

"少剑波呀,少剑波！你这个小共产党崽子,真叫我马某笑你不会用兵,要在此处安上人马,我马某……"

"李鲤！……李鲤！……"一大群李鲤鸟愉快地飞鸣着,盘旋而来。

马希山向空中的李鲤鸟群,瞟了一眼,继续说道:

"现在过李鲤洞不远,便是国军的前哨部队,我们要为国效劳,先在这里饱餐一顿再说。"马希山得意地把手一挥,"拴马!"

匪徒纷纷把马拴在树上,那疲劳已极的马匹,却一点没有被侯殿坤和马希山的牛皮所鼓动,有的在歪头啃树皮,有的卧在树根下啃树皮,有的用两片干软的嘴唇在翻卷着地上的白雪。

李鲤鸟越来越多,在空中盘旋飞翔。

马希山眼角向上一挑,"嘿!来几个尝尝鲜。"说着指挥着匪徒一阵排枪,向它们射击,几只雪白的"山林之友",中弹落在雪地上,它们的颜色和雪地一样的白,鲜血染红了身边的雪,呈现出朵朵的红花。

大群李鲤鸟俯视着它们遇难的伴侣,发出凄惨的哀鸣,惨声中蕴藏着对匪徒的诅咒。它们为避免再受到袭击,悲哀地向东飞去了。

匪徒们取得袭击李鲤鸟的胜利,发出一阵狂妄的狞笑。一堆一簇的,吊锅的吊锅,撕毛的撕毛,那被撕下的美丽的羽毛,微风吹浮,荡游在天空,好似巨大的雪朵。

篝火生着了,烧得哔哔剥剥,锅里冒出了熟肉的香味。匪徒们瞅着锅,抽抽鼻子,不时地吞咽着馋涎,静候着这几锅美味。

嘟嘟嘟……一阵清脆的机枪声,赶走了匪徒们的高兴,个个都蒙头转向地惊惶万状,就火堆旁卧倒。

接着又是一阵乱枪射来,枪弹在他们的身旁着落。匪徒们抱着头,滚滚爬爬地前去拉马,此刻机枪的火力密集地扫射过来,就是匪徒们和马匹之间那短短的距离也全被截断了。

匪首们爬行着躲进李鲤宫,马希山手枪一抡,狂吼道:"快!快!……快进李鲤洞。"群匪一齐向李鲤洞拥去。刚到洞口,一声巨响,数十颗手榴弹爆炸了,匪徒们肢离体碎,尸骨和血肉随着弹片四处纷飞,从浓烟中透出一点微弱的苦嚎声。

570

"冲啊！……杀！……"杨子荣小队,从李鲤洞里冲了出来,刘勋苍小队,剑波和小分队部人员,从后山夹击过来。

杨子荣小队与匪徒们进入肉搏厮杀,很快地把洞口上没被炸死的匪徒解决了。刘勋苍小队和剑波直向李鲤宫冲去,快接近了,冲在前面的那个小组里三个战士中弹倒下了。

"郑三炮！"姜青山上前一把把正在指挥攻击的少剑波拉到一棵大树后,"看！跪着射击的那个就是郑三炮。"

少剑波的手从左侧划了一个半圆,示意刘勋苍,"快！先消灭这个钉子。"刘勋苍很快地率领全小队从侧方迂回上去。

"二〇三！蹲下！"陈振仪一把把剑波扯倒,就在这一瞬间,一颗子弹正打在剑波做掩蔽物的那棵树上,穿皮而过。两秒钟前,剑波的头正贴在这弹痕的位置上。原来陈振仪发现郑三炮在朝剑波瞄准,便急忙将剑波一把扯倒。

郑三炮又朝着蹲在地上的剑波瞄准,陈振仪一见来不及了,一个箭步跃到剑波前面,正要挥动他那二十响的大肚匣子,郑三炮的一颗子弹飞来,打中了陈振仪的胸膛。这位勇敢的战士,用自己的胸膛,护住了首长,他负了重伤,他一点也没有叫苦,只是静静地躺在雪地上。

李鸿义见陈振仪负伤,他红了眼,对准了郑三炮,用驳壳枪点射起来。子弹纷纷地落在郑三炮的身边,而没有击中。只见那郑三炮又向剑波瞄准,正要击发,只听得一声喊杀声,刘勋苍、姜青山等喊着杀来,郑三炮刚一回头,措手不及之下,刘勋苍已闯到他背后,战刀一挥,从郑三炮的右肩到左肋,斜劈成了两截。

原来刘勋苍和姜青山在绕到郑三炮背后时,刚要射击,发现郑三炮和剑波的位置在一条直线上,所以才抽出战刀猛劈下来。

少剑波率领刘勋苍小队,直扑李鲤宫。

白茹留在原地,为几个负伤的战士包扎。正在这时,蝴蝶迷披头散发,有两绺毛,粘在她的鼻涕上,手舞两支打空了的匣子枪,张着满口的大黄牙,像母狼似的向正在救护伤员的白茹扑来。

白茹发现她已近跟前,吓得全身乱跳,可是一镇静,立即掏出她从未用过的小手枪,朝着蝴蝶迷就是一枪。坏了!没打中!再击第二枪,不响了,枪贴了壳。白茹更慌了,一滚正压在负伤战士的大枪上,她刚抓起大枪,却被蝴蝶迷一把夺去。接着那女妖举起了枪托,迎头压脑向白茹猛打下来。白茹向旁边一跳,枪托打在地上,砸烂了,白茹一冲扑上去,狠狠地抓住蝴蝶迷的乱发,两个人厮打成一团。白茹总是身小力薄,抵不过蝴蝶迷这个拼命的恶魔。白茹一松手,被蝴蝶迷狠命一推,倒退了四五步,摔倒了。蝴蝶迷从腿上拔出匕首,咬着牙根骂道:"小共产丫头,黄毛丫头,你姑奶奶临死也要抓个垫大腿的。"骂着向白茹扑去。锋利的匕首,直插向白茹的心窝,正在这万分危急中,只听一声大喊:

"蝴蝶迷看刀!"随着喊声,蝴蝶迷从右肩到胯下,活活的劈成两片,肝肠五脏臭烘烘地流了满地。

"子荣,"白茹一下扑到杨子荣的怀里,像个受惊的小孩子,紧抱着杨子荣的胳膊。

"不要怕!战斗快结束啦!"

原来当小分队全体包围了李鲤宫后,不见了白茹,少剑波深恐她身小力弱,在白刃战中有失。又因为兵力全集中在这里,而这里只剩下几个匪首,已经不用太大兵力,便命杨子荣带领他的全小队搜索战场,保护伤员。杨子荣立即带了全小队先搜索了一下战场,马上便向负伤战士处赶来。远处看到白茹和蝴蝶迷正扭成一团,眼看白茹力小难支,厮打不过这个女妖,但又不敢射击,便急忙抽出战刀,拼命地跑来。正当蝴蝶迷的匕首刺向白茹心窝万分危急的关头,他的战刀已先在蝴蝶迷身上发挥了作用。

枪声停止了,说明匪徒已消灭,马希山光杆一条,逼在李鲤宫外的巨石上,又怕又恨,在他来讲此刻是彻底地失望了。

少剑波带着姜青山、李勇奇、小李、刘勋苍,从容地走到他的跟前。

"马司令!现在你是俘虏了!"少剑波讥讽地说道。

马希山直瞪着两眼,射出凶狠绝望的残光,凝视着少剑波。

"我命令你快点缴枪!"少剑波威严地向这个匪首宣布。

马希山右手插进裤兜摸了摸,突然嘭的一枪从他裤兜打出来,子弹从少剑波身旁掠过。李勇奇一个箭步扑上去,狠狠地一把抓住了马匪的手腕,接着狠劲一扭,夺下了他暗藏在裤袋里的手枪。

马匪绝望中凶恶已极地向少剑波扑去,被站在剑波身旁的刘勋苍一拳打倒。

"挣扎,垂死的挣扎!笑话。"少剑波说着接过李勇奇夺下的手枪。

马匪滚了几个滚又爬起来,手握短剑,这是匪徒最后的武器,上刻着"不成功则成仁。蒋中正赠"等字样,又向少剑波扑来。

"不客气了!"少剑波说着,用刚从马匪手中缴来的手枪射去,马匪应声倒在雪地上。这颗子弹,正是马匪在绥芬大甸子气极发誓时的那七颗中的一颗。

刚解决完马匪,孙达得从李鲤宫拉出一个吓得乱抖的老头

子,连声喊着:

"谢文东!谢文东!活捉谢文东!可笑极了!钻在李鲤姑娘石像的屁股下,真他妈和惊枪的兔子一样,顾头不顾腚。"

少剑波下命令检查战场,不要有一个漏网。

战士们领着俘虏一个个查认。

栾超家、马保军领着他们的小队和机枪组,从南山滑下,一到剑波跟前,气呼呼地道:"我们有意见,任务分配得不公。"他从来没有用严肃的态度发过牢骚。

"怎么?"少剑波笑嘻嘻地问。

"我们小队就打了几下,这能说公吗?"

"同志!别发脾气。"少剑波安慰他说。

"什么别发脾气,任务这样分配,说什么我也有意见。最后这一口我们小队吃得不香,冻得我们还够呛!……"

汪!汪!赛虎的吠声打断了他的牢骚,少剑波顺声望去,只见赛虎朝着这里狂叫。

"侯殿坤漏网!"杨子荣跑来报告,"尸体和俘虏中都没发现他。"

"对了!"姜青山接过来说,"大概赛虎是在叫我们走。"说着马上要走。

"别忙!我的,轮也该轮到了!"栾超家十分不礼貌地把姜青山一摔。

"什么你的我的,一块去!"杨子荣不耐烦地说着,同栾超家、姜青山、李勇奇向赛虎跑去。

赛虎在前,四人在后,走了不远,望见一个大树洞,侯匪的足迹是奔向那里。

四人成战斗队形前进,逼近大树,同声高喊:"姓侯的,出来缴枪！"

"别打！别打！缴枪！缴枪！……"听到树洞里战战兢兢地在喊。果然侯殿坤从树洞里爬了出来,没了眼镜,高举起戴着巨大的黑皮手套的双手。栾超家一看,"我的！我的！"拼命地跑上去。在离侯匪十几步的地方,只见侯匪右手一低,栾超家一个踉跄,歪了几歪倒在地上。

杨子荣喊道："特务手枪,老栾吃亏了。"话未说完,只见侯匪的手又向着倒在地上的栾超家伸去,手背上闪了一下亮光。

"射击！"杨子荣恐怕栾超家再吃亏,急急地命令道。

只见姜青山枪一端,当的一声,侯匪滚在雪地上,一动也不动了。

三人一齐跑上去,先看栾超家,可是栾超家已从雪坑里爬起来了。左手握着右肩,指缝间流着鲜血。

"不要紧！并不重,离脑袋和心脏还远着呢！"

杨子荣急忙一把扶住栾超家,迅速掏出手绢,包扎好伤口,然后一同走到侯匪的尸体前一看,侯匪的脑袋已经开了花。杨子荣朝姜青山笑道：

"真好枪法！"

李勇奇手一摸嘴巴,"打猎的手,还能跑得了猴子！"

杨子荣弯腰摘下侯匪的大手套一看,原来是支无声手套手枪。

所有的枪声停止了,李鲤宫前,阳光照在雪地上,反射着耀眼的光芒。李鲤姑娘的石像,若微微含笑,天空中飞翔着大群的李鲤鸟,"李鲤！李鲤！"齐声欢噪。这可爱的林间之友,尽情地欢迎着英雄的客人。

突然,天上的李鲤鸟群,发出凄惨恐慌的悲鸣,战士们在惊

575

讶中,传来白茹尖声的呼叫:

"快呀!快呀!快救救它们哪!老鹰来捕捉李鲤鸟啦!"

战士们向她手指处望去,只见一只老鹰,凶恶地追捕着两只李鲤鸟,这两只鸟虽在万分危急中,也不分开,像是情侣一样,双双逃奔。

"快呀!快呀!"白茹焦急到万分。

"不怕!小白鸽!你放心!"姜青山边说边端枪,当的一声,凶恶的老鹰从天空跌坠下来,撞死在悬崖,滚下万丈深渊。

白茹放心地喘了一口气,高兴得小辫子一甩,拉着姜青山的手。

"青山同志!谢谢你!……"

万山重叠,无边无际;白雪皑皑,银光耀眼。战士们在激战后,第一次用平静的心情,环顾着周围的景色。

少剑波,凝视远方,白茹轻轻地走近他的身旁。他从呼吸声中听出是白茹来了,头也不转地低声说:

"白茹!我们的祖国多美!"

白茹含笑地点点头,也是头也不转地眺望着。一阵微风,吹得她额前的一绺头发,微微地飘动了一下。

三十八 铁 流

冬去春来,大地万物俱苏,一切的一切充满了新的活力。

雄巍的长白山,一片碧绿,呈现着锦绣景色。恰似万宝库在闪闪放光。

整个的牡丹江市,沉浸在紧张愉快的劳动旋律中。

所有工厂的高大烟囱,冒出浓浓的烟雾,射向晴朗的高空。隆隆的马达声各处争鸣。

　　市郊的原野上,洋溢着一片山歌。农民、农妇们在辛勤播种。

　　火车发出巨大的吼声,往返如流地在滨绥图佳线上奔驰。

　　天空翱翔着年轻的练习机群,在疾升,在俯冲,在盘旋摆阵。

　　牡丹江水,汹涌澎湃,浪头滚滚,犹如万马奔腾,一泻千里。

　　牡丹江市南郊,海浪飞机场旁的碧绿草场上,集结着千军万马,歌声冲天彻野,战马咆哮嘶鸣。雄武威风的野战军,在待命出发。所有的指战员一个心,一个意志:"挺进!插到敌人的心脏去!毁灭蒋军主力!"

　　行列里有新任团长少剑波,和他的老战友前任团长现任团政治委员王景之,还有他小分队中的战友——新任侦察参谋杨子荣,新任英雄连连长刘勋苍,副连长董中松,新任侦察通讯连连长栾超家,副连长孙达得,新任警卫连(夹皮沟工人连)连长李勇奇,副连长姜青山。

　　广场的周围,站满了汉、朝、蒙、鄂各族及士农工商各界欢送的人群,他们怀抱鲜花,手擎红旗,在欢送他们心爱的子弟兵。群众的行列里,有蘑菇老人爷爷,赶来看他的孙女小白鸽。

　　十点整,在大军的中央响起了清脆嘹亮的前进号声。强大的野战军雄威的行列,即将奔向西南,奔向中长路的四平前线。

　　少剑波在马上掏出日记本和钢笔,翻开日记本的新的一页,飞快地写着:

　　　　新的斗争开始了!……

关于《林海雪原》

——谨以此文敬献给亲爱的读者们

"以最深的敬意,献给我英雄的战友杨子荣、高波等同志!"这是《林海雪原》全书的第一句,也是我怀念战友赤诚的一颗心。

这几年来,每到冬天,风刮雪落的季节,我便本能地记起当年战斗在林海雪原上的艰苦岁月,想起一九四六年的冬天。

一九四五年,日寇无条件投降后,中国人民的死敌、卖国害民的大盗蒋介石,在美帝国主义指使下,调动了数百万被美国武装到牙齿的、抗战中一弹未发、专备反共反人民的军队,调动了曾奉他的"曲线救国"命令投降日寇的汉奸武装,又用日寇侵华总司令冈村宁次为顾问和他统帅的侵华日军还没有缴械的部分,构成了在美帝国主义操纵下"蒋、敌、伪合流"的凶恶的反革命武装,向我党领导下艰苦抗战、英勇奋斗八年的解放区军民展开了疯狂的进攻。内战的狼烟,弥漫了全国。中国又处在沦为美帝国主义殖民地的可怕危险中。人民要解放自己,对蒋匪的恶行,忍无可忍,便在伟大的中国共产党领导下,展开了伟大的解放战争。

东北是我国的工业基地,蒋介石企图据此对我军实行南北夹击,便用美国的军舰、飞机海输空运,将国民党军的主力压向东北,更在北满收罗伪满官吏、警察宪兵、地主恶霸、盗寇惯匪、流氓大烟鬼,组成数十万土匪武装,号称"中央先遣挺进军",配合蒋匪军主力作战。

当时我军处于敌强我弱、腹背受敌、两面作战的困难环境里。不得不抽出一部分主力开赴北满荡平匪患,以便巩固后方、保护土改,发动群众全力支援前线。及至大量匪患荡平,那些坚决反革命的匪首便率其残股,窜踞深山密林,并在地下组织"挺进军"分子,暗杀破坏、待机暴乱,对我军实行地上地下两条战线的作战。

匪徒们因为是垂死挣扎,所以就愈加凶狂残忍。他们的口号是"宁蹲山头看监狱,不蹲监狱望山头","穷棒子打死咱一个,咱要打死穷棒子一百窝"。他们幻想"等国民党中央军主力北上,等第三次世界大战和美国兵来"。他们所采取的是"牛刀战术"、盗寇活动,所到村屯,烧光杀净,其凶其恶,闻所未闻。书中杉岚站的血债和库仑比的大屠杀,只不过是我目睹诸多事实中的一二罢了。

当时,我们用大兵团对付这些鲨鱼性、麻雀式的匪股已显得不中用了。正像我们当时所分析的那样:以大兵团剿小匪股,等于用榴弹炮打苍蝇,等于用滚木礌石打麻雀,等于用拳头打跳蚤,等于用鱼网捞毛虾,击一漏万,事倍功半。即使我们的大兵团像梳头一样把整个的林海梳过来,匪徒也会在一个石缝中漏掉,何况北满那茫茫无边的大林海,我们根本不可能全都梳过来。于是,省委和军区便研究了剿匪歼敌的新战法,确定组织小分队进山,实行小群动作,边侦边打,侦打结合。我和我的战友们,便承担了一部分党所给的这项光荣而艰巨的任务。在牡丹江周围,东至绥芬河、东宁,西至亚布洛尼、苇河,南至镜泊湖、额穆索,北至方正、土城子的这片广大地区的林海雪原里,和许家父子、马希山、座山雕、李德林、谢文东等匪军,号称几个旅的匪首展开了周旋。

在党的英明领导和亲切关怀下,在当地群众的大力支持下,在这场突破险中险,历经难中难,发挥智上智,战胜魔中魔的斗争中,使我们的意志锻炼得更坚强了,在军事技术和战术上,我们压过了敌人,战胜了敌人,直至将匪徒消灭。在斗争中,战士们高度发挥了我军艰苦奋斗的优良传统,战胜了常人所难以忍受的艰苦,克服了想象不到的困难,在零下三十八度到四十度的雪海里,侦察奔袭,斗智斗力。有时我们在石洞里睡觉,和野兽为邻;有时钻在雪窖里休息,以雪为衾。跨谷飞涧,攀壁跳岩,突破神话般的天险,战士们发挥了大勇大智、孤胆作战的奇能。就像书中主人翁之一,我那英雄的战友杨子荣同志,只身进入三代恶匪国民党旅长座山雕的营寨,发挥了惊人的勇敢和超人的智慧,战胜了老奸巨猾的座山雕,终于调动了敌人,歼灭了敌人。当我们审讯座山雕时,这个老匪也不得不慨叹地哀嚎:"没想到我崔某闯荡六十年,倒落在你们八路军的一个排长手里。"

杨子荣同志之所以有这样的大智大勇,我想用他自己的话来说明。他在入党宣誓的前夜曾这样说:"天下的地主是一个妈,天下的穷人是一家,我老杨这条枪和我的这条命,一定跟着党打出一个共产主义社会来!要把阶级剥削的根子挖净,使它永不发芽,要把阶级压迫的种子灭绝,使它断子绝孙。"子荣同志就是这样一个有坚定的阶级立场,又有着远大的奋斗理想的共产主义战士,他对我们的阶级事业赤胆忠心,生死置于度外。

当擒拿了恶匪座山雕、让他讲述过程和介绍经验时,他说:"主要的经验就是两句话,为人民事业生死不怕,对付敌人就一定神通广大。"他敢想敢干,想得透彻,干得坚决。大勇基础上的大智,大智指导下的大勇。我们团的同志一谈起杨子荣来,都会这样说:"杨子荣满肚子智谋,浑身是胆。"

子荣同志又是一个具有十分完美的共产主义道德品质的人。不用说他的战斗功绩永存不灭,就是他那朴素的思想光辉也时刻照射在我的心头。当我们在威虎山大胜会师时,战友们都伸着大拇指数说他的本领,可是他却不以为然地说:"你们别瞎嚷嚷,别算错了账。没有党领导的大革命,我老杨还当不了是个雇工;不是党教育、培养了我的侦察本领,我老杨根本没有本事对付座山雕;没有你们大家的英勇战斗,我老杨再在匪穴里干一年,再当几次司宴官,也不能把匪徒消灭得一干二净。"子荣同志就是这样地看待自己在歼灭座山雕战斗中所起的巨大的作用,实实在在的首先归功于党领导的革命斗争和党对他的培养,其次则归功于战友,而没有丝毫的居功自傲。这是多么可钦可佩的共产主义精神啊!

子荣同志在林海雪原最后的斗争里,在捕捉匪徒四大部长的战斗中,中了匪首的无声手枪而光荣牺牲了。他所领导的侦察排,我们便命名为杨子荣排(现在××军)。

我的警卫员高波同志,十五岁就参军,在林海雪原里斗争的时候也只有十八岁。他带着病也不肯离开小分队,我只得给他轻一点的任务:让他乘森林小火车往返保护群众,把山里的物资交换给城市。一次执行任务时,在二道河子遭匪徒埋伏,为了掩护群众突围,他与多于自己数倍的匪徒拼杀,弹尽了用手榴弹,手榴弹打光了用刺刀,刺刀拼弯了他用枪托。在英勇的拼杀中他负了重伤,终于为革命流尽最后的一滴血,把年轻的生命献给了人类最伟大的事业——共产主义事业。

其他的一些战友,如力大无穷、勇冠三军的张继尧、迟宜芝、刘蕴苍;浑厚朴实、勤勤恳恳、坚忍不拔,只知"干!干!干!"的孙大德、初洪山;诙谐乐观、有勇有谋的栾超家……这些同志目前正在军事及其他战线上忠诚和勤恳地工作着。

战友们的事迹永远活在我的心里。当我在医院养伤的时候,当我和同志们谈话的时候,我曾经无数遍地讲过他们的故事,也曾经无数遍地讲林海雪原的战斗故事,尤其是杨子荣同志的英雄事迹,使听的同志无不感动惊叹,而且好像从中获得了力量。讲来讲去,使我有了这样一个想法:"用口讲只有我一张口,顶多再加上还活着的战友二十几张口。可是党所领导的伟大的革命斗争,把压在中国人民头上的三座大山——帝国主义、封建主义、官僚资本主义连根拔掉了,这是多么伟大的斗争;党所领导的武装斗争,从无到有,从小到大,我们这支党和人民的斗争工具——人民解放军,斗争于山区,斗争于平原,斗争于交通线,也斗争于海滨湖畔,同时也斗争于林海雪原。在林海雪原这个特殊的斗争环境里,有着特殊的艰苦与困难,但在党的领导下,它们终于被我们一一战胜和征服了,并终至歼灭了最狡猾毒辣的敌人,保护了土改,巩固了后方,发动了群众,得以大力支援前线,成为当时解放战争全局中一个小小的但是不可缺少的组成部分。在这场斗争中,有不少党和祖国的好儿女贡献出了自己的生命,创造了光辉的业绩,我有什么理由不把他们更广泛地公之于世呢?是的!应当让杨子荣等同志的事迹永垂不朽,传给劳动人民,传给子孙万代。"于是我便产生了把林海雪原的斗争写成一本书,以敬献给所有参加林海雪原斗争的英雄部队的想法。

但是自己一来工作忙,二来水平低,特别是文字水平低。初试了三章,感到了两大困难:一是内心的感情笔下表达不出来;二是分不出轻重,平铺直叙,力量使不到刀刃上。一气之下,将它们全部撕毁了,当时深感心有余而力不足之苦,对文字这一关有些心灰胆怯,写与不写,也在内心激烈地斗争起来。

一九五五年二月的春节前某天半夜,我冒着大雪回家,一路还在苦思着怎样才能写好这部小说,如何突破文字关等等;及抵家,一眼望见那样幸福地甜睡着的爱人和小晶晶,一阵深切的感触涌上我的心头。我想起了八年前的今天,在北满也正是刮着狂风暴雪,那也正是飞袭威虎山的前夜;而今天,祖国已空前强大,在各个建设战线上都获得了辉煌的成就,人民生活也正在迅速提高。我的宿舍是这样的温暖舒适,家庭生活又是如此的美满,这一切,杨子荣、高波等同志没有看到,也没有享受到。但正是为了美好的今天和更美好的将来,在最艰苦的年月里,他们献出了自己最宝贵的生命。夜,是如此的宁静,我望着窗外飞舞着的雪花、茫茫的林海、皑皑的雪原,杨子荣、高波、陈振仪、栾超家、孙大德、刘蕴苍、刘清泉、李恒玉等同志的英雄形象与事迹,又一一在我的脑海浮现。"写!突破一切困难!'为人民事业生死不怕,对付敌人一定神通广大。'战友不怕流血,歼灭敌人,我岂能怕流汗突破文字关,这是我应有的责任,这是我在党的文学战线上应尽的义务。"

从那时起,每晚我都加班三至四小时,星期天和假日是我写作最带劲的时间。在写作过程中,深深体会到这个劳动是艰苦的,但我的精神是愉快的,应该说,它是一种极美好的享受。当写到高潮的地方,就搁不下笔,时常是为了第二天的工作才强制着自己放下笔。在写得入神的时候,我曾不止一次地被战友们的事迹感动得觉得不是坐在温暖的宿舍里写东西,而是完全回到了当年的林海雪原中,和小分队重又战斗在一起。

就这样,从一九五五年二月到一九五六年八月,在一年半的业余时间里,完成了《林海雪原》的写作。

可惜由于自己水平的限制,我没有把它写好。英雄们的事迹也绝非四十万字所能写完,有许多事情我把它删掉了,没有写进去。最近我见到过好几位当年一同参加过林海雪原斗争的战友,他们总是问我,某某事你怎么没写进去,某某事又为什么没有写进去?可见我还远没有把林海雪原的斗争表现得更完整更充分。

在写作过程中,自己有这样的几点体会:

第一,现实的斗争生活,是创作最根本的基础。没有杨子荣等同志们的斗争事迹,我是根本不可能写出东西来的。《林海雪原》的问世,首先应归功于党领导的伟大的革命时代,和党所培养出来的时代英雄。我自己只不过把英雄们的斗争事迹做了一点文字的记载而已。

不少读者以为少剑波就是我自己。其实虽然少剑波有些事情是按我的经历去写的,但我绝不等于少剑波。因为这个人物,作为这样一部小说的主人公,我是企图按照人民解放军中这样一类青年指挥官,就是从小参加八路军,党把他在火线上培养长大成人的形象来刻画的。

第二,在丰富的斗争生活基础上,我又深深体会到,作者的立场和观点,是个十分重要、丝毫不容苟且的根本问题。爱谁,恨谁,爱什么,恨什么,歌颂什么,打击什么,都不容许有一点含糊。我爱党所领导的解放人民的伟大事业,我爱党所给予我们的光荣的任务,我爱小分队的战友,我爱林海雪原的蘑菇老人、工人和猎手;我爱林海雪原的每一条河、每一座山,它们是祖国的锦绣河山,是祖国的万宝库,……立场鲜明,爱憎分明,是对无产阶级文艺战士起码的,也是最基本的要求。

第三,初学写作,有重重困难,必须要有坚强的意志和毅力,才能突破这些难关。高度的革命责任感是不屈的意志和毅力的主要泉源。只有革命的责任感,才会使自己的意志坚定,百折不挠,写作的"士气"旺盛,并能克服一切困难,从繁忙的工作中索取自己所必需的时间。

在写作的时候,我曾力求在结构、语言、人物的表现手法以及情与景的结合上都能接近于民族风格,我这样做,目的是要使更多的工农兵群众看到小分队的事迹。我读过《钢铁是怎样炼成的》等文学名著,其中人物高尚的共产主义道德品质和革命英雄主义的气概曾深深地教育了我,它们使我陶醉在伟大的英雄气概里。但叫我讲给别人听,我只能讲个大概,讲个精神,或者只能意会而不能言传,可是叫我讲《三国演义》《水浒》《说岳全传》,我就可以像说评书一样地讲出来,甚至最好的章节我还可以背诵。这些作品,在一些不识字的群众间也能口传。因此看起来工农兵群众还是习惯于这种民族风格的。但由于自己的水平低,写完以后,感到文词粗劣,所以还远没有达到我的目的。因此,我要求亲爱的读者和文学战线上的前辈提出严格的批评,使我能在将来的业余创作中获得长进。

曲 波
1958年9月于昆明